ANJA EICHBAUM

Inselaffäre

FÜR IMMER UND EWIG Anfang Juni boomt die Partystimmung auf Norderney. Während die Feriengäste zum langen Wochenende auf die Insel strömen, laufen die Vorbereitungen für ein Fotoshooting junger Cosplayer auf Hochtouren. Die 16-jährige Milli freut sich auf das ungewöhnliche Treffen, bei dem sich alle in japanische Comic-Figuren verwandeln. Allerdings kämpft sie gleichzeitig gegen die Einwände ihrer überfürsorglichen Mutter. Unterdessen sieht der Inselpolizist Martin Ziegler mit Freude der Hochzeit von Pensionsbesitzerin Daniela entgegen. Er wird Trauzeuge sein und seine alte Freundin, die Polizeipsychologin Ruth Keiser, wiedertreffen. Doch noch bevor die Hochzeitsparty starten kann, gerät alles aus den Fugen. Der seltsame Todesfall eines Insulaners löst Rätselraten und Entsetzen aus. Dabei ist das erst der Auftakt zu einem Wochenende, an dem ein schreckliches Geschehen das andere ablöst. Martin Ziegler scheint heillos überfordert. Oder glauben das etwa nur die Kollegen von der Kripo aus Aurich?

© Fotostudio Sandra Seifen

Anja Eichbaum stammt aus dem Rheinland, wo sie bis heute mit ihrer Familie lebt. Als Diplom-Sozialarbeiterin ist sie seit vielen Jahren leitend in der Kinder- und Jugendhilfe tätig. Frühere biographische Stationen wie eine Krankenpflegeausbildung und ein »halbes« Germanistikstudium bildeten Grundlage und Füllhorn zugleich für ihr literarisches Arbeiten. Aus ihrer Liebe zum Meer entstand ihr erster Norderney-Krimi, denn ihre Bücher verortet sie gerne dort, wo sie am liebsten selber ist: am Strand mit einem Kaffee in der Hand. Nach einem Ausflug ihrer Protagonisten an die Ostsee kehrt sie nun mit dem dritten Band auf die ostfriesische Nordsee-Insel zurück.

Bisherige Veröffentlichungen im Gmeiner-Verlag:
Letzte Hoffnung Meer (2019)
Inselcocktail (2017)

ANJA EICHBAUM

Inselaffäre

Kriminalroman

GMEINER

Immer informiert

Spannung pur – mit unserem Newsletter informieren wir Sie regelmäßig über Wissenswertes aus unserer Bücherwelt.

Gefällt mir!

Facebook: @Gmeiner.Verlag
Instagram: @gmeinerverlag
Twitter: @GmeinerVerlag

FSC
www.fsc.org
MIX
Papier aus verantwortungsvollen Quellen
FSC® C083411

Besuchen Sie uns im Internet:
www.gmeiner-verlag.de

Im Ehnried 5, 88605 Meßkirch
Telefon 07575/2095-0
info@gmeiner-verlag.de

1. Auflage 2020

Lektorat: Claudia Senghaas, Kirchardt
Herstellung: Julia Franze
Umschlaggestaltung: U.O.R.G. Lutz Eberle, Stuttgart
unter Verwendung eines Fotos von: © WebWertig / Pixabay
Druck: CPI books GmbH, Leck
Printed in Germany
ISBN 978-3-8392-2576-0

Personen und Handlung sind frei erfunden.
Ähnlichkeiten mit lebenden oder toten Personen
sind rein zufällig und nicht beabsichtigt.

PERSONENREGISTER

Polizeiwache Norderney:
Martin Ziegler, Dienststellenleiter
Olaf Maternus, Nicole Ennert, Silke Habicht, Ronnie Heitbrink und Verstärker

Mordkommission Aurich:
Renate Lichterfeld

Hochzeit:
Daniela Rick
Frank Prinzen
Marthe Dirkens
Ruth Keiser
Anne Wagner
Oskar Schirmeier
Freundinnen: Jutta, Bibi und Kathrin
Ulf Martens, Fotograf

Norderneyer:
Hilmar Hansen
Anneliese Hansen (Witwe von Kai-Uwe Hansen)
Ingrid Folkerts
Johan Westermann

Cosplayer-Fotoshooting:
Melanie Stöcker, genannt Milli
Yvonne Stöcker, ihre Mutter

Emma, beste Freundin
Ben, bester Freund
Cosplayer aus Leer

Lehrer:
Sonja Mirschel
Steffen Bode
Babsi Körner
Frau Rabe, Schulleiterin

Verschiedene Ärzte, Jugendhilfemitarbeiter, Tennispartner und andere

NICHT GESUCHT UND DOCH GEFUNDEN!

WIR LAUFEN EIN

IN DEN HAFEN DER EHE

AM SAMSTAG, 2. JUNI

10.00 UHR KIRCHLICHE TRAUUNG,
SANKT LUDGERUS

14.00 UHR STANDESAMTLICHE TRAUUNG,
BADEKARREN

ANSCHLIEẞEND
BEACHPARTY OPEN END

WIR RECHNEN FEST MIT EUCH!

DANIELA UND FRANK

PROLOG

»Und, schön geworden?« Daniela wedelte mit der Einladungskarte, als müsste die Tinte trocknen.

»Kind, du musst schon stillhalten und mich auch in Ruhe lesen lassen. Was bist du denn bloß so hibbelig?«

Daniela grinste. »Kann schon sein. Es ist alles so aufregend. Es gibt noch so viel zu tun. Allein die Ankunft der Gäste. Hoffentlich klappt es so, wie wir uns das Ganze vorgestellt haben.«

»Das wird schon, mein Kind. Das wird schon. Lass du mal alle machen und kümmere dich nur um dich. Und um deinen Frank. Aber wie ich ihn kenne, bleibt er die Ruhe in Person.«

»Stimmt.« Daniela seufzte und ließ sich auf den Stuhl am Esstisch fallen. »Aber ich hätte gerne alles perfekt.« Sie schob die zartgelbe Einladungskarte über den Tisch. »Es ist doch mein großer Tag.«

Frau Dirkens lächelte fein, während sie sich erhob und sich zum Herd herumdrehte. »Da hast du ein wahres Wort gesprochen. Dein großer Tag. Es sollte aber euer großer Tag werden, nicht nur deiner.«

Daniela zuckte zusammen. »Aber das meine ich«, antwortete sie verlegen.

»Das weiß ich, mein Kind. Ich will dir nur sagen, mach dich nicht so verrückt, dass du nachher das Wesentlichste aus den Augen verlierst. Es ist euer Tag, und wirklich nur euer Tag. Der Rest ist schmückendes Beiwerk, Zierde, Publikum. Die Hauptpersonen seid ihr. Konzentriere dich darauf.« Frau Dirkens nahm die alte, rissige Kanne, in der sie den Tee gewöhnlich ziehen ließ, und füllte ihn in eine Servierkanne des ostfriesischen Geschirrs um.

Fast automatisch griff Daniela zu den Kluntjes auf dem Tisch und wartete darauf, dass Frau Dirkens ihr den Tee eingoss. Erst als die Zuckerstücke knacksten, antwortete sie nachdenklich: »Sie haben ja recht. Aber gerade, weil ich so glücklich bin, will ich, dass der Rest der Welt es sieht. Dass sich alle mitfreuen und ein wunderschönes Fest mit uns feiern.«

»Das kann ich verstehen, mein Kind. Wer, wenn nicht ich? Wo ich dich schon so lange kenne. Ich habe das Gefühl, stellvertretend für deine Eltern zu stehen.« Sie platzierte die Kanne auf dem bereitstehenden Stövchen und holte ein Kännchen mit Sahne aus dem Kühlschrank.

Daniela schluckte. Das war das Schlimmste. Etwas, an das sie gar nicht denken mochte. Etwas, das sie weit weg schob. Ihre Eltern lebten nicht mehr. Sie würden nicht da sein und sie würden mehr fehlen, als sie es sowieso schon taten. Daniela spürte, wie ihre Augen feucht wurden. Schließlich waren sie es gewesen, mit denen sie als kleines Kind nach Norderney gekommen war. Das erste Mal, als Daniela sieben war. Und danach immer wieder. Fast jedes Jahr, von wenigen Ausnahmen abgesehen. Und nie waren sie woanders als bei Frau Dirkens abgestiegen, in der Pension, in der Daniela auch später noch, als sie alleine auf die Insel fuhr, bei jedem Aufenthalt ihre Kindheit wiedergefunden hatte.

Langsam ließ sie mit fast tränenblinden Augen die Sahne am Rand entlang in die Tasse laufen. Dass die Wölkchen aufstiegen, ahnte sie mehr, als dass sie es sah.

Frau Dirkens war hinter sie getreten und legte ihr eine Hand auf die Schulter. »Ich weiß. Das wird ein schwerer Moment werden. Wie stolz dein Vater wäre, könnte er dich in die Kirche führen. Und deine Mutter erst.« Frau Dirkens hielt inne. »Sollen wir vielleicht? Als Erinnerung?« Ihr Blick ging in Richtung des alten Schrankes, der für das kleine Zimmer viel zu wuchtig schien.

Daniela wischte sich die Tränen weg und lachte. »Frau Dirkens. Wirklich. Aber warum eigentlich nicht? Bei uns im Rheinland machen wir es schließlich genauso. Nur nicht mit schottischem Whiskey.«

»Ja, dem Leben muss man etwas entgegensetzen können«, sinnierte Frau Dirkens, während sie in beide Tassen einen großzügigen Schluck der goldenen Flüssigkeit gab. »Wer wüsste das besser als ich.« Seufzend setzte sie sich Daniela gegenüber und nahm vorsichtig einen Schluck aus der dünnen Teetasse.

»Danke«, sagte Daniela mit rauer Stimme. Sie war sich sicher, dass Frau Dirkens verstand, was dieses Wort alles umfasste.

»Kind, ich habe zu danken. Wo wäre ich denn jetzt, wenn du nicht wärst? Du und dein Prinz. Ich bin so glücklich, dass ich in meinem Haus bleiben kann. Dass alles anders und doch vieles gleich geblieben ist.«

»Wirklich?« Daniela schaute sich in der Küche um, die wie eine Ferienwohnung mit einer kleinen Küchenzeile ausgestattet war. Alles war auf einen eher spartanischen Haushalt ausgelegt, aber so war es vollkommen ausreichend, betonte die alte Pensionswirtin immer wieder gerne. Den massiven Schrank hatten sie beim Umzug in die oberen Räume auseinandernehmen und oben zusammensetzen müssen, aber er war für Frau Dirkens genauso wichtig wie das Gemälde ihres verstorbenen Mannes, das Biedermeiersofa und die Stühle mit Korbgeflecht. Ähnlich wie die so vertraut tickende Wanduhr, die einem das paradoxe Gefühl gab, der Zeit enthoben zu sein. All das hatte seinen Platz hier oben in zwei Zimmern gefunden, die Frau Dirkens nun bewohnte, während die unteren

Etagen das Domizil von Daniela und Frank geworden waren. Nur zu gerne hatten die beiden in den Vorschlag eingewilligt, das Haus auf Rentenbasis zu übernehmen.

»Das fragst du immer noch, Kind?« Frau Dirkens schüttelte den Kopf und zog gleichzeitig die Einladungskarte zu sich heran. »Dabei hättet ihr mich gar nicht glücklicher machen können. Wie schön das Haus wird, jetzt, wo ihr alles nach und nach renoviert. Es ist für alle ein Gewinn. Für mich. Für die Gäste. Und wie ich vermute, auch für euch?«

Daniela nickte. »Einfach perfekt.«

»Na also. Dann lass jetzt mal sehen.« Frau Dirkens nahm die Karte zwischen ihre Finger, wie um die Qualität des Papiers zu prüfen. Sie besah sich das Foto, das die Frisia-Fähre beim Einlaufen in den Norderneyer Hafen zeigte, und las dann andächtig Wort für Wort des Textes laut vor.

»Schön, mein Kind, wunderschön. Das hat Stil und ist doch etwas Besonderes. Konventionell, aber eigenwillig. Es wird übrigens meine erste katholische Trauung sein, die ich Nordlicht besuche.«

»Ja, was für ein Glück, dass für uns Rheinländer hier auf der Insel gleich doppelt gut gesorgt ist mit zwei katholischen Kirchen. Mehr Auswahl als zu Hause, könnte man meinen.«

»Siehst du, ich sag's ja. Norderney hat eben für jeden etwas zu bieten.«

»Und das mit der Reihenfolge?«, wollte Daniela wissen.

»Du meinst, dass ihr erst kirchlich und danach standesamtlich heiratet? Ungewöhnlich, aber warum nicht? Wenn es rechtens ist.«

»Klar, das ist es seit einigen Jahren. Und uns gefällt es so besser. Von feierlich am Morgen zu lässig am Abend. Und weil ich das Heulen schon morgens erledigt haben möchte.« Daniela grinste schief.

»Ach Kindchen, du wirst sehen. Vor lauter Aufregung und

Freude wirst du das Weinen ganz vergessen. Und wenn nicht: Ich stehe mit Taschentüchern bereit. Und einen Flachmann habe ich auch noch, von meinem Käpt'n, dem seligen. Da werde ich für den Notfall etwas abfüllen. Du musst dann nur sagen: ›Nachbarin, Euer Fläschchen!‹« Energisch schob Frau Dirkens ihre Tasse näher an die Kanne heran, um nachzuschenken. »Abgemacht?«

*

MITTWOCH, 30. MAI

»Ihr habt sie ja nicht mehr alle!«

»Das sagt gerade der Richtige. Findest du nicht, Ingrid?«

Hilmar sah zwischen den beiden Frauen hin und her. Was für eine bescheuerte Idee war es gewesen, sich von den beiden zu einem gemeinsamen Abend überreden zu lassen. Was man nicht alles tat, wenn einem das Alter nach und nach alles nahm, das einmal wichtig gewesen war: die Arbeit und Begeisterung, Familienangehörige und Freunde, die Beweglichkeit, das Hören und Sehen, von anderen Dingen ganz zu schweigen. Natürlich war Ingrid der gleichen Meinung wie Anneliese, das erwartete er gar nicht anders. Auch wenn sie ihre Meinung nicht so herausdonnerte wie seine Schwägerin. Aber wie angstvoll Ingrid jetzt zu Anneliese schaute, das sagte ihm mehr als genug. Weiber! Nichts anderes hätte er erwarten dürfen.

Anneliese maulte schon wieder: »Wir haben die Spielregeln doch vorher noch einmal besprochen, und du hast dich mit allem einverstanden erklärt. War es nicht so, Ingrid?«

»Ach, komm. Vergiss es einfach. Du hast recht, wie du immer recht behalten hast. Damit hast du meinem Bruder und meiner Mutter schon das Leben schwer gemacht. Kein Wunder, dass …«

»Dass was?« Annelieses Stimme war schrill.

Hilmar winkte ab. Er wusste, dass es keinen Sinn machte, mit Anneliese zu diskutieren. Das hatte seinen Bruder letztendlich ins Grab gebracht. Da war er sich sicher. Und auch seine Mutter hatte unter ihrer Schwiegertochter immer nur zu leiden gehabt. Zumindest die ganzen letzten Jahre, in denen sie auf Pflege und Hilfe angewiesen war. Anneliese wusste immer alles besser, machte alles besser und hatte, wie man so treffend sagte, Haare auf den Zähnen.

»Lass gut sein. Scrabble ist wahrscheinlich nicht das richtige Spiel für mich. Euch beiden kann ich nicht das Wasser reichen.« Hilmar hoffte, dass es damit gut wäre und sie den Abend friedlich beenden könnten.

»Gibt's denn überhaupt irgendetwas, was du gut kannst?«, keifte Anneliese stattdessen.

Aber das war nun selbst Ingrid zu viel, die missbilligend ihren Kopf schüttelte. Immerhin.

»Soll ich uns nicht lieber einen Tee einschenken? Und noch einen Korn?« Sie war aufgestanden und schon unterwegs, um die Flasche aus dem kleinen Kühlschrank zu holen.

Hilmar brummte genauso, wie Anneliese es tat, ließ sich aber dann doch mit beidem bedienen. Der Schnaps tat ihm gut und beruhigte seine Stimmung.

»Also, komm, Schwägerin, das mit deinem Scrabble hat ja nun mal nicht klappen wollen. Was haltet ihr beiden denn von einer Runde Skat? Weil du wissen wolltest, was ich richtig gut kann.« Hilmar blickte Anneliese siegessicher an. Damit hatte sie nicht gerechnet, dass er ihr Paroli bieten würde. Er schob sein Glas zu Ingrid, die gerade die Flasche zurückstellen wollte. »Schütte mir mal lieber noch einen ein. So gut hat er mir schon lange nicht mehr geschmeckt. Also, die Damen, nehmt ihr es mit mir auf?«

*

»Gehen wir noch einen trinken?«

Martin registrierte den irritierten Blick, den Anne ihm und dem Ehepaar, mit denen sie Tennis gespielt hatten, zuwarf.

»Ja, klar, müssen wir«, antwortete sie verwundert.

»Was heißt das denn? Wieso müssen wir?« Martin runzelte die Stirn.

»Weil wir noch mit Ronnie und Silke verabredet sind. An der Weststrandbar. Wir wollen noch einmal den Ablauf durchgehen.«

»Och nö.« Martin schaute zu seinem Freund, der sich lachend abwandte.

»Na dann, viel Spaß als Hochzeitsplaner, Martin. Wusste gar nicht, was für verborgene Talente du hast. Wir sehen uns nächste Woche, okay? Dann habt ihr alle den Kopf wieder frei.«

»Mensch, Martin, was ist denn los? Ich dachte, du machst das gerne für Frank und auch für Daniela. Den beiden tut unsere Unterstützung gut.«

»Ja, weiß ich. Aber mittlerweile kann ich das Wort Hochzeit schon nicht mehr hören. Und dabei ist es noch nicht einmal unsere eigene.«

Anne sah Martin von der Seite an. Sollte das etwa ein versteckter Hinweis sein? Eine Anspielung, ein Testballon oder sogar ein ironischer Einwurf? Aber Martin schien sich nichts bei seinen Worten gedacht zu haben, sondern nur an das Ereignis am Samstag zu denken.

»Ach komm. Das wird sicherlich ein schönes Fest. Am Strand. Die Vorhersage verspricht viel Sonne. Womit auch immer Daniela den Wettergott bestochen hat.« Anne lachte auf. »Ein perfekter Tag wartet auf uns.«

»Wer weiß das schon. Vielleicht brauche ich sogar noch einen Plan B.«

»Das heißt? Willst du kein Trauzeuge mehr sein?«

»Doch, natürlich. Klar. So etwas sagt man ja nicht drei Tage vor der Hochzeit ab. Ich meine nur dienstlich. Wenn das Wetter so wird, wie die Vorhersage es anzeigt, dann wird die Insel voll am Wochenende.«

»Was ja nicht ungewöhnlich ist im Juni. Am langen Fronleichnamswochenende. Das wussten wir doch. Und deine Kollegen auch. Sag nicht, du musst am Wochenende arbeiten.«

Martin holte sein Handy aus der Tennistasche und warf einen schnellen Blick aufs Display. »Nein, bisher nicht. Aber Nicole hat über Facebook mitbekommen, dass ein privates Event auf der Insel stattfinden soll, von dem wir noch nicht wissen, ob es uns beschäftigen wird.«

»Ein privates Event? Noch eine Hochzeit, oder was genau?«

»Ich bin mir nicht mehr sicher, wie das heißt. Irgend so eine Mode unter Jugendlichen.«

»Gothics?«

»Nein, Gothics nicht. Das wüsste ich. Das kenne ich ja noch unter dem Begriff Grufties.«

Anne lachte. »Oje, wenn die derzeitigen Gothics das hören würden, hättest du dich schon disqualifiziert. War es nicht bei uns früher schon total wichtig, trennscharf zwischen den einzelnen Richtungen zu unterscheiden?«

»Keine Ahnung. Ich habe nie wirklich zu etwas dazugehört.«

»Na, Metalfreaks wie in Wacken werden es wohl nicht sein?«

»Nein, natürlich nicht. Das, was Nicole meinte, ist irgendwie eine Mischung aus Fantasy und Elfen, wenn ich das richtig verstanden habe.«

»Ach echt? Du meinst bestimmt Mangas oder Animes? Wollen die hier eine Feen-Con machen?«

Martin richtete sich beim Aufschließen seines Fahrrads abrupt auf. »Mangas und Feen-Con? Woher weißt du so etwas?«

Anne zuckte die Achseln. »Freunde von mir besuchen seit Jahren regelmäßig diese Rollenspieltreffen, und die Feen-Con ist so etwas wie ein Jahrestreffen oder eine Messe. War es das, was Nicole gesagt hat?«

»Nein, ich glaube nicht. Eher das andere. Ich glaube, sie hat davon gesprochen. Mangas. Kennst du das ebenfalls?« Martin fühlte sich plötzlich sehr alt.

Anne nickte und gab ihm einen schnellen Kuss. »Ja, tue ich. Weil ich mal in Düsseldorf durch Zufall in den jährlichen Japantag geraten bin. Und da wimmelt es nur von Mangas.«

»Hört sich ganz schön gefährlich an.«

Anne lachte. »Wenn du wüsstest. Komm, ich zeige dir mal schnell ein paar Fotos, dann wirst du sehen, dass das etwas ziemlich Harmloses ist. Oft so ein Mädchending. Das Ganze hat sich aus japanischen Comics entwickelt, und das Ideal ist wohl, den gezeichneten Heldinnen aus den Büchern so ähnlich wie möglich zu werden.«

»Was du alles weißt. Ich komme mir manchmal ziemlich alt vor neben dir. Klar, sind auch zwölf Jahre zwischen uns.«

»Jetzt höre auf, den alten Mann zu geben. Mit 47 bist du das noch lange nicht. Mein Wissen ist ausschließlich angelesen. Habe ich damals nach der Invasion in Düsseldorf gegoogelt. Weil ich so verwundert war. Also, wenn es das ist, dann entspann dich. Das wird sicher friedlicher ablaufen, als wenn Headbanger und Kuttenträger auf die Insel kämen.«

»Na, da bin ich mir nicht so sicher. Nicole jedenfalls war alarmiert.«

»Wieso das denn? Sie ist doch sonst so souverän.«

»Irgendwelche Erfahrungen vom Festland. Sie macht sich Sorgen, dass damit eine neue Welle Drogenkriminalität nach Norderney schwappen könnte.«

»So wie an Pfingsten?«

»Na ja, das sind ja eher Einzelfälle. Weißt du ja. Delikte unter Alkohol sind immer noch in der Mehrzahl. Aber die Kollegen machen sich Sorgen um die Kids, die hier wohnen und die nach dem Wochenende die Insel nicht wieder verlassen.«

»Dass unsere heile Welt infiltriert wird?«

»Ja, ein bisschen schon. Schließlich sind wir von vielem noch verschont.«

»Stimmt. Ist ja auch ein weiter Weg bis zum europäischen Festland, wie die Frisia-Kapitäne gerne betonen.« Sie musste lachen. »Komm, hör auf dir Sorgen zu machen. Wegen ein paar Mangas auf der Insel, die privat feiern, musst du bestimmt nicht arbeiten am Wochenende. Lass uns lieber die Hochzeit planen. Also los! Wer zuletzt an der Weststrandbar ist, zahlt eine Runde!«

*

Sie griff sich in die Haare, als wären dort die Worte zu finden, die sie an ihre Tochter richten musste. Mehrfach öffnete sie den Mund und schloss ihn wieder, ohne einen sinnvollen Anfang für all das, was sie sagen wollte, gefunden zu haben. Das Bild eines Fisches tauchte vor ihrem inneren Auge auf, und wahrscheinlich war es das Stöhnen, das nun als Laut aus ihrer Kehle drang, das Melanie aufblicken ließ.

»Was ist denn jetzt schon wieder?«

Genervter konnte kein Tonfall sein. Gerade deswegen wäre es wichtig, klar und überzeugt zu antworten. Es gelang ihr nicht.

»Dann ist ja alles klar.« Milli schob das Pop-Socket ihres Handys mit einem warmen Surren zurück, stand auf und schob das Telefon in die hintere rechte Jeanstasche. »Ich bin dann mal weg.«

»Nein.« Yvonne erhob sich und machte einen Schritt auf die Tür zu. Sie zauderte. Blieb stehen. »Melanie, ich meine …«

»Jetzt nenn mich nicht auch noch Melanie. Du legst es aber heute Abend wirklich darauf an.«

»Milli, okay, Milli. Wir müssen noch einmal reden. Über das Wochenende. Das geht so alles nicht.«

»Reden nennst du das? Wenn du zu allem Nein sagst? Vergiss es. Alles, wirklich alles machst du kaputt. Dein Leben. Und mein Leben. Aber das hier, das hier am Wochenende, das lasse ich mir nicht kaputt machen. Egal, wie es dir damit geht. So etwas von egal.«

»Milli!« Sie wusste – ihre Therapeutin, die Berater, die Lehrer, alle hatten es oft genug gesagt –, dass sie jetzt Stärke und Autorität zeigen müsste. Dass Melanie das herausforderte. Dass Melanie nur nach einem Gegenüber schrie. Aber sie hörte in ihren Ohren, wie hilflos sie mit ihren Antworten klang.

»Wenn du es nämlich noch nicht kapiert hast: Ich habe auch ein Recht auf Leben. Und zwar auf eines, das Spaß macht. Ein Leben, in dem man Freunde hat, ausgeht, die Welt bereist. Und sich nicht auf eine Insel hockt und wartet, bis …«

Yvonne Stöcker sah, wie ihre Tochter sich auf die Lippen biss. Fragte sich, ob das Satzende, das ihr durch den Kopf ging, dasselbe war, das Melanie hatte sagen wollen: »… bis dass der Tod dich holt.« Sah, dass ihre Tochter fieberhaft nach etwas suchte, das den Satz versöhnlicher abschloss.

»Bis was?«, fragte sie tonlos.

»Bis dass du einsiehst, dass dir das hier nicht weiterhilft. Dass es nicht das ist, was du dir erhofft hast. Dass du mir etwas schuldig bist.«

»Du weißt, dass es Zeit braucht. Melanie, das geht nicht mit Gewalt.«

»Nenn – mich – nicht – Melanie!«

»Okay, Milli. Dass es Zeit braucht.«

»Glaube ich nicht.«

»Was soll das heißen?«

»Dass ich alt genug bin. Die Dinge in der Schule lerne. Du mir nichts mehr vormachen kannst. Ich weiß Bescheid.«

»Was weißt du?«

»Genug, um zu kapieren, dass sich auf die Art und Weise nie etwas ändern wird. An deinem Leben jedenfalls nicht.«

Yvonne sah, wie Melanie trotzig die Lippe nach vorn schob. So hatte sie es schon als kleines Kind gemacht.

»Kannst du mir sagen, warum du jetzt lächelst?« Aus Melanies Augen schossen Blitze vor Wut. Die dunkel geschminkten Augen betonten den Zorn in den blauen Augen kräftiger, als es für eine 16-Jährige gut war, fand Yvonne.

»Nichts. Gar nichts.« Yvonne presste die Lippen zusammen. Melanie jetzt mit Kindheitserinnerungen zu kommen, wäre grundfalsch. Das war ihr klar.

»Ich habe jedenfalls nicht vor, mich deinem Stillstand unterzuordnen. Alle sagen, dass ich das nicht muss.«

»Wer ist alle?« Sie ahnte es: Lehrer. Freunde. Die Frau vom Jugendamt.

»Alle halt. Ist doch egal. Willst du mich in ein Gespräch verwickeln, weil ich weg muss?«

»Du musst nicht weg.«

»Klar muss ich. Das Wochenende planen. Von alleine erledigt sich das nämlich nicht.«

»Aber genau darüber müssen wir reden.« Ihre Stimme – kraftlos. »Ich habe nicht zugestimmt, das weißt du genau.«

Yvonne hatte sich mit jedem Wort in kleinen Schritten zur Tür bewegt. Als wenn das etwas nützte. Als wenn sie Melanie dadurch halten könnte.

Diese stand nun bedrohlich nahe vor ihr. Klein und zart nur auf den ersten Blick. Sie strahlte gleichzeitig eine Energie und Kraft aus, von der Yvonne nie genau wusste, ob es die väterlichen Gene waren oder eine Reaktion auf das Leben mit ihr als Mutter. Das Einzige, was sie zunehmend spürte, war die Fremdheit zwischen ihnen. Fremd allein schon durch das Selbstbewusstsein, mit dem Melanie sich präsentierte.

Sie konnte sich nicht erinnern, selbst jemals so gewesen zu sein. Bis heute wusste sie nicht, wie es war, wenn man mit dem eigenen Körper und dem eigenen Denken in Harmonie lebte. Sie wusste nicht, wie man sich in dieser Selbstzufriedenheit bewegte, fühlte, dachte, sprach. Die Tochter, ihr eigen Fleisch und Blut, so fremd.

»Mum! Es gibt nichts mehr zu reden. Ich habe das entschieden. Das Wochenende findet statt. Hier auf der Insel. Und bei mir. Hier in diesem Haus. Und jetzt lass mich. Lass mich einfach in Frieden.«

*

»Kannst du die Jacken aus dem Rucksack holen?« Anne stupste Martin an, der gerade an der Theke noch eine Runde Bier geholt hatte.

»Ist dir kalt?« Martin machte sofort ein schuldbewusstes Gesicht. »Sollen wir lieber gehen?«

Anne lächelte ihn an. »Quatsch. Ich habe gerade gesagt, dass ich noch ein Bier mittrinke. Jetzt sei nicht immer so besorgt.«

»Normalerweise beschweren sich Frauen eher darüber, dass wir Männer zu wenig fürsorglich sind«, warf Martins Kollege Ronnie ein.

»Wie man es macht, macht man es falsch«, grinste Martin.

»Du redest wahrscheinlich vom großgeschriebenen Mann, was?« Der Kollege stieß mit seinem Bierhumpen gegen Martins Glas. »Komm, lass uns lieber anstoßen.«

»Ihr Männer«, mischte sich nun Silke ein, eine der weiblichen Aufstockungspolizistinnen, die in den Saisonmonaten die Norderneyer Wache für jeweils einige Wochen verstärkten. »Wir sagen zu Hause ja: ›Immer schön durch den Schlüpper atmen.‹ Und das sollte auch für euch Männer gelten.«

»Jetzt hört auf zu frotzeln. Ich will nicht heim, sondern den Sonnenuntergang sehen. Und Danielas Hochzeit planen. Ist das nicht unglaublich, was wir gerade für ein Wetter haben? Und so etwas im Mai.«

»Na ja, in zwei Tagen ist Juni, nun übertreibe mal nicht«, warf Silke ein.

Anne lachte. Silkes rauem, aber ehrlichem Charme konnte sich keiner entziehen. Und sie brachte in die Hochzeitsvorbereitungen einen ganz eigenen Witz.

»Hast ja recht. Umso wichtiger, dass wir heute Abend mit der Planung fertig werden. Ist so weit alles klar?«

»Ich denke schon.« Ronnie tippte auf die Notizen, die vor ihm lagen. »Ich habe morgen Nachmittag frei und besorge alles, was wir noch brauchen. Ich muss sowieso aufs Festland.«

»Ich drucke die Liedtexte aus, die wir an alle für den gemeinsamen Hochzeitschor verteilen.« Anne grinste Silke an. »Toll, wie du gedichtet hast. Das wird den beiden gefallen.«

»Gut, dass ihr so viel Material zum Dichten über die beiden aus deren Heimatorten besorgt habt.«

»Stimmt«, bekräftigte Martin. »Über die kurze Zeit, die die beiden auf der Insel leben, hätten wir nicht so viele Strophen zusammenbekommen.«

»Genau 34. Kompliment, Silke. Das entspricht exakt dem Lebensalter der beiden. Daniela wird der Mund offen stehen bei dem, was wir alles über sie in Erfahrung gebracht haben.« Anne schaute Martin an. »Schon komisch. Dass wir so etwas wie das Hochzeitskomitee für die beiden sind, obwohl wir uns alle erst kurz kennen.«

»Aber die Verwandten und Freunde kommen auch?« Silke schaute verwirrt.

»Schon. Aber Danielas Eltern leben nicht mehr. Von ihrer Familie wird nur ein Cousin da sein. Ihre Freundin Jutta reist aus dem Ausland an und zwei weitere Freundinnen. Franks

Bruder kommt, ein Kommilitone ist dabei und natürlich seine Eltern sowie eine Tante. Wer hätte denn da die Vorbereitungen koordinieren sollen?«

»Ich finde, das läuft alles genau richtig.« Martins Stimme klang tiefer als sonst, wie immer, wenn er von etwas sehr überzeugt sprach. »Daniela und Frank sind wirklich ein paar Nette. Die haben sich auf der Insel bisher von ihrer allerbesten Seite gezeigt.«

»Eine Unterkunft ist für alle Gäste gefunden?«, fragte Ronnie nach.

»Ja. Danke übrigens an euch, dass ihr euer Gästezimmer für die Tante zur Verfügung stellt.«

»Nicht dafür.« Ronnie winkte ab.

»Hast du denn das Brautkleid schon gesehen?« Silke beugte sich zu Anne hinüber.

»Ach Gott«, stöhnte Ronnie auf. »Frauen und Brautkleider. Meine zu Hause guckt jede Adelshochzeit. Wegen des Brautkleids, sagt sie. Und noch viel schlimmer: Diese Sendungen mit den Hochzeiten, die nachmittags laufen. Müssen wir auch Punkte vergeben?«

Silke verdrehte die Augen. »Männer. Denk daran: Immer locker bleiben – du weißt schon.«

»Ach, Silke, deine Sprüche werden wir vermissen, wenn du wieder nach Hause fährst. Aber weil du fragst: Ja.« Anne hob verschwörerisch den Finger an den Mund. »Ich durfte das Brautkleid schon sehen.«

»Und? Weiß, Schwarz, Rot, Pink? Bei Daniela kann ich mir alles vorstellen.«

Anne sah Silke vor Neugierde fast platzen. Hinter ihrer burschikosen Art zeigte sie eine Menge Emotionen. Trotzdem, ein wenig Frotzeln musste sein. Sie winkte Silke näher zu sich heran, machte eine melodramatische Pause, in der sie verschwörerisch nach rechts und links blickte, und flüsterte ihr dann ins Ohr: »Sorry. Schweigepflicht. Was ich jedoch weiß: Die Braut trägt einen Schlüpper!«

*

»Verlieren können, das ist eine Kunst. Eine Kunst, die du ja noch nie beherrscht hast.« Hilmar hob die Karten auf, die alle in die Tischmitte geworfen hatten, und schob sie zu einem akkuraten Päckchen zusammen.

Anneliese sah, wie unschlüssig er sie in der Hand hielt. Ob sich das Mischen noch mal lohnte, würde er trotz seiner Provokationen allein von ihrer Antwort abhängig machen. Anneliese triumphierte innerlich. Sie war ihnen allen schon immer überlegen gewesen.

»Halt einfach mal die Klappe, Hilmar. Du mochtest mich noch nie. Du nicht und eure Eltern genauso wenig.«

»Was redest du bloß für einen Stuss den ganzen lieben langen Tag.«

»Das ist kein Stuss. Kai-Uwe hat das übrigens sehr wohl gemerkt, dass ihr mit seiner Wahl nicht einverstanden wart. Willst du das nicht zugeben, nach all den Jahren, dass ihr ihn damals gefragt habt, was er für Flausen im Kopf hat. »Eine Städtische«, so habt ihr mich immer genannt.«

»Das warst du ja auch«, brummte Hilmar, ohne sie anzusehen. Stattdessen schob er Ingrid das leere Glas hin. Und Ingrid befüllte es natürlich ohne einen Hauch des Zögerns und Nachdenkens.

Ja, Ingrid, die wäre passender gewesen aus Sicht ihrer Schwiegereltern und aus Sicht ihres Schwagers. Wobei ihr Schwiegervater sie schon gemocht hatte. Es gab Zeichen des Einverständnisses, wenn seine Frau es nicht mitbekam.

»Eine Städtische zu sein, hörte sich an, als wäre ich eine Prostituierte.« Anneliese spie das Wort regelrecht aus.

Hilmar, der im Begriff stand, sich den Schnaps hinter die Binsen zu gießen, verharrte und knallte dann das volle Glas Korn auf den Tisch. Dass der Schnaps über seine Finger spritzte, schien ihn nicht zu stören. Aus zusammengekniffenen Augen sah er sie an. Auch Ingrid hatte einen spitzen Schrei losgelassen. Anneliese wusste nicht, ob sie lachen oder weinen sollte. Es war, als würden die beiden ein Stück Volkstheater aufführen. Aber für wen? Diese Bigotterie nahm ihnen heutzutage keiner mehr ab. In welchem Jahrhundert waren die beiden bloß stecken geblieben?

»Ja, da könnt ihr gucken und quieken. Es gibt noch andere Worte dafür, aber ich will es mal gut sein lassen. Nicht, dass ihr mir hier noch tot vom Stuhl fallt. Darum geht es mir gar nicht.« Anneliese versuchte, ihre Stimme etwas weniger angriffslustig klingen zu lassen. Sie wusste, dass sie andere Menschen schnell reizte.

»Worum geht es dir dann?« Hilmar schob das Glas erneut zu Ingrid.

Immerhin schaute diese erst Erlaubnis heischend zu ihr herüber. Anneliese nickte gnädig in ihre Richtung.

»Darum, dass du immer noch so tust, als wäre ich eine Plage für Kai-Uwe gewesen. Das war ich aber nicht. Es war die große Liebe, auch wenn ihr davon nichts wissen wolltet.«

»So, so, die große Liebe«, murmelte Hilmar. Leiser als zuvor. Anneliese witterte eine Chance.

»Nur, weil ich aus Oldenburg kam. Nur, weil ich etwas gelernt hatte. Das kanntet ihr hier auf der Insel ja nicht. Zumindest nicht von den Frauen, die hier geblieben sind.«

»Weil sie wussten, was sie an uns Männern haben. Dass wir für sie sorgen. Neumodischer Kram, dass auf einmal die Frauen alle arbeiten wollten.«

»Ach, Hilmar. Deswegen sind die Frauen auch alle hier auf der Insel geblieben, stimmt's?«

»Bei mir war das so. Ich fand das komisch, dass alle auf einmal nach Hamburg oder Bremen wollten.« Ingrid war kaum zu verstehen, so leise redete sie vor sich hin. Aber Anneliese kannte das schon. Wenn Ingrid glaubte, Rückendeckung zu bekommen, fuhr sie diese altmodische Schiene. Dabei war sie früher viel zu ängstlich gewesen, um die Insel zu verlassen. Da nahm sie lieber in Kauf, ein Leben lang von anderen abhängig zu sein.

»Ist ja auch egal.« Hilmar begann, die Karten nun doch zu mischen.

Nachdem Anneliese ihren Ton etwas zurückgefahren hatte, schien er immerhin einlenken zu wollen. Das war bis vor einiger Zeit anders gewesen. Besonders nach ein paar Korn. Aber er war nicht mehr der Jüngste. Was man mehr als deutlich sah. Die aufgequollene Nase, die täglich dicker zu werden schien, war umrahmt von rot-violetten Wangen. Die Farbe des Mundes ging, sobald er redete, ins Bläuliche, während sich ein weißer Rand um seine Lippen bildete. Trotzdem versuchte er, immer Haltung zu wahren. Gerade gehen, gerade sitzen. Ein Stück von dem alten Marinesoldaten steckte nach wie vor in ihm und versuchte, den körperlichen Einschränkungen etwas entgegenzusetzen. Die Augen unter dem dicken schlohweißen Haar sprühten tatsächlich oft genug noch voller Energie. In solchen Augenblicken sah eine wie Ingrid sehnsuchtsvoll zu ihm, so wie am heutigen Abend auch.

Anneliese seufzte. Natürlich hatte er Frauen wie sie immer schlechtreden müssen, weil er Angst vor starken Gegenübern hatte. Aber so ein Mäuschen wie Ingrid, die genau dem entsprach, was er so entschieden forderte, die war ihm dann nicht gut genug. Für sie hatte er nur Geringschätzung und Mitleid übrig, wenn auch nicht so offenkundig wie die Abneigung, die er ihr, der »Städtischen«, gegenüber an den Tag legte.

»Also, noch eine Runde Skat?«, fragte Hilmar, nun anscheinend gewiss, dass der Streit abgewendet war.

»Ich weiß nicht«, ließ Ingrid vernehmen. »Können wir nicht etwas Einfacheres spielen? Mau-Mau oder Siebzehn und Vier vielleicht?«

Hilmar lehnte sich jovial zurück, und der alte Stuhl knarzte bedenklich unter seinem Gewicht. »Recht hast du, Ingrid. Es offen und ehrlich sagen, wenn etwas zu schwierig ist. Wenn das nur einmal alle könnten.«

Anneliese holte tief Luft. Wenn sie sich jetzt nicht irgendwie Luft verschaffte, würde der Abend in einem Unglück enden. Bei aller Liebe und Respekt zu Kai-Uwe und seiner Familie. Dann könnte sie für nichts mehr garantieren.

Sie griff nach der Flasche Schnaps. Nahm das Glas in die andere Hand. »Wisst ihr was? Spielt ihr beide eine Runde eurer Kinderspiele. Mit denen ihr euch so wohlfühlt und die eurem Horizont entsprechen. Ich brauche frische Luft. Mit Schnaps. Und draußen unter freiem Himmel habe ich mit Kai-Uwe ein ernstes Wörtchen über seine Familie zu reden. Warum er sich um Himmels willen einfach ins Jenseits aufgemacht hat, ohne seinen Bruder mitzunehmen.«

*

»Ob am Wochenende wirklich schon wieder so viel los sein wird? Ich hatte gehofft, nach Pfingsten können alle erst einmal durchatmen.« Nicole sah ihrem Kollegen dabei zu, wie er den Wasserkocher anstellte.

Olaf war schon ewig als Polizist auf seiner Heimatinsel tätig, dass Nicole immer ganz entspannt den Diensten mit ihm entgegensah. Als echter Ostfriese, der er war, ließ er sich nicht aus der Ruhe bringen. Schon gar nicht von den ganzen Veränderungen auf der Insel, die sich immer mehr in den Diskussionen über die Entwicklung von Norderney niederschlugen.

»Mir wird nicht bange vor dem, was du uns erzählst, Nicole. Kein Vergleich mit dem, was beim Weit-Sand-Fest auf der Insel los ist.«

Nicole versuchte, das aufkommende Grinsen zu unterdrücken. Olaf war schon süß. Jeder andere von ihnen würde sich nicht entblöden, den Namen des White-Sands-Festivals, das es nun schon etliche Jahre gab, so unverdrossen unenglisch auszusprechen. Aber so war Olaf. Echt. Authentisch. Nicht zu verbiegen.

»Aber das ist die letzten Jahre immer heftiger geworden. Was wir mittlerweile an Pfingsten an Kollegen auf die Insel bestellen, einschließlich der ganzen Drogenspürhunde, Mannomann, so habe ich mir das gar nicht vorgestellt, als ich hierhin gezogen bin.«

»Joa, das sind die neumodischen Entwicklungen auf der Insel.« Er zuckte die Schultern. »Kann man nichts dran machen. Es gibt genug, die sich darüber freuen.« Er hatte sich zu ihr herumgedreht und rieb Daumen und Zeigefinger aneinander. »Geld regiert die Welt, das ist hier nicht anders als in Neu Jork.«

Wieder musste Nicole sich zusammenreißen, um nicht loszuprusten. Olaf Maternus war und blieb eine ganz besondere Marke. Sie war sich sicher, in ihm ein aussterbendes Exemplar einer besonderen Gattung angetroffen zu haben. Sie konnte sich jedenfalls nicht beschweren, sondern nur Gutes über ihn sagen: Er war zuverlässig und loyal, oft ziemlich lustig, ihr gegenüber immer respektvoll. Was wollte man mehr?

Mittlerweile hatte er die Teekanne mit Wasser aufgefüllt und trug sie zu dem winzigen Resopaltisch, den sie in ihrem Aufenthaltsraum stehen hatten.

Leise seufzend setzte er sich und schaute zu der Uhr über der Tür. Nicole verstand, dass er auf den Feierabend wartete.

»Aber wegen des Wochenendes würde ich mir mal keinen so großen Kopf machen«, griff er nun den Faden ihres

Gesprächs wieder auf. »Was hast du gesagt, soll hier am Wochenende stattfinden?«

Nicole überlegte kurz, wie sie Olaf beschreiben sollte, was sie über Facebook erfahren hatte.

»Auch so etwas wie ein Festival, aber natürlich längst nicht so groß wie das von Pfingsten.«

»Und was wird da gefeiert – auf dem Fest«, er stockte, »Festival? Hat das was mit Sport und Musik zu tun?«

»Nein, nein, überhaupt nicht. Ganz anders. Die Leute sind viel jünger, oft noch minderjährig. Und das Ganze ist privat organisiert. Ich glaube nicht, dass mehr als 50 junge Leute kommen werden.«

»Na dann. Kein Grund, sich Sorgen zu machen.«

»Ich weiß nicht. Auch wenn das Ganze keinen offiziellen Charakter hat. Das alles wird auf jeden Fall für Aufsehen sorgen.«

»Wieso? Weil die Leute so jung sind?«

»Nein, aber sie sind alle verkleidet.« Nicole schüttelte den Kopf, als Olaf etwas einwenden wollte. »Nicht wie an Karneval im Rheinland. Viel fantasievoller. Ich zeige dir gleich mal ein paar Bilder, weil man das gar nicht erklären kann.« Nicole begann, in ihrem Handy nach den entsprechenden Fotos zu suchen.

»Trotzdem. Hört sich nach Kinderkram an, wenn mich nicht alles täuscht.«

»Ich bin mir da nicht so sicher. Vor allem wieder wegen der Drogen. Ich finde, wir haben da auf der Insel mittlerweile genug mit zu tun.«

»Das hat etwas miteinander zu tun, glaubst du?«

»Ja, glaube ich. Am liebsten würde ich Martin bitten, noch einmal die Kollegen mit den Drogenspürhunden anzufordern.«

»Wegen 50 Menschen, die zum Teil noch Kinder sind? Ich

glaube nicht, dass uns das einer bewilligt. Und dann noch wegen einer privaten Geschichte. Nee, du, das wird nichts.«

Nicole nickte und blies anschließend in ihren Tee, während sie mit der rechten Hand immer noch nach Fotos scrollte. Kein ostfriesischer, sondern eine englische Mischung. Auch sie brauchten ab und an mal etwas Abwechslung.

»Hast wahrscheinlich recht, Olaf. Ist ja nur, weil alles zusammen kommt. Die Insel füllt sich schon wieder, weil morgen in Nordrhein-Westfalen ein Feiertag ist. Dann die Hochzeit von Daniela und Frank am Samstag. Und nun dieses Anime-Fest.«

»Das was?«

»So heißt das. Geht auf japanische Zeichentrickfilme zurück. Anime und Manga für die entsprechenden Comics.«

»Japanische Zeichentrickfiguren auf Norderney? Jetzt willst du mir aber einen vom Pferd erzählen.«

Nicole lachte. »Nein, Olaf, wirklich nicht. Hier, ich zeige dir mal die Bilder. Dann verstehst du, wovon ich rede.«

Sie beobachtete Olafs Gesicht, auf dem sich erst Neugierde, dann Erstaunen und zuletzt Zweifel ablesen ließen.

»Das glaube ich jetzt nicht. Weißt du was: Ich sage unserem Heimatverein Bescheid. Die sollen am Wochenende alle mal schön unsere friesischen Trachten anziehen. Da brauchen wir nicht so ein japanisches Trallala für. Was meinst du?«

Nicole stöhnte unter Lachen auf: »Mangas, Trachten, Kegelklubs und Hochzeitler. Na, das kann ja etwas geben!«

*

DONNERSTAG, 31. MAI

Nein, es war kein Déjà-vu, das Ruth Keiser hatte, als sie vom Deck des Schiffes in Richtung Norderney blickte.

Vieles war anders und manches war passiert, seit sie im vorletzten Herbst die Insel zu einer Fortbildungsmaßnahme besucht hatte.

Diesmal würden keine Herbststürme aufziehen, sie hatte keinen beruflichen Auftrag, und sie wusste schon jetzt, wen sie alles wiedersehen würde. Worauf sie sich freute, richtig freute.

Auch, wenn ihr etwas mulmig war bei dem Gedanken, Frank mit seiner Anne zu begegnen. Nach allem, was letzten Sommer an der Ostsee passiert war. Schließlich waren die beiden Zeugen der größten Krise gewesen, in der sie jemals gesteckt hatte. Eine Krise, wie selbst die damalige Scheidung von Michael sie nicht hatte auslösen können.

Aber das war vorbei. Sie hatte sich wieder gefangen. Wieder im Griff. Hatte alles verarbeitet und verstanden, was mit ihr los gewesen war. Warum sie so empfindlich und so empfänglich gewesen war. Sie hatte sich professionelle Hilfe geholt. Das war selbstverständlich für sie gewesen. Wenn nicht sie selbst ihrem eigenen Berufsstand vertraute, von wem sonst sollte man es dann verlangen können? Es war eine richtige Entscheidung gewesen. Sie fühlte sich stabil und ausgeglichen. Vor allem hatte sie ihre alte Gelassenheit wiedergefunden. Auch, was das Älterwerden betraf. Die 50 im nächsten Jahr war kein Schreckgespenst mehr. Aber das Beste war: Diesmal würde sie nur zum Feiern auf die

Insel fahren. Kein Vortrag, kein Manuskript und diesmal ganz sicher kein Mord!

*

Johan Westermann war keiner, der sich schnell schrecken ließ. Schließlich war er ein Mann der Küste. Ein Ostfriese vom alten Schlag. Ostfriesen waren das Sinnbild für Ruhe und Gelassenheit. Weil das Meer, der Wind und das Wetter es sie hier oben auf der Insel so lehrte. Das musste man entweder akzeptieren oder gehen. Die meisten, die so alt waren wie er, hatten aus genau diesem Grund die Insel verlassen. Seine Generation war keine mehr, die die Dinge so annahm, wie sie nun einmal waren.

Ihm war es wichtiger gewesen, sich in vertrauten Bahnen zu bewegen. Die hatte er hier auf seiner Insel. Im wahrsten Sinne des Wortes. Vorgegebene Bahnen, in denen sich sein Leben vollzog. Wenn er Schicht hatte auf seiner Bömmelbahn, dann fuhr er die Strecke mit einem Gleichmut, den nicht alle Kollegen hatten. Ihm gefiel es. Jeden Tag derselbe Weg. Vom Rosengarten bis zum Inselosten und zurück. In der halbstündigen Pause an der Oase liebte er es, in den Himmel zu schauen und den Wolken beim Ziehen zuzusehen. Die Geschichten über die Insel, auf die die Gäste ganz begierig warteten, kamen ihm nie aus den Ohren heraus. So erzählte er sie jeden Tag aufs Neue. Immer etwas anders, mal lustiger, mal ernster, aber immer so, dass die Touristen das Wesentliche über den schönsten Ort der Welt erfuhren.

Und wenn er keine Schicht hatte, dann brachte ihn sein Fahrrad über die Insel. Vom Haus seiner Eltern zu seiner Schrebergartenparzelle, die das Leben auf der Insel erst recht perfekt machte. In der er noch mehr tun und lassen konnte als sonst. Und in der seine Nachbarn genauso dachten wie er selbst.

»Na, Johan, willst du nicht endlich dein Haus verkaufen und ganz in dein Schrebergartenhäuschen ziehen?«, hatte erst heute Morgen die Bäckersfrau gefragt. »Du weißt doch, dass ich jeden Tag gefragt werde, ob wer verkauft. Du glaubst nicht, was die Leute dir für dein handtuchschmales Haus zahlen würden.« Sie hatte die Stimme gesenkt, sich weiter über die Theke gebeugt und geflüstert: »Da ist wieder ein Promi dabei, der unbedingt ein Haus kaufen möchte. Na, soll ich dem mal einen Tipp geben? Du bist doch sowieso die meiste Zeit in deinem Garten im Schlickdreieck.«

Johan hatte nur schief gegrinst und dann abgewunken. Hatte sich die Tüte mit Brot geschnappt und war draußen auf sein Fahrrad gestiegen. Was die sich bloß alle dachten. Als wenn er das Haus seiner Mutter einfach so an Fremde verkaufte. Nee, nee. Er hatte sein Auskommen. Auch wenn die Leute sagten: »Mensch, Johan, da kannst du jetzt richtig gutes Geld mit machen, denk mal an später, an deine Rente.« Aber dann dachte er daran, dass er für sich genug hatte und er überhaupt gar nicht wüsste, wofür er denn mehr Geld gebrauchen könnte. Überhaupt: sich Gedanken zu machen über Dinge, von denen ein Ostfriese gar nicht wusste, ob sie überhaupt jemals eintreten würden, das war sein Ding so gar nicht. Das sollten mal die vom Festland machen und sie hier auf der Insel mit all dem Habenwollen in Ruhe lassen.

»He, Johan!«, rief ihm nun ein entgegenkommender Fahrradfahrer zu. Johan hob kurz die linke Hand und grüßte mit einem »He, Heimo!« zurück. Begegnungen wie diese machten Johan ruhig und zufrieden, und deswegen blieb er in seiner Freizeit gerne dort, wohin sich die Touristen nur selten verliefen. Als er von der Deichstraße in die Gartenanlage abbog, ließ er die Bömmelbahn und die Touristen weit hinter sich. Hier hatte nur derjenige einen Garten, der auf der Insel wohnte. Selbst wenn in den letzten Jahren der ein oder andere Zugezogene eine Parzelle erworben hatte, waren das Menschen, die sich bewusst für ein Leben auf der Insel entschieden hatten. Und die nicht nur zu Ferienzeiten die Wohnung nutzten, bei der sonst die Jalousien unten blieben oder eine Zimmervermittlung für Ganzjahresbetrieb sorgte. Johan stieg vom Rad ab und schob es am Eingang, von dem zwei Wege abgingen, in den Middel-Pad. Ein Stück vor dem Vereinshaus hatten sie vom Verein aus Bänke aufgestellt, auf denen Besucher ausruhen konnten. Aber selten genug verirrten sich Ortsfremde hierhin. Anders wollte er es gar nicht haben. Hier teilte sich der schmale Weg noch einmal. Seine Parzelle lag linker Hand am Klön-Pad. An einer der schmalsten Stellen und dort, wo die Stücke eher breiter als tief geschnitten waren und er sein Haus schon fast unterhalb der Deichstraße stehen hatte. Er mochte es, dass sein Gartenstück dadurch ein klein wenig besonders war. Und er bestand darauf, dass das einer der wenigen Orte auf der Welt war, wo sie anderen vormachten, wie man friedlich und gemeinsam nah beieinander leben konnte.

Heute Morgen lag noch alles in tiefster Ruhe. Erst ab dem späten Vormittag würde in den meisten Parzellen das Leben beginnen. Er hatte zumindest bisher noch niemandem in einem der Gärten gesehen, an denen er vorbeigekommen war.

Johan tastete in der Hosentasche nach seinem Schlüssel. Die Grundstücke waren alle nur schlecht gesichert. Dennoch gehörte es dazu: Eine Gartenpforte mit einem Schloss, und sei es nur symbolisch. Noch während er den Schlüssel suchte, fiel sein Blick auf das hölzerne Tor, auf dem ein geschnitzter Dreimaster mit vollen Segeln Johans Namen und die Nummer der Parzelle trug. Das Tor stand zwei Handbreit offen und war eindeutig nicht verschlossen.

Johans Hand verharrte in der Hosentasche. Nachdenklich schaute er auf die Tür. So spät war er doch gestern gar nicht los. Er überlegte. Gut, sie hatten gestern tatsächlich ein paar Bier getrunken. Zwei, drei Klare auch. Nichts, was einen Ostfriesen umhaute. Ja, es hatte schon mal Abende gegeben, da hatte er vergessen abzuschließen. Oder den Schlüssel nicht mehr ins Schloss bekommen. Das war letztendlich auch egal gewesen. Sie waren ja unter sich, hier in der Gartenanlage.

Aber gestern?

Er wusste es nicht. Und das war irgendwie seltsam. Oder auch nicht. Wie sollte man sich an Alltägliches erinnern? Das Besondere war doch das, was einem im Gedächtnis blieb. Trotzdem war Johan komisch zumute. Er drehte sich um, blickte über die Nachbarparzellen. Weit und breit war immer noch niemand zu sehen. Obwohl es so früh gar nicht mehr war. Irgendwo musste bestimmt schon einer sein, um die Beete zu pflegen, die Erdbeeren zu wässern oder einen Kaffee vor dem Holzhaus zu trinken. Seltsam, dieser Morgen. Obwohl die Möwen kreischten wie sonst und die Sonne ihren üblichen Lauf nahm.

Johan hatte den Schlüsselbund in der Hand, auch wenn er ihn nicht brauchte. Er schob das Tor mit dem Fuß etwas weiter auf. Bückte sich, als er durch den Rosenbogen ging, der den ganzen Eingangsbereich überspannte. Tastete mit der linken Hand nach seinem Pferdeschwanz, weil er Sorge hatte, sich in den Dornen zu verheddern. Ließ seine Augen hoch zur Deichstraße wandern, dann hinunter zu seiner kleinen Ranch, wie er das Gartenhaus gerne nannte. Das braune Dach hatte nur eine geringe Neigung, bis hinauf zu den Dachschindeln hatten die Kletterrosen die Macht übernommen und bedeckten die Holzfassade des Hauses nahezu komplett. Er mochte Rosen, auch wenn er Respekt vor ihnen hatte, und freute sich, dass sie in diesem Sommer so früh blühten.

Das, was er dann fast übersehen hätte, hob sich kaum von dem Laub der emporrankenden Blumen ab. Dabei war es ein so grotesker Anblick, selbst von hier aus, von seinem Platz nahe des Tores, dass Johan zögerte, nur einen Schritt weiterzugehen. Obwohl er Ostfriese war. Obwohl ihn nichts aus der Ruhe bringen konnte.

Allein dieser Gedanke half ihm, die Beine in Bewegung zu bringen, die Füße voreinander zu setzen. Automatisch seine Bahnen zu laufen, wie jeden Tag den ausgetretenen Weg zur Hütte zu nehmen. Schritt für Schritt sich dem zu nähern, was seine Augen immer noch nicht glauben wollten.

Er blieb erst stehen, als er den Wasserspiegel in der Regentonne sehen konnte. Bis er sicher war, dass kein Mensch mehr leben konnte, dessen Kopf unter der Oberfläche steckte und dessen in die Luft ragende Beine nicht mehr zappelten. Hier konnte niemand mehr helfen. Auch er nicht.

*

Yvonne Stöcker stieg mit langsamen und bedächtigen Schritten die Treppe hoch, während sie gleichzeitig zusätzlichen Halt am Handlauf suchte. Wie eine alte Frau kam sie sich vor, alt, müde und krank, und alles zusammen war sie wohl auch. Zumindest in den Augen von Melanie. Es waren Momente wie diese, in denen sie der Wahrheit ins Gesicht schauen konnte. Momente, in denen Melanie außer Haus war und sie nicht in einen der vielen Kämpfe verwickelt waren. Momente, in denen sie sich von der Couch im Wohnzimmer oder von ihrem Stuhl in der Küche erhoben hatte und die körperlichen Einschränkungen mit voller Wucht spürte.

In Augenblicken wie diesen ging ihr alles gleichzeitig durch den Kopf. Erkenntnis, Sorge und Angst. Sie wusste dann, wie sehr sie sich selbst belogen hatte, all die ganzen letzten

Jahre schon. Wie groß das Lügengebilde geworden war, das sie benötigte, um nur halbwegs durch das Leben zu kommen.

Am oberen Treppenabsatz blieb sie stehen, richtete den Rücken auf und atmete laut aus. Aus dem gegenüberliegenden Spiegel musterte sie die Frau, an der sie auf der Straße vorbeigelaufen wäre. Eine Unbekannte. Die nichts mit der Person zu tun hatte, die sie in ihrem Kopf noch immer heraufbeschwor. Dann, wenn sie in ihrem Stuhl saß. Auf der Couch lag. Wenn sie keinen Schmerz spürte und wenn sie vor keiner Herausforderung stand.

Von unten schrillte das Telefon. Yvonne ärgerte sich. Hätte sie doch das Mobilteil in die Hosentasche gesteckt. Bis sie unten wäre, hätte der Anrufer längst aufgelegt. Treppen hinabzugehen, bedeutete eine größere Herausforderung für sie, weil ihre Gangunsicherheit dabei noch stärker auffiel. Wie oft hatte sie schon die Stufe verfehlt. Und dann setzte jedes Mal die Angst ein.

Nun allerdings würde ihr das Nachdenken um den verpassten Anruf keine Ruhe lassen. Ob etwas mit Melanie war? Wenn nun die Schule angerufen hat? Melanie könnte einen Unfall gehabt haben oder Blinddarmschmerzen, vielleicht war sie in Ohnmacht gefallen. Alles Dinge, die ihr jeden Tag wie Schreckgespenster vor Augen standen, wenn ihre Tochter das Haus verließ. Jeden einzelnen Tag, wenn die Tür ins Schloss fiel. Und noch viel schlimmer, wenn das Telefon klingelte.

Yvonne Stöcker war auf dem Treppenabsatz stehen geblieben, als könnte sie sich im Spiegel beim Denken und Sorgenmachen zusehen. Nun seufzte sie, als sie sah, wie strähnig ihr die Haare auf die Schultern fielen. Wie müde ihre Augen aussahen und wie geschwollen die Lider waren. Sie ging noch weiter auf ihr Spiegelbild zu.

»Spieglein, Spieglein an der Wand«, seufzte sie, während sie ihren Kopf mit beiden Händen umfasste.

»Zwischen Wellen, Meer und Strand.
Schenk mir doch der Wünsche drei,
denn dann wär ich endlich frei.«

Yvonne legte eine Hand auf den Spiegel, wie um sich ihrer selbst zu versichern. Vorsichtig näherte sie ihre Lippen dem kalten Glas und gab sich mit gespitzten Lippen einen Kuss, während sie die Augen schloss.

Als würde die Strafe für diese Geste auf dem Fuße folgen, schrillte das Telefon erneut. Lauter und unnachgiebiger als je zuvor. Yvonne starrte sich mit schreckgeweiteten Augen an. Jetzt war sie sich sicher: Melanie war etwas passiert.

*

Ruth staunte nicht schlecht. Es hatte sich eine Menge getan auf der Insel. Das neue Hafenterminal war fertig und empfing die Besucher der Insel wie ein großes Raumschiff, das sich aus dem Weltraum auf die ostfriesische Insel verirrt hatte. Also ging es tatsächlich weiter mit der Modernisierung der Insel, von der Martin und Frau Dirkens schon beim letzten Mal erzählt hatten. Die Insel hatte sich aufgemacht, dem leicht modrigen Charme der 70er-Jahre des alten Jahrhunderts etwas entgegenzusetzen. Entweder stilvolle Bäderarchitektur oder moderne Luxussanierung. Jedenfalls weg von den Bausünden der Vergangenheit. Ruth war gespannt, ob der Fortschritt an der Stimmung auf der Insel ablesbar sein würde.

Interessiert nahm sie das neue Café Hygge in Augenschein. Das sah wirklich einladend aus. Vielleicht würde sie es in den nächsten Tagen einmal ausprobieren, dort zu sitzen und den Fähren beim An- und Ablegen zuzuschauen.

»Moin, junge Frau«, sprach sie einer der Frisia-Mitarbeiter an, dem sie mit ihrer ledernen Reisetasche und dem Rollkoffer wohl im Weg gestanden hatte. »Wenn Sie den Bus nehmen wollen, sollten Sie sich beeilen.« Er wies nach draußen, wo sich die Busse wie gewohnt nebeneinander aufgereiht hatten. Da sie mal wieder als Letzte von Bord ging, waren die meisten Passagiere auf die verschiedenen Linien verteilt, und sie sah, wie der erste Bus sich in Bewegung setzte.

Ruth lachte auf. »Prima, kaum auf der Insel, bin ich schon so tiefenentspannt, dass ich alles vertrödele. Macht nichts. Bei dem Wetter laufe ich gerne zu Fuß. Die Wege sind hier alle kurz.«

Der Mann mit der blauen Frisia-Kleidung schüttelte den Kopf: »Mit Gepäck könnten aber die Arme lang werden.«

»Glaube ich nicht.« Ruth zeigte auf ihren Koffer. »Alles, was schwer ist, liegt darin. Also alles kein Problem. Ist wirklich nicht so sehr weit.«

»Na dann!« Der Mann lächelte ihr freundlich zu. »Das mögen wir hier oben im Norden, wenn die Menschen nicht so zartbesaitet sind. Aber man weiß ja nie.«

»Stimmt.« Ruth nahm die Reisetasche vom Boden auf. »Ich werde mein Bestes geben. Die Taxifahrer da draußen mögen die Zartbesaiteten aber schon, oder?«, gab sie mit einem schelmischen Grinsen zurück.

»Gut gekontert, junge Frau. Da kann ich nur einen besonders schönen Aufenthalt wünschen.«

Ruth ließ den Rollkoffer noch einmal los, um zu winken. »Den werde ich haben. Einen ganz besonders schönen sogar. Mit dem Himmel voller Geigen, hoffe ich.«

*

Johan stieg am Onnen-Visser-Platz von seinem Fahrrad, schob es neben den Bücherschrank und versuchte den Schlüssel zu drehen, um die Spange des Fahrradschlosses nach unten zu drücken. Seine Hände zitterten so sehr, dass er mehrere Anläufe brauchte. Er schaute hinüber zum blau-weiß-gestreiften Seehund-Denkmal. Fernando sah wie immer in die andere Richtung, aber Johan kam es so vor, als ob er sich angewidert von ihm wegdrehte.

Die ganze Zeit hatte er überlegt, ob er nicht etwas gesehen haben könnte, was gar nicht da war. Ob er möglicherweise unter so etwas wie Halluzinationen litt. Mehrfach hatte er umkehren wollen, um noch einmal nachzuschauen. So wie er das manchmal tat, wenn er nicht genau wusste, ob er die Kaffeemaschine ausgestellt hatte.

Aber dann hatte er sich nicht wieder zurück in den Garten getraut. Obwohl er doch Ostfriese war.

»He, Johan«, rief es über den Platz hinweg. Johan drehte sich herum und versuchte, den vertrauen Gruß zu erwidern. Der Ton blieb ihm in der Kehle stecken. Er konnte noch nicht einmal sagen, wer ihn da gegrüßt hatte. Wo es niemand anders als ein Einheimischer sein konnte. Und die kannte er alle. Ob er wohl gerade verrückt wurde?

Mit wackeligen Knien ging er hinüber zum Eingang der Polizeistation. Ein junges Mädchen auf einem Leihfahrrad klingelte ihn beim Überqueren der Knyphausenstraße an. An jedem anderen Tag hätte er ihr dazu ein paar passende Worte hinterhergerufen.

»Moin, Johan.« Die junge Polizistin, die ihm auf sein Klingeln die Tür öffnete, schaute ihn neugierig an. Er mochte sie. Eine vom Festland, die für immer gekommen war, wie sie sagte, und die sich an die Regeln hielt. Das hieß nämlich zu akzeptieren, dass ein Bewohner der Insel niemals ein Insulaner wurde und wer eine Ferienwohnung besaß, war trotzdem noch lange kein Inselbewohner. Diese Unterschiede galt es sauber zu trennen. Und deswegen war die Anrede »Moin, Johan« vollkommen korrekt. Das immerhin fiel ihm auf. Also konnte es um seinen Verstand wohl nicht allzu schlimm stehen.

»Moin, Nicole. Ist der Chef da?«

»Nee, gerade nicht. Kann ich etwas tun? Du siehst ganz schön weiß um die Nase aus. Erst mal einen Tee?«

Johan nickte. Tee ging immer. Er folgte der Polizistin durch den Flur mit verschlossenen Türen zu einem hinteren Raum, in dem sich eine kleine Teeküche befand. Er nahm Platz und wartete darauf, dass der Wasserkocher zu brodeln begann. Immerhin hatte er nun Zeit, sich noch einmal zu überlegen, was er sagen wollte. Eigentlich wäre ihm Ziegler als Gegenüber lieber gewesen.

Nicole schob ihm einen Teepott über den Tisch herüber, als sie sich selber setzte. »Tut mir leid, nur Beuteltee.«

»Macht nichts.« Johan zog die Tasse am Henkel näher. »Wer ist denn sonst noch im Dienst?«

»Alle draußen. Wieso?« Nicole pustete in ihre Tasse.

»Keiner da? Gar keiner?« Er sah, dass Nicole aufsah. Dass sich ihr Blick veränderte. Irgendetwas zwischen Interesse und Argwohn.

»Doch. Ronnie ist vorne.«

»Ronnie. Aha. Kannst du den vielleicht mal dazuholen?«

»Johan, was ist los?« Nicole setzte sich aufrecht hin. Wahrscheinlich wollte sie amtlicher wirken, dachte Johan.

»Irgendetwas hast du auf dem Herzen. Was ist passiert? Hat dich einer beklaut? Oder dich beleidigt? Oder …« Sie stockte. Fragte dann mit strenger Stimme, so als säße ein Kind vor ihr: »Oder hast du etwas angestellt, Johan?«

Fast hätte Johan mit der Hand auf den Tisch gehauen. Das war ja wohl nicht wahr. Das musste er sich nicht fragen lassen. Von einer Frau. Von einer jüngeren Frau. Von einer jüngeren Frau vom Festland. Wo waren sie denn nur hingekommen hier auf der Insel?

Anscheinend hatte Nicole auf seinem Gesicht ablesen können, was er dachte. Jedenfalls schob sie nun den Stuhl zurück und sagte ruhig: »Moment. Ich hole Ronnie dazu.«

Als die beiden die Teeküche betraten, hatte sich Johan schon etwas beruhigt. Es gab Wichtigeres, er musste nur einen Weg finden, von seiner Entdeckung zu berichten. Viel lieber wäre ihm, er könnte es zeigen. Aber dafür brauchte er die richtigen Worte.

Er räusperte sich, trank noch einmal vom Tee ab und sagte dann schnell, damit es endlich aus ihm raus war: »Also, ich bin sicher, dass da nichts mehr zu machen ist. Nur noch die Beine gucken oben raus.«

*

Was zuerst?

Ruth stellte ihr Gepäck wie verabredet bei Anne und Martins Nachbarin unter. Sie würden sich erst später sehen, wenn die jeweiligen Dienste beendet waren. Ruth seufzte leise. Sie hatte keine Chance gehabt. Ein Hotel hatten die beiden kategorisch ausgeschlagen, diesmal musste und durfte sie ins Gästezimmer der neuen, gemeinsamen Wohnung. Aber sie freute sich darüber, so noch mehr Zeit miteinander verbringen zu können. Nun wollte sie unbedingt los, um ihre gewohnte Willkommensrunde über die Insel zu drehen. Sie würde sich treiben lassen und schauen, was sich alles verändert hatte.

Kluburlauber wären auch auf der Insel, hatte Martin sie etwas scherzhaft vorgewarnt. In Nordrhein-Westfalen war ein kirchlicher Feiertag, der vielen ein langes Wochenende ermöglichte.

»Für uns ist das schon fast Erholung nach dem Pfingstwochenende. Da war die Insel im Ausnahmezustand«, hatte Martin am Telefon berichtet.

Ruth war es egal, wie leer oder wie voll die Insel war. Sie würde schon zurechtkommen. Schließlich konnte sie sich in die ruhigeren Regionen zurückzuziehen. Spaziergänge an der

Wattseite oder in den Dünen machen. Sie würde zum Leuchtturm fahren und von oben die Aussicht genießen. Zum Ostheller mit dem Fahrrad unterwegs sein und von dort durch die Salzwiesen marschieren. Vielleicht sogar tatsächlich bis zum Wrack. Mal sehen. So vieles, was es zu unternehmen gab.

Sie war zufrieden, dass sie entgegen ihrer ersten Absicht, nur über das Wochenende auf der Insel zu bleiben, ein paar Tage länger eingeplant hatte. Dass Anne und Martin sie in ihrem Gästezimmer beherbergen wollten, hatte sie anfangs geschreckt. Für Pärchen-Zeiten war sie nicht wirklich geeignet. Ruth lächelte. Sie gönnte den beiden ihr Glück aufrichtig, und über niemanden an Martins Seite hätte sie sich mehr freuen können als über Anne. Deswegen hatte sie schließlich doch eingewilligt.

Und dann gab es noch Daniela mit ihrem Frank. Ruth schmunzelte, als sie sich an die Einladung erinnerte. So eng war sie nun nicht mit den beiden, dass sie erwartet hätte, zur Hochzeit geladen zu werden. Obwohl sie lose Kontakt hielten nach den schrecklichen Herbsttagen, die sie zusammen auf der damals abgeschlossenen Insel erlebt hatten.

Daniela wollte wohl ihr Glück in die weite Welt schreien. Warum nicht, hatte Ruth gedacht, nachdem sie zuerst absagen wollte. Denn ganz kurz hatte sie ein Hauch von Wehmut gestreift. Das waren die seltenen Momente, in denen ihr ein Partner fehlte. Sie hatte es gar nicht erst zugelassen, den Gedanken zu vertiefen. Ihre gescheiterte Ehe, die ein oder andere Liebe in den letzten Jahren und die verhängnisvolle Affäre aus dem letzten Jahr reichten ihr als Erfahrungen durchaus. Sie war in einem Alter, in dem sie wusste, mit wem sie am besten auskam, mit wem sie am glücklichsten und am zufriedensten war: nämlich einzig und allein mit sich selbst.

»Frau Keiser! Frau Keiser, sind Sie es? Wie schön. Sie sind ja schon auf der Insel.«

Ruth schreckte auf und hob den Blick von ihren Füßen, die von den Wellen umspielt wurden.

Wie immer hatte Ruth den Weg zum Weststrand eingeschlagen. Sie liebte den Anblick, der sich ihr bot, wenn der helle Strand nahtlos überging in das im Sonnenlicht glitzernde Meer, auf dem fast immer gerade eine Frisia auf dem Weg von oder zur Insel unterwegs war. Juist lag vor ihr und das Festland zur linken Hand war weit weg. Unvorstellbar, dass sie eben noch dort gewesen war. Schuhe und Strümpfe hatte sie ausgezogen, um dann an der Wasserlinie entlang Richtung Norden zu laufen. Sie liebte die Luft, das gleichförmige Wellenrauschen und das Prickeln der Sonnenstrahlen auf ihrer Haut. Reizklima hin oder her, bei empfindlichen Menschen war sicherlich Vorsicht geboten, wie man immer wieder hörte. Aber sie musste sich nicht eingewöhnen. Tief in ihrem Inneren war sie wohl ein Küstenkind.

Als sie plötzlich ihren Namen hörte, staunte sie, wie weit sie gelaufen war. Sie befand sich hinter dem Nordstrand, fast schon vorbei an der hölzernen Thalassoplattform, auf die eine Wendeltreppe führte und von der aus sich wunderbare Ausblicke aufs Meer ergaben.

Vor ihr stand, und sie hätte sie auf den ersten Blick kaum erkannt, Danielas ehemalige Pensionswirtin.

»Frau Dirkens! Was für ein Zufall. Dass wir uns als Erstes hier am Strand treffen. Ich wollte mich später sowieso bei Daniela melden.«

Frau Dirkens schob eine Sonnenbrille mit lila Gläsern in ihr lichtgraues Haar. Verwundert nahm Ruth eine etwas längere Strähne der sonst raspelkurzen Frisur in eben diesem Violettton wahr. Sie konnte sich ein Grinsen nur mit Mühe verkneifen. Das war wohl eindeutig Danielas Werk.

Frau Dirkens schien aufmerksam genug, um Ruths Reaktion zu bemerken. »Schick, finden Sie nicht? Passt ausgezeichnet zu meinem Kleid, das ich mir für die Hochzeit gegönnt habe. GMK, wissen Sie.«

»GMK?« Ruth war irritiert.

»Kennen Sie nicht? Guido Maria Kretschmer. Aus dem Fernsehen.« Frau Dirkens machte eine kurze Pause, als überlegte sie, ob eine weitere Erklärung notwendig war. Dann schob sie, wohl etwas verlegen, hinterher: »Nicht, dass Sie glauben, ich könnte mir ein richtiges Designerstück leisten. Ist nur von der Stange. Also aus dem Katalog, um genau zu sein, dafür entwirft er nämlich auch.«

Ruth hatte keine Ahnung, wovon Frau Dirkens sprach. Zwar kannte sie diesen Kretschmer. An ihm führte wohl kein Weg vorbei, und das Thema, mit dem sie sich so unvermutet am Strand konfrontiert sah, war ihr nicht unbekannt. Weil es eines ihrer Verdrängungsthemen war.

Als könnte Frau Dirkens Gedanken lesen, fragte sie prompt nach: »Was werden Sie denn anziehen?«

Ja, was würde sie anziehen? Wenn Ruth ehrlich zu sich war, musste sie zugeben, dass sie keine Ahnung hatte. In ihrem Rollkoffer befand sich immerhin ihr Notfallkostüm. Weshalb sie nicht nur mit Ledertasche und Rucksack angereist war wie sonst, sondern diesmal zusätzlich diesen Hartschalentrolley hinter sich herzog. Selbst bei ihren beruflichen Terminen bevorzugte sie einen sehr bodenständigen Kleidungsstil, der vornehmlich aus Jeans und Blusen bestand. In der Freizeit wurden daraus Jeans mit T-Shirt. Allein die Schuhe konnten schon mal Unterschiede setzen, aber selbst das war aus modischer Sicht wahrscheinlich eher vernachlässigbar.

Okay. Das Notfallkostüm für die Kirche. Würde gehen. Warum nicht? Aber dann? Was um Himmels willen trug man zu einer Hochzeitsparty am Strand? Ruth hoffte, morgen bei einem Streifzug durch die Geschäfte noch etwas Passendes zu finden. Ganz im Stillen setzte sie darauf, dass Anne sie begleiten und beraten würde. Vielleicht konnte sie ihr Outfit dem Stil von Annes Kleiderwahl anpassen.

Wieder war es, als könnte Frau Dirkens Gedanken lesen: »Übrigens, Frau Wagner und ich, wir haben uns etwas Verrücktes überlegt. Wir wollen das mal so ganz pompös machen. So wie bei den englischen Hochzeiten. Kate und so. Oder Harry mit seiner Amerikanerin.«

Ruth ahnte Böses. Von wegen ihren Kleidungsstil an Annes anpassen.

»Ja?«, fragte sie und hörte, dass ihre Stimme etwas kippte.

Frau Dirkens schien in das innere Bild von sich und Anne versunken und hatte wohl gar nicht bemerkt, dass sie nicht weitersprach.

»Ach so, ja. Also, mal so richtig auffallen. Einmal im Leben.« Sie senkte, entgegen ihren Worten, eher verlegen ihre Stimme. »Anne und ich, wir kommen beide mit Hut. Vormittags – und nachmittags. Na, was halten Sie davon?«

*

»Alles klar bei dir? Siehst irgendwie gerade nicht so danach aus.«

»Ach, weiß nicht.« Milli schob das Handy in die hintere Hosentasche. Es waren so unglaublich viele Nachrichten eingegangen, sie würde es in der Pause sowieso nicht schaffen, alles zu lesen und zu beantworten.

»Hey, was ist los? Du bist dabei, ein fettes Fest zu stemmen. Du bist hier in den Schul-Chats auf jeden Fall in den Toptrends. Alles redet davon, was du dir ausgedacht hast.«

»Mmh.«

»Ist das alles? Süße, ich bin sooo stolz, dass ich deine Freundin bin. Dass wir das zusammen machen. Also, okay, du hast ja schon das meiste überlegt, aber ich bin dabei am

Samstag und freu mich so, und du wirst sehen, wir beide, wir werden sooo toll aussehen. Bist du gestern fertig geworden mit deinem Rock?«

»Ja, war ja nicht mehr viel.«

»Dann weiß ich nicht, was mit dir los ist.«

»Was soll denn sein?« Milli war stehen geblieben und schaute sich suchend um. »Ich muss halt noch etwas für die nächste Stunde organisieren. Deswegen suche ich Ben.«

»Du suchst Ben? Du kannst noch an die Schule denken? Ich bin schon ganz zappelig. Aber okay. Wenn du es schaffst, cool zu bleiben. Aber bei dir weiß man nie. Ich muss jedenfalls los. Wir sehen uns nach Schulschluss.«

»Emma? Da ist noch etwas.«

»Ja? Was denn noch?«

»Wegen heute Mittag. Sorry. Das geht nicht, dass du mitkommst.«

»Was? Aber wir haben noch so viel vorzubereiten.«

»Ja, geht aber trotzdem nicht. Meine Mum. Der ging's heute nicht so gut.«

»Aber das kennst du doch schon.«

»Klar. Ist auch bestimmt nicht schlimm. Aber wenn du heute mitkommst, regt sie sich auf. Und ich will einfach nicht, dass sie uns den Samstag kaputt macht.«

»Aber wir wollten schauen, wo wir die Sessions machen. Und überhaupt. Ist das denn wirklich alles klar, wie das abläuft?«

»Ja, ja. Die meisten haben sich etwas überlegt. Ein paar bleiben auf dem Campingplatz. Die meisten fahren mit der letzten Fähre. Deswegen endet das Shooting extra früh.«

»Aber du hast gesagt, für die anderen sorgst du. Es ist so blöd, dass das Shooting nicht bis zum Sonnenuntergang geht und wir nicht alle auf der Insel bleiben können. Dass es aber auch keine spätere Frisia mehr gibt.«

»Wird Zeit, dass wir uns jemanden mit einem Boot suchen, was?« Milli stupste Emma an und lachte zum ersten Mal wieder.

»Nee, du, so einen Scheintoten, der schon fast 30 ist, will ich nicht. Und die anderen haben kein Boot.«

»Du kennst dich ja aus.« Milli legte den Arm um Emma und gab ihr einen Kuss auf die Wange. »Komm, mach dich nicht verrückt. Das wird schon. Hauptsache, wir zwei machen unsere Session. Habe ich dir doch versprochen.«

»Ja, und ansonsten machst du gerade ein riesengroßes Geheimnis um dein Leben. Das ganze letzte halbe Jahr. Mehr noch als sonst schon. Ich bin nicht blöd. Irgendetwas läuft. Ich habe zwar keinen Plan, mit wem du rummachst, aber dass da etwas ist, blickt wohl jeder.«

»Ach Quatsch.«

»Ich glaube dir nicht. Mir machst du nichts vor.«

»Ich muss wirklich. Ben suchen. Wir schreiben später, okay?«

»Okay. Bleibt mir ja nichts anderes übrig. Ciao bella.«

»Ciao, Süße.«

Milli sah Emma nach, wie sie auf dem Gang zur Mensa zwischen den anderen verschwand. Mit ihren langen lockigen blonden Haaren, ihrem weit ausgestellten grünen Rock, der im Gehen hin- und herschwang, und den roten Ankle Boots, aus denen gestreifte Socken hervorschauten, wirkte sie wie eine Mischung aus Pippi Langstrumpf und einer schmalen und gar nicht kleinen neugierigen Hexe.

Milli seufzte. Sie liebte ihre Freundin. Nichts wäre schöner gewesen, als Emma heute mit zu sich nach Hause zu nehmen. Aber es war zu riskant. Und es wäre wirklich die größte Katastrophe, wenn all das, was sie sich für das Wochenende erträumt und erhofft hatte, scheitern würde. Gerade jetzt, wo ihr Leben sowieso aus den Fugen geriet.

Sie drehte um und ging zurück zum Klassenzimmer. Besser, sie lief Emma nicht erneut über den Weg.

*

»Der ist so tot, wie man nur tot sein kann«, sagte Martin in das Telefon. »Die Totenstarre hat schon eingesetzt, und so lange mit 'nem Kopp unner Wasser schafft selbst ein Ostfriese nicht zu überleben.« Er nickte zu Johan hinüber, der stoisch geradeaus blickte und keinerlei Regung zeigte angesichts Martins Versuch, die heimische Mundart einzubauen.

Die Stimme, die an sein Ohr drang, klang ruhig und routiniert. Für Aurich war die Meldung eines Todesfalls viel mehr Routine als für die Insulaner. Obwohl sich die Mordrate drastisch erhöht hatte, seitdem Martin den Job des Inselpolizisten angetreten hatte. Wie gut, dass er mindestens genauso viel in letzter Sekunde verhinderte Morde nachweisen konnte.

»Ja, klar«, antwortete er nun schnell. »Dachte ich mir schon. Nein, wir sperren ab und sichern den Fundort. Hier setzt keiner einen Schritt rein, dafür stehe ich. Also, gut. Dann machen wir das alles so wie besprochen. Bis später dann.«

Er steckte das Handy in seine Brusttasche zurück, die schon mit Notizblock und Kugelschreiber gefüllt war.

»Nicht näher ran, Johan, verstanden? Du weißt schon, wegen der Spuren«, sagte er, während er zurück zu dem schmalen Pfad ging, auf dem Nicole und Ronnie Posten bezogen hatten. Mittlerweile hatte sich eine größere Gruppe Schrebergärtner eingefunden, die einen neugierigen Blick in den Garten werfen wollten.

Ein aufgeregtes Gemurmel umfing ihn, als er in den Kreis nickte. Er sah, wie sich einige Männer auf Zehenspitzen stellten, aber er vermutete, dass man durch die Hecke neben dem Eingangstor und durch den stark bewachsenen Rosenbogen so gut wie nichts sehen konnte. Er hatte nicht vor, irgendeine Erklärung abzugeben. Das würde nur spätere Zeugenaussagen verfälschen. Man wusste ja, wie schnell das ging.

Nicole und Ronnie winkte er etwas näher zu sich heran.

»Gebt mal vorsichtshalber durch, dass wir noch einen Sichtschutz brauchen. Den soll einer der anderen bringen. Ansonsten müssen wir auf die Spusi warten.«

»Was sagt Aurich? Wollen die das ganz große Programm auffahren?« Nicole schaute dabei auf ihre Uhr.

»Ich bin mir nicht sicher. Ich habe mit Frau Lichterfeld gesprochen. Sie wird mitkommen und sich ein Bild vor Ort machen.«

»Und was meinst du, Martin? Schon ein Gefühl, wie das passiert ist? Und wer es sein könnte?«

»Ich glaube, Johan weiß, wer es ist. Er murmelt dauernd einen Namen. Hilmar, wenn ich mich nicht täusche. Habe ich mir schon gedacht. Cordhose und Gummistiefel.«

»Das passt aber auf mehr als auf einen von der Insel«, wandte Nicole ein.

»Stimmt. Trotzdem. Johan als Einheimischer hat bestimmt den besonderen Blick für die Feinheiten. Ich bin mir sicher, wenn er Hilmar sagt, dann ist es Hilmar.«

»Und jetzt warten wir einfach ab?« Wieder warf Nicole einen Blick auf die Uhr.

»Werden wir wohl müssen. Spricht etwas dagegen?« Martin versuchte einzuschätzen, warum Nicole so auf dem Sprung zu sein schien.

»Nein. Natürlich nicht. Aber das alles noch vor dem Wochenende. Vielleicht sollten die von Aurich uns besser direkt ein größeres Aufgebot mitschicken. Du weißt doch: langes Wochenende, die Klubs, dann dieses seltsame Mangafest und noch Danielas Hochzeit.«

Martin fuhr sich bei Nicoles Aufzählung mit der Hand

kurz durchs Gesicht und presste Daumen und Zeigefinger in die Augenwinkel.

»Ja, das ist eine ganze Menge. Aber ich glaube, dass uns der Fall nicht lange beschäftigen wird. Keine Ahnung, warum. Aber wenn das ein Mord ist, dann kriegen wir das raus. Denn dann war das mit an Sicherheit grenzender Wahrscheinlichkeit eine Beziehungstat. Sagt mein Bauch. Und der hat meistens recht.« Er wandte sich wieder um, ging ein paar Schritte und rief dann über die Schulter: »Apropos Bauch. Wenn die Kollegen die Sichtschutzfolie vorbeibringen, dann bitte auch ein Brötchen und einen Kaffee für mich. Am liebsten aus der Bismarckstraße, ihr wisst schon. Ach, und Nicole, ich verspreche dir: Wir haben das hier alles im Griff. Also, keine Panik!«

*

»Jetzt wird es langsam wirklich ernst, was?« Frank Prinzen hatte sich in die Küche geschlichen, in der Daniela gerade die Kaffeemaschine bediente und dabei leise vor sich hin fluchte.

Bei Franks Worten zuckte Daniela zusammen und drehte sich abrupt um, wobei sie das Kaffeepulver aus dem Siebträger verschüttete. Ein pinkes Haarband hielt heute ihre Haare zurück, die sie in den letzten Wochen hatte wachsen lassen. Eine Friseurin ohne Hochsteckfrisur bei der eigenen Hochzeit, das gehe ja wohl gar nicht, hatte sie beteuert.

Frank mochte es, dass die Haare nun noch etwas wilder das Gesicht umrahmten. Er sah die dunkel geschminkten Augen, die aufblitzten, als Daniela erkannte, wer sie erschreckt hatte, und wartete auf ihr Donnerwetter, das sogleich einsetzte.

»Frank Prinzen, wie hast du dir das eigentlich vorgestellt mit der Maschine hier? Ich kann das einfach nicht.«

»Natürlich kannst du das. Du hast das schon seit Wochen geübt. Und dir schmeckt der Kaffee so viel besser.«

»Ja, ja. Tut er auch.«

Er hörte amüsiert, wie Daniela genervt in einen leiernden, rheinischen Singsang verfiel.

»Aber ich brauche dafür Zeit. Zu Hause und im Friseursalon …«, »… hattet ihr nur eine ganz normale Kaffeemaschine. Ich weiß«, ergänzte Frank den Satz, den er schon mehrfach zu hören bekommen hatte.

»Genau. Und deswegen stresst mich das. Ich mache das gerne. Und will das lernen. Für unsere Frühstücksgäste bekomme ich das sicher hin. Das heißt, wenn sie nicht alle auf einmal zum Frühstück kommen.«

Frank trat einen Schritt näher und nahm Daniela den Siebträger aus der Hand. »Komm, meine Liebe, beruhige dich. Wir schaffen das.« Er küsste sie mit Nachdruck, bis Daniela ihn abrupt zurückstieß.

»Ich bin ganz ruhig. Aber alle wollen Kaffee. Kein Einziger einen Tee.«

Frank grinste. Danielas Wangen glühten vor Aufregung auf ihrer ansonsten recht hellen Haut. Sie war sein Schneewittchen, keine Frage. Und in zwei Tagen wäre sie endlich seine Frau.

»Jetzt mach dich nicht verrückt. Alle sind entspannt und haben Zeit.«

»Aber das geht viel zu langsam. Erst das Milchaufschäumen, dann die Bohnen mahlen, das Pulver tampern und den Siebträger einsetzen. Milch und Espresso zusammenschütten, das Sieb ausklopfen und wieder von vorne. Wenn ich mit dem letzten fertig bin, ist der erste Kaffee kalt.«

»Komm, ich helfe dir.«

»Ach, das bringt nichts. Überleg mal selbst. Deine Eltern, meine Freundinnen, Frau Dirkens, und gleich will Ruth kommen.«

»Keiner erwartet, dass wir wie im Café bedienen.«

»Aber wir sind eine Frühstückspension. Das setzen alle voraus.«

»Nein, das macht keiner. Wir sind keine klassische Pension mehr. Schon vergessen?« Frank hob mit dem Finger Danielas Kinn und gab ihr einen zärtlichen Kuss.

Daniela kicherte. »Stimmt. Wir sind ja das erste Hostel auf der Insel. Zum Schrecken der Einheimischen.«

»Warte es ab. Die gewöhnen sich daran. Eher als an so manche Luxusherberge.«

»Ja, das könnte sein.« Daniela versuchte, mit einem feuchten Haushaltspapier das verstreute Pulver aufzunehmen.

»Lass ruhig. Sauber machen wir nachher. Ich bereite den Kaffee für alle und du bringst alles nacheinander nach nebenan. Okay?«

»Ist das nicht unhöflich? Besser wäre es, alle bekämen den Kaffee gleichzeitig. Ich könnte mir von Frau Dirkens die Kaffeemaschine ausleihen. Nur für dieses Wochenende.«

»Nix, mein Schatz, ich bin dagegen. Wir wollten doch einen neuen Charme auf die Insel bringen. Heute fangen wir damit an.«

Daniela hatte das schmutzige Papier weggeworfen und klatschte nun ihre Hände aneinander, um das restliche Kaffeepulver loszuwerden. Sie kam auf Frank zu und packte ihn am Hemdkragen. Wieder musste er grinsen. So war sie, seine Daniela.

»Frank Prinzen«, sagte sie nun in übertrieben strengem Tonfall zu ihm. »Ich bin mir nicht ganz sicher, was ich mir mit dir geangelt habe. Aber ich glaube, ich werde es nicht bereuen.«

*

Martin Ziegler war sich nicht sicher, ob er nicht besser auf das Brötchen und den Kaffee verzichtet hätte. Allerdings mochte er sich auch nicht vorstellen, wie es wäre, den Kollegen mit leerem Magen bei der Arbeit zuzusehen. Er blickte zu Nicole, die die Augen zu Boden gesenkt hielt. Die Kollegen aus Aurich waren schneller als erwartet hier gewesen. Johan war vom Grundstück weggeführt worden, bevor sie mit der Bergung der Leiche begonnen hatten. Ronnie war mit ihm und einem der Auricher Kollegen zum Revier gefahren, um dort die Zeugenaussage aufzunehmen. Johan war noch verstörter als zuvor, nachdem Frau Lichterfeld ihn zur Begrüßung zurechtgewiesen hatte: »Und wieso haben Sie keinen Versuch unternommen, den Mann aus der Tonne zu ziehen? Vielleicht hätte man noch reanimieren können.«

Martin glaubte nicht, dass Johan wusste, wovon Frau Lichterfeld sprach.

Sein gestammeltes »Er–zappelte–doch–nicht–mehr« hatte jedenfalls nur Kopfschütteln hinterlassen, und Martin Ziegler war froh, dass sowohl der diensthabende Norderneyer Notarzt, den er verständigt hatte, als auch der Kollege von der Rechtsmedizin, der in Begleitung einer Medizinstudentin kam, übereinstimmend bestätigten, dass selbst Johans Eingreifen nicht mehr geholfen hätte. Der Leichnam hatte eine voll ausgebildete Leichenstarre, das hieß bei den aktuellen Temperaturen, dass wohl schon seit der Nacht kein Leben mehr in ihm steckte. Er musste das Johan unbedingt mitteilen. War keine Art hier auf der Insel, so miteinander umzugehen. So viel hatte er selbst als Zugezogener schon gelernt.

»Wer identifiziert den Toten denn jetzt?«, flüsterte plötzlich Nicole neben ihm. Ihre Gesichtsfarbe versprach auch nicht unbedingt Routine in diesen Dingen. Wahrscheinlich waren sie beide deswegen auf der Insel gelandet. In der Hoffnung, mit den ganz erschreckenden Aufgaben des Polizeidienstes seltener konfrontiert zu werden.

Nun, was seine Person anbelangte, hatte er schon jetzt

daran Zweifel. Aber so war das nun mal mit Wahrscheinlichkeiten. Immer nur eine rechnerische Größe. Ihm wäre es lieber, zweimal hintereinander im Lotto zu gewinnen, aber in dieser Hinsicht blieb die Statistik sich treu.

»Weiß nicht«, antwortete er nun zögerlich. »Ich werde wohl einen Blick darauf werfen müssen.«

»Wäre gut. Ich bin noch nicht so lange auf Norderney, als dass ich die Leute kenne.«

»Stimmt«, sagte Martin und überlegte, ob das Argument auch für ihn zählen mochte. Doch wie sähe das aus, wenn er es ablehnte, sich die Leiche anzusehen? Nur um dann Ronnie zu rufen, der von ihnen allen die Inselbewohner am besten kannte. Seiner Vorgesetztenrolle wäre das jedenfalls nur abträglich.

»Wenn es tatsächlich Hilmar ist, den würdest du erkennen, oder Martin?«, flüsterte nun wieder Nicole.

Wieso redete sie bloß so leise? So kannte er die neue Kollegin gar nicht. Bisher war sie recht taff und klar aufgetreten. Konnte sich jederzeit Respekt verschaffen. Und war trotzdem freundlich. Aber womöglich war es, weil die meisten Menschen dazu neigten, leise zu werden, wenn der Tod mal wieder zugeschlagen hatte.

»Ja, das denke ich. Den Hilmar würde ich erkennen.« Martin Ziegler versuchte, sich zu erinnern, was er über Tote wusste, deren Gesicht längere Zeit im Wasser gelegen hatte. Lange her, dass es im Lehrbuch stand, im Hörsaal an die Wand projiziert wurde und er es mit eigenen Augen im Einsatz und in der Rechtsmedizin gesehen hatte.

»Meinst du, man kann ihn erkennen?«, fragte Nicole wieder, offensichtlich mit den gleichen Fragen befasst.

»Denke schon. So lange steckt er ja nicht da drin. Wenn ich Johan richtig verstanden habe, war er gestern Abend noch hier. Also weniger als zwölf Stunden.«

»Aber warme Stunden«, flüsterte Nicole.

»Jemand da von den Norderneyer Kollegen, die mal einen Blick auf den Mann werfen können, oder ist auf der Insel schon die Feierabendglocke geläutet worden?«

Martin hasste die Stimme von Frau Lichterfeld. Hoffentlich würde es nicht zu lange dauern, das Ganze aufzuklären. Mit dieser Frau in seiner Nähe sanken Laune und Betriebstemperatur dramatisch.

Der Norderneyer Notarzt ging an Martin vorbei und schlug ihm zum Abschied leicht auf die Schulter. »Ich denke mal, es ist Hilmar Hansen. Kann das sein? Der treibt sich doch oft hier in den Gärten rum. Na ja, wirf du auch mal einen Blick drauf. So ein Tod verändert einen Menschen ja. Soll ich Anne von dir grüßen?«

Eine Welle der Übelkeit schwappte in Martin hoch. Kurz danach noch eine, als er sah, wie der Rechtsmediziner versuchte, noch etwas von den modrigen Wasserresten wegzutupfen, und das Einmaltuch anschließend in eine Tüte packte, um mögliche Spuren nicht zu verlieren.

Aber dann fasste er sich. Es war alles bei Weitem nicht so schlimm wie gedacht. Ein Ruck ging durch ihn durch. Er erinnerte sich plötzlich wieder daran, weshalb er Polizist geworden war. Die Kriminalpolizei und die Mordkommission waren lange Zeit sein Traum gewesen. Später hatte er sich im Einbruchdezernat besser aufgehoben gefühlt. Bis – ja, bis ihn dort ein schweres Burn-out so außer Kraft gesetzt hatte, dass er sich entscheiden musste. Wenn er einfach weitermachte, so hatten die Ärzte prognostiziert, war er auf dem geraden Weg in die Berufsunfähigkeit. Da hatte der Ausweg auf einmal vor ihm gelegen: die Leitung der Norderneyer Dienststelle.

Martin dachte an Anne. Verdammt, es ging ihm doch wirklich gut. So gut wie noch nie in seinem Leben. Tatsächlich hatte er in den großen Glückstopf gegriffen mit der Insel, den

Kollegen und mit der tollsten Frau der Welt. Das hier, das gehörte nun einmal zur Polizeiroutine. Wusste er doch. Was würde denn Anne von ihm denken, die in ihrem Job ständig mit dem Tod konfrontiert war.

Er streckte den Rücken durch und ging mit zittrigen Beinen ein Stückchen näher. Er zwang sich, genau hinzusehen. War sich seiner Verantwortung bewusst. Sie konnten nur dann ermitteln, wenn sie wussten, wer der Tote war.

Dann blickte er auf. Sah erst den Rechtsmediziner an, dann Frau Lichterfeld. Mit festem Blick. Laut und deutlich sagte er: »Kein Irrtum möglich. Der Tote ist Hilmar Hansen.«

*

Wie versprochen, besuchte Ruth die alte Pension von Frau Dirkens. Sie wusste natürlich längst, was sich alles verändert hatte. Martin und Anne hatten ihr im letzten Jahr an der Ostsee davon berichtet, zu welchem Übereinkommen die alte Dame mit Daniela und Frank gekommen war.

Das Haus den beiden auf Rentenbasis zu überlassen, schien wirklich ein Gewinn für beide Seiten angesichts der Tatsache, dass die Pensionswirtin ohne Nachkommen war. Frau Dirkens blieb in ihrem Haus wohnen, wenn auch nun im obersten Stockwerk, und Daniela und Frank führten die Pension unter anderen Vorzeichen weiter.

Neugierig näherte sie sich der Gartenstraße und dem Haus. Von Weitem sah alles unverändert aus. Auch die grünen Fensterläden, die so selten waren auf der Insel, gab es noch, schienen aber frisch lackiert. Beim Betreten des kleinen Vorgartens sah Ruth die Veränderungen: Da gab es eine neue Eingangstür in zartem Gelb, auf der eine überdimensionale Teekanne in Hellgrün mit der Aufschrift »Tea-Time-Hostel« die neue Bestimmung des Hauses kundtat. Eine rosa Bank im Vorgarten war geschmückt mit weißen und geblümten Kissen und eine grob lasierte Obstkiste stand als Tischersatz davor. In einer alten, schon angeschlagenen Teekanne steckten Ranunkeln, wenn Ruth das richtig erkannte. Ein schwerer weißer Stein mit der Aufschrift »Meer« beschwerte einige Prospekte und Zeitschriften, die zum Lesen einluden. Für Ruths Geschmack war das Ganze etwas zu plüschig, aber sie ahnte, dass die neue Ausrichtung bestimmt gut ankommen würde.

Daniela hatte freudestrahlend und mit erhitztem Gesicht die Tür aufgerissen.

»Ich habe dich schon vom Küchenfenster aus kommen sehen«, wurde Ruth von ihr begrüßt. »Ich freue mich riesig, dass du gekommen bist. So ganz habe ich nicht daran glauben wollen.«

Ruth lachte. Daniela hielt nie hinter dem Berg mit dem, was sie dachte. Wenn Ruth ihr etwas glaubte, dann die Zweifel an ihrem Kommen. Denn die hatte es wirklich gegeben. Egal. Jetzt war sie hier. Und als sie Daniela sah, wusste sie, dass sie alles richtig gemacht hatte.

»Komm rein«, sagte Daniela. »Es ist gerade etwas chaotisch, weil heute alle Hochzeitsgäste anreisen, aber so haben wir es ja gewollt.« Daniela hielt die Tür weit auf und zeigte mit der Hand nach hinten zum alten Frühstücksraum.

Das Stimmengemurmel verstummte, als Ruth den Raum betrat und Daniela sie vorstellte. Sofort kam Frank auf sie zu und begrüßte sie wie eine alte Freundin.

»Ruth. Wie toll, dass du dich loseisen konntest. Wir freuen uns. Hier warten alle schon ganz gespannt auf dich.«

»Auf mich?« Ruth sah sich belustigt im Raum um, winkte Marthe Dirkens zu, die tatsächlich eine Flasche Whiskey in den Händen hielt, und blieb mit den Augen an einem älteren Paar hängen, das an den Kachelofen gelehnt stand.

»Hallo, wir sind Franks Eltern«, rief die Frau ihr zu, die

wie ihr Mann anscheinend gerade die besondere Teezeremonie von Frau Dirkens aus dünnen Porzellantassen genoss. »Nett, Sie kennenzulernen. Wir haben schon viel von Ihnen gehört.«

Die anderen Gäste, alle deutlich jünger, hatten aufgemerkt und musterten Ruth freundlich und neugierig. Es waren wahrscheinlich Danielas Kolleginnen und Freundinnen, denn es war die Rede davon gewesen, dass sie aus dem Rheinland anreisen würden. Allerdings konnte sich Ruth die besondere Aufmerksamkeit, die sie umfing, nicht recht erklären. Doch dann schob sich eine Frau hervor, die in vielerlei Hinsicht Danielas Schwester hätte sein können.

»Ich bin Jutta. Aus Bonn. Taxi-Jutta, sagen manche. Danielas beste Freundin. Ich freue mich, Sie kennenzulernen. Sie haben aus unserer Daniela eine richtige Miss Marple gemacht.«

Ja, dachte Ruth. Ohne Danielas Hinweise hätten sie vielleicht im vorletzten Jahr die schrecklichen Geschehnisse auf der Insel nicht so leicht klären können.

»Übrigens sind wir alle riesige Krimifans.« Jutta zeigte mit einer ausladenden Bewegung ihrer Hand auf die Anwesenden. »Natürlich nur, was Bücher anbelangt. Trotzdem ist es spannend, eine Kriminalpsychologin kennenzulernen.«

Ruth hatte noch keine rechte Idee, worauf diese Jutta hinauswollte. Anscheinend sah Jutta das ihrer fragenden Miene an, denn sie sprach schnell weiter: »Daniela hat uns von ihrer Wette erzählt. Als sie gemeinsam den Krimi gelesen haben.«

Ruth runzelte die Stirn. Ganz langsam erinnerte sie sich. Die Wette um eine Flasche Wein, wer den Mörder im Buch richtig errät. Angesichts der realen Ereignisse war das aus ihrer Erinnerung verschwunden.

»Na ja, jedenfalls hat das bei uns Krimifans Einzug gehalten. Wir sind eine Leserunde. Lesen immer das gleiche Buch und geben beim Lesen Tipps ab. Wer am frühesten richtig liegt, gewinnt.«

»Wirklich? Obwohl Daniela auf Norderney lebt?«

»Ja, jetzt erst recht. Wir können ja keine Sketche mehr zusammen machen auf die Entfernung. Aber das mit dem Lesen klappt prima.«

»Und das machen Sie alle?« Ruth sah sich noch einmal in der Runde um.

»Ja, außer den Eltern von Frank. Die kennen wir erst seit heute.«

»Und welche Krimis lesen sie so? Klassische Agatha Christies? Oder etwas Aktuelles? Deutsche oder eher schwedische Autoren?«

»Na ja, eigentlich bunt gemischt. Eine darf immer vorschlagen, wir anderen müssen mitlesen, ob wir wollen oder nicht.«

»Hört sich gut an.« Ruth hustete, als sie ein Aufflackern in Juttas Augen sah. »Das heißt, wenn man gerne Krimis liest. Und natürlich die Zeit dazu hat«, schob sie vorsichtshalber hinterher.

»Ja, das stimmt«, pflichtete ihr Jutta bei, die sich vertraulich ein Stück näher zu ihr stellte. Die anderen im Raum hatten ihre Gespräche wieder aufgenommen. »Das Besondere an unserer Leserunde ist aber noch etwas anderes«, fügte Jutta hinzu. »Wir haben alle eine Lieblingsschriftstellerin.«

Jetzt ahnte Ruth, woher der Wind wehte. Einen Moment stieg sogar Enttäuschung in ihr auf. Verlegen fuhr sie sich mit der Hand durch die Haare. Dass sie so freundlich begrüßt worden war, lag gar nicht an ihr selbst, egal, wie viel Daniela von ihr erzählt haben mochte. Und richtig. Juttas nächste Sätze bestätigten, dass sie richtiglag.

»Daniela hat erzählt, dass Sie mit ihr befreundet sind. Wir alle hier«, wieder wies sie mit der Hand in die Runde, »haben alles, aber wirklich alles von ihr gelesen.«

»Das wird Helene freuen, wenn ich ihr das berichte.« Ruth überlegte, worauf das Gespräch hinauslaufen sollte. Sie wurde ungeduldig. Viel lieber hätte sie nach draußen in den Garten geschaut. Dort schien sich etwas verändert zu haben. Passend zum neuen Konzept des Hauses. Ein Hostel auf Norderney. Das war es, was Ruth interessierte. Aber sie hatte keine Chance. Jutta war noch nicht am Ende.

»Na ja, wir haben gedacht, wir fragen Sie einfach mal. Ob Sie da was machen können? Wir haben ganz verschiedene Ideen. Wenn sich da etwas erreichen ließe, wäre das einfach toll.«

»Ja?«, fragte Ruth nun ungeduldig. Sie wünschte, Jutta käme endlich auf den Punkt.

»Also, dass wir Ihre Freundin für unseren Buchklub gewinnen könnten. Vielleicht eine Lesung bei uns im Rheinland. Oder aber …«, wieder machte sie eine Pause und schien zu überlegen, wie sie ihren Wunsch vortragen könnte, »Daniela wünscht sich so sehr, dass Ihre Freundin einmal hier in die Pension käme. Natürlich nicht Pension. Hostel heißt das auf Neumodisch. Ist auch egal. Denn Daniela und Frank, die planen nämlich ein Miss-Marple-Zimmer. Meinen Sie, da könnten Sie etwas machen?«

Ruth stöhnte innerlich. Sie war sich schon nicht mehr sicher, ob es wirklich eine gute Idee gewesen war hierherzukommen.

Erleichtert nickte sie, als Frau Dirkens vor sie trat. »Na, Frau Keiser, wie steht's? Lieber einen Tee oder einen Kaffee? Geht beides mit meinem Whiskey!«

*

»Das kann man auf so einer Insel vergessen. Von wegen Abgleich vom Zahnstatus und so. Das dauert keine halbe Stunde, und auf der Insel ist es rund, dass wir uns sicher sind, dass es Hilmar ist.« Martin wünschte, dass alles etwas schneller ginge: Spurensicherung, Abtransport der Leiche und die weitere Besprechung des Vorgehens auf der Polizeiwache.

»Wie stellen Sie sich das weitere Vorgehen vor? Gerade eben haben Sie zugegeben, dass Ihre Identifizierung nicht ausreicht, um die Angehörigen zu benachrichtigen. Weil Sie Herrn Hansen vielleicht nicht gut genug kannten.« Frau Lichterfeld hatte wieder diesen Ton angeschlagen, den Martin kaum ertragen konnte. Zu hart und zu fordernd. Solche Vorgesetzten hatte er zur Genüge gehabt, und sie alle waren der Grund dafür, warum er auf der Insel gelandet war. Das konnte man auch anders miteinander überlegen.

»Also, ich würde vorschlagen, ich rufe unseren Inselbestatter an. Erstens kennt er Hilmar Hansen und ist sich vielleicht sicher. Er hat die nötige Erfahrung und die entsprechenden Kontakte. Überführt werden muss die Leiche so oder so. In die Rechtsmedizin, meine ich. Spricht etwas dagegen?«

Anscheinend tat es das nicht, denn alle erklärten sich mit dem Vorgehen einverstanden. Martin nutzte den Anruf im Bestattungsinstitut, um sich abseits zu stellen. Denn direkt danach versuchte er, Anne zu erreichen.

Er hatte Glück, sie war tatsächlich früher aus der Klinik gekommen. Angesichts ihrer Bereitschaftsnächte und ihrer Überstunden eine Selbstverständlichkeit, sollte man denken. War es aber nicht. Das war keineswegs anders als in den Kliniken auf dem Festland.

»Das kann nicht wahr sein«, entfuhr es Anne, als er sie mit ein paar knappen Worten auf den Stand gebracht hatte, soweit er es für vertretbar hielt, ihr die Informationen zu geben. Dass sie den Toten in der Regentonne gefunden hatten, würde sowieso durch den ganzen Ort gehen. »Und du glaubst wirklich, es ist Hilmar?«

Martin seufzte. »Ich wünschte, ich könnte dich kommen lassen, damit du einen Blick auf ihn wirfst. Aber es ist ein offizieller Tatort. Die Lichterfeld bringt mich um.«

»Na, das würde uns noch fehlen«, antwortete Anne trocken.

»Eine Leiche reicht schließlich.« Sie machte eine kurze Pause und schob leiser hinterher: »Und du würdest mir dann sehr fehlen.«

Martin spürte, wie eine Wärme durch seinen Körper floss, die alles andere in den Hintergrund drängte. Heute Abend wäre er zu Hause und diese Lichterfeld hoffentlich wieder auf dem Festland.

»Lass dich nicht ärgern«, sagte Anne nun in sein Schweigen herein. »Erzähle dem Team vom Festland lieber mal, was unser Bestatter hier noch so macht, nämlich Lebensversicherungen verkaufen. Ich finde es immer wieder ein treffendes Beispiel dafür, dass auf der Insel die Uhren anders ticken.«

»Gute Idee, Anne. Ich glaube, das werde ich machen. Ich muss auflegen. Sonst ist der Leichenwagen schneller hier, als ich aufgelegt habe. Was seltsam wäre.«

»Stimmt.« Anne kicherte.

Martin war froh, dass Anne in so angespannten Situationen ihren Humor nicht verlor. Tatsächlich half ihnen beiden das Lachen, um mit Belastungen umzugehen. Auch wenn das von außen manchmal makaber wirken musste.

»Sag nur noch mal schnell: Was glaubst du denn, wie es weitergeht? Mal beiseitegelassen, um wen es sich bei der Leiche nun tatsächlich handelt?«

»Ich denke, dass wir das nach der Information der Angehörigen und deren Aussagen auf der Wache besprechen werden. Sicher ist bis jetzt nur, dass es natürlich eine Obduktion geben muss und alles Weitere von diesem Ergebnis abhängt. Ich habe noch gar keine Idee, was passiert ist und wie wir die Sache einzuordnen haben.«

»Warte ab, das werden die Insulaner für dich übernehmen. Da wird, schneller als dir lieb ist, die Gerüchteküche brodeln. Aber nicht öffentlich. Nee, so sind die Menschen nicht. Weißt du ja selbst. Aber hier ein hingeworfener Satz, dort eine halbe Frage.«

»Ja, das denke ich mir auch. Kannst du mir etwas über Hilmar Hansen sagen?«

Anne schwieg einen Moment. »Hm, ich müsste noch mal darüber nachdenken, was ich aus dienstlichen Kontexten über ihn erfahren habe und was ich als Privatperson weiß. Lass uns lieber heute Abend weiterreden. Dann weißt du vielleicht sicher, dass es Hilmar ist.«

»Also war Hilmar schon mal im Krankenhaus.«

»Ach, Martin, du weißt genauso gut wie ich, dass ich dir selbst diese Frage nicht beantworten darf, ohne gegen meine Schweigepflicht zu verstoßen.«

»Sorry. Okay, lass uns später reden.«

»Ich weiß nur, dass ich Hilmar oft abends in Richtung der Schrebergärten habe gehen sehen. Wenn ich zum Tennisspielen gefahren bin oder wenn ich an den Schrebergärten entlang walke.«

»Gut zu wissen.«

»Geht ihr denn wirklich vom Schlimmsten aus? Du weißt schon: von Mord und Totschlag?«

»Wovon sollten wir denn sonst ausgehen bei der Auffindesituation? Da bleibt wohl nicht viel.«

»Ich meine, schon mal gehört zu haben, dass jemand aus Versehen in einem Regenfass umgekommen ist. Weil er betrunken war, sich vornübergebeugt und das Gleichgewicht verloren hat. So was halt.«

»Den Blutalkohol wird die Rechtsmedizin prüfen. Ich wünschte, es wäre wahr, was du sagst. Ein bedauerlicher Unfall. Kein Mord.«

»Hm. Das glaube ich dir gern. Ach übrigens, du denkst dran? Ruth ist heute angekommen und wir wollen heute Abend kochen.«

»Ach herrje! Das hatte ich überhaupt nicht mehr auf dem Schirm. Wie kann ich das denn vergessen haben? Ausgerechnet Ruth. Gerade jetzt, wo wir es mit einem unklaren Todesfall zu tun haben.«

»Da kann ja Ruth nichts für. Und du auch nicht. Und anders als beim letzten Mal ist sowieso in erster Linie Aurich zuständig. Und nicht du.«

»Hast recht. Ich bin sicher, es klärt sich schneller auf, als es den Anschein hat. Inselvorteil. Hier weiß man, wie die Dinge zusammenhängen.«

»Was ist denn das für ein Geschrei im Hintergrund?«

Martin hörte zwar Annes Stimme durch das Handy, hatte aber keine Zeit mehr zu antworten. In Windeseile versuchte er das Telefon einzustecken, aber ließ es fallen, als es an der Brusttasche seines Hemdes vorbei ins Gras rutschte. Mit wenigen Schritten war er am Gartentor, an dem Nicole Wache hielt. Die Menge Schaulustiger hatte sich zerstreut, nachdem Ronnie mit Johan das Grundstück verlassen und dabei die Umstehenden aufgefordert hatte, nach Hause oder zurück in ihre Gärten zu gehen: »Es gibt für euch nichts mehr zu sehen, Männer. Und erzählt wird auch nichts. Nur ermittelt. Also, ihr haltet uns nur von der Arbeit ab.«

Tatsächlich hatte die Ansage Wirkung gezeigt, und zuletzt war kaum einer durch den Klön-Pad gekommen. Wahrscheinlich hatten die Schrebergärtner an den jeweiligen Abzweigungen entsprechende Informationen fallen lassen.

Nun aber war eine laute und schrille Frauenstimme zu hören.

»Hilmar!«, schrie die Frau. »Hilmar!«

Nicole hatte sich breitbeinig aufgebaut und die Frau, die keuchend stehen geblieben war, an den Armen gepackt.

»Lasst mich da rein. Wenn das Hilmar ist, dann will ich ihn sehen. Ich bin seine einzige noch lebende Verwandte.«

Und ehe Nicole sich versehen konnte, hatte Anneliese Hansen ihr die Faust in den Magen geschlagen und drückte sich an Martin vorbei. So schnell, dass er gar nicht hatte reagieren können. Was für ein Irrenhaus dieser Tatort doch war!

*

»Wo warst du?«

»Wo soll ich denn gewesen sein? In der Schule. Was sonst?«

»Melanie, halte mich nicht für blöd. Ich kenne deinen Stundenplan, auch wenn du immer wieder versuchst, mir einen Bären aufzubinden.«

»Mimimimi.«

»Melanie!«

»Ich weiß, wie ich heiße.«

Yvonne hielt betroffen inne. Genau den gleichen Satz hatte sie ihren Eltern entgegengeschleudert. Immer dann, wenn beiden Seite die Argumente ausgegangen waren und sie sich so ineinander verhakt hatten, dass es scheinbar keinen Ausweg mehr gab.

»Da fällt dir nichts mehr ein, stimmt's? Dann kann ich ja in mein Zimmer gehen.«

Yvonne trat schweigend zur Seite, weil sie sich nicht die Blöße geben wollte, weggeschubst zu werden. Sie wusste, dass Melanie das machen würde. Immer, wenn sie so nach Hause kam wie heute Abend. Wenn es völlig unklar war, wo sie den ganzen Nachmittag über gesteckt hatte.

»Sie müssen sich Ihrer Tochter in den Weg stellen«, hatten die Berater vom Jugendamt gesagt. Vor einiger Zeit war die Sache zwischen ihr und Melanie so eskaliert, dass Melanie sich in der Schule einer Sozialarbeiterin anvertraut hatte. Yvonne brach der Schweiß aus, wenn sie daran dachte, wie sie daraufhin von Amts wegen kontaktiert worden war. Wieder mal. Nie im Leben hätte sie früher geglaubt, jemals in eine solche Situation zu kommen. »Ihre Tochter sucht nach einem starken Gegenüber, an dem sie sich reiben kann. Das ist für die Entwicklung notwendig. Wenn Sie das nicht bieten, wird sie es immer weiter von Ihnen herausfordern. Zu immer provokanteren Mitteln greifen.«

Yvonne ging in die Küche, nachdem Melanie türenknallend in ihrem Zimmer verschwunden war. Mit einer Hand stützte sie sich an der Arbeitsplatte ab, weil sie das Gefühl hatte, das Gleichgewicht zu verlieren. Vor ihrem rechten Auge tanzten schwarze Einsprengsel, die den Blick undeutlich machten. Mit der anderen Hand öffnete sie den Kühlschrank und holte eine Plastikflasche aus der Türöffnung. Sie war leer zurückgestellt worden. Wahrscheinlich war es die letzte Flasche gewesen. Melanie würde einkaufen gehen müssen. Yvonne nahm ihr Glas vom Küchentresen und ging mit schwankenden Schritten zum Spülbecken. Sie stellte die Armatur auf kalt und ließ das Wasser einige Sekunden ablaufen, bis es ihr weniger gelb erschien. Mit der Zeit gewöhnte man sich an die Färbung des Wassers auf der Insel. Dann trank sie so schnell hintereinander zwei ganze Gläser, dass sie vor lauter Druck im Magen keuchen musste.

Ein drittes Glas trug sie vorsichtig hinüber ans Sofa. Mit einem Seufzen sank sie nieder, während sie sich ein Kissen in den Rücken stopfte. Wie gut das tat. Hier fühlte sie sich sicher und in der Lage, über sich und Melanie nachzudenken.

Sie hatte es versucht. Das In-den-Weg-Stellen. Stärke zeigen. Und sie hatte, zwar nicht gerne, aber Melanie zuliebe die Notwendigkeit einsehend, dieser Hilfe zugestimmt, bei der im letzten Jahr einmal in der Woche jemand gekommen war, um sich um sie und Melanie zu kümmern. Wobei ihr nie klar geworden war, um was genau es gehen sollte. Sie hatte gehofft, diese Frau Behr würde sich darum kümmern, dass es mit Melanie besser lief. Aber unterm Strich hatte Melanie weiterhin alles tun und lassen können, und sie selbst war sich ständig wie auf der Anklagebank vorgekommen.

»Das, was Milli zeigt, ist eine Reaktion auf ihre Erkrankung, Frau Stöcker.« Yvonne hatte den Klang von Frau Behrs Stimme noch in den Ohren, als sie ihr diesen Satz um die Ohren gehauen hatte.

»Welche Krankheit?«, hatte Yvonne abzuwehren versucht. Auch wenn ihr bewusst war, dass das Jugendamt sie schon lange in die Schublade der psychisch kranken Eltern gesteckt hatte.

Frau Behr hatte geschwiegen, sie aber vielsagend angeguckt. Nun, es gab keine Diagnose. Yvonne hatte ihrer Therapeutin keinerlei Erlaubnis erteilt, mit dem Jugendamt über sie zu reden. Sie wusste, dass die Praxis das ernst nahm. Und sie glaubte fest daran, irgendwann die Dinge wieder selbst in die Hand nehmen zu können, da brauchte sie keinen Stempel auf der Stirn, den irgendwelche Ämter dort nur zu gern platzieren würden.

»Gibt's etwas zu essen?«, hörte sie Melanie mit stampfenden Schritten, die gar nicht zu ihrer Figur zu passen schienen, die Treppe herunterkommen. »Oder hast du wieder nichts gekocht?«

Yvonne verstand natürlich den Vorwurf in Melanies Stimme. Hätte sie in dem Alter nicht selbst so reagiert? Schon allein, um von sich selbst abzulenken?

»Ich hatte dich fragen wollen, was wir heute kochen sollen. Aber dann bist du heute Mittag nicht gekommen. Wolltest du nicht sogar Emma mitbringen?«

»Glaubst du wirklich, ich habe Bock darauf, dass Emma mitkriegt, was hier abgeht? Dann ist das Jugendamt schneller zurück, als du vom Sofa runterkommst.«

Yvonne sah den verächtlichen Ausdruck in Melanies Gesicht. Augenblicklich versuchte sie, sich zu erheben. Aber ihr fehlte jegliche Energie.

Melanie grinste abfällig und drehte ihr den Rücken zu. »Ich mache mir dann noch ein Pizzabaguette, wie immer.«

Überhaupt nicht wie immer, wollte Yvonne antworten, aber es war zu anstrengend. Sie würde dann Beispiele aufzählen müssen, die es zwar gab, aber allein daran zu denken, erschöpfte sie.

»Ist gut«, war alles, was sie erwidern konnte. Matt und kraftlos, wie sie selber hörte.

Wie anders hatte sie sich ihr Leben vorgestellt. Wie anders als ihre Eltern hatte sie werden wollen. Und nun? War alles noch viel schlimmer.

Ihre Zunge nahm die salzigen Tränen auf, die sich unbemerkt auf den Weg gemacht hatten und sich in ihren Mundwinkeln sammelten. Sie wünschte, sie würde sich wehren können. Einfach einmal aktiv sein, statt nur zu leiden. Das Kissen werfen, statt es zu umklammern, wie sie es im Augenblick tat. Das Glas vom Tisch pfeffern, statt sich selbst Vorwürfe zu machen, weil kein Wasser im Haus war. Einfach einmal schreien, statt zu weinen. Einfach mal. Einfach – was für ein Wort.

*

»Ihr seid verrückt. Wenn wir das machen, kommen wir in keine einzige Kneipe.« Daniela hatte zwar das schwarze T-Shirt mit dem pink aufgedruckten zweideutigen Spruch übergezogen, betrachtete sich aber kritisch im Garderobenspiegel. »Die Milchbar können wir auf jeden Fall vergessen.«

»Seit wann bist du denn so spießig? In Bonn hast du alles mitgemacht.« Jutta stand da, hatte ihre Stirn in Falten gelegt und die Hände in die Hüften gestemmt, und schien die Welt nicht mehr zu verstehen.

»Naja, das ist hier schon alles etwas kleiner und übersichtlicher. Und ich bin nicht wie ihr nächste Woche wieder runter von der Insel. Da passt man sich an.«

»Das ging ja schnell, dass du dein rheinländisches Blut verleugnest.«

»Jutta, übertreib mal nicht so.« Kathrin, ihre ehemalige Chefin, mischte sich ein. »Ich kann das schon verstehen, was Daniela sagt.«

»Aber dann ist der ganze Abend im Eimer, wenn schon das T-Shirt komisch sein soll.«

»Ach Quatsch«, schob sich Bibi dazwischen. »Ich glaube nicht, dass Daniela sich so verändert hat. Ich finde, wir sollten einfach losziehen.«

Daniela warf sich einen letzten Blick im Spiegel zu. »Na gut. Ich bin jedenfalls froh, dass mein Shirt wenigstens schwarz ist. Gut für die Figur.«

»Es soll jeder gleich sehen, wer die Braut ist«, warf Bibi ein. »Heute tragen wir weiß und du schwarz und am Samstag …«

»… schauen wir mal, wer dann was anhat«, sagte Jutta schnell, als Daniela wie ertappt zusammenzuckte. Dankbar nickte sie Jutta zu. Nur sie beide wussten, was sie sich für die Hochzeit ausgesucht hatte. Es sollte eine Überraschung werden. Nicht nur für Frank.

»So, und nun das Krönchen«, trat Kathrin auf Daniela zu. »Kein Junggesellinnenabschied ohne Kopfschmuck.«

»Ihr Verrückten«, lachte Daniela, ließ es aber mit sich machen, als die Krone mit Haarnadeln in ihrem Haar befestigt wurde.

»Und hier ist der Korb«, drängte sich Jutta dazwischen. »Schließlich musst du erst mal das Geld verdienen, mit dem du uns heute Abend aushältst.«

»Wisst ihr eigentlich, wie viele solcher Aktionen auf der Insel stattfinden? Die Leute können es nicht mehr sehen. Glaubt es mir. Niemand wird sich finden, der auch nur etwas gibt.«

»Ach komm, du erzählst uns immer von den Kneipen, in denen es wie beim Karneval zugeht«, munterte Kathrin sie auf.

»Wisst ihr, was passiert, wenn wir da reingehen? Ihr glaubt doch wohl selbst nicht, dass die uns etwas abkaufen oder einen ausgeben, ohne eine Gegenleistung zu verlangen.«

»Also, wie im Fastelovend. Kennen wir!«, schien sich Jutta zu freuen. Daniela seufzte. Karneval war anders. Da kannte sie die Regeln. Hier oben passte das alles irgendwie nicht hin. Dieses ganze Halligalli mochte sie nicht. Und wenn sie als neue Inselbewohnerin ernst genommen werden wollte, sollten sie um die berühmt-berüchtigten Kneipen einen großen Bogen machen.

»Wir probieren es aus und gehen notfalls an den Strand, was meint ihr?«, schlug Bibi vor. Daniela nickte erleichtert. Bibi hatte wie immer ein besonderes Gespür, wenn etwas aus dem Ruder lief.

»Aber wenn es dunkel wird, würde ich schon gerne irgendwo einkehren«, fing Jutta erneut an. »Nicht, dass noch etwas passiert. Was du damals von der Toten am Strand erzählt hast. War das nicht …«

»Jetzt halt die Klappe, Jutta«, zischte Bibi, wie Daniela sie noch nie hatte zischen hören. Die kleine Bibi stand da wie ein Schulmädchen in ihrem weißen Shirt mit exakt dem gleichen Spruch, der Danielas Shirt zierte. Daniela grinste. Mit Bibi in ihrer Mitte liefen sie Gefahr, Ärger wegen des Jugendschutzes zu bekommen.

»Also, Mädels, ich ergebe mich in mein Schicksal. Ab Samstag bin ich euch ja los. Da gehöre ich nur noch Frank. Und der macht so einen Blödsinn bestimmt nicht mit mir.«

Warum wie auf Kommando alle in hysterisches Gelächter ausbrachen, verstand sie nicht. Sie zuckte die Schultern. Dann würde sie sich also so gut blamieren, wie es zum Junggesellinnenabschied dazugehörte.

*

Frau Lichterfeld hatte Martin fragend angeschaut, und er hatte nur genickt. Er wusste, dass sie gegen Anneliese Hansen keine Chance hätten. Ihr Einfluss auf der Insel war nicht zu unterschätzen. Wenn er Anneliese wegschickte und der Tote dann doch Hilmar wäre, das mochte er sich gar nicht ausmalen. Wahrscheinlich würde sie jede Polizeiarbeit torpedieren, nur um ihm zu zeigen, wer auf der Insel das Sagen hatte. Und das war nach ihrer Meinung jeder Einheimische, aber keiner von außen, da konnte er noch so uniformiert und staatstragend daherkommen, wie er wollte. Dass sie selbst zu denen gehörte, die nicht von der Insel stammten, würde sie wie immer ausblenden.

»Dann komm mit«, hatte er schließlich gesagt, während er den Griff lockerte, mit dem er sie festgehalten hatte. Es war schwer genug gewesen, sie noch zu packen, bevor sie die Folie, die mittlerweile über dem Oberkörper des Toten ausgebreitet war, wegreißen konnte. »Wenn du dir sicher bist, dass du das kannst.«

Sie hatte ihm einen vorwurfsvollen Blick zugeworfen und sich mit einem Rütteln ihres ganzen Körpers endgültig aus der Umklammerung befreit.

»Bitte kommen Sie hier lang«, wies einer der Beamten der Spurensicherung den Weg. Ihnen allen schien klar, dass es nur noch um den kleinstmöglichen Schaden ging und nicht mehr darum, Anneliese bei irgendetwas aufzuhalten.

»Eindrucksvoll«, murmelte Frau Lichterfeld, als Martin sich neben sie stellte. Er war sich nicht sicher, ob sie den Kontext der Geschehnisse richtig verstand oder ihn nur der Führungsschwäche verdächtigte. Er würde das sicherheitshalber später erklären. Jetzt aber war wichtiger, Annelieses Reaktion auf den Toten zu beobachten. Vielleicht lieferte das allein schon Erkenntnisse.

»Wer ist sie? Die letzte lebende Verwandte, hat sie gesagt. Also seine Schwester?« Frau Lichterfeld schaute Martin von der Seite an.

Unwirsch winkte er ab. »Nein, seine Schwägerin. Und sie mochten sich nicht.«

»Tatsächlich. Das ist ja interessant.«

Martin wollte wirklich nicht reden. Es interessierte ihn einzig und allein, was Anneliese sagen würde.

»Die Hose und die Schuhe gehören Hilmar«, tönte sie laut. »Das weiß ich genau.«

Martin ging langsam ein paar Schritte näher. »Das ist schon mal gut, dass du uns das bestätigen kannst, Anneliese.« Er versuchte, jede Hast und Aufregung aus seiner Stimme zu nehmen, um Anneliese dadurch zu beruhigen. Er wollte, dass sie ein sicheres Urteil über den Toten abgeben konnte und nicht hastig etwas bestätigte, von dem sie sich nicht ausreichend überzeugt hätte.

Schuhe und Hose waren zwar ein guter Anhaltspunkt, aber dienten keineswegs einer sicheren Identifizierung. »Meinst du, du bist bereit, sein Gesicht zu sehen? Es kann sein, dass du dir einen Moment Zeit nehmen musst.« Martin schluckte. »Das Gesicht war ein paar Stunden unter Wasser.« Das genügte. Anneliese war eine Küstenfrau. Sie würde wissen, wie Wasserleichen aussahen.

Anneliese riss kurz das Kinn nach oben, drehte den Kopf zu ihm und Martin glaubte, ein kurzes Flackern in ihren Augen zu sehen. Dann aber wurde ihr Mund ein einziger schmaler Strich, die Augen verengten sich, es war, als presste sie alle Luft innerlich zusammen, um dann den Atem mit einem einzigen Stoß entfahren zu lassen. »Ich bin es meinem Mann wohl schuldig. Na, denn mal los.«

Ihr Blick schien zu versteinern und Martin kam die Spanne endlos vor, in der Anneliese ohne erkennbare Reaktion auf das nun freigelegte Gesicht des Toten starrte.

Nur das Kreischen der Möwen, die in immer größerer Anzahl über ihnen kreisten, war zu hören. Ansonsten herrschte Stille. Totenstille. Die Insel schien zum Erliegen gekommen zu sein.

Plötzlich jedoch erklang ein heiseres Jaulen, ein lang gezogener Ton, erst dunkel und tief, dann immer heller und schriller. Erst einen Wimpernschlag später verstand Martin, dass es Anneliese war, aus der dieser Ton drang, obwohl sie immer noch, ohne sich zu rühren, vor der Leiche stand und reglos auf den Toten blickte.

Ratlos blickte Martin zu Frau Lichterfeld und dem Rechtsmediziner, der sich ein Stück entfernt hatte. Die Reaktion, die Anneliese zeigte, passte nicht zu der Frau, wie er sie kannte. Die auf der ganzen Insel als Schreckgespenst galt. Eine mit richtig Haaren auf den Zähnen. Eine, der man es nie recht machen konnte. Die, die immer das letzte Wort hatte.

War das unheimliche Jaulen ein Zeichen des Erkennens? Ein Ausdruck des Schocks oder eher des Ekels? Trauerte sie oder erkannte sie womöglich ganz jemand anderen in der Person?

Alles schien Martin möglich. Aber er wusste nicht, was zu tun war.

Immerhin reagierte der Rechtsmediziner. Er hatte die Folie nach Martins Hilfe suchendem Blick wieder über das Gesicht des Toten gezogen.

Anneliese rührte sich dennoch nicht. Sah immer noch nach unten, als könnten ihre Augen die Folie durchdringen. Die Möwen reagierten immer aufgeregter. Als wenn der Ton, der unaufhaltsam aus Annelieses Kehle drang, ein Weckruf einer Gleichgesinnten wäre. Aasfresser unter sich, durchzuckte ihn ein Gedanke. Für den er sich augenblicklich rügte. Wie kam er nur auf so etwas? Schließlich sollte er Anneliese dankbar sein, dass sie die Aufgabe übernommen hatte.

Endlich gab er sich einen Ruck, nahm Anneliese am Arm und führte sie ein Stück beiseite. »Und, Anneliese«, sprach er, wieder um eine feste, beruhigende Tonlage bemüht, »kannst du uns etwas sagen?«

Anneliese schien aus einer anderen Welt aufzutauchen. Nur nach und nach schien sie zu verstehen, wo sie sich befand und was Martin von ihr wollte. Dabei war das jaulende Geräusch nicht verstummt, aber leiser geworden. Dann setzte es abrupt aus und Anneliese räusperte sich. Mit großen Augen sah sie Martin an. »Ja. Es ist Hilmar. Ich bin mir absolut sicher. Jetzt sind sie alle wieder beieinander. Kai-Uwe hat ihn zu sich geholt.«

*

»Und nun? Bleibt die Lichterfeld auf der Insel?«, fragte Anne, während sie die Auflaufform an Martins Kopf vorbei auf dem Tisch platzierte. »Ruth, kannst du mir bitte den Servierlöffel aus der Schublade hinter dir reichen?«, schob sie etwas leiser hinterher.

»Für diese Nacht schon«, antwortete Martin mit einem unterdrückten Gähnen, während er nach dem Rotweinglas griff. »Morgen werden wir weitersehen. Ich hoffe, der ganze Spuk ist schnell vorbei. Aber lasst uns auf den Feierabend anstoßen. Santé, Ruth! Schön, dass du da bist.«

Anne griff im Stehen nach ihrem Glas. »Da hat Martin vollkommen recht. So schrecklich das Ganze auch ist, aber du sollst nicht schon wieder mit einem Todesfall auf der Insel konfrontiert werden. Also, auf dich, Ruth.«

Ruth stieß mit beiden an. Freute sich an dem satten Gläserklirren und dem Duft des Essens. Martin und Anne verstanden es wirklich, es so einzurichten, dass sie sich wohl fühlte. »Schon gut. Ihr wisst, ihr könnt mich mit so etwas nicht schrecken. Dafür bin ich viel zu sehr vom Fach.«

»Trotzdem.« Anne hatte nach Ruths Teller gegriffen und lud eine gute Portion des Ratatouille auf. »Es ist Feierabend und du bist unser Gast. Wenigstens in Ruhe essen sollten wir. Und an die schönen Dinge des Lebens denken.«

Ruth lachte. »An Danielas Hochzeit beispielsweise.«

Anne nickte. »Genau. Ich finde es nämlich ganz prima, wie sie das macht. Mit der Reihenfolge, den Trauungen und vor allem mit der tollen Party am Strand. Darauf freue ich mich am allermeisten. Obwohl – auf die Kirche auch.«

Ruth sah, wie Martin die Augen verdrehte, und da fiel es ihr wieder ein, was sie wohl in den letzten Stunden erfolgreich verdrängt hatte.

»Sag mal, stimmt es, was Frau Dirkens mir erzählt hat?«

Anne schaute sie belustigt an. »Na, dafür müsstest du mir kundtun, was sie denn gesagt hat.«

Ruth kam das Ganze reichlich absurd vor. Ob sie es missverstanden hatte? Oder ob Frau Dirkens sie auf den Arm nehmen wollte? Sie druckste herum. »Frau Dirkens hat irgendetwas vom englischen Königshaus erzählt und gemeint, ihr beide, also du und sie, ihr kämt zu Daniela mit Hüten.«

»Oh nein!« Der Ausruf von Anne klang eher enttäuscht als erstaunt.

»Dann stimmt es also gar nicht?« Ruth fuhr ihr Weinglas vor sich von links nach rechts über den Tisch.

»Aber ja doch! Und ob das stimmt. Es soll aber eine Überraschung für alle werden. Und jetzt plaudert Frau Dirkens es aus.«

Ruth merkte, wie ihr der Mund vor Sprachlosigkeit offen stehen blieb. »Kein Spaß?«, stieß sie hervor.

Anne grinste. »Kein Spaß. Wann hat man denn mal dazu Gelegenheit, haben wir uns gesagt.«

»Ups, dann bin ich wohl tatsächlich eher underdressed. Ich glaube, da muss ich morgen noch mal los.«

»Quatsch. Musst du nicht. Es tut mir leid, dass du dich dadurch unter Druck gesetzt fühlst.«

»Ich bin einfach kein Typ für Hochzeiten«, antwortete Ruth und schaute schnell zu Martin. Er kannte immerhin die Story ihrer verkorksten Ehe, die einige Jahre zurücklag.

»Ach, Quatsch!« Anne schaute Hilfe suchend zu Martin. Ruth ahnte, dass sie Sorge hatte, wieder etwas heraufzubeschwören, was im letzten Sommer das eine oder andere Mal zu Unstimmigkeiten geführt hatte. »Du kennst doch Daniela. Das ist keine Schickimicki-Hochzeit. Jeder darf kommen, wie er will.«

Genau das hatte Ruth gedacht, als sie die Einladung erhalten hatte. Und spontan zugesagt. Auch, weil sie sofort Lust auf die Insel bekommen hatte. Aber sie ärgerte sich. Was hatte sie auf dieser Feier, auf der sie die meisten nur oberflächlich kannte, verloren?

»Meinst du, du könntest morgen mit mir nach etwas Tragbarem für Samstag schauen?«

»Nicht dein Ernst, Ruth. Du willst mit Anne shoppen gehen? So kenne ich dich gar nicht.«

Ruth hatte fast vergessen, dass Martin mit am Tisch saß, so ruhig war er gewesen. Sie zuckte die Schultern. »Glaub ja nicht, dass mir das Freude macht.«

»Was?«, rief Anne, gespielt empört. Mit mir unterwegs zu sein, macht dir keinen Spaß? Das werde ich zu ändern wissen.«

»Ich glaube, ich würde lieber im aktuellen Todesfall ermitteln.«

»Ernsthaft?« Martins Gesicht hellte sich augenblicklich auf. »Ich glaube, wir beide würden der Lichterfeld ganz schön Stress machen. Ach, zu schön, um wahr zu sein.«

»Martin, hör auf. Ruth ist zum Feiern hier. Und du hältst dich bitte zurück. Für die Ermittlung ist eindeutig Aurich zuständig. Ihr habt so schon genug zu tun am Wochenende.« Ruth sah erstaunt zu, wie Anne mit jedem Satz lauter wurde.

Ihre Augen funkelten. Sieh mal an, dachte sie bei sich, bei den beiden ist ein Stück Alltag eingekehrt. Im letzten Jahr war es für sie im Dunstkreis der beiden vor lauter Verliebtheit und Harmonie manchmal kaum auszuhalten.

»Ist schon gut. Ich lass das Thema.« Martin zog sich in sich zurück, und eine unangenehme Stille senkte sich über sie alle.

Doch dann schob Anne ihren Stuhl zurück. »Ruth, wie sieht es aus? Hast du Lust, dir unser Haus anzuschauen? Komm, ich zeige dir alles. Riesenglück hatten wir, dass wir es ergattern konnten.«

Ruth freute sich über die Bewegung, die entstand.

»Nur noch mal wegen eben«, sagte sie auf der Treppe. »Natürlich freue ich mich, wenn du mich morgen bei der Kleidersuche begleitest.«

»Ja, das weiß ich«, antwortete Anne. »Und ich habe gar nichts dagegen, wenn Martin die nächsten Tage mit dir fachsimpelt. Ich habe nur Angst um Danielas Hochzeit. Die nächsten Tage wird sowieso schon mehr los sein als üblich. Irgend so ein privates Teenagerfest, bei dem man Sorge hat, was da passieren könnte. Dazu ein langes Wochenende in einigen Bundesländern. Wenn Martin dann zum Dienst muss, statt mit uns die Hochzeit zu feiern, wäre das wirklich blöd.« Ruth sah, wie sich ein sorgenvoller Schatten über Annes Gesicht legte. »Und bei dem Ganzen spielt Hilmar noch gar keine Rolle.«

»Hilmar?«

»Der Tote in der Regentonne.«

»Skurrile Geschichte, finde ich.«

»Das kannst du laut sagen. Oder: typisch ostfriesisch. Ich hoffe ja, dass er tatsächlich von alleine da hineingeraten ist. Schlagseite nach zu viel Alkoholgenuss vielleicht.«

»Das wäre zumindest ein seltener Todesfall.«

»Er war wohl ein ziemlich unangenehmer Kauz. So wirklich weinen wird um den niemand.«

»So einen Tod verdient trotzdem keiner«, antwortete Ruth. »Aber es gibt natürlich Menschen, die alles dafür tun, dass nur ein negatives Urteil zum Schluss übrig bleibt.«

»Da hast du recht. Hilmar auf alle Fälle. Ich wüsste keinen, der den gemocht hätte.«

Sie drehten sich beide um, als Martin die Holztreppe hochgestapft kam. In der Hand hielt er das Mobilteil des Telefons. Seine Stirn war voller wulstiger Falten, und Ruth erkannte erst daran, dass er in den letzten Monaten älter und rundlicher geworden war. So war das wahrscheinlich mit dem Sesshaftwerden, dachte sie.

»Ich muss weg«, stieß er leicht atemlos hervor. »Das glaubt uns kein Mensch, was passiert ist. Da steht die Ingrid«, er sah zu Anne, »du weißt doch, die alte Ingrid Folkerts bei den Kollegen auf der Wache, heult sich die Augen aus dem Kopf und will aber nicht recht mit der Sprache raus. Nur, dass es etwas mit dem Hilmar zu tun hat. Es tut mir echt leid, auch für dich, Ruth. Aber ich kann die Kollegen nicht hängen lassen. Das seht ihr ein, oder?«

*

»Komm, lass uns mal zählen, wie viel wir haben.«

Alle hatten sich um Daniela geschart, um das Geld zu zählen, das sie im Laufe der letzten Stunden eingenommen hatten. Es war mehr als mau gewesen. Größtenteils hatten sie nur abfällige Sprüche von Männern und mitleidige Blicke von Frauen empfangen.

»Junggesellinnenabschiede scheinen nicht mehr ganz so angesagt zu sein, kann das sein?«, fragte Bibi. »Als ich geheiratet habe, war das lustiger.«

»Da warst du in Köln unterwegs und nicht in Ostfriesland. Ich hatte gleich meine Zweifel«, erwiderte Kathrin.

Jutta seufzte. »Ich wünschte, ich könnte mitreden. Aber das ist an mir genauso vorbeigegangen wie das Maibaumsetzen. Mich will einfach keiner.«

»Ach, Quatsch«, sagte Daniela, die das wenige Geld in den Händen hielt. »Ich habe meinen Frank gefunden, und nun konzentrieren wir uns auf die Suche nach deinem Prinzen.«

»Schön wär's! Ich habe nicht nur keinen Mann, sondern auch noch die beste Freundin verloren.«

Daniela legte betroffen die Arme um Jutta. Was sollte sie denn machen? Wegen ihrer Freundin auf Frank verzichten? Das ging gar nicht. Das konnte keiner von ihr verlangen, selbst Jutta nicht.

Wie gut, dass Bibi mal wieder ein Gespür für die kippende Stimmung hatte. Daniela wäre nichts Aufmunterndes eingefallen. Bibi aber blinzelte Kathrin zu, und schon begannen beide mit einem großen Getöse von einem weiteren Höhepunkt zu sprechen und zogen kleine Fläschchen mit einem giftgrünen Schnaps aus ihren Rucksäcken. »Alle mal herhören! Nun wird erst etwas getrunken. Gleich geht die Sonne unter.« Alle lachten. Waldmeister-Minis hatten im letzten Karneval die Runde gemacht und standen seitdem für besonders feucht-fröhliche Nächte.

»Na, Dani, ist das etwas? Oder bist du schon komplett auf Küstenschnaps umgestiegen?« Die Freundinnen stellten sich im Kreis auf und stießen mit den kleinen Flaschen und einem großen Gejohle miteinander an.

Hier unten am Wasser ließ es sich gut aushalten. Schuhe und Strümpfe lagen auf einem großen Berg, und zwischendurch versuchte Daniela weiterhin, die Spaßartikel aus ihrem Bauchladen an den Mann oder die Frau zu bringen. Kaum erfolgreicher als im Ort selbst, aber dafür weniger pöbelhaft.

Der Schnaps belebte noch einmal die Lebensgeister. »Der Abend ist noch nicht zu Ende, oder?«, fragte Jutta, als sie dicht aneinandergedrängt den Sonnenuntergang anschauten.

»Wunderschön«, flüsterte Kathrin. »Dani, du hast es echt gut. Das kannst du nun jeden Abend erleben.«

»Als wenn es bei uns am Rhein nicht auch schön wäre«, maulte Jutta.

Danielas Herz zog sich zusammen. Wenn es andersherum wäre, wenn Jutta heiratete und nicht sie, dann wäre sie ebenfalls traurig. Sie konnte es verstehen.

»Also, Mädels«, rief sie, um die Stimmung aufzuheitern. »Wenn die Sonne im Meer versinkt, gehen wir auf der Insel noch längst nicht schlafen.«

Alle schauten zu ihr, als sie laut das eingenommene Geld zählte. »Immerhin sind es 23 Euro und 17 Cent geworden. Es gab Zeiten, da hätte ich mich damit wie ein Krösus gefühlt.«

Alle lachten.

»Jetzt ist Partytime. Heute lassen wir die Puppen tanzen. Ich heirate nur einmal – hoffentlich. Also los! Unterwegs gibt's für alle eine Pizza. Aber im Stehen. Dass keiner auf die Idee kommt, sich hinzusetzen und dann nicht mehr weiterzuwollen.« Sie schaute gespielt streng in die Runde. »Und dann stelle ich euch ›Tante Jens‹ vor. Das müsst ihr erlebt haben.«

*

»Also, Ingrid, spuck es aus. Du sitzt hier und weinst und keiner weiß, worum es geht. Einen Arzt willst du nicht. Jemanden anrufen, der sich um dich kümmert, auch nicht. Ich weiß nicht mehr, was ich machen soll.« Martin hatte sich an die Tür gelehnt, während er mit Ingrid sprach. Sie saß am Schreibtisch im Dienstzimmer direkt vorne rechts. Weiter hätte sie schon gar nicht mehr gehen können, hatte der Kollege vom Spätdienst gesagt, der Ingrid zitternd und heulend vor der Tür angetroffen hatte. Nicht einmal geklingelt hatte sie, und wäre der Kollege nicht rausgegangen zum Rauchen, wer weiß, wie lange Ingrid noch dagestanden hätte.

Manchmal schien sich Ingrid zu beruhigen. Dann hielt sie sich ein geblümtes Taschentuch an die zitternde Lippe und schnaufte beim Atmen. Aber sobald sie ansetzte, um zu reden, fing das Heulen wieder an.

»Du, Ingrid, ich weiß nicht mehr weiter. Das macht mir wirklich Sorgen. Nicht wegen mir oder uns.« Er zeigte vorsichtshalber auf den Kollegen und sich und schloss den ganzen Raum mit ein. Auch wenn Ingrid gar nicht zu ihm schaute. »Aber so geht das mit dir nicht weiter. Wenn du so außer dir bist, dann muss ein Arzt nach dir schauen. Wenn dir etwas passiert, bin ich noch schuld.« Er hörte selbst, wie unbeholfen seine Worte klangen.

Ingrid reagierte mit einem neuen heftigen Schluchzen. Hilflos sah er zu seinem Kollegen. Wie gut, dass heute Abend sonst nichts los war. Wenigstens ein bisschen Glück hatten sie.

Als hätte er es mit seinen Gedanken heraufbeschworen, klingelte das Telefon. Noch bevor Martin sich rühren konnte, war der Kollege dran. »Polizeiwache Norderney.« Ein aufgeregter Wortschwall drang aus dem Hörer. Martin hörte Wortfetzen wie »alte Frau« und »Strand«.

»Was ist los?«, fragte er, als der Kollege auflegte.

»Keine Ahnung. Werde jemanden losschicken müssen. Eine nackte Frau am Strand, die Selbstgespräche führt. Sag mal, ist vielleicht Vollmond? Hört sich für mich an wie die Nacht der Verrückten.

*

Wieder war sie auf dem Sofa eingeschlafen. Wie so oft zuletzt. Viel zu oft. Das wusste sie selbst am besten. Jeden Abend schwor sie sich, dass es morgen besser würde. Dass sich alles ändern würde. Dass sie einen neuen Anlauf nähme, um die Dinge besser hinzubekommen. Es hatte Zeiten gegeben, in denen sie sich mutiger und tatkräftiger gefühlt hatte. In denen ihr Körper kräftiger und schmerzfreier gewesen war. Auch wenn sie nicht genau wusste, was Ursache und Wirkung gewesen waren.

Yvonne setzte sich auf. Ihr Kopf war benommen. Der Fernseher lief. Das tat gut. Weil es ihr suggerierte, dass sie nicht allein war. Solange der Fernseher lief, war immer jemand bei ihr. Sie drückte auf die Fernbedienung, um den Videotext einzuschalten, konnte aber die Uhrzeit oben rechts nicht erkennen.

Sie griff nach dem Glas, das vor ihr auf dem niedrigen gekachelten Couchtisch stand. Das Wasser schmeckte schal. Die Augenlider wurden schon wieder schwer. Es wäre so leicht, sich wieder zurücksinken zu lassen und weiterzuschlafen. Doch heute sträubte sich irgendetwas in ihr. Stärker als sonst.

Yvonne überlegte. Da war etwas, das sie nicht fassen konnte. Etwas, das heute anders war. Sie stopfte sich ein Kissen in den Rücken und stellte die Füße fest auf den Boden. Sie musste der Müdigkeit Paroli bieten. Musste erst wissen, was heute anders gewesen war. Sie trank noch einen Schluck. Dann fiel es ihr ein.

Das Telefon, das heute so oft geklingelt hatte. Gott sei Dank war Melanie nichts passiert. Die schlimmsten Albträume hatten sich nicht bewahrheitet. Dafür war eine fremde Frau am Telefon gewesen. Hatte wissen wollen, wie das am Wochenende bei ihnen ablaufen würde. Als Yvonne verständnislos reagiert hatte, war sie frech geworden. Das könnte wohl nicht sein, dass sie als Mutter nichts wüsste. Sie würde doch ihre Tochter nicht zu ihr schicken, wenn die Mädchen dann anscheinend sich selbst überlassen wären.

Yvonne war ratlos gewesen. Sie hatte Melanie verboten, die Freundinnen über das Wochenende einzuladen. Es konnte nicht sein, dass Melanie sich darüber hinwegsetzte. Selbst wenn sie das angekündigt hatte. Das tat sie oft. Und lenkte meistens doch ein.

Dann hatte Yvonne gedacht, es wäre die Mutter von Emma, mit der sie sprach. Weil Emma ja am Nachmittag hatte mitkommen wollen. Aber das hatte die Frau am anderen Ende der Leitung nur noch mehr aufgebracht. »Verantwortungslos«, hatte sie geschrien, daran erinnerte sich Yvonne noch.

Am Abend hatte eine andere Mutter angerufen. Mit ähnlichen Fragen. Yvonne hatte versucht, es besser zu machen. Aber die Verwirrung blieb. Emma war heute nicht mitgekommen, weil sie nicht sehen sollte, in welchem Zustand sie sei, hatte Melanie gesagt. Yvonne hatte daraus geschlossen, dass Melanie erst recht eingesehen hätte, dass am Wochenende niemand hier übernachten konnte. Das klang in den Telefonaten dieser Mütter aber ganz anders.

Natürlich hatte Melanie es abgelehnt, mit ihr zu reden. Yvonne hatte unten an der Treppe gestanden und gerufen. Die Treppen – sie hatte sie einfach nicht hochgehen können. Vielleicht, weil sie nicht erleben wollte, wie Melanie ihr die Tür vor der Nase verschloss. Mit jedem Rufen hatte Melanie die Musik lauter gedreht. Bis Yvonne zurück zum Sofa gegangen war. Ihre Tabletten genommen hatte. Und auf der Couch eingeschlafen war.

Aber jetzt war sie wach. Wach und unruhig. Es war eine dieser Juninächte, die für sie immer schon bedeutsam gewesen waren. Es waren jedes Mal Juninächte gewesen, in denen sie schwanger geworden war. Es waren besondere, magische Nächte, die wieder bevorstanden. Nächte, in denen sie, wenn sie Glück hatte, mehr Kraft hatte als zu anderen Zeiten.

»Ich muss mit Melanie reden. Jetzt. Ich kann dem Ganzen nicht immer nur aus dem Weg gehen.« Sie wusste selbst nicht, woher der plötzliche Entschluss kam. Die Unaufschiebbarkeit. Zitternd erhob sie sich. Tastete sich an den Möbeln vorbei durch das Zimmer. In den Flur, in dem auch nachts das Licht brannte.

Sie sah die Treppe. Ihre größte Herausforderung. Der Berg, der jeden Tag ein Hindernis darstellte auf dem Weg zu ihrer Tochter. Auf dem Weg zurück in ein normales Leben.

Diesmal würde sie den Berg überwinden. Notfalls ihre Tochter aus dem Bett klopfen. Sie konnte die Dinge nicht einfach weiterlaufen lassen.

Mühselig zog sie sich Stufe für Stufe hoch. Dennoch ging es besser als all die Tage zuvor. Sie blickte auf die Fotos, die an der Wand gleichsam dem Aufstieg folgten. Familienfotos wie jeder sie hatte. Als wären sie das: eine normale Familie. Vielleicht, wenn sie sich anstrengte, so wie jetzt, wenn sie die Dinge wirklich einmal konsequent umsetzte, wenn sie die Hilfen ernst nähme, die man ihr anbot, vielleicht war es dann nicht ganz zu spät. Für sie und Melanie.

Yvonne schloss die Augen vor ihrem Anblick im Spiegel. Es würde ihr sonst den Mut nehmen. Eigentlich sollte auch Melanie sie so nicht sehen. Aber das war nicht zu ändern. Sie musste es nutzen. Dass die Kraft auf einmal da war. Für wie lange auch immer.

Die Musik hatte Melanie irgendwann im Laufe des Abends leiser gestellt. Aber nicht ganz aus. Yvonne lauschte. Düstere, rockige Melodien. Immer eine Spur melancholisch. Ganz ähnlich dem, was Yvonne früher selbst gehört hatte. Linkin Park, Nickelback, Liquido, Savage Garden. Rockballaden. Nu Metal. Post-Grunge. Sie glaubte kurz, den süßen Geruch wahrzunehmen, der sie und ihre Clique damals ständig begleitete. War Melanie nicht genauso auf der Suche wie sie damals? Müsste sie ihr nicht viel mehr Verständnis entgegenbringen? Sie würde es versuchen. Yvonne gab sich selbst das Versprechen.

Dann öffnete sie leise die Tür. Sie würde es Melanie ermöglichen. Das Wochenende. Sie würde sich zusammenreißen. Melanie nicht blamieren. Würde heute Nacht in ihrem Bett schlafen und nicht auf der Couch. Sich einen Wecker stellen und morgen als Erstes duschen.

Ein warmes Gefühl der Liebe zu ihrem Kind durchfuhr sie. Melanie, ihre Tochter. Sie würde sie nicht wecken. Ihr nur einmal über das Haar streicheln. So wie sie es früher immer gemacht hatte. Bei ihrem kleinen Mädchen. Das ihr ganzes Glück war.

Das Licht auf dem Flur erhellte das Zimmer nur unzureichend. Leise setzte sie die Füße voreinander, immer in Sorge zu stolpern. War froh, als sie sich am oberen Ende des Metallbettes festhalten konnte.

Melanie lag wohl quer im Bett. Yvonne blinzelte. Ihre Augen sahen in diesem Licht fast nichts. Sie tastete nach Melanies Kopf. Hoffentlich lag sie nicht wieder verkehrt herum. Wie als kleines Mädchen. So wie Pippi Langstrumpf, hatte sie immer gelacht.

Ihre Hand fühlte etwas Weiches. Das Kissen. Die Bettdecke. Kein Widerstand. Kein Körper. Nichts. Ein leeres Bett.

*

»Eine Runde Schnapsitaxis!« Die unnachahmliche Stimme von Tante Jens kündigte die rote Flüssigkeit schon an, bevor man das Tablett mit den Gläsern sah.

»Oh, nein«, stöhnte Bibi. »Wirklich nicht. Wenn ich noch irgendetwas Alkoholisches trinke, bleibe ich diese Nacht hier liegen.« Halb im Ernst, halb im Spaß ließ sie sich gegen Jutta fallen.

Daniela grinste Tante Jens an. Tante Jens, der so natürlich nicht hieß, war das, was vielleicht Olivia Jones für Hamburg war. Na ja, der Vergleich stimmte natürlich nicht. Hier war alles kleiner, viel, viel kleiner und das Schrille blieb mehr im Versteckten.

Es hatte sie richtig Überredungskunst gekostet, die Freundinnen zum Discobesuch zu überreden. Nach der Pizza hatte alle eine schlagartige Müdigkeit überfallen. Klar, die Seeluft, an die sie schon gewöhnt war, knockte die anderen aus. Und es war sicherlich von Nachteil, dass sie alle nicht mehr in ihren 20ern waren.

Jutta hatte allerdings Einsicht gezeigt. »Mensch, Leute. Was ist los? Das kann es doch nicht gewesen sein. Wir verabschieden schließlich Dani aus dem Partyleben.

Eine Runde Espresso hatte Juttas Aufmunterungsversuche unterstrichen. Daniela hatte es nicht zugeben wollen, aber nach der Pizza wäre es auch für sie okay gewesen, den Abend zu beenden. Aber jetzt war sie doch froh. Ohne Disco und ohne Tante Jens – das wäre nicht gegangen.

»Dancing Queen« lief, als sie zur Tür hereinkamen. Eins von Danis Lieblingsliedern. Dass sie heute Abend der Dancing Star war, daran hatten nicht nur das T-Shirt und das Krönchen Schuld.

Tante Jens hatte sie sofort in den Mittelpunkt gestellt. Immer wieder baute er sie in seine Ansagen ein, widmete ihr die Lieder, die er sang, und als sie zusammen ein Duett zu »Atemlos«, Danielas ungebrochenem Lieblingslied, hinlegten, klang das zwar ziemlich schräg, ließ aber bei Dani die Tränen fließen. Und nicht nur bei ihr, hatte sie feststellen müssen. Jutta schluchzte hemmungslos, Kathrin weinte und lachte in einem und Bibi wischte sich mal über die Augen und dann wieder über die Nase. Ihre Mädels. Das würde sie schon verdammt vermissen.

»Niemand bekommt so viel Besuch wie jemand, der am Meer wohnt«, dröhnte Tante Jens' Stimme an ihr Ohr. Er wusste, was sie brauchten, damit der Abend nicht in einem melancholischen Tränenmeer versank. Und deswegen gab er als DJ alles: Discofox und Schlager, Partymucke und Evergreen.

Eine Freundin nach der anderen hatte sich schließlich von der Tanzfläche in die halbrunden Sitzecken zurückgezogen und sich erschöpft mit Bierdeckeln Luft zugefächert.

Daniela winkte ihren Freundinnen zu. Vor ihnen stand mittlerweile eine ganze Batterie an Wassergläsern. Nun ging ihnen endgültig die Puste aus. Nur Daniela zögerte noch. Wenn sie von der Tanzfläche ging, wäre es vorbei. Der letzte Abend als Single. Plötzlich bekam sie Angst. Worauf ließ sie sich da bloß ein? 34 Jahre ohne. Und nun würde sie übermorgen den Ring fürs Leben überstreifen. Einen anderen Namen tragen. Oh Gott. Einen anderen Namen haben. Nicht mehr Daniela Rick sein.

Sie stürzte von der Tanzfläche. Geradewegs auf die Theke zu. »Kann ich noch einen haben? Von den kleinen Roten? Der Hausmarke. Bitte!«

»Wen haben wir denn da?« Der Typ, der neben ihr stand, grinste sie an. Die Sonnenbrille in den Haaren sollte ihm wohl das Aussehen eines Surfers geben. Nichts, was Daniela normalerweise beeindruckte.

»Du willst das doch wohl nicht alleine trinken, oder?« Das Grinsen wurde breiter. Woher hatte man in dem Alter bloß so weiße Zähne, fragte sich Daniela. Von so Showmaker-Typen hatte sie immer Abstand gehalten. Weil sie nie in deren Zielgruppe gefallen war. Und so einer wollte ausgerechnet heute Abend …

»Mach mal zwei, Tante Jens«, bestellte sie ohne groß nachzudenken den Selbstgemischten. Die Worte kamen fast automatisch, wie ferngesteuert. Zwar sah sie, wie Tante Jens sie mit großen Augen ansah, dann zu ihren Freundinnen blickte, nur zögerlich nach der Flasche griff, aber das reizte Daniela nur noch mehr. »Ach, Quatsch, mach drei. Du sollst mittrinken«, forderte sie ihn stattdessen auf.

Unter seinen durchdringenden Blicken wurde ihr ganz anders. »Prösterchen«, rief sie, um ihre Verlegenheit zu überspielen.

»Na, dann mach mal noch eine Runde«, orderte der Unbekannte, ohne Tante Jens dabei nur eines Blickes zu würdigen. Irgendetwas daran gefiel Daniela nicht. Allerdings hatte sie sich lange schon nicht mehr so gut und schwerelos gefühlt. Ganz anders als sonst. Dabei konnte sie den Gedanken gar nicht zu Ende denken. Irgendwie fühlte sich alles schief und verrutscht an. Sie schwankte, hielt sich an der Theke fest.

Im selben Augenblick legte der Typ einen Arm um sie. »Was für ein Glück, dass wir uns heute Abend begegnet sind, meinst du nicht auch?« Sein Gesicht kam näher. Er roch nach Bier und Zigaretten. Daniela sog den Duft tief ein. Das roch – wie Karneval. Wie Sehnsucht. Wie Heimat.

*

FREITAG, 1. JUNI

Milli fand ihre Mutter zusammengerollt vor ihrem Bett. Im ersten Augenblick dachte sie, sie wäre tot. Obwohl sie nicht wusste, ob Tote auf der Seite liegen konnten. In den Krimis, die sie sich manchmal, ganz selten ansah, lagen die Leichen immer auf dem Rücken oder Bauch oder saßen zusammengesackt in Sesseln hinter Schreibtischen.

Sie blieb ganz ruhig stehen. Musste erst mal zu Atem kommen. Weil sie sich wie immer angeschlichen hatte. Wie immer in Sorge war, dass ihre Mutter etwas merken würde. Deswegen war sie am Wohnzimmer vorbeigehuscht. Hatte natürlich gedacht, dass alles so sei wie immer. Ihre Mutter auf der Couch, weil sie es nicht schaffte, die Treppe hoch zu ihrem Schlafzimmer zu gehen. Weil sie wahrscheinlich vollgedröhnt war von Benzos und Wein und schlechter Stimmung.

Milli konnte sich nicht rühren. Alles fühlte sich plötzlich schwerer an als sonst. Kurz überlegte sie, ob sie nicht für morgen alles absagen sollte. Ihr Blick fiel auf das selbstgenähte Kleid. Sie schluckte. Sie hatte alle Lust an diesem Shooting verloren. Aber das würde sie niemals zugeben. Emma war sowieso schon misstrauisch geworden. Milli dachte nach. Okay, die Nummer mit dem Wohnzimmer, die würde sie den anderen schon verkauft bekommen. So: Meiner Mutter geht's heute nicht so gut. Hat etwas Falsches gegessen. Oder: Migräne. Migräne wäre gut. Das hatten die anderen Mütter auch ständig.

Sie hatte sogar fest damit gerechnet, dass es so lief. Hatte das Doppelbett ihrer Mutter fest mit verplant. Wollte es morgen frisch beziehen. Das machten sie bei anderen Eltern genauso. Wenn diese in Urlaub fuhren. Sturmfreie Bude, nannten sie es dann und lachten.

Nur ich – ich hatte noch nie eine sturmfreie Bude, dachte Milli. Ganz im Gegenteil. Einen Wachhund. Eine Helikopter-Mum, die sich wegen allem verrückt machte. So etwas war richtig, richtig peinlich. So etwas konnte sie wirklich nicht gebrauchen. Aber das Schlimmste: Es war kein Ende in Sicht. Und gerade jetzt passierte so viel. Alles schien über ihr zusammenzuschlagen.

Langsam beruhigte sich Milli. Wenn sie sich doch nur näher trauen würde. Sie musste wissen, was los war. Ob es diesmal ernst war. Oder ob es wieder diese Masche war, mit der ihre Mutter alles hysterisch torpedierte, was ihr wichtig war.

Milli spürte den Kloß in ihrem Hals. Was, wenn sie tatsächlich tot wäre? Wäre sie dann frei? Es war ja nicht so, dass sie sich das nicht manchmal gewünscht hätte in letzter Zeit. Der Klotz am Bein, hatte sie manchmal gedacht. Aber jetzt?

Was wäre wenn? Wen hätte sie denn? Wen könnte sie anrufen? Wer würde sich kümmern? Ob das Jugendamt dann noch einmal versuchte, ihren Vater zu finden? Oder ob es sie gleich in ein Heim steckte?

Ein sehnsüchtiges Ziehen durchfuhr sie. Sie begann zu zittern. Schlug die Arme um sich, um sich Halt zu geben. »Blödsinn«, flüsterte sie leise. Dafür war es viel zu früh.

Sie machte zwei vorsichtige Schritte in ihr Zimmer. Der Boden knarzte an den gewohnten Stellen. Trotzdem erschrak sie über das in ihren Ohren ungewohnt laute Geräusch. Normalerweise ließ sie die ganze Nacht über Musik laufen. Schon, damit es so aussähe, als wäre sie zu Hause. Nie im Leben hätte sie geglaubt, dass ihre Mutter ihr auf die Schliche käme.

Was sie wohl gedacht hatte? Warum hatte sie nicht versucht, sie anzurufen? Seltsam, dass sie nicht die Polizei gerufen hatte.

Oder ob sie genau das getan hatte? Die Musik jedenfalls war ausgestellt. Danach musste sie vor ihrem Bett eingeschlafen sein. Falls sie nicht zusammengebrochen war.

Sie würde nachsehen müssen. Ihre Mutter wecken. Langsam ging sie näher. Versuchte zu entdecken, ob sich der Brustkorb hob und senkte. Ob sie ein Schnarchen, ein Atemgeräusch hörte. Nichts. Absolute Stille.

Sie traute sich nicht, nach dem Körper ihrer Mutter zu greifen. Sie musste sie ansprechen. Rufen. Doch ihre Stimme gehorchte ihr nicht. Was sollte sie auch sagen? Für die Ausdrücke, mit denen sie zuletzt ihre Mutter beschimpft hatte, schämte sie sich plötzlich so sehr wie nie zuvor. Trotzdem kam ihr nichts über die Lippen. Mama, Mami, Muttschka, Mum. Hatte sie in Abstufungen probiert. Eins nach dem anderen war weggefallen. Passte nicht mehr. Dafür, was zwischen ihnen war. Dafür, was nicht mehr zwischen ihnen war.

Milli stiegen Tränen auf, brannten heiß. Vermischten sich mit ihrer Wimperntusche. Brannten sich richtig ein, umso stärker sie rieb.

»Mum.« Es kam ganz leise aus ihrer Kehle. Hörte sich fremd an. »Mum.«

Sie lauschte. Es veränderte sich nichts.

Mit einem Taschenspiegel könnte sie sehen, ob sie atmet, fiel ihr ein. Hatten sie im Sani-Kurs gelernt. Als sie nur gelacht hatten wegen der Mund-zu-Mund-Beatmung. Sie wusste genau, an wen sie dabei gedacht hatte.

Außerdem: Mit Spiegel müsste sie noch näher ran.

Sie könnte Hilfe holen. 110 oder 112. Was war noch einmal was? Egal. Man würde ihr schon helfen.

Aber was sollte sie sagen? Ich bin Milli Stöcker, 16 Jahre alt und weiß nicht, ob meine Mutter noch lebt. Hallo? Dann schauen Sie doch nach, würden sie zu ihr sagen. Würde also nicht helfen.

»Mum? Mum, hörst du mich? Geht's dir gut? Schläfst du nur?«

Sie könnte sich danebenlegen. Abwarten. Oder nach unten ins Wohnzimmer gehen, bis es hell wurde. Vielleicht war das eine gute Idee. Obwohl es alles auf den Kopf stellte. Verkehrte Welt. Von jetzt auf gleich.

Wenn sie ihn nur fragen könnte. Aber das ging weniger, als Mum zu wecken.

»Mum? Bitte! Bitte! Bitte!« Ein tiefer Schluchzer, an dem sie sich furchtbar verschluckte, fuhr aus ihrem Rachen. Die Luft blieb ihr weg. Die Beine gaben nach. Der Kopf war nur noch dumpfe Watte. Im Fallen fassten ihre Hände ins Leere.

*

»Die nackte Frau am Strand war nicht mehr nackt, als wir ankamen«, lachte Martin, als er sich zeitgleich mit Frau Lichterfeld gegen 9 Uhr in der Dienststelle einfand, um die Ereignisse des gestrigen Abends und der letzten Nacht zu beleuchten. »Das hat uns die Sache schon erleichtert.«

»Wenigstens das«, warf Nicole ein, während sie eine große Platte belegter Brötchen auspackte. »Bitte denkt mit daran, dass ich den Teller gleich zurückbringe. Sind Kaffee und Tee fertig?«, rief sie in den Gang hinein.

»Kommt gleich«, rief Olaf von hinten. »Habt ihr genug Stühle?«

»Passt schon«, antwortete Martin und fuhr mit seinem Schreibtischstuhl demonstrativ noch etwas zur Seite. Ganz so wohl, wie er nach außen tat, war es ihm nicht angesichts der Tatsache, dass sie sich in seinem Dienstzimmer rund um seinen Schreibtisch gruppieren mussten. Ein ordentliches Konferenzzimmer wäre ihm in Anwesenheit von der Lichterfeld schon lieber gewesen, aber das konnte er sich schlecht aus den Rippen schneiden. »Wäre halt schön, wenn wir anfangen könnten.«

»Kann gleich losgehen.« Olaf brachte die verschiedenen Kannen. »Hole nur noch den Rest.«

Martin sah, wie Frau Lichterfeld die Zeit nutzte, sich in seinem Dienstzimmer umzuschauen. Ärgerlich sah er auf die Uhr. Er hatte keine Lust darauf, wie Schlussfolgerungen gezogen wurden, wo es keine zu ziehen gab. Die Aktenstapel in seinem Dienstzimmer waren der Situation geschuldet, dass die Wache zu klein war und nicht, weil er mit der Arbeit nicht hinterherkam. Dass alles zu klein und zu eng war, lag vor allem an den Aufstockern in den Saisonzeiten. Dann mussten sie alle zusammenrücken. Von so etwas hatte Aurich wahrscheinlich keine Ahnung. Von den Aufstockern schon, war ja klar. Aber was das alles im Alltag für Folgen hatte, darüber machte sich keiner einen Kopf.

Martin machte es in der Regel nichts aus. Sie waren unter sich. Die Kollegen wussten um die besonderen Bedingungen. Er hatte ein tolles Team. Wer auf der Insel im Polizeidienst blieb, der wusste, worauf er sich einließ. Die Aufstocker wurden ja nicht gezwungen zu kommen. Das waren Kollegen, die sich auf vier Wochen Ausstieg aus der heimischen Routine freuten. Und sich immer willkommen geheißen fühlten. Weil das Martin wichtig war. Weshalb sie gerne zusammenrückten und er dafür sein Dienstzimmer hergab. Aber er ahnte schon, was die Lichterfeld in den Aktenstapeln erkennen würde.

»Ich bin überrascht, wie viel Sie zu tun haben«, äußerte sie tatsächlich und zeigte auf die Stapel, die an der Wand entlang auf dem Boden standen.

»Geht so«, antwortete Martin, der sich gar nicht weiter darauf einlassen wollte. Je eher sie die aktuelle Lage in den Griff bekämen, umso schneller hätten sie Ruhe auf der Insel.

»So, von mir aus kann es losgehen«, sagte Olaf, als er die Tür schloss.

»Dann zur Sache.« Martin zog geschäftig einen Block und Kugelschreiber zu sich heran, während er den Bildschirm des Computers so drehte, dass alle darauf blicken konnten. »Es war ziemlich aufregend gestern Abend auf der Insel. Der Tod von Hilmar hat einiges in Gang gesetzt, was wohl seit einiger Zeit gärt.«

Ronnie, Olaf und Nicole nickten sich zu.

»Ingrid und Anneliese waren offensichtlich so erschüttert, dass die eine hier auf der Dienststelle saß, unfähig zu sagen, worum es ihr ging. Und Anneliese war die angeblich nackte Frau am Strand, die wir dann aber«, er stockte, »erfreulicherweise vollständig bekleidet am Strand gefunden haben.«

»Ingrid und Anneliese?«, fragte Frau Lichterfeld, und Martin hörte den sarkastischen Tonfall überdeutlich heraus.

»Ingrid Folkerts und Anneliese Hansen, wenn man es genau nimmt. Aber die Kollegen wissen, von wem ich rede.«

»Und was haben die beiden nun mit unserem Toten in der Regentonne zu tun?« Frau Lichterfeld blickte fragend in die Runde.

»Erst mal ist Anneliese Hansen die Schwägerin von Hilmar Hansen. Sie war mit seinem Bruder verheiratet, ist aber seit einigen Jahren Witwe.« Ronnie hatte die Informationen gelangweilt heruntergerasselt.

»Und diese Ingrid Folkerts?«

»Ist eine Freundin von Anneliese. Die drei haben zuletzt des Öfteren etwas zusammen gemacht. Wurden im Kurtheater gesehen, beim Seniorencafé und solchen Anlässen«, steuerte Nicole bei.

»Was aber nicht immer gut ging. Weil jeder auf der Insel weiß, dass Hilmar Anneliese nicht mochte. Sie waren damals nicht mit der Wahl des Bruders einverstanden. Jemanden aus der Stadt zu heiraten und keine Einheimische, ging in deren Augen gar nicht.«

»Sie?« Die Fragen der Lichterfeld waren zu knapp und zu spitz, fand Martin.

»Sie – das waren Hilmar und seine Mutter, also Annelieses Schwiegermutter. Aber Kai-Uwe, Hilmars Bruder, hat immer zu seiner Frau gestanden.«

»Und zuletzt war das anders?« Die Augenbrauen der Lichterfeld gingen hoch.

Olaf schnaubte. »Die hatten halt nur noch sich. Die Mutter ist tot und Kai-Uwe auch. Auf der Insel geht schon lange das Gerücht, dass Hilmar immer schon etwas von Anneliese gewollt hat. Weil er sie nicht kriegen konnte, selbst nach dem Tod seines Bruders nicht, waren die beiden mehr oder weniger im Kriegszustand.«

»Ach, das ist ja interessant.«

»Wieso?« Martin beugte sich vor.

»Na, weil Hilmar Hansen tot ist.«

Die Selbstverständlichkeit dieser Schlussfolgerung nahm Martin den Atem, und er spürte, dass es den Kollegen genauso ging.

»Sie meinen …« Nicole erholte sich als Erste.

»Papperlapapp, ich meine gar nichts. Ich höre zu und sortiere.«

»Dann ist ja gut«, murmelte Martin.

»Noch mal zu Frau Folkerts. Sie hat bei dem Ganzen welche Rolle?«

Alle schwiegen. Martin wusste, warum. Keiner wollte weitere Gründe liefern, die zu seltsamen Schlussfolgerungen führen würden.

»Also bitte, meine Herrschaften, das ist doch eine simple Frage.« Frau Lichterfeld klopfte auf ihre Armbanduhr. »Das wird wohl jemand beantworten können.«

Martin sah, wie Nicole den Kopf hob und ihn fragend anblickte. Er nickte ihr unmerklich zu. Hatte ja sowieso keinen Zweck. Kam ja doch alles raus.

»Frau Folkerts«, begann Nicole, »ist die Freundin von Anneliese. Sie hatte wohl früher gehofft, von einem der Hansens geheiratet zu werden. Erst von Kai-Uwe, der aber Anneliese wählte. Und Hilmar wollte nie etwas von ihr, sondern bewunderte ebenfalls Anneliese, obwohl er offiziell immer über sie wetterte.«

»Auch das ist nicht uninteressant«, ließ sich Frau Lichterfeld vernehmen.

Martin machte unwillkürlich eine Faust. Was die vom Festland schon von den Beziehungen der Insulaner untereinander verstanden.

Nicole sprach weiter: »Na ja, es war wohl so, dass der Tod von Hilmar einen Riesenschock bei Ingrid ausgelöst hat. Sie war anfangs gar nicht mehr in der Lage zu sprechen, als sie gestern Abend hier ankam. Erst später …«

»Erst später?« Frau Lichterfeld hielt die Frage in der Luft.

Martin nickte in Richtung Nicole. Alle anderen hielten die Köpfe gesenkt.

»Später hat Ingrid behauptet, dass Anneliese und Hilmar am Abend, bevor er gefunden wurde, einen Riesenstreit hatten.«

Die Lichterfeld bewegte ihren Kopf ruckartig wie ein Huhn in Martins Richtung.

Er setzte sich aufrecht hin, wie um Haltung anzunehmen, bevor das Donnerwetter über ihn hereinbrechen würde. »Ja«, bestätigte er Nicoles Aussage. »Und dann behauptete sie in ihrer Verwirrung, dass Anneliese Hilmar umgebracht haben müsste. Was natürlich vollkommen abenteuerlich und aus der Luft gegriffen ist. Da sind wir uns alle einig.«

*

Wann war das wohl zum letzten Mal vorgekommen, dass sie so beieinander saßen? Yvonne wagte kaum zu atmen. Melanie hatte tatsächlich den Kopf an ihre Schulter gelegt. Schweigend tranken sie beide ihren Milchkaffee, den Melanie unten in der Küche zubereitet hatte. Auch hier im Zimmer warf ein Spiegel das Bild zurück, so wie gestern draußen im Flur. Aber heute Morgen fühlte sie sich viel leichter, viel ermutigter, ohne dass es wirkliche Gründe dafür gab.

Stattdessen nur Fragen. Vor deren Antworten sie Angst hatte. Wie immer. Und jetzt wollte sie den Augenblick nicht zerstören. Wollte ihn genießen. Sie gab sich hin. Dem Augenblick. Zusammen mit Melanie. Mit Milli, wie sie viel lieber genannt werden wollte.

Yvonne genoss den warmen Kaffee, den Becher, um den sie ihre Finger legte und den sie zwischendurch an ihre Wange hielt. Genoss den Duft ihres Kindes, obwohl er einen Hauch Dreckiges, Ungewaschenes an sich hatte. Etwas, das nach Erwachsensein roch. Hinweise gab, wo Melanie gewesen sein mochte. Die Angst stieg wieder in ihr hoch.

Der Blick in den Spiegel beruhigte sie. Mutter und Tochter. Zusammen schön. Zusammen stark. Einander so ähnlich. Yvonne seufzte. Leider war ihr klar, dass das nicht der Wirklichkeit entsprach.

Die Musik, die leise den Raum füllte, gefiel ihr. Hatte etwas von den psychedelischen Klängen ihrer Lieblingsbands. Damals. Als sie selbst so alt war wie Melanie. War sie nicht genauso wild, genauso rebellisch gewesen? Noch viel abgegrenzter und abweisender zu ihren Eltern? Niemals hätte sie mit ihrer Mutter zusammen auf dem Bett sitzen können, so wie sie es jetzt mit Melanie tat. Nie im Leben. Ein trockenes Lachen löste sich bei dem Gedanken. Melanie hob den Kopf und sah sie an.

»Nichts«, antwortete Yvonne nur.

Melanie gab sich zufrieden und lehnte den Kopf wieder an.

Yvonne ließ den Blick durchs Zimmer wandern. Die Widersprüche ihres Kindes traten so offensichtlich zutage, dass Yvonne sich fragte, ob es eine Botschaft an sie sein sollte, was die Wände über Melanie erzählten. Aber wie hätte das gehen sollen, wo sie so gut wie nie den Raum betrat. Auch nicht vermutet hätte, dass Melanie sich danach sehnte. Aber an irgendjemanden schien sich das alles ja zu wenden: die tiefschwarze Ecke, in der das Bett stand, mit einer grellrot aufgemalten Rosengirlande verziert. Das Metallbett, auf dem sie saßen, mit der ganz schlichten weißen Bettwäsche, die Melanie sich im letzten Jahr zu Weihnachten gewünscht hatte. Der aufgeklebte Spruch auf der gegenüberliegenden Wand über dem Schminktisch, der über und über mit bunten Farben für Augen, Lippen, Nägel bedeckt war. Überall an den Wänden Postkarten. Keine Ansichtskarten wie solche, die Yvonne früher gesammelt und an die Wände ihres Mädchenzimmers gepinnt hatte, voller Sehnsucht nach exotischen Zielen auf allen Kontinenten dieser Welt.

Wieder gluckste Yvonne bei der Erinnerung. Was hatte sie für Pläne gehabt. Die Welt entdecken. Und nun? Wo war sie gelandet? Und wer um Himmels willen war sie heute?

Ihre Tochter hatte keine Weltkarte. Keine sichtbaren Wünsche ans Leben. Nur Träume, die sie nicht verstand.

Yvonnes Blick blieb an der Nähmaschine hängen. Für sie das Sinnbild allen Rückschritts. Wie hatte sie gegen alles gekämpft, was »Mädchen« schrie. Wie hatte sie sich gewehrt. Gegen Stricken, Häkeln, Hauswirtschaft. Gegen das Nähen mit Nadel und Faden, gegen das Kochen, das Backen, das Putzen allemal.

Ein selbst genähtes Kostüm hing mit anderen Kleidungsstücken an einem Zweig, der mit Kordeln an der Decke befestigt war, dicht am Fenster. Die Morgensonne ließ die Farben aufleuchten. Rot, Violett, Pink und Grün. Elfenfarben. Die sich wiederfanden in den Stiften auf dem Schreibtisch. Buntstifte. Fasermaler. Kreide. Sie schienen der Schminke Konkurrenz zu machen. Der Boden unter und neben dem Tisch war bedeckt mit Skizzen. Großäugige Wesen mit Fransenhaar. Kindergesichter. Surreal. Fantasiegeschöpfe. Für Yvonne selbst hatte die Welt nicht früh genug real sein können. Sie wollte verstehen, durchdringen, verändern. Melanie ging genau den anderen Weg. Raus aus dieser Welt. Hinein in neue Welten, in die sie ihr nicht folgen konnte.

Melanie fand sich anscheinend wieder in diesen Kindern, die nicht groß werden wollten und sich der Welt entzogen.

»Mangas«, entfuhr ihr unwillkürlich der Begriff.

Melanie schaute zu ihr. Diesmal fast ohne den Kopf zu heben. Yvonne sah es nur im Spiegelbild.

»Mmh«, antwortete sie träge.

»Das ist das Kleid für das Wochenende?«, fragte Yvonne zögerlich, obwohl sie die Antwort wusste. Noch schwankte sie, ob sie mit Schweigen den Augenblick anhalten oder ob sie die Vertrautheit nutzen sollte, um endlich miteinander zu reden.

Melanie ließ sich Zeit. Vielleicht gingen ihre Gedanken in die gleiche Richtung, überlegte Yvonne.

Dann, irgendwann, möglicherweise, nachdem Yvonne unter Beweis gestellt hatte, warten zu können, kam die Frage: »Gefällt es dir?«

»Ich glaube, es passt richtig gut zu dir«, versuchte Yvonne es so diplomatisch wie möglich.

Wieder blieb es lange still. Yvonne hielt die Augen geschlossen. Wollte das Spiegelbild nicht mehr sehen. Lauschte nur dem Atem. Dem gemeinsamen Rhythmus, in den sie gefunden hatten.

»Aber gefällt es dir?«, fragte Melanie erneut.

»Es sind wunderschöne Farben«, versuchte Yvonne ehrlich zu bleiben.

Melanie lachte. »Aber nicht deine, oder?«

Yvonne lächelte bei der Erinnerung. »Es ist nicht so, dass ich nicht auch lila und rot getragen hätte. Als ich so alt war wie du.«

»Aber?«

»Was für ein Aber?«

»Mum!« Melanie löste sich ein Stück weit von Yvonne. »Dein Aber schwingt so dermaßen durch den Satz. Komm, sei ehrlich.«

»Wir haben mit Lila und Rot etwas anderes verbunden als ihr heute.«

»Ach ja, euer Feminismus-Ding.«

Anders als sonst klang Melanie diesmal freundlich und nicht abwehrend wie sonst. Vielleicht war es wirklich eine Gelegenheit, miteinander und nicht gegeneinander zu sprechen.

»Das war damals wichtig.« Yvonne machte eine Pause. Überlegte, wie sie den nächsten Satz sagen sollte. Sie schluckte. »Wichtiger vielleicht als für euch heute. Weil wir vieles schon erkämpft haben.«

»Du hast Angst, dass wir uns rückwärts bewegen, oder?«, flüsterte Melanie.

Yvonne nickte dankbar. Dankbar, weil sie es nicht selbst hatte aussprechen müssen. Trotzdem wollte sie erklären, wollte, dass Melanie es verstand. »Pink zum Beispiel. So, wie ihr Pink heute wieder anzieht. Das erinnert an das süße Rosa der 50er. Der Hausfrau und Mutter, die abends in Twinset und Perlenkette das Essen auftischt. Ohne eigenes Leben. Ohne eigene Rechte.« Sie japste nach Luft. Schwieg abrupt. Genau das hatte sie alles nicht sagen wollen.

»Mensch, Mama, das kannst du doch nicht an einer Farbe festmachen. Unsere Vorbilder tragen Rosa und gleichzeitig Schwerter.«

»Schwerter zu Pflugscharen.«

»Was murmelst du da?«

»Ach, nichts.« Yvonne presste die Lippen aufeinander. Wie konnte das bloß sein, dass alles, das Melanie begeisterte, diametral zu ihren eigenen Werten stand, die ihr als Jugendliche heilig waren? Was sollte sie tun? Wegschauen, weil alles, was sie nicht sah, nicht passierte?

Wahrscheinlich wäre es besser, einmal alles auf den Tisch zu bringen. Einmal gnadenlos alles zu sagen, was sie seit Jahren mühsam verborgen hielt. Einmal alles erklären, wie es zusammenhing.

Sie öffneten beide gleichzeitig den Mund. Yvonne sah es im Spiegel und gab nach.

»Du zuerst«, ermunterte sie Melanie.

»Komm, Mum, lass dich einmal darauf ein. Dieses Wochenende. Bitte, ich habe nur den einen Wunsch. Mach es mir nicht kaputt. Drei Freundinnen, die hier übernachten. Weil wir ein Mangafest feiern. Und danach …« Melanie richtete sich auf, drehte sich so, dass sie Yvonne direkt ins Gesicht sah, »und danach, das verspreche ich dir, höre ich mir das alles an. Alles, was dir wichtig ist. Bitte, Mum.«

Das erste Mal seit Langem, dass Melanie sie nicht beschimpfte. Das erste Mal, dass sie bat, statt forderte. Das erste Mal, dass sie zusammen nebeneinander im Bett gesessen hatten. Wenn sie einwilligte, würde es zwei weitere Tage Aufschub für sie selbst bedeuten.

»In Ordnung«, murmelte sie, weil sie es nicht mehr schaffte, laut zu reden. »In Ordnung, Milli.«

*

»Sie sind sich also einig in der Beurteilung der Fakten? Sie und Ihr Team?«

Frau Lichterfeld sprach so gefährlich leise, dass Martin unwillkürlich den Kopf duckte. Eine Antwort wagte er gar nicht erst zu geben.

»Es gehört nicht zu meinem Stil, jemanden vor den Augen und Ohren anderer zu maßregeln. Aber das ist mir tatsächlich eben sehr, sehr schwergefallen.«

Martin starrte konzentriert durch die Windschutzscheibe. Nicht nur, weil es zu den Ausführungen der Lichterfeld nichts zu sagen gab, sondern weil es tatsächlich nicht so einfach war, sich in den Sommermonaten mit dem Dienstwagen durch die Stadt zu bewegen. Touristen gingen auf der Insel scheinbar prinzipiell auf der Straße. Dass Norderney gar nicht autofrei war, sondern den Verkehr nur einschränkte, ging nicht in die Köpfe der Gäste. Gerade hier zwischen Kurplatz und Rosengarten war es besonders gefährlich.

»Hören Sie mir überhaupt zu?«, fragte Frau Lichterfeld, die auf dem Beifahrersitz in ihren Unterlagen kramte.

»Selbstverständlich«, nickte Martin die Frage ab, bevor er den Blinker setzte, um abzubiegen. Einen schönen Schlenker durch die Stadt hatten sie hingelegt, weil die Lichterfeld in einen Drogeriemarkt musste. Warum auch immer. Das ging ihn nichts an.

»Also noch mal. Vor Ihrem Team würde ich Sie selbstverständlich niemals demontieren. Aber, mein lieber Herr Ziegler, Ihr Verhalten wirft Fragen auf. Sehr, sehr große Fragen. Über die zu reden sein wird.«

»Das können wir gerne machen. Ich bin mir sicher, dass wir all Ihre Fragen zu Ihrer Zufriedenheit beantworten können.«

»Aber Herr Ziegler – allein Ihre Antwort. Das Wir! Sie sind kein Wir! Sie führen die Truppe. Das muss man an allem ablesen können: an Ihrer Haltung, an Ihrem Einsatz, an Ihrer Wortwahl. Ich konnte bisher kaum einen Funken Führungsverantwortung erkennen. Und dabei …« Sie verstummte.

Martin konnte sich den Rest schon denken. Dabei war er schon mal in ganz anderer Position. Hatte Anlass für Hoffnungen gegeben. Eine Karriere im Polizeidienst, die ihm offengestanden hatte. Bis er schwächelte. Nichts, was man in diesen Kreisen vergaß. Nur noch hinter vorgehaltener Hand weitergab.

Martin, der bei den letzten Worten das Auto kurz beschleunigt hatte, bremste so stark, dass Frau Lichterfeld die Unterlagen aus der Hand rutschten und ihr ganzer Körper nach vorne flog, bis der Gurt sie zurückriss.

»Was fällt Ihnen ein?«, empörte sie sich, während sie das Gurtband richtete.

»Schauen Sie selbst«, sagte Martin.

Ein Rudel Rehe stand so dicht am Straßenrand, dass ein kurzes Hundebellen oder das Händeklatschen eines Kindes genügt hätte, um ein Aufschrecken der scheuen Tiere zu verursachen.

»Rehe mitten in der Stadt? Um diese Uhrzeit?«

»Ja, auch das ist Norderney. Hier ist so manches anders als auf dem Festland.« Er machte eine Pause, während er langsam an dem Damwild vorbeifuhr und beschleunigte. Er überlegte, ob er den nächsten Satz sagen sollte oder nicht, wollte und konnte sich aber nicht zurückhalten. »So ganz anders, als man es erwartet. Habe ich auch erst lernen müssen. Das betrifft nicht nur das Inselleben. Sondern ebenso die Menschen. Und ganz besonders, wie man die Menschen führt, um gute Ergebnisse zu erzielen.«

»Aha. Daher weht der Wind. Man könnte fast meinen, Sie hätten die Rehe extra einbestellt, um mir diesen Vortrag halten zu können.« Frau Lichterfeld klappte den Sonnenschutz herunter und betrachtete sich im Spiegel, während sie mit den Fingern über ihre Brauen fuhr.

»Nein, Frau Lichterfeld. Das habe ich gar nicht nötig.« So langsam fand Martin Ziegler zu sich zurück. »Wissen Sie, die Insel und ihre Bewohner, die werden für sich sprechen, glauben Sie es mir.« Er setzte den Blinker nach rechts. »Ich will gar nicht hochmütig klingen. Aber Sie werden es schon selbst erleben. Gleich bei Ingrid. Und bei Anneliese. Wenn ich Unrecht haben sollte – dann, ja, dann werde ich mich sehr gerne zu einem Gespräch mit Ihnen zusammensetzen.«

Martin lenkte den Wagen an den rechten Straßenrand. Weder Frau Lichterfeld noch er sprachen ein weiteres Wort. Martin konnte nicht sagen, ob er gerade den größten Fehler seines Lebens begangen hatte. Er kannte die Lichterfeld nicht. Konnte sie nicht einschätzen. Aber genau wegen solcher Statusspielchen war er damals in das Burn-out gerutscht. Hatte sich geschworen, sich nie wieder in solche Hierarchien zu begeben. Weil er wusste, dass gute Führung anders ging. Auch wenn sich das in Polizeikreisen noch nicht durchgesetzt hatte.

»Herr Ziegler, das mag alles sein, was Sie mir da erzählen. Ich bin sehr geneigt, Ihnen zu glauben und Ihre Einschätzung zu teilen.« Er sah, wie sie aus dem Seitenfenster das Haus musterte, auf das er beim Anhalten gedeutet hatte. Sie schien nach Worten zu suchen. »Nur denke ich«, sie drehte den Kopf zu ihm, »dass Ihre Einschätzung durchaus für den normalen Polizeidienst auf Norderney ausreichend sein kann. Ich betone *kann*. Eine endgültige Beurteilung will ich mir nach so kurzer Zeit nicht erlauben. Aber: Wir haben es mit einer ganz anderen Ausgangslage zu tun. Mit einem Toten im Regenfass. Da können Sie die Dinge drehen und wenden, wie Sie wollen. Da greifen Sie zu kurz mit Ihrer Theorie des ostfriesischen Ureinwohners auf der Insel.«

Martin biss die Zähne aufeinander. Wie konnte jemand nur in einem so belanglosen Ton so giftige Pfeile abschießen. Aber es half nichts. Er war sich sicher, dass schon der Besuch bei Ingrid Folkerts für ihn sprechen würde. Hoffte er zumindest. Denn ganz sicher konnte man sich bei den Insulanern niemals sein.

*

»Na, meine Süße, wach?«

Daniela nahm die Stimme gleichzeitig mit dem dumpfen Klopfen in ihrem Kopf wahr. Sie stöhnte auf. Ihr Mund fühlte sich an, als hätte sie die Nacht in Staub geschlafen. »Wasser«, murmelte sie, ohne sich umzudrehen. Sie streckte nur ihre Finger aus. Mit der Flasche in der Hand blieb sie reglos liegen.

»Vielleicht solltest du dich lieber aufsetzen, damit das Wasser in deinen Körper laufen kann.« Die leise Stimme von Frank kitzelte sie in ihrem rechten Ohr, ohne dass Daniela die Kraft fand, sich aufzusetzen.»Hm«, murmelte sie nur.

»Komm, Dani, werde wach. Deine Mädels warten unten. Ich denke, du willst den letzten Tag als Daniela Rick nicht im Bett verbringen. Oder täusche ich mich da?«

Daniela ließ die Worte ganz langsam in ihr Bewusstsein dringen. Ebenso langsam kam die Erinnerung zurück. Die Hochzeit. Die Freundinnen. Der Junggesellinnenabschied.

Mit einem Ruck setzte sie sich auf. Frank grinste sie an. Immerhin. Daniela war sich sicher, dass es etwas gab, das Franks Grinsen gefrieren lassen würde. Auch wenn sie gerade nicht wusste, was es sein könnte. Sie fasste zu ihren Schläfen. Der Schmerz klopfte im Tempo ihres Herzschlags. So hart und schnell, dass ein Nachdenken schier unmöglich schien.

»Wann sind wir denn heimgekommen?«, fragte Daniela, nachdem sie die Wasserflasche an den Mund gesetzt hatte. Das Wasser schmeckte abgestanden und warm.

Frank lachte. »Willst du die einzelnen Zeiten?«

»Wie, die einzelnen Zeiten?« Daniela schaute irritiert. Gleichzeitig gab es einen Zipfel der Erkenntnis, den sie nicht zu fassen bekam. Sie waren zusammen unterwegs gewesen. Am Strand. Und später Pizza essen. Danach zu Tante Jens. Im selben Moment schob sich das Bild eines Typen, mit dem sie tanzte und flirtete, in ihre Erinnerung. Sah weiße, blitzende Zähne vor sich, blondierte Haare, eine Sonnenbrille im T-Shirt-Kragen. Sah Augen, die tief in ihre blickten. Sah den roten Schnaps, mit dem sie anstießen, jedes Mal, wenn sie von der Tanzfläche zurück zur Theke kamen. Ganz tief aus ihrem Inneren holte Daniela das Gefühl, dass sie sich jung und schön vorgekommen war.

»Oh Gott«, stöhnte sie nur. Was war bloß passiert? Sie war doch wohl nicht …

»Also, Bibi ist als Erste zurückgekommen. Da war ich noch auf«, schien sich Frank entschuldigen zu wollen, dass er das überhaupt wusste.

»Bibi ist zuerst zurückgekommen?« Daniela waren die Worte rausgerutscht, bevor sie merkte, was sie damit kundtat.

»Ich dachte mir, dass du einen Filmriss hast. Das war schon ordentlich, in welchem Zustand du nach Hause gefunden hast.«

»Nach Hause gefunden?«, echote Daniela.

»Na, wie auch immer. Kathrin war jedenfalls die Zweite. Sie war mächtig angeschickert. Fand den Haustürschlüssel nicht und hat deswegen geklingelt. Also habe ich auch das mitbekommen.«

Daniela schielte zu Frank. Er saß tiefenentspannt wie immer auf ihrem Bett. Nichts in seinem Gesicht zeigte Groll und Wut. Verdammt, wenn sie nur wüsste, was gestern Abend passiert war.

Plötzlich hatte sie die Stimme von Jutta im Ohr. »Wenn du nicht augenblicklich und auf der Stelle mit mir aus dem Laden verschwindest, hole ich die Polizei und den Pastor und wen auch immer die Insel noch an Autoritäten zu bieten hat. Bist du denn von allen guten Geistern verlassen?«

Die weißen Zähne hatten daraufhin ganz schön heftige Beschimpfungen losgelassen. Daniela spürte plötzlich wieder, wie beide den Arm um sie gelegt hatten und an ihr zerrten. Dass sie sich wie auf einem schwankenden Schiff vorgekommen war. Und dass Tante Jens schließlich eingegriffen hatte, gerade als dieser Typ mit den weißen Zähnen, dessen Name ihr entfallen war, sie küssen wollte.

»Ich glaube, ihr beendet euren Abend besser«, hatte Tante Jens zu Jutta gesagt. Diese hatte nur genickt und Daniela hinter sich hergezogen. Aber Daniela sah sich, wie sie anschließend auf der Straße mit Jutta aneinandergeraten war. »Ich bin ja wohl alt genug, um zu wissen, was ich tue.« Irgendetwas in der Art hatte sie ihr entgegengeschleudert. »Ich will wieder da rein«, hatte sie auf den Eingang der Diskothek gedeutet.

»Weißt du was? Du kannst mich mal!« Juttas Stimme klang hart. »Und zwar für alle Zeiten. Das war es dann mit unserer Freundschaft, wenn du zurückgehst. Und alles aufs Spiel setzt. Am letzten Abend.«

Ab da war wieder Filmriss. So sehr Daniela sich anstrengte, es fiel ihr nicht ein, was anschließend passiert war. Sie traute sich kaum zu fragen, aber es musste ja sein: »Und Jutta? Wann ist Jutta zurückgekommen?«

Frank lachte. »Ihr zwei Haubitzen. So etwas von sternhagelvoll, alle beide. Ich wusste gar nicht, wer da wen nach Hause schleppt. Ich dachte schon, ich müsste euch ins Krankenhaus bringen lassen.«

Daniela pustete aus. War mit einem Satz auf der Bettkante. »Wirklich? Ich bin mit Jutta zurückgekommen?«

Frank blickte erstaunt. »Ja, klar. Die anderen meinten, ihr würdet kein Ende finden.«

Ein Riesenklumpen fiel Daniela vom Herzen. Sie zog Franks Gesicht zu sich heran. »Ich weiß, mein Kuss schmeckt heute sicher fürchterlich. Aber Frank Prinzen, ich freue mich, dass ich dich morgen heirate. Und jetzt will ich mit meinen Mädels frühstücken.«

*

Es fühlte sich ungewohnt an, den Tag seit Langem im oberen Stockwerk zu beginnen. Melanie hatte ihnen beiden ein Toastbrot nach oben geholt und ganz euphorisch die Pläne für den nächsten Tag aufgezählt. Yvonne hätte an manchen Stellen am liebsten ihr Einverständnis rückgängig gemacht. Andererseits genoss sie diesen Augenblick so sehr, dass sie sich entschloss, alles laufen zu lassen. Den Kopf in den Sand zu stecken. Denn etwas anderes machte sie auch nicht unten auf ihrer Couch. Schließlich tat Melanie die Dinge, die ihr wichtig waren, schon lange ohne Erlaubnis. Das war ihr klar. Aber es wäre anders, wenn etwas passierte und sie ihre Zustimmung gegeben hätte. Dann wäre sie schuld. Hätte nicht genug aufgepasst. Hätte dem Unglück die Tür geöffnet. So wie damals.

Dabei war der Augenblick heute fast so, wie sie sich das erhofft hatte, als sie mit Melanie auf die Insel gekommen war. Weil sie glaubte, in dieser überschaubaren Welt ihre Angst überwinden zu können. Weil sie wieder ein normales Leben führen wollte. »Das ist wichtig, Frau Stöcker«, hatten ihre Therapeuten gesagt. »Ihre Tochter wird sonst ihre Ängste übernehmen. Sie braucht ein starkes Vorbild. Eine Mutter, die sich ihrer Krankheit stellt.«

Eine kranke Mutter. Psychisch krank, um genau zu sein. Sie wollte das nicht. Wollte so nicht eingeordnet werden. Sie war sich sicher gewesen, es auf der Insel zu packen. Wenn die Bedingungen stimmten. Das Umfeld. Wenn die Belastungsfaktoren wegfielen.

Aber es war nicht besser geworden. An manchen Tagen konnte sie sich das eingestehen. An anderen machte sie vor dieser Erkenntnis die Augen zu und wagte sich kaum von ihrem Sofaplatz.

Heute war einer der besseren Tage. Das Gespräch mit Melanie, es hatte ihnen beiden gutgetan. Es hatte gezeigt, dass da mehr war als Verachtung und Vorwürfe. Sie würde Melanie in Zukunft Milli nennen, nahm sie sich vor. Auch wenn es ihr schwerfiel. Es war wichtig, dass sie ihrem Mädchen entgegenkam. Der gemeinsame Morgen hatte ihre vielen Sorgen plötzlich übertüncht durch die Erinnerung an ihre eigenen Kämpfe. An die Wünsche und Sehnsüchte, die sie einmal selbst gehabt hatte. Wie war das möglich, dass man so etwas vergaß, wenn man selber auf der anderen Seite angekommen war? Wenn man elterliche Verantwortung zu tragen hatte. Und dann noch, wie in ihrem Fall, allein.

Mittlerweile war Melanie längst zur Schule aufgebrochen. Yvonne hätte ihr sogar eine Entschuldigung für heute geschrieben, aber Melanie wollte unbedingt los.

»Du wirst zu spät kommen«, hatte Yvonne ihr entgegengehalten.

»Macht nichts«, hatte Melanie gelacht. »Wir haben die ersten beiden Stunden den Kugler. Das bekomme ich schon hin.«

»Na, dann mach dich auf«, hatte sie gesagt, als Melanie angefangen hatte, hektisch ihre Schulsachen in den Rucksack zu stopfen. Sie verließen gleichzeitig Melanies Zimmer. »Bis heute Mittag, meine Große.«

Melanie hatte auf der halben Treppe, die sie schon runtergelaufen war, abrupt gestoppt und zurückgeblickt. »Ach so. Wird später. Habe ich vergessen zu erzählen. Müssen noch für morgen planen und ein paar Sachen besorgen. Weißt doch, ist auf dem Festland einfacher und billiger. Tschüs, Mum.«

Und war durch die Tür gewesen, bevor Yvonne etwas hatte sagen können.

Sie würde sich heute davon nicht irritieren lassen. Sie würde diesen guten Morgen, den sie beide zusammen hatten, nicht wieder durch Grübeleien kaputt machen. Tage wie diese waren Perlen, die sie aufheben musste, bevor die nächste Welle alles überdeckte und mit sich fortzog.

Sie würde duschen gehen. Unten im Erdgeschoss hatte sie nur ein Waschbecken in der Gästetoilette. An viel zu vielen Tagen musste das für sie reichen, weil es ihr nicht gelang, nach oben zu gehen. Mehr und mehr hatte sie sich unten eingerichtet. Die wenigen Wäschestücke, die sie für zu Hause brauchte, räumte sie schon gar nicht mehr in den Kleiderschrank. Hosen mit Gummizug, weite Shirts, ein paar Pullover, Unterwäsche. Die Waschmaschine stand unten und der Trockner daneben. Hier oben dagegen war die Kleidung für ein Leben, das sie schon lange nicht mehr führte. Ein Leben, das draußen stattfand. In der Öffentlichkeit.

An vielen Tagen reichte ihr ein Trockenshampoo für die Haare. Wenn es nicht mehr anders ging, verrenkte sie sich in dem viel zu kleinen Becken unten, um das Shampoo auszuwaschen. Noch seltener nutzte sie das Becken und die Brause in der Küche, hörte dabei die mahnende Stimme ihrer Mutter, die schon Händewaschen am Spülbecken unhygienisch gefunden hatte. An ihre Eltern durfte sie schon gar nicht denken. Wie gut, dass es wenigstens niemanden mehr gab, der Zeuge dessen wurde, wie sehr sie sich im Leben verloren hatte.

Ob sie es noch einmal schaffen würde? In ein normales Leben zurückzukehren? Ob es einen Ausweg gab? Sie könnte den guten Tag nutzen und die Telefonnummern heraussuchen. Sie wusste, wo sie lagen. Weit genug weg, um nicht täglich darauf zu stoßen. Aber für die allerschlimmsten Notfälle griffbereit. Die Therapeutin. Die Sozialarbeiter. Aber würde sie das wirklich wollen? Sich dem Ganzen erneut stellen? Einen Versuch wagen? Obwohl sie wusste, mit wie viel Schmerz das verbunden sein würde?

Was würde das alles für Konsequenzen haben? Für sie? Für Melanie? War ihre größte Sorge, man könne ihr Melanie wegnehmen, nicht hinfällig? Melanie war zu alt, so groß und schon so selbstständig. Nicht gefährdet. Selbst mit einer Mutter wie ihr nicht. Oder doch? Sahen das die Helfer vielleicht anders, wenn sie ihnen Zugang verschaffte? Wenn sie sahen, dass sie sich weitaus weniger stabilisiert hatte, als es damals den Anschein hatte? Als alle davon ausgegangen waren, dass im Umzug nach Norderney vielleicht eine große Chance liegen könnte? Die sie nicht genutzt hatte. Nichts. Kein bisschen. Vom ersten Tag nicht. Würde sie das wollen, dass alle ihr Versagen sahen?

Yvonne zog langsam ihre Kleidungsstücke aus. Ob sie abwarten sollte, bis das Wochenende vorbei war? Um zu sehen, ob der gute Tag, die gute Stimmung zwischen Melanie und ihr anhalten würden? Um Melanie zu fragen, was sie dachte? Ob sie bereit war, zusammen noch einmal einen Versuch zu wagen. Vielleicht war das der richtige Weg. Jetzt würde sie erst einmal duschen und sich etwas aus dem Kleiderschrank aussuchen. Um Melanie zu zeigen: Sie konnte an diesem Wochenende auf sie zählen. Sie würde sie nicht blamieren. Sie würde eine gute Mutter sein. Ganz bestimmt.

*

»Moin«, grüßte Martin, als Ingrid die Tür einen winzigen Spalt öffnete. »Wir müssten wegen letzter Nacht reden.«

Ingrid Folkerts sah ihn mit großen Augen an. Übernächtigt sah sie aus. Tiefe Ringe unter den Augen, die Wangen eingefallen, Mund und Kinn weiß, die Lippen nur schwach durchblutet. Die grauen Haare hatten sich aus dem gewohnten Dutt gelöst und lagen strähnig auf ihren Schultern. Sie sah Martin an, als verstünde sie kein Wort. Auch die Tür öffnete sich nicht weiter. Martin ärgerte sich, dass er nicht einen der Kollegen mitgebracht hatte, die schon länger auf der Insel lebten und arbeiteten. Am besten sogar Olaf, der gebürtiger Insulaner war. Er bezweifelte, dass ihre geplante Befragung heute Morgen irgendeinen Sinn machte.

»Frau Folkerts«, setzte er erneut an. »Das hier ist Frau Lichterfeld. Aus Aurich. Sie hilft uns, den Tod von Hilmar Hansen aufzuklären. Wir haben ein paar Fragen zu dem, was Sie uns gestern Nacht auf dem Revier erzählt haben.«

Ingrid schaute weiter aus großen Augen. In ihrem Gesicht regte sich nichts. Martin spürte, wie ihm der Schweiß ausbrach. Für Anfang Juni war es erstaunlich warm und windstill auf der Insel. Die Sonne stand gerade so, dass sie ihm von der Seite das Gesicht beschien. Unwillkürlich schirmte er mit der Hand seine Gesichtshälfte ab, um Ingrid besser erkennen zu können. Erst jetzt schienen seine Worte in ihr Bewusstsein zu dringen, denn ihre Augen zuckten kurz, bevor sie mit einem Ruck die Tür schloss. »Da gibt es nichts weiter zu sagen«, hörte Martin, bevor die Tür ins Schloss fiel.

»Lassen Sie mich mal«, drängte sich Frau Lichterfeld vor. Sie drückte die Klingel mit links und hämmerte gleichzeitig kraftvoll gegen die hölzerne Tür. »Frau Folkerts, bitte öffnen Sie die Tür. Kriminalpolizei. Aus Aurich. Wir brauchen Ihre Aussage.«

Martin verdrehte die Augen. Als wenn das etwas nützte.

Frau Lichterfeld gab hingegen nicht auf. Ihre Stimme wurde lauter, das Hämmern fester, das Klingeln länger.

Hinter der Tür regte sich – nichts.

»Das ist ja unglaublich.« Frau Lichterfeld war rot angelaufen, als sie sich schließlich zu Martin herumdrehte. »Wo gibt es denn so etwas?«

»Ich würde mal sagen, auf jeden Fall auf Norderney. Aber ich bin sicher, dass mancher Ostfriese so reagieren würde.«

»Meinen Sie?« Frau Lichterfeld verzog spöttisch ihren Mund. »Woher genau haben Sie dieses Wissen? Aus der Otto-Show in den 70ern, oder was? Stellen Sie sich vor, ich bin in Ostfriesland aufgewachsen. Also erzählen Sie nicht so einen Blödsinn.«

Martin zog angesichts des Vorwurfs tatsächlich ein wenig den Kopf ein. Augenblicklich ärgerte ihn seine Reaktion. Otto-Show, so ein Quatsch. Andererseits war es vielleicht tatsächlich ein wenig platt, was er da von sich gegeben hatte. Wenn man Gesamt-Ostfriesland betrachtete. Mit Städten wie Emden, Leer und Aurich. Aber hier auf Norderney. Da waren das keine Vorurteile. Da hatte man ganz schnell raus, wer Insulaner war, wer Zugezogener und wer als Tourist auf die Insel kam. Die Unterschiede wurden beachtet. Mehr als so manch einem der Nicht-Einwohner recht sein mochte. Aber da konnte man sich auf den Kopf stellen. Da ließen die Neyer sich nicht kaufen. Nicht mit Geld, nicht mit dem Kopieren ihrer Lebensweise und schon gar nicht mit guten Worten.

»Wenn Sie meinen, dass wir heute noch Erfolg haben, können wir gerne ausharren.« Martin beschloss, den Ball an die Lichterfeld zurückzugeben. Sollte sie nun entscheiden, wie es weiterging.

Sie trat vom Eingang zurück und blickte an der Fassade hoch. »Einen Zugang zum Garten gibt es nicht?«

Martin schüttelte den Kopf. »Von hier aus nicht. Sieht man ja. Ist ja rechts und links angebaut.«

»Das sehe ich.« Jetzt rollte Frau Lichterfeld die Augen. Sprichwörtlich zumindest. Mit entsprechender Tonlage.

»Sie wollen sich nicht ernsthaft Zugang über die Rückseite verschaffen?«, fragte Martin ungläubig.

»Ein Versuch wäre es wert, oder?«

Martin fand ihr Lächeln hochnäsig. Da erzählte sie ihm einen von Vorurteilen. Er wusste genau, was sie dachte: So eine Alte wird schon nicht wissen, dass sie das nicht durften, sich über den Garten Zugang zum Haus zu verschaffen.

»Glauben Sie mir, ich kann Ihnen versichern, dass uns das nicht zum Ziel führen wird.«

»Aber das gibt's doch nicht. Wie soll das weitergehen? Soll ich Frau Folkerts etwa offiziell vorladen lassen?« Frau Lichterfelds Gesicht nahm wieder diese Röte an, die sich vom Hals nach oben über das Gesicht ausbreitete.

»Was halten Sie davon, wenn wir erst einmal zu Anneliese Hansen fahren und uns von ihr die Geschehnisse der Nacht mit Hilmar erklären lassen?« Martin zog sein Handy aus der Tasche, um auf die Uhrzeit zu schauen.

Eine Nachricht von Anne war eingegangen: »Bin mit Ruth shoppen. Hoffentlich kommt ihr voran. Würden gerne nachher etwas mit dir zusammen machen. Kuss, Anne.«

Ach, verdammt. Ruth war da und Anne musste sich um alles alleine kümmern. Morgen war die Hochzeit, und es standen Vorbereitungen an. Was hatte er sich bloß alles aufgehalst? Wer kam bloß auf die Idee, dass der Polizeidienst auf der Norderney ein beschauliches Leben ermöglichte?

»Gut. Wenn Sie meinen. Ich weiß zwar nicht, was das für einen Sinn machen soll, wenn wir die Aussage von Frau Folkerts nicht im Detail haben, aber …« Sie verstummte.

Martin blickte auf. Er hatte tatsächlich für einen Moment Frau Lichterfeld neben sich vergessen. Was wollte sie?

»Zu der Zeugin«, reagierte sie gereizt auf seinen wohl fragenden Gesichtsausdruck.

»Ach so. Ja, klar. Dann machen wir das so.«

Aus den Augenwinkeln sah er ihren irritierten Blick. Wahrscheinlich hielt sie ihn für den größten Deppen weit und breit. Unfähig für den Polizeidienst auf dem Festland und nun anscheinend auch auf der Insel. Wie gerne würde er ihr zeigen, dass er das Ganze im Griff hatte.

Martin startete den Motor, nachdem sich beide angeschnallt hatten. »Ist nicht weit«, sagte er, um irgendetwas zu sagen. Frau Lichterfeld schwieg. Martins Gedanken schweiften schon wieder ab. Zum Wochenende, zu Anne, zu Ruth, zur Hochzeit von Frank und Daniela. Zur Pension von Frau Dirkens, die nun von den Hochzeitlern geführt wurde. Was sicher nicht das Schlechteste war. Hoffentlich hielten sie die besondere Teezeremonie von Frau Dirkens aufrecht, das wäre mal eine Wahrung der Traditionen. Augenblicklich trat er auf die Bremse. Ihm war gerade eine Idee gekommen.

*

Als Daniela den Frühstücksraum betrat, verstummten die Gespräche auf der Stelle. Daniela musste keine von ihnen ansehen, um zu wissen, dass bei Weitem nichts so in Ordnung war, wie Frank ihr das eben kundgetan hatte. Was daran liegen konnte, dass Frank einen falschen Verlauf des Abends erzählt bekommen hatte, durchfuhr es Daniela. Und tatsächlich schaffte es vor allem Jutta in keinster Weise, ihr vernünftig einen guten Morgen zu wünschen. Ihre Blicke gingen immer haarscharf an Daniela vorbei.

Daniela drehte sich um. Frank war ihr nicht in den Frühstücksraum gefolgt. »Ich mache schon mal klar Schiff«, hatte er gesagt und ihr einen Kuss in den Nacken gegeben, als sie zu ihm in die Küche gekommen war. »Lasst euch Zeit und genieße den allerletzten Tag in Freiheit mit deinen Freundinnen.« Mit diesen Worten hatte er sie aus der Küchentür herausgeschoben. »Deinen Kaffee bringe ich gleich.«

Daniela ließ ihren Blick über die Gesichter von Kathrin und Bibi schweifen, aber die beiden hatten direkt nach der knappen Begrüßung ein Gespräch über eine fehlgeleitete Paketlieferung wieder aufgenommen, das wohl vorher seinen Anfang genommen hatte. Jutta lauschte den beiden, als könnte es kein spannenderes Thema geben.

»Dann mache ich mir erst mal einen Kaffee.« Daniela schob ihren Stuhl zurück, aber niemand schien davon Notiz zu nehmen. Hallo? Was war das denn? Egal, wie blöd gestern der Abend geendet haben mochte, ihre Freundinnen waren wegen ihr hier. Wegen ihr und ihrer Hochzeit mit Frank. Wohnten in ihrem Hostel. Die konnten nicht einfach so tun, als gäbe es sie gar nicht.

Noch in der Tür prallte sie mit Frank zusammen. »Wo willst du denn hin?«, fragte er, während er das Macchiato-Glas auf der Untertasse balancierte.

»Wollte mir den Kaffee selber machen«, murmelte sie und nahm ihm das Glas vom Untersetzer ab.

»Ich habe doch gesagt, dass ich dir den Kaffee bringe.« Verwundert schaute er vom Teller zu Daniela und zurück.

»Schon gut. Bin wahrscheinlich noch nicht richtig wach. Oder nüchtern«, schob sie leise hinterher und blinzelte Frank direkt danach an. Sein Gesicht veränderte sich nicht. Also, zumindest er schien absolut arglos, was ihren Junggesellinnenabschied anbelangte.

»Okay. Ich lass euch wieder allein. Der Mann gehört am Tag vor der Hochzeit in die Küche, habe ich mir sagen lassen. Allerdings«, er hob die Brauen und den Zeigefinger, »zum allerletzten Mal. Weil ab morgen …« Er lachte, als Daniela ihm einen leichten Schlag auf den Oberarm versetzte. »Komm schon, ein paar Sprüche musst du einstecken. Schließlich hast du deinen Single-Ausstand gefeiert, ich dagegen nicht.« Er zwinkerte ihr zu, bevor er sich abwandte.

Ja, das stimmte. Und es machte die Sache für Daniela nicht leichter. Nachdenklich kehrte sie zu ihren Freundinnen zurück. Ob ihr das lieber wäre, wenn Frank noch einmal richtig über die Stränge geschlagen hätte? Und wenn ja, wie viel hätte sie toleriert? Wo waren die Grenzen, die man so kurz vor der Hochzeit einhalten musste? Und noch wichtiger: Hatte sie sich daran gehalten?

Sie stellte das Kaffeeglas ab, blieb aber am Tisch stehen. Blickte in die Runde und lauschte. Immer noch der Paketdienst.

Sie klopfte auf den Tisch. Man konnte ja vieles über sie sagen, aber ein Feigling war sie nicht. Wenn es etwas zu klären gab, dann bitte jetzt und hier. So würde das nur Unglück über den morgigen Tag bringen.

»Schluss mit euren Paketboten. Ich will Butter bei die Fische! Was ist los? Ich will hören, was gestern passiert ist. Und zwar alles!«

Kathrin und Bibi verstummten auf der Stelle und rissen erschrocken die Augen auf. Beide starrten Jutta an, deren Miene sich noch mehr versteinerte.

Daniela kam das Schweigen endlos vor. Die Gesichter eingefroren. Als hätte sich ein Zauberbann über alle gelegt, weil sie das falsche Wort benutzt hatte.

Dann endlich erhob sich Jutta. Zog ihre Jeans hoch und ihr T-Shirt herunter, als ob es wichtig sei, dass alles am richtigen Platz war. Schaute zur Tür, wohl um sich zu vergewissern, dass diese verschlossen war. Daniela ahnte schon, dass sie Sorge hatte, Frank könne mithören.

Und richtig. Daniela wurde heiß und kalt, als Jutta mit wütender Stimme hervorpresste: »Ich glaube kaum, dass es dir recht wäre, wenn ich dir das Ende des gestrigen Abends in eurem gemeinsamen Haus erzähle. Das hat Frank nicht verdient. Und du kannst dich bei uns allen bedanken, wenn ihm niemand von der Geschichte erzählt. Auch die Polizei nicht.«

Daniela spürte, wie ihr das Blut aus dem Gesicht wich. Ein Gefühl von Schwäche erfasste sie. Ihr Kopf drehte sich.

»Die Polizei?«

»Die Polizei. Ich würde sagen, wir treffen uns in einer Viertelstunde vor dem Haus.« Jutta blickte in die Runde. »Einverstanden?«

Natürlich nickten Kathrin und Bibi wie Schafe. Und Daniela tat es ihnen gleich. Was sollte sie auch sonst machen? 24 Stunden vor der Hochzeit. Mit Frank. Ihrem Frank. Ihrem Prinzen. Sie drehte sich um und ließ den Kaffee einfach stehen.

*

Es war fast eine Woge von Glücksgefühl, die Yvonne durchflutete. Ein lange nicht verspürtes Glück, weil sie heute alles geschafft hatte. Alles, was ihr sonst nie gelang. Oder nur viel zu selten. Trotzdem höhnte ihre innere Stimme wie gewohnt. Sie wusste es ja selbst. Es würde nicht bleiben, nicht anhalten. Es war trügerisch, daran zu glauben. Wie oft war sie schon enttäuscht worden?

Aber wenn es ihr gelänge, dieses Wochenende den Schein aufrecht zu halten, dann …

Ja, was dann? Im Bad eben hatte sie die Medikamente gefunden, die sie regelmäßig nehmen müsste. Antidepressiva. Ihre Angst verhinderte selbst das. Wenn sie nur den Beipackzettel las.

»Sie müssen da durch«, sagten die Ärzte. Jedes Mal beteuerte sie gute Absichten, doch allein zu Hause, allein mit ihrer Angst – sie schaffte es einfach nicht.

»Denken Sie an Ihre Tochter.« Ja, das sollte sie. Das war ihr klar. Aber es reichte nicht als Motivation. Und das machte alles nur schlimmer. Die Schuldgefühle, das Versagen, die Angst.

Warum sie dem Ganzen nicht ein endgültiges Ende setzte, wusste sie manchmal selbst nicht. Schließlich gab es nichts, auf das sie hoffte. Das Leben war nichts als ein sinnloses Warten auf den Tod geworden, der irgendwann kommen würde. Das Einzige, was sicher war. Aber den Weg abzukürzen, das kam ihr seltsamerweise nie ernsthaft in den Sinn. Obwohl es Melanie Freiheit geben würde, wenn sie ihr Kind von sich befreien würde. Doch Melanie würde ins Nichts stürzen. Wen hätte sie denn, der sich um sie kümmerte? Dann gäbe es für sie noch weniger als das Wenige, das sie ihr geben konnte.

Heute wischte sie all die Gedanken beiseite. Heute war ein guter Tag. Sie wollte Melanie zeigen, dass sie eine gute Mutter war. Vielleicht würde sie noch einmal einen neuen Anlauf nehmen. Neue Ärzte, neue Therapeuten.

Im Badezimmerschrank hatte sie tatsächlich eine alte Haartönung gefunden. Früher hatte das wie selbstverständlich zu ihrem Leben gehört. Wie automatisiert hatte sie begonnen, die Farbe anzurühren, ihr Haar zu befeuchten, die Mischung zu verteilen. Handgriffe, die man wohl nicht verlernte. Zu wie viel mehr wäre sie wohl in der Lage, hätte sie mehr solch gute Tage wie heute.

Sie war selbst überrascht, was die Farbe, die ihr fades Haar nun in einem warmen Kastanienbraun schimmern ließ, aus ihr machte. »Ein neuer Mensch«, flüsterte sie sich im Spiegel zu.

Mit der Schere begann sie, die vorderen Haarsträhnen zu einem Pony zu schneiden. So hatte sie sich selbst immer am liebsten gemocht.

Ob sie sich schminken sollte? Sie kramte nach einem Lippenstift. Ein schwarzer Kajalstift war stumpf, aber für heute würde es noch gehen, wenn sie ihn mit warmem Atem genügend anhauchte. Die Wimperntusche allerdings war vertrocknet. Ob sie sich bei Melanie …?

Später. Sie würde erst einmal in ihrem Kleiderschrank schauen, was sie anziehen konnte. Ob ihr noch etwas passte. Sie befürchtete, dass vieles mittlerweile zu eng war. Das ständige Liegen und Sitzen, das Sich-nicht-mehr-Bewegen der letzten Monate, kein Spaziergang, kein Treppensteigen, nur wenige Schritte vom Sofa zur Küche, zum Gästebad, zur Waschküche und zurück hatten Spuren hinterlassen. Wenn Melanie nicht einkaufte, dann wäre sie längst verhungert. Nicht, dass sie viel benötigte. Kaffee, Tee, Milch, Joghurt. Manchmal Müsli. Knäckebrot. Das waren die Sachen, die ihr reichten. Für Melanie gab es das, was schnell ging. Was sie sich selber zubereiten konnte. Tiefkühlkost und vor allem Nudeln.

Ein Sonnenstrahl fiel ins Schlafzimmer, während Yvonne ihre Kleidungsstücke nach und nach anprobierte. Wie fremd sie sich daran vorkam. Obwohl sie mit den getönten Haaren und dem Lippenstift in vielem der Frau glich, die sie wohl einmal gewesen war. Der jüngeren Variante der Frau, denn die Falten und Kerben und der graue Schleier ihrer Gesichtshaut konnten auch die Kleider und die Farbe der Lippen nicht wettmachen.

Trotzdem: Es war ein guter Tag. Das blaue Leinenkleid war genau das Richtige für diesen guten Tag. Was Melanie wohl sagen würde, wenn sie nach Hause kam? Yvonne spürte, wie sich ihr Bauch angstvoll zusammenzog. Sie war sich plötzlich nicht mehr sicher. Ob Melanie die Überraschung freute? Oder sie verunsicherte? Denn oft war so einer Aufbruchstimmung der nächste, der schlimmere Absturz gefolgt. Sie erinnerte sich daran, wie Melanie das letzte Mal reagiert hatte, als Yvonne einen scheinbar guten Tag gehabt hatte.

Yvonne wischte sich über die Stirn. »Schluss jetzt!«, sagte sie laut zu sich selbst. »Heute leb ich. Wer weiß, was morgen ist.« Mit jedem Wort wurde ihre Stimme leiser, worüber sie sich ärgerte. Selbstgespräche halfen ihr nun wirklich nicht.

Sie warf einen erneuten Blick in den Spiegel. Was wollte sie noch? Was fehlte? Richtig. Die Wimperntusche. Melanie wäre wahrscheinlich zu Recht sauer, wenn sie bei ihr im Zimmer schnüffelte. Andererseits, es ging ja nur um die Wimperntusche. Wenn es half, den Tag und das Wochenende zu einem wirklich guten werden zu lassen, dann war es kein Schnüffeln.

Also nur der Schminktisch. Und noch einmal das Kleid anschauen. Es war wirklich unfassbar, was Melanie für ein Geschick beim Nähen zeigte. Auch wenn sie selbst gar nichts davon verstand, so sah sie doch, wie akkurat die Nähte waren und wie aufwendig die Faltenlegung des Kleides war. Dazu der angenähte Tüllstoff, dessen Farbe das Kleid erst recht zum Leuchten brachte. Ihr Kind war eindeutig ein Mädchen, ein Märchenwesen aus einer verzauberten Welt.

Sie kramte in den verschiedenen Töpfchen und Kästchen, die auf dem Schminktisch standen. Keine Wimperntusche. Aber es musste welche geben, weil Melanie sich immer schminkte. Schon, seit sie 14 war. Viel zu früh, wie Yvonne gefunden hatte. Viel zu spät, wie ihr Melanie versichert hatte.

Sie zog eine Schublade auf und hob die darin liegenden Karten an. Irgendwo musste bestimmt …

Ihr Blick fiel auf das Foto in der Hand. Irritiert starrte sie auf das Gesicht, das ihr breit entgegenlächelte. Ein Beachboy-Lächeln. Ein Surferboy. Den sie kannte. Sie erinnerte sich nur nicht sofort. Wer genau war das noch?

Sie drehte das Foto auf die Rückseite, auf der sich aber kein Hinweis finden ließ. Vielleicht auf dem beiliegenden Zettel. Ohne weiter nachzudenken, faltete Yvonne ihn auseinander. Im nächsten Moment spürte sie, wie ihre Beine erst weich wurden und dann vollständig nachgaben. Schwarze Punkte tauchten vor ihren Augen auf, ein Gefühl von Watte im Kopf. Ihre Hände fanden nichts, an dem sie sich hätte halten können. »Nein, bitte nicht«, war das Einzige, was sie noch denken konnte.

*

»Milli, verdammt noch mal, bleib stehen!«

Milli hörte die lauten Rufe der Freundin begleitet von dem Klacken der Schuhe, mit denen es Emma schwerfiel, sie einzuholen. Ein guter Grund, das Tempo etwas anzuziehen. Wenn ihr Vorsprung groß genug wäre und sie es rechtzeitig zu ihrem Fahrrad schaffte, dann könnte sie sich später bei Emma melden.

Schnellen Schrittes bog sie um die Ecke. Verdammt. Ben stand am Fahrradständer und wartete anscheinend auf sie. Dabei war das der absolut falsche Zeitpunkt. Ihr Schritt verlangsamte sich, während ihre Gedanken sich überschlugen.

Zeit genug für Emma, zu ihr aufzuschließen. Der harte Handschlag auf ihre Schulter ließ Milli zusammenzucken.

»Sag mal, spinnst du? Wieso gehst du mir den ganzen Morgen aus dem Weg? Wo warst du überhaupt in der Pause? Ben und ich haben dich überall gesucht.«

»Emma, bitte, ich habe gerade keine Zeit. Ich melde mich gleich bei dir.« Sie traute sich nicht, Emma dabei anzusehen.

Diese griff wieder nach ihrer Schulter und drehte sie weiter zu sich herum. »Was ist los? Seit wann sagst du mir nicht, wenn irgendetwas nicht stimmt? Was für ein Ding ist das mit Ben, von dem ich nichts wissen darf?«

»Mit Ben?« Milli zog fragend die Augenbrauen hoch. »Wieso mit Ben?«

»Na, weil er ja ganz offensichtlich auf dich wartet.« Emma blickte auf die imaginäre Uhr an ihrem Handgelenk. »Schließlich haben wir noch Unterricht. Was aber für Ben und dich wohl nicht zu gelten scheint.« Sie verdrehte ihren Kopf in Richtung des Mitschülers, der ihnen aus der Ferne zusah.

»Keine Ahnung, wo Ben hin will. Ich bin nicht mit ihm verabredet.«

»Ach, dann hat er einen siebten Sinn, was?«

»Weiß ich nicht. Ich muss jedenfalls weg.«

»Wohin denn?« Emma schob sich so vor Milli, dass sie ihr den Weg zu den Fahrrädern abschnitt. »Du erzählst mir doch sonst alles?«

»Tu ich auch heute. Ich habe nur wirklich keine Zeit. Emma, bitte, vertrau mir. Später, ja?«

»Dann sag mir, wo du hinfährst. Und ob Ben mitkommt.«

»Nein, Ben hat damit nichts zu tun. Gar nichts.« Milli versuchte, sich nervös an Emma vorbeizuschieben. Wenn sie das Ganze mit Ben ausdiskutieren musste, würde sie definitiv zu spät kommen. Und das wäre eine Katastrophe. Wäre sie bloß auf das Angebot ihrer Mutter eingegangen, zu Hause zu bleiben. Aber das war ja Quatsch. Dann hätte sie den Termin heute erst recht nicht wahrnehmen können.

»Halt!« Wieder legte sich Emmas Hand auf Millis Schulter. »Sag, wohin du fährst. Dann lass ich dich in Ruhe. Mensch, Milli, wir haben noch so viel für morgen zu planen.«

»Ja, ich weiß. Machen wir auch. Ach, übrigens, meine Mutter chillt. Endlich. Das geht klar mit der Übernachtung bei uns.«

»Wie hast du das denn hinbekommen?« Aus den Augenwinkeln sah Milli die Überraschung in Emmas Gesicht. Sie wollte gar nicht wissen, was genau die anderen über ihr Zuhause dachten.

»Pass auf, Emma, ich habe echt wenig geschlafen. Wenn du es genau wissen willst: Ich muss zum Arzt. Schau mal auf die Uhr. Freitag. Fast Mittag. Wenn ich nicht loskomme, ist die Praxis zu.«

»Zum Arzt? Warum das denn? Und wieso hast du nicht geschlafen? Wieso hast du seit gestern Abend auf keine unserer Nachrichten mehr reagiert?«

Milli verdrehte die Augen und atmete schwer aus. »Zum letzten Mal. Ich kann es dir jetzt nicht erzählen. Ich verpasse dann meinen Termin.« Sie schluckte, als ihr die Konsequenzen vor Augen traten, wenn sie es wirklich nicht rechtzeitig schaffte. Sie hörte, wie ihre Stimme weinerlich wurde. »Bitte, Emma. Es ist wichtig. Sonst kann ich das Wochenende vergessen. Kannst du dich um Ben kümmern? Wenn er mich aufhält, komme ich definitiv zu spät.« Sie ging mit eiligen Schritten weiter auf die Fahrräder zu.

Anscheinend merkte Emma, wie ernst ihr das Ganze war, denn ihre Stimme wurde weicher, als sie hinter ihr einwilligte: »Okay, mach ich. Wenn du dich direkt meldest, okay? Zu welchem Arzt willst du denn?«

Milli überlegte ein paar Sekunden. Sollte sie die Wahrheit sagen oder lieber lügen? Shit. Warum war das alles so kompliziert? Sie entschied sich für die Wahrheit. Was sie nachher an Details preisgab, konnte sie immer noch überlegen.

Sie drehte sich zu Emma herum. »Zu Frau Doktor Dederichs.«

»Was? Zur Frauenärztin? Aber wieso? Und warum so eilig? Milli, ich versteh das nicht.«

»Emma, bitte halte die Klappe, sofort, ja?« Sie waren fast in Bens Hörweite angekommen. »Bitte vertrau mir. Ich erzähle dir alles. Später. Und halte Ben auf, bitte!«

Die Tränen liefen ihr über das Gesicht, als sie es endlich geschafft hatte. Emma hatte Ben im Griff, ein Glück. Wenigstens das. Aber das, was vor ihr lag, ängstigte sie nicht weniger. Aber sie hatte keine Wahl.

*

Yvonne zitterte am ganzen Körper. Es war das erste Mal seit Langem, dass sie es ernsthaft bedauerte, niemanden zu haben, mit dem sie sprechen konnte. Keine Verwandten, keine Therapeuten, keine Familienhelferin. Nichts und niemanden. Ihr war, als wäre sie wieder einmal von einer Sekunde auf die andere aus einem Bewusstseinszustand herauskatapultiert worden, hinein in etwas, das nicht für sie passte und ihr Angst machte. Eine Angst, die tausendmal größer war als alles, was sie an Ängsten durchgestanden hatte. Eine neue Angst, die sie zurückbeförderte an den Ausgangspunkt. An den Punkt, an dem alles begonnen hatte. Zurück zu dem, was sie aus ihrer Erinnerung löschen wollte. Und jetzt war sie, nein Melanie war genau an der gleichen Stelle. Und deswegen war es anders als damals. Weil, wenn es nur sie beträfe, dann, ja dann wüsste sie womöglich damit umzugehen. Weil sie es kannte. Weil sie das alles durchlebt hatte. Weil sie das alles schon gefühlt hatte. Aber diesmal fühlte es sich fremd und anders an, weil es eben Melanie widerfuhr. Die sie immer hatte schützen wollen. Weshalb sie gegangen war und nie etwas erzählt hatte. Obwohl alle sie bedrängt hatten: die Verwandten, die Therapeuten, das Jugendamt. »Melanie hat ein Recht darauf«, hatten sie gesagt. Aber das sah sie anders – bis heute. Und hatte deswegen nie nachgegeben.

Das Foto holte alles nach oben. Jedes einzelne Wort, jedes Gefühl, das sie damals gehabt hatte. Damals, als sie dachte, das Leben läge voller Möglichkeiten vor ihr. Yvonne lachte auf. Sie griff in ihre Haare und zog daran, bis es schmerzte. Das tat gut, brachte Erleichterung. Erst, wenn sie den Schmerz spürte, fühlte sie sich wieder eins mit sich selbst.

Mit der Zeit wurde sie ruhiger. Registrierte, dass sie in Melanies Zimmer war. Vor dem Schminktisch auf dem Hocker zusammengesunken war. Langsam, ganz langsam hob sie den Blick, um sich mit sich selbst im Spiegel zu konfrontieren. Um ihrer Verrücktheit in die Augen zu schauen.

Nur Sekunden konnte sie den Anblick ertragen. Was hatte sie sich bloß dabei gedacht? Die Haare zu tönen, sich zu schminken, das Kleid anzuziehen.

Sie schlug die Hände vor die Augen und erhob sich dann

mühselig. Ihre Arme und Beine schmerzten, in ihrem Bauch fühlte sie einen Klumpen aus Metall, der eiskalt alles blockierte. Das Stöhnen, das sie hörte, musste aus ihrem Mund gekommen sein.

Langsam, Schritt für Schritt, ging sie zur Treppe. Stufe für Stufe, halb seitlich, die Hände beide um den Handlauf gefasst, bemühte sie sich beim Abstieg, nicht die Kontrolle über ihren Körper zu verlieren. Das Zittern zu unterdrücken. Nicht, weil ihr ihr Leben so wichtig war. Wenn es danach ging … Nein, einzig und allein, um Melanie zu schützen. Was heute wichtiger war, als je zuvor. Als ob sie es all die Jahre gespürt hätte. Als wenn ihre Angst genau das hätte sagen wollen.

Unten ging sie in die Küche. Tastete sich an der Arbeitsplatte entlang zur Schublade. Legte das Foto einen Moment ab, holte das Brotmesser heraus und strich mit Daumen und Zeigefinger an der Klinge entlang.

Dann ging sie zurück. Zog sich zwei, drei, vier Stufen nach oben. Setzte sich auf die Treppenstufe. Das Messer legte sie unter die seitlichen Falten ihres Kleides. Sie wusste nicht genau, warum, aber sie fühlte sich damit sicher. Egal, was passieren würde. Das Foto hielt sie erneut mit beiden Händen umklammert, den Blick darauf gerichtet. Nun blieb ihr nur zu warten.

*

»Ja, Anneliese, es wäre wirklich gut, wenn du uns den Abend einmal schildern würdest. Ganz so, wie du ihn erlebt hast.«

Martin nickte Frau Lichterfeld zu. Sie saßen beide ein Stück vom Tisch abgerückt auf zwei harten Stühlen, während sich vorne Olaf mit Anneliese Hansen unterhielt. Nach dem Misserfolg bei Ingrid Folkerts war Martin klar gewesen, dass nur jemand von den alten Hasen auf der Wache etwas bei Anneliese und Ingrid erreichen könnte. Und tatsächlich schienen sie Erfolg zu haben.

»Da gibt es nicht viel zu schnacken, Olaf. Das war ein Abend wie so oft.«

»Na, dann erzähl trotzdem mal.«

»Wir haben gespielt.«

Martin grinste. Das hörte sich in dem trotzigen Tonfall Annelieses an, als ginge es um das Nachmittagsprogramm eines Kindergartenkindes.

»Gespielt, so. Und was und wo?«

»Na da, wo wir immer spielen. Im Gartenhaus. Scrabble. Auch wie immer.«

Martin grinste noch breiter in sich hinein. Wie sie das englische Wort so aussprach. Das war eine Generation, die sich nicht verbog, sondern sich die Welt einfach einverleibte.

»Und? Wer hat gewonnen?« Olaf spielte an seiner Teetasse herum, während er die Frage stellte. Martin hörte, wie Frau Lichterfeld hörbar die Luft einsog. Er konnte sich lebhaft vorstellen, was sie von dieser Art eines Verhörs hielt.

»Na, ich. Das wollte Hilmar aber nicht wahrhaben. Du kennst ihn ja.« Martin beobachtete, wie Anneliese den Blick herausfordernd zu Olaf hob. Dieser aber blieb ganz gleichmütig in Stimme und Haltung. Martin gratulierte sich selbst zu dem guten Einfall. Wenn überhaupt, war nur so mit Anneliese zu reden. Auch für Ingrid hatte er sich etwas überlegt.

»Ich kenne euch alle, wie du weißt«, antwortete Olaf. »Deswegen weiß ich, wie schnell es einmal Streit zwischen euch gibt.«

»Ja, ja. Streit. Kommt in den besten Familien vor.«

»Bei euch also auch?«

»Du weißt doch, dass der Hilmar immer etwas an mir zu meckern hat. Aber die Ingrid und ich, wir lassen das nicht auf uns sitzen.«

»Ah ja, die Ingrid.«

»Was soll das heißen?«

»Die Ingrid, die war gestern ziemlich durcheinander. So wie du.«

»Wie ich?«

Martin glaubte, einen Hauch Nervosität und Ängstlichkeit in Annelieses Stimme zu hören.

»Wie du. Was war denn das gestern am Strand?«

»Das machen wir Ostfriesen nun mal so. Mal an den Strand gehen.«

»Nachts und nackt?«

»Ich war weit genug draußen. Fast schon an der Oase. Da darf man das ja wohl.«

»Es geht nicht ums Dürfen.«

»Sondern?«

Frau Lichterfeld stöhnte entnervt auf. Martin konnte es ihr nicht verdenken. Aber da mussten sie durch. Es gab keinen schnelleren Weg.

»Der Hilmar. Der hat mich so aufgewühlt. Hat mich den ganzen Abend provoziert.«

»Weil er gewonnen hat?«

»Nein. Nicht nur. Die Sprüche. Wollte wohl Eindruck bei Ingrid machen. Das alte Spiel.«

»Und dann?«

»Wir haben ziemlich viel getrunken. Der Hilmar wird dann noch schneller wütend. Packt die alten Geschichten aus.«

»Und dann ist die Sache eskaliert? Der Streit, meine ich?«

»Wie eskaliert?«

»Na ja, dass der Hilmar am Ende tot in der Regentonne lag?« Olaf schien das Ganze abkürzen zu wollen.

Anneliese sprang so entsetzt auf, dass sie die Tischdecke ins Rutschen brachte und die Tassen auf dem Tisch klirrten.

»Wie bitte? Was erzählst du denn für einen Quatsch? Was willst du damit sagen?«

»Die Ingrid meint …«

An dieser Stelle sprangen Martin und Frau Lichterfeld gleichzeitig auf. Schließlich hatten sie noch keine vernünftige Aussage von Frau Folkerts.

Aber Anneliese Hansen schaute misstrauisch von einem zum anderen: »Was meint Ingrid?« So, wie sie die Worte aussprach, schien sie nicht viel davon zu halten, was Ingrid gesagt haben könnte.

»Das tut nichts zur Sache«, schritt Martin nun ein. »Wenn Sie uns oder besser Olaf erzählen, wie der Abend zu Ende ging?«

Anneliese setze sich tatsächlich wieder hin, und Martin und Frau Lichterfeld taten es ihr gleich. Auf Martins Nicken hin übernahm Olaf das Gespräch.

»Noch einen Tee, Anneliese?« Er hob die Kanne. Automatisch legte Anneliese die Kluntjes in ihre Tasse. Olaf schüttete den Tee ein und ließ etwas von der Sahne am Tassenrand einfließen. Anneliese starrte vor sich hin, bis sie schließlich den Tee an ihren Mund führte.

Ganz leise, sodass es kaum zu verstehen war, begann sie schließlich zu reden: »Es ist meine Schuld. Er hat mich immer weiter provoziert. Ich war gestern Nacht am Strand, weil ich nicht mehr wollte. Ich war mal so glücklich. Mit meinem Kai-Uwe. Aber seit er nicht mehr ist … Ich habe ihn gestern angefleht, dass er mich zu sich holt. Dass er mir dabei hilft, ins Wasser zu gehen. Deswegen saß ich nackt am Strand.«

»Aber?«, fragte Olaf, als die Pause zu lang wurde.

»Anscheinend hört er mich nicht. Ich habe es jedenfalls nicht geschafft. Und irgendwann war mir kalt. Da habe ich mich wieder angezogen. Er hat mich einfach im Stich gelassen. Mein Kai-Uwe.« Ihre Stimme wurde brüchig.

»Das glaube ich nicht«, erwiderte Olaf ruhig. »Dein Kai-

Uwe lässt dich nicht im Stich. So wie er immer zu dir gehalten hat.«

»Aber es ist alles anders. Ich bin schuld. Und Blut ist dicker als Wasser. Jetzt hat Hilmar gewonnen. Endgültig gewonnen.«

»Aber wieso? Ich verstehe den Zusammenhang nicht. Was hat denn das mit dem Scrabble zu tun?« Olaf klang verwundert und drehte sich kurz zu Martin um.

Dieser sah, wie Anneliese die Augen verdrehte. Martin wies Olaf mit dem Kopf in ihre Richtung.

»Mit dem Scrabble gar nichts. Aber mit seinem Tod. Ich habe ihm an dem Abend den Tod gewünscht, so sehr und von ganzem Herzen. Und mir gewünscht, Kai-Uwe und meine vermaledeite Schwiegermutter würden ihn ins Jenseits holen.«

»Und da hast du den Wünschen Tatsachen folgen lassen?«, fragte Olaf und schüttelte missbilligend den Kopf.

»Wie bitte?« Anneliese schien aus ihrer Trance aufzutauchen. »Tatsachen folgen lassen? Was denkst du denn von mir? Nein, ich bin gegangen an dem Abend. Ingrid blieb mit Hilmar allein zurück. Ich bin nach Hause und habe den ganzen Weg gehadert und gezetert und Hilmar den Tod an den Hals gewünscht. Und wie gesagt, Kai-Uwe angefleht, dafür zu sorgen. Und das Nächste, das ich hörte, war, dass Hilmar kopfüber und mausetot beim alten Johan in der Regentonne steckt.«

*

»Und du meinst wirklich, das geht?« Ruth drehte sich zum wiederholten Mal vor dem Spiegel. Der Zweifel war ihr wohl an der Nasenspitze ablesbar.

»Ich finde es klasse.« Anne saß in einem kleinen Sessel vor der Umkleide. »Ich fand übrigens, dass dir bisher alle Kleider, die du anprobiert hast, gut stehen.«

Ruth grinste Anne schräg an. »Für mich ist es total ungewohnt. Ich glaube, mir fehlen die Taschen, in die ich meine Hände stecken kann.«

»Ein Kleid mit Taschen vorne hätte ich auch. In Grau. Haben Sie es nicht im Schaufenster gesehen?«

Ruth und Anne schüttelten gleichzeitig den Kopf und lugten in die Auslage.

»Hm«, machte Anne, was sich sehr nach Zweifel anhörte.

»Ich würde es gerne probieren«, sagte Ruth zu der Verkäuferin. Sie drehte sich zu Anne: »Nur, um ganz sicher zu sein.«

Anne zuckte die Schultern. »Schade wär's, wenn du als graue Maus erscheinst.«

»Ach Quatsch. Grau kann eine tolle Farbe sein.«

»Das kann ich bestätigen«, warf die Verkäuferin ein. »Es kommt immer auf die Accessoires an.« Sie sprach das Wort so gekünstelt aus, dass Ruth nur einen Blick zu Anne werfen musste, um mit ihr zusammen laut loszuprusten.

Die Verkäuferin schaute irritiert über die Schulter zurück, während sie sich im Schaufenster bemühte, das Kleid von dem Puppengestell zu lösen.

Ruth fing sich als Erste: »Stimmt. Neben dem Kleid werde ich ein paar weitere Dinge brauchen. Schuhe vor allen Dingen.« Sie schaute zurück zur Kabine, in der ihre Sneaker standen.

»Und eine Tasche. Etwas Modeschmuck. Und Schminke. Den Friseur nicht zu vergessen«, prustete Anne weiter.

Die Verkäuferin trat mit dem Kleid über dem Arm zu ihnen und schaute auf die Eingangstür. »Sie kommen aber nicht von ›Shopping-Queen‹, oder? Sonst stände doch der Bus vor der Tür.«

»Aber hier ist eine Fußgängerzone«, antwortete Anne ernst und ließ damit offen, ob sie nicht doch Kandidatinnen der Show waren.

Trotz offensichtlich fehlender Kamera wirkte die Verkäuferin ab nun professioneller. Ob sie wohl glaubte, dass Anne und sie mit versteckten Kameras ausgerüstet worden waren? Die Geschichte würden sie auf der Hochzeit zum Besten geben können.

Das graue Kleid erwies sich als das, was Ruth gehofft hatte: als legeres wadenlanges Trägerkleid, weit entfernt von den körperbetonenden und knieumspielenden Etuikleidern, die sie bisher anhatte.

Doch Annes Urteil war knallhart: »Vergiss es. Das ist Perlen vor die Säue geworfen.«

»Aber …«, versuchte Ruth es, aber nach einem Blick in den Spiegel musste sie Anne recht geben. Resigniert ließ sie den Blick über die Kleiderstangen gleiten.

»Wie genau ist denn Ihr Motto?« Die Verkäuferin verbesserte sich schnell, nachdem Anne in hysterisches Lachen verfallen war. »Ich meine natürlich, für welchen Anlass suchen Sie etwas?«

Ruth konnte nicht mehr mitlachen, ihr war der Spaß vergangen. Besser hätte sie direkt abgesagt, als die Einladung bei ihr eingetroffen war. »Für eine Hochzeit«, murmelte sie. »Ein Kleid, das ich sowohl in der Kirche als auch am Strand anziehen kann.«

»Ah! Da kommen wir der Sache schon näher.« Die Verkäuferin schien willens, auf jeden Fall einen erfolgreichen Deal abzuschließen. Aufmunternd schaute sie Ruth an: »Bei Ihrer Figur – da finden wir etwas. Und Ihre Begleitung hat recht, bitte nicht das graue Kleid, Accessoires hin oder her.«

Was auch immer das Zauberwort gewesen sein mochte, die Verkäuferin brachte aus versteckten Ecken und aus dem rückwärtigen Raum weitere Kleider zur Anprobe. »Am besten probieren Sie das alles mit entsprechenden Schuhen«, erläuterte sie und versorgte Ruth mit den in Frage kommenden Exemplaren. Kurz darauf standen sie alle drei schallend lachend vor dem Spiegel. So gut Ruth die Cocktail- und Etuikleider auch standen, aber in Kombination mit hohen Schuhen sahen es alle ein. Es ging einfach nicht. Das war nicht Ruth, und in dieser Ausstattung würde der Tag zu einer einzigen Qual werden. Mal ganz davon abgesehen, dass das Outfit sicher für die Kirche passte, aber für die Strandparty zu unbequem war.

»Vielleicht zwei verschiedene Outfits?«, fragte Anne. Ruth schüttelte vehement den Kopf. »Nein, kommt nicht in Frage. Das ganze Geld, um nur einmal getragen zu werden?«

»Vielleicht heiratet ja deine Tochter bald.«

Ruth drehte sich zu Anne um. Einen Moment fehlten ihr die Worte. Dann stammelte sie: »Lisa-Marie und heiraten?«

»Na ja, soll ja vorkommen«, meinte Anne leichtfertig.

»Aber noch nicht.« Ruth stutzte. Lisa-Marie war ungefähr in dem Alter, in dem Michael und sie geheiratet hatten. Sie war sich damals keineswegs zu jung vorgekommen. Trotzdem verwarf sie den Gedanken sofort. »Nein, nein. Das ist noch kein Thema. Und das ist auch gut so.«

Sie sah, wie Anne grinste, und ärgerte sich eine Sekunde darüber. Aber sie hatte Wichtigeres zu tun, und die Zeit lief ihr davon.

»Ich habe eine Idee«, kam die Verkäuferin mit leeren Händen aus den Lagerräumen. »Eine Bekannte von mir ist Kunst- und Handarbeitslehrerin und schneidert nebenberuflich.«

»Aber ich kann mir kein Kleid schneidern lassen«, erwiderte Ruth entgeistert. »Zumal ich es morgen brauche.«

»Ja, ja, das hatte ich verstanden. Warten Sie mal. Sonja hat freitags nur die ersten drei Stunden Unterricht. Sie könnte also erreichbar sein.«

»Ich verstehe das auch nicht«, wandte Anne ein.

Die Verkäuferin hob die Hand, während sie mit der anderen nach dem Hörer des Telefons griff. »Sonja hat einen

Online-Shop, also hat sie entsprechend Kleider vorrätig. Alles etwas außergewöhnlich. Aber durchaus elegant.«

Sonja schien erreichbar und willens, sofort mit ihrer Kollektion auszuhelfen. Was folgte, war eine genaue Beschreibung von Ruths Figur mit allen Details. Dazu folgten Haarfarbe, Hautton und die abschließende Einordnung in die Kategorie »Sommertyp«. Sie hörten, wie die Verkäuferin leise flüsterte: »Du, die kommen wohl von ›Shopping-Queen‹.«

Ohne dass Ruth wusste, wie ihr geschah, wurde sie anschließend fotografiert und ihr Foto an Sonja geschickt.

»In einer halben Stunde ist sie mit den Kleidern hier. Möchten Sie in der Zwischenzeit einen Sekt?«

Ruth schaute zu Anne, und beide lachten erneut lauthals los.

»Sekt?«, fragte Ruth und zog eine Augenbraue ironisch in die Höhe.

»Sekt!«, antwortete Anne bestimmt. »Sehr gerne.«

»Dann bitte einen ganz kleinen Moment. Ich müsste nur eben, also, wenn Sie solange warten und auf den Laden aufpassen wollten?«

Sie hatten beide keine Zeit zu antworten, schon war die Verkäuferin zur Tür heraus.

»Das glaube ich nicht«, prustete Anne los. »Die glaubt immer noch, wir wären vom Fernsehen. Lässt uns ganz allein mit den Klamotten und ihrer ganzen Kasse.«

»Na ja, sie weiß so gut wie wir, dass wir auf der Insel nicht weit kämen, oder?«

»Stimmt. Aber trotzdem. Das ist doch nicht normal.«

»Total verrückt. Aber Hauptsache, ich bekomme für morgen etwas zum Anziehen.«

Es erschien Ruth wie ein kleines Wunder. Sie hatten ihr Glas Sekt noch nicht ausgetrunken, als eine junge Frau den Laden betrat, einen Kleidersack über dem Arm. In ihm befanden sich Kleider, die wie maßgeschneidert für Ruth schienen. Eins schöner als das andere. Kein Schickimicki, aber figurbetont und lässig. Ein bisschen Ibiza-Style, so nannte es Sonja, die sich sofort mit Vornamen vorstellte und unter keinen Umständen gesiezt werden wollte. »Das mit der Häkelspitze ist den 70ern entnommen, wie überhaupt alles wieder mehr Richtung Hippie geht.«

Ruth hätte laut jubeln können. Gerne ließ sie sich ihr Glas erneut einschenken. Das waren Kleider, mit denen sie sich anfreunden konnte. Sie drehte sich vor dem Spiegel. »Ich glaube, das wird es. Was meinst du, Anne?«

»Finde ich klasse. Passt perfekt, dieses zarte Grün steht dir, und die bunten Häkelapplikationen geben dem ganzen richtigen Pep.«

»Ich hätte passende Sandaletten sowie eine Kette und Ohrringe. Nur eine Tasche, da habe ich gar nichts, da müssten Sie woanders schauen.«

Lachend klatschten Anne und Ruth sich ab. Natürlich nahmen sie alles, was die hilfsbereite Verkäuferin ihnen unterbreitete. Schließlich passte es tatsächlich perfekt zusammen, und der morgige Tag war für Ruth gerettet.

»Wirklich ein Glück und so schöne Sachen. Ich weiß gar nicht, was ich sagen soll. Vielen herzlichen Dank«, wandte sich Ruth abschließend an Sonja, die ebenfalls ein Glas Sekt in der Hand hielt.

»Kein Problem. Das habe ich gerne gemacht. Ich freue mich, wenn meine Sachen so gut ankommen.«

»Sonja ist viel zu bescheiden. Sie könnte sich wirklich komplett selbstständig mit der Näherei machen. Meistens habe ich etwas auf Kommission von ihr im Laden. Du musst für Nachschub sorgen, Sonja.«

»Mache ich gerne. Nach diesem Wochenende. Du weißt doch von diesem Mangafest. Damit war ich die letzten

Wochen gut beschäftigt.« Sie drehte sich zu Ruth. »Mit einer Schulklasse.«

»Mangafest?«

»Ja, Mangas sind japanische Zeichentrickfiguren. Meine Schülerinnen kopieren ihre Helden. Im Aussehen und in der Kleidung. Wir haben zuerst die Mangatechnik beim Zeichnen geübt. Und als einige ein Treffen mit einem Fotoshooting organisieren wollten, habe ich sie beim Nähen der Kostüme unterstützt.«

»Wahrscheinlich unentgeltlich, wie ich dich kenne.« Die Verkäuferin schnalzte missbilligend mit der Zunge.

»Es gibt kaum eine bessere Möglichkeit, um mit den jungen Menschen in Kontakt zu kommen. Das zahlt sich an anderer Stelle wieder aus.«

»Aber nicht in Lohn und einer höheren Stundenzahl für dich, oder täusche ich mich? Du bist zu gut für diese Welt, Sonja Mirschel.«

Ruth hatte dem Dialog interessiert zugehört, weil ihr Sonja sehr sympathisch war.

»Deine Seelenverwandte vom Typ her«, flüsterte Anne in ihrem Rücken. »Aber wir sollten los.«

Sie bedankten sich nochmals, Sonja überreichte Ruth eine Karte mit allen Kontaktdaten, und die Verkäuferin strahlte alle besonders herzlich an.

»Ich habe zwar keine Ahnung, wo Sie Ihre Kamera versteckt haben, aber es hat mich sehr gefreut. Bitte geben Sie mir Bescheid, wenn die Sendung ausgestrahlt wird, ja?«

*

»Also, was ist passiert?«, fragte Daniela sofort, als Jutta endlich auf der Straße zu ihnen stieß. Daniela hatte das Warten kaum noch ausgehalten, aber es blieb ihr nichts anderes übrig, wenn sie Frank nicht unnötig darauf aufmerksam machen wollte, dass etwas nicht stimmte.

»Nicht hier«, raunte Jutta und dirigierte sie alle mit Augen rechtsherum. »Wo können wir in Ruhe reden?«

Daniela zuckte die Schultern. »Egal. Wo ihr wollt. Wir können ja schauen, wo es einen freien Platz gibt.«

»Ich hatte nicht vor, schon wieder zu sitzen. Ein bisschen Bewegung wird uns allen guttun nach der gestrigen Nacht.«

Langsam wurde Daniela wütend. Jutta verstand sich wirklich auf Showeffekte.

»Dann gehen wir in den Kurpark, okay«, blaffte sie forsch. »Und wenn euch das Umrunden des Teichs nicht reicht, gehen wir hinten an der Mühle entlang zur Kleingartenanlage, von da aus zum Hafen und am Weststrand zurück. Das reicht als Strecke wohl hoffentlich, um mich über meine Sünden der letzten Nacht aufzuklären.«

Jutta sah sie mit großen, ernsten Augen an.

Langsam wurde es Daniela schummerig, nachdem sie sich zuletzt selbst gut zugeredet hatte. Immerhin hatte sie ja die Nacht in ihrem eigenen Bett verbracht. Was also sollte das alles hier? Kathrin und Bibi hatten unbeteiligte Mienen aufgesetzt, scheuten aber ganz eindeutig den Blickkontakt mit ihr.

Sie gingen hintereinander auf dem Bürgersteig, nachdem ein Taxi auf ihre Gruppe zugerast war und sie hupend der Fahrbahn verwiesen hatte.

Erst als sie kurz vor der Feldhausenstraße den breiten Weg durch das lichte Wäldchen einschlugen, formierten sie sich wieder als Gruppe.

»Vielleicht gehen wir am besten bis zum Teich und setzen uns dort auf eine Bank, ja?« Daniela bemühte sich, ihre Stimme weniger herausfordernd klingen zu lassen.

Jutta nickte, sie setzten den Weg schweigend fort, bis Bibi abrupt stehen blieb.

»Was ist das denn? Schaut mal. Ein ganzes Rudel voller Rehe.«

Tatsächlich ästen mehrere Tiere zwischen den niedrigen Büschen, während zwei Damhirsche ihre Geweihe ineinander verkeilten. Das harte, fast schon metallische Geräusch hatte Daniela als Baustellenlärm eines der Kurheime eingeordnet. Sie schaute müde in die Richtung. Was interessierten sie schon die Rehe, wenn es hier um viel Wesentlicheres ging? Wenn gestern Nacht irgendetwas passiert war, das ihre Hochzeit in Gefahr brachte, dann wäre sie nicht mehr lange auf der Insel. Dann konnte sie die Koffer packen und die Rehe im Bonner Kottenforst besuchen. Dann wäre Norderney ein für alle Mal gestorben.

»Da vorne?«, fragte Jutta, die sie von der Seite ansah und wohl merkte, dass sie es übertrieb, Daniela so auf die Folter zu spannen.

Daniela zuckte mit der Schulter, doch Jutta wollte ganz offensichtlich nicht länger warten.

»Kommt schon«, trieb sie Bibi und Kathrin an, die ihre Handys gezückt hatten, um die sonst so scheuen Tiere, die sich aber überhaupt nicht um die Menschen scherten, zu fotografieren.

»Pst. Sei mal ruhig. Ich will ein Video«, flüsterte Kathrin. »Eine halbe Minute, dann bin ich so weit.«

Auf die kam es wirklich nicht an, und Daniela vermutete schon, dass die Freundinnen in der vergangenen Nacht deutlich mehr Zeit auf sie gewartet hatten. Vielleicht war es also nur eine Art Retourkutsche? Oder Karma? Die ausgleichende Gerechtigkeit? Aber noch während sie den Gedanken wälzte, steckten Bibi und Kathrin die Handys ein. Sie steuerten zu viert die erste Bank mit Blick auf den kleinen See an. Im Hintergrund lag die Mühle, der Himmel war frühlingshaft blau und die Schwäne zogen ihre Kreise auf dem Wasser. Nur einige ältere Menschen saßen auf den Bänken an der Kopfseite des Parks, daneben hatten sie ihre Gehwagen penibel nebeneinander geparkt. Einzelne Fahrradfahrer durchquerten den Park, obwohl sie das nicht durften.

»Also?«, fragte Daniela.

»Du kannst froh sein, dass du uns hast«, antwortete Jutta.

Bibi und Kathrin sahen zu Boden.

»Das habe ich mir schon gedacht«, räumte Daniela ein.

»Bis wohin geht denn deine Erinnerung?«

Daniela zuckte die Schultern. »Strand, Pizza, Tante Jens. So ungefähr.«

»Stimmt alles. Details zu Tante Jens?«

Noch knapper konnte Jutta nicht mit ihr reden. Daniela spürte eine Welle von Übelkeit. »Schnaps. So ein Typ, der nach Zigaretten roch. Nach Karneval«, fiel ihr ein.

Jutta verdrehte die Augen.

»Ein Kotzbrocken würde ich sagen. Einen, den du im Karneval nicht angeschaut hättest. Typ abgehalfteter Schlagersänger mit Goldkette.«

Eine weitere Übelkeitswelle erfasste Daniela. »Ich weiß, dass du mich heimbringen wolltest. Und Frank hat gesagt, dass du das auch gemacht hast. Also …«

»Also kann es so schlimm nicht gewesen sein, meinst du?«

Daniela nickte.

Jutta schaute zu Bibi und Kathrin. Ein Blick, der sagte: »Nicht zu fassen.«

»Mensch, Jutta, Frank hat gesagt, wir waren beide blau wie Veilchen.«

Jutta lachte gekünstelt auf. »Ja, mein Schauspieltalent hat mich nicht im Stich gelassen. Ich habe alles aufgeboten.«

»Aber warum?« Daniela bekam die Fäden nicht zusammen. »Und wieso hast du von der Polizei gesprochen?«

»Tante Jens hat mir geholfen, dich von dem widerlichen

Typen zu trennen. Dass du mit ihm rumgeknutscht hast – geschenkt. Kann passieren. Auch noch vor der Hochzeit. Aber der Typ ist total aggro gewesen. Und du hast an ihm wie eine Klette geklebt. Das heißt, Tante Jens hat ihn rausgeschmissen und du bist hinterher. Nicht mehr ansprechbar. Nicht zurechnungsfähig.«

Daniela schaute Jutta entsetzt an.

»Bibi und Kathrin waren schon zurückgegangen. Und ich war froh, als wir endlich auf der Straße waren. Ich dachte, die Luft macht einen klaren Kopf. Aber der Typ baut sich vor mir auf und bedroht mich. Legt seine Pranke um dich und wedelt mit der anderen Hand vor meinem Gesicht rum. ›Mach dich vom Acker, sonst setzt es was‹, hat der tatsächlich zu mir gesagt.«

»Nein«, stöhnte Daniela.

»Doch! Hat dich aber nicht interessiert. Du hingst in seinem Arm, als wäre Richard Gere auf seinem Schimmel angeritten gekommen. Er wollte mit dir in sein Hotel.« Jutta machte eine Pause, schnaufte angeekelt durch die Nase und setzte hinterher: »Und du wolltest unbedingt mit.«

»Und dann?«, fragte Bibi, als sähe sie einen spannenden Film auf Netflix. Dabei wusste sie bestimmt alle Einzelheiten.

»Dann hat Tante Jens die Polizei gerufen, weil ich ihn darum gebeten habe. Die haben ziemlich lange gebraucht, fand ich. Also für so eine kleine Insel. Und die haben gestöhnt. Was das denn für eine Nacht sei? Ob es nur noch Verrückte gäbe? Vollmond sei doch gerade erst gewesen. Na ja, all so etwas.« Jutta schien eine Pause zu brauchen, um sich zu sortieren.

»Unfassbar, dieser Typ«, warf Kathrin ein.

Daniela durchströmte ein riesiges Schamgefühl. Sonst waren sie vier sich in der Beurteilung von Typen immer einig gewesen.

»Aber das Beste war ja, was der Typ abgezogen hat, bevor die Polizei kam und während er dich im Arm hatte.« Jutta nahm den Faden wieder auf.

»Nämlich?« Daniela war sich nicht sicher, ob sie weiter zuhören wollte.

»Plötzlich kam so ein junges Ding. Also so eine, die um die Uhrzeit wirklich nichts mehr auf der Straße verloren hat. Ich weiß nicht, was Eltern sich heutzutage bei Erziehung denken. Wenn sie überhaupt denken vor lauter Selbstverwirklichung.«

»Und?« Daniela konnte die Haken, die Jutta schlug, wirklich nicht mehr ertragen. Als wenn die Kaninchen auf der Wiese sie dazu brächten.

»Da baggert dieser widerliche Typ allen Ernstes das Mädchen an. Mit dir im Arm. Schleppt dich zu ihr. Versperrt ihr mit dir zusammen den Weg. Macht anzügliche Bemerkungen. Der kam sich vor, du glaubst es nicht.«

»Nein.« Daniela biss sich auf die Lippen. In ihrer Tasche suchte sie nach ihren Zigaretten.

»Doch. Ernsthaft. Aber nicht, dass du da etwas geschnallt hättest. Du wolltest immer noch mit dem Typen mit.«

»Du bist verrückt.« Daniela suchte in Juttas Gesicht nach Spuren von Übertreibung, aber sie sah nur Wut.

»Der Typ hat immer wieder nach mir geschlagen. Und das Mädchen angefasst. Die kam nicht an ihm vorbei. Ich habe geschrien, und es kamen ein paar Leute, die aber nur um uns herumstanden und Sprüche klopften.«

Daniela sah nach unten. Sie war nicht fähig, die Zigarette in ihrer Hand anzuzünden, so sehr zitterte sie.

»Dann kamen endlich die Bullen. Sorry, ich weiß, du kennst die alle, aber ich bin sauer, was das alles für ein Drama war.«

»Die haben den Typen mitgenommen, weil der randalierte«, fasste Kathrin schnell den weiteren Verlauf zusammen. »Und Jutta konnte dich endlich nach Hause schleppen.

Aber als wenn das alles nicht reichte, kam ein Fahrradfahrer mit einem Affenzahn ohne Licht, mit dem wir um Haaresbreite kollidiert wären. Die Polizei hat etwas von Anhalten hinterhergerufen, aber da hat der sich nicht drum geschert.«

»Wer war das denn von der Polizei?«, fragte Daniela. Ihre Stimme hörte sich an, als käme sie von weit her. Ein Rauschen in den Ohren dämpfte alles. Fast glaubte sie, jeden Moment umzukippen, obwohl sie saß.

»Weiß ich nicht. Die hatten jedenfalls genug mit dem Typen zu tun. Und dann wollten sie die Kleine nicht allein nach Hause gehen lassen. Aber die war auf einmal weg, schneller, als wir alle gucken konnten. »Da kümmern wir uns drum«, hat einer der Polizisten gesagt. »Und dass ich dich gut versorgen soll. Sie haben versprochen, Frank nichts von der Sache zu erzählen.«

Eine ganze Weile schwiegen alle. Daniela hatte sich vorgebeugt und die Hände vors Gesicht geschlagen. Zwischen ihren Fingern steckte die nicht angezündete Zigarette, die sie fallen ließ.

Schließlich hob sie den Kopf. »Und dass Frank dachte, du wärst genauso betrunken wie ich?«, fragte sie.

»Ich dachte, es wirkt glaubwürdiger. Dass er gar nicht auf dumme Gedanken und Nachfragen kommt. Hat ja wohl geklappt.«

»Aber …?« Daniela sah Jutta, Kathrin und Bibi der Reihe nach an.

»Nichts aber«, sagte Jutta, die wusste, was sie dachte.

»Das kann ich nicht«, sagte Daniela. »Wenn ihm das irgendwann ein anderer erzählt. Nein, das geht auf gar keinen Fall.«

»Die Polizisten haben gesagt, für sie wäre die Sache erledigt.«

»Es standen doch Leute dabei, hast du erzählt. Da muss ja nur einer ein Foto gemacht haben.« Daniela schüttelte langsam den Kopf. »Nein, ich muss mit Frank reden.«

»Bist du verrückt, Dani?« Kathrin war aufgesprungen. »Wenn er dir das übel nimmt. Dann platzt die ganze Hochzeit. Die ist morgen, falls du das vergessen hast.«

»Das habe ich nicht.« Daniela betonte jedes einzelne Wort. »Gerade deshalb will ich mit ihm reden.« Sie stand auf. »Lasst es mich alleine machen, ja? Ich habe keine Ahnung, was passieren wird. Aber ich melde mich, sobald ich kann.«

Ihre Beine zitterten mit jedem Schritt Richtung Gartenstraße. Ihr blieb keine Wahl. Etwas anderes hatte Frank nicht verdient.

*

»Mensch, da bist du ja endlich.«

Milli zuckte zusammen, als Emma die Tür öffnete und sie anfuhr. In Gedanken war sie ganz woanders.

»Wo bist du denn so lange gewesen? Die Praxis muss vor Ewigkeiten zugemacht haben.«

»Sorry. Ich musste etwas besorgen. Hat länger gedauert, als ich dachte.« Milli versuchte ihrer Stimme einen lockeren, unbekümmerten Ton zu geben. Sie traute sich aber nicht, Emma dabei anzusehen. »Kann ich einen Schluck zu trinken haben?«, fragte sie stattdessen, um Emma abzulenken.

»Was ist das denn für eine Frage? Klar kannst du das. Wie immer.« Emmas Stimme klang misstrauisch. »Und meine Mum hat dir etwas zu essen übrig gelassen. Kann ich in die Mikrowelle schieben. Sie hatte gedacht, dass du mit zum Essen kommst.«

»Das ist ja nett. Ist sie da, deine Mum?«

»Sag mal, Milli, hast du irgendetwas eingeworfen? Wie redest du denn? Oder spielst du heute die Tochter aus höherem Haus?«

Milli schüttelte schnell den Kopf. »Quatsch. Freu mich nur, dass deine Mum immer an mich denkt.« Sie schluckte. Emma würde genau verstehen, was sie damit sagen wollte. Emmas Zuhause war nun mal das krasse Gegenteil von dem, was Milli daheim erlebte. »Ich habe aber kaum Hunger. Vielleicht hast du einen Keks? Und Milch?«

»Langsam mache ich mir Sorgen, Kleines. Komm, geh schon mal hoch zu mir. Ich hole uns ein paar Sachen aus der Küche.«

Milli stieg langsam die Stufen zu Emmas Zimmer hoch. Auch wenn ihre Familien so grundverschieden schienen, waren Emmas und ihr Zimmer fast identisch. Ein Grund, weshalb sie gerne hier war. Weil sie sich in Emmas Höhle so wohlfühlte. Weil es so deutlich machte, wie ähnlich sie sich waren.

»Gewesen waren«, flüsterte Milli leise vor sich hin, um dann erschrocken innezuhalten. Was sollte sie bloß erzählen, wenn Emma fragte? Sie würde nicht lügen können. Aber die Wahrheit? Die Wahrheit würde ihr nicht über die Lippen kommen.

Sie ging an den Kleiderständer, an dem Emmas Kostüme hingen. Sie hatte schon viel früher als Milli mit ihrer Begeisterung für Animes angefangen. Und ihre Mutter hatte sie unterstützt. Hatte ihr Mangas gekauft, Zeichenunterricht ermöglicht und nicht zuletzt wegen Emma mit dem Nähen angefangen. Als Milli zu Emma in die Klasse gekommen war, hatte diese nicht nur sie, sondern nach und nach einen Großteil der Klasse mit ihrer Begeisterung angesteckt. Irgendwann hatten sie angefangen, von den Conventions zu träumen.

»So gerne würde ich da einmal hin«, hatte Milli immer wieder geschwärmt.

»Dann lass uns fahren«, hatten Emma und Ben und die anderen gemeint.

Milli hatte immer nur wortlos die Schultern gezuckt. Nie im Leben ließe ihre Mutter das zu.

Doch dann hatte sie die Idee. Ursprünglich war es ein Witz von ihr gewesen. Sie hatten gelacht und angefangen, immer wildere Pläne zu schmieden. Bis plötzlich alle der Meinung waren: Das wär's!

Milli griff nach dem Stoff eines Kostüms. Verschiedene Blautöne, die sich von einem strahlenden Weiß abhoben. Der Stoff knisterte, wenn sie ihn zwischen den Fingern rieb. Daneben hing die strenge Schulmädchenuniform, die Emma morgen tragen würde. Die beerenfarbene Perücke mit dem geflochtenen, nach oben abstehenden Kranz war der Hammer. Milli sah die passenden Kontaktlinsen und einen brombeerfarbenen Lippenstift. Perfekt würde Emma aussehen mit ihrem abgepuderten, weißen Gesicht. Wie immer. Und das grüne Schwert setzte einen obendrauf.

Milli freute sich trotz allem auf morgen. Wahnsinn, dass Sonja Mirschel sich von der Idee hatte anstecken lassen. Jetzt bekamen sie gute Noten für das Kunstprojekt und ein Fotoshooting mit den schönen Kostümen dazu.

»Freust du dich auch so?«

Milli drehte sich herum. Emma balancierte zwei Tassen in der linken Hand und einen Teller in der rechten, während sie versuchte, mit dem Fuß die Tür hinter sich zuzustoßen.

»Was für eine Frage«, antwortete Milli, die sich schnell zum Kleid drehte.

»Allerdings. Was für eine Frage. Ich bin mir tatsächlich nicht so sicher.«

»Wie?« Milli fuhr wieder herum.

»Na ja, du bist schon komisch die letzte Zeit.«

Milli schüttelte den Kopf. »Nö. Nicht mehr als sonst.«

»Finde ich aber schon.« Emma ließ sich auf das Bett plumpsen, nachdem sie Tassen und Teller abgestellt hatte. »Also, was hast du mir zu erzählen?«

Emmas Blick war genau auf sie gerichtet. Milli brachte keinen Ton heraus.

»Wo warst du? Du weißt schon, wie spät es ist?«

Milli schüttelte den Kopf. Sie wusste es tatsächlich nicht. Hatte keine Uhr dabei, und aufs Handy hatte sie seit Stunden nicht mehr geschaut vor lauter Angst, ihre Mutter hätte versucht, sie anzurufen.

»Halb fünf.«

Milli schwieg, obwohl Panik in ihr aufstieg. Sie hatten noch so viel zu besprechen, und sie wollte die Fähre um 18.15 Uhr nicht verpassen. Es würde sonst Stress geben.

»Du weißt schon, dass wir das alles auch für dich machen? Weil du nie weg darfst. Nie zu einer Convention gehst, während manche von uns auf den Anime-Messen waren. Das weißt du, oder?«

Milli nickte.

»Weil wir dich so gerne dabei haben wollten. Und es cool fanden, deine Idee mit der Insel und dem Fotoshooting in den Kostümen. Am Strand und in den Dünen.«

Milli nickte erneut.

»Jetzt steht das endlich alles. Also so gut wie. Aber du brichst uns auf den letzten Metern ein.« Emma stand auf, ging zum Schminktisch, nahm sich eine Bürste und begann, die langen Haare mechanisch von oben nach unten auszubürsten. Dann hielt sie inne und deutete mit der Bürste auf Milli. »Vor allem jetzt, wo selbst deine Mutter mitspielt. Sag mal, kannst du mir das erklären?«

Die Empörung in Emmas Stimme traf Milli hart. Die Tränen stiegen ihr in die Augen. Es war ja nicht so, dass sie nicht selbst am allermeisten enttäuscht war.

Wobei »enttäuscht« nicht das richtige Wort war.

»Ich verstehe das nicht«, setzte Emma nach. »Bin ich deine beste Freundin, oder bin ich es nicht? Was ist mit Ben? Warum hast du ihn heute Mittag versetzt? Meinst du wirklich, wir haben das verdient? Und dann mit so einer blöden Ausrede?«

Milli zuckte zusammen. »Was für eine blöde Ausrede?«

»Na, mit der Praxis.« Emma zeigte mit dem Bürstenstiel übertrieben auf die nicht vorhandene Uhr an ihrem Handgelenk. »Bist du Privatpatientin bei der Dederichs? Und was macht man stundenlang in einer Frauenarztpraxis?« Emma legte drei Finger an die Schläfe und gab sich nachdenklich. »Mal überlegen. Eine Blasenentzündung. Nee, maximal eine halbe Stunde. Eine Pilzinfektion? Och nö, dauert noch kürzer.« Sie tat überrascht. »Ach, ich weiß, du hast dir für morgen schnell die Pille verschreiben lassen, oder? Aber das ist ja eine Sache von zehn Minuten.«

Milli spürte eine unfassbare Wut in sich aufsteigen. Eine Wut, die sie nicht kannte. In den letzten Stunden war es nur Verzweiflung gewesen, die sie in der Innenstadt hatte herumlaufen lassen. Gedanken, die sich im Kreis drehten, hatten zu Kopfschmerzen und Übelkeit geführt. Sie war in verschiedene Läden gegangen, um nach der Kundentoilette zu fragen. Hatte sich ein belegtes Brötchen gekauft und es nach zwei Bissen weggeschmissen. Angst, Verzweiflung und Schuld. Verdammt, wie hatte ihr das passieren können?

Sie hörte kaum noch, was Emma sagte. Hörte nur den höhnischen Tonfall. Ihre Wut wurde immer größer. Wut auf alle. Auf ihre Mutter, auf Emma, auf sich, auf … Sie schrie, weil sie es nicht mehr aushielt, weil sie glaubte, ihr würde der Kopf platzen. Sie schrie, weil sie nicht mehr allein sein wollte mit ihrem Gedanken, aber niemanden hatte, zu dem sie gehen konnte. »Halt deinen Mund. Halt deinen gottverdammten Mund. Ich kann es nicht ertragen. Du hast doch keine Ahnung. Null Ahnung. Du weißt gar nichts. Schnallst nicht, was abgeht. Was, wenn es wegen einer Abtreibung war?«

*

»Ja also, vielen Dank, Herr Maternus. Das war wirklich …«

Martin sah, wie Frau Lichterfeld nach dem richtigen Wort suchte und es ganz offensichtlich nicht fand. Er schmunzelte. »Eindrucksvoll, würde ich sagen. Oder?«

»Ja, das könnte es treffen«, nickte Frau Lichterfeld etwas von oben herab.

»Jo, so ist das nun mal mit uns Insulanern. Erzwingen kann man bei uns nichts. Entweder trifft man den richtigen Ton oder trifft ihn nicht. So ist das. So und nicht anders.«

Olaf Maternus wirkte zufrieden mit dem, was er aus Anneliese herausbekommen hatte. Martin konnte es verstehen. Ohne den einheimischen Kollegen hätten sie bei Anneliese Hansen genauso auf Granit gebissen wie bei Ingrid Folkerts.

»Aber es heißt ja nicht, dass alles stimmt, was Frau Hansen uns erzählt hat«, gab Frau Lichterfeld zu bedenken.

Martin räusperte sich. »Stimmt. Auch wenn ich glaube, dass Frau Hansen gegenüber Herrn Maternus sehr offen war. Aber natürlich reicht das nicht. Die Aussage von Ingrid Folkerts …«

»… die wir nicht bekommen«, warf Frau Lichterfeld ein.

»… würde etwas mehr Licht ins Dunkel bringen.« Martin wurde eine kleine Nuance lauter, als Frau Lichterfeld ihm ins Wort fiel. »Deswegen würde ich gerne einen Versuch wagen. Sie haben ja gesehen, wie gut Frau Hansen auf Herrn Maternus reagiert hat.«

»Ja, das ist eine gute Idee. Wir fahren zu dritt zu Frau Folkerts und versuchen es dort mit der gleichen Strategie.«

Frau Lichterfeld öffnete die Autotür. »Also dann.«

Martin war stehen geblieben, auch Olaf Maternus hatte sich nicht in Bewegung gesetzt. Er schien zu spüren, dass etwas in der Luft lag. Gute Instinkte, dachte Martin und nahm sich vor, Olaf bei passender Gelegenheit für den heutigen Einsatz ganz besonders zu danken.

»Ich glaube nicht, dass das so funktioniert«, sagte er laut.

»Ingrid Folkerts ist ein anderer Fall. Zwar scheint sie oft viel schüchterner und beeinflussbarer als eine Anneliese Hansen, aber ich glaube, gerade an dieser Ängstlichkeit werden wir uns die Zähne ausbeißen.«

Olaf Maternus nickte bestätigend.

»Ich glaube nicht, dass wir es schaffen, Ingrid zum Reden zu bringen. Nicht in dieser Konstellation«, führte er weiter aus. Dabei hob er den Blick nach oben zum Himmel, als ob es dort einen Hinweis auf das weitere Vorgehen gäbe.

»Mensch, Ziegler, nun reden Sie endlich Tacheles.« Frau Lichterfeld hielt den Türgriff des Autos umklammert.

»Also gut. Ich glaube, dass es mehr Sinn macht, wenn Olaf, also Herr Maternus, und ich das Ganze allein übernehmen.« Martin drehte sich zu Olaf und versuchte ihn mit einem eindringlichen Blick dazu zu bringen, nicht zu widersprechen. Tatsächlich machte der Polizist ein unbeteiligtes und stoisches Gesicht, wie es nur Ostfriesen konnten. Fand Martin. Er jedenfalls konnte einen Vergleich mit den Schafen auf den Deichen nicht beiseite wischen. Wahrscheinlich gehörte das zum Leben hier oben dazu. Für Mensch und Tier.

Frau Lichterfeld stöhnte. »Womit habe ich diesen Einsatz bloß verdient? Ich bin mir nicht bewusst, etwas getan zu haben, dass ich so bestraft werde. Ja, ja, auf den Inseln mahlen die Mühlen anders. Verstanden.« Sie überlegte eine kleine Sekunde. Dann ließ sie den Türgriff los und gab der halb geöffneten Tür einen Schubs, sodass sie schwer ins Schloss fiel.

»Aber wissen Sie was? Unterm Strich zählen für mich nur die Ergebnisse. Und dass aus der Nummer nicht ein ellenlanger Aufenthalt wird. Nicht für so einen Fall.«

»Das heißt?«, warf Martin schnell ein.

»Das heißt, ich erkunde die Insel zu Fuß. Und Sie tun, was Sie nicht lassen können, und versuchen es allein mit Herrn Maternus. Das meinten Sie doch? Dass ich störe?«

»Na ja, nicht direkt stören. Aber von wegen Vertrauen aufbauen …«

»Geschenkt«, winkte Frau Lichterfeld ab. »Wie gesagt, wenn das Ergebnis stimmt, soll es mir recht sein. In zwei Stunden auf der Wache?« Schon hatte sie abgedreht und winkte nur kurz mit der Hand im Weggehen.

»Nicht schlecht, Chef«, grinste Olaf Maternus. Doch dann verdüsterte sich seine Miene augenblicklich. »Aber ich glaube nicht, dass wir beide das bei der Ingrid schaffen.«

Martin lachte trocken auf. »Stimmt. Das ist mir klar. Deswegen machen wir einen kleinen Umweg.«

»Einen Umweg?«

Martin fühlte sich erneut an ein braves Schaf erinnert. »Ja, wir holen uns weibliche Unterstützung. Ohne die wird es nicht gehen.«

»Aber wer soll das sein? Nicole vielleicht? Die ist auch nicht von der Insel. Dann hätten wir …«

»Ganz anders«, unterbrach Martin die Überlegungen und warf Olaf die Autoschlüssel zu. »Auf Norderney ticken die Uhren und die Menschen anders, das habe ich schon gelernt. Und dass man nicht immer alles nach Vorschrift machen kann.«

»Das ist wohl so.«

»Und deswegen fahren wir bei Marthe Dirkens vorbei. Ich springe rein und hole sie. Sie und alles, was sie so in ihrem Giftschrank aufbewahrt. Für die besondere ostfriesische Teezeremonie.«

*

Sonja Mirschel schob ihren Teebecher beiseite und klappte das Buch zu. Die kleine Pause hatte ihr gutgetan. Aber wenn sie sitzen blieb, würde sie sich am Abend nur wieder ärgern.

Ihr Zeitmanagement war nicht das Beste, daran hatte auch die Tatsache nichts geändert, dass sie ihren Schülern ein Vorbild sein sollte. War sie aber nicht. Und wenn man so gut wie in der Mitte des Lebens angekommen war, würde sich das wohl nicht mehr ändern.

Sie war davon ausgegangen, dass alles einfacher würde, wenn sie neben ihrem Unterricht ihre Selbstständigkeit zum zweiten Standbein erhob. Leider hatte sie viel zu schnell feststellen müssen, wie hilfreich es für sie war, wenn ihr Tag fremdstrukturiert wurde. Ihre Schneiderei nicht weiter nur hobbymäßig zu betreiben, war ihr zwar anfangs wie die Insel der Glückseligkeit vorgekommen. Aber aus dem abendfüllenden Hobby waren Anforderungen erwachsen, die manchmal schlechter zu erfüllen waren als das, was das Schulleben von ihr forderte.

Kundenkontakte und Werbung, Näharbeiten nach Wunsch, Fertigstellung nach Termin, Kalkulation und Kasse – das alles hatte sie sich so nicht vorgestellt. Auf der anderen Seite war sie selten so zufrieden gewesen. Ausgefüllt im wahrsten Sinne des Wortes. Ein Zurück würde es nicht geben – zumindest vorläufig nicht.

Seufzend zog Sonja den großformatigen Kalender zu sich heran. Wenigstens half ihr diese Eigenkreation, den Überblick zu behalten. Sie würde eine Reihe Fotos von ihren neuen Werken machen. Das hellere Junilicht bot sich an, um ihre Kleidungsstücke gut zur Geltung zu bringen. Sie würde die Sachen gleich einpacken und zum Strand fahren. Sonja schmunzelte. Die Saison hatte begonnen, und wieder würden die Touristen stehen bleiben, wenn sie mit ihrer Schaufensterpuppe unter dem Arm radfahrend an ihnen vorüberfuhr. Es war eine ihrer besten Ideen gewesen, denn die Puppe bot ihr die Unabhängigkeit, die sie für die Fotos brauchte. So verfügbar, um bei besten Lichtverhältnissen mal eben von

Sonja mit einem Stapel Kleider vom Strand in die Dünen und dann zum Leuchtturm geschickt zu werden, war keine ihrer Freundinnen. Mit gebuchten Models wollte sie erst recht nicht arbeiten müssen.

Cäcilia hatte sie das gute Stück genannt, nach ihrer Großmutter, die eine tolle Frau gewesen war. Sonja liebte es, die Puppe immer wieder nach neuen Anlässen zu stylen. Was sich nicht zuletzt in ihrem Kunstunterricht auszahlte. Dafür nahm sie den wiederkehrenden Witz auf der Fähre in Kauf, wo denn das Ticket für die junge Frau an ihrer Seite sei.

Heute würde sie zwei, drei Mangakostüme mitnehmen, die ihre Klasse geschneidert hatte. Nicht alle würden morgen am Mangafest auf der Insel teilnehmen, das Milli, Emma und Ben organisiert hatten. Das fand sie schade. Aber klar, jedermanns Sache war es nicht. Mit Cäcilia konnte sie heute ein paar gute Shooting-Locations ausprobieren und vor allem mit der Kamera herumspielen. Die Aufnahmen sollten den Abschluss des Mangaprojekts in der Schule darstellen und zum Schuljahresende in einer kleinen Finissage vorgestellt werden.

»Okay, dann mal los«, ermunterte Sonja sich selbst. Mit Träumereien würde sie ihre To-do-Liste nicht abgearbeitet bekommen. Sie wollte auch schon den Rucksack für morgen packen. Neben der Kameraausrüstung und der Verpflegung sollten ihr Skizzenbuch, Stifte und Zeichenkohle mit. Für Cäcilia würde sie morgen den Anhänger ans Fahrrad koppeln. Schließlich wären sie ab mittags bis in den Abend auf der Insel unterwegs. Sie freute sich und war ein kleines Stückchen stolz. Auf das Engagement ihrer Schüler, die dieses Projekt mit Herzblut gefüllt hatten. Stolz auf Milli, Emma und Ben, die die Idee für dieses tolle Event hatten. Besonders für Milli freute es sie. Das Mädchen, das es verdiente, unbeschwert und fröhlich zu sein. Was seit der Mangageschichte, in der sie so aufging, viel häufiger der Fall zu sein schien. Oder ob es an Ben lag? Er schien Interesse an Milli zu haben.

Sonja schlug mit der flachen Hand auf ihren Kalender, schob ihren Stuhl zurück und stand auf. Prokrastinieren nannte man das, was sie hier tat. Sich mit Gedankenausflügen von der wirklichen Arbeit abhalten. Wenn sie so weitermachte, verpasste sie das perfekte Licht. Dabei brauchte sie die Generalprobe unbedingt. Damit die Fotos morgen perfekt würden.

Natürlich klingelte nun das Telefon. Ausgerechnet jetzt, als sie endlich anfangen wollte.

»Mirschel«, meldete sie sich genervt, bekam aber direkt ein schlechtes Gewissen. Was, wenn es eine Kundin war?

Doch am anderen Ende meldete sich Babsi, eine ihrer Lieblingskolleginnen. »Sorry, Sonja, dass ich dich störe.«

»Schon okay«, antwortete Sonja und angelte dabei nach ihrem Fotoapparat.

»Es ist nur – also, wegen diesem Mangafest morgen. Steffen hat mich eben angerufen. Er macht sich ziemlich Sorgen.«

»Sorgen?« Sonja spürte, wie sich ihre Stirn in Falten legte, und strich mit der freien Hand darüber. »Weshalb?«

»Na ja, Steffen hatte die Klasse in den letzten beiden Stunden. Und irgendwie war die Stimmung ziemlich komisch, meinte er. War wohl nur so ein Bauchgefühl. Aber dann hat er etwas aufgeschnappt, das in ihm die Vermutung weckt, dass sie sich alle für morgen ganz gut eingedeckt haben.«

»Eingedeckt haben? Was meinst du damit?«

»Mensch, Sonja, sei nicht so naiv«, lachte es aus dem Hörer. »Shit, Hasch, Gras, Ecstasy. So was halt. Was die in dem Alter so nehmen.«

»Hm«, antwortete Sonja ausweichend. Was die in dem Alter so nehmen. Sie hatte keine Ahnung, weil sie definitiv nichts mitbekommen hatte. Vielleicht war sie doch zu wenig an der Schule? Eine eigene Klasse hatte sie nicht, sie arbeitete nur als Fachlehrerin. Aber bisher hatte bei den Konferenzen niemand etwas angedeutet.

»Ich wollte es nur sagen. Weiß ja selber, dass du dafür keine Verantwortung übernehmen kannst. Glücklicherweise ist es keine Schulveranstaltung. Wir dachten nur …«

»Was denn? Komm, wenn ich etwas tun kann und ihr eine Idee habt, dann raus damit.« Sonja war wirklich dankbar. Schließlich waren Babsi und Steffen Vertrauenslehrer und hatten wahrscheinlich wirklich einen besseren Blick auf das, was bei den Kids abging.

»Na ja, richtig eine Idee haben wir nicht. Aber Steffen hat mich gefragt, und ich wäre einverstanden, wenn wir dazukämen.«

»Morgen? Zum Mangafest?«, fragte Sonja und ärgerte sich, wie begriffsstutzig das klingen musste. Schnell schob sie hinterher: »Ja, klar, warum denn nicht?«

»Ist ja schon komisch, wenn wir da als Lehrer auflaufen. Deswegen wollten wir deine Meinung hören.«

»Also, mich haben Milli und Emma von Anfang an gefragt, ob ich dabei bin und mitmache. Wegen der Fotos und so. Ich hatte nicht das Gefühl, dass sie Sorge haben, weil ich auf der Lehrerseite stehe.« Sonja lachte. »Und wenn sie mich dabeihaben wollen, freuen sie sich sicher auch über euer Interesse. Lehrer ist schließlich Lehrer, oder?«

Babsi lachte mit. »Stimmt. Und ein Versuch ist es wert. Steffen meinte, er hätte ein besseres Gefühl. Schließlich ist es kein wirkliches Arbeiten, sondern ein Tag am Strand und in den Dünen. Das kann echt nett werden, haben wir gedacht. Und könnte als Vertrauensarbeit bezeichnet werden.«

»Allerdings. Ich finde es cool. Ich würde mich freuen, wenn ihr mitmacht. Beim Shooting könnt ihr sicher gut unterstützen.«

»Dann morgen Mittag auf der Insel?«

»Wo sollen wir uns treffen, du, Steffen, Cäcilia und ich? Am Wasserturm?«

»Cäcilia?«

»Mensch, Babsi. Natürlich Cäcilia. Überleg mal. Wen schleppe ich denn am liebsten unter dem Arm mit mir herum?«

Sonja hörte Babsi prusten. »Ach, klar, Cäcilia. Na, dann. Ich freue mich. Mit Cäcilia wird der Tag bestimmt besonders cool.«

*

»Nun, Ingrid, das kann ich gut verstehen. Dass das ein gewaltiger Schock für dich gewesen sein muss. Deswegen haben Herr Ziegler und Olaf so ein Verständnis für die Situation.« Frau Dirkens nickte zu ihnen, die in Ingrid Folkerts guter Stube saßen, hinüber, während sie mit Ingrid in der Küche den Tee zubereitete.

Wobei Ingrid Folkerts nichts dazu tat, denn sie saß mit dem Rücken zu ihnen am Küchentisch, während die Pensionswirtin mit einem Streichholz die Gasflamme entzündete und darauf wartete, dass der Wasserkessel pfiff.

»Und deswegen«, redete sie weiter, offensichtlich ohne sich daran zu stören, dass Ingrid ihr keine Antwort gab, »haben die beiden gedacht, dass es einfacher ist, wenn wir beide mal zusammen schnacken, so von Frau zu Frau. Aber erst einmal der Tee. Ich habe uns etwas mitgebracht. Du weißt schon. Tee nach dem Geheimrezept meines Mannes. Der Herr gebe seiner Seele Ruhe!«

Martin konnte vom Wohnzimmer die mittlerweile vertrauten Bewegungen nachvollziehen, auch wenn er nicht alles im Detail sah. Seit Daniela und Frank die Pension übernommen hatten, waren sie dort manches Mal zusammengekommen. Und Marthe Dirkens hatte immer einen Weg gefunden, um sie an der besonderen Teezeremonie, die für sie ein feierliches, aber tägliches Ritual war, teilhaben zu lassen.

»So, nun trink erst mal«, ermunterte sie Ingrid, nachdem sie den Tee wie gewohnt mit Kandis, Sahne und eben ihrem schottischen Whiskey zubereitet hatte. »Und dann erzähl: Wie war das an dem Abend?«

Martin und Olaf trauten ihren Ohren kaum, aber tatsächlich begann Ingrid nach einigen Schlucken zu reden. Leise und stockend, unterbrochen von Schluchzern. Wenn Marthe Dirkens nicht jeden Satz wiederholt hätte, dann würden Olaf und er nichts verstanden haben. Mit der Zeit aber wurde Ingrids Stimme fester. Mit jedem Satz, in dem sie sich mehr ereiferte. Über das Luder, das Anneliese schon immer gewesen sei. Die mit ihrer aufreizenden Art immer schon geglaubt habe, sie sei etwas Besseres als die Insulanerinnen. Und allen Männern den Kopf verdreht hatte, auch als sie längst mit Kai-Uwe verheiratet war. Die Einzige aus der Familie, die erkannt habe, was für ein Schandweib auf die Insel gekommen war, wäre die Schwiegermutter gewesen. Aber Anneliese machte Kai-Uwe und Hilmar schöne Augen und stellte sie damit ruhig. So ging das immer.

Marthe Dirkens tätschelte Ingrid immer mal wieder beruhigend die Hände. Martin Ziegler hob den Daumen zu Olaf. Sie waren auf einem guten Weg.

»Und du hast dich geärgert, dass Kai-Uwe und Hilmar gar keinen Blick hatten auf ein Mädchen wie dich, stimmt's?«, fragte Marthe nach.

Ingrid schluchzte laut auf und nickte. »Da hatte jemand so gut Erzogenes wie ich gar keine Chance.«

»Oje!«, seufzte Marthe mit ihr, um nach einer kleinen Pause nachzufragen: »Aber ihr habt euch schon regelmäßig getroffen, du und Anneliese und der Hilmar, oder? So, wie an dem Abend, als …« Den Rest des Satzes ließ sie in der Luft hängen.

»Ja, ja. Haben wir. Ich habe ja sonst nichts mehr auf unsere alten Tage. So ein Scrabbleabend bringt wenigstens etwas Abwechslung.«

»Was ist denn genau passiert?«

»Na, das, was irgendwann einmal kommen musste. Die Anneliese hat dem Hilmar zwar schöne Augen gemacht, aber wie immer haben sie sofort Streit miteinander angefangen. Weil die Anneliese dem Hilmar dumm gekommen ist und er sich das nicht von einer Frau gefallen lassen kann. Aber die Anneliese hat an dem Abend immer weitergemacht.« Ein lautes Weinen stoppte das Reden, und Marthe stand auf, wohl um für Nachschub in den Teetassen zu sorgen.

Martin wünschte sich nichts lieber, als auch eine Tasse gereicht zu bekommen, aber das ging nicht. Olaf und er waren im Dienst und brauchten eine Aussage von Ingrid. Auch wenn die Art und Weise, wie sie an diese gelangten, sicher nicht das war, was Frau Lichterfeld erwartete.

Irgendwann hatte sich Ingrid beruhigt und konnte weitersprechen. »Die Anneliese, die hat an dem Abend regelrechte Drohungen gegen Hilmar ausgesprochen.« Die Stimme zitterte noch mehr, als sie wie in einem Theaterstück deklamierte: »Todesdrohungen! Kannst du dir das vorstellen?«

Marthe Dirkens schaute zu Martin und Olaf. Diese nickten, Martin rollte mit beiden Zeigefingern, um zu signalisieren, dass sie weitermachen sollte.

»Aber ihr wart den ganzen Abend zusammen?«, fragte Marthe genauer nach. »Da konnte Anneliese ja gar nicht …«

»Ha! Und ob sie konnte. Das ist es doch gerade. Sie ist nämlich gegangen. Sie hat sich eine Flasche Schnaps mitgenommen und ist gegangen. Ist einfach weg und nicht mehr wiedergekommen.«

»Nein«, entfuhr es Marthe.

Das schien Ingrid anzustacheln. »Wenn ich es dir sage.«

»Aber wie ging es dann weiter? Es war sicher gut, dass Anneliese fort war. Kein Streit mehr. Und du und Hilmar allein.«

Martin hätte beinahe laut aufgelacht, so wie Marthe das sagte. Als hätten zwei verliebte Teenager endlich die Gelegenheit gehabt, einander näherzukommen.

»Ach«, winkte Ingrid mit enttäuschter Stimme ab. »Ach, als Anneliese weg war, da war es, als hätte einer die Luft aus Hilmar herausgelassen. Da sah man, wie betrunken er war. Er rülpste auf einmal laut und schien sich gar nicht vor mir zu schämen. Grausig war das.«

»Und dann?« Marthe schien wirklich gespannt.

»Habe ich ihm angeboten, mit ihm alleine eine Runde Scrabble zu spielen. Oder etwas anderes. Ein Kartenspiel. Aber er hat nur abgewunken. Er hatte plötzlich zu nichts mehr Lust. Heimgehen wollte er, das sagte er auf einmal.«

»Heimgehen?« Marthe klang, als würde sie schlecht Luft bekommen.

»Ja, heimgehen«, antwortete Ingrid verächtlich. »Er fragte nicht, ob wir zusammen nach Hause gehen. Nein, er stand auf und wollte gehen. Es war …« Sie verstummte.

»Ja?«

»Na ja, es war, als ob er Anneliese hinterherwollte. Dabei hatte sie ihm doch regelrecht gedroht. Als ich ihm das sagte, hat er nur gelacht. Und dann habe ich ihm angeboten, mit mir in der Laube zu übernachten. Weil wir beide ziemlich viel getrunken hatten. Und der Hilmar beim Aufstehen so schwankte.«

»Nein!«, entfuhr es Marthe Dirkens, und Martin sah, wie sie nach der Whiskeyflasche griff. »Was hat er gesagt?«

Ingrid begann zu weinen. Ganz leise und fein und dann immer wimmernder. Martin war sicher, dass sie ihn und Olaf vollkommen vergessen hatte, als sie antwortete. Er rutschte auf seinem Sessel unruhig hin und her. Er ahnte, was kam, und Ingrid tat ihm leid. Er schielte zu Olaf, der gespannt zu lauschen schien.

»Ach, Marthe, ich schäme mich so. Du glaubst gar nicht, was Hilmar mir geantwortet hat. Dabei habe ich das nur gut gemeint. Und ohne Hintergedanken. Wir sind schließlich alles alte Leute.«

»So schlimm?«, fragte Marthe mitleidig.

»Er hat gesagt, dass ich endlich aufhören soll, mir Hoffnungen zu machen. Dass er noch so viel Streit mit Anneliese haben könnte, aber das wäre immerhin eine Frau mit Kaliber. Während ich …«

»Während du …«

»… während ich nur eine übrig gebliebene alte Jungfer wäre. Als wenn da noch einer ranwollte.« Ingrids Stimme brach, und Martin vermutete, dass sie sich die Hände vor das Gesicht geschlagen hatte.

»Du Ärmste. Man soll zwar über Tote nichts Schlechtes sagen, aber Hilmar war ein Großkotz. Ein Großkotz, wie er im Buche steht. Eigentlich ist ihm das nur zu Recht passiert, dass er mit dem Kopf voran in der Regentonne gelandet ist. Das muss mal gesagt sein.« Sprach Marthe und kippte sich den restlichen Tee mit einem Schluck in den Mund.

»Nicht wahr?«, antwortete Ingrid. »Ich bin so froh, Marthe, dass du das genauso siehst.«

Martin schaute Olaf an,und beide waren augenblicklich voller Körperspannung. Sie hörten, wie auch Marthes Stimme erschrocken klang.

»Aber Ingrid, was soll das heißen? Doch nicht etwa, dass du …?«

*

Frank hatte direkt gemerkt, dass etwas nicht stimmte. Daniela hatte das Erschrecken in seinen Augen gesehen, auch wenn er versucht hatte, betont harmlos und neckisch wie immer mit ihr zu reden.

»Na, ist der Teufel hinter dir her gewesen, oder warum bist du so außer Puste? Komm bitte nicht auf die Idee, so kurz vor der Hochzeit Sport treiben zu wollen. Du weißt, ich will dich ganz. Ganz und gar. Mit jedem Pfund.« Dabei hatte er sie an den Hüften gefasst und versucht, sie im Kreis zu drehen.

Aber sie war stocksteif stehen geblieben. »Wir müssen reden«, hatte sie zu ihm gesagt. »Aber nicht hier.«

Noch immer hatte er sie schmunzelnd angeschaut. »Deine Wangen sind so rot, und du willst raus in Sonne und Wind?«

»Bitte«, hatte sie nur gemurmelt und konnte ihm dabei kaum in die Augen schauen. »Lass uns mit dem Fahrrad in die Dünen fahren.«

»Nicht dein Ernst, oder?«, hatte er gefragt, und plötzlich war so viel Besorgnis in seinem Blick, dass es Danielas Herz brach. Was machte sie hier bloß? Sie war eine Handbreit davon entfernt, ihren allergrößten Lebenstraum zu zerstören. Tränen stiegen auf, die sie aber energisch wegdrückte. Wenn sie eins nicht war, dann ein Feigling. Sie würde Frank nicht heiraten, bevor er nicht vom gestrigen Abend wusste. Egal, was für Folgen das haben würde.

»Es muss sein«, hatte sie geantwortet und war in Richtung Schuppen gegangen. Draußen in den Dünen würde es ihr leichter fallen zu sprechen.

Frank war ihr schließlich kommentarlos gefolgt, nachdem er zuvor gemurmelt hatte: »Ich hole nur eben meinen Rucksack.«

Daniela hatte die beiden Fahrräder herausgeholt, schweigend waren sie hintereinander hergefahren. Am Friedhof entlang, um kurz hinter dem Wasserturm und der Feuerwehr erst Richtung Kap und dann zur Nordhelmsiedlung zu fahren. Daniela spürte, wie sie mit jeder Radumdrehung ruhiger wurde. Kurz vor dem Krankenhaus fuhren sie endgültig auf den Dünenweg, wo Daniela das Gefühl hatte, wieder bei sich selbst anzukommen. Egal, was passierte. Das war ihre Insel. Hier war sie zu Hause. Sie würde bleiben. Ob mit oder ohne Frank. Ob verheiratet oder nicht.

Eine wirkliche Idee, bis wohin sie fahren wollte, hatte sie nicht. Zur Weißen Düne jedenfalls nicht. Dort würde es definitiv zu voll sein. Es war ein Wunder, dass auf dem Dünenweg verhältnismäßig wenig los war. Was sicher an der Sonne lag, die sich für Anfang Juni erstaunlich gut hielt. Die meisten Menschen würden sich bei einem Glas Wein die Sonnenstrahlen ins Gesicht scheinen lassen oder am Strand die Füße ins Wasser halten.

Für morgen war noch besseres Wetter gemeldet. Frühsommer auf der Insel. Frühsommer an ihrem Hochzeitstag. Es hätte alles so schön sein können. Hätte, hätte. Sie durfte gar nicht darüber nachdenken.

Plötzlich schob sich Frank, der die ganze Zeit hinter ihr hergefahren war, neben sie. »Schau mal, auf der Aussichtsplattform ist gar nichts los.« Er deutete mit dem Finger nach vorne. »Wollen wir? Oder willst du lieber weiter?«

Ja, am liebsten wäre sie weiter. Hätte den ganzen Nachmittag bis in den Abend so weiterfahren wollen. Wegfahren vor allem. Aber es half nichts. Wenn sie daran dachte, dass morgen die Hochzeit sein sollte und was es noch zu tun gab, wenn sie denn stattfände …

Sie hielt am Fuß der Düne an und schwankte einen Moment. Sofort war Frank neben ihr und hielt das Rad. »Geht es, Dani? Ist dir schlecht? Du bist ganz weiß um die Nase.«

Sie legte ihr Rad wortlos ins Gras und ging auf den hölzernen Aufgang zu, der nach oben führte. Wieder blieb Frank ein Stück hinter ihr, und als sie oben war, brauchte sie einen Moment, um zu Atem zu kommen. Wie immer ließ sie den Blick einmal rundum schweifen: über die Weiten der Dünenlandschaft in Richtung Ostende der Insel, wo weiter hinten Baltrum zu sehen war. Dann Richtung Leuchtturm und Flughafen mit der Wattseite der Insel. In der Richtung, aus der sie gekommen waren, lag die Stadt, aus der Kap und Wasserturm hervorstachen. Wenn sie sich der Meerseite zuwandte, lag die ganze Weite und Unendlichkeit vor ihr. Wieder stieß sie ein Stoßgebet aus. Bei wem auch immer es landen mochte. Denn seltsamerweise fühlte sie sich gerade beim Anblick von Meer und Himmel behütet und getröstet.

Frank war an ihre Seite getreten. Er legte seine Hand auf ihre, die das Geländer fest umfasste. »Dani«, flüsterte er. »Was ist los? Du machst mir Angst.«

Sie zwang sich, ihn anzusehen. Drehte sich zu ihm und lehnte sich mit der Hüfte gegen das Geländer, weil ihre Beine so sehr zitterten.

»Ich habe es versaut«, brach es plötzlich aus ihr hervor. »Ich habe richtig Scheiß gebaut.«

Sie sah, wie Frank die Augenbrauen hochzog. Wahrscheinlich schon wegen ihrer Ausdrucksweise. Aber sie wusste nicht, wie sie es anders hätte sagen können.

»Was meinst du?« Franks Stimme blieb ruhig wie immer. Daniela holte tief Luft. »Wahrscheinlich ist alles vorbei. Mit uns. Mit morgen. Mit der Hochzeit, meine ich.« Sie hatte die Worte einzeln herausgestammelt und schloss die Augen, um nicht sehen zu müssen, wie sie in Franks Bewusstsein ankamen.

»Sag mal, Dani, hat dir einer etwas in den Tee getan? Vielleicht Frau Dirkens?« Frank packte sie am Arm und schüttelte sie. »Was wird das für eine Nummer? Alles ist geplant. Die Gäste sind da. Meine Eltern. Dani, was ist los?«

»Was soll los sein? Ich habe es kaputt gemacht. Es geht nicht, Frank. Es tut mir so leid.«

Einen Moment herrschte Schweigen. Dann rüttelte er wieder an ihrem Arm. »Dani, spinn nicht rum. Ist es die Aufregung? Hast du Torschlusspanik? Komm, sag schon.«

Daniela ließ einen schnellen Blick über sein Gesicht schweifen. Tatsächlich war Frank weiß wie die Wand.

Daniela ließ seine Worte ein wenig sacken. Dann lachte sie heiser auf. »Ja, Torschlusspanik. Das trifft es wohl. Nur, dass ich sie nicht heute habe. Sondern gestern.«

»Aber …« Frank schaute sie verständnislos an. »Aber dann ist doch alles gut. Wenn du sie gestern hattest, aber heute nicht mehr, was willst du dann mehr?«

Daniela wandte sich ab. Ganz dunkel stiegen Bilder von der gestrigen Nacht in ihr auf. Der Geschmack von Sekt, Bier und Wein. Die Musik von »Dancing Queen«. Zigarettenrauch und ein herbes Aftershave. Ein Kuss, der nach Karneval schmeckte. Nach allem, was bisher ihr Leben ausgemacht hatte. Obwohl sie immer auf der Insel leben wollte. Aber da waren gestern plötzlich in allem der Geruch und der Geschmack von Heimat gewesen. Nach Vertrautheit und Wurzeln. Bei irgendeinem dahergelaufenen Machotypen, wenn nur ein Bruchteil davon stimmte, was Jutta erzählt hatte. Ausgerechnet da hatte die Sehnsucht sie erwischt. Obwohl Frank für alles stand, was sie sich immer gewünscht hatte.

Sie schob sich ihre Haare aus der Stirn, die der Wind ihr in die Augen blies. Sie blinzelte gegen das Licht der tiefer stehenden Sonne. Beides zusammen ließ ihre Augen noch mehr tränen, als sie es sowieso taten.

Was, wenn das mit Frank, mit Norderney, mit der Pension von Frau Dirkens nur ein Hirngespinst gewesen war? Eine Laune? Ein Wolkenschloss? Was, wenn sie ganz innen drin die Rheinländerin war und blieb? Die niemals eine Ostfriesin werden würde, niemals eine Norderneyerin, niemals eine Daniela Prinzen?

*

»Sag mal, Martin, wo bleibst du denn?«

Martin wechselte hektisch das Handy in die andere Hand und ans andere Ohr. So laut sprach Anne selten mit ihm.

»Wieso? Was gibt's denn so Dringendes?« Er versuchte, sich ganz gelassen zu geben.

»Willst du mich auf den Arm nehmen, oder was ist los?«

Annes Stimme klang so genervt, dass er sich etwas anderes überlegen musste. Bestenfalls die Wahrheit. »Ich kann nicht weg«, nuschelte er deswegen halblaut in den Hörer. Er hasste es, dass alle anderen im Büro aufgehört hatten zu sprechen.

»Du kannst nicht weg?«, echote Anne. »Du weißt aber schon, dass alle bei uns zu Hause sitzen, um die letzten Absprachen für morgen zu treffen. Übrigens auch Ruth, und nicht zu vergessen deine Kollegen. Irgendwie haben die es geschafft, rechtzeitig aus dem Dienst zu kommen.«

Martin verdrehte innerlich die Augen. Er würde Anne das nächste Mal, wenn sie ihren Dienst im Krankenhaus überzog, mit den gleichen Sprüchen kommen. Sie wusste genauso gut wie er, wie das lief. Sie hatten nun mal beide keine Nine-to-five-Jobs. Was ihrer Beziehung bisher nicht geschadet hatte. Dachte er zumindest. Nervös fuhr er mit dem Finger über ein entzündetes Barthaar an seinem Kinn. So etwas erwischte ihn auch immer nur dann, wenn er sowieso schon genervt war.

»Anne, schon vergessen? Ich bin der Dienststellenleiter. Im Gegensatz zu den Kollegen.« Er hatte versucht, seine Stimme leiser werden zu lassen. Nicht leise genug, stellte er fest, als er in die Gesichter von Frau Lichterfeld und Olaf schaute. Das eine kritisch, das andere neugierig. Wenn man solchen Blicken ausgesetzt war, brauchte man keine Feinde mehr.

»Ist schon gut«, gab Anne am anderen Ende kleinlaut bei. »Aber was soll ich denn nun machen?«

»Dasselbe, was wir gemacht hätten, wenn ich dabei wäre. Geht alles noch einmal durch, probt das Lied, packt die Sachen ein, damit wir sie morgen zur Kirche und später zum Weststrand fahren können.« Er sah auf die Uhr. »Ich hoffe, es dauert nicht mehr allzu lange. Bis später.«

»Verpflichtungen?«, fragte Frau Lichterfeld prompt mit hochgezogenen Augenbrauen.

»Nicht so wichtig«, gab er zurück und nahm vom Schreibtisch einen Stapel Papiere auf, um seine Arbeitsbereitschaft zu signalisieren.

»Vielleicht sollten Sie Ihr privates Handy im Dienst auf Flugmodus stellen?«

Martin musste tief durchatmen, um dieser selbstgerechten Kuh nicht ein paar passende Worte zu sagen. Wie er Menschen wie sie hasste. Wegen solcher Exemplare war er letztendlich nach Norderney geflüchtet. Allerdings in der Hoffnung, von ihnen verschont zu bleiben. »Es steht auf lautlos«, insistierte er matt.

»Aber wenn das permanente Vibrieren Sie doch dazu bringt, private Telefonate anzunehmen? Ich finde, und da haben wir in unserer Auricher Dienststelle ganz klare Anweisungen, Flugmodus ist das Mindeste, das ich von einem Mitarbeiter erwarten kann.«

»Okay«, antwortete Martin knapp. Er hatte nicht vor, das Ganze weiter zu vertiefen. »Wie machen wir weiter? Fahren Sie heute zurück aufs Festland?« Er hoffte, dass seine Stimme nicht zu erwartungsvoll klang.

»Aufs Festland? Ja, das sollte ich wahrscheinlich. Immerhin ist Freitag und ich bezweifle, dass wir weiterkommen.

Ohne Obduktionsbefund. Wobei ich nicht verstehe, dass es noch keine Ergebnisse gibt.«

Ein merkwürdig unterdrücktes Geräusch drang aus Olafs Mund. Martin und Frau Lichterfeld sahen gleichzeitig zu dem Polizisten, der hastig aufsprang und sich gleichzeitig die Hand vor den Mund hielt, als wolle er eine Welle von Übelkeit stoppen. Mit einem Satz rannte er aus dem Zimmer.

»Olaf? Alles in Ordnung?« Martin schaute verwundert zu Frau Lichterfeld und zuckte die Achseln. »Ich schau lieber nach ihm. Kleinen Moment. Wenn Sie wollen, nehmen Sie sich Kaffee oder Tee.«

Kaum, dass Martin seinen Satz beendet hatte, stand Olaf Maternus im Türrahmen. Etwas gekrümmt, als wolle er ihnen eine besondere Ehrbezeugung erweisen. In der Hand fuchtelte er mit einem Block, der in der Dienststelle auf jedem Schreibtisch lag. Für Telefonnotizen.

»Was gibt's?«, fragte Martin, der Olaf ansah, dass etwas schiefgegangen sein musste.

»Ja, ich weiß selbst nicht, wo ich mit meinen Gedanken war. Vielleicht ist es wegen der besonderen Teezeremonie.«

»Wegen was?«, fragte Frau Lichterfeld.

»Aber du hast doch gar nichts davon getrunken«, wandte Martin schnell ein. War Olaf verrückt geworden, das vor Frau Lichterfeld zu thematisieren?

»Wovon ist die Rede, meine Herren?«

»Nichts, nichts«, stotterte Olaf und beugte sich etwas tiefer. »Es war nur so, dass ein Anruf hereingekommen ist. Eben, als wir beide zurück in die Dienststelle kamen.«

»Ja, und?«

»Ich bin drangegangen und weiß gar nicht, wie das passieren konnte, aber ich musste danach so dringend auf Toilette und …«

Dass Olaf nicht weitersprach angesichts des Gesichtsausdruckes von Frau Lichterfeld, konnte Martin ihm nicht verdenken.

»Vielleicht sagen Sie uns einfach, was es zu sagen gibt, ohne allzu persönliche Details mitzuteilen.« Ihr Tonfall war schneidend, Olaf lief dunkelrot an.

»Na ja, um es kurz zu machen. Am Telefon war die Rechtsmedizin.«

»Die Rechtsmedizin? Und das vergisst du einfach so?« Auch Martin hatte die Stimme erhoben. Er hatte keine Lust, dass Olaf ihre Dienststelle wie ein Possentheater darstellte.

»Na ja, die Toilette …« Er brach mitten im Satz ab.

Zu recht, wie Martin feststellen konnte. Das würde sicherlich ein Nachspiel haben, aber Fakten mussten auf den Tisch. »Was hat sie denn gesagt, die Rechtsmedizin?«, versuchte er deswegen Olaf zum Reden zu bringen.

»Also, dass Frau Lichterfeld«, Olaf unterbrach sich erneut, wohl um sich der Angesprochenen zuzuwenden, »dass also, Sie, Frau Lichterfeld, doch bitte zurückrufen sollen.« Er schaute auf seinen Zettel und las ab: »Denn interessanterweise ist die Todesursache kein Ertrinken und keine körperliche Gewalt, sondern ein Herzinfarkt.«

»Wie bitte?« Martin und Frau Lichterfeld waren beide gleichzeitig aufgesprungen.

»Also, dann ist es gar kein Mord!«, rief Martin aus und hörte selbst, wie erleichtert er klang.

Doch im selben Augenblick erklang der nüchterne Tonfall der Kommissarin: »Und wie kommt der Tote ins Regenfass?«

*

»Mum?«

Yvonne Stöcker saß am unteren Ende der Treppe und gab keine Antwort, sondern schaute Milli nur an.

»Mum, was machst du hier? Ich meine, hier auf der Treppe und nicht …« Sie stockte, während sie hilflos Richtung Wohnzimmer blickte. Ihre Mutter gab keinen Laut von sich. Milli durchrieselte ein leiser Schauder. Heute war alles anders, und das machte sie verrückt. Sie wollte nur noch in ihr Bett und die Welt draußen lassen. Den Kopf unter die Decke stecken und versuchen, all das zu verstehen, was passiert war.

Erst jetzt registrierte sie das veränderte Aussehen ihrer Mutter. Sie trug ein Kleid, die Haare schienen getönt und luftig geföhnt. Ihre Mum sah aus wie die Mum, die sie zu allerbesten Zeiten erlebt hatte. Zeiten, in denen ihre Mutter Hilfe angenommen hatte und optimistisch war, dass sich alles zum Besten wenden würde. Die Zeit, kurz bevor sie auf die Insel gezogen waren, weil ihre Mum glaubte, dass hier die Welt noch so beschützt sei, wie sie es zum Leben brauchte.

Milli trat einen Schritt näher.

Ihre Mutter blickte ihr entgegen, aber in ihrer Miene spiegelte sich nichts. Kein Ärger, keine Wut, aber auch keine Erleichterung oder Freude.

Milli bekam ein schlechtes Gewissen. Gerade, weil sie beide am Morgen so einen guten Start hingelegt hatten. Ob ihre Mutter deswegen so verändert aussah? Weil das gemeinsame Reden und Kaffeetrinken etwas bewegt hatte? Dann hatte Milli wahrscheinlich mit dem späten Heimkommen wieder alles zerstört.

»Mensch, Mum, sag doch was.« Milli ging einen Schritt näher und ließ dabei den Rucksack und die Jacke fallen. Erst jetzt sah sie, dass ihre Mutter ein Stück Papier in den Händen hielt.

Ihre Mutter hatte ihren Blick anscheinend registriert, denn sie sah selbst auf ihre Hände hinab. Mit einer ruckartigen Bewegung hob sie das Papier an und hielt es in Millis Richtung. Mit zittriger Stimme, aber fast tonlos presste sie hervor: »Kannst du mir sagen, was das zu bedeuten hat?« Ohne eine Antwort abzuwarten, wiederholte sie die Frage mehrmals, wobei sie zuletzt den Satz unvollständiger werden ließ, bis nur noch ein mehrfaches »zu bedeuten hat« aus ihrem Mund kam.

Wieder durchlief Milli dieses Frösteln. Im selben Augenblick wunderte sie sich, dass sie nicht erschrockener war. Alles an der Situation war grotesk und surreal. Eine verrückte Welt, in der sie lebte. Eine verrückte Mutter, die sie hatte. Und alles, was heute passiert war, hatte auch ihr Leben verrückt.

Milli ließ sich vor der Treppe auf die Knie sinken. Sie nahm das Foto aus der Hand ihrer Mum. Ganz langsam kam sie zum Sitzen. Ihr war, als könne sie mit ihrer Langsamkeit die Zeit ihrem Willen unterwerfen. Sie gab den Takt vor. Musste nachdenken. Sich nicht drängen lassen. Irgendwie verknotete sie ihre Beine unter ihrem Körper und saß schließlich im Schneidersitz da. Schaute auf das Foto, das sie in ihren Händen im Schoß hielt. War sich des Blickes bewusst, den ihre Mutter von ihrer erhöhten Sitzposition auf sie, ihr Kind, warf. Ach Mum, seufzte sie innerlich.

So viele Gedanken zogen durch ihren Kopf. Sie wusste nach diesem Tag selbst nicht mehr, wer und was sie war. Dabei hatte sie sich so auf dieses Wochenende gefreut. Das Mangafest. Das Fotoshooting. Als sie damit angefangen hatten, das zu planen, konnte sie doch nicht wissen, dass alles aus den Fugen geraten würde. Alles anders wäre. Die Welt auf dem Kopf stand, mehr denn je. Und dabei war sie in dieser Hinsicht einiges gewöhnt.

Emma hatte ihr nicht helfen können. Emma war entgeistert gewesen. So entgeistert, dass Milli sich beeilt hatte zu lachen. »Quatsch. Was denkst du denn? Vom wem denn? Nee, ist eine

Blasenentzündung«, hatte sie ihre vorherigen Worte abgetan. Und mit Emma das Fest weitergeplant, wobei sie mit ihren Gedanken ganz woanders war. Wie froh war sie gewesen, als sie schließlich die letzte Fähre nehmen konnte.

»Bis morgen! Das wird mega«, hatte Emma sie zum Schluss umarmt.

»Ja, das wird es«, hatte Milli geantwortet und, so gut es ging, gelächelt. Aber ihr Bauch hatte ihr im selben Moment mit einem langen Ziehen geantwortet.

Natürlich war sie nicht direkt nach Hause gegangen. So wie sie schon seit Wochen in vielen Nächten nicht zu Hause war. Zumindest nicht die ganzen. Immer so, dass es nicht auffiel. Nicht aufgefallen war. Bis heute Morgen. Bis ausgerechnet heute. Warum bloß? Warum alles jetzt? Wo morgen das Mangafest sein würde.

Sie hatte sich nicht getraut, es ihm zu sagen. Klar ahnte er, dass es so sein könnte. Er war ja nicht blöd. Obwohl sie selbst bis gestern alles verdrängt hatte. Weil es einfach nicht sein durfte.

Plötzlich registrierte sie, dass sie immer noch vor ihrer Mum saß, die schwieg. Lautlos auf sie herunterschaute. Auf sie und das Foto. Auf eine Erklärung wartete. Eine Erklärung. Klarheit. Als wenn ihr selber nur irgendetwas klar wäre. Als wenn sie etwas verstehen würde. Ihr Leben, das Leben ihrer Mum, das, was gerade mit ihr passierte, und das, was vielleicht alles für immer verändern würde.

Sie blickte auf das Foto in ihrer Hand. Sah dann hinauf zu ihrer Mum. Und wollte im selben Moment, dass ihre Mum es wusste.

»Ich bekomme ein Kind«, flüsterte sie. »Ich bin schwanger.« Tief aus ihrem Inneren stieg ein Schluchzer hoch. »Mum, hast du das verstanden? Stell dir das mal vor.«

*

»Und Frau Lichterfeld ist abgereist?«

Martin blickte auf Anne herab, die sich in seine Arme geschmiegt hatte, sobald er die Haustür aufgeschlossen hatte. Aus dem Wohnzimmer hörte er lautes Lachen.

Er grinste: »Ihr seid ja ganz schön in Stimmung.«

»Wenn du uns so lange warten lässt.«

»Ach was. Ihr könnt das ohne mich vorbereiten.«

»Ist aber anders, wenn du dabei bist.« Anne lächelte ihn an. »Schöner. Weißt du doch.«

Ein warmes Gefühl durchströmte Martin. Dass er mit der Versetzung auf die Insel nicht nur dienstlich zur Ruhe gekommen war, sondern auch Anne gefunden hatte, das war fast ein wenig Glück zu viel. Er seufzte wohlig und schritt mit Anne im Arm auf die anderen zu. »Um deine Frage zu beantworten: Ja, sie ist abgereist. Über das Wochenende würde sie sowieso nichts weiter tun können.«

»Dann sind die Verdächtigungen gegen die beiden alten Damen hinfällig?«

»Dienstgeheimnis«, flüsterte er ihr ins Ohr und grüßte in die Runde. Als er sah, wie Anne schmollte, warf er schnell ein »Sagen wir mal so: zumindest zurückgestellt« hinterher.

»Gibt's etwas Neues?«, überfielen ihn prompt die anderen mit Nachfragen.

»Feierabend und Wochenende, meine Lieben. Jetzt wird nicht mehr über Dienstliches gesprochen. Das darf ich nicht und will es nicht. Wenn meine hier versammelten Kollegen vor Neugierde sterben, ihr wisst ja, wo die Dienststelle ist. Lasst euch nicht aufhalten.« Bei seinen letzten Worten hatte er Nicole und Ronnie angeschaut, die lachend abwinkten.

»Ist mir auch recht«, warf Ruth ein, die auf Annes Yogakissen vor dem Fernseher thronte. In der einen Hand hielt sie ein Glas Rotwein, in der anderen die Fernbedienung. »Ich will schließlich nicht schon wieder in Ermittlungen hineingezogen werden. Wie war das noch? Auf Norderney gibt's höchstens alle 30 Jahre einen Mord?«

»Na ja. Ob es einer war, müssen wir ja erst noch feststellen. Aber das hat Pause, bis Aurich am Montag weiterplant. Ich mache mir ein Bier auf, und ihr sagt, was ansteht. Ist noch viel zu tun?«

»Nee, Chef, eigentlich steht alles. Den Baumstamm und die Säge haben wir im Auto. Das Betttuch mit dem Herz und den beiden Scheren auch. Ebenfalls die Kiste mit den Utensilien für die Spiele.«

»Die Liedtexte habe ich ausreichend kopiert, damit beim Refrain alle mitsingen können«, warf Ronnie ein. Martin wunderte sich, wie sein Mitarbeiter gleichzeitig reden und eine WhatsApp-Nachricht schreiben konnte. Er selbst wurde schon fast wahnsinnig beim Hinschauen. Digital Natives waren das, die in der Dienststelle nachrückten. Martin war froh, dass Anne, obwohl kaum älter als Ronnie, in der Hinsicht etwas konservativer war.

Trotzdem freute er sich über die bunte Truppe, die sich hier versammelt hatte. Dass sie alle bei Daniela und Frank zur Hochzeit eingeladen waren, sagte etwas darüber aus, wie schnell man auf der Insel zueinanderfinden konnte. Wenn man es denn wollte.

»Danielas Freundinnen waren hier. Sie haben die DVD vorbeigebracht mit dem Zusammenschnitt aus Gratulanten. Wir schauen uns das gerade an. Es ist wirklich der Knaller.«

»Ja«, lachte Nicole und schlug sich aufs Bein. »Wenn ich mal heirate, möchte ich auch so etwas. Da ist jemand dabei, der total fantastisch Trompete spielt, natürlich ›Atemlos‹, extra für Daniela.«

»Und das Allercoolste ist, dass irgendeine Kölner Band ihr gratuliert hat. Mit Schottenröcken. Habe den Namen vergessen. Aber geile Mucke«, stellte Ronnie fest.

»Irgendeine Kölner Band. Lass das Daniela nicht hören. Das muss man auch im Norden wissen, dass das ›Brings‹ ist«, wies Nicole ihn zurecht. »Aber warte, ich bin sicher, spätestens nach der Hochzeit wirst du das nicht wieder vergessen. Ich habe nämlich die Playlist für die Party gesehen.«

»Oh nein«, stöhnte Ruth. »Karnevalsmusik – bitte sagt, dass dieser Kelch an mir vorübergeht. Ich war bei unserem Kennenlernen so erleichtert, dass Daniela mich nicht in die berühmt-berüchtigten Norderneyer Kneipen mit ebendieser Musik geschleppt hat.«

»Ja, ich befürchte, da hast du diesmal keine Chance«, bestätigte Anne. »Bei der Unterstützung, die sie hat. Ich glaube, schon allein Jutta wird für ordentlich Stimmung sorgen. Rheinländerin durch und durch, lautet meine Diagnose.« Sie lachte in die Runde und strich sich gleichzeitig ihre braunen Haare hinter die Ohren. Martin schmolz dahin. Wie sehr er diese Geste an ihr liebte. Mehr Glück als mit Anne und Norderney ging wirklich nicht.

»Wie sieht es denn mit der Technik aus? Habt ihr das geklärt? Sonst können unsere Hochzeitler ja gar nicht sehen, was vorbereitet wurde.«

»Ja klar, Chef. Alles geklärt und besprochen. Läuft übers Tablet.«

»Muss nur noch das wegen gestern Nacht gut gehen, dann steht der Hochzeit nichts mehr im Wege.« Ronnie hob seine Bierflasche und schaute in die Runde.

»Wie? Was ist mit gestern Nacht?«, rief Anne erstaunt. »Doch etwas Dienstliches?« Sie schaute verwundert zu Martin.

Er zuckte mit den Schultern, er hatte keine Ahnung, was Ronnie andeutete.

»Habt ihr das nicht mitbekommen? Auch nicht, dass die drei Freundinnen von Daniela ziemlich gedrückter Stimmung waren?«

»Mach es nicht so spannend, Ronnie«, trieb ihn Nicole an.

»Okay. Ich dachte, ihr wüsstet das. Ich hatte ja gestern Nachtdienst. Und da sind wir gerufen worden, weil so ein betrunkener Typ die Finger nicht von Daniela lassen wollte. Tante Jens hatte den vor die Tür gesetzt.«

»Ja, und? Was hat das mit der Hochzeit zu tun?«, fragte Ruth, nachdem sie an ihrem Rotwein genippt hatte.

»Daniela wollte unbedingt mit dem Typen mit. Also, zu ihm ins Hotel. Und Jutta hat sie kaum davon abhalten können. Daniela war wirklich jenseits von Gut und Böse.«

»Nein!«, entfuhr es allen gleichzeitig.

»Und wie ist das ausgegangen?« Es war wiederum Ruth, die zuerst die Fassung wiedergewann.

»Daniela ist mit Jutta zurück nach Hause. Aber das war eine heftige Geschichte. Nicht, dass Frank morgen vergeblich vor dem Altar wartet. Soll es schon gegeben haben.«

»Ronnie, du alte Unke, hör aber auf«, ermahnte ihn Anne. »Das wird schon gut gehen. Ich will ein Happy End sehen. Was anderes lassen wir nicht zu, okay? Die Hochzeit wird nicht an einem Junggesellinnenabschied scheitern.«

»Dann hoffen wir das Beste«, nuschelte Ruth, und außer Martin hatte es wahrscheinlich keiner gehört.

Er grinste. Das passte zu Ruth, dass sie so dachte. Wahrscheinlich fühlte sie sich längst im falschen Film. Es wurde Zeit, alle wieder auf Normal zu programmieren. »Okay«, rief er deshalb. »Wenn also alles so weit erledigt ist, stoßen wir lieber zusammen an, als zu unken. Prost auf die Hochzeit, auf Daniela und Frank, auf uns und ein mordsmäßiges Wochenende.«

»Martin!« Anne hatte ihn mit dem Ellbogen so fest in die Rippen gestoßen, dass er mit dem Oberkörper nach vorn kippte. Dabei hätte er sich fast verschluckt. Er hustete und balancierte vorsichtig die Bierflasche, um sie vor dem Überschwappen zu retten. »Martin, also wirklich«, schimpfte Anne ernsthaft. »Treib nicht solche Späße. Du beschwörst das Unglück ja herauf. Nein, das wird keine mordmäßige Feier, sondern das allerschönste Hochzeitsfest, das sich Daniela nur denken kann. Und Schwamm drüber, was bei Tante Jens gewesen sein mag. Kein Wort, kein blöder Spruch von uns dazu, abgemacht?«

*

»Ich hab's nicht ausgehalten. Ich habe es nicht mehr ausgehalten. Ich weiß, dass das keine Lösung ist. Natürlich will ich nicht, dass du Ärger bekommst. Aber ich weiß sonst nicht mehr, wohin.«

Milli lauschte in den Hörer. Wartete auf seine Antwort. Sie zitterte wie Espenlaub, und der schwere Rucksack auf ihrem Rücken schnitt mit seinen Riemen in ihre Schultern. Sie wollte nicht stehen bleiben. Die Angst nahm ihr die Luft. Es fiel ihr schwer, beim Gehen zu telefonieren.

»Wo bist du genau?«, kam die Frage aus dem Hörer.

»Auf dem Weg Richtung Hafen. Mich haben unterwegs alle möglichen Typen angequatscht. Ich habe Angst, dass die Polizei mich aufgreift.«

»Aber wenn sie dich nach Hause brächte, könnten sie mit deiner Mutter reden. Sicherstellen, dass nichts passiert. Vielleicht einen Arzt rufen. Du könntest das auch.«

»Nein! Das kann ich nicht. Ich dachte, du hättest das kapiert. Hast doch die ganze Zeit so getan.« Milli erschrak über sich selbst, wie laut ihre Stimme in der Dunkelheit klang. Nervös blickte sie sich um. Aber anscheinend war niemand auf sie aufmerksam geworden.

»Pscht. Bleib ruhig. Ich überleg mir etwas. Lass mir ein paar Minuten Zeit. Richtung Hafen, sagst du?«

»Ehrlich gesagt, bin ich auf dem Weg zu dir. Ich dachte, wir könnten uns da treffen. Wie sonst.«

»Milli, wir haben gestern darüber gesprochen. Das geht nicht mehr. Nicht nachdem, was passiert ist. Du weißt selbst, dass wir vorsichtig sein müssen.«

Milli wischte die Tränen, die wie von selbst über ihr Gesicht liefen, mit dem Jackenärmel weg. Dann zog sie die Nase hoch und versuchte durchzuatmen. »Ich habe aber sonst nichts, wo ich hinkann. Was soll ich denn tun?«

»Was ist mit Emma?«

Seine Stimme klang so warm wie immer, versprach ihr so viel Geborgenheit. Warum machte er sich nicht einfach auf und holte sie ab?

»Bitte«, schniefte sie in den Hörer. »Du weißt, dass ich nicht aufs Festland rüberkomme.«

»Ich überlege, ob ich eine Sache organisiert bekomme.« Seine Stimme klang nachdenklich und fast abwesend.

»Ich will nur, dass du kommst.«

»Milli, das geht nicht. Bitte versteh das doch. Komm, ruf die Polizei oder den Krankenwagen und lass die das mit deiner Mutter klären. Die kümmern sich dann um dich.«

»Nein. Das mache ich nicht. Das würde alles zerstören. Noch mehr zerstören.«

»Milli, deine Mutter ist krank. Schwer krank. Du hast ja recht damit, dass du weggegangen bist. Hört sich wirklich dramatisch an, das mit dem Messer.«

»Trotzdem. Sie ist meine Mutter. Ich kann das nicht. Morgen. Morgen finde ich bestimmt eine Lösung. Ich kann im Jugendamt anrufen. Das heißt, nicht morgen. Übermorgen. Oder Montag. Auf jeden Fall, wenn das Mangafest rum ist.«

»Vergiss das Mangafest!«

»Nein, das tue ich nicht. Das lasse ich mir nicht nehmen. Nicht kaputt machen. Das nicht auch noch. Ich habe alles dabei. Das Kleid. Die Schuhe. Die Schminke. Alles, was ich brauche.«

»Aber wie soll das gehen? Deine Mutter wird dich spätestens morgen vermisst melden, vielleicht jetzt schon.«

»Nein, wird sie nicht.«

»Wieso bist du dir so sicher? Und wenn die Polizei anfängt, nach dir zu suchen …«

»Ich pass auf. Ich sage nichts. Nichts von dir und mir. Aber wenn du mich holst, kann die Polizei mich gar nicht finden.« Sie hörte sein Seufzen. Im selben Augenblick überfiel sie die absolute Verzweiflung. Alle ließen sie im Stich, alle, immer und immer wieder. Ein Ziehen in ihrem Unterleib ließ sie plötzlich innehalten. Sie legte ihre Hand auf den Bauch. »Und du«, flüsterte sie. »Was ist mit dir? Lasse ich dich genauso im Stich wie meine Mum mich? Würdest du zu mir halten, wenn ich dir eine Chance gebe?«

»Milli? Milli, mit wem redest du?«

Sie schwieg. Was sollte sie ihm darauf antworten? Sie hatte Angst. Hatte es noch nicht zu Ende gedacht. Aber vielleicht wäre es deswegen umso wichtiger, dass er sie holte. Jetzt und sofort. Ihr Halt und Unterschlupf gab. Für diese Nacht. Für dieses Wochenende. Und danach würde sie sich entscheiden. Sie holte tief Luft.

»Was ist da los, Milli?« Seine Stimme klang panisch. »Ich leg auf, wenn du mir nicht antwortest.«

Als sie sprach, hörte sie selbst den veränderten Klang ihrer Stimme. Erwachsener vielleicht, ernsthafter. Auf jeden Fall mutiger. Fordernd. Keine Widerrede zulassend. Sie setzte alles auf die eine Karte. »Wir müssen reden. Wirklich. Ich habe dir etwas zu sagen. Heute noch.«

*

SAMSTAG, 2. JUNI

»Frau Rick?«

Wie aus weiter Ferne hörte Daniela die Stimme. Irgendetwas kam ihr daran fremd und falsch vor. Gleichzeitig spürte sie den Wunsch, das Kissen über den Kopf zu ziehen und alle Stimmen damit zu vertreiben.

»Frau Rick, Zeit aufzustehen, der Tag ruft.«

»Dann ruf zurück«, murmelte Daniela, ohne genau zu wissen, worum es ging. Der Job konnte es nicht sein. Da nannte sie niemand Frau Rick. Und Männer weckten sie dort schon mal gar nicht.

Mit einem Ruck setzte Daniela sich auf. So ein Shit. Sie war ja gar nicht mehr im Rheinland. Sie lebte auf Norderney. Trotzdem schien das in ihrem Unterbewusstsein noch nicht angekommen zu sein. Aber das Schlimmste war: Heute war ihr Hochzeitstag.

»Hoppla«, sagte Frank, als sie sich so abrupt aufsetzte. Fast hätte sie die Kaffeetasse umgestoßen, mit der Frank gerade in Richtung ihrer Nase wedelte.

»Was ist los?«, fragte Daniela. »Wieso nennst du mich auf einmal Frau Rick?«

»Hast du das gehört? Ich dachte, ich bekomme dich überhaupt nicht wach.«

»Ist ja spät geworden gestern Abend.«

»Stimmt. War aber gut so. Dass wir uns die Zeit genommen haben. Nachdem die anderen im Bett waren.«

Daniela seufzte. »Ja. Das war gut.«

»Du hörst dich aber schon wieder nicht so an. Etwa neue Zweifel?«

Daniela hörte den traurigen und besorgten Klang in Franks Stimme. Gestern Abend war er so betroffen gewesen, als Daniela ihm gebeichtet hatte, welche Gefühle in ihr kämpften. Er hatte recht. Es war gut gewesen, dass sie darüber gesprochen hatten. Und es war gut, dass sie Jutta und später den anderen erzählt hatte, dass sie offen mit Frank über alles geredet hatte, was bei Tante Jens passiert war. Und dass es in Franks Augen nichts, aber auch gar nichts geändert hatte.

Das hatte für spürbare Erleichterung gesorgt. Die Mädels waren aufgetaut und hatten mit ihr, Frank und Frau Dirkens noch zwei Flaschen Sekt geleert. Trotzdem. Das, was sie und Frank in den Dünen zwar grundlegend geklärt hatten, führte später in der Nacht noch einmal zu einem Austausch über ihre generellen Ängste.

»Was, wenn das alles nicht gut geht?«, hatte sie immer wieder gefragt.

Frank hatte sie in den Arm genommen und geantwortet, dass es keine Sicherheiten im Leben gäbe. Aber dass er zuversichtlich sei, dass sie das miteinander hinbekämen. Und nichts müsse in Stein gemeißelt sein. Wenn Norderney auf Dauer nicht ginge und das Rheinland ihr so fehle, würde ihn nichts hindern, mit ihr gemeinsam zurückzugehen. War das nicht Beweis genug, dass sie tatsächlich ihren Traumprinzen gefunden hatte?

Daniela strich sich die Haare aus der Stirn und schob sich im Bett etwas höher. Sie lächelte. »Nein, keine Zweifel mehr. Gar keine. Nur Kaffeedurst.«

»Das ahnte ich.« Frank reichte ihr die Tasse, die er zuvor auf dem Boden abgestellt hatte, um sie vor Danielas ausufernden Bewegungen in Sicherheit zu bringen. »Da kann Ihnen sofort geholfen werden, Frau Rick.«

»Hey, was soll das mit Frau Rick die ganze Zeit?«

»Es sind die letzten Male, in denen du so angesprochen wirst. Ich dachte, das solltest du richtig genießen. In Wirklichkeit habe ich die Hoffnung, dass es dich selbst so nervt, dass du begeistert meinen Namen annehmen wirst.«

Daniela lachte. »Da musst du dir keine Sorgen machen. Darauf freue ich mich mit am meisten. Daniela Prinzen. Was für ein geiler Name. Ich glaube, das ist das Beste an der ganzen Hochzeit.«

»Wie bitte? Meine liebe Dani, wie gut, dass dir der Schalk in den Augen sitzt. Sonst müsste ich glauben, dass das der einzige Grund für unsere Hochzeit ist.«

»Wenn ich es mir recht überlege«, Daniela versuchte ein ernstes Gesicht zu machen und stellte dabei ihre Tasse auf den Nachttisch, »fällt mir wirklich ein weiterer Grund ein.«

»Und der wäre?«, fragte Frank und sah einen Augenblick so aus, als wüsste er nicht, was käme.

Daniela zog ihn zu sich heran und drückte ihre Lippen auf die seinen. »Wenn du zu mir unter die Decke kommst, zeige ich dir den zweiten Grund gerne.«

Frank erwiderte ihren Kuss lang und leidenschaftlich und presste seinen Körper eng an den ihren. Dann löste er sich langsam, indem er die Küsse kürzer werden ließ und sich dabei zentimeterweise aus dem Bett schob. »Ich glaube, wir machen besser Schluss. Von wegen kein Sex vor der Ehe. Zumindest heute würde ich mich gerne für die Hochzeitsnacht aufsparen.«

Daniela lachte, bis ihr die Tränen über das Gesicht liefen. Schon wieder Tränen in einer Mischung aus Glück, Aufregung, Heimweh, Sehnsucht und diffuser Angst. Aber für sie stand fest: Sie würde es wagen.

Sie schaute auf den Wecker, während Frank sich endgültig vom Bett erhob. Noch dreieinhalb Stunden. Dann würde Daniela Rick Geschichte sein.

»Nun aber raus aus dem Schlafzimmer«, scheuchte sie Frank. »Du weißt, kein Blick auf die Braut vor der Kirche.

Husch, husch. Ab jetzt sind nur noch meine Mädels zuständig.«

»Aye, aye, Chefin.« Frank legte die Hand militärisch an die Stirn und schlug die Hacken zusammen, was komisch war, weil er keine Schuhe trug. »Deinen Mädels werde ich vorab ein ordentliches Frühstück servieren. Und eins verspreche ich dir: Wir sehen uns, Frau Rick!«

*

»Polizeiinspektion Norderney, Maternus am Apparat. Was kann ich tun?«

»Moin, Olaf! Gut, dass ich dich erreiche. Sag mal, kannst du mir sagen, was heute los ist?«

Olaf hielt sich ein Ohr zu, weil gleichzeitig mit dem Anruf ein lautes Scheppern und anschließendes Fluchen aus dem Flur ins Dienstzimmer drang. »Moment. Ich kann kaum etwas verstehen. Vor allem nicht, wer da spricht.«

»Ich bin es, Heiner. Heiner Ohlsen von der Frisia.«

»Ach, Heiner, klar. Moin. Jetzt erkenn ich deine Stimme. Was gibt's denn? Hoffentlich nicht schon am frühen Morgen zu feierwütige Festländer?«

»Nee, die haben wir ja alle am Donnerstag auf die Insel gebracht.« Heiner lachte laut auf. »Bis Sonntag haben wir mit denen nichts mehr zu tun. Das ist euer Part.«

»Ja. Danke. Weiß schon. Wo unsere halbe Mannschaft heute auf Hochzeit ist.«

»Wer heiratet denn von euch?«

»Na, von uns keiner. Gott sei Dank. Das wär es noch. Wie das denn heute so geht: Hochzeit, Kinder kriegen, Elternzeit. Auch die Männer. Nee. Das brauchen wir nicht. Ist sowieso unruhig genug. Gerade im Sommer. Wird ja jedes Jahr schlimmer.« Olaf stöhnte, als er Heiner laut lachen hörte. »Ja, ja, schon klar, euch auf der Frisia freut natürlich, dass es immer mehr Gäste auf die Insel zieht.«

»Stimmt«, antwortete Heiner. »Aber ich verstehe, was du meinst. Hilft aber nichts, das Jammern. Das ist der Lauf der Zeit. Es ist schön, wenn Ostfriesland etwas vom Kuchen abbekommt. So gut geht es uns allen ja nicht. Wenn wir das Meer und dadurch die Touristen nicht hätten …«

»Hast recht«, seufzte Olaf. »Aber deswegen rufst du bestimmt nicht an.«

»Richtig. Aber ich weiß immer noch nicht, wer heiratet und warum die halbe Polizei auflaufen muss.«

»Unsere neue Friseurin heiratet. Die Daniela. Die die Pension von Marthe Dirkens übernommen hat. Weißt du doch.«

»Ja, stimmt. Hat mir einer von erzählt. Und was hat sie mit euch zu tun?«

»Diese Daniela war vorletztes Jahr in diesen Mordfall mitverwickelt. Also, nicht in den Mordfall, aber sie wohnte bei Frau Dirkens und war zwangsläufig von den Ermittlungen betroffen. Und da haben sich die Kontakte ergeben, als sie beschlossen hat, dauerhaft auf der Insel zu bleiben. Martin Ziegler ist mit ihrem Zukünftigen gut befreundet.«

»Verstehe.«

»Und wie das auf der Insel so ist. Das hat schnell Kreise gezogen, und nun ist die halbe Wache auf der Hochzeit eingeladen.«

»Nur du nicht?«, fragte Heiner und Olaf glaubte, etwas Spott in seiner Stimme zu hören.

»Einer muss den Job ja machen«, gab er zurück. »Ist aber in Ordnung. Wir haben tatkräftige Unterstützung vom Festland, das kriege ich hin. Jetzt, wo das mit Hilmar vielleicht kein Mord ist.«

»Habe ich gehört. Spricht sich auf den Fähren direkt rum, wenn die Mordkommission nach Aurich abrückt.«

»Da sind wir nicht böse drum, das glaube mir mal.«

»Denk ich mir, Olaf, musst du mir nicht sagen.«

»So, aber was ist nun? Einfach so rufst du doch nicht an oder willst du mit mir über das Wetter schnacken?«

»Du, ganz bestimmt nicht. Aber ich wollte euch sagen, dass mit der Fähre eine ganze Gruppe verkleideter junger Leute auf die Insel anreist. Ich weiß, dass ihr das oft kritisch im Auge habt. An Pfingsten und so.«

»Ja, stimmt. Martin hat uns informiert, dass etwas ansteht. Ist aber privat. Können wir nichts machen. Oder habt ihr auf der Fähre etwas bemerkt? Ich meine, wegen Drogen und so? Nicht, dass wir einen Hund anfordern müssen. Bin froh, wenn wir uns das Wochenende nicht mit anderen Dienststellen herumärgern müssen.«

»Bis jetzt nicht. Wollte nur Bescheid geben, weil die jungen Leute auffallen. Alle verkleidet und mit Waffen, die noch nie einer gesehen hat.« Heiners Stimme brummte.

»Mit Waffen?«

»Na, reg dich mal nicht auf, Olaf. Nichts Echtes, eher so nachgebaut. Fantasy, sagt man wohl dazu.«

»So hat unsere Nicole uns das erklärt. Trotzdem: Das schaue ich mir lieber selber an. Auf der nächsten Fähre?«

»Ja, auf der Frisia III. Läuft in einer Viertelstunde ein. Ist vielleicht gut, wenn du es dir ansiehst. Das ist ja schon eine bunte Mischung, die ihr an diesem Wochenende auf der Insel habt, was?«

»Das kann ich dir sagen, Heiner.« Er kritzelte die Ankunftszeit des Schiffes auf einen Zettel, als könnte er sie in der kurzen Zeit vergessen. »Wie rasant sich die Dinge verändern. Manchmal glaube ich, dass das gar nicht mehr mein Ostfriesland ist. Mit der Tide und dem Tee. Stattdessen Tag und Nacht Party auf der Insel und, nichts für ungut, eine Frisia größer als die andere, und alle spucken immer mehr Menschen auf die Insel, die uns mit ›He‹ grüßen, weil sie denken, sie wären Insulaner, nur weil sie einen Ostfriesennerz tragen, auf dem ein Markenname steht.«

»Mensch, Olaf, hol mal Luft. So lange Sätze hast du ja noch nie gesprochen.«

»Ja, Heiner, ich fühl mich auch regelrecht matt. Inzwischen ist das bei uns auf der Insel, wie ich mir früher das Leben in der Großstadt vorgestellt habe. Hamburg oder Neu Jork.«

Heiner lachte schallend durch das Telefon. Olaf wusste, was er erwidern würde, aber es war ihm egal. Es war nun mal das, was er tief im Inneren so empfand.

Und richtig, kaum hatte sich Heiner etwas eingekriegt, gab er den Weltmann: »Olaf, du bist und bleibst ein Ostfriese wie aus dem Bilderbuch. Köstlich, dein Vergleich. Aber solche Menschen wie dich braucht die Insel. Warte ab, später werden sie über jemanden wie dich im Heimatmuseum berichten.«

»Ja, über mich und Johan und Ingrid. Und noch eine ganze Menge Insulaner mehr. Auch wenn wir immer weniger werden. Aber ganz lassen wir uns die Insel nicht nehmen.«

»Hast recht, Olaf. Hast recht. Aber, ich denke, jetzt solltest du los. Um dir die Invasion der Kriegsgötter anzusehen. Die neue Welt erobert die alte, könnte man meinen. Viel Glück!«

*

»Wie siehst du denn aus, Süße?« Emma und Ben waren mit einer großen Menge Menschen von der Fähre gespuckt worden. Beide waren angezogen, geschminkt und ausgerüstet für den großen Tag. Die Sonne brachte Bens Speerspitze zum Funkeln. Emmas grünes Schwert hob sich leuchtend von ihrer schwarzen Schulmädchenuniform ab. Die Perücke und das schneeweiße Gesicht machten ihre Freundin wunderschön.

Milli war kurz davor zu weinen. So wie sie es die halbe Nacht getan hatte. Das alles hätte ihr Tag werden sollen. Sie hatte die Idee als Allererstes geäußert. Sofort waren alle oder doch die meisten auf ihrer Seite gewesen. Und nun lag zumindest für sie alles in Trümmern.

Milli sah auf ihre Gummistiefel herab. So eilig hatte sie es gehabt, dass sie gestern Nacht die erstbesten Schuhe geschnappt hatte. Es waren nicht mal ihre gewesen, sondern die ihrer Mutter.

»Milli!« Emma packte sie am Arm und schüttelte sie.

Milli erwachte wie aus einem Traum. »Ja, ähm …«, war alles, was sie hervorbrachte.

»Hi Milli, was ist denn mit dir?« – »Hast du verschlafen?« – »Was für ein Anime stellst du denn dar?« – »Wir sind dann schon mal weg. Ihr kommt ja nach.« – »Emma, wo treffen wir Sonja?«

Nach und nach drangen die fröhlichen Rufe der anderen an ihr Ohr. Seit Wochen redeten sie über nichts anderes, und sie hatte endlich das Gefühl gehabt, in der Klasse anerkannt zu werden. Auch wenn sie natürlich die von der Insel blieb. Die, deren Eltern zu wenig hatten, um sie wie die anderen Inselkinder nach Esens auf das Internat zu schicken. Die ihr deswegen jeden Morgen zumuteten, die erste Fähre um 6.15 Uhr zu nehmen, damit sie pünktlich beim Unterricht war. Tja, dabei wussten die wenigsten aus der Klasse, dass es gar keine Eltern gab, die das entschieden. Jedenfalls nicht so wie bei den anderen. Deren Familien aus Vater und Mutter bestanden. Wussten nicht, dass sie ihren Vater noch nie gesehen hatte und dass ihre Mutter sie allein großzog. Und kaum einer ahnte, was mit ihrer Mutter los war. Immerhin: Emma und Ben hielten dicht. Hatten nie etwas erzählt. Sie nie bloßgestellt.

»Sag mal, Milli, was ist los? Hat du eine Pille eingeworfen?« Ben zog von der anderen Seite an ihr. »So verrückt wirst du doch nicht sein.« Er blickte mit so aufgerissenen Augen in die Richtung schräg hinter ihr, dass sie sich voller Schrecken umdrehte. Ein Zittern durchlief ihren Körper. Sie hatte Sorge, ihre Mutter wäre ihr gefolgt. Wobei der Gedanke vollkommen abstrus war. Aber sie entdeckte nur den Polizeibeamten, der in seiner Uniform misstrauisch zu ihr und ihren Klassenkameraden herüberschaute und dabei wichtigtuerisch in ein Funkgerät sprach. Wenn sie nicht so neben sich stände, hätte es ihr wahrscheinlich einen Heidenspaß gemacht, ihn ein wenig mit den anderen hochzunehmen.

»Wir sollten nicht gerade die Polizei auf uns aufmerksam machen, das war abgemacht, oder?«, hörte sie Bens Stimme. Wenn er nur wüsste, wie spacig man sein konnte, ganz ohne etwas eingeworfen zu haben. Da brauchte es nur einen Tag und eine Nacht wie die, die sie hinter sich hatte.

»Sag mal, Milli, spinnst du? Willst du das platzen lassen? Erst gestern der abgedrehte Scheiß, den du von dir gegeben hast, und jetzt stehst du hier und bist nicht fertig?«

Milli schaute an sich hinab, als müsse sie Emmas Worte überprüfen. Aber klar, natürlich wusste sie, dass sie nicht fertig war. Immerhin hatte sie gestern weit genug gedacht, um alles in ihren Rucksack zu stopfen. Sie war froh, überhaupt hier zu sein.

»Ich dachte, wir könnten zu Sonja. Und du hilfst mir beim Stylen.«

»Milli, wie redest du denn? Reden kann man das gar nicht mehr nennen. Du fiepst ja wie ein Vogel.« Milli sah, wie Ben den Kopf schüttelte und wieder zum Polizisten rübersah.

»Was war denn los?« Wenigstens Emma war mitfühlend. »So schlimm?«

Gut, dass Milli nicht mehr viel erklären musste. Emma wusste Bescheid, was bei ihr zu Hause abging. Und es tat gut, wenigstens bei ihr ehrlich sein zu dürfen.

»Schlimmer als schlimm«, gestand sie. »Aber lass uns nicht davon reden, sonst heule ich los.« Sie deutete auf ihr Gesicht, von dem sie wusste, wie geschwollen es nach dem nächtlichen Weinen war. »Vielleicht kann ich bei Sonja mit einem kalten Teelöffel die Augen abschwellen.«

»Komm, das wird. Später in den Dünen und am Strand denkst du nicht mehr daran. Und dank Filter und Photoshop wird man auf den Fotos nichts mehr sehen.«

Ben schaute auf sein Handy. Dann zeigte er auf den Rucksack, der hinter ihm stand. »Ich dachte, es geht direkt los. Eigentlich habe ich keine Lust, unsere ganzen Vorräte bei Sonja vorbeizutragen. Das Bier wird nachher ordentlich schäumen.«

»Das beruhigt sich auch wieder.« Emma klang energisch. »Wo soll Milli sich sonst umziehen?«

»Na ja, im Conversationshaus vielleicht?«, schlug Ben vor.

Milli sah das Blitzen in Emmas Gesicht. Schon glaubte sie, dass sie Ben eine Abfuhr erteilen würde. Aber stattdessen schien sie von seiner Idee begeistert: »Guter Einfall. So machen wir es.«

*

»Und, komisch?«

»Total.« Daniela hielt ein Taschentuch bereit, um sich von Zeit zu Zeit vorsichtig Tränen unter den Augen wegzutupfen. Sie war froh, dass sie sich die Wimpern hatte färben lassen, sonst würde das selbst mit wasserfester Schminke nicht gut gehen. Sie schaute im Spiegel zu Kathrin hoch, die sie breit angrinste.

»Kann ich verstehen«, nuschelte ihre frühere Chefin, die sich gerade ein paar Haarklammern zwischen die Zähne geklemmt hatte. »Ich weiß noch, wie es bei mir war.«

Daniela musste schon wieder tupfen. »Ich auch. Du warst so eine schöne Braut.«

»Weil du mir die perfekte Brautfrisur gesteckt hast. Und deswegen hast du bei mir etwas gut, Daniela.« Kathrin legte ihr die Hand auf die Schulter und beugte sich zu ihr nach vorne. Daniela blieb gar nichts anderes übrig, als sich zu ihr herumzudrehen. »Und nicht nur deswegen. Ich will es dir nicht schwermachen, heute an deinem großen Tag. Aber wenn es irgendeinen Grund geben sollte, irgendwann die Zelte abzubrechen, dann komm zurück. Bei mir steht die Tür immer für dich auf, das weißt du.«

Nun liefen tatsächlich die Tränen über Danielas Gesicht, aber sie musste auch grinsen. »Fast wäre es nötig geworden, dass ich dein Angebot heute schon wahrnehme. Ist aber noch mal gut gegangen.«

»Ich glaube, du hast den besten Mann der Welt – außer meinem natürlich.« Kathrin begann wieder, Danielas Haare hochzustecken. »Bring ihn notfalls einfach mit ins Rheinland, wenn dir auf der Insel alles zu eng und zu klein wird.«

Daniela schüttelte den Kopf und griff nach ihren Zigaretten. »Das wird nicht passieren«, antwortete sie leise, während sie die erste Rauchwolke ausstieß. »Ich kann es mir jedenfalls nicht vorstellen.«

»Aber das, was da vorgestern passiert ist. Das war schon so etwas wie ein Anflug von Heimweh, oder?«

»Ja, schon. Aber in Wirklichkeit war es wohl eher Angst.«

»Angst?«

Daniela sah auf ihre mokkabraun lackierten Fingernägel. »Ja. Ich habe wohl nie ernsthaft daran gedacht, dass ich einmal heirate. Obwohl ich davon geträumt habe. Euch alle beneidet habe. Gestern hatte ich das Gefühl, dass ich gar nicht gemeint sein könnte. Dass das Schicksal sich vertan hat. Dass ich aufwache und nichts davon stimmt und es schlimmer wäre als vorher. Plötzlich habe ich gedacht, so wie es bisher war, ist es auch gut. Party machen, flirten, manchmal traurig sein, aber nicht im letzten Moment mit der Erkenntnis aufwachen: Das ist alles ein Irrtum.«

»Du hast geglaubt, Frank könnte einen Rückzieher machen?«

Daniela gab keine Antwort.

Kathrin hielt inne, zog dabei aber so stark an Danielas Haaren, dass diese zusammenzuckte. »Ist nicht wahr? Du hast immer noch Angst?«

Daniela, die gerade erst die Zigarette im Aschenbecher ausgedrückt hatte, zog die nächste aus der Packung und zündete sie sich mit zitternden Fingern an.

»Daniela!« Der Aufschrei von Kathrin kam so unerwartet und heftig, dass Daniela das Feuerzeug fallen ließ. Kathrin nahm ihr mit ihrer freien Hand gleichzeitig die Zigarette aus dem Mund, zerstampfte sie grob und stieß die Packung vom Tisch auf den Boden. »Du hörst augenblicklich auf mit der Raucherei. Willst du wirklich gegen den Wind nach Qualm stinken? Ist es ein Test, ob Frank dich trotzdem heiratet?«

Daniela zuckte mit den Achseln.

Kathrin zog sich einen Stuhl heran und setzte sich neben Daniela. »Butter bei die Fische. So sagt ihr doch hier oben. Was ist los? Ich dachte, ihr habt euch gestern ausgesprochen.«

»Haben wir.« Daniela konnte Kathrin nicht in die Augen schauen.

»Dann versteh ich das nicht.«

»Ich auch nicht. Ich weiß überhaupt nicht, was mit mir los ist. Vielleicht, wenn es gleich vorbei ist …«

»Wenn es gleich vorbei ist? Du redest, als würdest du gleich in den OP gefahren. Mal mindestens.«

»Genauso fühle ich mich.« Daniela zupfte aus dem weißen Bademantel, den sie anhatte, einige lose Fäden heraus.

»Du hast also Angst, dass Frank es sich anders überlegt und gar nicht erst kommt. Soll ich ihn anrufen?«

»Bist du verrückt?« Daniela war halb aufgesprungen, ließ sich aber müde wieder sinken.

»Einen der anderen? Martin? Oder diese Ruth?«

»Nein. Unterstehe dich.«

»Ich will nur nicht, dass du deine Hochzeit erlebst, als würdest du zum Schlachter geführt.«

»Was soll ich denn machen? Wenn ich mich doch so fühle. Ich war immer die, die niemals heiraten würde. Nicht nur ich. Jutta ja auch. Und klar bin ich glücklich und will das, und trotzdem fühlt es sich falsch an.«

»Sag mal.« Kathrin stockte. »Hat Jutta dir Stress gemacht? Ein schlechtes Gewissen eingeredet? Weil …« Kathrin stockte und fand anscheinend nicht die richtigen Worte.

»… weil sie mich durch die Hochzeit verliert?«, ergänzte Daniela.

»Also doch.«

»Nein. Nein, ganz bestimmt nicht. Jutta gönnt mir das. Vielleicht mehr, als ich es ihr umgekehrt gegönnt hätte. Es ist nur: Ich habe das schlechte Gewissen. Ich glaube, sie verraten zu haben. Schon, seit ich hierhin gezogen bin.«

Kathrin bückte sich, hob die Zigaretten auf, steckte sich und Daniela jeweils eine an. »Wir müssen dich gleich durchlüften. Und Haarlack und Parfum in Massen darüber sprühen. Aber fürs Protokoll: Du hast Angst, Frank zu heiraten, weil Jutta enttäuscht von dir sein könnte?«

Nun musste auch Daniela lachen. »Habe ich das so gesagt? Ach, Quatsch, Kathrin. Ich will nur noch, dass es anfängt. Dass ich mir sicher sein kann, dass alle da sind, warum auch immer. Frank und du und Kathrin und Frau Dirkens. Und alle anderen. Und was ich dann sage, ob Ja oder Alaaf, das ist völlig egal. Ich glaube, ich werde erst danach wieder normal. Also, machst du mir die Haare schön?«

*

Sonja Mirschel strich die Haarsträhne, die sich immer wieder löste, unter ihre runde Häkelmütze zurück. Trotz der frühsommerlichen Temperaturen war sie nicht bereit, auf ihre Kopfbedeckung zu verzichten. Prinzipiell nicht, weil sie sie trug wie ein Schmuckstück, einen Kunstgegenstand, ein Statement oder als Alleinstellungsmerkmal. Die Mütze war über viele Jahre quasi ihre Visitenkarte als Kunst- und Handarbeitslehrerin geworden. Am heutigen Tag erfüllte sie sogar noch mehr Zwecke. Zum einen wollte sie unter den wunderschönen, bunten Kostümen ihrer Schüler und Schülerinnen nicht vollkommen farblos daherkommen, ohne sich ihnen mit einem Anime-Kostüm peinlich anzubiedern. Zum anderen hatte sich die Mütze bei Schulausflügen und Exkursionen mehrfach als Orientierungspunkt bewiesen. Und so verstand sie sich heute: als Anlaufstelle und Koordinatorin, selbst wenn das ganze Mangatreffen keine Schulveranstaltung war.

»Ich weiß nicht, ob wir so etwas in dieser Form unterstützen sollten, werte Kollegin«, hatte die Schulleitung ihr Ansinnen auflaufen lassen. »Gerne können Sie das Projekt im Rahmen unseres Kennenlerntages präsentieren, vielleicht im Rahmen einer Modenschau. Aber das, was Ihre Klasse plant, eine Art Festival auf Norderney mit Party und Fotoshooting? Bei aller Liebe und allem Verständnis – nein. Das ist mein letztes Wort. Dafür will und kann ich als Schulleitung keine Verantwortung übernehmen.«

Sonja war ihrer Chefin nicht einmal böse gewesen. Klar, sie hatte viel mehr mit Verwaltungsvorschriften und Versicherungsfragen zu tun, als das einer teilzeitbeschäftigten Kunstlehrerin normalerweise in den Sinn käme. Aber ihr pädagogisches Herz für die Projektgruppe war zu groß. Besonders Emma, Ben und Milli hatten so sehr dafür gekämpft, diesen Tag stattfinden zu lassen, und sie verdienten aus Sonjas Sicht alle Unterstützung.

»Das darf gerne Ihre Privatangelegenheit sein, Frau Kollegin«, war das letzte Wort, das die Schulleiterin geäußert hatte. »Am Wochenende sollten lieber die Eltern die Verantwortung tragen.«

Die Eltern – Sonja hatte den Augenrollsmiley benutzt, als sie den Dialog später einigen ihrer Kollegen per WhatsApp schilderte. Wenn irgendetwas in der Altersklasse nicht funktionierte, dann war es, Dinge unter der Kontrolle der Eltern zu machen. Das war schon zu allen Zeiten so gewesen, sicher auch, als ihre Chefin jung gewesen war. Aber es lohnte sich nicht, sich darüber aufzuregen.

Sonja war nur froh, dass sie doch nicht allein dastand mit ihrer Idee, die Jugendlichen zu unterstützen. Steffen und Babsi waren tolle Kollegen, und sie freute sich, dass sie heute dabei sein wollten.

Sonja schob ihr Fahrrad durch die Jann-Berghaus-Straße. Hier war heute Morgen richtig etwas los. Das fühlte sich an wie Hauptsaison. Vor einem Fahrradverleih standen Fahrräder in Pastellfarben, und eine große Gruppe drum herum beriet, zu wem wohl welche Farbe passte. Vor dem Café gegenüber waren alle Tische und Stühle besetzt mit Leuten, die dem Treiben bei einem ersten oder zweiten Kaffee zusahen. Andere trugen prallgefüllte Einkaufstüten aus den Lebensmittelgeschäften heraus. An der Luciusstraße suchten die ersten ankommenden Gäste nach Parkplätzen, um bei den Vermietbüros die Schlüssel für die Ferienwohnung entgegenzunehmen. Wer in diesem Gewusel sein Fahrrad fuhr und nicht schob, musste verrückt sein, dachte Sonja. Aber anscheinend war sie die Einzige, die so dachte, denn schon streifte sie ein besonders schneller Fahrer, sodass Sonja beim Zurückschrecken an ihr eigenes Pedal stieß.

»Verdammt«, schrie sie auf. Wie sehr sie Norderney an solchen Samstagen hasste. Sie war froh, dass sich ihre Animes dafür entschieden hatten, die Fotos in den Dünen und am Strand zu machen. Alles besser als in der Innenstadt, auch wenn ein paar interessante Motive wie das Denkmal oder die Inselkirche dabei wegfielen. Aber was hätten sie von Fotos, wenn darauf im Hintergrund verwirrte Touristen mit offenen Mündern zu sehen sein würden.

Sonja zog ihr Handy aus ihrer Jacke, als es vibrierte. Wahrscheinlich warteten Steffen und Babsi ungeduldig an der Ecke vom Wasserturm auf sie. Sie sollten noch etwas Proviant besorgen, bevor sie weiter an den Nordstrand fuhren.

»Planänderung«, stand in der eingegangenen WhatsApp-Nachricht. »Habe Steffen aufgegriffen, den wir nach einer durchzechten Nacht erst einmal aufpeppeln müssen. Sonst sind alle seine Fotos nur verwackelt.« Ein zwinkerndes und ein wütendes Smiley waren durch einen Schrägstrich voneinander abgetrennt. Sonja grinste. Klar, dass Babsi sich nicht sicher war, wie sie das finden sollte.

Sonja überquerte mit dem Handy in der Hand vorsichtig die Straße und klappte vor der Schule den Fahrradständer aus. Schnell tippte sie als Antwort: »Und das heißt? Bin fast am Wasserturm. Und ihr?«

»In der Milchbar. Draußen. Wir brauchen zuerst einen Kaffee und eine Grundlage. Kommst du?«

»Bleibt mir wohl nichts anderes übrig, oder? Habt ihr Ben, Emma und Milli Bescheid gesagt?«

»Wir haben beide keine der Nummern im Handy. Machst du?«

»Okay. Ich schreibe in die Gruppe, dass wir später kommen. Bis alle da sind, wird es sowieso dauern. Dann also bis gleich.«

Sonja blickte sich um. Erstaunlich, dass sie noch gar keinen ihrer Schüler entdeckt hatte. Bestimmt würden sie sich noch für das Treffen eindecken wollen. Sicher nicht nur mit Limo und Cola. Aber das gehörte in dem Alter dazu. Sonja dachte an ihre eigene Gothic-Zeit zurück und grinste. Die Gruppe würde heute auf jeden Fall in dem eher provinziellen Inselstädtchen auffallen. Mit maritimem Outfit hatte Manga nun wirklich gar nichts gemeinsam. Aber vielleicht war das ja ganz nett. Mal etwas anderes als gelbe Wachsjacken und leicht bekleidete Junggesellenabschiede. Weniger brav. Und trotzdem keine Gefahr.

*

»Hast du die Ringe?« Frank war fast zur Tür hinaus, als er sich zu Martin umdrehte.

»Ja, ich habe die Ringe.« Martin verdrehte innerlich die Augen. Es war unfassbar, dass die Dinge im wirklichen Leben tatsächlich so abliefen wie in den schlimmsten Liebesschnulzen. Nie im Leben hätte er, als er jung war, geglaubt, dass Männer vor der Hochzeit so neben sich stehen könnten. Nun, viele Lebensjahre älter und um vielfache Erfahrungen als Trauzeuge und Hochzeitsgast reicher, wusste er, dass es sich immer wiederholte.

»Willst du nicht lieber noch einmal nachschauen?«

Resigniert zog Martin das Kästchen aus seinem Jackett. Er wusste, dass es sinnlos war, darauf hinzuweisen, dass er das in den letzten zehn Minuten schon zweimal gemacht hatte. Stattdessen ließ er es aufklappen, summte dabei den Hochzeitsmarsch, klappte es zu, steckte es zurück und klopfte auf seine Uhr. »Wenn wir nicht losfahren, hast du die Ringe umsonst gekauft. Dann ist Daniela weg.«

»Weg? Wie weg?« Frank sah ihn mit gerunzelter Stirn an.

Diesmal verdrehte Martin wirklich die Augen. »Sag mal, musst du dein Hirn abstellen, bloß, weil du heiratest? Sie ist dann weg, weil sie denkt, du würdest nicht kommen. Du bist spät dran.« Martin leierte die Sätze, um Frank zu verdeutlichen, wie lächerlich er das Ganze fand.

Frank setzte sich endlich in Bewegung. Doch kurz vor der Haustür blieb er tehen. »Dann sollten wir uns beeilen«, teilte er Martin ernsthaft mit.

»Was du nicht sagst, du Schlaumeier.« Martin musste doch lachen. »Komm raus, damit ich endlich abschließen kann.«

Draußen trat Frank mit den Füßen ungeduldig gegen ein Grasbüschel, das sich neben den Gehwegplatten ausbreitete. Er hatte sich zu Martin umgedreht. »Nicht, dass sie wirklich geht. Nicht, weil sie denkt, dass ich nicht komme, sondern weil sie es sich anders überlegt.«

Martin packte Frank am Arm und drehte ihn in die Laufrichtung. »Komm, reden kannst du auch beim Gehen. Du meinst wegen der Sache bei Tante Jens?«

Frank nickte.

»Ich dachte, ihr habt euch ausgesprochen.«

»Ja, haben wir. Sie hatte Angst, dass ich nichts mehr von ihr wissen will. Aber das ist natürlich Quatsch. Ich konnte es verstehen, und ich bin ihr nicht böse.«

»Ganz schön großzügig«, warf Martin ein. Anne und Ruth hatten ihm von der ganzen Sache erzählt, und er war von den Kollegen über den nächtlichen Einsatz informiert worden. Daniela schien ihrem rheinischen Gemüt freien Lauf gelassen zu haben.

»Würdest du es Anne nicht verzeihen, wenn sie kurz vor eurer Hochzeit Panik bekäme?« Frank sah ihn von der Seite an.

Martin spürte, wie sich sein Hals zuschnürte. Die Worte Hochzeit in Verbindung mit Anne und ihm rührten etwas an, von dem er überhaupt nicht sagen konnte, was es war. Sein Herz machte einen Aussetzer, er musste kurz nach Luft schnappen. »Weiß ich nicht. Habe ich noch nicht drüber nachgedacht. Ist ja kein Thema.« Er schluckte. »Bisher.« Er sah Franks fragenden Blick. »Ich meine, das Thema Hochzeit. Darüber haben wir noch nicht nachgedacht.«

»Bist du dir da sicher?« Frank grinste ihn an. »Vielleicht nicht darüber geredet, aber noch nicht nachgedacht, das glaube ich nicht.«

»Sag mal, was soll das?« Martin hörte seine Stimme zittern. »Um uns geht's ja wohl heute zuallerletzt. Und wir müssen uns beeilen.«

»Ist ja schon gut. Wenn du nichts sagen willst. Ich wollte nur darauf hinaus, dass ich mir Sorgen mache, ob Daniela nicht auf Dauer das Rheinland vermissen wird. Ob ich ihr zu viel Druck gemacht habe mit der Pension und dem Umbau, dem Umzug und den Krediten, die wir aufnehmen mussten, und vielleicht auch mit der Heirat.«

»Ein bisschen spät, um darüber nachzudenken, findest du nicht?« Martin zeigte auf die Kirche, die in Sichtweite kam.

»Ich zweifle ja gar nicht. Ich möchte das alles genau so, wie es gekommen ist. Aber Daniela? Ich bin erst froh, wenn ich sie wirklich drinnen am Altar sehe und sie Ja gesagt hat. Wenn sie nicht im letzten Augenblick Reißaus genommen hat und mit der Fähre zurück aufs Festland ist. Obwohl – ich würde sie auch dann um eine zweite Chance bitten. Dann eben nicht auf Norderney, sondern dort, wo sie sich auf Dauer zu Hause fühlen kann.«

»Aber Daniela wollte immer auf der Insel leben.«

»Vielleicht müssen sich Träume erst erfüllen, damit man erkennt, ob man etwas wirklich will.«Martin blieb stehen. Er schüttelte den Kopf. »Ernsthaft, Frank. Lass es uns hinter dich bringen. Ich kann dir heute nicht folgen. Das ist mir zu abgedreht psychologisch-philosophisch. Da reden wir gerne mal mit einem Bier beim nächsten Brauhaus-Abend drüber. Aber nicht heute. Heute heiratest du. Einfach so. Ohne irgendetwas zu hinterfragen. Klar? Und jetzt komm.« Er setzte sich in Bewegung, ohne nachzusehen, ob Frank ihm folgte. Wie kompliziert konnten Menschen sich das Leben machen, dachte er. Dann sah er Anne, die auf sie wartete, am Denkmal. Anne mit dem großen Hut, den sie sich extra für die Hochzeit gekauft hatte. Sie stand mit dem Rücken zu ihm, und trotzdem ergriff ihn ein Gefühl von Zärtlichkeit und Fürsorge, von Stolz und dem Wunsch nach Hingabe. Alles zusammen. Seine Anne. Sein Glücksgriff. Sie, die Norderney erst perfekt für ihn gemacht hatte. Was hatte Frank da eben geredet? Ob das wirklich etwas war, worüber er nachdenken sollte?

Nun drehte sie sich um. Sah ihn mit Frank im Schlepptau näherkommen. Er erschrak. Was machte sie für ein ernstes Gesicht? Lächelte gar nicht wie sonst. Hob nur schlapp die Hand, um sein fröhliches Winken zu erwidern. Alles an ihr wirkte traurig und enttäuscht. Martin stoppte abrupt und streckte seinen Arm waagerecht aus, um Frank damit zum Halten zu bringen. Das konnte nur bedeuten, dass Frank recht behalten hatte. Dass die Hochzeit zu platzen drohte. Dass Daniela nicht gekommen war. Was sollte er Frank bloß sagen?

*

Sie war ihnen schließlich doch mit schnellen Schritten entgegengekommen. Martin merkte, wie ihm vor Mitleid mit Frank das Herz in die Hose plumpste. »Ist nicht wahr?«, hob er an, bevor Anne ganz bei ihnen war.

Er sah ihren erstaunten Augenaufschlag. »Doch. Leider. Hast also recht behalten.«

Nun reagierte Martin verwirrt. »Wieso recht behalten?«

Er schielte zu Frank. Nicht, dass dieser dachte, sie alle hätten das vorausgesehen.

»Na, als du sagtest, dass euch einiges am Wochenende bevorstehen könnte. Und dass du Sorgen hättest, ob du bei der Hochzeit dabei sein kannst.«

Es dauerte einen Moment, bis Martin realisierte, was Anne sagte. Trotzdem fragte er nach: »Das heißt, die Hochzeit findet statt? Daniela ist da?« Er zeigte auf die Kirche.

Frank wurde kreideweiß. »Was heißt das, Martin? Weißt du etwas anderes?«

Martin tat der zweifelnde Ton, in dem er gesprochen hatte, augenblicklich leid. Glücklicherweise ging Anne schnell mit einer Erklärung dazwischen.

»Was redest du, Martin? Natürlich ist Daniela da. Das heißt, sie kommt gleich. Denn Frank darf sie ja erst am Altar sehen. Deswegen solltest du schleunigst dahin verschwinden.«

Martin hörte, wie Frank genauso erleichtert aufatmete wie er selbst.

»Aber dann?«, fragte er nun. »Womit habe ich dann recht? Ich habe es immer noch nicht verstanden.«

»Einsatz.« Anne zuckte mit den Schultern. Sie wusste als Notärztin, dass mit diesem einen Wort alles gesagt war.

»Aber wieso?« Martin schaute sich um, als könnte er an Ort und Stelle die Gründe erfassen.

»Erklärt dir Silke. Sie wartet mit dem Pritschenwagen auf dich. Es gibt eine Tote.«

Irgendetwas in ihrem Ton ließ ihn aufhorchen. Es klang, als wüsste sie mehr, als sie zugeben wollte.

Aber sie hatte sich schon zu Frank herumgedreht, der auf der Stelle stand und ihr ratlos zuhörte. »Du gehst jetzt in die Kirche. Wegen Martins Einsatz lassen wir ja wohl nicht eure Hochzeit platzen. Geh schon mal. Ruth wartet vorne auf dich, sie bringt dich zu deinem Platz.«

Martin wollte noch etwas sagen, aber Frank setzte sich in Bewegung. Er schien nun so schnell wie möglich von ihnen wegkommen zu wollen.

Anne zog Martin am Ärmel und lieferte, während sie zum Polizeiwagen gingen, der in der Bismarckstraße stand, eine nähere Erklärung. »Es scheint um einen Suizid zu gehen.«

»Ein Suizid? Wer ist es?«

Anne zuckte die Schultern. »Kann ich dir nicht sagen. Es tut mir leid.« Sie sah ihn mitleidig an. »Ich fürchte, du siehst Frau Lichterfeld oder jemand anderen von der Mordkommission schneller wieder, als dir lieb ist.«

»Verdammt. Das gibt's nicht. Woher hast du die Info?«

Anne zog den Mund schief, ihre Stimme klang forscher, als ihr zumute zu sein schien. »Schon vergessen? Manchmal arbeite ich als Notärztin. Und da hat man Kollegen. Die einem auch mal etwas zuflüstern. Vor allem, wenn sie auf der Suche nach dem Inselpolizisten sind. Es geht das Gerücht, er hätte eine Liaison mit einer Ärztin.«

Martin schaute auf Anne herab, die trotz Hut und hohen Absätzen nicht an seine Größe heranreichte. Er hob ihr Kinn vorsichtig an, sah sehnsuchtsvoll auf den rot geschminkten Mund. Wie gerne hätte er den Tag mit ihr zusammen verbracht. Ein warmes Gefühl durchströmte ihn. Wie sehr er sie doch liebte. Wie sehr sie doch zusammenpassten. Aller Größenunterschiede zum Trotz auf Augenhöhe miteinander umgingen. Er beugte sich zu ihr und gab ihr einen Kuss, in den er alles an Verlangen und Bedauern legte. »Ich gebe mein Bestes, dass sich schnell herausstellt, was los ist.« Er küsste sie erneut und spürte, wie weich sie in seinen Armen wurde. Er verfluchte den Einsatz. Norderney war kein Ort, wo so etwas vorkommen sollte. Schon gar nicht an einem Tag wie heute. »Lauf mir nicht weg«, sagte er heiser, bevor er sich vorsichtig aus Annes Armen löste.

Er ging die wenigen Schritte bis zum Polizeiwagen. Drehte sich um und winkte Anne zu. Dann öffnete er die Beifahrertür und kletterte in den Pritschenwagen.

Silke startete augenblicklich das Auto. »Tut mir leid, Chef. Das sah nicht so aus, als würdest du gerne mit mir kommen. Lässt sich aber nicht ändern. Deswegen: Schön durch den Schlüpper atmen, dann geht's wieder, woll?«

*

Es war genauso, wie sie es vorausgesehen hatten. Ihr Erscheinen im Conversationshaus hatte nachdrücklich für Irritation gesorgt. Aber das war gut so, denn seitdem ging es Milli schon etwas besser. Langsam wischte sie alle trüben Gedanken der letzten Stunden beiseite. So sehr hatte sie sich auf den heutigen Tag gefreut. Sie würde ihn sich nicht kaputt machen lassen. Die Probleme ließen sich heute nicht lösen. Warum also nicht alles ausblenden, so wie sie sich das vorgenommen hatte.

In dem Augenblick, als sie das Kleid übergezogen hatte, war sie wie verwandelt.

»Du Hübsche«, hatte Emma ihr zugeraunt, als sie gemeinsam in den großen Spiegel in den Toilettenräumen geblickt hatten.

»Selber«, hatte Milli erwidert und wahrscheinlich zum ersten Mal wieder gelächelt. Es tat ihr leid, dass Emma sich solche Sorgen um sie machte, und auch Ben war sie nicht mehr böse. Sie drei würden heute einen megacoolen Tag haben, so wie sie es sich von Anfang an ausgemalt hatten. Sie hatte ihre weiße Fransenperücke mit dem Dutt übergestülpt, die leuchtend grünen Linsen eingesetzt und sich die kleinen Flügel übergezogen, die glücklicherweise nur wenig zerknittert aus dem Rucksack gekommen waren. Die Gummistiefel würde sie erst am Strand ausziehen. Zu ihrem elfengleichen Kostüm passten sowieso keine Schuhe. Milli lächelte sich selbst zu. Sie wunderte sich immer wieder, wie verändert sie aussah. Wie sehr sich mit der Verkleidung ihr Innerstes zu wandeln begann. Sie fühlte sich plötzlich schön und stark und schob alles andere weit weg. Die Bilder vom Arztbesuch, von ihrer Mutter auf der Treppe, von der gestrigen Nacht. Weg, weg, weg. Weit weg.

Emma erneuerte eben ihr kunstvolles Make-up. Mit ihrer schneeweißen Haut, den lilafarbenen Haaren, der Schuluniform und dem Schwert sähe sie aus wie eine Mischung aus Prinzessin Leia und Hermine Granger, sagten die Leute, die sich mit Mangas nicht auskannten und nicht wussten, welche Figuren aus ihren Lieblingsbüchern sie darstellten. Aber vielleicht war das ja der Reiz daran, dass sie in eine Welt eintauchten, von der die meisten Erwachsenen nichts kannten und nichts wissen wollten. Bis auf die wenigen, die sich wirklich dafür interessierten und nicht immer nur doofe Sprüche abließen.

»Kommst du?«, riss Emma sie aus ihren Gedanken. »Ich kann dich nicht im Stehen schminken.«

Milli grinste. »Da draußen? Ernsthaft?«

»Lass uns mal in den Lesesaal schauen, vielleicht ist der leer.«

»Okay. Aber ich muss noch mal eben.« Milli deutete auf eine der Toilettenkabinen. »Willst du schon mal schauen, ob's im Lesesaal geht?«

»Klar. Wir sollten uns beeilen.«

»Mach ich. Und – danke, Emma.«

»Kein Thema. Das wird cool. Warte es ab. Hast du schon auf Insta geschaut, was uns erwartet?«

Milli schüttelte den Kopf.

»Ich glaube, da sind eine Menge Animes im Anmarsch. Nicht nur unsere Gruppe. Da haben wir echt etwas losgetreten.«

»Oh! Was wird Sonja wohl dazu sagen?« Milli spürte, wie sie rot wurde.

»Wieso? Die nimmt das locker. Warum machst du dir darum einen Kopf?«

»Na ja, weil das der Grund war, dass wir das nicht als Schulveranstaltung machen durften. Aufsichtspflicht. Versicherung.«

»Mensch, Milli, manchmal denke ich, du bist eine Beamtentochter. Das gilt hier alles nicht, deswegen machen wir es ja privat.«

»Na ja, so ein bisschen Schule ist es schon. Wenn die Körner und der Bode dabei sind.«

»Aber nicht als Vertrauenslehrer. Sondern als Sonjas Freunde. Hat sie extra betont. Deswegen dürfen wir die alle duzen. Kannst also ruhig Babsi und Steffen sagen. Ich glaube, die finden das richtig gut. Meinst du nicht auch?«

»Weiß nicht«, stotterte Milli. »Ich geh dann mal eben«, schob sie hinterher, bevor sie in die Toilettenkabine flutschte. »Bis gleich.«

Sie war froh über die Ruhe, die entstand. Noch einmal tief durchatmen. Aus einem Handbeutel in den Farben ihres Kleides holte sie ihr Handy. Keine Nachrichten. Für Instagram und Snapchat hatte sie keinen Nerv. Sie stopfte das Telefon zurück und zog aus dem Beutel eine kleine Tüte. Die Tablette daraus hielt sie einen Moment in der Hand und drehte sie von allen Seiten. Ob jetzt oder gleich, war vollkommen egal, dachte sie. Sie würde ihr auf jeden Fall helfen, noch mehr in ihre Rolle hineinzuschlüpfen. Sie betrachtete die ovale grüne Pille mit der eingeprägten Krone noch einen Augenblick. Dann steckte sie sie in den Mund, verließ hastig die Kabine, um die Tablette mit einem Schluck Wasser am Waschbecken herunterzuspülen.

Sie richtete sich auf und warf sich mit ihren leuchtend grünen Kontaktlinsen einen aufmunternden Blick im Spiegel zu.

Zufrieden mit dem, was sie sah, zog sie die schwere Toilettentür auf, um sich in das Getümmel der Halle zu stürzen.

*

Daniela zitterte. So stark, dass sie das Gefühl hatte, es würde in der ganzen Kirche sichtbar sein. Was es vielleicht auch war, denn sie waren ja nur ein verhältnismäßig kleiner Kreis, der sich versammelt hatte. Am Nachmittag würden mehr Menschen bei der standesamtlichen Trauung dabei sein, aber in der Kirche warteten nur Franks Familie, ihr Cousin, der erst heute angereist war, ihre Freundinnen sowie Anne und Ruth. Und natürlich Frau Dirkens. Martin war im letzten Augenblick dienstlich weggeholt worden, hatte Ruth ihr zugeflüstert, als sie mit Frau Dirkens und Jutta an der Kirche vorgefahren war. Aber das war Daniela letztendlich egal. Hauptsache, Frank war da, und sie würden endlich das tun, was sie nicht länger aufschieben wollte.

Es fühlte sich nur noch richtig an. Besonders, nachdem Frau Dirkens und Jutta sie mit Tränen in den Augen an der Haustür in Empfang genommen hatten. »Wunderschön siehst du aus. Einfach nur wunderschön«, hatte Jutta aufgeschluchzt, und Daniela hatte für einen Moment fühlen können, was sich alles darin verbarg. Ja, Jutta war traurig, wie sie es sich gedacht hatte. Wer wollte ihr das übel nehmen? Umgekehrt wäre es genauso gewesen. Aber Daniela hatte gespürt, dass weder Neid noch Missgunst da waren, dass Jutta ihr das Glück wirklich gönnte und dass diese Hochzeit ihre Freundschaft nicht würde zerstören können.

Sie hatten sich gegenseitig ein paar Tränen weggetupft, als Frau Dirkens Daniela in den Arm genommen hatte. »Wenn dich deine Eltern so sehen könnten«, hatte sie gestammelt und dann versucht, mit fester Stimme die weiteren Tränen, die sie heraufbeschwor, zu vertreiben: »Wir hätten besser heute Morgen einen Tee zusammen getrunken.«

Tatsächlich hatte Daniela lachen müssen: »Angeschickert vor den Traualtar, das wäre etwas gewesen.«

Jutta hatte dem Ganzen schließlich ein Ende bereitet. »Jetzt aber ab ins Auto. Der liebe Herrgott wartet nicht ewig auf dich.«

Es war gar nicht so einfach gewesen, den ausgestellten Rock mit dem Reif darunter ins Taxi zu bekommen. Daniela hatte auf dem Prinzessinnenkleid bestanden, auch wenn man ihr im Brautmodengeschäft zu etwas Unauffälligerem geraten hatte. »Für starke Frauen, die nicht mehr ganz so jung sind«, hatte die Brautmodenberaterin gesagt, und Daniela hätte ihr am liebsten eine Auffrischung in Verkaufsstrategie und Dienstleistung empfohlen. »Starke Frauen vertragen starke Auftritte«, hatte Daniela auf ihrer Wahl bestanden. »Aber wenn sie am Strand feiern wollen …«, hatte die Verkäuferin eingewandt. Das war natürlich eine andere Sache, gab Daniela zu, und letztendlich hatten sie ein Kleid gefunden, das verwandelbar genug war, um den unterschiedlichen Anforderungen des Tages gerecht zu werden. Die kleine Schleppe ließ sich hochstecken, der Schleier war nur halblang und den Reifrock konnte Daniela nach der Trauung ausziehen, sodass das Kleid dann weniger voluminös wirkte. Das Beste war aber ein schwarz-floraler Stoff, der den Ausschnitt abrundete, sich in der Miederschnürung wiederfand und in die Schleppe hineingearbeitet war. Schwarz war nun einmal ihre absolute Lieblingsfarbe, und ein wenig Rebellion im Brautkleid gefiel ihr ausgesprochen gut. Das passte zu ihr. Schließlich sagte man ihr nicht umsonst nach, wie unverwechselbar sie sei. »Ich heirate nur einmal im Leben«, hatte sie bewusst in ihrem rheinischen Singsang geschmettert und sich darüber amüsiert, wie man im norddeutschen Brautgeschäft in Oldenburg zusammenzuckte. »Da brauche ich es nicht bequem, sondern alles soll so sein, wie ich es mir immer erträumt habe.«

Dagegen hatte niemand mehr etwas einzuwenden gehabt.

Nun stand sie endlich im Eingang der Kirche neben dem quadratischen Taufbecken. Der Organist begann, leise zu spielen. Durch die Glastüren sah sie die wunderschönen bunten Fenster. Die Hochzeitsgäste saßen in dem ungewöhnlichen Oval der Kirche und flüsterten leise miteinander. Nun kam der Diakon auf sie zu. »Aufgeregt?«, fragte er, als er ihr die Hand zur Begrüßung reichte.

Daniela antwortete nicht. Die Kälte ihrer Finger sagte genug. Ihre Augen suchten nach Frank. Er hatte sie noch nicht entdeckt, stand mit dem Rücken zu ihr. Daniela seufzte. Er war da, sie war da. Alles war vergessen und vergeben, was die letzten Tage zu Unruhe geführt hatte. Endlich würde alles gut.

»Dann los«, kommandierte der Diakon, während im selben Augenblick das Orgelspiel anschwoll.

Daniela blinzelte die Tränen weg, die sich schon wieder an die Oberfläche drängten. »Genug geheult, los«, trieb sie sich selber an, was ihr einen seltsamen Seitenblick des Geistlichen eintrug. Noch einmal richtete sie mit der linken Hand den Schleier, pustete die einzelne Strähne, die vorne aus ihrer Hochsteckfrisur herauslugte, weg und umklammerte mit beiden Händen den Brautstrauß aus roséfarbenen Rosen und weißen Hortensien. Dann schritt sie auf Frank zu, bemüht, ihre Schrittlänge dem Diakon und dem Takt der Musik anzupassen, wodurch sie trotz der kurzen Strecke etwas ins Wanken geriet. Frau Dirkens, die sich mit einem geblümten Taschentuch die Augen tupfte, kam in ihr Blickfeld. Ihre Mädels, die mit Handys bewaffnet aneinanderrückten, um sie gut ins Bild zu bekommen. Sie sah Oskar, ihren Cousin, der als einziges Mitglied ihrer Familie dabei war. Jutta, ihre beste Freundin und Trauzeugin, die neben Frank stand.

Und nun, endlich, nach einem Schubser von Jutta, drehte sich Frank um. Einen Augenblick weiteten sich seine Augen, ein Lächeln erschien auf seinem Gesicht, das immer breiter zu werden schien. Danielas Zittern ließ nach. Wärme durchflutete sie und im selben Augenblick fiel ein Sonnenstrahl durch die Fenster und erleuchtete das Buntglas. Ein Raunen ging durch die Kirche. Daniela grinste. So musste das sein.

Doch dann entgleisten wie aus dem Nichts Franks Gesichtszüge. Es war, als hätte ihn ein Schlag getroffen, ein Blitz der Erkenntnis, ein Anblick eines Monsters, das sich hinter ihr befinden musste. Sein Gesicht war fahl, Mund und Augen weit aufgerissen. Daniela blieb erschrocken stehen und hielt mit einer Hand den Diakon fest. Dieser schaute sich irritiert um. Frank hingegen wandte sich an Jutta und fing an, gestikulierend auf sie einzureden. Auch sie schien erschrocken. Blickte Daniela an und dann wieder Frank. Und fing aus vollem Halse an zu lachen.

*

»So ein Mist!« Martin beugte sich über Annelieses reglosen Körper. »Es war nichts mehr zu machen?«, fragte er den Notarzt.

»Nein. Keine Chance. Die Todeszeichen sind zu eindeutig. Sie ist mit Sicherheit schon fünf, sechs Stunden tot.«

Martin biss sich auf die Lippen. Hätte er anders reagieren müssen, nachdem sie Anneliese am Strand aufgegabelt hatten? Wäre es nicht angebracht gewesen, sie wegen Eigengefährdung einweisen zu lassen? Immerhin hatte sie die Suizidabsichten selbst eingeräumt. »Das hätte nicht sein müssen«, entfuhr es ihm.

»Sie hatte aber ihr Alter«, räumte der Notarzt ein, vielleicht, weil er Anneliese Hansens Ableben angesichts Martins betroffener Reaktion relativieren wollte, vielleicht aber auch nur, um es für sich selber akzeptabel zu machen. Ärzte verloren nicht gerne gegen den Tod, hatte Anne ihm gesagt, und letztendlich ging es ihm als Polizisten nicht anders.

»Ich hätte das nicht einfach so stehen lassen dürfen.« Martin rieb sich müde über sein Kinn. Wie sehr wünschte er sich zurück neben Frank an den Traualtar. »Ein Fremdverschulden ist auszuschließen?«, fragte er schließlich.

»Würde ich erst einmal behaupten. Die Medikamentenpackung ist leer, daneben Wein und Schnaps, die Spuren des Erbrechens – alles passt zusammen. Wahrscheinlich hat sie aspiriert, als sie schon bewusstlos war.« Die Miene des Arztes drückte Bedauern aus, aber andererseits lag eine Spur Ungeduld in seiner Stimme. Für ihn war die Sache eindeutig genug, um zum Tagesgeschäft zurückzukehren. »Allerdings habe ich noch keine komplette Leichenschau vorgenommen, weil wir auf Sie gewartet haben.«

»Wer hat Frau Hansen gefunden?«

»Die Nachbarin. Die beiden haben wohl jeweils Schlüssel zu ihren Häusern. Und bestimmte Rituale. Trinken morgens immer einen Tee zusammen. Nur, dass Frau Hansen heute nicht kam.«

»Sonst irgendetwas Besonderes?«

»Es gibt einen Abschiedsbrief. Der lag direkt vorne an der Schlafzimmertür, wie die Nachbarin berichtete. Sie hat ihn aufgehoben und auf den Küchentisch gelegt.«

»Wissen Sie, was drinsteht?« Martin blickte auf Anneliese, während er die Frage an den Notarzt richtete. Er dachte an die Frau, die er auf der Insel immer als selbstbewusst und herrisch erlebt hatte. Anneliese Hansen und ihre scharfe Zunge, hatte es überall geheißen. Gemocht wurde sie nicht wirklich. Aber sie war stolz und überlegen, und jede Abneigung schien sie in ihrem Hochmut zu bestärken. Martin erschien es falsch, dass ausgerechnet sie nun an ihrem Lebensende an ihrem Erbrochenen verstorben war.

»Nicht wirklich«, nuschelte der Notarzt. Er zuckte mit den Achseln. »Das Motiv interessiert mich schon nicht mehr, das ist dann Ihr Job.« Dabei trat er ungeduldig auf der Stelle, als würde ihm das Stehen Schmerzen bereiten.

»Schon gut. Machen Sie Ihre Leichenschau. Falls es Zweifel gibt, werden wir das spätere Obduktionsergebnis abwarten, aber wahrscheinlich passt alles zusammen. Frau Hansen hatte in den letzten Tagen schon einmal suizidale Absichten geäußert.«

»Oha. Und es ist keine Einweisung erfolgt. Jetzt verstehe ich auch Ihr Gesicht.«

Martin kannte den Mann noch nicht, denn er war neu im Norderneyer Krankenhaus. Anne hatte schon von ihm erzählt, dass er mit seiner Schnodderigkeit keinen guten Einstand hatte. Martin wusste nun, was sie gemeint hatte.

»Frau Hansen hatte glaubwürdig dargelegt, dass sie nicht in der Lage wäre, eine Selbsttötung vorzunehmen. Sie war sehr reflektiert, und es bestand für uns kein Grund, an ihrer Einsichtsfähigkeit zu zweifeln.«

»Na dann. Dann mache ich weiter.« Der Arzt trat einen Schritt auf das Bett zu. »Wie gesagt, der Brief liegt draußen auf dem Tisch.«

Martin hatte nicht vor, sich weiter über den Schnösel zu ärgern. Wenn dieser auf Norderney bleiben wollte, würde er sein Verhalten ändern müssen, zu der Einsicht würde er schnell genug kommen. Da ließen die Insulaner nicht mit sich spaßen. Er ließ den Arzt mit der Leiche zurück und warf auf dem Weg in die Küche einen Blick in die angrenzenden Zimmer. Keine Unordnung, keine Hinweise auf ein gewaltsames Eindringen, stattdessen alles Indizien, die sich nahtlos an das fügten, was Anneliese Hansen wohl schon an der Oase geplant hatte.

In der Küche fand Martin den Brief auf dem Küchentisch. Silke stand daneben und reichte ihm ein paar Handschuhe. »Lies mal«, forderte sie ihn überflüssigerweise auf. Ihre Stimme klang, als würde sie ihm eine besondere Überraschung bescheren.

Martin nahm den Brief von der weißen Tischdecke mit der blauen Stickerei. Ein Gefühl des Widerwillens regte sich in ihm, eine Ahnung, dass der Brief mehr barg als das, was Anneliese Hansen ihnen zuletzt zu ihren Motiven erzählt hatte.

Er schaute auf die Uhr, die über dem Küchentisch laut tickend das Fortschreiten der Zeit verkündete. Wahrscheinlich war gerade der Augenblick, in dem Frank und Daniela die Ringe tauschten. Die Ringe! Ihm wurde heiß und kalt. Die Ringe – er tastete in seine Anzugtasche. Die Ringe waren nach wie vor dort, wo er sie heute Morgen hingesteckt hatte. Nur, dass er nicht dort war, wo er hätte sein sollen. Verdammt! Verdammt! Verdammt! Seine Gedanken rasten. Ob er Silke in die Kirche schicken konnte? Ob er selbst schnell fahren sollte? Seine Augen fuhren abgelenkt über die krakelige, schlecht lesbare Schrift des Briefes. Erst nach und nach drangen die Worte, die dort standen, in Martins Bewusstsein.

»Mein Geständnis«, war der Brief überschrieben. Martin ließ die Hand mit dem Brief sinken. Betroffen schaute er Silke an. »Das gibt's nicht«, äußerte er.

Silke zuckte emotionslos mit den Schultern. »Es gibt nichts, was es nicht gibt. Weißt du doch, Chef. Immer durch den Schlüpper atmen. Ich nehme an, Sie wollen Aurich informieren, woll?«

*

»Du musst dich schon etwas weiter nach hinten beugen, ich komme sonst nicht richtig ran.«

»Aber dann liege ich hier auf der Couch«, flüsterte Milli, der es so schon zu viel war, was sie an Aufmerksamkeit auf sich gezogen hatten, als sie durch die Halle zum Lesesaal gegangen waren. Eigentlich wollten sie als Animes gerne im Mittelpunkt stehen, aber es war etwas anderes, auf großen Events unterwegs zu sein. Denn dort sahen alle gleich aus. Hier aber starrten alte Leute, auf Gehwagen gestützt, sie an, als wären sie Aliens vom anderen Stern.

»Es ist doch gar keiner hier«, erwiderte Emma laut.

»Dann soll Ben aber an der Tür aufpassen.«

»Macht er ja.«

Milli hörte Emmas genervten Ton. Deswegen hielt sie lieber den Mund und zog den Ausschnitt ihres Kleids so weit herunter, dass Emma ihr Blumendekolleté nun genau nach der Vorlage ihrer Heldin fertigstellen konnte. Die Berührungen, mit denen Emma ihren Hals bearbeitete, kitzelten zwar ein wenig, taten aber andererseits gut. Milli merkte, wie sie das erste Mal seit Stunden ruhiger wurde. Das Einzige, was sie wollte, war alles vergessen. Den gestrigen Tag. Die Nacht. Sie konzentrierte sich ganz auf das, was sie heute vorhatten. Dachte sich in ihre Figur, Yamanari, hinein und fühlte die Stärke und Macht, die sie ihr verlieh.

»So, fertig.«

Milli schreckte auf. Sie war ganz abgetaucht und hatte gar nicht gemerkt, wie schnell die Zeit vergangen war. Ein gutes Zeichen.

»Schau, hier.«

Emma hatte ein Foto gemacht und hielt es ihr vor die Nase. »Was meinst du?«

»Wow. Perfekt.« Milli nahm Emma in den Arm und drückte sie fest, auch wenn sie darauf achtete, dass nichts die Schminke verwischte. »Danke. Du rettest mir den Tag.«

»Alles gut, Süße.« Emma drapierte vorsichtig den Schal

um Millis Hals. »Aber wir müssen wirklich los. Schau mal in dein WhatsApp. Alle fragen, wo wir bleiben.«

»Sollen wir uns ein Taxi nehmen?« Ben drängelte ebenfalls.

»Spinnst du? Wovon denn?« Emma sammelte sämtliche Utensilien ein.

»Warum nicht?«, warf Milli ein und blickte in zwei erstaunte Gesichter. »Wird ja wohl kein Vermögen kosten vom Kurplatz bis zum Nordstrand. Wenn wir zusammenlegen?«

»Okay, habt ja recht. Obwohl ich das echt dekadent finde.«

»Wow, was du für Wörter kennst. Der Philosophieunterricht beim Bode zeigt Wirkung, was?« Ben stupste Emma in die Seite.

Zu ihrem großen Erstaunen sah Milli, wie sich eine feine Röte über Emmas Gesicht zog.

Emma schaute verlegen zu ihr und streckte Ben die Zunge raus. »Du spinnst«, warf sie ihre übliche Erwiderung zu Ben und zog Milli an der Hand hinter sich her. »Kommt, los. Ben, ruf das Taxi! Zum Rosengarten.«

Milli hatte keine Zeit mehr, sich weitere Gedanken über Emmas unerwartete Reaktion zu machen. Das Taxi stand schon da, und sie huschte mit Emma auf die Rückbank, während Ben sehr wichtigtuerisch neben dem Fahrer Platz nahm.

Der schaute sie alle belustigt an. »Noch so eine Tour. Auch zum Campingplatz?«

»Wieso zum Campingplatz?« Ben drehte sich zu Milli und Emma um.

»Na, es sind wahre Horden von Leuten unterwegs, die alle so aussehen wie ihr. Und ein großer Teil will zuerst die Zelte aufbauen.«

»Die Zelte aufbauen?«, echote Emma.

»Ups, ich befürchte, wir haben etwas zu viel Werbung gemacht.« Ben drehte sich zu ihnen und runzelte die Stirn. »Hoffentlich gibt das keinen Ärger.«

»Ist doch egal.« Emma wiegelte ab. »Können wir ja nichts für. Macht jeder freiwillig. Es gibt keine offizielle Veranstaltung. Und es wird vielleicht besser als gedacht, wenn wir so viele sind.«

Milli hörte die Worte, konnte sie aber immer weniger fassen. Sie waren so schnell. Viel zu schnell. Eben war da noch etwas, das sie festhalten wollte, ein Wort, ein Satz, ein Gedanke. Aber er war weg. Alles war weg. Alles war leicht. Alles war gut. Endlich gut.

Sie wurde kurz nach vorne geworfen, als das Auto sehr plötzlich stoppte. »Na, dann raus mit euch«, sagte der Taxifahrer, und Milli hatte einen Augenblick das Gefühl, als sei er sauer auf sie alle. Aber dann hörte sie ihn schallend lachen. »Es braucht ja eine Gefahrenzulage, euch zu transportieren. So seltsam, wie ihr ausseht.«

Milli blickte an sich herunter und sah, dass der Schal verrutscht war. Der Taxifahrer starrte aufdringlich auf die üppigen Blumen. Wieder durchfuhr sie ein Frösteln. Sie legte den Schal erneut um und schlüpfte aus dem Auto. Draußen saugte sie die frische Luft tief ein. Vor ihr lag der Dünenaufgang zum Nordstrand. Ein erneutes Zittern durchfuhr sie. Ängstlich horchte sie in sich hinein. Dann aber straffte sie den Rücken. Es ging los. Es gab allen Grund, sich zu freuen. Ab jetzt war sie Yamanari. Ab jetzt würde alles gut.

*

»Machen Sie sich nichts daraus, der liebe Gott braucht keine Ringe, um Ehen zu schließen. Viel wichtiger ist es, die Herzen miteinander zu verbinden.«

Daniela lächelte Frank an. »Stimmt. Oder nimmst du mich nur mit Ring?«

Frank antwortete nicht, sondern schloss Daniela fest in seine Arme.

»Nun mal langsam«, tippte der Diakon ihm auf den Arm. »Auch wenn der liebe Gott keine Ringe braucht, den Rest sollten wir schon vorschriftsmäßig erledigen. Und nicht das Ende vor den Anfang setzen.«

Die freundliche, warmherzige Art des Diakons tat Daniela gut. Mit dem Fortschreiten des Wortgottesdienstes beruhigten sich ihre angespannten Nerven zunehmend. Aller Stress der letzten Wochen fiel von ihr ab. All die Brautsendungen, die sie gesehen hatte. Die Magazine, die sie durchgeblättert hatte. Immer mit der Angst, der Tag könnte nicht perfekt genug werden. Sie lachte leise auf, als sie an Juttas Lachanfall dachte, der sie alle mitgerissen hatte. Genau so sollten Hochzeiten sein. Die Ringe waren egal und auch alles, was in den letzten Tagen mit ihr los gewesen war. Frank hatte es genau verstanden, und deswegen war alles gut so, wie es war. Sie dachte an ihre Eltern, ohne die sie vielleicht niemals Norderney und Frau Dirkens kennengelernt hätte. Sie schickte einen Gruß in den Himmel, an den sie nicht immer glaubte. Aber heute hielt sie ihn für wahrscheinlicher als sonst. Sie war froh, Franks Wunsch nach einer kirchlichen Hochzeit nachgegeben zu haben. Sie tastete nach seiner Hand und drückte sie fest, während sie mit den Augen blinzelte, um die wieder aufsteigenden Tränen zu unterdrücken.

»Wenn Sie sich dann erheben wollen …«

Der Diakon gab ihnen ein Zeichen: Kurz nach den kirchlichen Ritualen waren Frank und Daniela mit ihrem vorbereiteten Eheversprechen an der Reihe.

Frank nahm ihre Hand und begann die Worte zu sprechen, die sie gemeinsam überlegt und auswendig gelernt hatten. Wie oft hatten sie sich beim Üben versprochen und sich vor Lachen ausgemalt, wie es wäre, wenn sie sich in der Kirche verhaspelten. Aber eine Ernsthaftigkeit war in Franks Gesichtsausdruck getreten, die alles anders machte.

»Daniela, du bist die Frau, die ich gesucht und gefunden habe. Die ich nie wieder gehen lassen werde, egal, was passieren wird in unserem Leben. Du bist mein Heimathafen, in dem ich nun zur Ruhe komme. Daniela, ich verspreche dir …«

Daniela hätte am Ende der Messe nicht mehr sagen können, wie es weitergegangen war.

Erst als sie durch das Kirchenportal schritt und draußen von Sonne, Seeluft und Strüssje empfangen wurde, klammerte sie sich vor Lachen an Frank. Ihre Freundinnen hatten allesamt bunte Perücken auf dem Kopf und eine Clownsnase mitten im Gesicht. Jutta, Katrin, Bibi trugen, wie auch immer sie es geschafft hatten, diese in der Kirche überzuziehen, weite, weiße Hänger mit einem großen roten Herzen, das von einem Schloss gesichert war. Aus einer Bluetooth-Box, die jemand Ruth in die Hand gedrückt hatte, erklang laut kölsche Musik von den »Höhnern«.

Nun trat Jutta vor und begann mit dramatisch lauter Stimme zu reden: »Meine liebe Daniela, natürlich kannst du einfach so nach Norderney ziehen. Natürlich kannst du einfach so deinen Frank heiraten. Natürlich kannst du uns Freundinnen einfach so im Rheinland zurücklassen.« An dieser Stelle entfaltete sie eine weiße Tischdecke und tupfte sich damit imaginäre Tränen ab. Dann zwinkerte sie Daniela und Frank zu. »Aber glaube nicht, dass wir dich hier heute heiraten lassen, ohne ein bisschen Karnevalsstimmung zu verbreiten. So kommst du uns nicht davon.«

*

Martin stierte auf den Telefonhörer, den er immer noch in der Hand hielt. Sein Telefonat mit Aurich war so verlaufen, wie sie es intern vermutet hatten: Das Geständnis, das ihnen Anneliese Hansen hinterlassen hatte, änderte nichts an der Ausgangslage.

Er griff nach dem Brief, den er Frau Lichterfeld direkt nach seiner Ankunft auf der Wache zugefaxt hatte:

Mein Geständnis

Ich, Anneliese Hansen, gebe hiermit zu, dass ich schuld bin am Tode meines Schwagers Hilmar Hansen. Dass ich aus dem Leben scheiden wollte, weil ich ihm den Tod an den Hals gewünscht habe, entspricht nur der halben Wahrheit. In Wirklichkeit war es tatsächlich so, dass ich ein ganzes Stück durch die Kleingartenanlage gelaufen bin. Bis ich Hilmar draußen vor der Laube schimpfen hörte. Ich bin dann zurück, weil ich noch die Schnapsflasche bei mir hatte. Als ich auf Hilmar getroffen bin, sind wir sofort wieder in Streit geraten. Plötzlich fasste sich Hilmar ans Herz und torkelte auf mich zu. Dabei hörte er mit seinen wüsten Beschimpfungen nicht auf. Er bezeichnete mich als durchtriebenes Luder vom Festland. Das seine Familie kaputt gemacht habe. Die Augen fielen ihm vor Anstrengung fast aus dem Kopf. Dann wollte er, dass ich ihm helfe. Ich gebe zu, dass ich in diesem Moment gedacht habe, dass das Schicksal es so will. Ich habe mich weggedreht und bin nach Hause gegangen. Habe gedacht, dann soll er zu seiner Ingrid gehen. Soll sie ihm doch helfen. Ich wollte ihn nur noch loswerden, wollte, dass er endlich aufhört, mich zu beschimpfen, wie er das seit Kai-Uwes Tod gemacht hat. Aber dass er es geschafft hat, dass ich schuld sein soll an seinem Tod. Nein. Lieber entziehe ich mich auf meine eigene Art und Weise dem Urteil, das die Insulaner endgültig über mich brechen werden. Ich will nicht, dass Ingrid am Ende über mich triumphiert, ich will nicht als Verbrecherin diese Insel verlassen müssen. Kai-Uwe wartet auf mich, und er allein weiß, dass ich der Insel eine würdige Hansen war.

Ich bekenne mich deswegen hocherhobenen Hauptes schuldig an dem Tod meines Schwagers Hilmar Hansen. Wie er allerdings in das Regenfass gekommen sein soll – solche Fra-

gen sollten Ingrid und den anderen Insulanern gestellt werden, die mir immer die Pest an den Hals gewünscht haben.

Mein letzter Wunsch: ein stilles Begräbnis im frühen Morgengrauen neben meinem Kai-Uwe.

Hochachtungsvoll gezeichnet
Anneliese Hansen, geb. Scherer
Witwe des seligen Kai-Uwe Hansen

Martin ließ den Brief sinken. Natürlich waren sie sich einig: Es könnte zu Anneliese Hansen passen, einen solchen Abgang hinzulegen. Mit viel Melodrama, viel Aufmerksamkeit, vor allem mit Selbstbestimmtheit. Es war sicher ihr Hauptmotiv, sich selbst ein Ende zu setzen, bevor sie die Schmach auf sich nahm, sich für den Tod Hilmar Hansens rechtfertigen zu müssen. Unterlassene Hilfeleistung wäre mal mindestens die Anklage gewesen und, wie sie es selbst beschrieb, Grund genug für eine Verurteilung gewesen.

Frau Lichterfeld sah keinen ausreichenden Anlass, dass die Mordkommission von Aurich ausrücken müsste, um Anneliese Hansens Tod zu untersuchen. Augenscheinlich passte alles zusammen. Die Leichenschau hatte keine anderen Anhaltspunkte ergeben. Die Todesmerkmale sprachen keine andere Sprache, das Ersticken an Erbrochenem nach Medikamenten- und Alkoholmissbrauch war typisch und die Wahrscheinlichkeit groß, dass die eingenommenen Mengen auch sonst zum Tode geführt hätten. Anneliese war es ernst gewesen. Trotzdem würde vorsichtshalber eine rechtsmedizinische Untersuchung eingeleitet, um jeden Zweifel auszuräumen, dass es etwas anderes als ein Suizid war. Niemand wollte sich nachher Vorwürfe machen lassen. Bis dahin war es sein Job, die Wohnung zu versiegeln, für den Fall, dass bei der Obduktion und den Laboruntersuchungen noch Widersprüche auftraten, wovon niemand ausging. Denn der Abschiedsbrief hatte authentisch gewirkt, die Schrift hatte den Vergleichen standgehalten, die sie anhand herumliegender Einkaufszettel, Einträgen im Kalender und im Adressbuch sowie einer Auflistung gelesener Bücher mit Kurzkommentaren vorgenommen hatten. Aber sicher war sicher.

Also alles in Ordnung, dachte Martin. Und trotzdem war da etwas, das ihm keine Ruhe ließ. Möglicherweise die Tatsache, dass sie immer noch keine Erklärung für den Fundort des toten Hilmar Hansen hatten. Aber was spielte das letztendlich für eine Rolle, wenn Hansen zu diesem Zeitpunkt tot war? Natürlich war das Ganze nicht schön und moralisch sicher verwerflich. Auch Totenschändung und Störung der Totenruhe waren Straftaten, keine Frage. Aber kein Mord. Und damit kein akuter Fall für das Wochenende. So tragisch die Ereignisse waren, für Martin und für Aurich war im Augenblick nichts zu tun. Er konnte also endlich wie geplant zu Danielas Hochzeit aufbrechen. Er schaute auf die Uhr. Zwischen kirchlicher und standesamtlicher Trauung waren ein Sektempfang und für die Gäste ein kleiner Mittagssnack im Restaurant geplant gewesen. Sie hatten ein paar Spiele vorbereitet, die noch vor der Kirche stattfinden sollten. Also waren Daniela und Frank mittlerweile sicher durch ein mit zwei Nagelscheren ausgeschnittenes Herz gestiegen und hatten gemeinsam einen Baumstamm mit einer stumpfen Säge durchtrennt. Rituale, die unbedingt dazugehören, hatte ihnen Danielas Freundin, Jutta, erklärt, während er, Anne und Ruth eher den Kopf geschüttelt hatten. Aber es war ja nicht seine Hochzeit.

Martins Gedankengang stockte. Nicht seine Hochzeit. Er dachte an Anne. Dachte an Ruth und was er von ihrer gescheiterten Ehe wusste. Dachte an den Alltag manch eines Kollegen. Dachte an einsame Abende aus der Zeit, bevor es Anne gegeben hatte. Plötzlich überfiel ihn eine unbändige Sehnsucht.

Er öffnete den Aktenordner, der von einem Kollegen vorbereitet worden war: Todesfall Anneliese Hansen. Er legte den Brief, der schon in einer Hülle steckte, in den Ordner, fuhr den PC herunter, schaltete den Monitor aus und schob sich energisch mit seinem Stuhl vom Schreibtisch weg. Für Anneliese Hansen konnte er nichts mehr tun. So sehr er das bedauerte. Für Hilmar Hansen genauso wenig.

Er klopfte auf seine Anzugjacke. Es wurde Zeit, dass die Ringe dahin kamen, wo sie hingehörten. Zur standesamtlichen Hochzeit würde er auf jeden Fall pünktlich sein.

*

»Was ist denn hier los?« Sonja deutete auf den Strand. »Findet hier noch ein Animetreffen statt?« Sie nahm ihre Sonnenbrille ab und blinzelte in das helle Licht.

Sie hatten in der Milchbar nicht nur einen Kaffee, sondern zusätzlich einen Aperol getrunken. »Schließlich sind wir nicht im Dienst«, hatte Babsi triumphierend ausgerufen.

»Hat eben alles auch seine guten Seiten, wenn die Chefin dir den dienstlichen Auftritt verhagelt«, hatte Steffen mit seinem schrägen Grinsen geantwortet.

Sonja war nicht wohl in ihrer Haut gewesen. Aus den Augenwinkeln hatte sie am Strand und an der Promenade immer mehr Cosplayer gesehen und sich irritiert gefragt, wer sich hinter den Masken und Gewändern verbarg. Sie war sich sicher, die Kostüme ihrer Schüler alle zu kennen.

Mittlerweile waren sie am vereinbarten Treffpunkt angekommen: dem Strandaufgang am Waldweg, der zum Nordstrand führte. Hier bot die begehbare Thalassobrücke einen markanten Punkt zum Sammeln. Gleichzeitig hatten sie ein wunderbares Motiv für die Aufnahmen, und trotzdem waren sie so weit außerhalb, dass sie nicht pausenlos von staunenden Gesichtern umgeben waren.

Als Sonja auf dem Kamm des Dünenübergangs ankam, sah

sie das bunte Gewusel, das unmöglich nur von ihrer Projektgruppe herrühren konnte.

»Wer ist das?«, fragte sie erneut und drehte ihre Sonnenbrille in der Hand.

»Was fragst du uns?«, antwortete Steffen, der sich die Hand schützend über die Augen gelegt hatte. »Wir sind nur deine Zuarbeiter. Du bist hier die Chefin.«

Ein flaues Gefühl machte sich bei Sonja bemerkbar. Ob sie zu naiv an die Sache herangegangen war? Sie erinnerte sich an das Gespräch mit ihrer Vorgesetzten. Sie hatte deren Einwände als verstaubte Prinzipienreiterei einer Staatsbeamtin abgetan. Sonja hatte ihren Schülern vertraut, dass sie das Fotoshooting gemeinsam gut hinbekamen. Auch wenn sie keine offizielle Veranstalterin war, fühlte sie sich für die Jugendlichen verantwortlich.

»Die scheinen eure Session aber ganz schön publik gemacht zu haben«, vermutete Babsi. Selbst auf ihrem sonst makellos glatten Gesicht hatten sich Stirnfalten gebildet.

»Das wird ganz schön tricky mit den Fotos, allein wegen des Datenschutzes.« Steffen hatte seine Kamera hervorgeholt und probierte einige Einstellungen aus. »Aber mir soll es recht sein. Je mehr Motive, umso freudiger das Fotografenherz.«

Sonja rollte entnervt die Augen. Obwohl sie froh war, dass Steffen sofort eingewilligt hatte, sie bei ihrem Projekt zu unterstützen, war sie genervt davon, wie sehr er sich von den Schülerinnen anhimmeln ließ. Obwohl oder gerade weil er ja gar kein Interesse an ihnen hatte.

»Was ist denn mit deinen drei Supermangas?« Wieder grinste Steffen breit. »Wegen denen sind wir doch hauptsächlich hier, oder?«

Sonja nickte und schaute zum Strand runter. Sehen konnte sie von den dreien niemand, auch wenn sich aus der Gruppe langsam ein Teil ihrer Projektgruppe herausschälte. Einige hatten sie entdeckt und winkten zu ihnen hinauf. Sonja setzte Cäcilia ab, die sie, wie versprochen als Anime verkleidet, mitgebracht hatte. Dann holte sie ihr Handy aus der großen Umhängetasche, in die sie es zusammen mit ihrer Jacke gestopft hatte. »Sie sind auf dem Weg und wohl jeden Augenblick hier. Vielleicht sollten wir die anderen zusammentrommeln?«

»Trommeln ist gut, könnten wir gebrauchen.« Babsi schaute sich ratlos um, als könnte sie im Dünengras etwas Gleichwertiges finden. »Oder kannst du auf den Fingern pfeifen?«

»Ich.« Steffen machte sich größer, als er war, und hielt wie ein gelehriger Schüler seinen Zeigefinger kerzengerade in die Höhe. »Ich kann das. So etwas gehört zur Standardausbildung als Junge.«

Sonja verdrehte wieder die Augen. So witzig Steffen manchmal war, in seinem Innersten war er ein so ausgewachsener Macho, dass es sich eigentlich für jemanden wie sie verbot, mit ihm Umgang zu haben.

»Ach so. Was für ein Glück. Ohne dich wären wir ja tatsächlich vollkommen aufgeschmissen.« Sie sprach die Worte übertrieben affektiert. Dann steckte sie Daumen und Zeigefinger ihrer linken Hand in den Mund und ließ einen gellenden Pfiff ertönen. Die Jugendlichen am Strand blickten zu ihr hoch. Ausladend hob sie ihre Arme, um die Gruppe zu sich hochzuwinken. »Machen, nicht reden«, warf sie über ihre Schulter zurück zu Steffen und freute sich diebisch, dass der Pfiff so gut geklappt hatte. Vielleicht würde sie am heutigen Tag noch mehr Gelegenheit haben, Steffens Dominanzgehabe ein paar Dämpfer zu verpassen. Freundschaftliche natürlich.

»Okay, ich bringe mich schon mal in Position«, war das Einzige, was Steffen erwiderte.

War ja klar, dass er sich keine Blöße geben würde, dachte

Sonja, als sie ihm zusah, wie er die Treppenstufen der Thalassobrücke hochstieg. Zwei Stufen auf einmal nehmend, ganz der dynamische Lehrer, der im Sommer auf dem Segelboot und dem Tennisplatz glänzte und im Winter Ski fuhr. Sonja grinste, während sie sich umdrehte, um hinunter in Richtung Nordhelmsiedlung zu schauen. Auch zu ihrer Zeit waren solche Typen zu Vertrauenslehrern gewählt worden. Anscheinend gab es Sachen, die änderten sich trotz aller Emanzipation nicht. Das Aussehen eines Menschen entschied über so vieles. Da würde sie mit aller Aufklärung ihrer Schülerinnen nicht gegen anstinken können. Trotzdem würde sie es versuchen. Bei Milli, bei Emma und bei solchen Schülern wie Ben. Es musste irgendwann einmal besser werden.

Ein Schrei von der Plattform riss sie aus ihren Gedanken. Sie schaute erschrocken zu Steffen, der sich auf der letzten Stufe mit einer Hand an das Geländer der Wendeltreppe klammerte, während er die andere in den Rücken legte. »Verdammter Mist, ich glaube, ich habe mir etwas eingeklemmt. Scheiße. Das tut so weh. Ich komme nicht weg.«

Sonja biss sich auf den Handrücken, damit Babsi und Steffen ihr Lachen nicht sähen. Da hing er, der Held unter den Lehrern, und hatte Rücken. Dass sich Wünsche so schnell erfüllten. Es würde sicher ein guter Tag.

*

Das war eine witzige Truppe, die sich da zusammen mit ihnen auf den Weg machte, fand Daniela und schmiegte sich in Franks Arme. Sie war froh, dass sie den festlichen Teil des Tages an den Anfang gelegt hatten und sie nun begleitet von den farbenfrohen Freundinnen zum Standesamt am Weststrand gingen. Nicht, dass sie als Brautpaar nicht schon genug Aufmerksamkeit bekommen würden – Daniela hatte, seit sie auf der Insel wohnte, schon oft gesehen, wie die Passanten stehen blieben und die Brautpaare fotografierten, sobald diese an der Strandpromenade entlang flanierten.

Aber ihr kleiner Trupp glich ja schon fast einem karnevalistischen Aufzug. Als Frank sie zum Gehen anstupste, verfiel sie mit den kölschen Tönen im Kopf in den klassischen Marschierschritt der Karnevalsgarden.

Erst nach und nach fielen ihr die Jugendlichen ins Auge, die zwar ganz anders, aber immerhin auch verkleidet waren.

»Was ist denn das?«, fragte sie und deutete mit ihrem Brautstrauß auf eine Gruppe, die mit einem Kasten Bier in Richtung Strand zog.

»Keine Ahnung«, antwortete Frank und schien sich nicht weiter dafür zu interessieren. Stattdessen drückte er Daniela etwas mehr an sich, sodass sie fast ins Stolpern geriet.

Jutta allerdings hatte unterdessen die verkleideten Jugendlichen entdeckt. »Hä?«, rief sie in breitestem rheinischen Tonfall. »Wat sin denn dat für Jecke?«

Es blieb nicht wirklich Zeit, darüber zu debattieren, denn gerade fuhr ein Polizeiwagen auf die Promenade. Als er vor ihnen stoppte, sprang Martin heraus. Er schlug die Tür zu, schlug mit der flachen Hand auf das Dach des Autos und winkte seiner Kollegin zu.

Dann klopfte er auf seine Jackentasche und kam mit großen, ausladenden Schritten auf Daniela und Frank zu. Daniela sah, wie er den Blick senkte wie ein ertappter Schulschwänzer. Doch dann schaute er sie beide mit einer Mischung aus unschuldigem Augenaufschlag und Grinsen an. Daniela konnte ihm schon in diesem Augenblick nicht mehr böse sein.

»Ich weiß. Es ist wie im Film. Und es tut mir so schrecklich leid.« Martin zog das Kästchen mit den Ringen aus seiner Jacketttasche. »Als ich es gemerkt habe, war es zu spät. Ich hoffe, der Diakon hat euch trotzdem getraut?«

»Na, was glaubst du denn?« Jutta schob sich dazwischen und nahm ihm die Ringe aus der Hand. »Die bleiben schön bei mir, bevor dich der nächste Einsatz wegholt. Das ist ja schlimmer als in der Großstadt mit den ganzen Verbrechen.«

»Na ja.« Martin hob abwehrend die Hände vor die Brust. »Ganz so schlimm ist es nicht.« Er machte eine kurze Pause. »Doch, schlimm ist es schon. Aber wenn ich das nicht könnte, die Sachen hinter mir lassen – aber was rede ich, das ist ein weites Feld.«

»Also keine weiteren Toten?« Ruth war zusammen mit Anne an ihn herangetreten. Anne umarmte ihn von hinten, während Ruth ihn neugierig anstarrte.

»Doch. Leider. Aber diesmal verbunden mit einem Geständnis.«

»Ein Suizid?«

»Ja, sieht alles danach aus.«

»Shit.«

»Kannst du laut sagen. Zumal es Anzeichen dafür gab.« Er schaute über die Schulter und erklärte: »Es ist Anneliese Hansen.«

Anne schmiegte sich näher an ihn heran und sprach in seinen Rücken: »Aber wieso? Sie hatte ihren angekündigten Freitod doch selbst entkräftet.«

»Ja, das hatte sie. Rein formal sind wir wohl raus aus der Nummer. Trotzdem.«

Anne und Ruth nickten.

Daniela tänzelte auf der Stelle. Sie spürte, wie die Stimmung kippte. Verdammt. Wieso musste es ausgerechnet an ihrem Hochzeitswochenende diese ungeklärten Todesfälle geben? Sie schob Franks Anzugs- und Hemdärmel nach hinten, um auf die Uhr zu schauen.

Martin schien die Geste bemerkt zu haben. »Daniela. Sorry. Erst vergesse ich die Ringe und jetzt reden wir über Sachen, die nicht auf eine Hochzeitsfeier gehören. Komm, ich halte den Mund. Ich schnappe mir diese beiden jungen Damen«, er schaute zu Anne und Ruth, die beide neben ihm standen, und bot ihnen seinen Arm, »und dann feiern wir Hochzeit. Hochzeit – und nichts anderes.«

Daniela war sich sicher, dass die plötzliche Fröhlichkeit in seiner Stimme nur gespielt war. Aber darum konnte sie sich nicht kümmern. Anne und Ruth würden sicher eine Gelegenheit finden, mit Martin über die Geschehnisse zu reden. Sie war froh, dass er zumindest so tat, als sei er unbekümmert. »Dann hoffen wir mal das Beste«, rief sie ihre Hochzeitsgesellschaft zum Weitergehen auf. »Nochmal läufst du uns nicht davon. Zumindest nicht, bis unsere Ehe unter Dach und Fach ist.«

Martin grinste sie an. »Na, das ist ja ein überschaubarer Zeitrahmen. Das kann ich sicher versprechen. Also, dann auf, die Herrschaften. Zum Standesamt.«

*

»Ihr müsst mir etwas unter die Beine legen, eure Taschen zum Beispiel.«

»Ich denke, du hast Rücken und nicht Kreislauf.« Sonja sah in das schmerzverzerrte Gesicht ihres Kollegen. »Die Beine muss man bei einem Kreislaufkollaps hochlegen«, rief sie die Kenntnisse des letzten Erste-Hilfe-Kurses ab.

»Doch nicht so. Stufe …« Steffen brach ab und biss sich auf die Unterlippe.

Sonja schaute sich um. »Ich sehe keine Stufe. Du, Babsi?«

Babsi schüttelte den Kopf, während sie auf ihr Handy schaute.

»Mensch, du guckst ja gar nicht.«

»Ich google. Was wir tun können.«

»Stufenlagerung.« Steffen hatte das Wort hervorgepresst und deutete auf Sonjas Rucksack. »Nur die Unterschenkel.« Er deutete etwas an, was tatsächlich wie Treppenstufen aussah.

Sonja überlegte nicht lange. Steffen würde als Sportler schon wissen, was richtig war. Sie hob seine Beine an und lagerte sie so, wie er es beschrieben hatte. Sofort entspannte sich sein Gesicht.

»Jetzt ein Schmerzmittel. Irgendetwas Stärkeres«, wies er sie an.

»Wo soll ich das denn hernehmen? Ich würde sagen, wir rufen lieber einen Arzt.«

»Quatsch. Irgendeine Ibu, mindestens eine 600er.«

»So etwas habe ich nicht, Steffen. Das ist verschreibungspflichtig.«

»In meiner Tasche.« Babsi deutete auf den Leinenbeutel, den Sonja unter Steffens Beine geschoben hatte. »Und Wärme. Hier steht etwas von Wärmekissen.«

»Wieso hast du Schmerzmittel in deiner Tasche?« Sonja sah Babsi verwundert an. »Und dann so starke?«

»Sind ja nicht alle so öko und übervorsichtig wie du, meine Süße. Ich steh auf dem Standpunkt: lieber einmal richtig als lange rumdoktern.«

»Ist doch scheißegal«, fluchte Steffen. »Gib sie mir.«

Sonja zog die Tasche vorsichtig unter Steffens Beinen weg. Dieser grub die Hände in den Dünensand und drehte das Gesicht weg. »Mach schon«, trieb er sie an, als sie in der Tasche wühlte.

»Was ist denn los?« Emma stand plötzlich neben Sonja und starrte auf Steffen herunter. »Ist etwas passiert?«

»Euer Sportlehrer hat die 30 überschritten, das ist alles«, rief Babsi lakonisch, während sie das Handy nach hinten in ihre Jeans schob. »Doktor Google empfiehlt Entlastung,

Schmerzbekämpfung und Wärme. Ich glaube, das war es für dich, Steffen.«

»Was? Das kann nicht sein.« Sonja hörte, wie ihre Stimme leicht hysterisch klang. Sie drehte sich abrupt zu Emma, Milli und Ben rum. »Sagt mal, was ist denn mit euch? Spinnt ihr? Wegen euch machen wir das alles und ihr kommt jetzt erst an?« Ihr Ausbruch tat ihr im selben Augenblick leid, in dem die Worte ausgesprochen waren. Sie sah, wie sich alle drei schuldbewusst ansahen.

»Na ja, Milli hatte …« Ben begann zu reden, bekam aber Emmas Ellbogen in die Seite.

»Ist doch egal«, sagte sie stattdessen zu Sonja. »Tut uns leid, sollte nicht so sein. Aber nun sind wir da.«

»Und was ist das da unten?« Sonja versuchte, ihre Stimme besser unter Kontrolle zu halten. Aber sie bekam zunehmend das Gefühl, sie hätte besser auf ihre Chefin hören sollen.

»Was denn?«, fragte Ben, der ihrem Blick gefolgt war.

»Na, die Leute da unten. Die ganzen Mangas, die Animes, Cosplayer. Das ist nicht nur unsere Projektgruppe.«

»Stimmt. Ist uns auch aufgefallen«, sagte Ben und riss bedeutungsvoll die Augen auf, als er Emma und Milli anschaute.

»Halt mich nicht für blöd. Deine Blicke kannst du dir sparen.« Sonja hatte keine Lust, sich zurückzuhalten, wenn sie an der Nase herumgeführt wurde. »Also, was ist hier los?«

»Na ja, wir haben von der ganzen Sache natürlich berichtet.« Millis Stimme war hauchzart. Sonja schaute zu ihr auf. Die Stimme passte perfekt zu dem elfengleichen Wesen, das Milli verkörperte.

»Berichtet?« Babsi schaltete sich ein, nachdem sie Steffen geholfen hatte, das Medikament zu nehmen.

Ben verdrehte die Augen. »Ja, berichtet.«

»Also, Facebook und Insta?« Babsi stand vor dem Schüler, der sie um anderthalb Köpfe überragte.

»Eher Snapchat und YouTube, um ehrlich zu sein.« Sonja bewunderte seine Lässigkeit im Umgang mit ihnen als Lehrpersonen. So cool waren sie früher als Schüler nicht gewesen. Dabei lag die eigene Schulzeit gar nicht so weit zurück. Aber da wuchs eine vollkommen unbekannte neue Generation heran. Was ihr gefiel. Manchmal. Manchmal auch nicht. Da machte es ihr Angst. So wie heute. Weil sie Sorge hatte, den Überblick zu verlieren.

»Ja. Schon klar.« Babsi ließ sich nichts vormachen. Sie stellte sich, obwohl sie so viel kleiner als Ben war, etwas breitbeiniger hin und drückte den Rücken durch. Ben schien augenblicklich zu schrumpfen. »Ihr versteht die Welt, wir nicht.«

»Nein, so habe ich das nicht gemeint.«

»Doch, hast du, Ben. Weil Facebook und Co. überholt sind, bin ich es genauso. In deinen Augen.«

»Nee …«

»Klar. Ich war auch mal Schülerin. Und genauso arrogant. Ich dachte nur, ich mache es als Lehrerin besser. Bleibe länger jung. Weil ihr mich duzen dürft und weil ich in meiner freien Zeit solche Aktionen mit euch mache. Und Sonja und Steffen, denen geht es ähnlich.«

»Aber …«

»Aber nun hast du uns mit zwei einfachen Worten unseren Platz zugewiesen. Bravo!«

Ben schaute schuldbewusst zu Milli und Emma.

»Okay. Du hast recht, Ben.« Babsi schien noch nicht am Ende. Sonja war wirklich neugierig, wie es weitergehen würde. »Wir sind die Alten, die Erwachsenen. Vollkommen richtig. Und deswegen bin ich so spießig und sage: So war das nicht verabredet.« Sie deutete auf die verkleideten Jugendlichen, von denen sich immer mehr am Meersaum entlang auf den Treffpunkt am Nordstrand zubewegten.

»Konnte doch keiner ahnen«, schob sich Emma neben Ben. Ihre Stimme war kräftiger als sonst, und mit ihrer Schulmädchenuniform und dem Schwert, das sie auf dem Rücken trug, sah sie älter, ernster und kämpferischer aus als sonst. »Wir haben ja nur gesagt, dass wir ein Shooting machen und später die Fotos posten.«

»Ja, da hatten wohl noch mehr Lust auf ein Shooting. Und nun? Was schlagt ihr vor?«

Sonja grinste. So war Babsi, die Vertrauenslehrerin. Erst eine Ansage machen. Aber dann die Schüler ernst nehmen. Babsi würde nicht im Traum einfallen, nach Lösungen zu suchen. Das sollten die Schüler gefälligst selber machen.

»Ich bin dafür, wir setzen uns unten alle zusammen.« Das war Milli, die erschreckend traurig aussah, wie Sonja erneut feststellte. Sie mochte Milli und hatte riesengroßes Mitleid mit ihr. Wenn nur ein bisschen davon stimmte, was man sich von ihrem Zusammenleben mit ihrer Mutter erzählte … Aber Milli ließ niemanden an sich heran. Vielleicht war das der Grund gewesen, weshalb sie dem ganzen Mangaprojekt zugestimmt hatte: weil sie Milli etwas Gutes tun wollte.

»Einverstanden«, sagte Babsi. »Und dann?«

»Können wir ja reden. Regeln aufstellen für heute. Und so.«

Ben versuchte, selbstsicher zu klingen, aber Sonja hörte auch bei ihm ein Zittern.

»Ein Versuch ist es wert. Vor allem will ich klare Verantwortlichkeiten. Wir kümmern uns um euch als Sonjas Projektgruppe. Wenn das ausufert, haben eure Eltern am Montag eine Mitteilung.«

»Ist aber doch keine schulische Veranstaltung.« Emma klang immer noch schnippisch.

»Stimmt. Aber dann mache ich eine daraus. Das könnt ihr mir glauben. Und was für eine.« Babsi schien über sich hinauszuwachsen. Selbst Sonja nahm ihr ab, dass ihr das gelingen würde. »Also, runter an den Strand. In fünf Minuten ist dort unten Lagebesprechung.«

»Aber was machen wir mit Steffen?« Sonja sah Babsi an und hoffte, ihre Kollegin hätte auch darauf eine Antwort. Doch Babsi rieb nur mit beiden Händen über ihre Augenbrauen.

»Keine Ahnung. Steffen, was ist? Wirkt die Ibu?«

Steffen nickte und versuchte, sich aufzurichten, sank aber sofort zurück.

»Das sieht nicht so aus, als könntest du weitermachen, oder?« Babsi steckte die Hände in die Tasche und sah Sonja ratlos an.

»Nein. Sieht nicht danach aus.«

»Hast du so etwas schon mal gehabt? Wie lange dauert das denn?«

Steffen schüttelte den Kopf. »Kommt wahrscheinlich vom Tennis. Ich habe gestern eine unglückliche Stoppbewegung gemacht. Aber ich dachte, es wäre wieder okay.«

»Haste wohl falsch gedacht«, antwortete Babsi flapsig. »Und nun stehen wir hier.«

»Ich liege.« Steffen versuchte ein Grinsen.

»Ja, mach du noch Sprüche. Hat irgendeiner eine Idee?«

»Am besten rufst du ein Taxi. Ich denke, Ulf kann mich nicht holen. Er fotografiert die Hochzeit.«

»Telefonieren kannst du aber schon selber.« Babsi drehte sich zu Sonja um. »Bleibst du bei Steffen, bis das Taxi ihn abgeholt hat? Ich gehe zu unseren Cosplayern.«

»Klar.«

»Du kannst meine Tasche nachher mitbringen, Sonja. Und dir gute Besserung. Wir melden uns später.«

Sonja sah, dass Babsi gar nicht mehr richtig zu Steffen geschaut hatte, als sie sprach. Kurz vor dem Dünenabgang blieb sie stehen und rief über ihre Schulter zurück: »Und mach dir keine Gedanken. Sonja und ich schaffen das allein. Frauenpower. Ist doch so, oder, Sonja?«

Sonja seufzte. Sie war sich dessen überhaupt nicht sicher, aber wenn Babsi das so sagte. Was sollte sie dagegen setzen?

*

Das konnte Martin sich ja denken, dass Ruth sich für alles interessierte, was mit den Todesfällen auf der Insel zusammenhing. Er würde sogar wetten, dass sie das mehr faszinierte als die ganze Hochzeit. Er war nur froh, dass für ihn heute Dienstschluss war. So hatte er es mit Frau Lichterfeld abgesprochen. Nach der Trauung im Badekarren würde er die Gelegenheit nutzen und mit Ruth fachsimpeln. Darauf freute er sich, und es würde ihm guttun. Ganz spurlos gingen die Todesfälle von Hilmar und Anneliese nämlich keineswegs an ihm vorbei.

Deshalb schweiften seine Gedanken wohl immer wieder ab. Jutta und er waren im Badekarren stehen geblieben, damit es auf der Bank für das Hochzeitspaar nicht so eng würde. Von seinem Platz aus konnte er auf die kleine Hochzeitsgesellschaft blicken, die draußen vor dem Badekarren stand, der als offizielles Standesamt fungierte. Was für Wege das Leben doch ging. Vor zwei Jahren hatte es in der Nähe einen Mord gegeben, an deren Aufklärung sie alle beteiligt waren: Anne, Ruth, Marthe Dirkens, Daniela und Frank. Damals hatte ein Sturm dafür gesorgt, dass die Insel vom Festland abgeschnitten war, weshalb sie sich alle kennengelernt hatten. Wer weiß, ob das sonst auch geschehen wäre. Anne hatte später einmal zu ihm gesagt, sie hätte anfangs geglaubt, dass er und Ruth ein Paar wären. Wenn er ehrlich war, gab es Momente, in denen er es sich gewünscht hatte. Aber heute wusste er, das waren Gedanken, die seiner damaligen Einsamkeit geschuldet waren.

Er sah Anne an und spürte das vertraute warme Gefühl im Bauch. Es hätte wirklich nicht besser kommen können.

Seltsam, dass sie nun ganz in der Nähe des damaligen Tatortes zu Danielas Hochzeit zusammengekommen waren. Frank und er waren gute Kumpels nach der damaligen Sache geworden und mittlerweile zusammen im Tennisklub. Er freute sich, dass er sein Trauzeuge sein durfte, auch wenn das heute Morgen ziemlich schiefgelaufen war. Vielleicht sollte es aber so sein. Als Kirchgänger war er nicht gerade verschrien und hatte schon Bammel vor diesem förmlichen Prozedere gehabt. Hier im Badekarren fühlte er sich deutlich wohler.

Die Strandkörbe formten so etwas wie eine Wagenburg und schotteten sie von den Strandspaziergängern und Promenadenläufern ab. Dennoch konnte man durch die Lücken in beide Richtungen schauen – und das war auch gewollt. Wer hier heiratete, setzte sich der Öffentlichkeit aus und landete bei vielen fremden Menschen in der Fotosammlung. So etwas musste man mögen. Ganz so intim, wie der kleine Rahmen es verhieß, war die ganze Sache keineswegs.

Martin hörte die Stimme der Standesbeamtin an sich vorbeirauschen. Wie rasant sie sprach, war ihm zu Beginn aufgefallen. Doch die Schnelligkeit der Worte entwickelte in ihm eine Trägheit der Gedanken, wahrscheinlich, weil er nach dem dienstlichen Einsatz keine Lust hatte, sich anzustrengen und zu konzentrieren. So waberten die Sätze gleichförmig an seinem Ohr vorbei, und nur ab und an, wenn die Standesbeamtin das Traupaar direkt ansprach, schreckte er auf, in der Sorge, seinen Einsatz zu verpassen.

Aber dann fiel sein Blick wieder nach draußen, wo das Sonnenlicht den Sand, die Strandkörbe, die Gäste und das weiter hinten liegende Meer anfunkelte. Hochzeitswetter. Immerhin, dachte er, weil das auf der Insel keineswegs selbstverständlich war.

Danielas Freundinnen hatten ihr karnevalistisches Outfit anbehalten und waren besondere Farbtupfer in der maritimen Landschaft. Das versprach das Allerbeste für die anschließende Feier am Nordstrand.

Vorsichtig schielte er auf die Uhr. Allzu lange würde es nicht mehr dauern. Hoffentlich würde alles klappen mit der Überraschung, die sie sich für Frank und Daniela sowie die ganze Hochzeitsgesellschaft ausgedacht hatten. Ein bisschen Gaudi wollten auch sie als Nordlichter beisteuern.

Sein Blick wurde von einer Gruppe angezogen, die mit lauter Musik auf der Promenade an ihnen vorbeizog. Es war nicht genau zu erkennen, woher die lauten Bässe ertönten, aber sie verwirrten für einen Moment selbst die beflissene Standesbeamtin, die stockte und irritiert aufsah.

Daniela grinste und begann sich sofort mit Jutta zusammen zum Rhythmus zu bewegen, was ihnen einen tadelnden Blick der Zeremonienmeisterin einbrachte. Aus ihrer Sicht waren sie nicht zum Spaß hier, vermutete Martin. Er unterdrückte ein Grinsen. Besser, er schaute nicht länger zu Daniela. Nicht, dass er einen ihrer Lachanfälle auslöste.

Für den sorgte stattdessen Ruth, der von Anne draußen soeben etwas ins Ohr geflüstert worden war. Auch sie traf der strenge Blick der Beamtin, die sich zu ihr herumgedreht hatte und sich laut räusperte.

Martin sah der Gruppe, die die Störung verursacht hatte, hinterher. Seltsam. Noch eine Gruppe, die verkleidet war, aber nicht clownsmäßig wie Danielas Freundinnen, sondern aufwendiger und fantasievoller. Wesen von einem anderen Stern, aus einer anderen Welt. Das Mangafest fiel ihm ein, von dem Nicole auf der Dienststelle gesprochen hatte. Das hatte er in der ganzen Aufregung um Hilmar und Anneliese vollkommen vergessen.

Nun ja, eine Horde Jugendlicher, damit würden die Kollegen wohl fertig werden. So etwas hatten sie in letzter Zeit häufiger. Genauso wie manche Randale in den Nächten, wobei daran so mancher Abkömmling von der Insel nicht unschuldig war. Ärgerlich, aber nichts, womit er sich belasten musste. Für ihn stand im Vordergrund herauszubekommen, wer den toten Hilmar Hansen ins Regenfass befördert hatte. Und über den Fall würde er mit Ruth nur allzu gerne debattieren.

Martin zuckte zusammen. Eine scharfe Stimme riss ihn aus seinen Gedanken. »Herr Ziegler? Würden Sie bitte auch unterschreiben?«

Gleichzeitig reichte ihm Frank den Füller und verzog spöttisch das Gesicht. »Du tust zwar heute alles dafür, dass das mit unserer Trauung nichts wird, aber jetzt ist es eh zu spät. Falls du es nicht gemerkt haben solltest: Daniela und ich haben gerade Ja gesagt.«

*

»Also, passt auf! Wir stellen ein paar Regeln für den Nachmittag auf. Wenn ihr so lange einmal ruhig sein könntet?« Sonja spürte, dass sie mit ihren Worten nicht gegen die Wellen, die Musik und das aufgeregte Geschnatter der jungen Leute ankommen würde. In Gedanken verfluchte sie Steffen, der es stimmlich wahrscheinlich leichter gehabt hätte. Sie drehte sich zu Babsi um, aber im selben Augenblick schob sich Ben nach vorne und nickte ihr zu.»Ich übernehme, ja?«, formierte er die Frage mit den Lippen, und Sonja war froh, dass er ihr Unterstützung anbot. Schließlich war er nicht unschuldig an der Situation.

»Also Leute, unsere Chefinnen haben eine Message für euch. Wenn ihr kurz innehalten würdet. Gleich geht's weiter.«

Sonja sah zu Babsi, die genauso verblüfft schien angesichts

der Tatsache, dass Ben tatsächlich für Schweigen gesorgt hatte. Dann zuckte sie mit den Schultern und straffte den Rücken. Vielleicht konnte sie so ein wenig mehr Autorität ausstrahlen.

»Ja, Leute, wie Ben schon sagt, Babsi und ich«, sie drehte sich herum, um auf Babsi zu zeigen, »sind heute die Chefs. Also ehrlich gesagt, die Cheffotografen. Und die Choreografen für die Bilder. Aber, und das ist wirklich ein Problem …« Sie stockte und überlegte, wie sie weitermachen sollte.

Glücklicherweise sprang Babsi ein: »Sonja meint damit, dass wir mit einer Gruppe aus unserer Schule diesen Nachmittag geplant haben. So als Projektgruppe. Und jetzt sind hier eine Menge Leute, die wir gar nicht kennen.«

»Oh, ihr werdet uns kennenlernen«, rief jemand, der sein Gesicht unter einer opulenten düsteren Maske verbarg. In der Hand trug er eine lange Waffe und ein Schild. Sein martialisches Aussehen ließ Sonja ahnen, dass seinen Worten Taten folgen könnten. Das wiederum forderte ihren Widerspruchsgeist heraus. Warum sollte ihre Direktorin recht behalten? Sie ließ sich das alles nicht kaputt machen.

»Genau das ist zu befürchten«, rief sie in die Menge. »Und genau deswegen wird es für unsere Truppe eine klare Ansage und ein paar Regeln geben.«

»Aber ihr habt gesagt, das ist keine Schulveranstaltung«, maulte eine ihrer Schülerinnen. Neben ihr stand ein junger Anime, der nicht zur Projektgruppe gehörte.

»Ja, das stimmt«, übernahm Babsi. »Und ihr kennt alle die Gründe. Wenn es nach der Schulleitung gegangen wäre, würde es dieses Shooting gar nicht geben. Dafür opfert Sonja ihre Freizeit. Ich übrigens auch. Und Steffen, wenn er sich nicht verletzt hätte.«

»Das ist voll in Ordnung. Für die Fotos ist es sogar viel besser, wenn wir mehr Cosplayer sind. Wir kennen uns fast alle untereinander.«

»Mag sein«, antwortete Babsi. »Trotzdem gibt es ein paar Hindernisse. Ihr wisst: Das Recht am Bild desjenigen, der es macht, und desjenigen, der darauf abgebildet ist. Also sorry, Leute. Von unserer Projektgruppe haben wir von den Eltern Einwilligungen für die Fotos bekommen. Von allen anderen nicht. Das heißt …«

»Das ist doch Scheiße.« Wieder der martialische Krieger. Sonja bewunderte Babsi, dass sie so ruhig blieb.

»Mag sein, weiter. »Würde ich auch, wenn ich mir etwas anderes erhofft hätte. Was ihr untereinander an Fotos macht, ist mir schnurzpiepegal. Für die Projektfotos gilt: Es werden nur unsere Leute beim Shooting dabei sein. Keine Fotos mit jemandem, der nicht auf unsere Schule geht.«

»Können Sie das denn einfach so bestimmen?« Ein Mädchen mit sonnengelben Haaren, die wild in alle Richtungen abstanden, schob sich ein wenig nach vorne. Ihre Kleidung ließ sie wie eine Mischung aus einem Riesenbaby und einem Troll aussehen. »Sie haben keine Aufsichtspflicht, hat ihre Klasse gesagt.«

»Stimmt.« Babsi sah Sonja an. »Meine Kollegin und ich haben kein Recht, euch irgendetwas vorzugeben. Aber wir sind die Fotoshooting-Truppe. Das heißt, wer von der Projektgruppe aufs Foto will, muss sich an unsere Spielregeln halten.«

Ein ziemliches Getuschel und Gemaule war die Folge. Nur Ben, Emma und Milli standen schuldbewusst in der Nähe der Lehrerinnen. Emma kam näher und zupfte dabei verlegen an ihrem Kleid. »Sorry, das wollten wir nicht. Aber wir möchten das Fotoshooting machen. Unbedingt. Dafür haben wir all die Wochen so viel gearbeitet. Einmal so sein wie Yamanari, Hanako, Nishi oder Shinji. Einmal zusammen mangamäßig unterwegs sein. Sich genauso fühlen dürfen. Das darf nicht platzen. Bitte nicht.«

Sonja nickte ihr beruhigend zu. »Wir machen das schon. Aber mit klaren Regeln. Hör mal, was Babsi sagt.«

Diese hatte in die Hände geklatscht und Aufmerksamkeit erbeten. »Also, noch mal: Unsere Leute machen mit uns das Fotoshooting. Wer keine Lust auf die Bilder hat und lieber mit seinen Freunden den Tag verbringen will, kein Problem. Dann sagt uns nur kurz Bescheid, damit wir den Überblick nicht verlieren.«

»Aber wie soll das gehen in dem Gewusel?« Milli hatte die Frage zwar leise gestellt, aber mit dem ausgestreckten Arm auf all die Animes gezeigt, die sich am Strand bewegten.

Sonja stimmte ihr zu. »Das ist ein guter Einwand.« Ich würde sagen, wir trennen die Gruppen. Letztendlich ist es egal, wo wir die Bilder machen. Wichtig sind eure Kostüme. Was meinst du, Babsi?«

»Ja, ich bin dafür. Lass uns am Strand ein Stück stadtwärts gehen. Vielleicht dort hinten zum Strandaufgang am Spielplatz. Dort haben wir den Dünensaum und das Meer. Außerdem: Bilder von fliegenden Animes auf der Schaukel haben bestimmt ihren Reiz.«

Sonja stimmte zu. »Gute Idee.«

Noch einmal klatschte Babsi in die Hände: »Und noch etwas.« Sie ließ den Blick über die Gruppe schweifen. »Aus gegebenem Anlass. Wer mit auf die Fotos will, verzichtet solange auf Alkohol jeder Art. Ich will weder eure Bierflaschen noch Prosecco-Döschen und erst recht keinen Kräuterschnaps auf den Bildern haben. Und auch keine Modells, denen man ansieht, dass sie das Zeug intus haben.«

»Was ist das denn?« Das Gemaule schwoll deutlich an. Sonja hörte, wie sich die Stimmen ineinander vermischten. »Hast du nicht gesagt, ihr hättet total coole Lehrer?« – »Geht ja gar nicht.« – »Ich dachte, das wär 'ne Ehrenfrau?« – »Kann die nicht mal chillen?« – »Was hat die denn, der fehlt wohl ein Typ?«

Sonja versuchte herauszufinden, wer den letzten Satz gesagt hatte. Sie konnte es nicht fassen, dass manche Sprüche niemals ausstarben. Aber darüber zu debattieren, wäre sowieso sinnlos. Babsi hatte das gut gemacht, und tatsächlich kam der Großteil ihrer Projektgruppe zu ihr und scharte sich um sie.

»Ist schon okay«, sagte eines der Mädchen in Richtung Milli. »Ihr hattet die tolle Idee – wir ziehen das durch. Wir können uns nach dem Shooting immer noch mit den anderen treffen. Und Fotos mit den Handys machen«, setzte sie in Richtung Babsi und Sonja hinzu.

»Klar könnt ihr das.« Babsi gab sich gelassen und versöhnlich. »Ihr entscheidet. Beziehungsweise eure Eltern. Wir machen das Shooting und danach seid ihr frei. Also, wollen wir los?«

*

Die Überraschung war gelungen. Als sie die weit aufgerissenen Augen von Daniela sahen, klatschte Martin alle Mitstreiter ab. »Super, Jungs, das war's. Die beste Idee, die wir haben konnten.« Auf der Promenade oberhalb des Badekarrens standen in einer Reihe mehrere der großen Gokarts, wie sie bei den Fahrradhändlern ausgeliehen werden konnten. Viersitzer und Sechssitzer, sodass es genau für die recht kleine Hochzeitsgesellschaft passte. Sie gaben ein wunderbares Bild ab.

»Dat is ja wie en Karnevalszoch!«, rief Jutta erfreut. »Daniela, du hast nix falsch gemacht. Hier gibt es ja alles genauso wie zu Hause.«

Das hatte natürlich reichlich Lacher beschert, und Jutta in ihrer unnachahmlichen Art mit Marktschreierstimme hatte prompt für ein noch größeres Publikum gesorgt. Da sich der ein oder andere verkleidete Jugendliche dazugesellte, gab das

Ganze tatsächlich zusammen mit den Clowns ein recht karnevalistisches Bild ab. Jedenfalls so, wie Martin sich das vorstellte. Natürlich in einem wesentlich kleineren Maßstab als ein rheinischer Karnevalsumzug.

Daniela stand erstaunt vor den Fahrzeugen. »Wie soll das denn gehen?« Fragend wandte sie sich an Anne und Ruth, und als diese die Schulter zuckten, an ihre Freundinnen. Diese waren damit beschäftigt, die Gokarts zu entern, nicht ohne vom Sultan und seiner Karawane zu singen.

»Ausziehen, ausziehen«, skandierte stattdessen Jutta und deutete auf Danielas Reifrock. »Wir wollen dein Strumpfband sehen, dein Strumpfband sehen, dein Strumpfband sehen«, begann sie zu singen und animierte mit wild rudernden Armen die Umstehenden, in den Gesang einzufallen.

Martin drehte sich zu seinen Tennisfreunden um. Irgendwie entglitt ihnen die Situation nun doch. Im Moment hatte er das Gefühl, vor einer der bekannten Norderneyer Klubkneipen zu stehen, die sie als Inselbewohner mieden wie der Teufel das Weihwasser. Er hätte es ahnen müssen: Ungewollt hatte er bei der Hochzeitsgesellschaft die karnevalistischen Fesseln gelöst.

Daniela schaute zu Jutta und drehte sich langsam im Kreis, um alle ihre Gäste ins Visier zu nehmen. Zuletzt blieb ihr Blick auf Frank und seinen Eltern ruhen. Obwohl alle drei lächelten, schien Daniela sie um Verzeihung zu bitten für die ausgelassene Stimmung ihrer Freundinnen. Wahrscheinlich hatte die Insel gründlich auf sie abgefärbt, und sie konnte sich in das Erstaunen ihrer norddeutschen Gäste hineinversetzen. Aber Frank ging zu ihr, nahm sie in den Arm und lupfte leicht ihren Rock. Er war wirklich ein feiner Kerl, dachte Martin. Daniela hätte es nicht besser treffen können, da waren sich alle einig. Einer, der sie alle zu nehmen wusste, die Insulaner, die Norderneyer und die Rheinländer. Und das, obwohl er selbst aus dem eher biederen Coesfeld kam. Was seine eigenen Worte gewesen waren.

Daniela löste sich aus seinen Armen und zog den Rock demonstrativ wieder über den Reif. »Nix da. Ausziehen kommt später. Ich beweise euch, wie das geht. Ich und das Gokart und der Reifrock.«

Daniela rief Anne zu Hilfe und schaffte es tatsächlich mit vielem Drehen und Falten und Stopfen des Stoffes, dass sie mit dem üppigen Kleid auf dem Sitz Platz nehmen konnte. Franks Vater hatte sein Handy herausgeholt und filmte alles, während er sich rund um das Fahrzeug bewegte. Ruth war bei all den Verrenkungen von Daniela in ihr typisches, lautes und unüberhörbares Gelächter ausgebrochen. Dieses wurde lauter, als Frank versuchte, sich in den winzigen Raum, der neben Danielas Kleid für ihn übrig blieb, zu quetschen, was dazu führte, dass er immer wieder seitwärts herauszukippen drohte. Auch die übrigen Passanten hatten ihre Handys gezückt und filmten die Szenerie.

Martin grinste angesichts des Spektakels und drückte die Favoritentaste seines Mobiltelefons. »Ihr könnt kommen«, sprach er in das Mikrofon. »Ich glaube, wir können los.«

»Silke ist schon unterwegs«, antwortete Olaf, und Martin wunderte sich einen Moment, wie ernst seine Stimme klang. Aber natürlich war ihm klar, dass Olaf nicht guthieß, was sie ausgeheckt hatten. Schließlich war es dienstrechtlich nicht nur nicht abgedeckt, sondern geradezu verboten. Aber Martin fand, dass auf Norderney die Uhren sowieso anders tickten als sonst wo. Und er würde das auf seine Kappe nehmen. Vielleicht war das sogar eine ganz gesunde Imagepflege für die Polizei. Silke würde also den Zug gleich anführen. Vor dem ganzen Aufzug herfahren und durch die Lautsprecher auf dem Dach erst den Hochzeitsmarsch ertönen lassen und dann das Karnevalslied von der Karawane, das Jutta eben angestimmt hatte. Nichts, was die Nordlichter in Gänze verstanden, wohl aber geeignet, die Hochzeitsgesellschaft bis zum Nordstrand zu begleiten.

Ein wenig bange angesichts all der gezückten Handys wurde Martin nun doch. Das alles würde sich über das Internet wahrscheinlich schneller verbreiten, als ihm lieb sein konnte. Aber raus aus der Nummer kam er nun nicht mehr.

»Meine spezielle ostfriesische Teezeremonie ist mir schon lieber als das ganze Durcheinander.« Frau Dirkens war an seine Seite getreten und schaute ihm prüfend ins Gesicht. Er konnte sich vorstellen, dass sie sich angesichts der bunten Truppe etwas seltsam fühlte.

»Die machen wir später auch noch, Frau Dirkens. Spätestens, wenn wir wieder unter uns sind.«

»Ach, ich habe ja gar nichts gegen Spaß und Freude. Es ist nur …«, sie stockte. »Manchmal denke ich, was ist nur aus unserer alten Insel geworden? Alles ist so laut und aufgedreht. Dabei ist es ja nicht so, dass wir Ostfriesen …« Sie sprach den Satz nicht zu Ende.

Martin ahnte, was sie sagen wollte. Dass sie genauso feierten, aber auf eine andere, zurückgenommene, ruhigere, sogar verstecktere Art. Er musste an den Whiskey in Frau Dirkens Tee denken. Genau so. Das war die Art, wie sie hier oben zusammenkamen. Mit Zurückhaltung und Contenance. Keinem Wort zu viel. Und erst recht ohne vorschnelle Verbrüderung.

»Ach was«, unterbrach sie seinen Gedankengang. »Ich rede schon wie Ingrid. Deren Gerede von den Insulanern ist der Anneliese wohl letztendlich zum Verhängnis geworden. Nicht, dass ich Anneliese gemocht hätte. Wer tat das schon? Aber wie Ingrid werden will ich auch nicht.«

Ja, Ingrid und Anneliese und Hilmar. Wie weit das weg war angesichts der fröhlichen Gesellschaft. Freud und Leid. Wie immer im Leben dicht beieinander. Er sah zu Anne, die kichernd neben Ruth stand. Anne verstand das. Das Nebeneinander. Das Nacheinander. Das Trennen von Job und Privatem. Das eine nicht mit in das andere Leben zu nehmen. Er seufzte. Beugte sich zu Frau Dirkens hinab. »Nach der Hochzeit machen wir das – Ihre besondere Teezeremonie. Ich glaube, dass wird mir guttun.«

Aus den Augenwinkeln sah er den Polizeiwagen auf die Promenade abbiegen. Aber statt einem kamen zwei Fahrzeuge hintereinander. Er runzelte die Stirn. Was war denn das für ein Alleingang der Kollegen? Ein Wagen wurde für den Einsatz gebraucht, er musste vor der Wache stehen. Schließlich konnte an einem Samstagnachmittag jederzeit etwas passieren. Während der eine Wagen wie verabredet so wendete, dass er rückwärts bis zu der Gokart-Parade setzen konnte, um anschließend die Spitzenposition zu übernehmen, blieb der andere Wagen an der Auffahrt quer stehen. Aus ihm stieg Silke und kam mit schnellen Schritten auf ihn zu. Martin sah von Weitem ihr sorgenvolles Gesicht. Als sie vor ihm stand, verengte sie die Augen, immer ein Zeichen, dass sie etwas Unangenehmes zu sagen hatte.

»Was ist, Silke?«, kam er ihr zuvor.

»Es tut mir wirklich leid, Chef. Und ehrlich gesagt, es hört sich nicht sehr glaubwürdig an. Aber wir haben schon wieder eine Leiche auf der Insel. Ich fürchte, Sie müssen mitkommen.«

*

Ingrid Folkerts war gefühlt seit Stunden unterwegs. Sie wusste nicht, wohin mit sich. Zuerst hatte sie auf einer Bank im Kurpark gesessen, sich dort aber aufgeregt, weil trotz der Verbotsschilder jeder mit seinem Fahrrad über die Wege fuhr. Dann waren wie immer die Rehe gekommen und die Touristen hatten in großen Pulks drum herum gestanden und sich nicht mehr von der Stelle bewegt. Ingrid war das alles zu viel. Sie war aufgestanden und hatte einen Moment überlegt, ob sie nicht mal eben … Den Schlüssel hatte sie dabei. Es wäre nicht weit von hier aus, ein paar Mal rechts und links die Haken schlagen und sie wäre da. Bei dem ungewöhnlich warmen Wetter würden die Blumen sich freuen, wenn sie nach ihnen schaute.

Aber allein die Vorstellung, dorthin zurückzukehren, wo vor drei Tagen alles stattgefunden hatte, ließ ihr einen Schauder über den Rücken laufen. Hilmar tot. Anneliese tot. Sie konnte beides nicht glauben. Ihre Welt, die ihr immer so übersichtlich erschienen war, wo war sie hin? Wie oft hatten sie gestritten, aber dass alles ein solches Ende nehmen würde? Wer hätte denn mit so etwas rechnen können?

Sie hatte sich rechts herum gedreht und war stadteinwärts gelaufen. Hatte sich weiter über die Radfahrer geärgert, die nirgendwo Rücksicht nahmen. War wilden Hunden ausgewichen, die von ihren Besitzern viel zu spät an die Leine genommen wurden. Konnten diese Menschen alle nicht mehr lesen? Lernte man auf dem Festland nicht mehr, was Anstand und Benehmen war? Sie war von Anneliese einiges gewohnt gewesen. Aber was auf der Insel Einzug gehalten hatte, überstieg die wildesten Vorstellungen.

Es war nicht besser geworden, je näher sie dem Zentrum kam. Vom Kurplatz an hatte sie sich durch Gruppen von Menschen kämpfen müssen. Sie verstopften die Straßen, weil das Biertrinken nicht mehr in den Gaststätten stattfand, sondern davor. Und das alles geschah ohne Schamgefühl am helllichten Tag. Nicht versteckt im Tee, wie der ein oder andere von ihnen das machte. Was waren das bloß für Zeiten!

Sie machte vor der Fußgängerzone halt und überlegte, welchen Weg sie einschlagen könnte. Drehte dann um und machte sich auf in Richtung Weststrand. Hier wurde es deutlich ruhiger, und sie hatte das Gefühl, durchatmen zu können. Besser wäre sie von Anfang an zur Wattseite gegangen, aber dort erinnerte sie alles viel zu sehr an Hilmar und Anneliese. Nein, sie wollte ans Meer, ans offene Meer und hoffte, dass sie dort etwas zur Ruhe kommen würde. Hatte das Meer nicht immer schon geholfen, die Dinge anders zu sehen? Schon in der Schule hatten sie gelernt, wie das Meer das Wesen der Insulaner prägt. Demütig macht es die Menschen. Vor dem, was das Leben mit einem machte. Auch sie musste akzeptieren, was passiert war. Wer auch immer Schuld hatte.

Wieder wich sie einem Fahrradfahrer aus, der mit hohem Tempo auf sie zugekommen war. Verdattert blieb sie stehen, weil er ihr im Vorbeifahren ein »He« zugeworfen hatte. War das etwa ein Insulaner? Nur er hätte das Recht, sie so grüßen. Aber dann müsste sie ihn kennen. Wobei – natürlich wusste sie, wer es war. Gehörte zu den Zugezogenen, die sich in der Schrebergartenkolonie breitmachten. Noch so ein Ärgernis. Hilmar hatte gesagt, sie nehmen uns die letzten friesischen Rückzugorte. Und war es nicht so? Doch. Genau so. Sie nahmen ihnen alles, drangen in alles ein, wussten alles besser und hielten keine Regeln ein. Hilmar hatte sich bei ihrem Vorsitzenden beschwert. Sie hatten versucht, in der Vereinssatzung zu verankern, dass nur gebürtige Norderneyer ein Grundstück und eine Laube besitzen dürften. Aber dann hatten sie nicht mehr genug Interessenten aus den eigenen Reihen gehabt.

»Die Insel blutet aus!« Das war so ein Satz, den Hilmar laut hervorgebracht hatte. Anneliese und sie hatten extra mitkommen müssen zum Vereinsabend, um ihn zu unterstützen. Aber was half alles Gepoltere, wenn wirklich niemand mehr da war? Es gab kaum lukrative Arbeit und keinen Wohnraum. Oft gingen die Insulaner, bevor sie volljährig waren. Nach Esens aufs Internat, weil ja heute jeder Abitur machen musste. Und dann kamen sie nicht wieder. Stattdessen die, die alles Mögliche von der Insel erwarteten, aber nie so sein würden wie die Alteingesessenen. Auch nicht so werden wollten, aber ihnen alles nahmen, was geblieben war.

Ingrid hatte den Weg zum Argonnenwäldchen eingeschlagen. Vor dem Fischerhausmuseum stand sie seufzend. Sie würde zum nächsten Röttelnachmittag gehen, bei dem alle zusammenkamen, die Lust daran hatten, Platt zu prooten, wie sie sagten. Wenige Momente, in denen sie sich heimisch fühlte, seitdem die Insel fast das ganze Jahr unter Dauerbeschuss vom Festland war.

Sie nahm den Weg am Bademuseum vorbei, um zum Strand zu kommen. Hier konnte sie immer wieder in alte Zeiten abtauchen und ab und zu an der Kasse aushelfen. Aber die »Ahs« und »Ohs« der Gäste vor den Ausstellungsstücken mochte sie genauso wenig wie die Eindringlinge im Schrebergartenverein. Alle nahmen ihnen etwas weg, was nur ihnen gehörte. Mit solchen Fremdlingen wie Anneliese hatte das Ganze angefangen. Warum war jemand wie sie nie gut genug gewesen für einen Kai-Uwe oder einen Hilmar Hansen? Nun konnten alle sehen, was passierte, wenn man sich nicht begnügte.

Am Weststrand schlug Ingrid wieder einen Haken nach rechts. Auch wenn die Promenade recht überfüllt war. Sie hatte beschlossen, bis zu den Kaiserbauten zu laufen, um von dort aus den Heimweg anzutreten. Es wurde Zeit für einen Nachmittagstee.

Doch mit jedem Schritt, den sie tat, hatte sie mehr und mehr das Gefühl, verrückt zu werden. Was waren das für Gestalten, die hier herumlungerten? Fratzen und grell geschminkte Wesen. Männer und Frauen nicht voneinander zu unterscheiden. Bunte Röcke, die kaum den Po bedeckten. Dazwischen Damenkostüme und Reifröcke wie aus dem Bademuseum entliehen, aber mit getürmten Frisuren und bleichen Gesichtern, die aus einem Horrorkabinett zu stammen schienen.

Ein lautes Gejohle und ein scheußlicher Gesang ließen sie verharren. Was war das? Sie drehte sich herum und hielt die Hand vor die Augen, weil die Sonne sie blendete. Im selben Augenblick setzte ein fürchterliches Gedudel ein, das geradewegs aus dem Polizeiwagen zu schallen schien, der sich im Schritttempo näherte. Passanten blieben stehen und klatschten.

Ingrid drückte sich an die Promenadenmauer. Der Polizeiwagen war nur die Vorhut. Dahinter kamen vier, fünf dieser schrecklichen Gokarts, mit denen erwachsene Menschen durch die Straßen fuhren. In ihnen saßen – und nun glaubte Ingrid ganz bestimmt, verrückt zu sein – eine Braut in einem ausladenden Kleid und ihr Bräutigam im Anzug. Dahinter anscheinend die ganze Hochzeitsgesellschaft.

Ingrid schnappte nach Luft. Sie fasste sich an die Brust. Merkte förmlich, wie ihr Blutdruck anstieg. Sie tastete in ihrer Jacke nach dem Nitro-Spray, das sie für solche Augenblicke bei sich trug. Wenn die Aufregung zu groß wurde. Wenn sie glaubte, dass sie es nicht länger aushielt, mit anzusehen, was aus ihrer Heimat geworden war.

»He, Ingrid. Schrecklich, nicht?«

Ingrid fuhr zusammen. Sie hatte gar nicht gemerkt, dass sich jemand neben sie gestellt hatte. Sie schaute auf.

»Ach, Olaf. Bist du im Dienst?«

»Muss ja einer.«

»Und was ist das mit eurem Einsatzwagen?« Ingrid deutete nach vorne zu der Spitze des Aufzugs.

»Frag mich mal. War Martin Zieglers Idee. Kommt davon, wenn man Leute vom Festland die Wache leiten lässt.«

»Und so etwas darf der?«

»Nee. Darf der nicht. Deswegen bin ich hier.« Olaf zeigte auf sein Fahrrad, das er ein paar Meter weiter abgestellt hatte. »Ich dachte, ich komm von der Wache rüber. Um Fotos zu machen.«

Ingrid nickte. Dann lächelte sie Olaf an. »Aber sicher nicht für ein Erinnerungsalbum, was?«

Olaf verzog die Mundwinkel nach unten. »Nee. Ganz sicher nicht. Ich dachte, da interessiert sich vielleicht einer für. In Aurich. Oder in Oldenburg. Oder in Hannover. Ganz egal. Irgendwo wird schon einer sein, der weiß, dass so etwas nicht geht. Selbst wenn die Welt immer spinnerter wird.«

Ingrid spürte eine Woge der Erleichterung. Wie gut, dass es Menschen wie Olaf gab. »Du, Olaf, wenn du magst, komm nachher nach Dienstschluss vorbei. Auf einen Tee. Was meinst du? Wir müssen zusammenhalten. Wir Insulaner. Oder etwa nicht?«

*

»Sie wissen, dass das zu einer Anzeige führen wird? Das Vortäuschen einer Straftat steht genauso unter Strafe wie eine Tat selbst.« Martin redete lauter als sonst, das hörte er selbst, aber er war wirklich verärgert. Es reichte doch, dass diese maskierten jungen Menschen für genügend Aufsehen und Gesprächsstoff sorgten, ohne dass sich einer damit hervortat, unschuldige Passanten zu erschrecken. Ärgerlich war er vor allem, weil er erneut von der Hochzeit weggeholt worden war. Das glaubte einem doch keiner. So ein Trubel auf der Insel. Zu ihnen kamen die Saison-Verstärker aus den niedersächsischen Dienststellen, um es etwas langsamer angehen zu lassen. Und dann das.

»Ich habe keine Straftat vorgetäuscht. Wenn überhaupt bin ich ja wohl das Opfer.« Die Stimme des jungen Mannes klang unsicherer, als es seine Worte vermuten ließen. Martin sah, dass die Hand, in der er eine Wodkaflasche mit einem anscheinend selbst abgefüllten, bunten Alkoholmix hielt, zitterte.

»Das eine hat mit dem anderen recht wenig zu tun. Mit Ihrem Verhalten haben Sie suggeriert, dass eine Straftat geschehen sei und unnötigerweise die Ermittlungsbehörden tätig werden lassen. Seien Sie froh, dass wir die Mordkommission aus Aurich noch nicht in Bewegung gesetzt haben.«

»War doch nur ein Spaß.«

»Ein Spaß, mit dem Sie ein älteres Ehepaar zu Tode erschreckt haben.« Martin räusperte sich. »Glücklicherweise nur fast zu Tode erschreckt, sonst sähe es schlimmer aus mit dem Katalog Ihrer Vergehen.«

»Mit dem Katalog meiner Vergehen?« Die Augen des Jungen flackerten kurz, dann wandte er den Kopf, als wolle er die Chancen einer Flucht abstecken. Aber so langsam, wie er in seinen Bewegungen war, hatte er bereits jetzt am Nachmittag etliches konsumiert, da war sich Martin sicher.

»Schreibst du mit?« Martin sah Silke an, die ihn undurchdringlich ansah. »Da wäre das schon benannte Delikt, dann das verbotswidrige Betreten der Dünen und damit das Verletzen des Dünenschutzes und nicht zuletzt …« Martin legte bewusst eine dramatische Pause ein. Ihm war klar, dass er dem Jungen nichts würde anlasten können, es war ja alles glimpflich verlaufen, aber so ganz ohne nachhaltigen Eindruck sollte er nicht davonkommen.

»Ja?«, fragte der junge Mann mit hoher Stimme, durch die seine Angst fast greifbar wurde.

»… möchte ich wetten, dass Sie Sachen konsumieren, für die Sie a) nicht alt genug sind und die b) wenn ich mir Ihre Pupillen anschaue, auch verboten sind.«

Mit einer zittrigen Bewegung versuchte der Mann, die Flasche hinter seinem Rücken zu verstecken, wobei er einiges verschüttete.

»Ja, das ist wahrscheinlich das Beste, wenn Sie sich des Inhalts entledigen. Nichtsdestotrotz möchte ich gerne Ihren Ausweis sehen und einen Alkohol- und Drogenschnelltest durchführen. Ich nehme an, Sie sind nicht volljährig?«

Der Junge schüttelte den Kopf. »In vier Monaten.«

»Tut mir leid. Vier Monate zu früh, um sich so etwas in den Kopf zu schütten. Geben Sie das Ganze her! Was ist es denn?« Martin nahm die Flasche entgegen und roch daran.

»Cranberrysaft«, kam die leise Antwort.

»Soll ja für sich alleine gesund sein«, murmelte Silke. »Und was noch?«

»Wodka.« Der Junge hob hilflos die Schultern. »Machen doch alle.«

»Dann kippen wir das Ganze als Erstes weg.« Martin drehte die Flasche um. »Können wir alles Weitere abkürzen? Etwas anderes konsumiert? Irgendetwas eingeworfen? Geraucht? Geschnupft?«

Es blieb ein paar Sekunden still, als prüfe der junge Mann die Chancen einer Lüge. Dann stammelte er, mit jedem Wort schneller werdend: »Eine Pille. Wirklich nur eine. Ich habe sonst nichts weiter dabei. Die hatten die anderen. Hat am Anfang einer verteilt.«

»Wer sind denn sie anderen?«

»Keine Ahnung. Wir haben uns über so eine Gruppe verabredet. Halt so ein Cosplayer-Treffen. Die mit den Pillen kenne ich gar nicht. Das hat sich so ergeben, als wir auf der Fähre waren.«

»Und warum sind Sie nicht bei den anderen?«

»Weil ich jemand Bestimmtes suche. Zwei Mädchen aus der Gruppe, die das organisieren. Milli und Emma.«

»Aber hier ist weit und breit keine Gruppe. Sie sind mitten in den Dünen. Noch dazu auf einem abgelegenen Dünenweg.«

»Keine Ahnung. Ich war noch nie auf Norderney. Milli hat mir ihren Standort geschickt, aber ich hab's nicht gepeilt bekommen. Ich wollte niemanden erschrecken. Einfach ein wenig rumliegen und die geile Landschaft anschauen.«

Martin schaute Silke an. Er war fast versucht, ihm zu glauben. »Und das Fahrrad?«, fragte er und deutete auf das rote Rad, das im Gras lag.

»Stand so rum.« Wieder schaute der Junge mit einer Mischung aus Verlegenheit und Schuldbewusstsein. »Kann ja nichts dafür, wenn es nicht abgeschlossen ist. Hätte es schon wieder hingestellt.«

»Also noch ein Delikt – Diebstahl einer Svenja.« Er deutete auf den Namen, der am Speichenschutz angebracht war. »Junger Mann, lassen Sie uns nicht weiter drum herum reden. Was ich verstanden habe, ist, dass Sie nicht von der Insel kommen.«

»Nein, aus Leer.«

»Wissen Ihre Eltern, dass Sie hier sind?«

»Sie wissen, dass ich bei Freunden bin. Über Nacht.«

»Der Freund ist aber nicht hier, stimmt's?«

Ein zögerliches Nicken ersetzte die Antwort.

»Wo hätten Sie diese Nacht geschlafen? Hört sich nicht an, als wollten Sie alle mit der letzten Fähre heim.«

»Ich dachte, da ergibt sich etwas. Tut es eigentlich immer. Und Milli …«

»Mit Milli waren Sie verabredet.«

Er schwieg.

»Also nicht. Aber Sie kennen sich?«

Wieder Schweigen.

»So kommen wir nicht weiter. Ich wollte Ihnen eine Brücke bauen und das Ganze nicht allzu hochkochen. Aber wenn ich keine Antworten bekomme, dann …«

»Schon gut. Nein, ich kenne Milli nur von Fotos. Und finde sie total süß. Die Verletzung …«, er zeigte auf die täuschend echt wirkende Wunde, die sich über seinen Hals zog und die es war, weshalb die Dünenwanderer ihn für tot gehalten hatten, »… fand diese Milli so mega. Und deswegen, also ich dachte, wenn sie mich sieht, wir kennen uns ja über das Chatten, aber in echt haben wir noch nie und ich weiß ja gar nicht …«

»Stopp!« Es war Silke, die dem wirren Gestammel Einhalt gebot. Martin hatte eine Sekunde Angst, dass sie ihren berüchtigten Satz vom Schlüpper ablassen würde, aber anscheinend galt der nur für den Kollegenkreis. »Da wird ja kein Mensch draus schlau. Mein Vorschlag: Wir benachrichtigen zusammen Ihre Eltern und bringen Sie zur Wache, um dort auf sie zu warten. Mit dem Fahrrad, das regeln wir. Ihr Ausflug nach Norderney ist hiermit beendet. Kommen Sie wieder, wenn Sie nüchtern oder volljährig sind. Auf jeden Fall ohne Drogen. Dann lassen wir Gnade vor Recht walten. Und glauben Sie mir: Wenn ich Millis Mutter wäre, würde ich mir nicht so ein Exemplar ins Haus wünschen. Denken Sie mal darüber nach.« Sie atmete laut aus, wie nach einer großen Anstrengung.

Martin nickte ihr dankend zu. Silke verstand es, den Sack zuzumachen. Selbst der junge Mann schien einsichtig, ja fast erleichtert. Ohne Protest stieg er hinten in den Polizeiwagen. Dem Telefonat mit seinen Eltern lauschte er schweigend. Dann saß er zusammengesunken auf der Rückbank, sodass Martin fast Mitleid mit ihm bekam.

»Also dann«, sagte er an der Wache und klopfte ihm auf die Schulter. »Nehmen Sie sich die Worte meiner Kollegin zu Herzen. Sie wird mit Ihnen auf Ihren Vater warten. Und dann würde ich sagen: für diesmal Schwamm drüber. Einverstanden?«

»Einverstanden. Danke.« Der Junge senkte den Kopf. »Ich denke darüber nach. Versprochen.«

»Und ich hoffe, dass der restliche Trupp Ihrer Verbündeten etwas vernünftiger ist. Keine Leute erschreckt. Und auch sonst keinen Blödsinn macht.« Er drehte sich zu Silke. »Ich würde den Versuch wagen, die Hochzeit mitzufeiern. Es müsste ja mit dem Teufel zugehen, wenn das nicht möglich wäre.«

*

Ruth saß abseits auf einer der Decken, die für die Hochzeitsgäste bereitgelegt waren. Sie brauchte eine kurze Pause. Nach der Ankunft am Nordstrand hatten sie mit Sekt angestoßen, bei ein paar der üblichen Hochzeitsspielchen zugeschaut, Frau Dirkens hielt anschließend eine Rede in Reimform, bei der Daniela die Tränen über die Wangen liefen, und danach setzten sich alle in die reservierten Strandkörbe, um die Hochzeitstorte zu genießen, die vom gebuchten Catering-Service an den Strand gebracht worden war. Auch für Kaffee und Tee wurde gesorgt und Ruth war erstaunt, wie reibungslos alles funktionierte.

Anschließend kamen die rheinischen Freundinnen zum Zuge.

Ruth hatte singen müssen und sich dabei anhand der verteilten Liedtexte in der kölschen Mundart versucht, was für viel Gelächter sorgte. Danach hatte es ein witziges Angelspiel gegeben. Alle Gäste beschrifteten vorbereitete bunte Quietscheenten mit ihrem Namen und einer Überraschungsaktion. Daniela musste in einer vorgegebenen Zeit und mit verbundenen Augen danach angeln, während Frank lautstark Anweisungen brüllte. Ruth schmunzelte. Ihre Ente war geangelt worden. Nun würde sie den beiden das neueste Buch ihrer Freundin mit einer Widmung schenken müssen. Aber besser als das, was Anne zu tun hatte. Wie hatte sie auch nur anbieten können, für einen Tag in der Pension als Zimmermädchen zu arbeiten? Aber so war das, wenn man sich auf solche Albernheiten wie Hochzeitsspiele einließ. Sie lehnte sich zurück und stützte sich auf ihre Ellenbogen. Die Sonne tat ihr unglaublich gut. Das Rauschen der Brandung hatte eine beruhigende und einschläfernde Wirkung. Dazu erklang die Musik aus leistungsfähigen Bluetooth-Boxen, die dafür sorgte, dass sich neben der Hochzeitsgesellschaft ein buntes Völkchen aus Cosplayern, wie sich die verkleideten Jugendlichen nannten, und zufällig vorbeikommenden Strandgängern zum Mittanzen bewegen ließen. Ruth schaute dem Treiben mit blinzelnden Augen zu.

»Es ist genauso, wie ich es haben wollte«, strahlte Daniela mit von Sonne und Sekt leicht gerötetem Kopf. »Besser könnte unsere Hochzeit nicht sein.«

Ruth grinste. Sie war sich nicht sicher, ob Frank ebenso dachte. Ganz sicher waren seine Eltern irritiert, die sich den ganzen Nachmittag kaum aus ihrem Strandkorb herausgewagt hatten. Während alle anderen Gäste, selbst Frau Dirkens, längst Schuhe, Strümpfe und Strumpfhosen ausgezogen hatten, saßen sie in beigem Kostüm und mattem Anzug ein wenig hilflos herum und starrten auf ihre Schuhspitzen.

»Na, meine Liebe, wie gefällt es dir diesmal bei uns auf der Insel? Macht dir die Hochzeitsfeier Spaß? Wahrscheinlich nicht so ganz deine Welt, oder liege ich da falsch?« Martin ließ sich merkwürdig steif neben Ruth nieder.

»Nicht wirklich. Es stimmt. Ich hoffe aber, man sieht es mir nicht von Weitem an.«

»Nein, nein. Keine Sorge. Selbst Anne meinte vorhin, dass du dich ja prima amüsierst. Anders als Franks Eltern.«

»Na, da liegen ja immerhin noch ein paar Jahre zwischen. Vielleicht liegt es daran.« Ruth ließ ihr lautes Lachen ertönen, und sofort sahen alle zu ihr hinüber.

»Am Alter liegt so etwas nicht. Schau dir Frau Dirkens an.«

Tatsächlich tanzte die alte Dame schon wieder. Die Schlagermusik und die Oldies, die sich mit aktueller Chartsmusik und Karnevalsliedern abwechselten, schienen auf jeden Fall nach ihrem Geschmack zu sein.

»Und warum nicht? Als sie jung war, muss gerade die Rock'n'Roll-Welle übers Land geschwappt sein«, ergänzte Martin.

»Na, auch über Norderney? Das halte ich für eine gewagte These.« Ruth sah Martin herausfordernd an. Sie mochte es, sich mit Martin auseinanderzusetzen. Selbst bei solch banalen Fragen.

»Keine Ahnung. Vielleicht sollten wir mal im Bademuseum vorbeischauen? Dort wird es die Antwort darauf geben.«

»Keine schlechte Idee. Das mache ich sicher einmal. Kommt ihr mit, du und Anne?«

»Klar, wenn der Dienst es zulässt. Wir sind übermorgen beide eingeteilt. Die Saison beginnt, die geruhsamen Zeiten sind vorbei.«

»Man merkt es.« Ruth deutete auf den Strand und die hinter ihnen liegende Promenade. »Richtig was los.«

»Du sagst es. Weißt du, wie viele Tagesgäste Norderney im Schnitt so hat?«

»Nein, sag es mir.«

»Um die 240.000 Tagesgäste pro Jahr. Ohne die über 500.000 Übernachtungsgäste. Auf einer Insel mit 6.000 Einwohnern!«

»Puh, wenn man die Zahlen hört, versteht man vieles besser. Den Stress, den man doch manchmal spürt. Diesmal jedenfalls.«

»Das letzte Mal warst du im Herbst hier. Kann sein, dass es da etwas abflaute. Der Juni ist jedenfalls einer der besucherstärksten Monate im ganzen Jahr. Allein an Pfingsten, da brauchen wir bei der Polizei von Jahr zu Jahr mehr Unterstützung vom Festland. Mit Drogenspürhunden und allem Drum und Dran. Das glaubst du nicht, wenn du es nicht gesehen hast.«

»Heute scheint es nicht besser zu sein. So oft, wie du wegmusstest.«

»Stimmt. Ganz schön was los derzeit. Ein Toter im Regenfass, von dem niemand weiß, wie er dort postmortal hineingekommen ist. Die Schwägerin begeht Suizid. Zu ihr wurde ich heute Morgen gerufen. Und dann böse und vor allem blöde Scherze von Halbwüchsigen, die uns Arbeit und Scherereien machen.«

»Willst du darüber reden?«

»Ja. Ich hatte gehofft, dass du mir dein Ohr leihst. Ein wenig fachsimpeln wäre nicht das Schlechteste.«

»Dürfen wir auch?« Anne war zu ihnen gestoßen und legte die Arme von hinten um Martin. Bei jeder anderen Frau hätte Ruth das für ein Besitzerinnen-Statement gehalten, aber sie wusste, dass Anne nicht so war. Anne war keins dieser Weibchen, das die Krallen ausfuhr, sobald sich andere Frauen näherten. Wahrscheinlich war sie nur froh, auf diese Weise einmal Martin umarmen zu können. Bei dem Größenunterschied zwischen den beiden war das nicht so einfach.

In ihrem Schlepptau befand sich ein Mann, den Ruth zwar unter den Gästen gesehen hatte, aber sie hatten selbst beim kleinen Mittagssnack noch nicht miteinander gesprochen. »Das ist übrigens Oskar, Danielas Cousin und ihr einzig verbliebenes Familienmitglied«, stellte Anne ihn vor.

»Klar« und »Hallo«, antworteten Ruth und Martin gleichzeitig und hoben synchron die Hand, um den Neuankömmling zu begrüßen.

»Freut mich. Anne hat es ja gesagt: Ich bin Oskar. Oskar Schirmeier.« Er senkte seinen Kopf, zog die Füße hintereinander, und während er seinen linken Arm vor den Bauch führte, verbeugte er sich vor ihnen. Was mehr als komisch aussah, weil er trotz eines körperbetonten Businessanzugs keine Schuhe und Strümpfe mehr trug.

Ruth prustete schon wieder los, was ihr diesmal einen strengen Blick von Anne eintrug.

Diese ergriff schnell das Wort: »Habt ihr denn Lust, ein wenig am Strand entlang zu gehen? Ich meine, mit den Füßen im Wasser? Ich finde das Meer heute bei der Sonne und den vielen bunten und fröhlichen Menschen so verlockend. Wisst ihr eigentlich, wie sehr ich mich auf den Sommer freue?«

»Gute Idee.« Ruth raffte ihr bodenlanges Kleid bis über die

Knie. Zwar würden Martin und sie kaum fachsimpeln können, aber das hatten Anne und Oskar ja nicht wissen können.

Sie gingen nebeneinander ein paar Schritte auf das Wasser zu und tasteten sich vorsichtig mit den Füßen in die Brandung. Ruth sah, wie sie alle vier gleichzeitig die Zehen in den Sand krallten, als das noch kalte Wasser über sie hinwegrollte. Mit Storchenschritten, als würden sie ein Kneipp-Bad nehmen, setzten sie einen Schritt vor den anderen, bis die anlaufenden Wellen ihre Waden umspielten. Erst jetzt drehten sie einander wieder zu.

»Kommen Sie wie Daniela aus dem Rheinland?«, fragte Martin, um das Gespräch in Gang zu bringen. Dabei warf er Ruth wohl wegen der Unterbrechung ihres Gespräches einen bedauernden Blick zu, den sie mit einem schnellen Zwinkern der Augen erwiderte.

»Hört man das? Ich bemühe mich immer, aber ich glaube, er lässt sich nicht ganz vermeiden, unser rheinischer Singsang.« Oskar antwortete mit einer weichen Stimme, ein Lächeln umspielte seine Lippen.

»Nein, nein«, wehrte Martin verlegen ab. »Ich dachte wegen der Verwandtschaft zu Daniela und der späten Anreise. Ich glaube verstanden zu haben, dass Sie erst kurz vor der kirchlichen Trauung angekommen sind?«

»Sehr gut kombiniert, Herr Kommissar. Ich hoffe nur, wir verzichten auf das förmliche Siezen.« Ruth sah, wie sich das Lächeln in einem Kranz feiner Fältchen um seine Augen legte. »Aber es stimmt genau. Tatsächlich hat die Anreise mehr Zeit in Anspruch genommen, als ich angenommen hatte.«

Ruth musterte Oskar intensiver. Er sprach mit Schliff, dabei aber auf ganz natürliche Art und Weise. Nun rückte er mit einem Finger seine schwarze Hornbrille auf der Nase zurecht.

»Oskar ist mit dem Zug gekommen«, informierte Anne und ließ sie damit wissen, dass sie einiges mehr über Oskar wusste.

Sie alle verdrehten die Augen. Mit dem Zug! Dazu hatte jeder eine Anekdote auf Lager, wann, wo und zu welch unpassenden Bedingungen man schon einmal gestrandet war. Sie alle nickten verständnisvoll.

»Aber das Beste an Oskar …«, Anne machte eine Spannungspause, als würde sie ein wertvolles Ausstellungsstück zum Erwerb anpreisen, während Oskar verlegen einen imaginären Faden von seinem schwarz-weiß geblümten Hemd zu zupfen versuchte, »Oskar hat vor Kurzem einen Mordfall gelöst.«

*

»Also, Leute, kommt bitte alle zusammen.« Babsi klatschte laut in die Hände, um die Projektgruppe zu Sonja zu lotsen, ganz so, wie sie es eben besprochen hatten. Sie kam hinter der Gruppe her, als wolle sie die Herde zu ihrem Schäfer treiben. Dann blieb sie stehen, und Sonja wusste, dass sie sich im Hintergrund hielt, um ihr die Schlussrunde zu überlassen. Um den Schülern deutlich zu machen, wem sie das Projekt zu verdanken hatten. So war Babsi. Engagiert und kollegial. Wie schön, dass sie heute den Abend und die Nacht bei ihr verbringen würde. So hätten sie ausreichend Zeit, den Tag Revue passieren zu lassen. Sie freute sich sehr auf den gemeinsamen Abend.

Die Schülergruppe stand im Halbkreis um sie herum und schaute sie erwartungsvoll an. Natürlich fiel ihr der glasige Blick des ein oder anderen auf, aber sie hatte mit Babsi entschieden, das nicht zum Thema zu machen. Zumindest, solange sie nur Bierflaschen in den Händen sahen und nichts Härteres. Wenn sie ehrlich war, hatte es das bei ihnen früher auch gegeben. Sich auszuprobieren, gehörte nun einmal zum Erwachsenenwerden dazu.

Babsi räusperte sich laut und gab ihr Zeichen. Es wurde Zeit, dass sie eine offizielle Verabschiedung vornahm. Sie grinste. Die offizielle Beendigung eines inoffiziellen Projekttreffens.

»Ihr Lieben«, setzte sie an und sah, wie Babsi die Augen angesichts der Ansprache verdrehte. Aber ihre Schüler kannten das und waren davon nicht verwundert. »Ihr habt das richtig gut gemacht. Die Zeit ist wirklich im Nu verflogen. Wir haben erstklassige Fotos geschossen. Egal, ob mit dem Meer oder den Dünen im Hintergrund. Ihr seht alle klasse aus. Babsi und ich danken euch. Dafür, dass wir so einen tollen Tag, so ein tolles Shooting miteinander hatten.« Sie schwieg einen Moment und ließ den Blick von einem zum anderen wandern. Eine ungewohnte Stille und Konzentration lag über den Jugendlichen. »Und – ihr habt einen fantastischen Job gemacht. Nicht nur heute. Sondern in den ganzen Wochen. Angefangen von der Projektidee, die ihr allein entwickelt habt. Über die tollen Entwürfe, die ihr vorgelegt habt. Und nicht zuletzt bei der ganzen Arbeit, die notwendig war, damit ihr heute so ausseht wie eure Mangahelden. Ihr seid großartig. Danke für euer Vertrauen.«

Die ganze Gruppe strahlte. Sie sahen sich an, klatschten sich mit erhobenen Armen ab oder berührten sich mit geballten Händen, der Ghettofaust. Und dann, wie auf Kommando, begannen sie zu jubeln und kleine Freudentänze aufzuführen.

Noch einmal griff Sonja zu dem Mittel, mit dem sie Mittag schon überrascht hatte, und pfiff gellend auf den Fingern. Sofort kehrte Ruhe ein. Sonja bedauerte sehr, dass sie darauf nur schwerlich im Unterricht zurückgreifen konnte.

»Noch drei, vier Sätze zum Schluss. Das Fotoshooting ist hiermit beendet.« Sie klopfte auf eine imaginäre Uhr an ihrem Handgelenk. »Alle, die auf das Festland müssen, sollten den Rückweg antreten. Die letzte Fähre geht um 18.15 Uhr.

Also, keine Zeit zum Trödeln oder um durch die Geschäfte zu laufen.«

Ein freundliches Murren war die Antwort, die Ersten griffen nach den Rucksäcken, die auf einem großen Haufen vor Sonja lagen.

»Ein paar von euch bleiben ja auf der Insel. Wir gehen davon aus, dass ihr das alles so handhabt, wie ihr es mit euren Eltern besprochen habt. Wir haben keine Aufsichtspflicht. Wir verlassen uns auf euch.«

Sonja sah aus den Augenwinkeln, wie zwischen Ben, Milli und Emma die Blicke hin- und herflogen. Sonja blickte zu Babsi. Diese schien dasselbe wahrzunehmen wie sie. Milli ging es nicht gut. Das war den ganzen Tag spürbar gewesen. Es war, als fühlte sie sich nicht wohl in ihrer Haut, und das war umso bedauerlicher, als sie es ja gewesen war, die überhaupt das Manga-, Anime- oder Cosplaythema in die Projektgruppe getragen hatte. Wenn Milli für etwas brannte, dann für die Figur, in die sie schlüpfen konnte. Aber heute war sie wie abwesend erschienen.

So geduckt, so scheu und so unmotiviert, wie sie sich vor der Kamera präsentiert hatte, strafte es ihre ganzen Vorbereitungen Lügen. Was wirklich schade war, denn Milli hatte eins der schönsten und aufwendigsten Kostüme, das sie mit viel Akkuratesse und Liebe fürs Detail geschneidert hatte.

»Kann ich euch helfen?«, wandte sich Sonja an die Gruppe, während sich alle anderen nach und nach mit einem »Tschüss« in die Runde verabschiedeten.

»Mensch, ist doch egal, warum und wieso. Komm halt mit, sonst verpassen wir den Bus und die Fähre«, hörte sie Ben mit Emma schimpfen. Ihre Frage schien außer Milli, die sie schräg von unten anschaute, keiner gehört zu haben.

»Was ist denn los?«, versuchte Sonja es etwas lauter.

»Was los ist?« Emma drehte sich mit einer schnellen Bewegung zu ihr und blaffte sie an, als wäre sie schuld an was auch immer. »Alles ist los. Ich bin es leid. Ich bin es so leid, Milli. Dass man mit dir niemals etwas verabreden kann. Weil du dich nie an nur irgendetwas hältst.«

»Aber …«

Sonja merkte, dass Milli den Tränen nahe war. Aber Emma schien so in Rage zu sein, dass sie Milli gar nicht zu Wort kommen ließ.

»Weißt du, ich nehme dir das nicht mehr ab. Immer sagst du, es geht nicht. Wegen deiner Mutter. Und dann geht es auf einmal doch. Obwohl sich deine Mutter ja nicht verändert oder in Luft aufgelöst hat. Und dann freue ich mich. Auch wenn ich mir das schon längst abgewöhnt haben sollte.«

Ben legte ihr eine Hand auf die Schulter. »Mensch, Emma, klär das am Montag, wir müssen zum Bus.«

»Ich will nicht zum Bus. Milli und ich wollten den Abend zusammen verbringen. Auf der Insel. Und jetzt kommt wieder diese Geschichte mit ihrer Mutter.«

»Meine Mutter …« Wieder brach Milli den Satz ab. Sie schwankte im Stehen hin und her, und Sonja glaubte zu erkennen, dass sie noch blasser als sonst unter ihrer Schminke war.

»Deine Mutter möchte nicht, dass du jemanden zum Übernachten mitbringst«, formulierte Sonja versuchsweise für sie.

Milli nickte zögernd und schaute zu Boden.

»Ja, klar, deine Mutter will das nicht«, schrie Emma und Sonja hörte die Enttäuschung in ihrer Stimme. »Weißt du was, Milli? Ich glaube dir das nicht.«

Ruckartig hob Milli den Kopf und sah Emma mit weit aufgerissenen Augen an.

»Ich glaube nämlich, da steckt etwas ganz anderes dahinter. Stimmt's? Gib es zu. Deine blöde Geschichte mit dem Frauenarzt und der Blasenentzündung und dass du dauernd nicht kannst und selbst nachts nicht auf meine Nachrichten reagierst. Glaubst du denn, ich bin blöd?«

Babsi hatte sich mit schnellen Schritten genähert. Bevor Sonja reagieren konnte, stellte sie sich zwischen die beiden Mädchen, das Gesicht Emma zugewandt. »Es reicht. Es ist gut. Was immer es ist, du lässt Milli in Ruhe.«

»Gute Idee«, brummte Ben. »Der Bus. Die Fähre.«

»Genau«, stimmte Babsi zu, ohne den Blick von Emma zu nehmen. »Ich verspreche dir, wir klären das. Am Montag. In meinem Büro. Bei einem Tee. Mit euch allen zusammen. Das ist kein Grund, eure Freundschaft in Frage zu stellen.«

»Da bin ich mir nicht so sicher«, antwortete Emma halblaut. Dann aber bückte sie sich, um nach ihrem Rucksack zu greifen. »Aber wenn es sein muss. Komm, Ben, lass uns gehen. Die Fähre«, versuchte sie seinen Tonfall nachzuahmen.

Sonja beobachtete Milli. Diese schien einerseits erleichtert auszuatmen, dabei aber weiter in sich zusammenzusacken. Sie wartete, bis Emma und Ben aus der Hörweite waren. »Geht's wieder?«, fragte sie.

Milli nickte. »Danke«, hauchte sie fast tonlos und schaute dabei so flüchtig und angstvoll von Sonja zu Babsi, dass Sonja am liebsten schützend die Arme um sie gelegt hätte.

»Können wir etwas für dich tun?« Babsi hatte ihren resoluten, aber freundlichen Ton eingeschlagen. »Was hältst du davon, Milli, wenn ich dich nach Hause bringe und deiner Mutter erzähle, was für ein erfolgreicher Tag das war. Und dass das dein Verdienst ist.«

Wieder weiteten sich die Augen vor Schreck. Sonja konnte förmlich fühlen, wie Milli nach einer plausiblen Ausrede suchte. Tatsächlich lehnte sie Babsis Vorschlag ab. »Nein, lieber nicht. Meine Mutter mag das nicht. Unangekündigter Besuch und so.«

Babsis Blick blieb einen Moment auf Milli ruhen, die dadurch noch unruhiger wurde.

»Also dann …«, versuchte sie, ihren Rucksack zu angeln.

»Ich kann dir das nur anbieten, Milli. Als Vertrauenslehrerin. Ich habe das Gefühl, es geht dir nicht gut. Und deiner Mutter wahrscheinlich auch nicht.«

»Na ja, wie immer.«

»Ja, ich weiß. Dass es schon lange nicht einfach für euch beide ist.«

»Nee«, sprach Milli gedehnt. »Wie immer, wirklich. Also, ich will dann los. Und danke, dass Sie das mit uns am Montag klären. Das mit Emma. Und mir. Also dann. Bis Montag.«

Milli war mit jedem Wort einen Schritt rückwärtsgegangen. Als wolle sie sich vor uns in Sicherheit bringen, dachte Sonja. Ein tiefes Gefühl von Traurigkeit erfasste sie, als Milli sich mit einem kraftlosen Winken herumdrehte und, mit jedem Schritt schneller werdend, den Strand Richtung Nordhelmsiedlung hinauflief. Wie schade, dass dieser Tag für sie so zu Ende ging.

»Komm, Sonja, du mit deinem mitfühlenden Herz.« Babsi stupste sie in die Seite. »Ich kümmere mich Montag um Milli. Und um ihre Mutter. Aber jetzt haben wir frei. Und ich finde, wir haben es uns verdient, etwas aus dem angebrochenen Samstag zu machen. Was meinst du?«

*

»Einen Mordfall gelöst?«, hatte Ruth gefragt und ihr Gegenüber gemustert. »Dann sind Sie also auch bei der Truppe?« Sie wies auf Martin und sich.

»Bei der Truppe?«, fragte Oskar zurück und hob die Augenbrauen, sodass sie sich über den Rand seiner Hornbrille erhoben. Dann schob er erneut die Brille mit dem Finger ein Stück den Nasenrücken hoch.

»Bei der Polizei, meint Ruth«, erklärte Anne schnell.

Oskar lachte leise. »Oh nein. Keineswegs. Glauben Sie mir,

das Verhältnis zwischen mir und der Polizei ist nicht ganz unbelastet. Zumindest in meiner Heimat.«

»Und der Mordfall? Sie wollen mir nicht weismachen, dass Sie so eine Art Pater Brown des Rheinlands sind?« Ruth ließ den Blick über seine Kleidung gleiten, in der Hoffnung, dort einen Hinweis zu finden.

»Um Himmels willen, kann ich da nur sagen«, antwortete ihr Gegenüber grinsend. »Obwohl mir die Menschen bestimmt genauso viel anvertrauen wie dem Priester in der Beichte.« Er lächelte sie an. »Wenn Sie von der Polizei sind, ist das sicher der entscheidende Hinweis, damit Sie meine berufliche Identität lüften.«

»Ruth ist nicht nur bei der Polizei, sie ist auch Psychologin. Also beides. Quasi doppelt qualifiziert.« Anne stupste Ruth in die Seite.

»Oha!« Oskar sah hinunter auf seine Hände und versteckte sie auf dem Rücken. »Psychologin. Da gerate ich sofort unter Stress. Sie können wahrscheinlich meine komplette Persönlichkeit erfassen, nur dadurch, wie ich hier vor Ihnen stehe, meine Hände am Körper halte und durch meine Mimik.«

Er verzog das Gesicht und zappelte so hektisch vor ihr herum, dass Ruth wie üblich in lautes Lachen ausbrach. Prustend erwiderte sie: »Herrlich! Wenn das mal möglich wäre. Aber ich weiß, dass ich in meinem Studium ähnliche Ängste bezüglich meiner Ausbildungstherapiestunden hatte.«

»Ernsthaft?« Nun schaute Oskar sie interessiert an. »Mögen Sie mir davon erzählen?«

Ruth sah aus den Augenwinkeln, wie Martin und Anne fragende Blicke wechselten. Tatsächlich wandte sich Anne an sie alle: »Sagt mal, wollen wir nicht zurückgehen? Ich halte das kaum aus, wie förmlich ihr hier miteinander redet. Ich hole uns eine Runde zu trinken. Zum Anstoßen. Irgendwelche besonderen Wünsche oder einfach eine Runde Bier?«

»Bier ist okay«, antwortete Martin, der froh zu sein schien, etwas beitragen zu können. »Ich komme mit dir, Anne.«

»Und ihr zwei sucht am besten einen guten Sitzplatz für uns alle. Bis gleich«, rief Anne im Weggehen.

»Dann müssen wir wohl«, grinste Oskar und machte wieder eine dieser altmodischen Handbewegungen wie bei der Begrüßung. Diesmal, um ihr den Vortritt zu lassen auf dem kurzen Stück zurück zu den Strandkörben.

»Diese beiden Körbe sehen so aus, als warteten sie auf uns. Einverstanden?«

Ruth nickte und half die Körbe so zueinander zu drehen, dass sie die Unterhaltung mit Anne und Martin genauso möglich machten wie den Blick auf den Rest der Hochzeitsgesellschaft. Dennoch blieben sie einstweilen vor den Körben stehen und schauten sich um. Mittlerweile tanzten fast alle. Daniela hatte sich ihres Reifrocks entledigt, die Schleppe war anscheinend gut befestigt worden, sodass sie sich ausgelassen bewegen konnte.

»Daniela scheint alles richtig gemacht zu haben, finden Sie nicht?«, fragte Ruth. »Ich fand den Gedanken an eine Beachparty erst etwas befremdlich. Zumindest für diese Breitengrade und die Jahreszeit.«

»Wenn Engel heiraten, würde ich mal sagen, um ein bekanntes Sprichwort abzuwandeln. Ich freue mich für meine Cousine. Sie hat es verdient.« Sein Mund hatte für einen Moment das Lächeln verloren, aber genauso schnell hoben sich die Mundwinkel wieder.

»Unglaublich. Ich wäre niemals auf die Idee gekommen, dass Sie mit Daniela verwandt sind. Zumindest wirken Sie auf Anhieb nicht wie das rheinische Temperamentsbündel, als das ich Daniela kennengelernt habe. Soweit also meine psychologischen Fähigkeiten, Menschen einzusortieren.« Ruth lachte. »Sie sehen, wir kochen auch nur mit Wasser und fallen privat eher den üblichen Schubladen zum Opfer.«

»Sie unterschätzen mich. Vielleicht lasse ich mein rheinländisches Temperament erst zu späterer Stunde raus. Warten Sie mal ab.«

»Ich bin gespannt. Ich lasse mich gerne überraschen.«

Sie wich dem Blick Oskars aus, der sie eindringlicher ansah, als es ihr recht war. Fast war es, als könne er hinter Fassaden blicken, obwohl doch sie diese Eigenschaft haben sollte.

»Na, habt ihr das Rätsel um Oskar gelöst?« Anne und Martin waren zu ihnen getreten und reichten ihnen die eiskalten Bierflaschen.

»Dann also Prost und auf einen schönen gemeinsamen Abend.« Oskar hob die Flasche und stieß mit ihnen reihum an. »Anne. Martin. Ruth. Ich freue mich, euch kennenzulernen.« Jedem von ihnen schaute er dabei nachdrücklich in die Augen.

Ruth gefiel dieser lässige Übergang. »Geht mir genauso, Oskar«, gab sie gleichzeitig mit dem Ploppen des Bügelverschlusses zurück. »Aber nun will ich es wissen. Dein großes Geheimnis. Der Mordfall. Die Aufdeckung. Raus mit der Sprache.«

Oskar lachte. »Na, da hätte ich aber von einer Psychologin ein wenig mehr Ehrgeiz erwartet.«

»Sorry, aber ich habe alle meine Telefonjoker verbraucht«, antwortete Ruth mit einem Zwinkern. »Du musst mir den Fifty-fifty-Joker anbieten.«

»Einverstanden: Bestatter oder Journalist. Na, was meinst du?«

Ruth sah ihn einen Moment fassungslos an. »Ernsthaft? Du hast als Bestatter einen Mordfall gelöst?«

Anne, Martin und Oskar lachten gleichzeitig los.

»Nein. Leider nicht. Oder glücklicherweise nicht. Ich habe es mehr mit den Lebendigen denn mit den Toten. Noch jedenfalls. Im Ernst: Ich bin Journalist. Bei einer regionalen Zeitung im Rheinland.«

Ruth schwieg vor Verblüffung, darüber, wie ihr Unterbewusstsein die Spuren, die er gelegt hatte, ausgewertet hatte, sodass sie zu einer falschen, aber für sie naheliegenden Lösung gekommen war. Immer wieder faszinierend, worauf man hineinfiel. Dann jedoch überwog das Interesse daran, was es denn mit dem Mordfall auf sich hatte.

»Ziemlich lange Geschichte«, beschied ihr Oskar. »So lange, dass der Fall schon zu den Akten gelegt war. Ein ungelöster Mord, wie er immer wieder vorkommt.« Er zuckte die Schultern und schaute sie an, als wolle er um Entschuldigung für seine Worte bitten. »Da hatte kein Kommissar mehr Lust und Ehrgeiz, noch mal den Deckel anzuheben.«

»Und trotzdem wurde der Fall gelöst?«

»Ja, es war der Klassiker. Eine junge Frau verschwindet, sie wird vermisst gemeldet, aber alle Spuren verlieren sich im Nichts. Ich stieß durch Zufall darauf – ich war an einer ganz anderen Sache dran, bei der Recherche für einen Lokalbericht –, als ich etwas aufschnappte, was sich nicht mehr aus meinen Gedanken verdrängen ließ. Ich habe erst in den alten Zeitungsberichten nach Hinweisen gesucht. Bin dann zu den Menschen, die die Vermisste gekannt hatten. Natürlich auch zur Familie. Und plötzlich gab es kleine, winzig kleine Puzzlestücke, die vorher übersehen worden waren. Und einen nervösen Nachbarn. Der sich so lange sicher war, dass ihm der perfekte Mord geglückt war. Der aber nie wieder frei war von der Angst, entdeckt zu werden. Und der zusammenbrach, als ich Stück für Stück der Sache näherkam und die Kriminalpolizei die Ermittlungen aufgegriffen hatte. Bämm! Da war es: das Geständnis.«

»Beeindruckend.« Sie nickten alle. Wahrscheinlich jeder mit Fällen vor Augen, die ihnen in ihren beruflichen Laufbahnen begegnet waren.

»Ja, die Fehlerquote beim Ermitteln. Kann uns allen passieren. Nur eine Winzigkeit übersehen und der ganze Fall ist unlösbar.«

Anne räusperte sich. »Stimmt, da kommt mein Berufsstand ins Spiel. Es gibt Untersuchungen, wie mangelhaft und fehlerhaft in Deutschland die vorgeschriebenen Leichenschauen vorgenommen werden. Von Ärzten, die nicht genügend dafür ausgebildet sind oder sich äußeren Umständen beugen, oder von Hausärzten, die sich nicht mit den Angehörigen überwerfen wollen. Da müsste man mal richtig ran. Seit der Popularität von Urnenbestattungen gibt's gute Gründe anzunehmen, dass die Zahl der ›perfekten Morde‹ sogar weiter ansteigt.«

»Das klingt ja spannend. Könnte ein interessantes Recherchethema für mich sein. Überhaupt: Themen scheint es auf der Insel zuhauf zu geben. Anne hat mir erzählt: Ein Toter im Regenfass, ein Suizid und feindliche Verwandtschaftsverhältnisse. Klingt nach einem Paradies für meine Berufsgruppe. Und dazu ein Cosplayer-Event.«

»Ja, Animes. Oder Mangas.« Martin schaute in die Runde, und Ruth sah den Triumph in seinen Augen, mit den richtigen Begriffen aufwarten zu können.

»Wirklich unglaublich. Ich habe diese Insel anscheinend vollkommen unterschätzt. Also: Ich brauche mit euch allen Einzelinterviews, nur damit das klar ist. Aber vielleicht hat erst mal jemand Lust auf Tanzen? Ruth, wie sieht es aus? Darf ich's wagen?« Er hielt ihr seinen gebeugten Arm an die Seite, als wolle er sie zu einem höfischen Tanz entführen. »Ihnen Tanz und weitere Fragen anzutragen?«

Ruth schüttelte lachend den Kopf. Dann fuhr sie sich mit beiden Händen durch die Haare. Ihr Allzweckmittel für alle Fälle. Beispielsweise, wenn sie unsicher war. Wie jetzt. Tanzen? Mit Oskar? Sie schaute ihn an, wie er mit gespielter Ernsthaftigkeit da stand. Plötzlich war da ein Gefühl von Abenteuerlust. Eine Lust auf eine Sommernacht, wie es sie früher gegeben hatte. Vielleicht trug der Biergeschmack dazu bei. Vielleicht die gelöste Stimmung. Vielleicht die Musik der »Pretenders«, die gerade aus der Box strömte. Übermütig hakte sie sich ein und griff dabei seinen Tonfall auf: »Hab zwar linke Füße zweierlei, doch ist's mir heute einerlei.«

Oskar schaute sie mit offenem Mund an. Dann breitete sich das Lachen bis hinauf zu den Augen auf seinem Gesicht aus. »Chapeau und Respekt! Ich glaube, ich habe meine Meisterin gefunden. Dann aber los. Nichts soll uns in dieser Nacht aufhalten.«

*

Ingrid nahm den pfeifenden Wasserkessel von der Herdplatte. Das Geräusch ging ihr durch und durch.

»Kannst du das alte Ding nicht mal aussortieren?«, hatte Anneliese immer gefragt. »Kauf dir doch einen Wasserkocher. Die sparen Energie und Zeit. Man muss mit der Zeit gehen.«

Ingrid bekam eine Ahnung davon, dass ihr in Zukunft immer Annelieses Worte in den Sinn kämen, wenn der Klang des Kessels ertönte. »Ja, das gefällt dir«, murmelte sie vor sich hin. Mit sich selbst zu reden, beruhigte sie schon lange. Auch das hatte Anneliese an ihr kritisiert, als sie es eines Tages mitbekommen hatte. Aber was hatte Anneliese nicht kritisiert? Von daher war es gut und richtig, dass sie nun endlich schwieg. Sie hätte niemals auf die Insel kommen dürfen. Kai-Uwe hätte besser daran getan, mit ihr ein Leben in der Großstadt zu führen. Aber das war ihnen nicht genug. Nur auf der Insel konnten sie so tun, als ständen sie über allen und wären etwas Besseres. Ja, ja, dachte Ingrid, das war nicht nur Anneliese allein. Kai-Uwe ist das nur recht gewesen, dass er mit einer vom Festland hatte angeben können. Natürlich hatte Anneliese die größere Schuld. Sie hätte sich mehr fügen, mehr unterordnen müssen. So hatten das auch Hilmar und die alte Frau Hansen gesehen. Kai-Uwe war bestimmt nicht immer glücklich mit einer Frau an seiner Seite, die immer wieder gemacht hatte, was sie wollte.

Ingrid war neben dem Herd stehen geblieben und wartete, dass das Wasser nicht mehr so stark sprudelte. Jetzt goss sie es in langsamen Kreisen über den Henkelbecher mit Getreidekaffee. Selbst dafür hatte Anneliese sie so oft verlacht. Für den Becher. Für den Kaffee.

»Arme Leute trinken so etwas. Und Ingrid, bitte, gönn dir wenigstens eine dünne Porzellantasse. Das kann man ja nicht mitansehen.« So hatte sie geredet. Die feine Dame markiert. Hatte getan, als wäre sie sonst wo herumgekommen. Und dabei konnte sie so ordinär und ausfallend werden, dass Ingrid schamrot geworden war.

Ingrid nahm den Becher und ging in langsamen Schritten zur Küchenbank. Vorsichtig zog sie ihre Füße aus den Pantoffeln und legte sie hoch. Die Fesseln waren dick geschwollen, weil sie über die Aufregungen der letzten Tage vergessen hatte, ihre Entwässerungstabletten zu nehmen. Nun brauchte sie das nicht mehr nachholen, denn dann würde sie die Nacht kein Auge zumachen, sondern nur zur Toilette laufen.

Sie zog den Becher zu sich heran und nippte vorsichtig an dem heißen Getränk, nachdem sie erst vorsichtig hineingepustet hatte. Als wenn sie schlafen könnte, dachte sie und tastete nach der Tasche in ihrer Strickjacke. Sie zog ein getrocknetes Papiertaschentuch heraus, das sie angeekelt zurücksteckte. In der anderen Tasche fühlte sie das dünne Papier, nach dem sie gesucht hatte. Sie zögerte. Wahrscheinlich wäre es besser, wenn sie es sofort vernichtete. Noch im letzten Moment hatte sie sich umentschieden. Hatte den anderen Brief liegen lassen. Es war ihr zu übertrieben vorgekommen. Zu unglaubwürdig. Ein Geständnis, das niemand Anneliese abnehmen würde. Dabei wäre das wichtig gewesen. Dass keine Zweifel aufkamen. Dass niemand in Frage stellte, das sich alles genau so zugetragen hatte. Und dass vor allem keiner merkte, dass Anneliese ihren Abschiedsbrief nicht selbst geschrieben hatte.

Ingrid faltete das Papier auseinander. Sie überflog die Zeilen: *»Ich habe ihn immer weiter und länger provoziert, obwohl ich da schon ahnte, dass Hilmar einen Herzinfarkt haben könnte. Ich wollte, dass er ihn nicht überlebt und deswegen habe ich ihm Dinge gesagt, die seine Aufregung größer machten. Sachen, die erfunden waren, die ich mir ausgedacht habe. Etwas, was angeblich Kai-Uwe, seine Mutter und die Insulaner hinter seinem Rücken von ihm dachten und sagten. Umso schmerzverzerrter sein Gesicht wurde, umso weniger er sich auf den Beinen halten konnte, desto befreiter konnte ich auftrumpfen. Ihm alles heimzahlen, was er mir die ganzen Jahre mit seinen üblen Nachreden angetan hatte. Und als er merkte, dass der Schmerz heftiger wurde, die Luft wegblieb, die Beine versagten, war meine Stunde gekommen. Seine Erkenntnis, dass ich ihm nicht helfen würde, hat alles wieder gutgemacht. Es hat mir nichts ausgemacht, ihn sterben zu sehen. Aber es reichte mir nicht, ihn da liegen zu sehen. Ich wollte ein Zeichen setzen. Ihn lächerlich machen. Und da war die Regentonne.«*

Ingrid ließ den Brief sinken. Eine Woge von Stolz kam in ihr auf. Sie hatte immer schon gerne geschrieben und fand, dass sie genau den richtigen Anneliese-Ton getroffen hatte. Nur zu gerne hätte sie die ausgeschmückte Version an ihrer Schlafzimmertür deponiert. Aber es war gut gewesen, es nicht zu tun. So war es besser. Niemand hätte geglaubt, dass Anneliese den toten Hilmar ins Regenfass hätte hieven können. Und dann wären Fragen gestellt worden. Letztendlich war alles seinen Weg gegangen. Den Weg der Gerechtigkeit. Ingrid überlegte, während sie den letzten Schluck ihres Kaffees trank, wo sie den Brief am besten aufbewahren sollte. Natürlich nicht auf Dauer. Alles wäre ja umsonst, wenn man ihn eines Tages in ihrem Nachlass finden sollte. Selbst wenn sie es nicht mehr mitbekäme. Nein, nach ihrem Tod sollte niemand schlecht über sie denken. Aber erst musste sie auf Nummer sicher gehen. In ein paar Tagen könnte sie ihn draußen im Schrebergarten verbrennen.

Ingrid fuhr zusammen, als es an der Haustüre klopfte. Sie nahm die Beine von der Bank. Hastig steckte sie den Brief zwischen die Zeitungen, die am Ende der Bank gestapelt lagen. Dort würde er warten müssen und damit die Gedanken an Annelieses gerechtes Ende.

Müde schob sie ihre dicken Füße in die Filzpantoffeln zurück und erhob sich. Dann würde sie die Tür aufmachen. Olaf konnte es noch nicht sein, und jemand anderen wollte sie nicht sehen. Aber besser war es, wenn alles so normal wie möglich wirkte.

*

»Noch ein Stück, komm, Milli, noch ein Stück, bevor du dich umdrehst.« Leise sprach Milli mit sich selbst, nachdem sie von dem Sammelplatz am Strand aufgebrochen war. Sie hatte keine Idee, wie es weitergehen würde. Aber erst einmal musste sie weg, weg von den Lehrerinnen, weil sie sonst einknicken würde. Es war ihr schwer genug gefallen, nicht in Tränen auszubrechen und sich den beiden in die Arme zu werfen. Genau das hätte sie nämlich am liebsten gemacht, so lächerlich es auch war. So war das immer, wenn jemand Verständnis für sie zeigte und Mitleid mit ihrer Situation hatte. Immer dann stieg das Gefühl in ihr hoch, dass alles, was sie versuchte, die ganze Normalität, die sie aufrecht hielt, sowieso nichts brachte.

Erst, als sie fast am Dünenrand war, traute sie sich, einen Blick zurückzuwerfen. Die beiden Lehrerinnen gingen fast parallel zu ihr zum Strandaufgang mit der Thalassoplattform. War ja klar, dort hatten sie sich getroffen und dort standen ihre Räder. Sonja trug ihre Puppe Cäcilia unter dem Arm. Sie seufzte. Wie gern würde sie mit der Puppe tauschen. Nichts mehr denken. Nichts mehr fühlen.

Sie hatte bewusst einen anderen Weg eingeschlagen. Das suggerierte sicher, dass sie vorhätte, nach Hause zu gehen. Aber das war das Allerletzte, was sie tun würde.

Sie vergewisserte sich, dass niemand mehr zu sehen war, bevor sie sich unterhalb der Dünen in den Sand sinken ließ. Sie könnte heulen wegen des Krachs mit Emma. Emma war die Einzige, der sie überhaupt etwas erzählen konnte. Hatte sie gedacht. Aber vorhin – Milli fröstelte, als sie an Emmas Worte dachte. Das war ja wohl voll der Vertrauensbruch gewesen. Milli umklammerte mit ihren Armen die Knie und legte den Kopf seitlich darauf. Ganz langsam fing sie an zu schaukeln. Von Kind auf hatte sie das am meisten beruhigt. Ihre Augen suchten den Strand und das Meer ab. Die Sonne stand noch ein ganzes Stück über Juist, aber allzu lange würde es nicht mehr dauern, bis sie unterging. Sie mochte keine Sonnenuntergänge, weil sie sich dann noch schlechter fühlte. Weil Sonnenuntergänge immer alles verdoppeln, hatte sie einmal in ihr Tagebuch geschrieben: das Glück und die Traurigkeit, das Verliebtsein und die Einsamkeit.

Ach, Mensch. Sie schaute aufs Meer hinaus.

Manchmal wünschte sie, sie hätte den Mut. Alles hinter sich zu lassen. Weil ihr Leben immer nur kompliziert war. Es immer schon gewesen war. Ohne Vater. Mit einer Mutter, die krank war. Mit niemandem sonst, der sich kümmerte. Und wenn, dann nur mit Hindernissen. Emma und Ben auf dem Festland. Aber am schlimmsten war das Geheimnis, das sie machten …

»Hier bist du ja.«

Milli schreckte hoch. »Wo kommst du denn her?«

»Überraschung geglückt?«

»Ja, aber …«

»Du hast mir doch erzählt, wie lange das geht.«

»Aber trotzdem …« Sie schaute ihn ungläubig an, als er sich neben ihr im Sand niederließ. Wie ein Traum. Vollkommen unwirklich. Weil Wünsche in ihrem Leben nie wahr wurden.

»Pssst. Nicht reden. Alles ist gut. Ich erkläre es dir später. Ich will das so. Mach dir keine Gedanken. Komm lieber in meine Arme. Oder hast du dein Herz an jemand anderen verschenkt? An Ben vielleicht?«

Sie schüttelte den Kopf. Das wusste er doch. Dass niemand anderes für sie in Frage kam. Nicht, solange sie eine Chance bei ihm hatte. Was sie bisher kaum glauben konnte.

Er lachte. »Dann ist ja gut. Ich bin froh, wenn ich es nicht mitansehen muss, wie er dich anschmachtet.«

»Tut er gar nicht. Er ist ein Freund. So wie Emma eine Freundin ist.« Sie biss sich auf die Lippe. Wenn sie das denn noch war.

»Okay, okay. Überzeugt.« Er sah sie mit diesem Blick an, für den sie sterben könnte. Mit dem er bis in ihre Seele zu schauen schien. »Komm her, Süße. Du siehst fantastisch aus.«

Erst jetzt wurde ihr bewusst, dass sie ihr Mangaoutfit trug. Sie lächelte ihn an. »Und du hast mich trotzdem direkt erkannt?«

»Klar. Erstens hast du mir vorher Bilder gezeigt, und zweitens würde ich dich überall erkennen.« Er zog sie näher zu sich heran und begann sofort, ihre Brüste zu kneten. Milli spürte, wie ihr Körper mit jeder Faser reagierte. Ein Stöhnen entfuhr ihr. Sie drängte sich mit ihrem Körper näher an ihn heran, seine Hände fuhren an ihrem ganzen Körper entlang.

»Du machst mich verrückt«, flüsterte er mit heiserer Stimme und spielte mit seiner Zunge an ihrem Ohr. »Vollkommen verrückt.«

Ihr ging es genauso. Nur, dass sie es nicht in Worte fassen konnte. Niemals. Ihm gegenüber erst recht nicht.

»Heute mehr als sonst.« Seine Hände waren überall gleichzeitig. Aber sie hielten inne, er umfasste ihr Gesicht. Sah ihr in die Augen. »Wie süß du bist. Deine Augen sind noch größer als sonst. Du bist immer meine kleine bezaubernde Milli, aber heute machst du mich komplett wahnsinnig mit deinem Aussehen.«

Milli entzog sich seinen Händen. Wenn er sie so musterte, wurde ihr unwohl. Immer hatte sie Sorge, er könnte etwas entdecken, was ihm nicht gefiel. Die Berührungen fielen ihr leichter, wenn sie sich nicht ansahen. Deswegen tastete sie sich an seinem Körper entlang. Diesmal stöhnte er laut auf und begann, sich unter ihre Kleidung zu arbeiten.

»Zieh das aus, Milli. Verdammt, zieh das aus. Ich muss dich sehen. Alles an dir sehen.«

Er redete wie im Rausch. Milli kannte das. Aber trotzdem war heute alles anders. Noch nie waren sie zusammen unterwegs gewesen. Noch nie hatten sie sich in der Öffentlichkeit berührt.

»Aber, das geht doch nicht. Wenn uns einer sieht.«

Erst jetzt schien er zu merken, wo sie waren. Zwar war am Strand kaum jemand unterwegs. Die Touristen waren sowieso egal. Sie kannten ja weder sie noch ihn. Aber wenn jemand aus der Siedlung den Hund ausführte …

»Komm, lass uns ins Wasser gehen.«

Milli setzte sich ruckartig auf und löste sich von ihm. »Ins Wasser?«

Er lachte und es klang in ihren Ohren ziemlich verrückt.

»Na klar. Traust du dich nicht? Ich verspreche dir, es wird dir nicht lange kalt sein.«

Milli schüttelte sich. Klar gab es Leute, die bei dem Wetter badeten. Die Kurgäste mussten sogar. Trotzdem. Wie kalt mochte das Wasser sein? Mehr als 16 Grad hatte es sicher nicht trotz der sommerlichen Temperaturen, die sie seit Pfingsten hatten.

»Komm, komm schon. Ich halte das nicht aus.«

»Können wir nicht zu dir?«

»Machen wir auch. Später. Aber so lange will ich nicht warten. So lange kann ich nicht warten. Milli, Milli, du machst mich verrückt. Komm, wer es zuerst ins Wasser schafft.« Er hatte bei den ersten Worten begonnen, sich auszuziehen. Die Schuhe hatte er abgestreift, das Longshirt über den Kopf gezogen, dann Jeans und Boxershorts mit ruckartigen Bewegungen nach unten geschoben. Als er aus der Hose stieg, sah er sie auffordernd an. »Na, überzeugt?« Er grinste sie an und lief los in Richtung Wasserkante. Unterwegs riss er sich die Strümpfe von den Füßen und rannte ohne anzuhalten mit lauten Schreien in die Wellen.

Milli spürte die Hitze in ihrem ganzen Körper. »Wenn einer sagt, spring, dann würdest du es ja auch nicht tun.« Eine der Weisheiten ihrer Mutter. »Doch, Mama, doch. Das würde ich machen. Ich würde springen. Für manche Menschen muss man das.« Milli merkte, wie sich ihre Mundwinkel von allein zu einem Lächeln hoben. Ohne nach rechts und links zu schauen, begann sie sich am Strand zu entkleiden. Schlüpfte aus ihrer Yamanari-Haut. Legte die Flügel beiseite. Nur die Perücke, die würde bleiben. Mit ihr fühlte sie sich schön. Schön und anders. Mutig genug, um endlich auch einmal verrückt zu sein.

*

»Kennt ihr eigentlich alle Gäste?«, fragte Ruth in die Runde. Neben Oskar, Anne und Martin hatte sich Frau Dirkens zu ihnen gesellt, nachdem sie alle einen weiteren Strandkorb herangeschoben hatten.

»Also, Danielas Freundinnen, das ist ja klar«, sagte Frau Dirkens. »Die teilen sich ein Zimmer im Haus. Alles sehr nette Frauen.«

»Franks Eltern.« Anne deutete auf das ältere Ehepaar, das ein wenig fehl am Platze wirkte. »Franks Bruder konnte leider nicht kommen. Er arbeitet in der Entwicklungshilfe, und irgendetwas mit dem Flug hat nicht geklappt.«

»Das ist ja schade.« Marthe Dirkens sah hinüber zu Frank.

»Schon«, antwortete Anne. »Trotzdem konnte deswegen nicht mehr alles aufgehalten werden. Zu kurzfristig. Er soll später einen Film zugesandt bekommen.«

Ruth zeigte auf den Mann, der den ganzen Tag über mit wechselnden Geräten die Hochzeit dokumentierte. »Wer filmt überhaupt die ganze Zeit? Ein Profifotograf?« In der Kirche und im Badekarren hatte er die Kamera auf dem Stativ ausgerichtet, vorhin hatten sich alle Hochzeitsgäste nacheinander mit einem goldenen Rahmen in der Hand von ihm ablichten lassen, natürlich das Meer als Kulisse. Später hatte der Mann mit Daniela und Frank wohl die offiziellen Hochzeitsfotos gemacht, denn es hatte eine ganze Weile und viele verschiedene Posen gebraucht, bis sie Daniela beim Tanzen wiedersah.

»Nein, nein, kein Profifotograf. Zumindest noch nicht.« Martin hatte sich vorgebeugt, um Ruth zu antworten. Dabei griff er in den Sand und ließ ihn anschließend ganz langsam durch seine Finger rieseln. »Es ist ein Tenniskumpel von Frank und mir. Wir spielen zweimal die Woche zusammen. Habe ich das überhaupt schon erzählt: Ich bin Mannschaftsspieler.«

Ruth hörte seine Stimme vor Stolz vibrieren. Klar, er war ja noch nicht so lange beim Tennis dabei.

»Natürlich zweite Mannschaft, aber ist ja klar«, setzte er schnell hinterher, nachdem Ruth beide Daumen in seine Richtung erhoben hatte.

Anne zeigte auf den Fotografen. »Ulf ist bei so etwas wirklich hilfsbereit. Auch wenn er oft polarisiert. Auf manche wirkt er ziemlich überheblich und spöttisch. Er ist der Lebensgefährte von Steffen, der in den Ferien die Tenniscamps organisiert.«

Marthe Dirkens räusperte sich und sah sich verstohlen um. »Ja, ja, die beiden Männer haben für eine Menge Gesprächsstoff auf der Insel gesorgt, als sie damals zusammengezogen sind. Wobei mir das egal ist. Jeder soll nach seiner Fasson glücklich werden.«

Ruth nahm ihr die gelassenen Worte nicht ganz ab, so verschwörerisch sie in die Runde geschaut hatte. Nun ja, sie konnte es ihr nicht ganz verdenken, kam sie doch aus einer anderen Zeit mit einer anderen Moral. Hier auf der Insel gingen die Uhren wahrscheinlich etwas anders als in Hamburg, Bremen oder Berlin.

»Wir haben uns auf der Insel mit vielem arrangiert, was man sich früher überhaupt nicht vorstellen konnte. So ein Laden wie bei Tante Jens, das war früher nicht denkbar. Die Anneliese, also die Anneliese Hansen, die nun tot ist«, sie brach den Satz ab und rutschte unruhig im Strandkorb umher. »Ach Kinder, hört nicht auf mich. Wenn alte Frauen reden.« Anscheinend nahm sie wahr, dass ihre Andeutungen nicht auf Zustimmung stießen. »Ich glaube, ich muss mich bewegen. Mal zu den Eltern vom Bräutigam. Die sehen so aus, als könnten sie etwas Aufmunterung gebrauchen.«

Sie alle warteten einen Moment, aber dann brachen Ruth und Anne in Gelächter aus.

»Was war das denn? So kenne ich Frau Dirkens gar nicht.« Anne prustete erneut los. »So moralinsauer.«

Martin blieb ernst. »Ich kann mir schon vorstellen, dass ihr das zusetzt. Ich meine, das mit Frau Hansen, dem ersten Einsatz heute Morgen. Während der kirchlichen Trauung.«

»Aber ich dachte, es war ein natürlicher Todesfall?« Ruth hob fragend die Augenbrauen.

Martin schüttelte den Kopf. »Ein Suizid. Sogar ein angekündigter. Also fast. Ach …« Er machte eine wegwerfende Handbewegung. »Und um es komplizierter zu machen: Die Tote war die Schwägerin des Toten im Regenfass. Der wiederum nicht daran gestorben ist, sondern an einem Herzinfarkt.«

»Wie bitte? Was ist denn das für eine Story? Das kann man ja gar nicht erfinden. Würdest du das wiederholen?« Oskar fingerte nach seinem Handy, das er nach mehrfachem Wischen und Drücken vor Martins Nase hielt. »Hier, ich habe die Diktierfunktion eingeschaltet.«

Martin schlug sich mit der flachen Hand vor die Stirn. »Ich Idiot. Wieso sage ich denn so etwas bloß in Anwesenheit der Presse? Was für ein Anfängerfehler, nicht wahr, Ruth?«

Ruth sah ratlos zwischen den beiden Männern hin und her, aber Anne intervenierte. »Quatsch, Martin. Oskar ist auf unserer Seite. Überleg mal. Er hat zu Hause einen Mord aufgedeckt. Vielleicht kann er dir helfen.«

»Helfen? Wobei denn helfen? Sag mal, seid ihr von allen guten Geistern verlassen? Habt ihr zu viel Hochzeitsbowle konsumiert? Es gibt keinen Mord. Und deswegen auch nichts aufzudecken.«

»Naja, aber, so wie du eben …«

»Hör auf, irgendetwas in mich hineinzuinterpretieren. Bitte, Anne. Mach die Dinge nicht komplizierter, als sie sind.«

Anne sah Ruth fragend an. Sie schloss und öffnete mit einer langsamen Bewegung die Augen, um ihr Verständnis zu signalisieren. Auch, damit sie das Thema am besten fallen ließen.

Sie war deswegen gar nicht böse, dass im selben Augenblick Daniela und Frank vor ihren Strandkörben auftauchten. »Ihr Lieben, der Höhepunkt der Party naht. Gleich geht die

Sonne unter, wappnet euch bitte mit einem leckeren Getränk für den besonderen Augenblick. Und danach brauche ich alle unverheirateten Frauen. Also, Anne und Ruth, ihr seid dabei.«

»Wobei?« Ruth lachte Anne an, weil ihnen beiden die gleiche Frage herausgerutscht war. Anne grinste zurück.

Doch genauso schnell wie bei ihr selbst erstarb das Lächeln in Annes Gesicht. »Na was wohl?«, antwortete Daniela. »Brautstraußwerfen, natürlich. Wir sehen uns nach dem Sonnenuntergang.«

*

Als ihre Kleidung in einem Bündel neben der seinen lag, lief sie durch den Sand hinunter zum Flutsaum. Kaum hatte die erste Welle ihre Zehen erfasst, blieb sie schockstarr stehen. Das Wasser kam ihr eisig vor, und sie wusste nicht, wie sie es schaffen sollte, nur einen Schritt weiterzugehen.

»Jetzt komm doch. Siehst du nicht, wie ich leide?«, rief er ihr lachend zu. »Oder muss ich dich etwa holen?« Er schickte einige Wasserfontänen mit ausholenden Armbewegungen zu ihr hinüber. Dabei sprang er die ganze Zeit auf und ab, wahrscheinlich, weil er es sonst nicht aushalten würde.

Sie schrie auf, als sie einzelne Spritzer trafen. Als er sich tatsächlich auf sie zubewegte, bückte sie sich schnell, um wenigstens ihre Arme, die Brust und den Bauch abzukühlen. Sie atmete tief ein – und dann lief sie einfach los, genauso, wie er es gemacht hatte.

Der Kälteschock nahm ihr den Atem und für einen winzigen Augenblick glaubte sie, ihr Herz bliebe stehen. Aber dann war er bei ihr und zog sie in seine Arme, zog sie hoch zu sich, eng an seinen Körper, der zwar schlank, aber unglaublich kräftig und muskulös war. Sie kam sich vor wie eine Feder, die der Wind trägt, und ließ sich von seinen Bewegungen mitziehen.

Er wirbelte sie einmal im Kreis, und obwohl ihr die Kälte des Meeres zusetzte, begann sie sich in seinen Armen zu entspannen. Sie schmiegte ihren Kopf ganz eng an seinen Körper. Sie schloss die Augen. Wollte nur noch fühlen. Als Erstes nahm sie seinen Duft wahr, so intensiv, dass ihr kurz schwindelig wurde. Trotzdem sog sie ihn ein, weil sie glaubte, ihm näher zu sein. Sie würde alles dafür geben, wenn es einen Extrakt davon gäbe, zum Mitnehmen, zum Dabeihaben, zum Nahesein, wann immer sie das wollte, wie in dem Buch, das Emma ihr geliehen hatte. Aber nicht um den Preis des Todes. Das hatte sie so schrecklich gefunden, dass sie den Roman kaum zu Ende hatte lesen können.

»Ist dir immer noch kalt?«, flüsterte er in ihr Ohr.

Sie hielt die Augen geschlossen und schüttelte nur den Kopf. Er stellte sie vorsichtig auf den Boden, aber sie klammerte sich um seinen Hals wie eine Ertrinkende und blieb auf den Zehenspitzen stehen.

»Was machst du bloß mit mir?«, hauchte er und presste sie plötzlich ruckartig an sich und hob sie gleichzeitig an, indem er ihre Beine um seine Oberschenkeln legte. Sie riss die Augen auf. Die Plötzlichkeit hatte sie erschreckt. Sie sah, wie er rechts und links das Ufer absuchte. Dann blickte er in ihr Gesicht, das ein ganzes Stück unter seinem war. »Keine Angst, Baby, weit und breit keiner zu sehen.« Er beugte sich zu ihr hinunter und begann sie so fordernd zu küssen, wie er das vom ersten Mal an gemacht hatte. Es war jedes Mal wie ein Knopfdruck. Es gab kein Zurück mehr. Sie stöhnte auf, weil sie so unfassbar wollte, dass er weitermachte. Und obwohl sie wusste, dass er es tun würde, hatte sie Angst, dass er von ihr lassen könnte.

»Moment, Moment, nicht so schnell.« Tatsächlich ließ er sie herab. Er löste vorsichtig ihre Arme von seinem Nacken. »Bitte, einen Moment nur. Einen Moment, in dem ich dich sehen will.« Er legte beide Hände an ihre Brüste und beugte sich erneut hinab, um sie zu küssen. Der Druck seiner Hände war fordernd und erregte sie so, dass sie sich näher an ihn herandrängen musste. Sie hielt es nicht aus. Hielt es einfach nicht länger aus.

Er grinste, als er ihre Ungeduld spürte. Erneut hob er sie an und sie schlang die Beine um seine Hüfte. Es war, als würde er sie auf dem Wasser tragen. Die Kälte machte ihr nichts mehr aus, stattdessen schienen die Wellen ihre Bewegungen zu unterstützen. Er spielte mit ihr und kam näher und entfernte sich wieder, bis sie ihm mit den Fäusten auf die Schulter klopfte, weil sie es nicht länger aushielt.

In dem Augenblick, als er endlich in sie eindrang, dachte sie zum ersten Mal wieder an das, was da in ihrem Bauch war. Unwillkürlich versuchte sie, ihre Hand in Richtung Unterbauch zu schieben. Sie rutschte ab und sie beide gerieten ins Schwanken. Erst im letzten Augenblick fing er sie wieder auf.

»He, was machst du für Sachen?«, fragte er mit dunkler Stimme, nachdem er sie zu sich hochgezogen hatte.

Milli antwortete ihm nicht. Sie hielt den Atem an. Ob ihm klar war, was ihr gerade durch den Kopf gegangen war? Es schien nicht so. Er hatte die Augen geschlossen und sein Gesicht verzogen, als spürte er einen großen Schmerz. Gleichzeitig schien er weit weg zu sein. Milli war sich sicher, dass er nicht an dasselbe dachte wie sie. Obwohl er es ja wusste. Obwohl sie darüber reden mussten. Später.

Sein Atem wurde schneller. Milli presste sich an ihn. Es machte sie verrückt, wie er auf sie reagierte. Sie wusste, dass er es mochte, wenn sie beide gleich schnell waren. Und fast immer klappte es. Weil sie gleich tickten. Weil ihre Körper gleich reagierten. Auch wenn das wahrscheinlich keiner glauben würde. Sie merkte, wie seine Erregung erneut auf sie herüberschwappte. Im selben Augenblick brach bei ihnen beiden die Spannung, sie stöhnten leise, wie sie es in solchen Augenblicken immer taten.

Er hielt sie. Hielt sie eine ganze Weile. Dann spürte sie erneut die Kälte. Wie sie von den Zehen aufwärtsstieg.

»Du zitterst ja«, sagte er und blickte mit seinem gewohnt ironischen Blick auf sie. Sie sah, wie sich Wassertropfen in seinen Bartstoppeln gesammelt hatten, die nun zu glitzern schienen. Vorsichtig ließ er sie herab. »Perfekter Augenblick, Baby«, sagte er zu ihr. »Du und ich in dem Moment, als die Sonne versank. Besser kann es nicht werden.«

Milli sah zu ihm hoch. Eigentlich wollte sie etwas erwidern. Sie hoffte doch, dass es besser würde. Aber wahrscheinlich hatte er es nur komisch ausgedrückt. Sein Mund kam näher, er küsste sie, viel zärtlicher als vorhin. Wie immer, wenn sie es getan hatten. Warum sollte sie den Augenblick mit Worten zerstören?

Seine Hände umfassten ihre Hüften. Dann löste er sie und strich mit ihnen an ihrem Körper entlang. Kreiste tatsächlich einmal über den Bauch. Ängstlich sah sie ihm ins Gesicht, aber seine Hände glitten weiter. Hoch zu ihren Brüsten. Hier waren die Bewegungen nun ruhiger. Langsamer. Unglaublich zärtlich. In tastenden Bewegungen ließ er die Hände weiter wandern. Seine Finger fuhren die Schlüsselbeinknochen nach und dann streichelte er mit beiden Daumen die Kuhle unterhalb ihres Kehlkopfs. Sie bog den Kopf zurück, weil sie es so sehr mochte, wenn er sie dort berührte. Und obwohl sie mittlerweile am ganzen Körper zitterte, wollte sie nicht, dass er damit aufhörte. Sie seufzte tief. Es war einfach alles gut.

Der Druck, den er auf einmal auf ihren Kehlkopf ausübte, kam so überraschend, dass für nichts mehr Zeit blieb.

»Mum«, war das Einzige, was sie noch denken konnte. »Mum, es tut mir so leid.«

*

Martin kam sich vor wie in einem schlechten Film. Verstohlen kniff er sich ins Handgelenk, während die Kollegen damit beschäftigt waren, den Tatort abzusichern und auszuleuchten.

Noch war der Arzt damit beschäftigt, die Leiche zu untersuchen. Martin hatte nur einen kurzen Blick auf das junge Mädchen geworfen, das mit den Beinen halb im Wasser lag. Eine Langhaarperücke war verrutscht und hing über die linke Seite ihres Gesichts. Ein Arm lag quer über ihrem Körper, sodass es aussah, als wolle sie sich schamvoll bedecken, aber es war wohl eher Zufall, dass sie genau so zu liegen gekommen war. Er hatte automatisch auf den Hals geschaut, wahrscheinlich in der heimlichen Hoffnung, auch dieser Todesfall würde sich wie der am Nachmittag als blinder Alarm herausstellen. Aber davon konnte keine Rede sein. Stattdessen bedeckte ein großes Blumenmuster, das durch das Wasser verschmiert wurde, ihr Dekolleté und untermalte damit den grotesken, schaurigen Anblick des Todes.

Er stand ein Stück entfernt und hatte sich von dem Geschehen weggedreht. Seine Augen suchten den Horizont ab, hinter dem vor gut anderthalb Stunden die Sonne untergegangen war. Er wartete auf das Blinken der Lichter in weiter Ferne, die ihm die Lage des Offshore-Parks weit draußen in der Nordsee anzeigen würden.

Das Kneifen in den Handrücken gab ihm unmissverständlich zu verstehen, dass er sich nicht in einem kruden Albtraum befand, sondern in der bitteren Realität. Was passierte nur an diesem Wochenende? Was war über die Insel gekommen, dass sie einen Todesfall nach dem anderen zu bearbeiten hatten? Er lachte auf. Zu bearbeiten, ja. Aber genauso auch zu verarbeiten. Es war, als ginge es nicht mit rechten Dingen zu. Fast war er geneigt, an magische Einflüsse und schlechte Auren zu glauben. Er sorgte sich vor den Medienberichten der nächsten Tage. Nein, es ging nicht um ihn, aber er konnte schon die Schlagzeilen lesen: »Ungeklärte Todesserie auf Norderney«. Und er wusste, es würde nicht lange dauern, bis man die Geschehnisse mit seiner Person verknüpfen würde. Mord und Totschlag auf der Insel, das hatte es so gut wie nie gegeben. Aber seitdem er als leitender Inselpolizist nach Norderney gekommen war, hatte sich das geändert. »Zufall«, würde sein alter Chef sagen. Und selbstverständlich dachte er das ebenso. Eigentlich. Vom Verstand her. Aber dass es anders wirkte, konnte selbst er nicht von der Hand weisen.

»Verdammt. Verdammt. Verdammt«, fluchte er vor sich hin. Ein gutes Stück den Strand hinunter sah er die Lichter des Ortes und der strandnahen Restaurants, Hotels und Wohnhäuser. Fast glaubte er, die Lichter und Fackeln der Hochzeitsparty auszumachen. Ausgerechnet an diesem Wochenende, dachte er. Um sich danach selbst zu korrigieren. Als ob es einen Unterschied für die Opfer machte, wenn es an einem anderen Tag passiert wäre.

Martin atmete aus und versuchte seine Schultern nach unten zu drücken. Alle Anspannung half nichts. Er würde den ersten Befund des Arztes abwarten müssen, würde anschließend dafür sorgen, dass der Fundort unversehrt bliebe, bis die Spusi einträfe, und würde mit Frau Lichterfeld die nächsten Schritte planen. Die Lichterfeld war aus allen Wolken gefallen, als er sie informiert hatte. Ihre unausgesprochenen Gedanken waren durch das Telefon genauso zu vernehmen, wie er die Schlagzeilen der Zeitungen antizipieren konnte. Im Wortlaut unterschieden sie sich so gut wie nicht.

Als Erstes würde anstehen, die Angehörigen der Toten zu benachrichtigen. Glücklicherweise hatte sich Silke bereit erklärt, ihren Dienst zu verlängern. Er hatte für alles, was in den letzten Tagen zu bewältigen war, kaum ausreichend Personal. Ab morgen würde er für Abhilfe sorgen können.

In dieser Nacht aber mussten sie fast alle ran. Improvisieren und das Private hinter sich lassen.

Er nahm eine Dose Pfefferminzbonbons aus seiner Hosentasche, die Anne schnell aus ihrer Handtasche gefischt hatte, bevor er aufgebrochen war. »Damit du zumindest atemtechnisch die Biere überdecken kannst«, hatte sie geflüstert.

Er konnte schwerlich etwas dafür, dass er ein freies Wochenende hatte und auf einer privaten Feier war, während sich ein Todesfall an den anderen reihte. Und er dennoch seinen Mann stand. Was für ihn selbstverständlich war, keine Frage. Trotzdem nährte jedes getrunkene Bier sein schlechtes Gewissen und das eigene Gefühl, versagt zu haben.

Sehnsuchtsvoll sah er zu den weit entfernten Lichtern am Strand. Eben noch hatte er mit Anne eng umschlungen der untergehenden Sonne zugeschaut, sie hatten miteinander angestoßen und sich geküsst, als gäbe es nur sie beide und niemanden sonst auf der Welt. Verdammt, wie sehr er diese Frau doch liebte. Kurz danach hatte Daniela zum Brautstraußwerfen aufgerufen. Martin glaubte, ein gewisses Maß an Verlegenheit bei Anne gesehen zu haben, als sie sich nicht gegen Daniela wehren konnte und sich zu den Singlefrauen gesellen musste. Sie hatte protestiert und nach Ruths Hand gegriffen, um sie, die ebenso dagegenhielt, mitzuziehen. Martin hatte gegrinst, als er sah, wie alle beide sich hinter den anderen unverheirateten Frauen versteckten. Und dann gedacht: Egal, ob Anne den Strauß fängt oder nicht. Ich werde sie fragen.

Plötzlich war es dann, als passierten Tausend Dinge gleichzeitig. Martin sah wie in Zeitlupe alles vor seinem Auge ablaufen. Als hätte Anne seine Gedanken gespürt, hatte sie sich zu ihm herumgedreht. Sie sah ihn fragend an. Währenddessen warf Daniela den Strauß in einem hohen Bogen über ihre Freundinnen hinweg. Anne trat einen Schritt auf Martin zu und sah die Blumen gar nicht kommen. Stattdessen war es

Ruth, die in einem einzigen Reflex danach griff und dabei fast ins Fallen geriet. Vollkommen perplex hatten sie alle auf die Szene gestarrt: Daniela und Jutta, Anne und er – und am fassungslosesten Ruth, die aussah, als hätte sie gerade ihr Todesurteil empfangen. Erst als sie sich bewegte und versuchte, den Strauß weiterzureichen, an Anne, an Jutta, zurück zu Daniela, damit diese ihn erneut werfen könne und alle lachend den Kopf schüttelten und sie stattdessen beglückwünschten, genau in dieser sich auflösenden Stimmung hatte er aus den Augenwinkeln das vertraute blaue Flackern wahrgenommen. Am Januskopf hatte Silke gestanden, und selbst ihr waren keine Sprüche von Schlüppern mehr über die Lippen gekommen.

»So eine Scheiße«, hatte sie gemurmelt.

Dem wusste Martin absolut nichts hinzuzufügen.

*

Anne hatte sich erst gar nicht beruhigen können. Immer wieder gackerte sie los. »Ich kann das einfach nicht glauben. Dass ausgerechnet du den Brautstrauß fängst.«

Ruth verzog das Gesicht. Selten hatte sie einen peinlicheren Augenblick erlebt. Fassungslos hatte sie die Blumen in ihrer Hand betrachtet, während alle klatschten und johlten. Sie versuchte, den Strauß an Anne weiterzureichen. Schließlich war sie eindeutig die Adressatin gewesen, hätte sie nicht im allerletzten Augenblick eine Seitwärtsbewegung zu Martin gemacht. Aber alles Erklären und Widerstreben hatte Ruth nichts genutzt.

Am meisten geärgert hatte sie sich über das Grinsen von Oskar, als sie zurück zum Strandkorb gekommen war.

»Wer ist denn der Glückliche?«, hatte er lachend gefragt.

Eine kurze Sekunde hatte Ruth den Impuls, ihm die Blumen auf den Kopf zu hauen, aber dann setzte sich ihr Humor durch. »Ja, das wüsste ich auch gern. Da bleibt mir wohl nichts anderes übrig, als mir ein passendes Gegenstück zu backen.«

»Oder sich auf die Suche zu machen«, hatte Oskar erwidert, und der Klang seiner Stimme machte sie unsicher. Sie vermied es, ihn anzuschauen und versuchte, ihre nächsten Sätze ironisch klingen zu lassen.

»Klar, ich melde mich auf Tinder an. So heißt das doch, oder? Wobei ich genauso gut im ›Norderneyer Morgen‹ inserieren könnte. So nach dem Motto: ›Dringend! Mann gesucht, bevor der Brautstrauß verwelkt.‹«

»Ich glaube, da ist Tinder erfolgsversprechender.«

Ruth hob ruckartig ihren Blick, der immer noch auf den Blumen in ihren Händen ruhte, und blickte ihn an: »Nicht dein Ernst, dass du das machst.«

»Warum denn nicht?«

»Weil …«, sie suchte nach den richtigen Worten. »Weil es …« Wieder stockte sie.

»Weil es oberflächlich ist, meinst du?«

»Ja, so in etwa.«

»Nun ja, es muss nicht die einzige Art sein. Das eine schließt das andere nicht aus. Ich bin durchaus nicht abgeneigt, mich im wahren Leben umzuschauen.«

»Umzuschauen«, wiederholte Ruth knapp.

»So nennt man das, ja. Es ist zumindest der erste Schritt. Der zweite könnte eine Frage sein. Zum Beispiel, wollen wir tanzen?«

Oskar nahm ihr den Brautstrauß aus der Hand und legte ihn auf den Boden. Dann nahm er ihre Hand und zog sie im Aufstehen mit sich hoch. »Ich meine dich. Im Hier und Jetzt. Wollen wir tanzen?«

Ruth drehte sich zu Anne herum. Aus den Augenwinkeln hatte sie Blaulicht gesehen, aber ihm in dem ganzen Tumult wenig Beachtung geschenkt. Seltsam. Anne war jedenfalls nicht mehr da, und Ruth fiel kein wirklich guter Grund ein, Oskar zurückzuweisen.

Tatsächlich fiel beim Tanzen zwischen den Fackeln, die nach dem Sonnenuntergang entzündet worden waren, die ganze Verlegenheit von ihr ab. Mittlerweile konnte sie darüber lachen, dass ihr der Strauß zugefallen war.

»Ich muss das unbedingt meiner Tochter schreiben, sie wird mir das nicht glauben«, nahm Ruth später bei einem Glas Wein den Faden auf.

»Was hältst du davon, sie richtig zu schocken?« Oskar sah sie herausfordernd an.

»Wer will wen schockieren? Ich glaube, mein Maß an Schocks und Aufregung ist gedeckt.« Anne trat zu ihnen und orderte sich ein Glas. Ruth sah ihr an, wie ernst es ihr war.

»Also, ich dachte, ich stelle mich neben dich, Ruth, du mit dem Strauß in den Händen, wir lassen ein Foto von uns machen, das du deiner Tochter sendest. Was meinst du, glaubt sie dann? Bei unserem Aufzug? Du im bodenlangen Kleid, ich im Anzug?« Oskar richtete mit beiden Händen seine Brille gerade, während er sprach.

Ruth nahm seine Worte nur am Rande wahr, so mitgenommen wirkte Anne.

»Machen wir. Später«, beschied sie Oskar. Sie nahm zwar seine Irritation wahr, aber sie interessierte sich gerade nur für Anne. »Was ist los? Was ist passiert?«

»Martin hat eben eine WhatsApp geschickt. Eine Leiche am Strand. Ein Stück weiter runter.«

»Noch eine Tote! Wie furchtbar.« Ruth kniff die Augen zusammen und schaute am Strand entlang in die Richtung, die Anne vage mit einer Handbewegung gezeigt hatte.

»Noch viel schlimmer. Eins der jungen Mädchen. Dieser Mangas, die den ganzen Nachmittag über die Insel gezogen sind.«

»Was?« Ruth drehte sich schaudernd zu Anne. »Wie das? Was ist passiert?«

»Weiß noch keiner. Aber nicht sehr wahrscheinlich, dass das als natürlicher Tod durchgeht, würde ich einmal vermuten.«

Ruth hörte, wie Anne versuchte, eine halbwegs professionelle Sprache zu wahren. Als Ärztin war ihr der Tod nun mal kein Unbekannter.

Trotzdem. Junge Menschen, die starben, riefen bei allen, die damit zu tun hatten, Entsetzen hervor. Da half es auch nicht, lange im Geschäft zu sein.

»Können wir etwas tun?« Ruth setzte ihr Glas ab. Sie konnte unmöglich weiter Wein trinken.

Anne dagegen drehte ihr Getränk einen Moment in den Händen und trank es in großen, hastigen Schlucken aus. »Was ist das bloß?«, fragte sie, ohne Ruth oder Oskar anzublicken. »Was ist denn dieses Wochenende auf der Insel los? Ist das Zufall? Hängt das eine mit dem anderen zusammen? Aber wie soll das gehen?« Sie legte eine Hand an die Stirn und schob ihre Haare unter den Hut zurück, während sie ihre Schläfe massierte. »Ein Toter im Regenfass und ein totes Mangamädchen. Das kann nichts miteinander zu tun haben. Oder etwa doch?«

»Wollen wir lieber gehen?« Ruth sah sich um. Die Stimmung unter den Hochzeitsgästen konnte nicht besser sein. Immer wieder formierten sich Polonaisen in verschiedenen Reihenfolgen. Der Mix aus den Boxen schien alle zu begeistern. Auch Frau Dirkens tanzte hin und wieder, und selbst Franks Eltern wippten im Takt. Aber Ruth konnte nicht weiterfeiern. Anne ging es offensichtlich genauso. Unvorstellbar, dass kein Kilometer weiter ein junger Mensch sein Leben gelassen hatte, während andere auf der Insel feierten.

»Ja, bitte. Wir müssen es nur irgendwie Daniela beibringen.«

»Am besten, ohne alle in Aufruhr zu versetzen.«

Ein lautes Dröhnen vom Himmel ließ sie hochblicken. Ein Hubschrauber flog mit geringer Höhe und einem Suchscheinwerfer über sie hinweg. Ein Stück weiter Richtung Weiße Düne begann er, über dem Strand zu kreisen, nahm Fahrt auf und flog über die Dünen inseleinwärts.

»Da kommt die Mordkommission.« Anne deutete mit dem Kopf zum Hubschrauber. »Sie werden am Flughafen landen und zum Tatort gebracht werden, hat Martin geschrieben.«

»Dann weiß man schon, dass es der Tatort ist? Und nicht nur der Fundort?« Oskar klang gleichermaßen neugierig und ernsthaft.

Trotzdem machte es Ruth wütend. »Du willst wohl hoffentlich nicht den Hobbydetektiv geben – oder noch schlimmer den investigativen Journalisten?«

»Nein, um Himmels willen.« Er hob beide Hände. »Ich bin viel zu sehr in der Geschichte, die ich … Aber lassen wir das. Wohin können wir gehen?«

Anne und Ruth sahen sich an und hoben zeitgleich die Schultern.

»Also eigentlich …«, begann Ruth.

»Nirgendwohin. Nach Hause«, antwortete Anne. »Und zwar nur Ruth und ich.«

»Ach so. Entschuldigt.« Oskar klang kleinlaut, sodass er Ruth fast leidtat. »Ich dachte nur. Wenn ihr vielleicht reden wollt.«

»Das verstehe ich nicht.« Anne sah Oskar genervt an. »Es gibt nichts zu reden. Wir haben keine Lust mehr zu feiern, weil da drüben eine junge Frau gestorben ist.«

»Ich dachte ja nur. Wegen des Regenfasses und eines möglichen Zusammenhangs. Manchmal hilft es, wenn man anderen die Dinge erklärt. Dann zeigen sich Verbindungen, die man vorher nicht sah.«

Ruth legte Anne, die antworten wollte, eine Hand auf die Schulter. »Vielleicht ist das gar keine so schlechte Idee, Anne.«

»Aber was soll das bringen? Wir sind keine Ermittler. Wir wissen noch nicht einmal, was genau vorgefallen ist.«

»Stimmt. Aber ich will auf jeden Fall weg. Mir ist nicht mehr nach Schlager und Karnevalsmusik. Reden wäre trotzdem gut. Mir hilft das.«

»Ich habe keine Ahnung, was das soll. Aber wenn ihr es braucht. Meinetwegen.« Anne seufzte. »Also nicht nach Hause?«

»Nein, lass uns ein wenig laufen. Und irgendwo einen Kaffee trinken.«

»Kaffee ist gut«, stimmte Oskar zu. »Ich kann es Daniela und Frank beibringen. Dass wir gehen, meine ich.«

»Ich brauche eher Wein.« Anne setzte ihr Glas an, obwohl es längst leer war. »Vielleicht gehen wir Richtung Milchbar. Für ein Getränk reicht die Zeit auf jeden Fall, bevor sie schließen.«

Sie schwiegen, während sie auf Oskar warteten, der gestenreich mit Daniela redete, dann Frank auf die Schulter klopfte, um sich anschließend zu Franks Eltern im Strandkorb hinunterzubeugen.

»Netter Kerl«, murmelte Anne und drehte sich mit dem Rücken zur Hochzeitsgesellschaft.

»Hm«, antwortete Ruth und tat es ihr nach. Ihre Gedanken schwirrten wild durcheinander, und für einen kurzen Moment glaubte sie, die Fäden nie entwirren zu können. Sie schloss die Augen und öffnete sie sofort, als ihr schwindelig wurde. Kaffee! Sie brauchte dringend einen Kaffee.

»Das ist sehr, sehr nett von Ihnen, Herr Oskar. Ein schöner Tee wird mir am Abend sicher guttun. Wie nett, dass Sie mich begleiten. Ich hoffe, Anne und Ruth, Ihnen ist es auch recht? Herr Oskar war so freundlich, mich einzuladen, als ich ihn bat, mich ein Stück heimwärts zu begleiten.«

Ruth sah Oskars Verzweiflung, als er sie wortlos, aber mienenreich um Verzeihung bat. Ruth schaute Anne an. Und entgegen allem, was sie in den letzten Minuten gesagt, gedacht, gefühlt hatten, merkte Ruth, dass sie es nicht würde unterdrücken können. In Annes Augen erkannte sie das Blitzen. Ihre Mundwinkel bebten. Und beide fingen hysterisch an zu lachen, bis ihnen die Tränen die Wangen hinunterliefen.

»Zu viel Wein«, stellte Anne schließlich fest.

»Zu wenig Kaffee«, stimmte Ruth zu, erneut um Ernsthaftigkeit bemüht. Sie wusste als Psychologin nur zu gut, dass dieser Ausbruch ein Ventil ihrer Fassungslosigkeit war. Frau Dirkens schaute irritiert, warf aber schnell ein: »Darauf einen Tee mit Schuss. Obwohl ich nicht weiß, worum es geht. Falls Herr Oskar sich traut, es mit uns aufzunehmen.«

*

Natürlich war Olaf nicht gekommen. Das hätte sich Ingrid denken können. Nichtsdestotrotz hatte sie eine stille Hoffnung gehabt. Dieses Alleinsein mit sich und den eigenen Gedanken, das ging fast gar nicht. Überhaupt – sie war es bisher gewohnt, jeden Tag ein paar Worte mit Anneliese und Hilmar zu reden. Auch wenn sie sich nicht immer wohlgesonnen waren die beiden, an den vertrauten Ritualen hatten sie festgehalten. Und das hieß, bei einem von ihnen zu einem täglichen kleinen Schnack zusammenzukommen, meistens sogar draußen in den Schrebergärten. Und nun waren beide weg. Unwiderruflich. Nur sie blieb alleine zurück. Ihre Nachbarin vorhin hatte sich etwas Butter leihen wollen. Ingrid seufzte, erhob sich und zog den Vorhang beiseite. Die flackernden Blaulichter, die an ihrem Fenster vorbeigefahren waren, hatten nichts mehr mit dieser Hochzeit zu tun, das war ihr klar. Sie nickte sich im Fensterglas zu. Wahrscheinlich war die Tatsache, dass sie zu dieser Uhrzeit ausrücken mussten, die Strafe dafür, was für abenteuerliche Vorstellungen Inselpolizisten von ihrer Arbeit hatten. Vorsichtig ausgedrückt. Aber so war das nun mal, wenn man immer und immer wieder die Fremden vom Festland Dinge tun ließ, die die Einheimischen viel besser konnten. So war es bei Anneliese, und so erging es nun diesem Ziegler.

Ingrid drehte sich um und holte ein Fotoalbum aus dem Schrank. Vorsichtig strich sie über den Einband. Die Farben waren verblasst, die Ecken des Albums verbogen und angestoßen. Es war fast so alt wie sie, denn sie hatte es von ihrer Patin geschenkt bekommen, als sie ein kleines Kind war. Fotografien waren damals keine Alltäglichkeit, und nur zu besonderen Anlässen hatte man sie als Kind abgelichtet. Diese Bilder waren ihr heilig, zeigten sie das Norderney, wie es früher war. Auch wenn die Insel schon lange vom Tourismus lebte, hatte es für die Inselbewohner meist ein sehr dörfliches Leben gegeben. Jeder kannte jeden, die Verhältnisse waren klar, und es gab viele Monate des Jahres, in denen sich kein Mensch vom Festland für sie interessierte.

Ingrid klappte das Album auf und überschlug die ersten Seiten. Das alles war mit heute nicht zu vergleichen: In ihr Album hatten die Fotos von fast 25 Jahren gepasst. Kindheit, Einschulung, Konfirmation, Schulentlassungsfeier. Runde Geburtstage, die Silberhochzeit der Eltern. Gruppenfotos, die bei den Hochzeitsfeiern der älteren Cousinen entstanden waren. Aus späteren Jahren ein paar Schnappschüsse. Am Strand, auf der Fähre bei einem Ausflug nach Leer, mit den Fahrrädern vor dem Leuchtturm. Auf diesem Bild war Anneliese schon dabei.

Ingrid starrte das Foto an. Kai-Uwe, Hilmar, Anneliese und sie. Wenn Hilmar sich damals für sie entschieden hätte, wäre dann womöglich alles anders gelaufen? Friedlicher?

Zufriedener? Wäre dann das, was in den letzten Tagen passiert war, gar nicht geschehen?

Ingrid zog den Abschiedsbrief aus dem Zeitungsstapel, in den sie ihn vorhin gesteckt hatte. Sie glättete ihn mit der Hand und las die Worte noch einmal, Zeile für Zeile. Ihr Mund wurde trocken. Sie stand auf, weil sie etwas trinken musste. Unentschlossen sah sie sich in der Küche um, trat an den Herd, nahm den Wasserkessel und stellte ihn nach kurzer Zeit leer zurück. Noch einen Tee würde selbst sie nicht mehr vertragen können, dafür waren es heute schon zu viele gewesen. Wahrscheinlich wäre es das Beste, sich ein Glas Milch mit Honig zu erwärmen, aber allein bei dem Gedanken daran wurde ihr schlecht.

Also hielt sie nur ein Glas unter den Wasserhahn. Die leicht gelbliche Färbung des Wassers störte sie nicht, so war das nun mal bei ihnen auf der Insel. Anneliese dagegen hätte niemals einen Schluck davon einfach so und ungekocht getrunken. Nein, sie bestand auf Mineralwasser, die Dame aus der Stadt.

»Dann musst du dir das selber mitbringen, ich schleppe keine Wasserkästen, nur weil du dich für alles zu fein hältst«, hatte Ingrid ihr manches Mal vorgeworfen.

Aber meistens hatten sie sowieso Tee oder höchstens mal einen Korn getrunken. So wie man das im Norden machte. Wenigstens das hatte Anneliese mit ihnen gemein. »Nicht lang schnacken, Kopp in Nacken«, das bekam man mit ins Blut, und da war es dann egal, ob man Ost- oder Nordfriese, Hamburger, Bremer, Insulaner oder Festländer war. Trinkfest waren sie. Alle hier im Norden.

Vielleicht war das überhaupt eine gute Idee. Ein Korn würde ihr nicht schaden und ihr helfen, zur Ruhe zu kommen.

Ingrid ging zum Küchenschrank und öffnete die obere Tür. Die Gardinen des Schranks würde sie waschen müssen, stellte sie fest. Aber warum und wozu? Anneliese, die gern ihre

Nase in alles gesteckt hatte, würde ihr nie wieder sagen können, wie grau sie die Gardinen in ihrem Schrank werden ließ.

Ingrid nahm ein Schnapsglas, schlurfte zum Kühlschrank, während sie mit der freien Hand ihre Hüfte rieb. Es war heute alles zu viel gewesen. Der lange Marsch steckte ihr in den Knochen. Aber egal. Solange es wehtut, bis du nicht tot, sprach sie sich selbst zu, während sie die eiskalte Flasche aus dem Eisschrank nahm, sie aufschraubte und das Glas randvoll goss. Vorsichtig nahm sie es in die Hand, tippelte mehr, als dass sie ging, zum Tisch zurück, auf dem das Album lag, und hob das Glas unmerklich an. »Also dann, auf euch!«, brachte sie leise hervor, während sie auf das Foto mit dem Leuchtturm schaute. »Wer hätte das gedacht, dass ich die Letzte auf Erden bin. Aber was rede ich? Ihr wisst schon: Kopp in Nacken! Wech damit!«

Mit einem Satz kippte sie den Korn in den Mund. Und prustete ihn genauso schnell über den ganzen Tisch, denn im selben Augenblick hatte es geklingelt. Grell und nachdrücklich. Zu nachtschlafender Zeit. Schnell klappte sie das Album zu und steckte den Brief zwischen die Zeitungen.

*

Er hatte den Hubschrauber vom Festland aus kommen sehen, hatte beobachtet, wie er in einem Bogen angeflogen kam, über ihnen die Suchscheinwerfer auf sie lenkte, zweimal kreiste und, nachdem er genau über ihnen sekundenlang in der Luft verharrte, Geschwindigkeit Richtung Flughafen aufnahm.

Martin sah auf die Uhr. In 20 Minuten konnte Frau Lichterfeld hier sein, die Kollegen standen mit dem Auto bereit, um sie am Flugplatz in Empfang zu nehmen.

20 Minuten Zeit, die er hatte, um ihr so sortiert wie möglich entgegenzutreten.

Sie hatten bei den Kleidungsstücken oben am Dünenrand ein paar Gummistiefel, einen Rucksack und einen selbst genähten Beutel gefunden. Darin steckten ein Handy, ein Make-up-Stift, schwarzer Kajal, Wimperntusche und ein Lippenstift. In einem schwarzen Portemonnaie fanden sie gefaltete Geldscheine im Wert von fast 200 Euro, was Martin ziemlich erstaunte, eine Frisia-Dauerkarte, einen Schülerausweis und einen Organspendeausweis, mit einer Büroklammer am Personalausweis befestigt. Martin runzelte die Stirn. Das junge Mädchen war laut Geburtsdatum noch nicht volljährig. Ob so ein Ausweis überhaupt rechtsgültig war? Darüber hatte er sich noch nie Gedanken gemacht. Allerdings war es in diesem Fall irrelevant. Melanie Stöcker hing nicht hirntot an einer Beatmungsmaschine, war nicht auf dem OP-Tisch geblieben, wie Anne das manchmal nannte, sondern lag mausetot in den Wellenausläufern der Nordsee. Und hatte ganz eindeutige Würgemale am Kehlkopf, die nahelegten, dass das die Ursache für ihren frühen Tod war. Was die Sache aber am allerschlimmsten machte, waren die beiden Flügel, die ein paar Meter neben den restlichen Kleidungsstücken lagen. Martin spürte, wie Übelkeit in ihm aufstieg.

Er setzte sich schließlich ein ganzes Stück weit vom Fundort der Kleider weg in den Sand und starrte von dort aus auf das Meer. Solange, bis die Spusi und Frau Lichterfeld eintrafen, konnte er nichts weiter machen, als darauf achten, dass niemand Spuren verwischte oder unnötige Veränderungen am Tatort verursachte.

Martin fuhr sich mit der Hand übers Gesicht und durch die Haare. Er stöhnte laut auf. Ob es wirklich ein Tatort war, würden sie beweisen müssen. Aber manchmal war das Bauchgefühl eigenmächtiger, als die polizeiliche Ausbildung es erlaubte. Tatsächlich war der erste Eindruck oft genug der richtige gewesen. Das Unterbewusstsein nahm manchmal Dinge auf, die er objektiv nicht hätte abrufen können.

Fakt war, dass ihm in der Nacht ein verdammt unangenehmer Gang bevorstand. Das Schlimmste, was einem Polizisten drohte. Etwas, von dem er gehofft hatte, es auf Norderney so gut wie gar nicht erleben zu müssen. Die Angehörigen über den Tod eines geliebten Menschen zu informieren – wie oft hatte er mit Anne darüber diskutiert, ob es dafür passende Worte gab. Konnte irgendetwas den Schock, die Unabänderlichkeit, die Endgültigkeit ändern?

Martin sah hinauf zum Himmel. Das Sternenzelt, das sich heute besonders klar über ihnen spannte, war sicherlich passend für Danielas Hochzeitfeier, aber nicht für das, was geschehen war. Er kam sich verhöhnt vor, verhöhnt von dem, was sich Leben nannte und ihm manchmal so sinnlos erschien. Heute jedenfalls stand ihm das größte Grauen überhaupt bevor. Menschen über das Ableben ihres Kindes zu informieren – Martin hob die Hand, als wolle er jemanden anders stoppen, dabei war es nur sein Gedankengang, den er korrigierte – über den Mord an ihrem Kind zu informieren, denn alles, was der Arzt an Merkmalen erkennen konnte, ließ nur diese einzige Schlussfolgerung zu, also all das war die schlimmste aller Tätigkeiten, die mit seinem Beruf verbunden waren.

Martin spürte Anflüge der Angst zurückkommen, die ihn vor einiger Zeit ins Burn-out getrieben hatten.

Er spürte, wie sein Herz nicht mehr jeden Schlag gleichmäßig ausführte, sondern alle zehn Sekunden eine kurze Pause einlegte. Martin schloss die Augen. Er versuchte, sich auf die Brandung des Meeres zu konzentrieren. Wellen, die kamen und gingen, regelmäßig wie sein Atem. Er musste nur den Rhythmus aufnehmen und seine Gedanken ausblenden. Gedanken daran, wie das gleich ablaufen würde.

Milli Stöcker. Der Name sagte ihm auf Anhieb nichts Konkretes, auch wenn er glaubte, ihn schon einmal gehört zu haben. Das Gesicht des Mädchens war ihm nicht bekannt vorgekommen. Sie schien nicht zu den Cliquen der Inseln zu gehören, die sie in letzter Zeit im Visier hatten. Nächtliche Ruhestörungen, Vandalismus, gekoppelt mit Alkoholexzessen und Drogenkonsum waren durchaus zu einem Problem auf der Insel geworden. Aber dieses Mädchen hatte er bei den Verdächtigen, die auffielen, noch nicht gesehen.

Martin versuchte, sich anhand der Adresse zu orientieren, wo genau die Familie wohnte. Es musste eines dieser alten Häuser Richtung Kap sein, die alle in keinem guten baulichen Zustand waren. Dafür waren die Mietpreise noch eben tolerierbar für die Insel.

»Stöcker.« Er sprach den Namen leise aus, um zu schauen, ob er eine Assoziation weckte. Beinahe glaubte er, einen losen Gedankenfaden gefunden zu haben, aber er konnte ihn nicht fassen. Seltsam war jedenfalls der Schülerausweis des Nordener Otto-Hein-Berufskollegs. Die meisten Schüler von der Insel, die eine Schule auf dem Festland besuchten, pendelten nicht täglich hin und her, sondern lebten im Internat oder hatten eine private Regelung des Wohnens gefunden. Die Frisia-Dauerkarte wies allerdings darauf hin, dass diese Melanie zu den Pendlern gehört hatte.

Martin schüttelte den Kopf und ließ Sand durch seine Finger gleiten. Wahrscheinlich war es ein Detail, das vollkommen irrelevant für ihre Ermittlungen war. Aber immerhin verschaffte es ihm ein wenig gedankliche Beschäftigung und lenkte ihn davon ab, was ihm bei der Begegnung mit den Eltern bevorstand. Stöcker. Nochmal dachte er über den Namen nach. Nein, es stellte sich kein passendes Gesicht dazu ein.

Martin sah auf die Uhr. 23 Minuten, seitdem der Hubschrauber über ihm kreiste. Er stand auf. Frau Lichterfeld würde jeden Augenblick eintreffen. Und während er sich reckte und streckte, den Sand abschüttelte, der bis unter seine Anzughose gekrochen war, sah er aus den Augenwinkeln die Blaulichter der herannahenden Polizeidienstwagen. Er atmete erleichtert aus. Immerhin konnte er die Verantwortung ein Stück weit abgeben. Nun war er nicht mehr der Chef im Ring, sondern nur der Zuarbeiter. Und das war ihm in diesem Fall keineswegs unrecht.

*

Sie hatten tatsächlich Glück. Ganz hinten in der Milchbar war noch einer der Tische mit Sofa und Stühlen frei gewesen, und Ruth hatte es übernommen, für alle die Getränke zu holen.

»Mensch, da kommen Erinnerungen hoch«, sagte sie, während sie ein Kaffeeglas und einen Teebecher auf den Tisch stellte. »Kleinen Moment noch, ich hole den Rest.« Als sie mit einem Bier für Oskar und einem Wein für Anne zurückkam, rutschte Frau Dirkens unruhig auf dem Sofa herum. Tatsächlich schien sie in den Kissen zu versinken und musste sich auf den Rand setzen, um vernünftig an ihre Teetasse zu kommen. Anne hatte sich neben ihr nach hinten fallen lassen, während sich auf der anderen Seite Oskar auf seinem Stuhl zu ihr hinunterbeugte.

»Sollen wir lieber tauschen?«, fragte er freundlich und hilfsbereit.

»Nein, nein, lassen Sie mal. Das gefällt mir schon ganz gut mit den Kissen hier. Wenn ich einschlafen sollte, müssen Sie mich wecken. Ich verlasse mich da auf Sie, Herr Oskar.« Dann sah sie Ruth an, die sich ihr gegenüber auf einem Stuhl niederließ. »Ist denn da wenigstens etwas Gutes drin?«, wollte sie von ihr wissen und deutete auf den Becher.

»Probieren Sie mal.« Ruth grinste. Frau Dirkens war wirklich eine Nummer für sich. Ihre heutige »Herr-Oskar-Nummer« war wirklich witzig, weil sie es ganz überzeugend hervorbrachte. Bei jedem anderen hätte so etwas affektiert und aufgesetzt gewirkt.

»Hm. Da ist auf jeden Fall viel Gutes beigemischt.« Frau Dirkens fuhr sich mit der Zunge über die Lippen.

»Ob so gut wie Ihre Zutat aus dem Giftschrank, kann ich allerdings nicht beurteilen.« Ruth lachte. »Anne, wie war das damals, als Martin das erste Mal von Frau Dirkens Giftschrank hörte?«

»Sie haben einen Giftschrank? Das hört sich aber spannend an.« Oskar schob seine Brille hoch und schaute die alte Dame interessiert an. Typisch Journalist, dachte Ruth. Sie sah förmlich, wie er Witterung aufnahm.

»Ach, papperlapapp, Herr Ziegler hat das schon richtig verstanden. Aber Sie haben recht, Ruth, da taucht wirklich eine Menge Erinnerungen auf.«

Oskar sah von einer zur anderen. Die Fragezeichen standen sprichwörtlich in seinem Gesicht.

Ruth schüttelte den Kopf. »Nein, ich möchte heute Abend nichts von den fürchterlichen Geschichten von damals hören. Schlimm genug, dass wieder etwas auf der Insel passiert ist.«

»Wollt ihr nicht mal berichten, was los ist?« Oskars Stimme war leise und bittend. Sie hatte nichts Aufdringliches, und Ruth nahm ihm ab, dass er nicht aus Berufsneugierde fragte, sondern um ihnen tatsächlich zu helfen, die Dinge zu sortieren. So, wie er es vorhin am Strand angeboten hatte.

Sie sah Anne an. »Willst du? Ich weiß eigentlich gar nichts.«

Anne nippte an ihrem Wein. »Ich glaube, ich brauche etwas Nichtalkoholisches. Aber okay. Was ich erzähle, ist allerdings ohne Gewähr.« Sie sah sich suchend um. Wahrscheinlich darf ich gar nicht weitersagen, was ich weiß, aber wir sind ja unter uns.« Sie sah alle drei beschwörend an.

Ruth nickte ihr beruhigend zu. Es war das dritte Mal, dass sie gemeinsam in eine solche Situation gerieten, und bisher war es sogar immer förderlich gewesen, weil sie mit ihren Gesprächen und Mutmaßungen die Ermittlungen vorangetrieben hatten. Dann aber fiel ihr Blick auf Oskar. Das war tatsächlich neu. Dass sie einen Journalisten mit am Tisch hatten, konnte die Dinge wesentlich verändern.

Anne schien ihre Gedanken lesen zu können. Ein kurzer Blickwechsel, der über Oskar hinwegging, genügte jedoch, um sich abzustimmen. Beide nickten sich zeitgleich zu. Sie hatten Vertrauen.

Die Zusammenfassung der Ereignisse der letzten Tage zeigte ihnen allen auf, mit welcher Geschwindigkeit die Geschehnisse über sie hinweggefegt waren. Hilmar Hansen, Anneliese Hansen und nun das junge Mädchen. Drei Todesfälle, von denen keiner glauben konnte, dass sie miteinander in Zusammenhang standen. Wobei natürlich der Freitod von Anneliese eine direkte Folge von Hilmars Ableben war, erklärte ihnen Anne. Schließlich hatte Martin einen Abschiedsbrief vorgefunden, in dem sie das selber niedergeschrieben hatte. Allerdings löste auch dieser nicht das Rätsel, wie Hilmar ins Regenfass gekommen war, und schon gar nicht, was es für einen Zusammenhang zu dem toten Mangamädchen gab.

»Weiß Martin Genaueres zu dem Mädchen?«

»Ich kann es euch nicht sagen. Ich habe ja nur gewhatsappt.«

»Hört sich alles mysteriös an.« Oskar knibbelte an seinem Daumennagel. »Vielleicht könnte es eine Rachetat sein?«

»Eine Rachetat?« Ruth schaute skeptisch. »Verstehe ich nicht.«

»Na ja, dieser alte Mann könnte dem Mädchen irgendetwas getan haben. Und er landet deswegen im Regenfass.«

»Okay«, erwiderte Anne gedehnt. »Interessanter Ansatz. Aber lückenhaft. Hilmar Hansen ist an einem Herzinfarkt gestorben. Das mit dem Regenfass war also nicht die Todesursache, sondern …« Sie suchte nach den richtigen Worten.

»… so eine Art Draufgabe«, ergänzte Ruth.

»Also eine Art makaberes Goodie?« Oskar schien der Ausdruck selber zu gefallen. »Ein kleines Geschenk, um deutlich zu machen, was man von ihm hielt.«

»Das schon. Aber einen Herzinfarkt kann man nicht ohne Weiteres provozieren. Zumindest nicht auf einen bestimmten Ort und Zeitpunkt hin. Also kann der Tod natürlich gewesen sein.« Ruth schob bei ihren Worten die Vase mit einer orangefarbenen Gerbera hin und her. »Die spannende Frage ist, war das mit dem Regenfass eine willkommene und zufällige Gelegenheit für Mister oder Misses X, oder spielte diese Anneliese eine größere Rolle dabei, wie Hilmar aufgefunden wurde?«

»Hast du Anneliese mal gesehen?« Anne schaute Ruth fragend an.

»Nein. Wahrscheinlich nicht.«

»Ein laufender Meter, so haben wir früher oft über solch kleine Menschen geredet. Klein, schmal, zierlich. Ich kann mir nicht vorstellen, wie sie die Kraft aufgebracht haben soll, Hilmar ins Fass zu bugsieren.«

»Wobei Wut Kräfte mobilisieren kann, von denen wir oft nicht wissen, das wir sie haben. So war das auch in dem Fall, der sich bei uns zugetragen hat.«

»Den Sie aufgeklärt haben, Herr Oskar?« Marthe Dirkens hatte das Gespräch zwischen ihnen zwar angeregt verfolgt, aber zuletzt geschwiegen. Nun sah sie Oskar hellwach und neugierig an.

»Ja, tatsächlich. Da war Wut ebenfalls der entscheidende

Auslöser für eine grauenhafte Tat. Die ich am späten Abend gar nicht in Einzelheiten schildern will.«

»Und wie sind Sie dahintergekommen?«

»Langmut und Geduld, würde ich sagen. Wenn es nicht zu hochnäsig klingt.« Verlegen rieb er sein linkes Ohrläppchen. »Mein Interesse am Fall, mein freundliches, aber bestimmtes Nachfragen oder Hinterfragen der Ereignisse haben anfangs Vertrauen erzeugt beim Täter, ihn dann aber unvorsichtig und später nervös werden lassen. Letztendlich gab es immer mehr Ungereimtheiten. Zum Schluss ist ihm sein Geiz zum Verhängnis geworden.«

»Wie das?«, fragte Frau Dirkens ganz gespannt.

»Nun, es gab ein Amulett, verhältnismäßig wertvoll, das die Frau bei ihrem Verschwinden getragen haben musste. Aufgrund von alten Aufnahmen war ich zu dem Schluss gekommen. Es gab kein einziges Foto von ihr, auf dem sie es nicht getragen hatte. Durch mühevolles, aber erfolgreiches Nachforschen habe ich tatsächlich einen Käufer des Amuletts gefunden. Der Täter, der die Frau aus der Nachbarwohnung ermordet hatte, nachdem sie seine Avancen abgelehnt hatte, war gierig genug gewesen, das Schmuckstück zu einem späteren Zeitpunkt zu verkaufen. Um es zynisch auszudrücken: Wenn er schon nicht die Frau haben konnte, dann wenigstens einen materiellen Gewinn. Der Hinweis auf den Käufer war die Grundlage, um Zweifel an seiner Geschichte zu erheben. War der Keil, den ich hineintrieb, um ihn letztendlich zu knacken. Was mir gelungen ist.« Er nahm die Brille ab und putzte sie umständlich an seinem Pulloverärmel. Dabei sah Ruth, wie weich und verletzlich seine Augen ohne den Schutz des Glases wirkten.

»Wow.« Anne klatschte leise. »Toller Erfolg. Das hat der Kripo sicher nicht geschmeckt, oder?«

»Ach was. Die haben sich schon gefreut. Und mich letztendlich unterstützt. Es ist aber wie überall. Am Anfang, wenn die Taten gerade erst geschehen sind, wenn Spuren frisch sind, fehlt es oft an Zeit, Personal und Geld, um ordentlich arbeiten zu können.«

Anne nickte. »Stimmt. Wie überall. Kenne ich aus dem Krankenhaus nur zu gut.«

Ruth sah, dass Frau Dirkens mittlerweile nach hinten gegen die Kissen gesunken war. Ihre Augenaufschläge wurden immer langsamer. Wenn wir nicht aufbrechen, wird sie uns einschlafen, dachte Ruth. Aber sie fand das Gespräch gerade viel zu spannend, um ausgerechnet jetzt zu gehen.

»Du glaubst also, wenn ich dich richtig verstehe, dass wir in unserem Fall der Sache mit dem Regenfass nachgehen müssen, um den Tod des Mangamädchens klären zu können?« Ruth wusste, dass sie gerade provozierte, aber das tat sie bewusst. Oskar und Anne waren wohltuend gute Gesprächspartner. Es war doch egal, ob ihre Mutmaßungen irgendetwas mit der Wirklichkeit zu tun hatten. Warum nicht einfach mal im Fiktiven fachsimpeln? Das war nichts anderes als die Fallanalysen an der Polizeihochschule.

Sie sah, wie Oskar nach Luft schnappte angesichts der provokanten Verknappung der Tatsachen.

Sie grinste ihn an. »Ich bin auf deine Antwort gespannt. Aber vorher hole ich uns 'ne Runde, einverstanden?«

*

Sie ließ ihn ihre ganze Herablassung spüren. Für sie war er nicht nur ein Inselpolizist, für sie war er noch nicht einmal der Inselpolizist nach einem Burn-out, für sie war er der Trottel, der nirgends anders als in der Inselverbannung seinen Dienst tun konnte.

»In Aurich laufen Wetten, auf wie viele ungeklärte Todesfälle Sie es auf der Insel bringen werden. Auch wenn ich das natürlich auf der Stelle untersagt habe, werter Kollege.« Die beiden letzten Worte zog sie gekünstelt in die Länge.

Martin sparte sich eine Antwort und schaute stoisch aus dem Seitenfenster. Mittlerweile hatte einer der Unterstützer den Nachtdienst angetreten und Silke abgelöst. Er hatte Frau Lichterfeld vom Flughafen zum Strand gebracht. Sie hatte nur einen kurzen Augenblick gebraucht, um sich einen Eindruck vom Leichnam und der Auffindesituation zu machen. Nun waren sie unterwegs, um die Todesnachricht den Angehörigen des Mädchens zu überbringen. Martin spürte, wie die Übelkeit sich von seinen Eingeweiden hochfraß. Das Sodbrennen stieg unaufhaltsam Richtung Rachen und hinterließ einen üblen Geschmack im Mund.

»Und Sie wissen nichts Genaues über die Familie?«, fragte Frau Lichterfeld, aber Martin tat, als hätte er es nicht gehört. Wenigstens ein Vorteil eines Rückbanksitzers, dachte er, lehnte den Kopf an die Scheibe und schloss die Augen. Vielleicht konnte er sich bei der Überbringung der Nachricht in die zweite Reihe verdrücken. Sollte doch die Lichterfeld den Job machen, weil sie eh alles besser wusste, alles besser konnte. Genau solche Vorgesetzten waren es, die Martin nicht mehr hatte ertragen können. Die er so lange ausgehalten hatte, bis er zusammengebrochen war. Was das für einen Mann im Polizeidienst bedeutete, konnte sich nur der vorstellen, der jemals in diese Maschinerie eingebunden war. Zusammengefasst war es schlichtweg eine Katastrophe. Weil er das Ganze noch nicht einmal auf etwas schieben konnte. Es hatte keinen auslösenden Vorfall gegeben, keinen schiefgelaufenen Einsatz, keinen gravierenden Ermittlungsfehler und erst recht keine posttraumatische Belastungsstörung.

»Sie müssen sich das so vorstellen«, hatte die Psychologin in der Klinik gesagt. »Gerade weil Sie so sensibel sind, können Sie sich empathisch in Opfer und Täter hineinversetzen. Das, was Sie als Manko empfinden, ist genau Ihre Stärke. Eine Ressource, die Ihr Team und Ihre Vorgesetzten wertschätzen sollten.«

Ja, ja, so konnte man reden, wenn man noch nie diese testosterongesteuerten Kämpfe im Polizeidienst erlebt hatte. An denen sich nichts geändert hatte, seitdem Frauen als Polizistinnen zugelassen waren. Seine Sensibilität war das Todesurteil für seine Laufbahn gewesen. Und nun holten ihn die Versagensängste, die ihn seit seinem Zusammenbruch begleitet hatten, auf der Insel ein. Wo doch alles nach einem guten Neuanfang ausgesehen hatte. Annes Gesicht stieg vor seinem inneren Auge auf. Sofort entspannte er sich ein wenig. Wirklich schade, dass Anne den Brautstrauß nicht gefangen hat, dachte er und seufzte.

»Sie haben wahrlich keinen Grund zu stöhnen. Können wir oder brauchen Sie Erholungszeit?« Frau Lichterfelds harte Stimme schreckte ihn auf.

Zwar hatte sein Unterbewusstsein registriert, dass das Auto zum Stillstand gekommen war, aber er ließ sich nur schwer aus seinen Gedanken reißen. Dann siegte der Trotz. Er sah in das Gesicht der Kommissarin und wusste, dass er sich das nicht würde bieten lassen. Ihre Herablassung, die unausgesprochene Degradierung, die sie vornahm.

»Ich wär so weit«, sagte er forsch und bestimmt und beglückwünschte sich innerlich, wie gut es ihm gelang, seine Stimme zu kontrollieren. »Wer übernimmt?«

»Ich würde mal sagen, derjenige, der fragt.«

Martin atmete aus. Das war ja klar. Wie hatte er ihr eine solche Vorlage bieten können? Aber nun änderte es nichts. Da musste er durch.

Das kleine, schmale Haus, vor dem sie standen, weil es der Adresse in Melanie Stöckers Personalausweis entsprach, schien nachträglich in eine Baulücke zwischen zwei stattlichere Bauten gequetscht worden zu sein. Die Proportionen wichen dermaßen voneinander ab, dass Martin auf den ersten Blick gar nicht erfassen konnte, ob das Haus überhaupt aus zwei Etagen bestand oder nur eine Erdgeschosswohnung war, der einfach ein unnützes Dach übergestülpt worden war.

Das Haus lag im Dunkeln und wurde nur von den Straßenlaternen beschienen. Martin trat näher, um das Schild unterhalb des Klingelknopfs in Augenschein zu nehmen. »Y. und M. Stöcker«, las er halblaut vor. Er drehte sich um. »Wenn das M. für Melanie steht, haben wir es wohl nur mit einem Elternteil zu tun.«

Er sah, wie die Lichterfeld ironisch die linke Augenbraue hob. »Ach ja? Sagt Ihr kriminalistischer Spürsinn, oder was? Es könnte ja auch die Großmutter, der Onkel, die Cousine sein, nicht wahr?«

»Lassen Sie es uns einfach ausprobieren.« Wieder gab er sich forscher, als er sich fühlte. Aber er wollte es hinter sich bringen, bevor die Übelkeit alles Weitere verhindern würde.

Er drückte auf die Klingel, die laut durch das Haus schrillte. Lauter, als es Klingeln für gewöhnlich taten, schoss ihm durch den Kopf. Erst in dem Augenblick stellte er fest, dass die Haustür nicht nur angelehnt war, sondern sogar einen winzigen Spalt offen stand.

Automatisch drückte er mit der Hand dagegen, und sie öffnete sich ein weiteres Stück. Dahinter lag der Eingang im Dunkeln. Martin wartete und lauschte, ob jemand auf das Klingeln reagieren würde. Nach einer halben Minute drückte er erneut den Knopf. Das schrille Geräusch war noch lauter, aber im Haus blieb es ruhig.

Er schaute zu Frau Lichterfeld und glaubte, auf ihrem Gesicht eine vage Unsicherheit zu erkennen.

»Sieht so aus, als wäre jemand überstürzt aus dem Haus und hätte vergessen, die Tür zuzuziehen. Würde ich jedenfalls so interpretieren.«

»Womöglich haben die Angehörigen gehört, was passiert ist, und sind unterwegs zum Strand. Kann das sein?«, fragte Frau Lichterfeld.

»Kann sein. Heutzutage gar nicht so unüblich.«

»Mmh. Was machen wir nun?« Frau Lichterfeld sah die Straße rauf und runter, als könne von dort die Lösung kommen.

Martin schob instinktiv die Haustür weiter auf. »Ich habe auf einmal ein ganz komisches Gefühl«, sagte er – und dann fiel das Licht der Straßenlaterne bis weit in den Eingangsbereich.

»Oh Gott, nein!«, rief er und spürte, wie seine Beine unter ihm nachzugeben drohten. Er fasste an die Hauswand und versuchte, sich zu stabilisieren. Am liebsten hätte er die Türe wieder zugezogen.

»Was?«, fragte Frau Lichterfeld. Erstaunlicherweise blickte sie nur ihn an und nicht auf das, was er gesehen hatte. Und irgendwie hoffte ein Teil von ihm, dass ihr damit verborgen bliebe, was er wusste. Dass der verrenkte Körper, der am Ende der Treppe lag, mit Sicherheit ein toter Körper war.

*

»Kann ich dir helfen?« Eine Hand schob sich an Ruth vorbei zur Theke und griff nach den dort abgestellten Getränken. »Ich hätte gerne noch etwas, vielleicht einen Gin?«, sprach der dazugehörige Mann in Richtung Barkeeper, während er Ruth angrinste. »Ich trag das an den Tisch, ja?«

Erst da sah Ruth die Kameratasche an seiner Seite.

»Ja, klar. Ulf, stimmt's? Der Fotograf. Vor lauter Kamera habe ich dein Gesicht kaum komplett gesehen.«

»Ha! Das sagen andere auch immer. Man erkenne mich nur an meiner Stimme und an meinen Klamotten«, er senkte die Tonlage, »weil ich angeblich immer etwas Buntes trage. Aber wenn es doch das ist, was einem steht, warum etwas ändern? Wie war das noch: Never change a winning horse, oder so.«

Ruth, die nach den beiden anderen Gläsern gegriffen hatte, fing aus vollem Halse an zu lachen. Was war das denn? Sie hatte das Gefühl, ein batteriebetriebener Kobold sei aus einer Kiste gesprungen, so überraschend, wie Ulf neben ihr aufgetaucht war, und so schnell, wie er auf sie einredete. Sie musterte ihn. Ja, was ihm stand, war sicher Geschmacksfrage.

Anscheinend ahnte er ihre Einschätzung oder hatte gesehen, wie ihr Blick seinen Aufzug gestreift hatte, jedenfalls schob er schnell weitere Erklärungen im Stakkato hinterher. »Man nennt mich den Paradiesvogel vom Tennisplatz oder den André Agassi von Norderney. Ich befürchte, das ist nur zum Teil meinen Tenniskünsten geschuldet.«

»Stimmt, habe ich schon gehört«, brachte Ruth lachend hervor.

»Man hat über mich geredet?« Ulf warf ihr einen gekonnten Augenaufschlag hin. Erst jetzt sah sie, dass seine Augen mit Kajal geschminkt waren, sodass sie im warmen Licht der Bar goldfarben schimmerten. Ganz kurz schwankte sie zwischen Irritation und Bewunderung, und entschied sich dann für Letzteres. Es verlieh ihm auf jeden Fall einen Glanz, dem sie sich schlecht entziehen konnte.

»Wollen wir?«, deutete sie mit ihren beiden Gläsern auf den Tisch, während der Barkeeper ihm einen Gin auf den Tresen stellte.

Anne sah ihnen freudestrahlend entgegen. »Ulf, was machst du denn hier? Ich dachte, du fotografierst die Hochzeit bis zum Schluss?«

»In Ehren entlassen«, salutierte Ulf. »Ich glaube, ab jetzt soll der Grad der Trunkenheit nicht mehr dokumentiert werden.«

»Kann ich verstehen«, nickte Oskar. »Ich kenne meine Cousine und ihre Freundinnen.

»Die Verwandtschaft zwischen euch beiden vermutet man nicht auf den ersten Blick«, sinnierte Ruth, während sie Oskars Gesicht nach Ähnlichkeiten mit Daniela absuchte.

»Stimmt. Innerlich wie äußerlich. Ist aber so. Unsere Väter waren Brüder. Und während ich meinem gleiche, kommt Daniela ganz auf ihre Mutter.«

»Das kann ich bezeugen«, kam es matt aus der Sofaecke. Frau Dirkens sprach mit geschlossenen Augen. »Ich habe Danielas Eltern gut gekannt. Sie waren meine Stammgäste. Und Sie sehen nicht aus wie Ihr Vater, das kann ich ja gar nicht beurteilen, aber ganz gewiss wie Ihr Onkel.« Die Stimme verlor mehr und mehr an Kraft, die letzten Worte waren kaum verständlich.

Ruth musste schon wieder lachen. »Oje, das wird auf dem Heimweg etwas geben.«

»Zur Not rufen wir ein Taxi, das darf an so einem Tag einmal sein«, beruhigte Anne.

»Und innerlich? Was unterscheidet dich da von Daniela?« Ruth nickte Anne zu und nahm Oskars Faden auf.

»Nun, ich bin sicherlich nicht so nach außen gekehrt wie Daniela. In allem die etwas ruhigere Variante. Obwohl ich auch lustig bin. Und Karneval feiere«, setzte er verschmitzt hinterher.

»Das bleibt bei einem Rheinländer wohl nicht aus«, seufzte Ruth.

»Aber hey, wir haben die meiste Zeit des Jahres keinen Karneval. Und das Rheinland hat viele nette Seiten über das jecke Treiben hinaus. Warst du schon mal dort?«

»Klar, Düsseldorf, Köln, Bonn, Koblenz, Mainz.«

»Hört sich nicht begeistert an.«

»Ach, ich weiß nicht. Meine Eindrücke waren die einer Durchreisenden. Ich kann wahrscheinlich kein Urteil abgeben.«

»Vielleicht fehlt es an einem kompetenten Reiseführer?« Oskar sah sie so eindringlich an, dass Ruth lachen musste.

»Und da hältst du dich für geeignet?«

»Warum nicht? Frage mal Daniela. Innerhalb der Familie wurde ich immer als das seriöse Vorbild dargestellt.«

»Und dann lädt sie dich trotzdem zur Hochzeit ein? Auf so einen Verwandten könnte ich gut verzichten.«

Oskar grinste von einem Ohr zum anderen. »Gut erkannt. So war unser Verhältnis tatsächlich jahrelang. Zumal wir altersmäßig weit auseinanderliegen. Zehn Jahre sind eine Menge, wenn man jung ist. Erst seitdem unsere Eltern nicht mehr leben, haben wir uns wieder angenähert. Sie und ich – wir sind füreinander der letzte Rest Familie.«

»Sagt mal, ihr zwei Turteltauben, wir sind auch noch hier.« Ulf, der ihnen gegenüber Platz genommen hatte, schob sein Glas vor ihre Gesichter.

»Stimmt. Entschuldigung. Obwohl das mit den Turteltauben wirklich Quatsch ist.« Ruth fuhr sich verlegen durch die Haare.

Anne wandte sich an Ulf. »Wir haben darüber geredet, was gerade alles auf der Insel passiert. Mit dem toten Mädchen – weißt du das schon?«

»Ich habe es mitbekommen. Weil Martin verschwunden war. In den Netzwerken wird spekuliert. Ich hoffe, es ist niemand von Steffens Schülerinnen.«

»Wieso Steffens Schülerin? Steffen unterrichtet doch auf dem Festland«, antwortete Anne.

»Ja, eben. Die haben an der Schule ein Mangaprojekt gemacht. So heißen diese Fantasiefiguren. Aus japanischen Comics. Und viele junge Leute wollen aussehen wie ihre Comic-Helden. Da hat sich wohl eine ganze Bewegung draus gebildet.«

»Stimmt, das hat die Lehrerin erzählt.« Anne schaute Ruth an. »Als wir das Kleid gekauft haben.«

»Dann meint ihr Sonja. Sonja Mirschel. Steffens Kollegin.«

»Ja, klar, die Schneiderin.« Ruth stand auf.

»Das Kleid ist übrigens wirklich toll«, warf Oskar von der Seite ein, aber weder Ruth noch die anderen beachteten ihn. Sie alle sahen Ulf neugierig an.

»Ja, die Schneiderin. Das heißt, das macht sie nebenbei. In Wirklichkeit ist sie Kunstlehrerin. An derselben Schule wie Steffen. Obwohl manche sagen, das Schneidern sei ihr Hauptjob und die Schule das Hobby. Aber das tut nichts zur Sache. Oder vielleicht doch.«

»Wieso denn?«, fragte Ruth nach. Er hatte eindeutig ihr Interesse geweckt.

»Weil sie mit einigen Schülern und Schülerinnen dieses Mangagedöns ins Leben gerufen hat. Steffen hat darüber nur den Kopf geschüttelt. Sie hat zwar einen Teil im Unterricht als Projektarbeit machen können, aber es sind viele private Stunden dafür draufgegangen. Steffen hat immer gesagt, wie bescheuert muss man denn sein, um das alles zusätzlich zu machen.«

»Und diese ganzen verkleideten jungen Leute, das waren ihre Schüler?«, hakte Ruth nach.

Anne hob die Hand wie in der Schule, um etwas zu sagen. »Nicht alle. Das war seit Tagen Thema bei der Polizei. Diese Projektgruppe hat in den sozialen Netzwerken überall verkündet, dass auf der Insel ein Fotoshooting laufen soll. Und dann haben sich viele auf den Weg gemacht, die mit der ursprünglichen Idee gar nichts zu tun hatten. Martin und Nicole hatten seit Tagen Sorge, dass das eskalieren könnte. Aber eher so in Richtung Drogen. Doch nicht, dass es eine Tote geben könnte.«

»Wobei das eine die Folge des anderen sein könnte«, mutmaßte Ruth und freute sich, dass Anne ihr zunickte.

»Steffen fand das auch. Dass es keine gute Idee ist, das alles privat zu organisieren. Die Schulleitung hatte einen Riegel vorgeschoben, als schulische Veranstaltung durfte es nicht laufen.«

»Und dann hat Sonja das alles …«, setzte Anne an.

Ulf fiel ihr ins Wort. »Genau. Sie hat ein großes Herz. Sie wollte den Jugendlichen unbedingt ein positives Erlebnis ermöglichen. Weil sich alle so reingehangen haben. Um die Schüler zu stärken. Ihnen Selbstbewusstsein zu vermitteln. Na ja, kennt man ja.«

»Ja, kenne ich«, sagte Ruth lauter, als sie beabsichtigt hatte. »Ich bin Psychologin und finde es großartig, was Sonja macht.«

»Oh! Dann will ich nichts gesagt haben.« Ulf grinste sie an. »Habe nur weitergegeben, was Steffen gesagt hat.«

Ruth hatte Mühe, nicht das Gesicht zu verziehen. Da halfen auch die samtig-schimmernden Augen nichts, wenn jemand erst austeilte und sich dann hinter anderen versteckte. So etwas konnte sie überhaupt nicht leiden.

»Ich hätte es besser gefunden, wenn andere Lehrer Sonja unterstützt hätten, statt zu lästern.« Ihre Stimme war lauter, ihr Ton wurde schärfer. Sie biss sich auf die Lippen. Es war nicht ihre Angelegenheit.

»Hat Steffen ja gemacht. Er hat Sonja angeboten, sie zu unterstützen, zusammen mit einer anderen Lehrerin.«

»Dann weiß er sicher, ob das tote Mädchen zu der Schülergruppe gehörte, oder nicht?« Das war Anne, die Ulf bei ihren Worten in die Seite stupste.

»Hey, du tust mir weh«, fuhr Ulf zusammen. »Ich habe nun mal nicht so viel auf den Rippen.«

»Sag nur nicht ›wie du‹, ich warne dich.« Anne drohte mit dem ausgestreckten Zeigefinger.

»Wie käme ich dazu?«, antwortete Ulf und streckte ihr kurz die Zunge raus, woraufhin Anne die Augen verdrehte. »Und um deine Frage zu beantworten: Nein, Steffen weiß nichts. Er war nämlich erstens nicht beim Shooting heute Nachmittag dabei, weil er sich eine Rückenzerrung beim Tennis geholt hat. Kommt davon. Er hat gegen mich gespielt.« Er grinste selbstgefällig.

Anne wischte mit der Hand ungeduldig vor seinem Gesicht. »Und zweitens?«

»Zweitens wusste Steffen gar nicht, dass etwas passiert ist. Er hat es erst durch mich erfahren, als ich ihm eine Nachricht geschickt habe.«

»Und nun?«, fragte Ruth. Sie stellte sich den Schock vor, den man als Lehrer bei einer solchen Nachricht bekommen musste.

»Wie, und nun?«, fragte Ulf.

»Kümmert er sich nicht darum zu erfahren, ob es eine Schülerin ist?«

»Erst mal nicht.« Ulf sprach viel langsamer als zuvor. Ruth hörte deutlich heraus, dass er sie für überengagiert, wahrscheinlich sogar für hysterisch hielt.

Trotzdem ließ sie nicht locker. »Aber da muss man sich doch Sorgen machen. Weiß denn Sonja Mirschel Bescheid?«

»Was weiß denn ich? Ist ja nicht meine Baustelle. Ich wollte nur etwas die Hochzeit nachfeiern. Schließlich habe ich den ganzen Tag gearbeitet.« Er deutete auf seine Kamera.

Eine lähmende Stille entstand am Tisch. Ruth war dankbar darüber, sprach es doch dafür, dass Anne und Oskar auch irritiert waren von Ulfs Äußerungen. Aus der Sofaecke kam ein leises, aber gleichmäßiges Schnarchen.

Ulf schien nichts zu merken. Er hatte auf seine Uhr gesehen. »Fünf vor elf, letzte Runde. Soll ich euch allen ein Getränk mitbringen?«

Oskar fing sich zuerst. »Nein, danke. Für mich ist es genug.«

»Für mich auch«, fielen Anne und Ruth zeitgleich ein und nickten sich erleichtert zu.

»Wir bringen Frau Dirkens nach Hause.« Ruth war wirklich dankbar, dass ihnen die alte Dame einen willkommenen Grund lieferte. Mit jemandem weiter am Tisch zu sitzen, der so empathielos über den Tod eines jungen Menschen sprach – nein, dafür hatte sie keinen Nerv. Psychologie hin oder her. »Packen wir's«, sagte sie stattdessen, sich und die anderen aufmunternd. »Dir einen entspannten Feierabend.« Sie konnte Ulf dabei kaum anschauen, aber sie hoffte, dass er den sarkastischen Tonfall wahrnehmen würde. Aber ob es half?

*

»Handschuhe?«, wies ihn Frau Lichterfeld barsch an, obwohl sie es in eine Frage packte.

»Tupfer und Skalpell?«, würde er am liebsten zurückfragen, aber angesichts des Ernsts der Lage ließ er es. Trotzdem fühlte er sich mies, als er zum Polizeiwagen zurückstapfte, um das Gewünschte zu holen. Wie ein Handlanger eben. Aus der Chefposition katapultiert, auch wenn er wusste, dass es formal richtig war. Er hatte sich dafür entschieden, wieder beim Einsatz- und Streifendienst zu arbeiten und nicht mehr bei der Kriminalpolizei. Trotzdem …

»Bitte sehr«, reichte er ihr die Handschuhe, während sie den Notruf absetzte.

»Selbst wenn es offensichtlich zu spät ist«, kommentierte sie, als sie ihr Handy ausschaltete.

Ab dann schwieg sie. Konzentrierte sich auf die Handschuhe, deren einzelne Finger sie mehrfach glatt strich, streifte ihr Haar zurück und näherte sich dem verrenkten Körper mit langsamen Schritten. Er sah, wie ihre Augen dabei die Umgebung scannten, als wollte sie jede Spur, die sich ihr bot, aufnehmen.

Martin blieb zurück. Das verzerrte Gesicht und die offenen Augen der Toten mit dem seltsam verrenkten Körper ließen die Übelkeit zurückkommen. Das alles war zu viel. Viel zu viel. Für ihn. Für sein Team. Für Norderney. Mehr als zuvor glaubte er sich in einem schrecklichen, nicht enden wollenden Albtraum.

»Rufen Sie in Aurich an. Die sollen sofort ein zweites Team zur Spurensicherung losschicken. Ich will nicht, dass am Strand liederlich gearbeitet wird, nur weil wir einen zweiten Tatort haben.«

Martin nickte, obwohl sie ihn nicht ansah. Er war froh, eine Aufgabe zu haben, obwohl es ihm unangenehm war, mit der dortigen Dienststelle zu telefonieren. Er kam sich wie ein Versager vor. Dabei war er Ermittler von Straftaten und nicht per se ihr Verhinderer. Denn hellsehen konnte er, wie die meisten Polizisten, nun mal nicht.

»Ich informiere mein Team. Wir werden sehen müssen, wie wir uns für die nächsten Dienste aufstellen.«

»Machen Sie das.« Frau Lichterfeld drehte sich weiterhin nicht zu ihm um. »Ich hoffe, die privaten Engagements Ihrer Dienststelle sind beendet.«

»Private Engagements?« Er wusste nicht, wovon sie sprach.

»Lassen wir das. Darüber reden wir später.« Sie stand gebeugt über dem Leichnam und richtete sich wieder auf. »Also los, machen Sie, von mir aus können Sie draußen telefonieren, wenn Ihnen grün um die Nase wird.«

Er verteidigte sich nicht. Sein Verstärker hatte damit angefangen, ein Absperrband zu spannen. Tatsächlich standen ein paar Nachtschwärmer um das Polizeiauto und gaben Kommentare ab, die unmittelbar Schlussfolgerungen über ihren Alkoholisierungsgrad zuließen.

Glücklicherweise gaben sie immerhin Ruhe, als Notarzt und Rettungswagen eintrafen. Immerhin. Das kannte man vom Festland mittlerweile auch anders. Martin nahm es als Zeichen, dass die Uhren auf Norderney vielleicht doch anders gingen, auch wenn er sich nicht sicher war.

»Moin«, grüßte der Notarzt, der derselbe war, der am Strand die Leiche untersucht hatte. »Kein gutes Zeichen, wenn ihr vor uns da seid. Was ist bloß los?«

Martin zuckte die Schulter.

»Also wirklich. So etwas ist eigentlich nicht mein Job. Ich mag es schon nicht, natürliche Todesfälle zu bestätigen, aber was ihr heute von mir verlangt …«

»Ich hätte es auch gerne anders. Und ich fürchte, so geht es allen.« Martin deutete auf das Telefon in seiner Hand. »Ich muss los.«

Der Arzt hob seinen Metallkoffer an. »Ich schau dann mal. Bis später.«

Martin drehte sich um, ob ihn jemand beobachtete. Aber alle waren beschäftigt, sodass er seinen Nachrichten-Account öffnete, um Anne eine schnelle Mitteilung zu schicken. Schließlich würde sie auf ihn warten und sich wundern. Und überhaupt. Auch wenn es nicht professionell war, er fühlte sich besser, wenn er loswerden konnte, was passiert war.

Auf eine Antwort wartete er nicht, vorsichtshalber stellte er den Ton und die Vibration ab, falls Anne versuchte, ihn anzurufen. Vor der Lichterfeld wollte er sich keine weitere Blöße geben.

Nicole, Silke, Ronnie und die Verstärker waren genauso geschockt, wie Martin es gedacht hatte. Allein Olaf Maternus hatte seltsam reagiert. Martin überlegte einen Moment, ob er etwas falsch wahrgenommen hatte, und rief sich den kurzen Dialog ins Gedächtnis. Es waren nicht die Worte, aber die Stimmlage und die verzögerte Reaktion von Olaf hatten ihn stutzig gemacht. Wenn er es nicht besser wüsste, müsste er annehmen, dass es so etwas wie Schadenfreude war, die er herausgehört hatte.

Aber das war absurd. Wahrscheinlich spielten ihm seine Nerven einen Streich.

Er sah, dass Anne geantwortet hatte. Das reichte, um ihn zu beruhigen. Die Nachricht brauchte er dafür gar nicht zu öffnen. Es wurde Zeit, dass er ins Haus kam. Fluchend trat er einen Stein beiseite, auf den er getreten war. Natürlich war er vollkommen unpassend angezogen, in seinem Trauzeugenanzug und den Lederschuhen mit hauchdünnen Sohlen. Keine Inselkleidung. Keine Tatortkleidung. Es sei denn, man kam als Bestatter.

»Und das können Sie sicher sagen, ohne die Leiche zu bewegen?«, hörte er Frau Lichterfeld fragen, als er näher kam.

»Ziemlich sicher. Ich würde mich sogar festlegen, dass es ein Genickbruch ist.«

»Würgemale am Hals?«

»Nichts zu sehen. Wobei das die Rechtsmedizin in der ausführlichen Leichenschau genauer prüfen wird.«

»Ja, ja, schon klar.«

»Dann ist mein Job zu Ende. Ich fülle den Totenschein entsprechend aus. Dass es ein ungeklärter Fall ist, daran besteht kein Zweifel. Aber Sie haben sicher recht, wenn Sie den Tatort sichern lassen, bevor ich weiter untersuche und Spuren verwische.«

Frau Lichterfeld schien ihn nicht mehr wahrzunehmen. Martin bemerkte, dass sie den Arzt nicht einmal verabschiedete. »Also erst mal keine Parallele zum Tod des jungen Mädchens«, grübelte sie stattdessen vor sich hin. »Wobei es sich wahrscheinlich um Mutter und Tochter handelt. Was wir aber nicht wissen. Natürlich könnte das ein Unfall gewesen sein. Ein Sturz auf der Treppe.«

Martin sah, wie ihr Blick zu den Schuhen ging. Einer hing an den Zehen der Toten fest, der andere lag ungefähr anderthalb Meter weiter. Keine Pumps, aber auch nichts ganz Flaches. Sandalen mit einem Blockabsatz wie bei Cowboystiefeln. Das Kleid der Frau war hochgerutscht und entblößte kalkweiße Beine, weißer als die übrigen Extremitäten. Da hatte jemand lange keine Sonne gesehen, vermutete Martin.

»Aber das sind mir der Zufälle zu viele. Eindeutig zu viele. Da glaube ich nicht dran. Also: kein Unfall.« Sie schwieg. Dann fuhr sie so plötzlich herum, dass Martin heftig erschrak. »Oder, was meinen Sie, Ziegler? Kann das Zufall sein?«

Martin taumelte leicht nach hinten und griff nach einem Halt. Dadurch kam er in eine so schräge Position, dass er sich stürzen sah. Nur durch eine schwungvolle Bewegung nach vorne, die er seinem schnellen Reaktionsvermögen verdankte, konnte er den Sturz verhindern. Und da sah er etwas. Es blitzte unter dem schmalen Garderobenschrank hervor. Silbern. Lang. Mit Klinge.

*

»Olaf! Was hast du mich erschreckt.«

»Du hast doch gesagt, ich soll auf einen Tee vorbeikommen.«

»Aber nach Dienstschluss. Und nicht, wenn alte Frauen schlafen.«

»Du siehst nicht so aus, als hättest du im Bett gelegen.« Olaf grinste. »Oder ist das dein Nachtgewand und dein Schlaftrunk?«

Ingrid sah an sich herunter. Sie trug ihre Alltagskleidung, zumindest bis auf die Pantoffeln. Aber was Olaf meinte, war wohl das Schnapsglas in ihrer Hand. »Ach das«, sagte sie und versuchte gar nicht erst, eine Erklärung abzuliefern.

»Willst du auch einen? Ich trinke einen mit, auf einem Bein kann man in meinem Alter nicht stehen, was meinst du, Olaf?«

»Das musst du wissen, Ingrid. Ganz allgemein würde ich sagen, du hast recht, uns Ostfriesen haut so ein Korn nicht um. Aber wenn ich an Hilmar denke. Wärt ihr alle nüchtern gewesen …«

»Was willst du damit sagen?« Ingrid hatte gerade begonnen, die Gläser zu füllen, und hielt abrupt inne. Mit der Flasche in der Hand drehte sie sich um.

»Halte die Flasche hoch, das gute Zeug tropft dir den Boden voll.« Olaf lachte. »Um den Boden tut's mir dabei weniger leid.«

»Erstens, du Jungspund, war ich gar nicht betrunken. Wenn ich mit Hilmar und Anneliese gespielt habe, war ich nur Nebenperson und konnte die beiden den ganzen Abend bedienen. Und den Streit schlichten.«

»War also nicht das erste Mal, das die beiden sich so gestritten haben?«

»Das erste Mal? Dass ich nicht lache. Zwischen den beiden ging ja nichts anderes außer Streit und Hass. Ja, abgrundtiefer Hass. Es wundert mich im Nachhinein, dass nicht viel früher etwas passiert ist.« Ingrid merkte, wie der Schnaps sie wohlig erwärmte.

»Aber die Anneliese konnte nichts dafür, dass Hilmar einen Herzinfarkt bekommen hat. Das war Zufall.«

»Zufall? Sie hat ihn absichtlich gereizt. Abend für Abend. Jedes Mal, wenn wir beisammen waren. Und trotzdem hatte er nur Augen für sie.« Ingrid fixierte ihren Blick auf Olafs Miene. Wehe, wenn er sagen würde, dass er dafür Verständnis habe.

Doch er erwiderte gar nichts. Er schien seltsam abwesend zu sein. Ihr schien, als ginge es ihm gar nicht um Hilmar und Anneliese. Was ihr ganz recht war. Denn mittlerweile drehte sich alles in ihrem Kopf. Der Abend im Schrebergarten, Hilmar im Regenfass, Anneliese nackt am Strand und dann tot im Bett. Die zwei Abschiedsbriefe. Sie würde aufpassen müssen, nichts Falsches zu sagen.

»Komm, setz dich auf die Bank«, forderte sie Olaf auf, der mitten im Raum stand. Nimm deine Mütze ab und zieh die Jacke aus. Das kostet dasselbe. Ich mach uns einen Tee zum Schnaps.«

»Eine gute Idee. Danke, Ingrid.«

»Dir fehlt eine Frau an deiner Seite. Lass mich dir das ruhig mal sagen, ich bin alt genug, um so etwas offen auszusprechen. Olaf, willst du nicht mal auf Brautsuche gehen? Du wirst schließlich nicht jünger.«

Olaf winkte ab. »Ach nee, lass mal. Ich bin gerne mit mir selbst allein.«

Ingrid warf ihm einen zweifelnden Blick über die Schulter zu. »Das glaube ich dir nicht. Ich habe so etwas auch immer behauptet. Aber hier drinnen«, sie klopfte sich aufs Herz, »hier drinnen sah es ganz anders aus.«

»Na, du bist eben ein Weibsbild«, lachte Olaf. »Nee, wirklich, lass mal. Da gab's noch keine, die mir so gefiel, dass ich sie jeden Tag gern um mich hätte.«

»Das Fernsehen, das sollte mal so eine Sendung machen

wie ›Insulaner sucht Frau‹. Was meinst du, wie die Hühner Schlange stehen würden bei dir.«

»Ja, aber nur, weil sie dann endlich auf der Insel leben könnten. Geht ja so nicht mehr. Kein Wohnraum mehr für Normalsterbliche.«

»Na, es hat schon schlechtere Gründe zum Heiraten gegeben.«

»Weiß nicht. Ich bin gern allein. Immer noch besser als …«

»Als was?«

»Na ja, was wir noch auf der Insel haben. Beispielsweise diese beiden Männer. Die die Gartenlaube haben. Kennst du doch.«

»Kennen ist zu viel gesagt. Aber ich weiß, wen du meinst. Ich habe mir die beiden angeschaut. So etwas gab's früher nicht. Oder zumindest erzählte man es nicht.« Ingrid balancierte die Tassen auf den Tisch, entzündete das Stövchen, stellte Sahne und Kluntjes daneben und ging zum Herd.

»Trotzdem. So ein nettes ostfriesisches Deern tät dir gut stehen. Für zu Hause und so.«

»Lass mal, das kann ich gut selber. Da habe ich gern meine Ordnung. Ich mag's nicht so gern, wenn jemand die Dinge anders macht als ich.«

Etwas in seinem Ton ließ Ingrid aufhorchen. Im selben Augenblick schrillte der Wasserkocher. Als sie ihn abgestellt hatte, wusste sie nicht mehr, was sie Olaf hatte fragen wollen. Sie wurde langsam tüddelig, schimpfte sie in Gedanken mit sich.

»Du, Ingrid, wär das sehr unverschämt, wenn ich dich um eine Kleinigkeit zu essen bitten dürfte?«

Ingrid starrte Olaf an, während sie den Tee aufgoss. »Seit wann redest du denn so geschwollen?«

Olaf lachte und legte die Hände über dem Bauch zusammen. »Liegt wohl am Umgang. Die vom Festland verändern uns mehr und mehr, und wir merken es nicht. Mit so jemandem wie Anneliese fing das an und mit so einem wie Martin Ziegler ist das noch lange nicht zu Ende.«

»Aha. Daher weht der Wind.« Ingrid fiel es ein. »Das meintest du eben, dass jemand die Dinge anders macht. Dein Vorgesetzter?«

»Ja. Und wie er die Dinge anders macht. Und mit welchem Erfolg. Wir sind bei Facebook und die Welt lacht sich kaputt, während wir eine Leiche nach der anderen haben.«

»Deswegen der Einsatz heute Abend? Und der späte Feierabend?«

»Einsatz? Einer? Allein heute Abend zwei Tote. Aber Hauptsache, die Polizei führt die Polonaise bei der Hochzeit an.«

Ingrid konnte hören, wie viel Wut in Olaf steckte, auch wenn er sie unter seinen Sprüchen versteckte. Es war gut, dass er zu ihr gekommen war. Sie konnte ihm vielleicht so etwas wie eine ältere Verwandte sein. Eine Ostfriesin, die wusste, wie die Menschen auf der Insel ticken.

»Du, Olaf, ich hole eine Kleinigkeit aus dem Vorrat. Ich habe etwas Leckeres für dich und mich, das mache ich uns schnell. Und dann erzählst du mal. Ganz in Ruhe. Ich könnte mir denken, wenn die in Aurich merken, wie das hier läuft …« Sie ging zur Tür und drehte sich, die Klinke in der Hand, zu ihm um. »Ob du nicht der bessere Dienststellenleiter wärst, das werden sie sich sicher überlegen. Aber nimm du dir einen Tee.«

Es dauerte, bis sie den Bräter mit dem Fleisch aus dem Kühlschrank geholt hatte. Währenddessen hörte sie ein lautes Klatschen und anschließend Olafs Fluchen, dann war es still. Irgendetwas war wohl heruntergefallen. Nicht schlimm. Nichts war unersetzlich. Vorsichtig balancierte sie den schweren Topf zurück. Sie stieß die Küchentür leicht mit dem Fuß auf. »So, das mach ich uns warm. Mit einer leckeren Scheibe Brot …« Sie verstummte. Sah ungläubig auf Olaf. Auf das, was Olaf in der Hand hielt. Auf die Zeitschriften am Boden.

»Was ist das?« Olafs Stimme war kalt. Geschäftsmäßig. Dienstlich.

»Olaf, setz dich doch.« Ingrid merkte, wie ihre Beine nachgaben. »Ich kann das sicher erklären. Bestimmt. Es ist nicht so, wie du denkst.«

»Nicht? Da bin ich aber gespannt.«

*

»Ein Messer?« Frau Lichterfeld drehte sich zu dem Notarzt um. »So viel also zu ihrer Theorie des gebrochenen Genicks.«

Der Notarzt schloss stoisch seinen Koffer und blickte zu der Kommissarin auf. »Ich bleibe dabei. Oder sehen Sie irgendwo Blutspuren? Trieft das Messer etwa hellrot?« Seine Antwort kam mindestens genauso sarkastisch, wie es die Frage der Lichterfeld gewesen war.

Martin sah zwischen den beiden hin und her und versuchte dabei, seine eigenen Gedanken zu ordnen. Was konnte das Messer für eine Bedeutung haben? Ein profanes Brotmesser lag üblicherweise nicht einfach unter irgendwelchen Garderobenschränken, so viel war klar. Es eignete sich mit seinen Zacken aber nicht unbedingt als Tatwaffe, zumindest nicht, wenn die Tat geplant war und der Täter Alternativen hatte. Soweit Martin es von seinem Platz aus sehen konnte, gab es tatsächlich keine Blutspuren. Der weiße Plastikgriff am unteren Ende sah faserig aus, als wäre das Messer lange in Gebrauch. Es konnte also durchaus aus diesem Haushalt stammen. Ob Yvonne Stöcker es zur Verteidigung genutzt hatte?

»Das wär's dann für mich. Ich vertraue darauf, dass wir in dieser Kombi diese Nacht nicht mehr zusammentreffen.

Wenn jemand Fragen hat: Sie wissen ja, wo Sie mich erreichen.« Der Notarzt hatte alles zusammengepackt und war fast an der Haustür.

Frau Lichterfeld schien ihn gar nicht mehr zu hören. Martin hob nur träge den Arm.

Doch der Arzt wandte sich erneut an ihn: »Grüßen Sie Anne. Glück gehabt, dass es nicht ihren Dienst getroffen hat, würde ich sagen.«

Martin verzog das Gesicht. Was für ein arroganter Kerl das war. Er bedauerte Anne, die mit einem solchen Kollegen zurechtkommen musste. Aber für den Moment war er nur froh, dass der Typ nun abzog.

»Was denken Sie?«, drang die Stimme der Lichterfeld an sein Ohr.

»Keine Ahnung. Nur Mutmaßungen«, antwortete Martin müde. Er wollte, dass das alles nicht wahr war, dass der Spuk auf der Stelle verschwand und er neben Anne im Bett aufwachen würde. »Vielleicht hat sie etwas gehört und wollte sich wehren?« Martin deutete auf das Messer.

»Was ihr offensichtlich nicht gelungen ist.«

»Ich glaube, ohne die Spusi und die Obduktion werden wir im Dunkeln tappen. Obwohl ich mir in einem sicher bin: Wir haben es mit einem Täter zu tun, der vor irgendetwas höllische Angst hat. Wenn es einen Zusammenhang gibt zwischen dem toten Mädchen am Strand und dieser Frau, von der ich glaube, sie ist die Mutter, dann sind das Taten im Affekt. Nichts Geplantes, nichts Wohlüberlegtes. Da ist einer gehörig unter Druck.« Martin holte tief Luft.

»Spricht für eine Beziehungstat, was?«

»Ich denke schon.«

»Dann sollten wir uns auf die Suche machen. Wer hatte alles wie, wann und warum Kontakt? Wer sind die nächsten Bezugspersonen? Gibt es einen Mann im Haus?«

Martin ahnte, wohin Frau Lichterfeld mit der letzten Frage steuerte. »Wenn es ihn gibt, kann er nicht weit sein. Wenn unser Fachmann recht hat, dass der Tod des Mädchens nicht lange vor Auffinden der Leiche stattgefunden haben muss.«

»Sie meinen, weil es keine Fähre und kein Flugzeug nachts gibt?« Martin lachte. »Glauben Sie mir, wenn man hier weg will, dann finden sich dafür Möglichkeiten.«

»Gut. Dann brauchen wir die Meldedaten. Alle Kontakte, die sich schnell überprüfen lassen und befragt werden können: Mit wem haben wir es zu tun? Also: Schule oder Arbeitgeber des Mädchens, Arbeitgeber der Mutter, Ärzte, Nachbarn, Freunde.«

»Jetzt?« Martin sah die Vorgesetzte fassungslos an. So anders konnten auch auf dem Festland die Uhren nicht gehen.

Sie wiederum warf ihm einen entnervten Blick mit einem Augenrollen zu. »Natürlich nicht. Aber sobald sich überall die Rollläden öffnen. Mobilisieren Sie Ihre Leute. Die haben doch die nötigen Kontakte.«

Martin nickte und überlegte, wen er in ein paar Stunden wie einsetzen würde.

»Mein Vorschlag wäre, wir schauen uns kurz im Haus um. Dann lassen wir die Spusi ihren Job machen, hoffen, dass beide Leichen ziemlich schnell obduziert werden können, und sortieren bis dahin, was wir an Informationen bekommen können. Heißt im Umkehrschluss: Sehen Sie zu, dass Sie drei, vier Stunden Schlaf bekommen, damit wir morgen früh mit neuer Kraft loslegen können. Einverstanden?«

Martin stützte sich müde an der Wand ab. Er konnte sich nur wundern, warum ihre Worte auf einmal so milde und kooperativ klangen. Aber letztendlich war es ihm egal. Die Aussicht, nach Hause zu können, Anne zu treffen und vielleicht tatsächlich einen Kurzschlaf einzuschieben, kam ihm nach diesem verkorksten Tag wie ein Trugbild vor. Er hoffte inständig, dass es sich nicht als solches erweisen würde.

*

Von Oskar hatten sie sich an der Milchbar verabschiedet. Frau Dirkens nach Hause zu bugsieren, hatte sich als einfacher erwiesen als befürchtet, denn an der frischen Luft schien ihre Müdigkeit wie verflogen. Von einem Taxi wollte sie nichts wissen.

»Das tut mir nur gut vor dem Schlafengehen. In meinem Alter wird das ja immer schwieriger. Tagsüber nicke ich ein und schrecke plötzlich wieder hoch, aber nachts, da bin ich oft stundenlang hellwach.«

»Hört sich gar nicht so schlecht an. So ähnlich war es während meiner Studienjahre auch. Also in der vorklinischen Zeit. Da habe ich gern die Nacht zum Tage gemacht. Heute muss ich es ja leider viel zu oft.« Anne hatte sich bei Frau Dirkens untergehakt. Die beiden gaben ein schönes Bild ab, alt und jung, beide ungefähr gleich groß und von schlanker Gestalt, auch wenn Frau Dirkens natürlich altersmäßig etwas mehr auf den Hüften hatte. Aber man konnte erahnen, wie sie früher ausgesehen haben mochte. Ruth schmunzelte. Frau Dirkens war wirklich ein Unikum. In keine Schublade zu packen. Immer wenn man dachte, man habe eine ältere Dame vor sich, überraschte sie mit jugendlichem Schwung. Sah man in ihr die Insulanerin, erzählte sie Geschichten aus aller Welt, von denen niemand wusste, woher sie sie hatte. Und wer glaubte, bei ihr müsse alles seine rechte Ordnung haben, der hatte noch nie an ihrer speziellen Teezeremonie teilgenommen.

Tatsächlich, sie war wie ein Vexierbild, überlegte Ruth. Dabei schien sie etwas nicht mitbekommen zu haben, denn als Frau Dirkens und Anne sie erwartungsvoll ansahen, hob sie fragend die Schulter.

»Ob du daran glaubst, dass diese Anneliese Hansen sich selbst getötet hat, wollte Frau Dirkens von dir wissen.«

»Wie kommt ihr darauf?« Ruth konnte nicht recht folgen, weil sie die Geschehnisse um den Tod der alten Dame nur rudimentär verfolgt hatte.

»Na ja, die Anneliese hatte ein sehr scharfes Mundwerk. Sehr, sehr scharf. Sie wurde nie müde, jedes und alles zu kommentieren, und dabei nahm sie wenig Rücksicht. Obwohl sie fast ihr ganzes Leben auf der Insel verbracht hat, hörte sie nicht auf, die Städterin rauszukehren, die sie bis zu ihrer Heirat war. Das hat ihr keine Freunde beschert.«

»Das hört sich aber eher an, als hätten andere Grund gehabt, sich zu grämen und an ihr zu verzweifeln«, antwortete Ruth. Sie klatschte in die Hände, als eine ganze Gruppe Kaninchen vor ihnen herhoppelte.

»Das war mit ihr etwas Besonderes. Über andere konnte sie nicht Urteile genug fällen, aber sie selbst durfte niemand kritisieren. Wer das tat, wurde mit einem Bann belegt. Bis sie einen wieder brauchte. Ich glaube, sie war tief im Inneren ein Leben lang eine todunglückliche Person. Wollte genauso gemocht werden wie jeder andere und tat scheinbar alles, damit es nicht gelang.«

Ruth lächelte. Wieder eine der Lebensweisheiten, die sie als Psychologin nicht besser hätte beschreiben können.

»Wenn Sie wissen, was ich meine«, ergänzte Frau Dirkens, die das Lächeln gesehen und verstanden hatte.

»Und ob, Frau Dirkens, und ob. Und deswegen der Suizid?«

»Ich weiß ja nicht, was sich da mit Hilmar abgespielt hat. Und ob sie wirklich Schuld hatte, dass er nun tot ist. Und was das mit dem Regenfass auf sich hat. Aber seit Kai-Uwe

Hansen nicht mehr lebt, ist es schwer für Anneliese geworden. Kai-Uwe hat sie nun einmal vergöttert, weiß der Himmel, warum.«

Sie waren mittlerweile in der Gartenstraße angekommen. Das Haus, das nicht mehr alleine das von Frau Dirkens war, lag dunkel vor ihnen, nur über der Haustür brannte ein Licht und beleuchtete mit seinem Kegel das neue »Tea-Time-Hostel«-Schild.

»Tja, Kinder, da scheine ich also die Erste zu sein, die von der Party nach Hause zurückkehrt. Aber so hat das seine Richtigkeit. Alles im Leben verändert sich.« Sie deutete aufs Haus. »Und nicht immer nur zum Schlechten. Ich bin jedenfalls sehr froh über die Entscheidungen von Daniela und Frank. Wer sagt, dass frischer Wind nicht mal nötig ist, kann gar kein Nordlicht sein.«

Ruth wagte Letzteres zu bezweifeln, nach dem, was sie über Anneliese und Hilmar gehört hatte, aber es war müßig, darüber zu diskutieren. Was ging sie all das an?

»Wie ist es, meine Kinder? Kann ich mich revanchieren für die freundliche Begleitung? Soll ich den Giftschrank öffnen?«

Ruth schaute Anne an, aber beide schüttelten zeitgleich den Kopf.

»Das ist lieb …«, begann Ruth, wurde aber von Anne übertönt.

»Ich wäre gerne zu Hause, wenn Martin zurückkommt. Es ist eine Menge passiert auf der Insel.«

»Da hast du wohl recht, mein Deern. Das ist gut, dass Martin dich hat. Wenn das alles stimmt, was ihr erzählt habt, wird das nicht einfach für Martin, das sage ich euch.«

Ruth schaute fragend zu Anne. Sie las in ihren Augen die gleiche Frage: Hatte Frau Dirkens ihre Gespräche nicht komplett verschlafen? Diese Frau war wirklich immer wieder wie eine Wundertüte.

»Also dann. Wir gehen mal.« Anne zog ihren eigenen Haustürschlüssel aus der Umhängetasche, obwohl sie ihn gar nicht brauchte. »Wir warten aber, bis Sie im Haus sind.«

»Ach, meine Kinder, mir passiert doch nichts. Nein, nein, da macht euch mal keine Sorgen. Aber nett ist es trotzdem. Wirklich nett.« Mit müden Schritten löste sich Frau Dirkens und winkte ihnen im Weggehen so majestätisch zu, wie es die Queen nicht besser könnte.

Ruth und Anne blickten ihr nach. Sie standen mitten auf der Straße. Erstaunlicherweise war kaum etwas los gewesen auf den Wegen, die sie vom Strand hierhin eingeschlagen hatten, kein Taxi hatte sie auf den Bürgersteig gefegt, kein Partyvolk hatte sie angepöbelt, nur aus der Kneipe ein Stück weiter vorne drang ein lauter Schwall, wenn sich die Türe öffnete und wieder zufiel.

Als das Fahrrad um die Ecke schoss, schien alles gleichzeitig zu passieren. Ruth sah, wie sich Annes Mund öffnete und wie sie ihren Arm hob, sie sah sich selber wie in Zeitlupe einen Schritt auf Frau Dirkens zuspringen, sah den grimmigen und entschlossenen Blick des Radfahrers, der anscheinend gar nicht erfasste, was geschah, sah in Frau Dirkens erschrockene Augen und hörte, während sie fiel, das Klirren und Scheppern, die Schreie aus allen Mündern, das Stöhnen und Wehklagen unter ihr. Und dann war Stille.

*

SONNTAG, 3. JUNI

»Du solltest wirklich ins Bett, Martin.« Ruth blickte besorgt auf die Wanduhr, die mit leisem Ticken das Fortschreiten der Nacht anzeigte. Aus den Augenwinkeln nahm sie wahr, wie Anne nickte. Martin lag zwar auf der Couch und gähnte ab und zu, aber dann fiel ihm etwas ein, was er ihnen beiden unbedingt mitteilen wollte.

»Ich werde kein Auge zumachen können. Das weiß ich. Eben am Tatort, da war ich ziemlich cool, da dachte ich, das bekomme ich alles ganz gut hin. Ich habe mich auf die Lichterfeld konzentriert und mich über sie aufgeregt. Dabei konnte ich vollkommen verdrängen, dass das am Strand ein junges Mädchen ist, nicht einmal volljährig. Und dann bei ihr zu Hause, das ist aller Wahrscheinlichkeit nach die Mutter.«

»Martin, wirklich, mach dich nicht verrückt. Das kennen wir alle. Dass wir in der Situation funktionieren, aber danach die Verarbeitung einsetzt.«

»Stimmt, ist bei mir genauso.« Anne stand auf und ging ein paar Schritte, dabei legte sie ihre Hände in den Nacken und massierte ihn. »Bei einer Reanimation zum Beispiel, da funktionieren wir alle. Jeder Griff sitzt. Da gibt's kein Nachdenken, wer das gerade ist und was für ein Leben er führt. Aber danach, da geht's los. Jeder hat eine andere Art, damit umzugehen.«

Martin setzte sich auf, legte die Decke, die Anne über ihn ausgebreitet hatte, beiseite und nahm die Teetasse in die Hand. »Aber das ist ja der Punkt. Mich hat das so angewidert, wie die meisten bei der Mordkommission immer weiter abstumpfen. Ja, es ist eine mögliche und wahrscheinlich nötige Strategie, mit der Zeit nicht alles an sich heranzulassen, vielleicht auch zynisch und sarkastisch zu werden. Ich habe das jahrelang mitgemacht. Witze gerissen, während die Opfer dalagen. Aber ich konnte es irgendwann nicht mehr mit mir selbst vereinbaren.«

»Es war richtig, dass du die Reißleine gezogen hast.« Ruth goss sich etwas aus der Teekanne ein. »Und dass du von der Mordkommission weg bist.«

Martin lachte höhnisch auf. »Nur dass der Plan nicht aufgeht. Wenn mir die Morde hinterherkommen. Das muss sich mal einer vorstellen. Was für eine Quote, seit ich auf der Insel bin.«

»Ach komm, das kann passieren im Leben. Bei so etwas gibt es keine Gaußsche Normalverteilung. Also statistisch gesehen vielleicht, aber in der Realität stellt es sich anders dar. Ich wette mit dir, die nächsten 30 Jahre ist dafür Ruhe auf der Insel.« Anne streckte ihm ihre Hand entgegen, als wolle sie die Wette wirklich eingehen.

»Das glaubst du doch selbst nicht«, wehrte Martin ihren Vorschlag ab.

»Na gut, sagen wir, bis zu deiner Pensionierung.«

Ruth spürte, wie sehr sich Anne bemühte, Martin aus der Tiefe seiner Gedanken zu holen. Aber sie wusste selbst, wie schwer das nach solchen Einsätzen war. Oft half nur, sich wirklich in die Ermittlungsarbeit zu stürzen. Aber erst sollte Martin ein paar Stunden schlafen. Und wenn es nur drei oder vier waren. Die würde er brauchen.

»Es ist gut, wie wenig Daniela und die ganze Hochzeitsgesellschaft von allem mitbekommen haben, obwohl klar war, dass etwas Schlimmeres passiert sein musste.«

Gut, dachte Ruth, Martin kam auf andere Gedanken. Laut sagte sie: »Ja, Anne und ich haben nur halbherzige Antworten gegeben, auch als alle nachfragten, wo du steckst. Den Hubschrauber und den ausgeleuchteten Strand haben alle gesehen, aber wir konnten etwas von einer Suchaktion erzählen, das hat uns jeder geglaubt.«

»Ruth hat übrigens den Brautstrauß gefangen«, versuchte Anne abzulenken. Ruth sah aber, wie intensiv sie Martin bei diesen Worten anschaute.

»Ja, das habe ich mitbekommen.« Martin schaute Anne mindestens genauso nachdrücklich an.

Nun wurde Ruth die Situation aus ganz anderen Gründen als vor einigen Minuten unangenehm. »Ach was, solche Sachen haben gar nichts zu sagen. Alles Quatsch. Auch diese Geschichte mit dem blauen Strumpfband. Verstehe ich nicht.«

Anne grinste. »Ruth, unsere Romantikerin. Dabei sahst du wirklich umwerfend aus in deinem Kleid. Fast ein Brautkleid.«

»Na ja, von dem ist nicht viel übrig. Dank des Rasenden Rolands, der über mich hinweg gefegt ist.«

»Kein Rasender Roland, wir sind nicht auf Rügen. Aber wenn das, was Frau Dirkens sagt, stimmt, war es ein rasender Olaf.«

»Ich kann mir das nicht vorstellen. Nicht bei unserem Olaf«, sagte Martin und legte sich wieder hin. »Sorry, ihr beiden, aber ich bin wirklich müde.«

»Alles gut.« Ruth senkte ihre Stimme. »Wenn du schon nicht ins Bett gehen willst, dann versuche, etwas zur Ruhe zu kommen. Wir sind ganz leise.«

»Redet lieber ruhig weiter. Ich mache dabei die Augen zu. Das entspannt am meisten.«

»Am besten bringst du das Kleid zu Sonja Mirschel. Sie kann vielleicht etwas retten?«

»Na – ich weiß nicht. Ich brauche es so bald wohl nicht mehr.«

Martin öffnete ein Auge und drehte den Kopf zu ihnen. »Würde ich mal so nicht sagen. Wer weiß.«

Anne wurde rot, das sah Ruth ganz deutlich. Aber Martin schloss sofort die Augen wieder, und eine nachdenkliche Stille senkte sich minutenlang über den Raum.

Schließlich stand Ruth auf. »Ich gehe schlafen. Ich würde morgen gerne zu Frau Dirkens, um zu sehen, wie es ihr geht. Sie hat einen doppelten und dreifachen Schutzengel gehabt, dass ihr nicht mehr passiert ist.«

Anne nickte. »Ich hoffe. Ich hätte es lieber gesehen, sie hätte die Nacht im Krankenhaus verbracht.«

»Ich weiß. Aber da haben wir alle auf Granit gebissen.«

»Schon ein bisschen frech von ihr, uns Ärzten im Krankenhaus zu unterstellen, in ihrem Alter käme man kränker raus als rein. Wenn überhaupt.« Anne klang richtig erbost.

»Ach, das hat sie nur gesagt, um ihren Willen durchzusetzen. Sie hat alles aufgefahren, um uns zu überzeugen.«

»Keine Polizei und kein Krankenwagen. Ganz schön störrisch.«

»Nun, als Ärztin warst ja du vor Ort. Und wahrscheinlich dachte sie, ich reiche als Polizei. Zumindest müssen wir morgen der Sache nachgehen. Ob das wirklich dieser Olaf war.«

Anne schüttelte den Kopf. »Ausgerechnet Olaf. Wenn einer eher stoisch und lethargisch seiner Wege geht, dann ist das Olaf. Mir vorzustellen, er rast zu nachtschlafender Zeit mit dem Fahrrad durch die Gartenstraße, kann ich gar nicht. Ich jedenfalls hatte gar keine Zeit zu verstehen, was da passiert. So schnell, wie der nach dem Crash weg war.«

»Ja, unglaublich. Ich kann nur sagen, dass er dunkelblaue Sachen anhatte. Und eine Kappe auf dem Kopf. Mehr nicht.«

Ein leises Schnarchgeräusch drang vom Sofa, ganz sanft und regelmäßig. Anne, die im Raum stand, ging zur Stehlampe, um das Licht zu dimmen. »Komm, wir lassen Martin schlafen. Ich stelle uns für morgen früh den Wecker. Lass du dich nicht davon stören. Für dich ist Ausschlafen angesagt.«

»Ach, Quatsch. Ich stehe gerne mit auf. Langschläferzeiten, die gibt's bei mir schon ewig nicht mehr.«

»Senile Bettflucht wie bei Frau Dirkens?« Anne stupste sie beim Verlassen des Zimmers leicht an.

»Wer weiß, wer weiß«, antwortete Ruth lächelnd. Dann blieb sie stehen. »Weißt du, worüber ich gerade nachdenke? Daniela hatte doch einen etwas abenteuerlichen Junggesellinnenabschied, stimmt's?«

»So hieß es. Ich war ja genauso wenig dabei wie du.«

»Klar, ich habe es auch nur den Erzählungen entnommen. War alles ein wenig hinter vorgehaltener Hand.«

»Selbst Martin hat sich bedeckt gehalten, obwohl es auf der Wache Thema war. Der Nachtdienst musste ausrücken.«

»Genau. Da wurde erzählt, dass es einen rücksichtslosen Radfahrer gegeben hatte. Dass da fast etwas passiert wäre.«

»Jetzt, wo du es sagst. Hatte ich über den ganzen Ereignissen schon wieder vergessen. Du meinst …«

»Kann Zufall sein. Aber bei solchen Ähnlichkeiten werde ich hellhörig.«

»Nicht uninteressant, die Idee. Ich sage Martin morgen früh Bescheid. Vielleicht gibt es eine Verbindung. Denn dass das Olaf gewesen sein soll – also, nein, nie im Leben, das glaube ich nicht.«

*

Martin fuhr sich mit der Hand übers Gesicht. Morgendliches Meeting auf der Polizeiwache – so hatte es Frau Lichterfeld genannt. Und es war ganz klar, dass sie die Chefin war. Keiner hatte es gewagt, von belegten Brötchen zu sprechen. Frau

Lichterfeld akzeptierte keine große Runde. Stattdessen ließ sie sich von Martin die Dienstpläne vorlegen und ordnete an. Immerhin hatte sie schnell erkannt, dass es durchaus Vorteile hatte, die ortsansässigen Kollegen in die Ermittlungsarbeit einzubinden. Sie waren näher an Land und Leuten, hatte sie sich ausgedrückt. Was ja stimmte – das musste Martin einräumen.

»Also, Herr Ziegler, zur Sache. Es tut mir leid, dass wir nicht auf ihr Schlafdefizit Rücksicht nehmen können. Wir brauchen Fakten, so viel und so schnell es geht. Deswegen kommen wir nicht umhin, mehrere Mitarbeiter aus dem Frei zu holen.«

Er versuchte es erst gar nicht. Anzumerken, dass Sonntag war, erschien ihm selbst unangemessen angesichts dieser Situation.

»Übrigens möchte ich mich derzeit nicht damit beschäftigen, wie Sie ansonsten Ihre Arbeit auf der Insel organisieren.« Martin hielt den Atem an. Er hörte, dass sie etwas hinterherschieben würde.

»Aber glauben Sie mir. Wenn das vorbei ist und wir wissen, was alles auf der Insel vor sich geht, werden wir uns damit beschäftigen müssen. Unbedingt beschäftigen müssen.« Damit drehte sie sich auf dem Stuhl, auf dem normalerweise Martin saß, mit Schwung herum, beugte sich zu ihrer Tasche, die auf dem Boden stand, und holte ein Brillenetui hervor. »Also, noch mal, lassen Sie uns zur Sache kommen.« Sie setzte die Brille auf.

Martin erkannte den Markennamen und fühlte sich dadurch abgestoßen. Für ihn passte teures Schickimicki nicht zur Polizeiarbeit. Aber es konnte sein, dass er nur nach Anlässen suchte, die seine Abneigung fütterten.

»Dass die beiden Toten Yvonne und Melanie Stöcker und damit Mutter und Tochter sind, davon kann wohl zweifelsfrei ausgegangen werden. Natürlich erfolgt die offizielle Identifizierung, aber das wird eine Routineangelegenheit. Alles, was wir im Haus an Dokumenten und Bildern vorgefunden haben, spricht dafür. Ich habe heute Morgen mit der Schulleiterin gesprochen. Sie hat auf einen sehr schwierigen Familienhintergrund bei Melanie Stöcker hingewiesen, sprach von einer psychischen Erkrankung der Mutter. Fakt ist, dass die Schule die Verantwortung für das gestrige Event von sich weist und explizit«, Frau Lichterfeld zog ihre Notizen näher an sich heran, »also explizit Frau Mirschel auf Norderney benennt, die die Organisation der Veranstaltung innehatte. Sie werden wir also als Erstes aufsuchen.« Sie nahm die Brille ab. »Und zwar wir beide, Herr Ziegler, Sie und ich.«

Martin musste ein Augenrollen unterdrücken. Er konnte nicht mit Leuten wie dieser Lichterfeld zusammenarbeiten. Und da half nicht einmal die Tragik der Ereignisse und dass ihm selbst daran gelegen war, so schnell wie möglich zu verstehen, was los war.

»Der Kollege der Rechtsmedizin wird sich beide Leichen Montag früh sofort vornehmen, sodass ich von dort mit zeitigen Ergebnissen rechne.

»Das wäre aber ungewöhnlich schnell«, wandte Martin ein.

»Da muss man eben mit dem erforderlichen Nachdruck arbeiten und Prioritäten verdeutlichen.« Frau Lichterfeld verzog abwertend das Gesicht. »Nun ja. Immerhin stieß ich in der rechtsmedizinischen Abteilung auf unbedingtes Verständnis. Es ist immer hilfreich, wenn das Netzwerk funktioniert.«

Martin blies die Backen auf und ließ stoßweise Luft ab. Eins musste man der Kommissarin lassen, sie fackelte tatsächlich nicht lange.

»Also weiter. Ich brauche zwei Kollegen, die sich darum kümmern, bei wem Frau Stöcker in ärztlicher Behandlung war. Zu Hause haben wir Medikamente gefunden. Ich brauche Diagnose, medikamentöse Behandlung, Therapie.

Dann – aber das kann Aurich erledigen – die Suche nach Verwandten, insbesondere der Vater des getöteten Mädchens. Wir werden von dort aus die engsten Schulkontakte überprüfen, auch hinsichtlich des gestrigen Ablaufs.« Sie blickte erneut auf ihren Notizblock, nahm einen Kugelschreiber und setzte hinter jeden Punkt einen Haken.

»Das wäre es fürs Erste. Es sei denn, es gäbe Fragen.«

Martin schüttelte den Kopf.

»Also dann. Bitte organisieren Sie die Einsätze. In einer Viertelstunde möchte ich zu Frau Mirschel aufbrechen. Reicht Ihnen das?«

»Ja, sicher«, murmelte Martin. Tatsächlich konnte er auf seine Leute zählen. Sie hatten sich alle entschieden, heute Morgen auf der Wache zu erscheinen und seine Anweisungen entgegenzunehmen. Nur dass es nicht seine Anweisungen waren, sondern die der Lichterfeld.

»Alle da?«, fragte er Nicole, als er aus seinem Büro, das zum Einsatzzimmer der Kommissarin geworden war, auf den Flur trat.

»Ja, fast, Chef. Olaf noch nicht. Aber der wird bestimmt jeden Moment kommen.«

»Ja, Olaf.« Martin fiel ein, was Anne ihm heute Morgen aufgetragen hatte. »Hör mal, Nicole, wer war in der Nacht im Dienst, als Daniela ihren Junggesellinnenabschied gefeiert hat. Weißt du das? Ich müsste sonst nachsehen.«

»Du, das war Ronnie und einer der Unterstützer.« Nicole sah ihn nachdenklich an. »Hat das etwas mit unserem Fall zu tun?«

»Nein, nein. Überhaupt nicht. Nur …« Er winkte ab. »Ach, lass mal. Mir geht viel zu viel durch den Kopf. Dabei spielt es wahrscheinlich gar keine Rolle.«

»Na, dann ist ja gut, Chef. Soll ich die anderen zusammentrommeln?« Sie schaute auf die geschlossene Tür von Martins Dienstzimmer. »Am besten vielleicht vorne im Wachraum?« Sie zeigte den Flur entlang Richtung Eingang.

Martin nickte müde und versuchte, ein dankbares Lächeln hinzubekommen. »Ja, prima. Ich hole mir eine Cola aus dem Kühlschrank.«

Es tat gut, wie die kalte Flüssigkeit prickelnd durch seine Kehle rann. Martin setzte die Flasche nicht ab, bis der Druck im Magen unangenehm wurde. Den aufkommenden Rülpser versteckte er hinter geschlossenen Lippen und der geballten Faust vor dem Mund. Aber jetzt ging es ihm besser. Er knallte die Kühlschranktür fester zu als geplant und hatte einen Moment Sorge, dass das altersschwache Gerät es ihm übel nehmen würde. Aber das stetige Brummen, an das sie sich alle gewöhnt hatten, ging unvermittelt weiter.

Auf dem Flur hörte er das Stimmengewirr aus der Wachstube vorne am Eingang. Er hatte die Tür gerade erreicht und atmete tief durch, als Olaf hinter der Glastür im Eingangsbereich erschien. Er hatte ein Pflaster quer über der Stirn kleben, an seiner rechten Hand waren Schürfwunden zu sehen. Ein klein wenig schien er zu humpeln.

Martin öffnete ihm die Tür und sah ihn prüfend an. »Alles in Ordnung mit dir?«

Olaf blickte zu Boden. »Martin. Moin. Ja. Das heißt nein. Also, ich weiß nicht so recht.«

Entgegen seiner sonstigen stoischen Art stand Olaf vor ihm und rieb sich die Handinnenflächen an der Hose ab. Martin schaute zum Wachzimmer, in dem die Stimmen verstummt waren. Durch die geöffnete Tür schauten alle zu ihnen beiden heraus. Intuitiv gab Martin mit der Hand ein kurzes Zeichen. »Einen kleinen Moment.« Er zog die Tür zu.

»Also, Olaf, was ist los?«

»Na ja, Chef. Ich weiß nicht. Aber ich glaube, wir müssen miteinander sprechen. Wegen der Ingrid.«

»Wegen Ingrid? Ingrid Folkerts?« Martin schnappte nach Luft. »Wirklich, Olaf, dieses ganze Drama um Hilmar, Anneliese und Ingrid, das tut mir wirklich leid. Und dass es dich als Insulaner mehr betrifft, das glaube ich dir unbesehen. Aber angesichts der neuen Todesfälle hat das alles keine Bedeutung. Hilmar ist an einem Herzinfarkt gestorben, also kein Mord. Anneliese hat den Freitod gewählt – so tragisch das auch ist, es ist nicht ermittlungsrelevant. Also, wenn es bei Ingrid nicht um Leben und Tod geht und wir bei ihr nicht ebenfalls einen Suizid zu verhindern haben, dann bitte, Olaf, lass uns zuerst die dringenden Sachen klären. Nicht nur, weil da draußen jemand ist, der zwei Frauen auf dem Gewissen hat, sondern weil uns die Lichterfeld allesamt in Frühpension verbannen wird. Und zwar keinesfalls ehrenhalber. Also?« Martin holte tief Luft nach diesem Redeschwall, den er nicht hatte stoppen können.

Olaf stand da mit gesenktem Kopf und gab keine Antwort. Martin wusste nicht, ob er nachdachte oder eingeschüchtert war.

»Also? So wichtig?«, versuchte er es deswegen freundlicher. »Oder hat es Zeit?«

Olaf brummte etwas. Dann ging er auf die geschlossene Tür des Wachzimmers zu. »Schon okay, Chef. Wahrscheinlich Letzteres.«

*

»Babsi, Mensch Babsi, aufwachen!« Sonja rüttelte an ihrer Freundin, die auf der Couch lag. Auf dem Tisch davor standen die Gläser von gestern Abend. Es war länger geworden, als sie geplant hatten. Zuerst waren sie im Surfcafé einen der superleckeren Burger essen, dann hatten sie im Norderneyer Brauhaus die Zeit mit Erzählen und Lästern verbracht. Das auf der Insel gebraute Bier schmeckte verdammt gut. Eine Geschichte nach der anderen war ihnen über ihre Lehrerkollegen eingefallen, und sie waren aus dem Lachen nicht herausgekommen. Darüber kamen sie mit einem Pärchen vom Nachbartisch ins Gespräch, und ganz zum guten Schluss war man gemeinsam übereingekommen, zu einem letzten »Rotlicht«-Cocktail oder einer »Seemannsbraut« ins »Goode Wind« einzukehren. Bei Sonja zu Hause hatten sie beide die angebrochene Flasche Weißwein aus dem Kühlschrank ausgetrunken.

Sonja war noch nicht ganz bei sich. Ihr Kopf dröhnte und fuhr Karussell, sobald sie nur ein paar Schritte ging. Was aber viel mehr daran lag, was sie gerade erfahren hatte.

»Babsi, wach werden habe ich gesagt.«

Babsi brummte, drehte sich zur Seite und zog sich die Decke über den Kopf.

Sonja nahm sie sofort wieder weg. »Babsi, bitte, das ist kein Spaß. Es ist etwas passiert.«

Babsi bewegte den Kopf ein kleines Stück in Sonjas Richtung und blinzelte sie an. »Wie, es ist etwas passiert? Was denn?«

»Die Rabe hat gerade angerufen.«

»Die Krähe? Du spinnst. Ein verdammter Albtraum, sage ich dir. Was hast du angestellt, dass dir unsere Schulleiterin im Traum erscheint?« Babsi nuschelte nur. »Ist mir aber egal. Ich will weiterschlafen.«

»Nein, Babs. Komm, bitte, setz dich. Wenn auch nur ein Wort wahr ist, was Frau Rabe am Telefon gesagt hat …« Sonja konnte nicht weitersprechen, die Angst schnürte ihr die Kehle zu.

Babsi stöhnte und richtete sich halbherzig auf. Das Kissen stopfte sie sich in den Rücken. Dann sah sie entnervt auf ihr Handy. »Shit. Akku leer. Wie spät ist es denn?«

»Halb neun durch.«

»Halb neun? Sonntagmorgen? Sag mal, wie kommt die denn dazu, dich um diese Zeit anzurufen?«

»Lass mal. Ist schon okay.« Sonja suchte nach Worten. »Ich traue mich gar nicht zu wiederholen, was sie gesagt hat. Es kommt mir selbst unwirklich vor. Wenn ich es ausspreche, ist es unwiderruflich wahr.« Sonja begann zu zittern.

Babsi riss die Augen auf. »Was redest du denn für einen verquirlten Mist?« Aber Sonja sah, dass sie verstanden hatte, dass das gerade kein Spaß war. »Komm her!« Babsi zog sie in ihre Arme, Sonja ließ sich fallen. »Also, was ist?«

»Ich weiß es nicht. Also nichts Genaues. Die Rabe ist heute Morgen in aller Frühe benachrichtigt worden. Von der Polizei.« Sonja sprach betont langsam. Versuchte, die Dinge chronologisch wiederzugeben. Weil sie den entscheidenden Fakt nicht über die Lippen brachte.

»Die Polizei?«, echote Babsi prompt.

Sonja nickte. »Es ist gestern Abend etwas passiert. Was Schlimmes.«

Babsi wurde blass. Trotzdem schien sie die Dinge relativieren zu wollen. »Du meinst, unsere Mangas haben Blödsinn gebaut? Haben randaliert? Drogen genommen? Öffentliches Ärgernis erregt?« Sie schien krampfhaft nach Tatbeständen zu suchen, die zwar unangenehm, aber verzeihbar waren.

»Nein«, antwortete Sonja leise. »Es geht nur um eine unserer Mangas.« Ihr schossen die Tränen in die Augen. »Sie ist tot.«

Babsi setzte sich ruckartig weiter auf und stieß Sonja dabei fast vom Sofa. »Nein. Das ist nicht wahr.«

»Doch.«

»Wer?« Babsi schaute ihr ins Gesicht. Dann schüttelte sie fast unmerklich den Kopf. »Lass mal. Du musst nichts sagen. Ich weiß es. Es ist Milli, oder?«

Sonja konnte nur noch schluchzen. Erst nach einer ganzen Weile, in der Babsi ihr mechanisch und geistesabwesend runde Kreise auf den Rücken gestreichelt hatte, krächzte sie: »Ja, verdammte Scheiße.«

Irgendwann stieg Babsi über sie hinweg, ging in die Küche, holte zwei Gläser und eine Flasche Wasser, schenkte ihr ein und drückte ihr das Glas in die Hand. »Komm, trink erst mal etwas.« Sie setzte sich neben Sonja auf die Sofakante.

Sonja schnappte nach Luft, nachdem sie das Wasser in einem Zug getrunken hatte. »Danke«, murmelte sie. Es war gut, dass Babsi anscheinend wusste, was gerade half.

»Wie hat sie es gemacht?«, fragte Babsi nahezu tonlos.

»Was meinst du?« Sonja hielt das leere Glas mit beiden Händen, als könnte es ihr Kraft geben.

»Nun ja«, Babsi schien sich zu winden und nach Formulierungen zu suchen. »Was genommen oder die Pulsadern?« Sie ließ die Frage in der Luft stehen.

Sonja schaute sie fragend an. »Wie kommst du darauf? Sie hat es nicht selber gemacht. Jemand hat sie umgebracht.«

»Was?« Babsi sprang auf. Ihre Stimme wurde ganz hoch, auf ihrem blassen Gesicht erschienen einzelne rote Flecken, die sich zur Brust hinunterzogen. All das sah Sonja, ohne dass ihr irgendetwas zur Beruhigung eingefallen wäre. Es gab nichts, was die Dinge einfacher machte. Es ließ sich nichts beschönigen.

Babsi kniete sich vor sie hin. Was ihr lächerlich vorkam, aber andererseits verständlich. Aber sie konnte nur reglos dasitzen und Babsi ansehen.

»Wer denn? Wie denn? Was ist denn bloß passiert?«

»Ich weiß es nicht. Die Rabe wollte mir nichts sagen.« Sonja machte eine Pause, das Sprechen fiel ihr so unendlich schwer. Ihre ganze Mundmuskulatur war wie betäubt. Nach einer Weile setzte sie wieder an. Sie war froh, dass Babsi sie nicht drängte. »Sie dürfe es mir nicht sagen. Das waren ihre Worte.« Sonja lachte auf, und es klang in ihren eigenen Ohren unglaublich schrill.

»Aber warum?« Babsi blickte sie von unten ungläubig an.

»Aus ermittlungstaktischen Gründen, hätte ihr die Polizei gesagt. Eigentlich durfte sie mich nicht einmal informieren.« Sonja kam es vor, als ob sie für jeden Satz mehrere Minuten bräuchte.

»Muss ich das verstehen?« Babsi zog die Decke vom Sofa, weil sie fröstelte.

»Die Polizei will alle vernehmen, niemand soll einen Wissensvorsprung haben.« Es kam ihr vor, als hätte sie die Rolle in einem Theaterstück übernommen. Sätze, die sie aus dem Fernsehen kannte, die aber nie etwas mit der Wirklichkeit zu tun gehabt hatten.

»Was für ein Quatsch.« Der Ärger schien in Babsi neuen Tatendrang zu wecken. »Die macht sich nur wichtig, unsere Krähe. Die hätte dich im Leben nicht angerufen, wenn die Polizei es ihr wirklich verboten hätte.«

»Ich weiß nicht.« Sonja nahm ein Kissen und hielt es sich vor den Bauch, umklammerte es ganz fest. »Sie hatte wohl große Not, was dadurch auf die Schule und vor allem auf sie als Schulleiterin zurückfallen würde.« Sonja pausierte. Jedes Wort war anstrengend. War das wirklich sie, der das alles passierte?

»Das sieht ihr ähnlich«, spuckte Babsi verächtlich aus. »Unsere Krähe – sich selbst immer am nächsten.«

»Na ja, wer weiß. Als Leitung wäre ich vielleicht auch so. Obwohl ich das nicht könnte. So vorneweg. Mit der Verantwortung.«

»Blödsinn«, gab Babsi zurück. »Man wächst mit seinen Aufgaben.«

»Bla bla, schöner Kalenderspruch. Jetzt ist es ja sichtbar, dass ich das nicht kann mit der Verantwortung. Und die Rabe hat es mir vorher auf den Kopf zugesagt. Ich Idiot. Ich habe es vergeigt. Und ausgerechnet Milli. Der ich etwas Gutes tun wollte mit diesem Fotoshooting.«

»Ich weiß. Ich weiß.« Babsi zog sich hoch und setzte sich neben Sonja. Sie legte den Kopf an ihren. »Und das war richtig so. Überleg mal, wie Milli das genossen hat.«

»Nicht wirklich. Es ging ihr nicht gut. Das war zu sehen. Und ich hätte dem nachgehen müssen. Ihre Mutter wird mir das nie verzeihen. Und ich mir selbst auch nicht.« Angst und Wut stiegen in ihr auf. Sie nahm das Kissen und schleuderte es quer durch den Raum. Die Palme fiel um, braune Erde verteilte sich über den Boden.

»Komm, du weißt doch gar nicht, was passiert ist. Vielleicht wäre es genauso dazu gekommen, wenn wir das Mangafest nicht gemacht hätten.«

»Genau darum geht es. Ich will es wissen. Alles. Jetzt.« Sonja stand auf und ging zum Fenster. »Die Rabe hat gesagt, die Polizei würde heute zu mir kommen. Um mich zu informieren. Und um mich zu vernehmen.« Ein krächzendes Geräusch entfuhr ihrem Mund.

»Das sagen die halt so. Das heißt ja nichts. Klar sind wir Zeugen. Wir kennen Milli als Lehrerinnen. Und waren gestern den Nachmittag über mit ihr zusammen.«

»Ich kann das nicht glauben. Sie war sowieso so gestraft mit allem. Mit ihrer Mutter. Die einem leidtun kann. Aber wenn man ein Mädchen so leiden sieht … Ich kann nicht glauben, dass Milli tot ist.«

»Meinst du wirklich, ihr ging es nur schlecht wegen ihrer Mutter? Gerade in der letzten Zeit hatte ich das Gefühl, es ist noch etwas anderes.«

Sonja drehte sich zu Babsi. »Stimmt. Sie war unruhiger

als vorher. Irgendwie gar nicht mehr greifbar. Obwohl es ihr Projekt war.«

»Vielleicht wegen Ben?«

»Wegen Ben? Habe ich auch gedacht. Aber das passte nicht. Vorher habe ich lange gedacht, die werden ein Paar oder sind eins. Aber zuletzt schien es, dass sie nur gute Freunde sind.«

»Jemand anderes? Hast du eine Vermutung?«

»Eine Vermutung? Nein. Irgendwann habe ich mal gedacht, sie ist in Steffen verliebt.«

»In Steffen?« Babsi schaute sie mit großen Augen an.

»Ja, so eine schülerinnenmäßige Lehrerschwärmerei. Wie das fast alle mal haben.« Sonja sparte sich zu sagen, dass selbst Babsi sich manchmal ziemlich schwärmerisch verhielt, wenn Steffen in der Nähe war.

»Aber jeder an der Schule weiß, dass Steffen …«

»Dass Steffen vergeben ist. An Ulf. Also in doppelter Hinsicht nicht in Frage käme.« Sonja drehte sich zum Fenster. »War nur so eine Idee. Nicht, dass sie sich verliebt gezeigt hätte. Überhaupt nicht. Sie war manchmal richtig aggressiv, ist mit ihm mehrfach aneinandergeraten. Aber dahinter versteckt sich oft genau das Gegenteil.«

»Die Arme. Wenn das wirklich so war. Sie hätte wirklich jemanden gebrauchen können, der sie hält.«

»Ja, das stimmt. Das hätte sie.« Sonja schlang die Arme eng um sich selbst. Da sah sie das Polizeiauto um die Ecke biegen. Sie räusperte sich. »Da kommen sie. Unsere Freunde und Helfer. Ich mache ihnen auf.«

Babsi nickte und begann, ihre Anziehsachen zusammenzusuchen. »Ich springe nur eben schnell ins Bad.«

»Gut, mach das.« Sonja blieb in der Tür stehen. »Ich bin übrigens froh, dass wenigstens du hier bist. Alleine könnte ich das nicht. Und – wir sagen erst einmal gar nichts, ja? So wie die Krähe das gewollt hat, was meinst du?«

Sie wartete Babsis Antwort gar nicht mehr ab. Sie wollte nur hören, was tatsächlich passiert war.

*

»Hast du Lust auf einen Strandspaziergang? Wir könnten anschließend einen Kaffee trinken gehen. Schau mal, das Wetter lädt dazu ein.« Anne stand am Fenster und deutete nach draußen.

Ruth legte das Buch weg, in dem sie versucht hatte zu lesen. Aber ihre Gedanken waren ständig abgeschweift. Zu viele Dinge schwirrten ihr im Kopf herum. Den letzten Abschnitt hatte sie mindestens viermal gelesen und trotzdem den roten Faden verloren. Sie legte das Buch mit den Seiten nach unten auf den Tisch und stand auf.

»Gute Idee.« Sie schüttelte die Hände aus, die kribbelten, weil sie das Buch zu krampfhaft festgehalten hatte. »Ich glaube, das kann ich gut gebrauchen. Meinst du nicht, es könnte zu viel los sein am Strand? Bei dem Wetter? Ruhe wäre mir lieber.«

»Ja, wahrscheinlich. Rudelpilgern Richtung Weiße Düne. Ich habe eine andere Idee. Was hältst du davon, wenn wir mit den Fahrrädern losziehen? Dann können wir erst zum Leuchtturm, dann an der Wattseite über den Deich zurück und später zum Café Hygge im Hafen. Was meinst du?«

»Hört sich klasse an. Das Café habe ich bei meiner Ankunft gesehen. Klingt gut. Ziemlich skandinavisch.«

»Es hat einen tollen Blick auf die ankommenden und auslaufenden Fähren. Und auf die Wellen. Wenn wir Glück haben, erwischen wir einen der Tische draußen. Und skandinavisch stimmt. Hygge stammt aus Dänemark und ist als Wohn- und Lebensstil auch bei uns ziemlich beliebt.«

Ruth lachte. »Ja, ich weiß. Ich hätte es nur nicht auf Anhieb mit Norderney in Verbindung gebracht.«

»Na ja, das Maritime und das Skandinavische haben schon eine große Schnittmenge und finden immer mehr Anhänger.« Anne deutete auf die verschiedenen Dekorationsgegenstände in ihrem Wohnzimmer. »Zu denen ich auf jeden Fall gehöre.«

»Hier passt es super hin.« Ruth deutete auf den Schriftzug »Norderney« aus blauen Holzbuchstaben. »Das könnte mir genauso gefallen. In meiner weißen Wohnung würde sich das gut machen.«

»Ich zeige dir gerne, wo es ihn zu kaufen gibt. Wenn du magst.«

»Gerne. Aber erst will ich mit dem Rad über die Insel. Die Bewegung pustet hoffentlich meinen Kopf richtig durch.«

»Ja, das brauche ich auch. Ich mache mir gerade ziemlich viel Sorgen.« Anne trat vom Fenster weg. Ruth zuckte zusammen, als sie kurz den Arm um ihre Schulter legte. »Ich bin froh, dass du hier bist.«

Ruth kratzte sich verlegen am Kopf. So viel Nähe war ihr nie so recht. Andererseits war Anne sicherlich eine derjenigen, von denen sie es am ehesten akzeptieren konnte. »Martin?«, fragte sie nach.

»Klar. Und all das, was die letzten Tage passiert ist. Hoffentlich kann er mit all den Belastungen umgehen.«

Ruth versuchte ein Lächeln. »Ich glaube schon. Allein, weil er dich hat, die vieles mit ihm durchsteht. Dass ihr euch ehrlich darüber austauschen könnt, wenn Ereignisse nur schwer zu ertragen sind. Das sind ganz andere Voraussetzungen, als damals …«

»… bei seinem Burn-out meinst du? Witzig, dass selbst du als Psychologin vor dem Wort scheust. Wie ein Pferd vor dem Hindernis.«

»Ja, mag sein. Es liegt zum einen daran, dass der Begriff eher ein landläufiger ist und keine Diagnose im psychiatrischen Sinne. Aber du hast wahrscheinlich recht. Auch ich vermeide es manchmal, Dinge auszusprechen. Als könnte man sie damit unsichtbar machen.«

»Seltsam, was man sich im Leben für Konventionen aneignet.« Anne hatte, während sie redeten, ihre Schuhe aus der Diele geholt und zog sie an. »Es kann nicht richtig sein, über Unangenehmes hinwegzuschweigen.« Sie machte eine Pause. »Falsch. Ich weiß es sogar, dass es falsch ist. Als Ärztin.«

»Ja, aber den Mund aufzumachen, um alles, was einem nicht passt, anderen um die Ohren zu hauen, ist sicher nicht die richtige Strategie. Sieht man ja bei den alten Herrschaften, um die es in den letzten Tagen ging. Wenn ich das richtig verstanden habe, haben sie untereinander kein Blatt vor den Mund genommen.« Ruth schob die Hände in ihre hinteren Jeanstaschen.

»Apropos alte Herrschaften, was hältst du davon, wenn wir bei Daniela vorbeifahren und nach Frau Dirkens schauen? Das würde mich wirklich beruhigen. So als Ärztin, meine ich.«

Ruth spürte, wie ihr warm wurde. Sie hatte das Gefühl, als bildete sich ein kleiner Schweißfilm über ihrer Oberlippe. Schnell drehte sie sich um und fuhr sich mit der Hand darüber. »Gute Idee«, murmelte sie. Dann durchschritt sie mit wenigen Schritten den Raum. »Ich mache mich fertig.«

Tatsächlich passierte das, was sie bei Annes Erwähnung von Daniela unwillkürlich erwartet hatte. Oskar öffnete ihnen die Tür. Über einer Jeans, die nur bis zum Knie ging, trug er eine pinke Schürze. An den Händen hatte er schwarze Einmal-Handschuhe, die für ihn eine Nummer zu klein schienen.

Als er Anne und Ruth erkannte, ruckelte er mit beiden Händen an seiner Hornbrille, als könne er dadurch schärfer sehen und sie besser erkennen.

»Ach, was für eine freudige Überraschung der Tag bringt.« Er grinste sie beide mit einem strahlenden Lächeln an. »Leider sind alle ausgeflogen, und ich befürchte, ihr werdet mit mir vorlieb nehmen müssen.«

»Da haben wir nichts dagegen, stimmt's, Ruth?« Anne stupste sie jovial in die Seite.

»Hm«, machte Ruth, weil ihr gerade nichts Geistreicheres einfiel. »Aber eigentlich wollten wir zu Frau Dirkens. Schauen, wie es ihr geht.«

»Ja, ich habe gehört, was gestern passiert ist. Da hätte ich euch doch besser nach Hause begleitet.« Oskar lächelte eine Spur breiter als zuvor.

»Und dann wäre der Zusammenstoß nicht passiert, oder was?«, fragte Ruth schärfer, als sie beabsichtigt hatte.

Irritiert schauten Anne und Oskar zu ihr. »Nein, Quatsch, natürlich nicht. Sollte nicht so klingen, als hielte ich mich für Superman.«

»Na, dann ist ja gut«, antwortete Ruth knapp. Sie spürte Annes fragenden Blick auf sich. Sie blinzelte und sah angestrengt an Oskar vorbei in den Hausflur. »Ist Frau Dirkens denn da?«

Oskar griff nach der Brille, nahm sie ab, putzte sie an der Schürze und setzte sie wieder auf, nicht ohne vorher einen Blick dadurch zu werfen. Alles im Zeitlupentempo, sodass Ruths Frage wie ungehört verpuffte.

Dann endlich zog er an den Bändern der Schürze, löste sie und faltete sie sorgsam zusammen, während er sprach: »Frau Dirkens geht es gut. Sie hat wohl keinerlei Schaden genommen bei dem Sturz. Und jetzt ist sie mit Daniela und Frank sowie Danielas Freundinnen und Franks Eltern zum Abschiedsfrühstück gegangen. Sie müssen ja heute Nachmittag alle abreisen.«

»Du nicht?«, entfuhr es Anne. Ruth war froh, dass nicht sie die Frage gestellt hatte.

»Nein, ich nicht. Ich bleibe noch zwei oder drei Tage.«

»Nein, das meinte ich nicht. Sondern eher, warum du nicht

beim Frühstück dabei bist, sondern den Hausangestellten gibst?« Anne hatte den letzten Satz mit Luft-Gänsefüßchen untermalt.

»Ach so. Ich habe in meinem Hotel gefrühstückt. Außerdem wollte ich Daniela eine Freude machen. Ich habe angefangen, klar Schiff zu machen. Schließlich reisen morgen die nächsten Gäste an.«

»Wow. So einen Cousin wünsche ich mir auch«, kicherte Anne, was diesmal wirklich zu Augenrollen bei Ruth führte. »Dann ziehen wir mal los. Ich wollte nur sichergehen, dass es Frau Dirkens gut geht.«

»Tut es.« Oskar deutete auf die Fahrräder. »Und ihr macht was?«

Ruth hatte das seltsame Gefühl, dass er bei der Frage genau zwischen ihnen beiden durchschaute, weshalb sie irritiert zu Anne blickte. Aber Anne ließ sich nichts anmerken, falls es ihr aufgefallen war.

»Die Insel erkunden. Ein bisschen durch die Dünen, dann an der Wattseite entlang über den Deich radeln und im Café Hygge einen Kaffee trinken.«

»Hört sich verdammt gut an.«

Ruths Appellohr hörte den unausgesprochenen Rest sehr wohl. Sie musste grinsen. Warum Menschen nicht einfach ausspuckten, was sie wollten. »Du möchtest gerne mit, stimmt's?«, fragte sie ihn direkt.

»Klar. Ich bin ja der Neue. Der die Insel kennenlernen will. Und Daniela scheint wenig Zeit und Neigung zu haben, sie mir zu zeigen.«

»Na, dann«, antwortete Ruth und sah Anne an.

Sie nickte begeistert. »Ja. Finde ich prima.«

»Gebt mir fünf Minuten für die Suche nach dem Schuppenschlüssel. Frank hat sicher nichts dagegen, wenn ich mir sein Fahrrad borge.«

Ein Piepsen drang aus Annes Fahrradkorb. Sie griff nach ihrer Tasche. »Und selbst wenn. Die Polizei wird er nicht rufen«, sagte sie mit plötzlich düsterer Stimme. »Die haben nämlich leider verdammt ernstere Dinge zu tun.« Sie starrte auf das Handy, auf dem gerade eine Nachricht eingegangen war.

*

Es klingelte, während Babsi im Bad war.

»Bist du so weit?«, horchte Sonja an der Tür. »Ich will das nicht allein durchstehen. Sie sind da.«

»Ich komme.« Babsi öffnete die Badezimmertür. »Mehr muss nicht sein. Hauptsache, ich bin angezogen.«

Sonja umarmte ihre Freundin kurz. »Danke.«

»Nicht dafür. Das stehen wir zusammen durch.« Babsi streckte das Kinn hervor. »Schließlich hast du es mit den Jugendlichen nur gut gemeint, vor allem mit Milli.«

Sonja nickte nachdenklich, während sie zum Türöffner trat. Es hatte zum zweiten Mal geklingelt.

In den nächsten Minuten fühlte sich Sonja wie in einem schlechten Film. Dialoge, von denen sie nie geglaubt hätte, dass sie sie außerhalb von Fernsehfilmen erleben würde. Die Vorstellung der Ermittler. Wobei sie Herrn Ziegler kannte. Wer kannte den Inselpolizisten schließlich nicht? Die Information, dass eine Schülerin zu Tode gekommen war, aller Wahrscheinlichkeit nach ermordet, wohl unmittelbar im Anschluss an die Veranstaltung, die sie, Sonja Mirschel, zusammen mit ihrer Kollegin durchgeführt hätte. Ob sie dazu etwas sagen könnten? Zum Verlauf des Nachmittags, zum Verbleib von Milli, nachdem sich die Gruppe aufgelöst habe, und ob sie etwas zu sagen hätten, das möglicherweise relevant wäre: Freunde, Beziehungen, irgendwelche Besonderheiten und Auffälligkeiten, der familiäre Hintergrund von Melanie Stöcker.

Von Melanie Stöcker? Das war für Sonja der Moment aufzumerken. Melanie, die es hasste, so genannt zu werden. Die mit einer Vehemenz darauf bestanden hatte, Milli gerufen zu werden. Erst jetzt erfasste sie das ganze Drama. Milli war tot. Milli würde nie wieder in der Klasse sein, nie wieder als Yamanari mit ihr das Nähen der Kostüme besprechen. Sie würde nie wieder mit Emma und Ben auf dem Schulhof stehen, nie wieder Steffen anmotzen. Und nie wieder traurig dastehen, wenn es um ihre Mutter ging, wenn sie erklären musste, warum sie wieder allein zum Sprechtag gekommen war und die Mutter überhaupt nie irgendwelche Schulveranstaltungen besuchte. Es hatte gedauert, bis sie alle verstanden hatten, welche massive Angsterkrankung Frau Stöcker haben musste und wie betroffen Milli davon war. Was für ein Drama!

Weder sie noch Babsi hatten bisher auf die Fragen der Kommissare geantwortet, aber Sonja entfuhr nur die eine Frage: »Und Frau Stöcker?«

Sonja sah sehr wohl, dass ihre Frage falsch gewesen sein musste. Die Ermittlerin, die sich als Frau Lichterfeld vorgestellt hatte, hob kaum sichtbar die Augenbrauen und warf Herrn Ziegler einen schnellen Blick zu. Danach nahm sie Sonja ins Visier. Der intensive Blick tat ihr körperlich weh, und sie schlug die Arme um sich.

»Wieso fragen Sie nach der Mutter? Sie haben noch keine unserer Fragen beantwortet.«

Sonja holte tief Luft. Sah Babsi an. »Weil Milli, seit ich sie kenne, gelitten hat. Nicht, dass sie uns das gesagt hätte. Nein. Ganz im Gegenteil. Sie hat alle Kraft und Energie darauf verwendet, uns ganz lange glauben zu lassen, dass bei ihr zu Hause alles normal sei. Immer hatte sie eine Entschuldigung, immer eine Erklärung. Es hat lange gedauert, bis ich gemerkt habe, dass dieses Kind quasi elternlos ist.«

»Elternlos? Wie meinen Sie das?« Frau Lichterfeld klang skeptisch.

»Elternlos im Sinne von verwahrlost.« Sonja bewegte den Zeigefinger hin und her, um ihren Worten Nachdruck zu verleihen. »Nein, nein, nicht im klassischen Sinne. Sie hatte saubere Kleider und meist Essen dabei, alles gar nicht so bescheiden, wie man das denken könnte bei einer alleinerziehenden Mutter ohne Arbeit. Aber letztendlich sorgte Milli wohl für alles selbst. Essen einkaufen, Essen zubereiten, die Wäsche waschen, alles, was so anstand.«

»Das ist ja nun nicht so unüblich für eine Jugendliche ihres Alters.«

»Nein. Das war bei ihr anders«, unterstützte Babsi sie. »Und nach und nach sind wir dahintergekommen, dass die Mutter psychisch krank ist. Wobei ich das nicht gerne sage, psychisch krank ist immer so ein Totschlagwort. Aber die Angsterkrankung der Mutter ist anscheinend so generalisiert, dass sie dringend einer Behandlung bedarf. Ich habe als Vertrauenslehrerin Milli angeboten, das Jugendamt einzuschalten.«

»Ach ja?« Der Polizist schaute interessiert auf. »Gibt es da einen Vorgang?«

»Nein.« Babsi verzog den Mund zu einem schiefen Grinsen. »Milli wollte das nicht. Sie hat glaubhaft versichert, dass sie das alles schon hatten. Sie hat mir sogar den Namen einer Familienhelferin genannt. Die sie jederzeit anrufen könnte.«

»Und dann haben Sie es dabei belassen?« Frau Lichterfelds Miene drückte aus, was sie davon hielt.

»Was hätten wir tun sollen? Es lag keine direkte Gefahr vor. Wie gesagt, es war eher eine emotionale Verwahrlosung, die schlecht greifbar war. Wenn Milli Hilfe gewollt hätte, dann … Babsi brach den Satz ab und sah betroffen zu Sonja.

»… dann könnte sie noch leben, meinen Sie?« Frau Lichterfeld hatte einen Treffer versenkt, zumindest drückte die Art, wie sie die Lippe verzog, genau das aus.

Sonjas Wut kam aus dem Nichts. »Was für ein Blödsinn! Oder hat ihre Mutter Milli umgebracht? Wie reden Sie eigentlich mit uns? Als wenn wir Schuld hätten.«

»Bitte beruhigen Sie sich. Können wir uns vielleicht setzen?« Martin Ziegler zeigte auf den Esstisch, der von hier aus zu sehen war. Sonja wurde bewusst, dass sie immer noch am Eingang standen.

»Ja, sicher«, antwortete sie nun leiser und irgendwie aus dem Konzept gebracht.

Während alle Platz nahmen, holte sie vier Gläser und eine Flasche Wasser. »Entschuldigen Sie, wenn ich nichts anderes anbiete, aber ich kann unmöglich Kaffee kochen.«

»Musst du auch nicht.« Babsis Ton war scharf, aber sie nickte Sonja beruhigend zu. Dann nahm sie die Polizistin in den Blick. »Und nun antworte ich Ihnen auf Ihre Fragen. Ja, Milli – und sagen Sie in unserer Gegenwart bitte nie wieder Melanie, denn das hat dieses Mädchen gehasst, also Milli war gestern mit uns unterwegs. Und bevor Sie sich in haltlosen Anschuldigungen gegen uns ergehen, sollten Sie sich lieber überlegen, wer oder was wir für Milli waren. Vertraute nämlich. Wir waren diejenigen, die ihr Halt und Selbstvertrauen gaben. Waren diejenigen, die an ihre Talente glaubten. Die sie als Mensch sahen und nicht als Erfüllerin von Dienstleistungen, die die Mutter ihr übertrug. Bei uns durfte sie Milli sein, jung und voller Träume, mit Fantasie und Ideen, durfte sich mit uns in Traumwelten stürzen, durfte in der Mangawelt jemand anderes sein und einmal aus ihrer verdammt harten Realität flüchten. Das alles haben wir ihr geboten. Also, noch mal: Was genau wollen Sie von uns?« Babsi, die sich bei ihrem Reden immer weiter über den Tisch gebeugt hatte, plumpste auf den Stuhl zurück. Alle Spannung fiel von ihr ab. Wie ein Ballon, der die Luft verlor, sackte sie Millimeter für Millimeter in sich zusammen.

Einen Moment schwiegen alle vier. Dann nahm Ziegler die Wasserflasche und goss die Gläser voll. Er schob ihnen jeweils eins zu und drehte den Verschluss der Flasche zu. »Okay, verstanden«, sagte er mit einer dunklen, aber sanften Stimme. »Bitte nehmen Sie unsere Fragen nicht als Angriff. Es ist immer furchtbar, wenn ein so junger Mensch das Leben verliert. Offenbar gewaltsam verliert. Und was ich höre, ist, dass Sie als Vertraute von Milli gelten.«

Den Namen nannte er mit einem schnellen Seitenblick zu seiner Kollegin, fiel Sonja auf. Sie hatte ihre Hände auf dem Tisch verschränkt. Babsis Worte waren die richtigen gewesen. Sie war froh, dass diese ausgedrückt hatte, was sie selber fühlte.

»Das heißt«, fuhr der Polizist fort, »wenn wir versuchen die Fakten zu klären, benötigen wir Ihr Wissen. Aber bitte: Nehmen Sie es nicht als Angriff, wenn wir nachfragen. Wir wollen doch nur das eine. Alle zusammen. Den Täter fassen.«

Sonja nickte und sah weiter auf ihre Hände. Ja, das wollte sie. Unbedingt.

»Dann lassen Sie uns den gestrigen Tag in aller Ruhe durchgehen. Wir sammeln. Vieles wird sich vielleicht als unnütze Information herausstellen, aber das weiß man immer erst später. Wenn man alles beisammen hat und die Spreu vom Weizen trennen kann.«

Das klang vernünftig und auf eine Art vorgebracht, mit der Sonja etwas anfangen konnte. Sie schaute Babsi an. Ihr schien es genauso zu ergehen.

»Gut, dann fragen Sie«, antwortete Sonja mit fester Stimme. »Alles, was wir zur Klärung beitragen können, werden wir Ihnen mitteilen. Nicht wahr, Babsi?«

»Absolut.«

»Also gut.« Martin nahm einen kleinen Notizblock aus der Tasche. »Fangen wir an, den gestrigen Tag zu rekapitulieren. Als Erstes: Was wissen Sie über Millis Vater? Name, Anschrift, Beziehung. Wie sieht es da aus? Was können Sie uns dazu sagen?«

*

»Was ist los, Olaf?«

Nicole war in die Teeküche gekommen. Olaf saß auf dem Stuhl, zusammengekrümmt, das Gesicht schmerzlich verzogen. Eine Hand hielt er auf den trotz seines Alters kaum vorhandenen Bauch. Nicole nahm verwundert wahr, wie athletisch und jugendlich Olaf wirkte, wenn man nur auf seinen Körperbau achtete. Das Fahrradfahren auf der Insel konnte nicht der alleinige Grund dafür sein, dafür war er zu muskulös. Nicole nahm sich vor, irgendwann einmal danach zu fragen. Aber Olaf redete selten über sich selbst, den fragte man nicht einfach nach dem Wochenende. Wenn sie ehrlich zu sich war, hatte sie sich noch nie seinen Feierabend ausgemalt. Das ging wohl nicht nur ihr so. Bei aller Freundlichkeit, und manchmal war er ja wirklich witzig, blieb er immer ein Stück reserviert. Er ließ niemanden im Team hängen, aber Freundschaften, die gab es nicht zu den Kollegen. Auch Martin schien seine Schwierigkeiten mit ihm zu haben, dachte sie manchmal.

Olaf antwortete ihr nicht. Er rührte sich überhaupt nicht, verzog nicht einmal den Mund, zuckte nicht mit den Augen, sondern schien sie nicht wahrzunehmen. Oder sie absichtlich zu ignorieren.

Was sollte sie tun? Den Raum verlassen und damit die Sache auf sich beruhen lassen? Aber das wäre vollkommen gegen ihre Art.

Also schnappte sie sich einen Stuhl, drehte ihn nach Cowboymanier um, setzte sich breibeinig darauf und legte ihre Hände übereinander gekreuzt auf der Lehne ab. So blieb sie sitzen. Zwei Minuten. Drei Minuten, vielleicht vier.

Olaf rührte sich nicht, hob nicht einmal den Blick, starrte unentwegt auf einen imaginären Punkt unterhalb der Tischkante. Der Tee, der vor ihm stand, schien kalt und unangetastet.

»Was soll das werden, Olaf?« Nicole sprach ihn mit der Stimme an, mit der sie auch im Einsatz jederzeit gut fuhr. Unaufgeregt, sachlich, freundlich, aber geradeheraus und klar. »Geht es dir nicht gut? Dann wüsste ich das gerne, und wir überlegen, was zu tun ist. Brauchst du einen Arzt?«

Die Reaktion blieb aus.

Nicole war sich fast sicher, dass kein körperlicher Grund vorlag. Sie überlegte.

»Hast du Stress mit einem der Kollegen? Läuft irgendetwas nicht so, wie es deiner Meinung nach laufen sollte?« Aus einer Eingebung heraus hatte sie ihre Stimme gesenkt und versucht, vertraulicher zu klingen. Tatsächlich zuckte zum ersten Mal Olafs rechter Mundwinkel. Sie war also auf der richtigen Spur.

»Du, ich mache dir einen frischen Tee. So geht das ja man gar nicht.« Sie gab sich jovial, weil sie ahnte, dass sie behutsam vorgehen musste, um überhaupt irgendetwas aus ihm herauszubekommen.

Sie stand auf, nahm Olafs Tasse, kippte den Inhalt aus. Sie spülte die Tasse unter laufendem Wasser aus, füllte den Wasserkocher und hängte zum Schluss einen Teebeutel in die Tasse.

»Ganz schön viel los im Augenblick. Ich glaube, so viele Einsätze auf einmal, das hast selbst du noch nicht erlebt auf der Insel, was?« Schon, als sie die Worte sprach, wusste sie: Sie waren falsch. Auf so eine Annäherung war Olaf noch nie eingegangen. Was sie verstehen konnte.

Puh, wahrscheinlich wäre sie besser direkten Weges aus der Teeküche gegangen. Sie überlegte, wann sie zuletzt in Ruhe mit Olaf geredet hatte. Das war doch hier gewesen, in der Küche, sie hatte sich amüsiert, wie wenig er sich um die Neuerungen scherte, die auf der Insel Einzug hielten. Zumindest wirkte er stoisch in seiner Art, englische Begriffe einzudeutschen. Olaf war sehr entspannt gewesen, als sie ihm von den Mangas erzählt hatte und dem, was diese auf der Insel planten.

»Kinderkram hast du es genannt«, rutschte es ihr heraus, bevor sie den Gedanken zu Ende gedacht hatte.

Olaf blickte ruckartig auf.

Bingo, dachte Nicole. Darum ging's. Zumindest auch.

»Stimmt«, sagte er fast lautlos. »Und ein Kind ist tot.«

»Das hört sich so an, als wärst du auf etwas Bestimmtes ziemlich sauer. Kannst du mir sagen, was es ist?« Der Wasserkocher sprang aus. Nicole wartete einen Moment, weil sie kein kochendes Wasser über den Tee gießen wollte. Aus den Augenwinkeln beobachtete sie Olaf.

Er winkte ab.

»Ich kann mir vorstellen, dass du als Insulaner ziemlich sauer bist darüber, was mit deiner Insel passiert. Kann das sein?« Sie ließ ihn gar nicht erst antworten. »Die Menschenmassen an Pfingsten, die Drogenspürhunde, die Animes. All das. Nicht mehr nur der besoffene Kegelbruder. Oder der Tourist, der sich im Inselosten verläuft.«

»Ja, ja, der blöde Ostfriese, der nur die lapidaren Fälle lösen kann. Genau so. So denkt ihr alle. Allesamt, die ihr vom Festland gekommen seid. Weil ihr mehr Meer wolltet.« Ironisch zog er die Worte in die Höhe. »Oder weil unsere Luft eurem Asthma guttut, und wenn es nicht euer Asthma ist, dann das von eurem Kind oder vom Hund.« Er lachte höhnisch. »Oder noch besser.« Er stand auf und baute sich vor Nicole auf. »Weil ihr in euren Dienststellen ausgebrannt seid und das Tempo nicht halten konntet. Und dann gedacht habt, hier auf der Insel, da kann man einen Lauen schieben, da passiert nur alle 50 Jahre mal ein Kapitalverbrechen. Stimmt's? Das ist genau das, was ihr alle denkt. Du und Silke und die ganzen Verstärker und auch ein Martin Ziegler, der sich quasi degradieren lässt, um auf der Insel Dienst zu machen.«

Nicole ließ sich nicht anmerken, wie ihre Gedanken ratterten. Sie versuchte, sich unbeeindruckt zu geben.

»Na und?«, fragte sie und goss das Wasser über den Tee. Dann schob sie sich mit der Tasse in der Hand an Olaf vorbei und stellte sie an seinen Platz am Tisch. Sie selbst setzte sich genauso breitbeinig auf den Stuhl wie eben. »Was willst du mir konkret sagen? Dass alles schlechter ist als früher? Dass es Insulaner sein müssten, die hier Dienst schieben? Ja, bitte, habe ich nichts dagegen. Nur, wo bitte, sind sie denn? Ich habe niemanden vertrieben, im Gegenteil, sondern mich auf eine unbesetzte Stelle beworben. Und die Verstärker, die kommen, weil wir sie brauchen.«

»Einen Martin Ziegler hätten wir nicht gebraucht«, platzte es aus Olaf heraus.

»Ach. Daher weht der Wind.« Nicole sah Olaf an und winkte ihn zum Tisch. »Dein Tee wartet.«

»Nichts, daher weht der Wind. Es fehlt in der Leitung der Dienststelle jemand, der weiß, wie diese Insel funktioniert. Wie die Menschen ticken. Und auch, wie die Zugezogenen sich verhalten, wenn sie auf der Insel leben.«

»Du hättest dich bewerben können. Damals.«

»Vielleicht. Aber gegen so einen wie Martin hatte ich keine Chance.«

»Hast du es versucht?«

Olaf antwortete nicht.

»Also.«

»Aber schau dir an, was passiert. Was an einem einzelnen Wochenende mit der Insel passiert. Und wo ist unser Dienststellenleiter? Auf einer Hochzeit, für die er schlichtweg einen Teil der Kollegen und der Einsatzfahrzeuge einsetzt. Nur so zum Spaß.«

»Was uns eine verdammt gute Resonanz gebracht hat. Musst du mal im Internet schauen.«

»Im Internet.« Olaf spie das Wort aus. »Ehrliche Polizeiarbeit, das ist es, was wir auf der Insel brauchen.«

»Oder das eine und das andere. Die Zeiten bleiben nicht stehen.«

Olaf verschränkte die Arme und starrte auf einen imaginären Punkt.

Nicole zog sich die Teetasse heran und pustete hinein. Dann zog sie den Teebeutel heraus und wickelte ihn um den Löffel.

»Warum habe ich das Gefühl, das ist alles noch nicht das, was dich wirklich umtreibt?«

Sie erschrak, als Olaf plötzlich mit dem Fuß aufstampfte, sodass der Boden bebte. Dann schlug er die Hände vors Gesicht.

»Ich würde dem Chef so sehr gönnen, dass er auf die Schnauze fällt. Aber so richtig. Und wenn ich meine Klappe halten würde, dann … dann würde das vielleicht passieren. Aber ich bin viel zu sehr Polizist, als dass ich das könnte. Scheiß Moral. Ich kann es einfach nicht.« Er blickte auf. Schien sich einen Moment zu besinnen. Hielt die Hände vor sich, als würde er unterschiedliche Gewichte gegeneinander abwiegen. Dann blickte er Nicole direkt in die Augen. »Es gibt gute Gründe anzunehmen, dass Ingrid Folkerts Anneliese Hansen umgebracht hat.«

Nicole starrte Olaf an. Sie wusste nicht so recht, was sie von Olafs Ausbruch halten sollte. Anscheinend lief tatsächlich so ein Konkurrenzding bei ihm. Aber was, wenn er mit dieser Geschichte nur eine Ablenkungsnummer fuhr, um Martin zu schaden?

»Dann sollten wir Martin davon so schnell wie möglich unterrichten. Und Frau Lichterfeld natürlich.«

Olaf richtete sich auf. Sah sie verschwörerisch an. Seine Stimme ölte. »Oder wir beide kümmern uns allein um Ingrid Folkerts. Was meinst du? Bist du dabei?«

*

Der Himmel war so blau, wie Ruth es um diese Jahreszeit nur aus südlicheren Gefilden kannte. Bodenseeblau. Mittelmeerblau. In diesem Jahr hatte der Hochsommer anscheinend den Frühsommer beiseite geschubst. Sie hatte nichts dagegen, überhaupt gar nichts.

Anne fuhr vorneweg. Sie bildete hinter Oskar das Schlusslicht und ließ ihre Blicke und Gedanken beim Fahren schweifen.

Anne hatte den Weg Richtung Kap eingeschlagen. »Das bietet sich an, Oskar, wenn du das erste Mal auf der Insel bist, dass wir Sightseeing machen. Sie erzählte im Vorbeifahren von der Bedeutung der Seezeichen, durch die die ostfriesischen Inseln von den Seefahrern unterschieden werden konnten, früher, zu Zeiten, als es noch keine elektronisch gesteuerte Navigation gab.

Auch über die Sternwarte, den skurril anmutenden Kleingarten, der sich wie ein Panoptikum ausmachte, über den

Wasserturm, die danebenliegende Feuerwache und selbst über die im Bau befindlichen Personalwohnungen – zu allem hatte Anne etwas zu erzählen und zu zeigen. Ruth nahm die Informationen nur am Rande auf. Manches wusste sie, weil sie nicht das erste Mal auf der Insel war. Anderes notierte sie gedanklich für einen späteren Aufenthalt. Die Sternwarte, die wollte sie auf jeden Fall in Zukunft einmal besuchen. Aber dann mit Martin und Anne und zu Zeiten, die deutlich unaufgeregter waren.

An der Hauptstraße herrschte reger Verkehr. Etwas, das man leicht verdrängte, wenn man sich nur im Stadtzentrum der Insel aufhielt. Hier aber waren die Fahrverbote aufgehoben. Inselbewohner mit dem NOR-Kennzeichen, das seit einigen Jahren erlaubt war, Touristen, die unterwegs zu Leuchtturm und Weißer Düne waren, Handwerksbetriebe mit Gewerbeaufdruck und Frachttransporter teilten sich die Straße mit Taxen, Bussen und der Inselbahn. Oskar, der kein ganz so geübter Radfahrer war, nahm beim Abbiegen einer Taxe die Vorfahrt und wurde prompt wüst durch das offene Fenster des Autos beschimpft.

Anne hielt an und lachte. »Von wegen autofreie Insel, was? Wenn ich es euch sage: Das beschert uns mit die meiste Kundschaft im Krankenhaus. Jeder kämpft um sein Recht. Rücksichtnahme gibt's nicht. Mit allen Folgen. Und seit es den E-Bike-Verleih bei den Fahrradhändlern gibt, haben wir eine drastisch steigende Anzahl an älteren Patienten, deren Knochen von Natur aus nicht mehr ganz so stabil sind.«

»Da wirst du nicht arbeitslos«, sagte Ruth.

»Stimmt, auch wenn es zynisch klingt. Martin übrigens genauso wenig. In der Regel nimmt die Polizei die Verkehrsunfälle auf. Gerade die mit dem Wildwechsel. Was kaum einer weiß. Da bist du unterwegs in den Inselosten, gibst, wenn auch verbotenerweise, richtig Gas, weil sonst keine Gelegenheit dazu ist, und zack, springt dir ein Hirsch ins Auto.«

»Heftig. Das ist nichts, was ich erleben möchte.« Ruth blickte hinüber zu dem Wald, der sich an der Straße entlangschlängelte. Eine Gruppe Fußgänger betrat gerade einen schmalen Weg, der dort hineinführte. »Können wir da lang?«

»Ja, das war der Plan.« Sie schoben das Rad über die Straße und folgten dem Waldweg, in dem es leicht rauf und runter ging.

»Idyllisch habt ihr es«, sagte Oskar. »Erwartet man gar nicht von der Insel.«

»Ja, das sagen die meisten. Schau mal, dort vorne. Extra für dich die nächste touristische Attraktion.«

Vor ihnen tauchte der »Bahnhof Stelldichein« mit seinem roten Stationshäuschen auf. Gleise führten über das Gelände. Sie blieben stehen, Oskar studierte die Erläuterungen der historischen Militäranlage. »Sehr, sehr spannend«, sagte er vor jedem Schild, das er mit seiner Kamera abfotografierte. »Das werde ich alles recherchieren. Ich bekomme richtig Lust, eine Reportage über die Insel zu machen. Norderney hat tatsächlich Seiten, von denen ich nie etwas gehört habe.«

»Ja, das ist so. Schau mal, noch was für deine journalistische Spürnase. Das Cumberland-Denkmal. Vielleicht kannst du dich im Conversationshaus in der Bibliothek in die Geschichte der Insel einlesen, wenn es dich so sehr interessiert.«

Ruth hörte den beiden weiter nur mit einem Ohr zu. Ihre Gedanken waren bei dem Verkehr auf der Insel hängen geblieben. Immer wieder das gleiche Thema, auf das sie stieß. Rücksichtslose Autofahrer, rücksichtslose Touristen, rücksichtslose Radfahrer. Von denen einer Frau Dirkens umgenietet hatte und einer bei Danielas Junggesellinnenabschied aufgefallen war.

»Also los, lasst uns Gas geben, sonst kommen wir nicht mehr zu unserem Kaffee«, trieb Anne Oskar an, der gar nicht mehr aufhörte, Fotos von den historischen Anlagen zu machen. »Wenn dich die Geschichte der Insel interessiert, solltest du unbedingt ins Bademuseum und ins Fischerhaus. Aber jetzt würde ich gerne in die Dünen.«

Es war herrlich, über die gut befestigten Wege zu fahren, auf denen gar nicht so viele Leute unterwegs waren. Der Planetenweg zeigte mit maßstabgerechten Miniaturen die Entfernung der Himmelskörper zueinander, aber an ihnen fuhren sie zügig vorbei. Kurz vor dem Golfplatz querten sie erneut die Hauptstraße, die zum nicht mehr weit entfernten Leuchtturm führte.

»Dorthin fahren wir später«, rief Anne Oskar zu. »Zuerst zeige ich dir den Ausblick von der Thalassoplattform.«

Sie stellten ihre Räder nahe dem Dünensender ab und liefen über die Holzbohlen zum Plateau. Sie genossen den Rundblick, der sich ihnen bot, setzten sich in die Körbe, deren Flechtwerk oben spitz zulief und die wie kleine Höhlen Schutz vor dem Wind boten.

»Ist das nicht herrlich?«, rief Anne. »Immer wenn ich hier bin, danke ich Gott oder wem auch immer dafür, dass ich auf dieser wunderbaren Insel arbeiten darf. So oft es geht, fahre ich hierhin.« Sie zeigte Richtung Stadtzentrum. »Da hinten, da beginnt das turbulente Leben. Da findet mein Job statt, der alles von mir verlangt. Es macht keinen Unterschied, wo die Menschen krank werden. Auf Norderney sind Krankheiten nicht weniger schlimm als anderswo, keine Frage. Aber ich, ich kann hier auftanken und danach ganz anders meinen Patienten begegnen.«

»Das kann ich mir gut vorstellen«, sagte Ruth. Sie horchte in sich hinein. Wäre das ein Leben für sie selbst? Sie war sich nicht sicher. »Martin profitiert auf jeden Fall davon«, meinte sie stattdessen.

Anne nickte ganz langsam. Dann drehte sie sich mit ihrem Korb einmal um 180 Grad. Als sie vor Ruth auftauchte, zuckte sie mit den Achseln. »Aber er hat es schwerer. Bei mir sind die Insulaner dankbar, dass ich hier bin. Es findet sich so schnell keiner, der den Job dauerhaft machen möchte.«

»Aber das ist bei Martin doch auch so?«

»Nicht ganz. Da gibt es Neid und Animositäten.«

»Gegen Martin?« Ruth konnte es nicht glauben.

»Ja. Zwar nicht so offensichtlich, aber unter der Hand. Deswegen steht er gerade sehr unter Druck. Mehr, als er sich anmerken ließe.«

»Shit«, sagte Ruth. »Können wir ihm helfen?«

»Ich weiß nicht, wie.« Anne kramte nach ihrem Handy. »Er hat sich noch nicht wieder gemeldet. Ich bin gespannt, was er berichtet.«

Oskar hatte derweil Fotos von jeder Ecke der Plattform geschossen. Nun hielt er das Display seiner Kamera Ruth vors Gesicht. »Da, wovon wir eben sprachen. Ein Rudel Wild kreuzt in einem Affentempo die Straße. Das war ziemlich knapp.« Er zeigte die schnell hintereinander gemachten Aufnahmen, sodass sie wie bewegte Bilder wirkten.

»Daumenkino«, lachte Anne, ohne dass sie die Fotos von ihrem Platz aus sehen konnte.

Ruth lachte. »Genau. Da habe ich früher viel Geld für ausgegeben. Das fand ich lustig.«

Oskar ließ die Kamera mit einer Hand los, richtete sich auf und fasste an seine Brille. »Nicht wirklich, oder? Ich habe zu Hause einen ganzen Karton mit diesen Heftchen. Ich war ein Daumenkino-Sammler und bin nostalgisch genug, sie nicht wegzuschmeißen.«

»Ist nicht wahr?« Ruth lachte los. Aber Oskars ernster Blick machte sie verlegen. Sie fuhr sich mit der Hand durch ihre Haare. »Dann ist gut, dass du nicht hier wohnst. Nicht, dass du uns noch einlädst.« Sie zeigte auf Anne und sich. »Was für den einen die Briefmarken sind, ist für den anderen das Daumenkino.« Sie lachte laut, obwohl Anne und Oskar ernst blieben.

Anne schaute sie nur seltsam an.

Und Oskar sagte: »Schade eigentlich.«

*

»Erst 35? Kaum zu glauben. Da hätte ich gut und gerne zehn Jahre zugegeben.« Martin saß auf der falschen Seite des Schreibtisches und ordnete die Blätter, die das Faxgerät vor einigen Minuten ausgespuckt hatte. Sein Blick ging dabei auf Frau Lichterfeld, die, als wäre es selbstverständlich, auf seinem Bürostuhl saß und die Maus über das Pad bewegte, auf dem ein Foto von Anne und ihm aufgedruckt war. Ihre Pupillen huschten hin und her, während sie die Angaben, die ihr die Mitarbeiter der Jugendhilfebereitschaft Oldenburg zugeschickt hatten, nach weiteren relevanten Fakten durchsuchte.

»Ja, aber es ist wohl kein Wunder, bei dem, was ihr alles widerfahren ist.«

»Widerfahren ist?« Frau Lichterfeld zog ihre linke Augenbraue hoch, ohne ihren Blick vom Bildschirm zu nehmen. »So passiv ist das Leben nicht.«

»Mag sein«, wandte Martin ein. »Aber da waren durchaus schlechte Startbedingungen mit im Spiel.« Er nahm das oberste Blatt auf. »Verlust der leiblichen Eltern durch einen Verkehrsunfall im Alter von vier Jahren. Wächst in einer Adoptivfamilie auf, die sich überfordert fühlt, als das Mädchen in eine Kifferclique gerät und mehrfach wegen Ladendiebstahls auffällig wird. Das Jugendamt wird durch die Polizei eingeschaltet. Yvonne Stöcker kommt, weil ihre kognitiven Fähigkeiten herausstechend gut sind, mit Unterstützung des Amtes auf ein Internat.«

»Ich wusste gar nicht, dass das geht.« Frau Lichterfeld hackte mit dem Mittelfinger auf die Entertaste.

»Ich auch nicht. Das Jugendamt in Oldenburg hat sich beeilt, mir zu versichern, dass es solche Regelungen heute nicht mehr gibt. Für die schulische Bildung zahlt der Staat nicht, Hochbegabung hin oder her.«

»Aber das hatte sie? Eine Hochbegabung?«

»Ja, tatsächlich. Dazu gab es entsprechende Untersuchungen und Dokumente.«

»Wirklich Hochachtung, Ziegler. Dass wir die Informationen vorliegen haben – an einem Sonntag.«

»Na ja, dass uns die Sachen vorliegen, ist Ihr Verdienst. Ohne richterliche Genehmigung, die Sie bewirkt haben, wären uns heute die Hände gebunden gewesen. Und mein Versuch bei der Jugendhilfebereitschaft: War großes Glück, die engagierte Mitarbeiterin hat sich reingehangen, als ich kurz umriss, worum es geht. Wie man sich das wünscht, aber nicht immer unbedingt antrifft. Eine empathische Sozialarbeiterin, die es in kürzester Zeit schaffte, trotz Wochenende jemanden aufzutun, der über den Fall Bescheid wusste.«

»Aber Yvonne Stöcker ist mit 35 Jahren lange aus der Jugendhilfe raus. Ich verstehe nicht ganz, wieso diese Details so schnell verfügbar waren.«

»Ja, das stimmt.« Martin deutete auf den Bildschirm, vor dem Frau Lichterfeld saß. »Das, was Sie da haben, sind Unterlagen aus dem Fall ›Melanie Stöcker‹. Das heißt, auch hier war das Jugendamt tätig, und die Angaben über die Mutter entstammen den Anamneseerhebungen.«

»Ach so. Ja, das macht Sinn.«

»Wie ging es weiter? Was ist mit Frau Stöcker los? Wo ist

der Vater von Melanie? Aus dem, was mir per Mail geschickt wurde, kann ich dazu nichts entnehmen.«

»Nein, das steht in dem Fax. Also, das schien alles in allem eine gute Maßnahme gewesen zu sein, im Internat hat sich Frau Stöcker anscheinend sehr stabilisiert, bis …« Martin blätterte in den Unterlagen.

»Bis …?« Frau Lichterfeld klopfte mit der Maus zweimal schnell hintereinander auf das Pad.

Martin zuckte bei dem Geräusch zusammen. Schnell antwortete er: »Bis zum Abitur, das sie ablegte. 1,3 mit den Leistungskursen Mathematik und Englisch.«

»Nicht schlecht.«

»Allerdings. Vor allem angesichts der Tatsache, dass sie zum damaligen Zeitpunkt hochschwanger war.«

»Oh!« Frau Lichterfeld scrollte ihr Dokument hoch. »Ja, klar, das passt. Schwanger mit Melanie.«

»Genau.«

»Und was passierte dann?«

»Das ist relativ unklar. Frau Stöcker wollte wohl studieren. Sie hatte sich aber mit ihren Adoptiveltern vollkommen überworfen. Es müssen schlichte Leute gewesen sein, die Yvonne Stöcker nicht gewachsen waren. In jeglicher Hinsicht.«

»Das heißt?«

»Anfangs haben sie die Mutter und das mittlerweile geborene Kind unterstützt. Frau Stöcker hatte eine preiswerte Wohnung und brach den Kontakt zu den Adoptiveltern ab, als die ihr in die Erziehung des Kindes dreinreden wollten. Frau Stöcker lebte von staatlichen Leistungen.«

»Wie ging es weiter?« Frau Lichterfeld stand auf und kam hinter dem Schreibtischstuhl hervor.

»So genau weiß man das nicht. Zumindest nicht, was den Auslöser anbelangt. Wahrscheinlich war es ein schleichender Prozess. Frau Stöcker hat eine massive Angststörung entwickelt, die erst auffiel, als sie die Einladung zur Schuleingangsuntersuchung von Melanie nicht wahrnahm. Allerdings gab es anfangs einen kleinen Radius, in dem Frau Stöcker sich bewegen konnte. Also Einkäufe und Ähnliches. Aber die Einschränkungen wurden immer größer, und irgendwann war ein Maß erreicht, das sich massiv auf die Entwicklungschancen von Melanie auswirkte.«

»Das kann ich mir vorstellen.«

»Aber Frau Stöcker war einsichtig. Sie war zur Behandlung bereit, eine ambulante Helferin kam regelmäßig ins Haus, und es sah alles danach aus, als hätte sich das System stabilisiert.«

»Das System?« Wieder ging die Augenbraue hoch.

Martin schaute auf die Blätter in seiner Hand und auf seinen Notizzettel. »Ja, so drückte es die Sozialarbeiterin aus. Sie meinte wohl vornehmlich Frau Stöcker.«

»Aber was ich nicht verstanden habe, zu einem Kind gehören zwei. Was ist mit dem Vater von Melanie? Das ist nicht uninteressant für unsere Ermittlungen.«

Nicht uninteressant. Martin unterdrückte ein Augenrollen. »Yvonne Stöcker hat sämtliche Angaben zur Vaterschaft verweigert. Auch sämtlicher amtliche Druck konnte nichts ausrichten. Sie hat darauf beharrt, dass es eine einmalige Sache gewesen sei.«

»Sie sagen das, als gäbe es berechtigte Zweifel.«

»Wir werden das morgen verifizieren müssen. Heute sind die Angaben nur in diesen Anamnesebögen des Jugendamtes enthalten. Aber es scheint eine frühere Schwangerschaft gegeben zu haben, also vor Melanie. Da war Frau Stöcker anscheinend in der elfte Klasse, 17 Jahre alt. Und sie hat abgetrieben. Vater des Kindes? Unbekannt. Die Sozialarbeiter im Jugendamt wissen das nur, weil es während der Therapie hochgekommen ist. Möglicherweise war die Abtreibung maßgebliche Ursache für die Angsterkrankung.«

»Oder der frühe Verlust oder das Internat oder der Abbruch zu den Adoptiveltern …«

»Stimmt. Oder alles zusammen. Man weiß es nicht.«

»Der Vater?«, erinnerte Frau Lichterfeld ihn an ihre ursprüngliche Frage.

»Der Vater – es gibt zwei Gründe, warum das Jugendamt die Hypothese vom großen Unbekannten nicht recht glaubt. Zum einen die erste Schwangerschaft, die Indiz dafür sein könnte, das es eine längere Beziehung gab, in der schwanger zu werden ein Tabu war. Und der zweite Grund: Es gab irgendwann eine größere Geldzuwendung wie aus dem Nichts, mit der Frau Stöcker das Haus auf Norderney kaufte.«

»Häuschen wohl eher.«

»Ja, mag sein. Aber ihr eigenes.«

»Aber wie geht das? Das muss doch nachweisbar sein, woher das Geld kam.«

»Frau Stöcker hat alles ordnungsgemäß abgewickelt. Und auf staatliche Leistungen verzichtet. Sie brach die Jugendhilfeunterstützung ab. Was in Ordnung ging, weil sie sich deutlich stabilisiert hatte.«

»Was nicht von Dauer war, wie wir wissen.« Frau Lichterfeld drehte sich zum Schreibtisch und strich beim Gehen mit dem Finger über die Kante.

Martin sah die Staubschicht, die sich unter ihrem Finger ansammelte, und verfluchte die Putzfrau, die mal wieder die eine oder andere Ecke ausgelassen hatte. »Allerdings«, antwortete er schnell, um abzulenken, »war Melanie kein kleines Kind mehr. Sie war nicht so vernachlässigt, dass die Lehrer hätten tätig werden können. Einer dieser ganz schwierigen Fälle, bei denen sich alle fragen werden, warum nicht viel früher hingeguckt wurde.«

»Im Nachhinein sind immer alle schlauer. Da gebe ich nichts drum. Aber dennoch treibt mich die Frage um: Wer ist

Melanies Vater? Schließlich sind Mutter und Tochter umgekommen – und wäre es da nicht denkbar, dass …«

Aufgeregt fiel Martin ihr ins Wort. »Ja klar, das passt wie die Faust aufs Auge. Die Geldzuwendung für das Haus. Yvonne Stöcker hat den Vater von Melanie erpresst. Möglicherweise wegen der ersten Schwangerschaft. Also besser gesagt wegen der Abtreibung. Und als er gezahlt hat, hat Yvonne Stöcker nicht aufgehört. Keine großen Summen, aber kontinuierlich.«

»Genau. Für ihn muss es absolut bedrohlich gewesen sein. Yvonne war schließlich zumindest zum Zeitpunkt der ersten Schwangerschaft nicht volljährig.« Frau Lichterfeld begann stehend, auf der Tastatur zu tippen. »Jemand, der älter war, jemand, der Familie hatte, jemand der Einfluss hatte und einen guten Ruf zu verlieren. Was meinen Sie? Könnte das ein Profil sein?«

»Absolut«, antwortete Martin. Er war mittlerweile aufgesprungen und trat neben Frau Lichterfeld.

Sie hatte einen Schulnamen in die Suchmaschine eingegeben. »Dann schauen wir mal genauer hin, auf wen es passt, dort in dem Ort, in dem Yvonne Stöcker damals das Internat besuchte.«

*

Ihre Wasserflaschen, die sie für unterwegs eingepackt hatten, waren leer getrunken. Das Wetter meinte es wirklich gut mit ihnen. Die Sonne knallte vom Himmel, und selbst der Wind hielt vollkommen still. Ruth hatte zum wiederholten Male das Gefühl, gar nicht an der Nordsee, sondern an der Adria zu sein.

»Ich brauche Nachschub für meine durstige Kehle.« Oskar zeigte auf seinen Hals. »Wie weit ist es noch?«

Sie waren bis zum Leuchtturm gefahren, hatten eine kurze Pause eingelegt und beschlossen, morgen oder übermorgen zurückzukommen, um die 253 Stufen zu erklimmen. Anschließend waren sie weiter Richtung Ostheller geradelt und hatten ihre Räder durch das Vogelschutzgebiet Richtung Grohdepolderdeich geschoben. Ab da ging es auf dem Deich an der Wattseite zurück Richtung Hafen, nicht ohne auf der Höhe des Flugplatzes anzuhalten und Start und Landung zweier kleiner Maschinen zu verfolgen.

Ruth ließ den Blick ins Weite schweifen. Sie genoss die gleichmäßige Bewegung der Räder, die fast wie von selbst über den Deich glitten. Links lag das Festland, das so nah erschien und trotzdem weit weg war. Weg mit allem, was es an Sorgen, Aufregungen und Alltäglichkeiten bot. Ruth fand es absolut faszinierend, wie sehr die Inseln dazu beitrugen, sich vom gewohnten Leben zu entfernen. Wie gut, dass sie noch über eine halbe Woche auf der Insel bleiben konnte.

Als der Deich zurück Richtung Golfplatz führte, zeigte Ruth verwundert auf große Farbplatten, die rechter Hand in Metallgestellen aufgebockt waren.

»Was ist denn das?«, rief sie. »Ein Kunstobjekt? Aber macht das Sinn, hier draußen, oder gehört das mit zur künstlerischen Aussage? Vielleicht eine Installation zum Umweltschutz«, überlegte sie laut.

Anne lachte. »Gute Idee, aber falsch. Oskar, hast du eine Vorstellung, was es sein könnte?«

Oskar war vom Fahrrad abgestiegen und fotografierte ein paar Gänse, die zwar misstrauisch zu ihnen blickten, aber sich nicht weiter beeindrucken ließen. »Moment, ich bin gleich bei euch.«

Er drehte sich um und hielt die Kamera im Anschlag. Ein Grinsen zog sich über sein Gesicht. »Ah, endlich mal live und in Farbe. Ruth, darf ich dein Telefonjoker sein?«

»Telefonjoker?«

»Anscheinend siehst du keine Quizshows im Fernsehen. Zu diesen Platten gab es gefühlt in jeder Ratesendung die passende Frage: »Worum handelt es sich hierbei? Natürlich mit vier mehr oder weniger sinnmachenden Antwortmöglichkeiten.«

»Ach okay, ich verstehe.« Sie wandte sich an Anne. »Dann möchte ich gerne meinen Telefonjoker anrufen.«Anne rollte die Augen. »Na komm, spuck es aus. Journalisten gehören wohl zur Gattung Alleswisser.«

»Ja, Berufskrankheit.« Oskar knipste schnell Annes zusammengekniffenes Gesicht und dann die Farbplatten. »Es ist eine sogenannte Bewitterungsanlage. Hier werden die Farben für Verkehrsschilder auf ihre Beständigkeit und Lebensdauer getestet.«

Oskar stand dort wie ein Klassenprimus, dachte Ruth. Aber ein schelmischer, glücklicherweise. Denn alles andere hätte sie abgestoßen.

»Der Kandidat hat 100 Punkte und gibt gleich eine Schorle aus«, polterte Anne und schwang sich aufs Rad. »Fahren wir weiter? Ich wäre sehr für ein Stück Kuchen im Hygge.«

Das ließen sie sich nicht zweimal sagen. Ziemlich schnell radelten sie am Golfplatz und am Campingplatz vorbei zum Südstrandpolderdeich. Auch hier ließen sie die Blicke über das Naturschutzgebiet schweifen. Wie weit entfernt sie hier doch von der Partyinsel waren, dachte Ruth. Kaum zu glauben, dass beides zu Norderney gehörte. Zum Schluss umrundeten sie das Surfbecken mit dem grauen Holzbau der Surfschule und den bunten Segeln der Surfschüler. Nun war es nicht mehr weit – sie passierten den Jachthafen, fuhren durch das Hafengelände, überholten erneut eine der Bömmelbahnen, die mit einer neuen Fuhre Touristen unterwegs war, und kamen erhitzt am Fähranleger an.

»Jetzt muss das Glück nur mit uns sein, und wir erwischen einen der wenigen Außenplätze im Hygge. Das wäre genial.«

Und als hätte es Anne mit ihren Worten beschworen, erhoben sich gerade zwei Gäste von ihrem Tisch, als sie die schmale vorgelagerte Terrasse des Cafés betraten.

»Und?«, fragte Anne mit Besitzerstolz, als wären sowohl der Ort, die Lage als auch das Lokal an sich ihr eigener Verdienst.

Ruth legte die Hand vor die Augen und sah sich um. »Klasse! Gefällt mir gut. Sehr gut sogar.«

»Wahnsinn. Die Frisia direkt vor unserer Nase.« Oskar zeigte auf die Fähre, die fast in Reichweite auf die nächste Abfahrt wartete.

»Das kommt noch besser. Ich liebe es, wenn die Schiffe abfahren und mir bewusst wird, dass ich nicht mitfahren muss. Dieses Gefühl ist immer noch da, obwohl ich seit fast drei Jahren auf der Insel lebe und arbeite.«

Sie hatten Platz genommen und nach der Karte gegriffen. »Apfelschorle ist gesetzt. Was haltet ihr von einem Stück Kuchen? Der ist wirklich lecker und zu empfehlen.«

Tatsächlich schmeckte es ihnen allen vorzüglich. Die Getränke kamen in Gläsern, in deren Boden kleine blaue und weiße Steine leise aneinander klimperten.

»So lässt es sich aushalten, was?«, fragte Ruth und hielt ihr Gesicht in die Sonne.

»Ja, ich finde, die Insel hat gewonnen mit diesem schönen Ort. Martin und ich kommen gerne zum Frühstück her, besonders, wenn wir samstags vorher auf dem Tennisplatz waren.«

Ruth lächelte nervös. Dass Martin Tennis spielte, daran hatte sie sich noch nicht gewöhnt. Auch stieg eine unangenehme Erinnerung an ihr Zusammentreffen an der Ostsee im letzten Jahr in ihr auf. Schnell wischte sie den Gedanken beiseite, das war vorbei und nichts, worüber sie nachdenken wollte. Sie schaute zu Oskar. Gerade jetzt nicht, wiederholte sie in Gedanken. »Magst du ein Foto von Anne und mir machen?«, fragte sie stattdessen, obwohl sie wusste, dass es eine Verlegenheitsfrage war. Denn normalerweise bat sie nicht freiwillig um Fotos von sich. Trotzdem strich sie sich die Haare aus dem Gesicht und lächelte Kopf an Kopf mit Anne in die Kamera.

»Ich habe Fotos von gestern von euch beiden.«

»Von gestern?«, fragte Ruth und brauchte einen Moment, um zu realisieren, dass erst gestern die Hochzeit gewesen war.

»Ja, ich habe dem Hochzeitsfotografen Konkurrenz gemacht. Wobei ich ihm das Brautpaar überlassen habe. Ich habe versucht, mehr von der Landschaft und der Stimmung aufzufangen. Und eine Menge Passanten habe ich abgelichtet, besonders die Cosplayer. Über die war ich wirklich überrascht.«

»Cosplayer«, wiederholte Ruth nachdenklich, während sie zusah, wie Anne mit gerunzelter Stirn über ihr Smartphone wischte. »Bis gestern wusste ich gar nicht, was das ist.«

»In Bonn gab es lange Zeit eine regelmäßige Convention, da musste ich berichten. Und im letzten Jahr war ich beim Japan-Tag in Düsseldorf. Das ist ein Riesenspektakel, weil Düsseldorf die größte japanische Gemeinde Deutschlands hat. Überall nur Mangas und Animes, als wären sie aus den Comics entflohen. Später gibt es ein gewaltiges Feuerwerk. Wirklich sehenswert.«

»Tja, es schwappen mittlerweile viele Trends auf die Insel. Da ist dann nichts mehr mit beschaulich, nordisch und hygge. Pfingsten hättet ihr mal das Aufgebot an Polizei und Drogenspürhunden sehen sollen.«

»Was sagt Martin dazu?« Ruth kreiste ihr Glas in der Luft, bevor sie einen weiteren Schluck trank.

»Ach, es ist eine Gratwanderung. Er muss vermitteln zwischen allen Fronten. Den Insulanern, den Zugezogenen, der unzufriedenen Jugend, den Partygästen, den Schickimicki-Gästen, den Traditionalisten in der Polizeiarbeit und den Verstärkern, die sich oft ein paar ruhigere Wochen auf der Insel erhoffen. Aber auf allen Ebenen spitzen sich die Ansprüche zu.«

Ruth wies mit dem Kinn in Richtung des Smartphones in Annes Händen. »Du machst dir Sorgen?«

»Ja, schon. Das ist gerade eine Menge, was passiert. Aber es sieht so aus, als hätten er und Frau Lichterfeld zumindest einen Anhaltspunkt. Ist wohl ziemlich viel Recherchearbeit gerade. Da ist es nicht günstig, dass Sonntag ist.«

»Also Überstunden?«, fragte Oskar.

»Ja, das sowieso. Für ihn selber ist das nicht schlimm. Er hat aber ein schlechtes Gewissen, wenn er seine Mannschaft mit Zusatzschichten belasten muss.«

Ein lautes Dröhnen verkündete, dass sich nebenan die Frisia III startklar machte. Oskar sprang auf und hielt seine Kamera im Anschlag. Als der vertraute Ton zur Abfahrt erklang und sie sogar die Stimme des Kapitäns hören konnte, der die abreisenden Gäste begrüßte, verstand Ruth, was Anne eben gemeint hatte. Ja, es war ein schönes Gefühl, hier bleiben zu dürfen, während andere zurück zum Festland mussten.

»Da fällt mir ein: Wir wollten Martin fragen wegen dem, was Frau Dirkens ausgesagt hat. Dass der Radfahrer, der sie umgefahren hat, ihrer Meinung nach Olaf war. Ob Martin da etwas erfahren hat?«

»Ist wahrscheinlich nicht so wichtig. Wo doch der Mord an dem Mädchen Vorrang hat. Und Frau Dirkens geht es ja gut.«

»Stimmt. Da hast du recht.« Ruth sah hinaus auf das Wasser. Das tote Mädchen und die tote Mutter. Hörte sich alles nach einer Beziehungstat an. Heftig. Sie fröstelte. Als Psychologin waren es genau solche Fälle, die ihr die Abgründe der menschlichen Seelen gezeigt hatten. Das Böse im Menschen. Wozu war jemand fähig und was brauchte es dazu? Es würde sie interessieren, wie weit Martin mit den Ermittlungen gekommen war. Vielleicht konnte sie zu dem, was ihm vorlag, aus psychologischer Sicht etwas beisteuern?

Sie war ganz in Gedanken versunken, als Anne plötzlich sagte: »Ach, weißt du was. Ich frage ihn trotzdem. Wer weiß?«

Irritiert schaute sie auf. »Was willst du fragen?«

»Die Vermutung mit Olaf. Ob er etwas erfahren hat.«

Ruth hatte das Gefühl, dass Anne jedes Mittel recht wahr, das ihr Gelegenheit bot, mit Martin in Kontakt zu bleiben, aber letztendlich konnte es ihr egal sein. Nur weil sie ein ziemlicher Beziehungsmuffel war, musste sie das Verhalten anderer nicht immer abwerten. Manchmal wünschte sie, sie könnte mehr so wie Anne sein. Nur, dass ihr jemand wie Martin dazu fehlte.

*

Nicole konnte es immer noch nicht fassen, was Ingrid Folkerts ihnen für eine Geschichte aufgetischt hatte. Irgendwie passte alles von dem, was sie tat und sagte, überhaupt nicht zusammen. Auch Olaf schien zu grübeln, wie sie weiterverfahren sollten. Er saß zusammengesunken neben ihr im Polizeiwagen und starrte auf seine Knie.

Nicole räusperte sich. »Also ehrlich, Olaf, ich bin raus. Im Moment blicke ich nicht mehr durch, wer in dieser unseligen Geschichte überhaupt irgendetwas getan hat. Was meinst du? Du kennst Ingrid Folkerts doch ein Leben lang.«

»Das ist es ja gerade«, antwortete Olaf, ohne aufzublicken. »Nur zu gerne würde ich Ingrid glauben. Das ist keine einfache Sache, wenn man eine Insulanerin einer solchen Tat verdächtigen muss. Wir reden nicht über einen Ladendiebstahl.«

»Aber wie erklärst du dir, dass sie mit einer gepackten Tasche in ihrer Küche saß und quasi auf uns wartete. Sie war felsenfest davon überzeugt, dass du einen Haftbefehl dabei hast. Im ersten Moment dachte ich sogar, sie wäre enttäuscht, als sie merkte, wir wollen sie nur befragen.«

»Ja, das weiß ich auch nicht.« Olaf hob den Kopf und klappte die Blende auf der Beifahrerseite herunter, weil die Sonne genau auf die Windschutzscheibe fiel.

»Ich habe die ganze Zeit gedacht, sie wartet darauf, dass du Beweise auf den Tisch legst. Und ehrlich gesagt, nachdem, was du vorhin im Polizeirevier geäußert hattest, bin ich davon ausgegangen, dass du mehr als Spekulationen in der Hand hast.«

»Bist du, ja?« Olaf rieb sich mit der Hand übers Gesicht. Mehr antwortete er nicht. Nicole sah ihn von der Seite an. Aber er machte keine Anstalten, Weiteres hinzuzufügen.

»Sag mal, Olaf, kann das sein, dass es gar nicht um Martin geht, dem du es gönnst, wenn etwas falsch läuft, sondern dass du gegenüber Ingrid Folkerts Skrupel hast, die Dinge beim Namen zu nennen?«

»Welche Dinge denn?«, spie Olaf zischend aus, sodass sich ein feiner Nieselregen Spucke auf dem Armaturenbrett ausbreitete.

Nicole sah angeekelt zum Fenster hinaus.

»Also, so kommen wir nicht weiter. So richtig gebracht hat das nichts. Ja, du hast Ingrid Folkerts gefragt, ob sie nicht mit der Wahrheit rausrücken will. Ja, du hast Andeutungen gemacht, dass du an der Todesursache von Anneliese Hansen Zweifel hast. Aber alles ohne Begründung. So sehr ohne Begründung, dass selbst Frau Folkerts große Augen machte. Fand ich zumindest. Es hätte mich nicht gewundert, wenn sie in unserem Beisein pfeifend die Tasche, die sie für die vermeintliche Untersuchungshaft vorbereitet hatte, ausgepackt hätte. Also muss es doch etwas Handfestes geben, was ihr beide wisst. Olaf, halt mich bitte nicht für blöd. Was habt ihr für eine gemeinsame Sache laufen?«

»Nichts. Ich brauche Zeit zum Nachdenken. Du hast gehört, was sie gesagt hat. Dass sie höchstwahrscheinlich Anneliese vom Freitod hätte abhalten können. Es aber nicht getan hat, weil es ihr als ausgleichende Gerechtigkeit erschien. Sie hat sich also ähnlich verhalten wie Anneliese gegenüber Hilmar. Unterlassene Hilfeleistung. Möglicherweise Hilfe zur Selbsttötung.«

»Das ist ein springender Punkt.« Nicole schlug auf das Lenkrad. »Bisher war gar keine Rede davon, dass Ingrid und Anneliese Kontakt vor ihrem Freitod hatten. Hätten wir in diese Geschichte nicht mehr reingemusst? Konfrontieren? Nachfragen? Die Zeitangaben überprüfen?«

»Was soll Ingrid konkret gemacht haben?«, fragte Olaf so leise, als spräche er nur zu sich selbst. »Womit denn konfrontieren? Bei Anneliese Hansen gab es schließlich keinerlei Hinweise auf Fremdeinwirkung.«

Nicole ließ sich Olafs Worte durch den Kopf gehen. Es gab nichts, dem sie hätte widersprechen können. Und dennoch. Irgendetwas stimmte nicht. Sie war sich sicher, dass Olaf etwas zurückhielt. Das hatte wohl damit zu tun, dass er eine Scheu hatte, der Folkerts die Pistole auf die Brust zu setzen. Und diese hatte das gespürt.

Sie zündete den Wagen. »Gut, dann fahre ich zur Wache zurück. Wenn es nichts weiter gibt, hat es sich wohl erledigt, Martin zu informieren, habe ich recht?«, fragte sie, während sie den Blinker setzte und nach links über die Schulter schaute. Doch sie fuhr nicht los, sondern ließ ihren Kopf nach rechts zu Olaf schnellen.

Sie sah, wie sein Gesicht rot anlief. Er drückte auf den Fensterknopf, obwohl die Scheibe längst unten war. Mit zwei Fingern der linken Hand fuhr er sich in den Hemdkragen. »Wie gesagt. Ich muss erst nachdenken. Vielleicht habe ich etwas falsch verstanden oder zusammengezählt. Gestern Abend. War ja schon spät. Und ich hatte einen langen Dienst hinter mir. Das, was gestern passiert ist, ist uns allen ziemlich nahe gegangen.«

Nicole konnte nicht dagegen argumentieren. Den Mord an einem jungen Menschen erleben und aufnehmen zu müssen, galt als das Schlimmste, was die Polizeiarbeit bot. Sie selbst war heilfroh, dass sie das Ganze nur von der Peripherie aus mitbekommen hatte. Das half, die Ereignisse zur Seite zu schieben. Und vielleicht sah sie tatsächlich aus genau diesem Grund weiße Mäuse, wo es keine gab. Wollte einen Nebenschauplatz, um den Haupttatort zu umgehen. Trotzdem – so ganz war sie nicht überzeugt. Wenn es später Gelegenheit gab, würde sie Martin zu Rate ziehen. Denn irgendetwas war mit Sicherheit faul an der Sache.

*

»Wollen wir los? Ich glaube, ich glühe heute Abend wie eine rote Weihnachtskugel. Zu viel Sonne zu nah am Wasser.« Ruth strich sich mit den Fingern vorsichtig über ihre Wangenknochen. Die Haut spannte verdächtig.

»Nicht gut.« Anne sah sie besorgt an. »Hättest mal etwas sagen sollen, ich habe genug Sonnenschutzcreme zu Hause.«

»Ach was.« Ruth winkte ab.

»Die Haut merkt sich alles. Die Folgen sind oft Jahrzehnte später erst zu spüren.«

Ruth musste lachen. »Jahrzehnte später ist doch gut. Dann

rechne mal hoch. In 30 Jahren ist es wahrscheinlich egal, welche Krankheit ihre Finger nach mir ausstreckt.«

»Nicht witzig.« Anne drohte ihr mit dem Finger. »Nicht, dass du noch an meine Worte denken wirst.«

»Ach, weißt du, die braun gebranntesten Menschen meines Lebens habe ich tatsächlich in einer Hautarztpraxis gesehen.«

»Sag ich doch.«

»Nein, nein, als Arzt und Angestellte. So wie den übergewichtigen Internisten oder den schnapsbrennenden Gastroenterologen. Das Leben ist nun mal ein Risiko.«

Anne schaute einen Moment verdutzt, aber grinste dann. »Also gut. Überzeugt. Dann auf zu unseren Rädern. Aber wir fahren ordentlich. Ich will nicht als die rasende Chirurgin auf unserer Unfallstation landen.«

»Sagt mal«, Oskar hatte den Schlüssel seines Rades ins Schloss gesteckt und schaute sich suchend um. »Wo ist eigentlich diese Kleingartenanlage auf Norderney?«

Anne drehte sich zu ihm um und runzelte fragend die Stirn. »Die Kleingartenanlage? Welche meinst du? Wir haben nicht nur eine auf der Insel.«

»Ach, wirklich? Diese Insel überrascht mich immer wieder. Ich dachte, so Schrebergärten gäbe es nur in den Ausläufern von Städten und Industriegebieten. Also, so als Gartenersatz für Mieter, die keinen eigenen Garten in ihren Wohnanlagen haben. Nicht so wirklich typisch für Norderney, würde ich zumindest meinen.«

»Mit der Begründung magst du recht haben. Trotzdem gibt es eine rege Kleingartenkultur. Warum das so ist?« Anne zuckte mit den Achseln. »Weiß ich nicht. Ich bin ja zugezogen. Habe ich mir nie Gedanken zu gemacht.«

»Die Bebauung im Zentrum ist recht eng«, mutmaßte Ruth. »Da scheint mit den Vorbauten und überbauten Veranden jeder Zipfel ausgenutzt zu sein. Für Gärten bleibt nicht viel übrig. Oder sehe ich das falsch?«

»Könnte sein. Aber warum interessierst du dich dafür, Oskar?«

»Wegen des Toten im Regenfass. Ich würde gerne dort vorbeifahren.« Oskar schaute verlegen von Anne zu Ruth.

»Was ist das denn? Bist du so ein Schaulustiger?« Anne kniff die Augen zusammen. »Man lernt bei Menschen nie aus.«

»Quatsch. Aber Journalist. Schon vergessen?« Oskar schien sauer zu sein.

»Ach ja. Tschuldigung.« Anne zog ihr Fahrrad aus dem Abstellgitter. »Es ist die Kleingartenanlage hier vorne.« Sie zeigte vage nach rechts hinter das Hafengelände. »Wir können gerne entlang fahren, wir kommen am Sportplatz und an der Mühle raus. Ist es für dich okay, Ruth?«

»Ja, klar. Auf alle Fälle.«

Anne schwang sich auf ihr Rad und fuhr vor. Die Wege waren wirklich kurz. Schon an der nächsten Kreuzung bogen sie nach rechts in die Deichstraße, um dann dort, wo auf der einen Seite das Surfbecken begann, nach links in die Gartenanlage »Schlickdreieck« zu biegen. Langsam fuhr Anne auf das Tor am Eingangsbereich zu.

»Vielleicht sollten wir besser schieben. An solch warmen Tagen ist eine ganze Menge los. Da wird das nicht gern gesehen, wenn man mit dem Fahrrad durchsaust.«

An der Anlage führte ein schmaler Deich entlang, sodass man auf zwei Ebenen rechts an den Gärten vorbeifahren konnte. Nach links unten bog ein weiterer Weg ab. Auf diesen zeigte Anne: »Hier entlang. Gleich teilen sich die Wege.«

Überall in den Gärten wurde gearbeitet oder gegrillt. Fast überall standen die Türen der kleinen Häuser offen, sodass man einzelne Blicke auf ein Leben im Miniaturformat werfen konnte.

»Hat etwas von Puppenhaus, finde ich.« Ruth zeigte auf eine helle Holzhütte, vor der ein Tisch mit drei Klappstühlen aufgebaut war. Den Garten zierten Blumenrabatte, ein Brunnen, auf dessen Rand ein grüner Plastikfrosch saß, der in regelmäßigen Abständen quakende Geräusche von sich gab.

»Fast schon märchenhaft«, fügte Anne hinzu.

»Oder so. Stimmt auch.«

In einem der Gärten fand sich ein alter Anker, der zwischen den bunten Blumen vor sich hin rostete. Am Tor hingen die Schifffahrtspläne der Frisia aus, das dazugehörige Haus hatte eine maritime Farbgebung. Die schwarz-blau-weiße Flagge von Norderney flatterte an einem Fahnenmast, der direkt neben dem Haus stand.

Ein Stück hinter der Abzweigung blieb Anne vor einem Anwesen stehen und beugte sich über die niedrige Pforte, die rechts und links in eine dichte Hecke überging.

»Ist es hier?«, flüsterte Oskar ehrfürchtig, als wäre es möglich, dass der Leichnam noch immer kopfüber im Regenfass steckte.

Ruth musste leise lachen, auch wenn ihr der Tote natürlich leidtat.

Oskar sah sie gespielt böse an, fiel dann aber in ihr Lachen ein. »Lach du nur. Ich finde es gruselig, wenn ich zu einem Tatort komme«, schob er hinterher.

Anne blickte zu ihnen. »Es ist kein Tatort. Hier wohnen Ulf und Steffen. Ulf habt ihr kennengelernt.«

»Ja, Ulf haben wir kennengelernt«, seufzte Ruth, und diesmal grinste Oskar sie in stillem Einverständnis an. Sie dachten wohl beide an gestern Abend.

»Moin, Steffen!« Anne hatte wohl einen der beiden entdeckt. »Du hast es gut. In der Hängematte läge ich jetzt auch gerne.«

Ruth sah über Annes Schulter, wie der Angesprochene

sich mit schmerzverzerrtem Gesicht erhob und leicht gebeugt näher kam.

»Was ist los?« Anne deutete auf die Hand, mit der er den Rücken stützte.

»Keine Ahnung. Muskelzerrung vielleicht. Eine falsche Bewegung und der Schmerz war da. Aber es wird. Wahrscheinlich habe ich es mit dem Tennis übertrieben.«

»Bei dem Wetter kein Wunder. So viel Glück an einem Stück haben wir selten.«

»Und das muss ausgenutzt werden. Stimmt. Ulf ist schon wieder auf dem Platz.« Er deutete mit dem Kopf in die Richtung, wo Ruth die Tennisplätze vermutete.

»Weißt du etwas von der Sache, die gestern passiert ist?«, fragte Anne.

Steffens Gesicht verdüsterte sich sofort. »Ja. Ganz furchtbar. Melanie war eine Schülerin von mir.«

»Was?« Anne schaute schuldbewusst. »Entschuldige bitte.«

»Kein Problem. Wirst du eh von Martin erfahren.«

»Warst du gestern dabei?« Annes Stimme klang ungewohnt unsicher.

»Nein. Der Rücken. Also, nur am Anfang. Bin vor dem ersten Treffpunkt weg. Was ich mir vorwerfe.«

»Aber wieso? Du hättest doch nichts verhindern können. Ist das nicht erst passiert, als das Treffen vorbei war?«

»Ja. Trotzdem.« Steffen zeigte auf seinen Rücken. »Du, ich glaube, ich muss. Mich hinlegen. Okay?«

»Klar, okay. Wenn du etwas brauchst, melde dich. Irgendeine Salbe, Tabletten?«

»Nein, nein. Geht schon. Bin doch Sportler.« Er lächelte zaghaft.

»Eben deswegen.« Anne verzog halb grinsend den Mund. »Also, gute Besserung. Und grüße Ulf.«

»Mache ich. Und du Martin. Ich nehme an, er kommt vorbei. Von wegen Zeugenaussage. Tennisspielen kann ich diese Woche nicht.«

Anne schüttelte den Kopf. »Kann sein. Mit Martin, meine ich. Also dann. Werde schnell fit.« Sie hob die Hand zum Gruß, während Steffen sie alle mit dem Kopf nickend verabschiedete, bevor er zu seiner Hängematte zurückhumpelte.

»Wow, wohnen die beiden hier draußen?« Oskar zeigte auf einige Skulpturen im Garten. Auch das Haus wirkte moderner als die anderen Gartenanlagen. Alles schien eine ironische Note zu tragen, eine mintgrüne Gartenbank mit silber glänzenden Kissen, daneben ein Sitzmöbel aus Paletten mit einer roten Matratze und passenden Rücken- und Armstützen, eine Regenbogenflagge, die unterhalb der Fenster an die Holzwand gepinnt war – das alles machte einen zusammengewürfelten Eindruck, der aber keineswegs unharmonisch wirkte.

»Nein, nein, natürlich nicht. Hier draußen wohnt niemand. Offiziell natürlich. So richtig kontrollieren kann das niemand. Will wahrscheinlich auch keiner.«

»Solange nichts passiert«, warf Ruth ein.

»Stimmt.« Anne zeigte zu einem weiteren Garten, an dem Ruth Reste des polizeilichen Flatterbandes erkennen konnte. »Was jetzt anders ist.«

»Aber dieser Steffen und Ulf fallen aus dem üblichen Muster, oder sehe ich das falsch? Ich meine, in Köln kräht da kein Hahn mehr nach, aber hier?« Er zeigte auf die Häuser rechts und links.

»Ach, die Insulaner lassen sich so schnell nicht erschüttern. Hier wird darüber wahrscheinlich weniger Aufsehen gemacht als in Köln, wo der Scheinwerfer auf alles Besondere gerichtet wird. Schau dir den Christopher Street Day an. Hier tut man so, als wüsste man gar nicht, um was es geht, und gut ist es.«

Oskar drehte sich zu Steffens Garten um. »Die beiden haben jedenfalls eine Idylle gefunden.«

»Ja, bestimmt. Ulf ist beruflich ziemlich viel auf dem Festland. Auf der Insel haben sie eine kleine Wohnung, wie das nun mal so ist. Der Garten ist ihr Rückzugsort.«

»Nicht schlecht. Vielleicht kann ich die beiden für eine Reportage gewinnen. Weil sie so gar nicht dem üblichen Typ Kleingartenbesitzer entsprechen.«

»Siehst du mal.« Anne lachte. »Norderney ist immer wieder gut gegen Schubladendenken.«

Ruth hatte neben den beiden mit ihrem Wortgeplänkel ihr Rad weiter bis zur Gartenanlage mit dem berüchtigten Regenfass geschoben. Nachdenklich schaute sie auf den Ort des Geschehens. »Das ist aber nicht das Gartenhaus von Hansens gewesen?«

»Nein, nein«, antwortete Anne. »Das ist ein paar Grundstücke zurück. Wie und warum Hilmar auf diesem Grundstück im Fass gelandet ist, ist das große Geheimnis. Zumal er schon tot war. Wenn das, was Anneliese gesagt hat, stimmt, hatte er die Herzbeschwerden auf seinem Grundstück. Wenn er nach Hause wollte, wäre das ein Umweg gewesen. Und den geht man nicht mit einer akuten Angina pectoris.«

»Wirklich eine seltsame Geschichte.« Ruth klappte den Fahrradständer aus und stellte sich auf Zehenspitzen, um in den Garten zu schauen. »Und es haben sich keine Zeugen gefunden, die etwas gesehen oder gehört haben?«

»Soviel ich weiß, nicht.« Anne schob die Lippe vor und kaute auf ihr herum.

»Aber wie kann das sein? In einer Sommernacht?« Oskar und Ruth hatten gleichzeitig die gleichen Fragen gestellt. Verblüfft sahen sie sich an.

»Ja, wenn ihr beide das Gleiche denkt, wird Martin das auch gerne wissen wollen. Aber ich fürchte, neben dieser Melanie und ihrer Mutter spielt dieser Todesfall keine so große Rolle.«

»Und wenn doch?« Ruth merkte erst, dass sie laut gedacht hatte, als sie in die neugierigen Gesichter der beiden sah. Sie hob abwehrend die Hand. »Da ist irgendein Gedanke, den ich nicht zu fassen bekomme. Also, lasst mir ein wenig Zeit. Bitte.« Sie stieg auf ihr Fahrrad und fuhr los, ohne zu wissen, wohin. Wie bloß bekam sie den losen Gedankenfaden gepackt?

*

Nicole und Olaf betraten zwar zusammen die Polizeiwache, aber Olaf verkrümelte sich Richtung Teeküche, während Nicole an Martins Türe klopfte.

»Störe ich?«, fragte sie.

Martin und Frau Lichterfeld hoben gleichzeitig den Blick vom Computer. Auf ein so harmonisches Bild war Nicole nicht eingestellt, für einen Moment fehlten ihr die Worte.

»Was gibt's denn?«, fragte Martin, ungeduldiger, als sie es von ihm kannte.

»Nichts Wichtiges. Vorläufig. Vor Dienstschluss würde ich gerne mit dir sprechen. Ich wollte uns zurückmelden, Olaf und mich.« Nicole sah Martin mit großen Augen an und betonte den Namen des Kollegen. Martin sprang nicht darauf an. Hätte sie sich ja denken können, versteckte Botschaften waren nicht Sache von Männern. Aber sie wollte nicht die Welle machen mit etwas, das vielleicht gar keine Relevanz hatte.

Martin nickte nur und schaute auf den Bildschirm.

»Gibt es etwas Neues?«, fragte Nicole und zog sich das Haargummi ihres Pferdeschwanzes fest.

»Vielleicht«, antwortete Martin, ohne aufzublicken. »Wir sind mittendrin.« Ohne erkennbaren Anlass schlug er plötzlich mit der flachen Hand auf den Schreibtisch. Nicole sprang in der Tür zurück.

»So ein verdammter Mist. Warum passiert so etwas immer dann, wenn man in keiner Behörde, in keiner Bank jemanden erreichen kann?«

»Das stimmt ja so nicht.« Frau Lichterfeld klopfte mit einem Kugelschreiber, den sie bisher waagerecht zwischen ihren Fingern eingeflochten hatte, auf einen Block, der neben ihr lag. »Wir haben die Sozialarbeiterin gesprochen, wir haben den Geburtsort von Yvonne Stöcker, die richtige Schule – immerhin eine ganze Menge.«

»Ich habe das Gefühl, uns läuft die Zeit weg. Wenn wir ewig auf Auskünfte der Behörden warten müssen, was geben wir dem Täter da für Chancen.«

»Das ist nichts Neues, Herr Ziegler.« Frau Lichterfeld richtete sich auf und musterte Nicole, als nähme sie sie jetzt erst wahr.

»Haben Sie etwas zur Sache beizutragen? Mir war, als wollten sie sich bezüglich Ihres Kollegen äußern, Herrn Olaf …«, sie zog die Augenbrauen fragend hoch, wohl um deutlich zu machen, dass sie den Nachnamen nicht wusste.

»Maternus«, antwortete Nicole schnell. »Olaf Maternus.« Sie warf einen schnellen Blick über die Schulter, trat hastig in Martins Zimmer, schloss die Tür und stellte sich mit den Händen hinter dem Rücken so, dass die Türe von außen nicht ohne Weiteres geöffnet werden konnte. »Also, ich weiß nicht.« Sie spürte, wie die Röte, die sie immer dann erfasste, wenn sie in unangenehme Situationen mit Vorgesetzten geriet, langsam hochstieg. Hunderttausend Mal lieber ließ sie sich in Einsätze schicken, als Auskunft zu geben. Zumal sie dabei war, über einen Kollegen zu reden. So etwas wurde einem nicht so schnell verziehen, wenn nichts dran war.

»Ich höre?« Frau Lichterfeld wirkte auf sie wie ein Terrier, der den ersten Zipfel eines Hosenbeins zu fassen bekommen hatte. Aus der Nummer würde sie nicht mehr herauskommen.

»Ach, eigentlich nichts. Wir waren bei Frau Folkerts. Olaf, also ich meine Herr Maternus« – sie warf einen schnellen Blick zu Frau Lichterfeld – »treibt irgendetwas um, was er mit dem Tod von Anneliese Hansen nicht übereinbekommt. Aber so richtig raus mit der Sprache kommt er nicht. Und deswegen – na ja, erfolgreich waren wir nicht. In Wirklichkeit war das Ganze sogar eher umsonst.«

»Aber?« Frau Lichterfeld ließ sich nicht täuschen. Nicole hätte es sich denken können.

»Ich habe ein komisches Gefühl.« Sie hob abwehrend die Hände. »Ja, Gefühle sind keine Fakten. Und gerade deswegen will ich nichts lostreten. Die Ermittlungen wegen der Stöcker-Morde haben auf jeden Fall Vorrang.«

»Ich unterschätze Bauchgefühle keineswegs, Frau …?« Wieder ließ Frau Lichterfeld die Stimme oben.

»Ennert. Nicole Ennert.« Nicole nannte ihren Namen so dienstbeflissen, dass sie sich wie ein kleines Schulmädchen vorkam, das zum Direktor zitiert wurde.

»Frau Ennert. Wie gesagt, Bauchgefühle sind in unserem Job nicht verkehrt. Wenn es nicht dabei bleibt, sondern unsere Ermittlungen in die richtige Richtung lenkt. Also?«

Nicole nickte abwesend. In Gedanken legte sie sich die nächsten Worte zurecht. Nie und nimmer würde sie bei Frau Lichterfeld vage Vermutungen in den Raum stellen. Zumal sie solche nicht einmal hatte.

»Ehrlich gesagt kann ich gar nichts benennen«, erläuterte sie deswegen wahrheitsgemäß. »Ich wollte Martin bitten, ob er mit Olaf sprechen kann.«

Die Augenbrauen von Frau Lichterfeld schnellten in die Höhe. »Sie glauben, unter Männern funktioniert der Informationsaustausch auf der Wache besser?«

Nicole hörte die Kritik in ihren Worten und beeilte sich zu widersprechen. »Nein, nein. So war es keinesfalls gemeint. Ich glaube eher, dass Olaf mit Martin …« Sie stockte. »Also, dass Herr Maternus als Insulaner mit Martin als …«, sie brach ab.

Frau Lichterfeld schaute sie nachdenklich an. »Dass Herr Maternus mit einem Nicht-Insulaner als Dienststellenleiter hadert? Ist es das?«

Nicole zuckte die Schultern und antwortete nicht direkt auf die Frage. Stattdessen wandte sie sich an Martin. »Ich glaube, wir sollten raus, Streife fahren und so. War so eine Idee. Vielleicht später vor Dienstschluss. Dass ihr noch mal redet, ja? Also dann. Bis dahin. Und gutes Gelingen.« Sie hatte während des Redens die Tür aufgemacht und drückte sich rückwärtsgehend aus dem Zimmer, während sie mit der Hand winkte. Dann zog sie die Tür schnell zu, lehnte sich mit geschlossenen Augen dagegen und atmete erleichtert aus.

»Na, beim Chef über mich geredet, oder was gab es so Geheimnisvolles hinter geschlossenen Türen?« Wie aus dem Nichts stand Olaf vor ihr.

Nicole zuckte zusammen. »Quatsch«, versuchte sie ihre übliche Souveränität herzustellen. Wenn auch nicht ganz ohne schlechtes Gewissen. »Martin bittet uns, den Streifendienst aufrecht zu halten, die sind da drinnen wohl auf einer heißen Spur. Also los, oder brauchst du eine Pause?«

Sie konnte den Blick von Olaf nicht recht deuten, aber wohlwollend und kollegial wie sonst war er nicht. Irgendetwas war passiert, das ihr bisheriges gutes Verhältnis in Misstrauen hatte kippen lassen. Verdammt. Nicole sah auf die Uhr. Sie sehnte sich nach Feierabend.

*

»Hey, Ruth, stopp mal. Ich habe gesagt, hier unten nicht mit dem Fahrrad.« Anne rief Ruth vergeblich hinterher. Was war denn bloß los, dass Ruth sich so kommentarlos davonmachte?

Oskar grinste. »Ich mache mal eine Ausnahme.« Mit den Worten schwang er sich aufs Rad und fuhr Ruth hinterher.

Anne schüttelte resignierend den Kopf. Und wenn einer von den Gartenbesitzern sie sah, wäre sie schuld, weil sie als Einzige von ihnen Dreien auf der Insel lebte und die Regeln kannte. Aber egal. Vielleicht hatten sie Glück.

Was wohl nicht der Fall war, musste sie feststellen, als sie beim letzten Garten um die Ecke bog. Ruth lag auf dem Boden unter ihrem Rad, Oskar warf seines gerade zu Boden, wahrscheinlich, um Ruth zu helfen, und Ulf stand schnaubend vor den beiden: »Seid ihr des Wahnsinns, so um die Ecke zu fegen? Da hat niemand eine Chance.«

»Ist Fahrradfahren nicht verboten?«, blaffte Oskar dagegen, während er Ruths Fahrrad anhob.

Anne biss sich auf die Lippen. Oskar hatte Nerven, hatten er und Ruth doch selber auf dem Rad gesessen. Dementsprechend verblüfft schaute Ulf ihn an. »Ja, aber …«, stotterte er.

»Du als Einheimischer müsstest dich als Allererstes an die Regeln halten.« Oskar zeigte mit ausgestrecktem Zeigefinger auf sein Gegenüber. Wie Cowboys im Wilden Westen, dachte Anne belustigt. Manches Verhalten lag mehr in den Genen, als sie alle dachten.

Ulf schien nichts entgegenzusetzen zu haben, er grummelte etwas Unverständliches vor sich hin, dann nahm er Oskar Ruths Fahrrad ab, um es festzuhalten.

»Alles okay?«, fragten alle drei, als Ruth aufgestanden war und sich den Staub von den Armen und ihrer Jeans wischte.

»Ja, geht, danke«, sagte sie. Dann streckte sie ihre Hand Ulf entgegen. »Entschuldige bitte. Das war meine Schuld.«

»Schon gut. Wenn nichts passiert ist.« Ulf zog an den Trägern seines Tennisrucksacks. Dann schaute er Anne an. »Wo kommt ihr denn her?«

»Kleine Inselrundfahrt mit Kaffee im Hygge«, fasste sie kurz zusammen.

»Und warum seid ihr in den Schrebergärten?« Er fragte so misstrauisch, dass Anne sofort ein schlechtes Gewissen bekam.

»Versteh das nicht falsch. Wir sind keine Tatortgaffer.« Obwohl sie genau das waren. Ulf schaute irritiert.

»Wie, Tatortgaffer?« Sein Blick ging über sie hinweg. Sein Mund zuckte, die Augen flackerten. »Ist etwa wieder etwas passiert? Bei Steffen ist doch alles okay, oder?«

»Bei Steffen?« Für Anne nahm die Unterhaltung langsam skurrile Züge an. »Wieso bei Steffen?«

»Ach, Scheiße.« Ulf winkte ab. »Ich bin total neben der Spur. Es geht nicht komplett an einem vorbei, wenn dauernd etwas passiert auf der Insel. Steffen ist ziemlich angefressen. Dieses Mädchen – das war eine seiner Schülerinnen.«

»Stimmt.« Anne wippte auf den Zehen, während sie ihr Fahrrad zwischen sich hielt. »Kanntest du sie auch?«

Ulf nickte abwesend. »Flüchtig. Hat mal an den Feriencamps beim Tennis mitgemacht. Aber ich muss. Es ist also nichts Neues passiert?« Er deutete mit dem Kinn vage nach vorne.

»Nein. Ich dachte, du verdächtigst uns, nach der Regentonne Ausschau gehalten zu haben.«

»Ach ja, die Regentonne. Hilmar Hansen, der Giftzwerg. Auch wenn man nicht schlecht über Tote reden soll. Den habe ich ganz vergessen. Dabei ist das erst ein paar Tage her. Unfassbar, das alles. Auf unserer Insel.«

»Ja, tatsächlich. Auf unserer Insel.« Anne musste lächeln. Zu einem Einheimischen hätte sie diesen Satz nicht sagen dürfen.

»Wie gesagt. Ich muss dann. Nach Steffen sehen. Der hat sich ja gezerrt, am Rücken. Auf der Treppe bei der Aussichtsplattform. Na, das kommt davon, wenn man auf zu vielen Hochzeiten tanzt.« Ulf zog an den Trägern seiner Tennistasche, aus der die Griffe dreier Tennisschläger neben seinem Kopf in die Höhe ragten. Dann setzte er sich aufs Rad und fuhr mit einem kräftigen Tritt in die Pedale los, ohne sich explizit von ihnen zu verabschieden.

Anne schaute ihm verblüfft hinterher. »Aber du sollst hier nicht fahren«, kam ihr leise über die Lippen. Es laut zu rufen, hätte gar keinen Sinn gemacht, denn Ulf war außer Hörweite.

»Na dann«, sagte sie munterer zu den anderen, als ihr zumute war. »Ruth, bist du okay?«

Ruth nickte. »Also, das mit den Radfahrern, die die Leute umfahren. Das ist fast ein Running Gag. Wenn es nicht alles so ernst wäre«, schob sie hinterher.

»Apropos Radfahrer. Da fällt mir etwas ein.« Anne schaute sie nachdenklich an. »Hast du dein Kleid dabei? Wir wollten bei Sonja vorbei und fragen, ob sie es retten kann.«

Ruth zeigte auf ihren Rucksack. »Ja, keine Sonnenschutzcreme, aber das Kleid. Obwohl Sonja bestimmt nicht in der Stimmung ist, Ausbesserungsaufträge anzunehmen. Wo es doch ihre Schülerin war?«

»Kann sein.« Anne nickte nachdenklich. »Aber das wird sie uns sagen. Und wir können das Kleid einfach nur abgeben. Also, was meint ihr?«

*

Martin schob seinen Stuhl zurück und tastete unter dem Schreibtisch nach der Wasserflasche, die er dort üblicherweise abstellte. Klar, sie war leer. Konnte ja nicht anders sein. Sein Kopf schien zu platzen. Der Schlafmangel, die sich überschlagenden Ereignisse, der Druck, den er neben Frau Lichterfeld verspürte – so kam er nicht weiter. Wie gern würde er

Gelegenheit haben, mit Anne zu reden. Nur ein paar unverbindliche Worte, sie mussten nichts mit dem Fall zu tun haben, aber ihre Stimme würde ihm helfen, sich wieder einzunorden.

Einzunorden – was für ein Wort. Genau deswegen war er auf der Insel. Im Norden. Norderney. Der Sandhaufen, der ihm helfen sollte, zu sich selbst zu finden. Und alles geriet aus den Fugen. Die Todesfälle, das Gefühl seiner Unfähigkeit, das aus seinem Inneren erwuchs und nicht nur eine Projektion von außen war.

Er wünschte, für heute einen Schlussstrich ziehen zu können. Aber da er bei diesen Ermittlungen nicht das Sagen hatte, würde die Lichterfeld den Takt vorgeben.

Er stand auf, um eine neue Flasche Wasser aus der Teeküche zu holen. »Auch etwas zu trinken?«, fragte er, um eine Erklärung für das Verlassen des Raums zu liefern. Nun musste er sich in seinem eigenen Büro rechtfertigen. Er konnte nur hoffen, dass sie den Fall schnell gelöst bekamen.

Im Flur fiel einiges sofort wie Ballast von ihm ab. Er schraubte in der Teeküche die Wasserflasche auf und schüttete sich ein großes Glas ein. Der Kaffee, den Frau Lichterfeld sich wünschte, gab ihm die Gelegenheit, einige Minuten durchzuatmen. Nicht der Hardliner zu sein, als der er irgendwann seinen Polizeidienst angetreten hatte, machte ihm zu schaffen. Dabei gab es so vieles, was er an seinem Beruf liebte. Aber die derzeitigen Geschehnisse führten ihm seine Labilität krasser vor Augen als erwartet.

Er blickte auf das leere Glas in seinen Händen, während die Kaffeemaschine langsam zu brodeln begann. Er schenkte sich nach und leerte auch das zweite Glas komplett. Der Rülpser, der ihm entfuhr, roch säuerlich, aber es war, als würde er mit ihm die destruktiven Gedanken aus sich herauslassen.

»Sie sind ein guter Ermittler«, hatte die Psychologin ihm damals in der Therapie zurückgemeldet. »Gerade durch ihre

Sensibilität. Sie werden lernen müssen, mit den Belastungen, die diese Empfindsamkeit mit sich bringt, besser umzugehen: weniger auf Druck von außen reagieren, mehr bei sich selber bleiben.«

Genau das war der Punkt. Frau Lichterfeld machte ihm Druck. Wie sollte er damit umgehen, wenn sie sich seines Büros ermächtigte, ihn zum Handlanger degradierte? Natürlich brachten ihre Dienstgrade das mit sich, aber es gelang ihm nicht gut, damit zurechtzukommen.

Er merkte, wie er sich zunehmend beruhigte. Er schüttete den fertigen Kaffee in eine Tasse. Die kurze Pause von ihr hatte ihm gutgetan. Er streckte den Rücken durch. Er musste lächeln. Auf einmal wusste er, was zu tun war. Nur am Schreibtisch ließen sich keine Fälle lösen, das war eine alte Polizistenweisheit, die sich für ihn immer wieder bewahrheitet hatte.

Er klemmte die Wasserflasche unter den Arm, stülpte ein frisches Wasserglas darüber, nahm seins in die linke Hand und den Kaffee in die rechte. Als er mit dem Ellbogen die Tür seines Büros öffnete und ihr mit dem Fuß einen kleinen Tritt verpasste, war der Schwung anscheinend so groß, dass sie gegen das dahinterstehende Regal knallte. Etwas, das er bei seinen Mitarbeitern kritisierte, aber es spielte gerade keine Rolle.

Frau Lichterfeld sah ihn erstaunt an. Anscheinend spürte sie, dass sich etwas verändert hatte.

»Ziegler, was ist los?«, fragte sie und zog ihre Augenbrauen hoch.

Martin fiel auf, wie akribisch sie zu einer dünnen Linie gezupft waren, als wären sie eine Antwort auf die schmalen Lippen, unterbrochen nur von einer großen, aber sehr, sehr geraden Nase. Schnüfflernase, dachte er und musste grinsen. Manchmal half es, Vorgesetzte auf diese Art und Weise nahbarer zu machen.

»Wieso antworten Sie nicht? Ziegler, was ist los?«

Er stellte den Kaffee vorsichtig auf dem Schreibtisch ab und blieb mit dem Rest vor ihr stehen.

»Wissen Sie, Frau Lichterfeld, das Ermitteln auf einer ostfriesischen Insel bietet einen ungeheuren Vorteil vor der kriminalistischen Arbeit auf dem Festland.«

»Der da wäre?« Frau Lichterfeld legte tatsächlich den Kopf schräg, wie ein Vogel, der erstaunt ist, dass man ihm Futter zuwirft, statt ihn zu verjagen.

»Die frische Luft. Der Nordseewind, auch bei sommerlichen Temperaturen.«

»Aha. Und das heißt was?«

»Ich schlage einen Ortswechsel vor. Ausnahmsweise mal zu Fuß. Ich glaube, es ist wichtig, sich von den Akten und Fakten zu lösen.«

»Die nicht üppig sind.«

»Stimmt. Aber gerade deswegen hilft es manchmal, die Dinge aus einer anderen Perspektive zu betrachten. Oder darüber zu reden. Gemeinsam zu analysieren. Zu hinterfragen. Und dabei in Bewegung zu sein. Wussten schon die alten Griechen.«

Frau Lichterfeld lächelte. Martin sah es mit Erstaunen. Sie lächelte ihn tatsächlich an.

»So philosophisch?«

Aber es klang nicht spöttisch. Martin nickte.

»Und wohin sollten wir ihrer Meinung nach spazieren?« Sie sah ihn von oben bis unten an. Martin wusste, dass sie nach etwas suchte, was ihr sein verändertes Auftreten erklären könnte.

»Zum Tatort. Das heißt natürlich, zum mutmaßlichen Tatort.«

»An den Strand? Aber was sollen wir da? Die Spusi hat alles aufgenommen. Und mal ehrlich? Wie viele Leute sind dort inzwischen gewesen? Was sollen wir dort finden?«

Ihr Lächeln war versiegt.

Martin schüttelte den Kopf, verteilte die Gläser auf dem Schreibtisch und stellte die Flasche darunter. »Nein, nein. Nicht dieser Tatort. Sondern den der Mutter. Yvonne Stöcker. Jemand von der Spurensicherung ist möglicherweise vor Ort, oder? Ich würde mich gerne in Ruhe umsehen.«

»Nach einem Spaziergang über die Insel?«

»Nach einem fachlichen Austausch auf dem Weg dorthin. Wer weiß. Manchmal kommen mir unterwegs die besten Ideen.«

»Ideen?« Ihr Lachen war wieder spöttisch. »Mein lieber Herr Ziegler, mit Ideen kommen wir nicht weiter. Erkenntnisse brauchen wir. Erkenntnisse.«

»Warten wir es ab.« Er ließ sich diesmal nicht provozieren. »Manchmal liegen die Dinge nicht so weit auseinander wie es scheint. Also dann? Nach Ihrem Kaffee?«

Zum ersten Mal stand ihr Mund offen. Sie lächelte nicht. Weder spöttisch noch freundlich. Sie schaute ihn verblüfft an. Auf dem Tennisplatz würde er die Becker-Faust machen.

*

Sonja Mirschel war kaum mit der Frau zu vergleichen, die Ruth erst vor einigen Tagen kennengelernt hatte. Als sie die Tür öffnete, war kein Lachen in ihrem Gesicht, kein Glanz in ihren Augen. Selbst die Haare schienen spröde abzustehen, als wolle alles Äußere auf den inneren Zustand hinweisen. Verständlicherweise, fand Ruth. Immerhin war Sonja Mirschel die Lehrerin des toten Mädchens.

»Ist wahrscheinlich ziemlich unpassend, unser Besuch«, entschuldigte Ruth sich sofort, als Sonja sie drei fragend anschaute.

»Daran bin allerdings ich schuld. Entschuldige«, warf Anne ein.

»Ach, schon okay«, antwortete Sonja und schien erst jetzt wahrzunehmen, wer vor ihrer Tür stand. »Herr Ziegler war auch hier. Du bist doch mit ihm liiert, wenn ich das nicht verwechsle.«

»Ja, stimmt.« Anne blickte zu Ruth und deutete auf die Tasche. »Wir wollten nur etwas abgeben und fragen. Es hat aber alles keine Eile«, schob sie schnell hinterher.

Ruth zerrte das Kleid aus ihrem Rucksack. Sie sah, wie sich Sonjas Augen weiteten, als sie es erkannte. Sicher wunderte sie sich über Ruths achtlosen Umgang damit.

»Sorry, es ist im Rucksack, weil es kaputt ist.«

»Kaputt?«, fragte Sonja verständnislos.

»Ja, es gab gestern Nacht einen kleinen Unfall mit einem Fahrradfahrer. Ich bin gefallen. Dabei ist das Kleid gerissen. Und deswegen ist es so schmutzig.«

Sonja starrte bewegungslos auf das Kleid, als wisse sie gar nicht, warum Ruth damit zu ihr käme.

Anne schien die Verwirrung zu spüren. »Wir wollten es gerne hierlassen. Um zu sehen, ob es ausgebessert werden kann. Wenn du es dir einmal ansehen könntest. Ich meine natürlich irgendwann. Wenn wieder …« Sie brach ab.

Sonja nickte und streckte die Hand aus. Mechanisch, wie es schien. »Kommt doch einen Moment rein. Ich schau es mir an und kann dann sagen, ob sich etwas machen lässt.«

»Nein, nein«, sagte Ruth. »Ich lasse meine Karte hier. Dann kannst du dich melden. Irgendwann. Eilt nicht.«

»Bitte, ich würde mich freuen. Ein paar Minuten.«

Ruth schaute fragend zu Anne.

»Macht das ruhig«, mischte sich Oskar ein. »Ich fahre bei Daniela vorbei. Sie wundert sich mit Sicherheit, wohin ich entfleucht bin.« Er wartete gar nicht auf ihre Antwort, sondern fuhr los.

Ruth schaute ihm enttäuscht hinterher, aber beschloss

dann, Sonjas Bitte nachzugeben. Etwas in ihrer Stimme hatte Ruth angerührt.

»Setzt euch. Ich hole uns etwas zu trinken«, wies Sonja, ohne ein Antwort abzuwarten, auf die Couch, die neben einem großen Lehnsessel das Zentrum des Wohnraumes darstellte. Ein verhältnismäßig kleines Bücherregal, in dem viele Bildbände standen, ein Stapel Bücher auf dem Tisch und ein Stapel Zeitschriften neben dem Sofa zeugten genauso wie ein weißer Nähtisch am Fenster von Sonjas Interessen. An den Wänden fanden sich Landschaftscollagen aus verschiedenen Materialien, die auf Sonjas Leben als Kunstlehrerin hinwiesen. Alles in allem ein dezent gestalteter, heller Raum, der Ruth sofort gefiel.

»Tut mir leid für das Chaos, aber ich schaffe es in meiner kleinen Wohnung nicht sonderlich gut, die Funktionalität der Räume einzuhalten. Wohnungsnot auf Norderney heißt zu improvisieren, wenn man eine Wohnung hat.« Sie stellte drei Gläser und einen Krug mit Zitronenlimonade vor ihnen ab. »Die Limonade hat Babsi gemacht, bevor sie zurück aufs Festland ist. Sie hatte wohl Sorge, dass ich vor lauter Grübeln zu wenig trinke.«

»Schrecklich, was gestern passiert ist.« Ruth hatte sich aufs Sofa gesetzt und hoffte, dass Anne es ihr gleichtun würde.

»Es gibt gar keine Worte dafür. Ich frage mich unentwegt, ob ich etwas hätte ahnen können. Ob es einen Hinweis gab.«

»Das kann ich mir denken.« Ruth griff nach der Limonade. Alles an Sonja sprach dafür, dass sie jemanden als Gegenüber zum Sprechen brauchte.

»Die Polizei hat auch gefragt. Anfangs war ich echt sauer, weil ich dachte, sie unterstellen uns eine Schuld. Aber wir haben eingesehen, dass wir eng kooperieren müssen.«

»Wir?«, fragte Ruth.

»Babsi, meine Kollegin, und ich. Wir waren gestern diejenigen, die das Event begleitet haben.« Sie winkte ab. »Es war keine Schulveranstaltung, sondern rein privat. Trotzdem, die Mädchen und Jungen waren minderjährig, wir hatten so etwas wie eine übergeordnete Verantwortung. Und gehofft, Steffen wäre mit dabei, aber er war gehandicapt.«

»Stimmt, wir haben ihn vorhin getroffen.«

Sonja zuckte mit den Schultern. »Selbst wenn er dabei gewesen wäre, hätte es nichts genutzt. Das mit Milli ist erst passiert, nachdem das Shooting vorbei war. Aber ich habe auch ihn angerufen. Mit Babsi zusammen. Wie jeden anderen aus der Mangagruppe. Damit alle zusammen überlegen, ob irgendjemandem etwas einfällt. War in letzter Zeit irgendetwas anders? Hat Milli etwas angedeutet? War jemand bei ihr zu Hause? Hat sie einem von ihrer Mutter erzählt?«

»Und?« Anne schob sich auf dem Sofa nach vorne und spielte mit ihrem Glas. »Ist jemandem etwas aufgefallen?«

»Am meisten konnte Emma dazu sagen, aber leider nichts Konkretes. Eigentlich war alles wie immer. Milli hatte ihr versprochen, dass sie bei ihr vor und nach dem Event übernachten kann, dann hat sie das mit dem Hinweis auf ihre Mutter aber abgesagt. Emma war ziemlich sauer. Andererseits wusste sie um das Drama zu Hause.« Sonja stand auf und ging bis zur Nähmaschine. Sie schob einen Stoff beiseite, der dort lag, und nahm ein Schnittmuster auf. »Hauptsächlich habe ich das alles für Milli gemacht. Weil die Beschäftigung mit den Cosplayern ihr ein neues Selbstbewusstsein gab. Weil es sie rausholte aus der Welt ihrer psychisch kranken Mutter.«

»Was hatte die Mutter genau?«, fragte Ruth mit leiser Stimme.

»Eine Angsterkrankung. Ging wohl in schlimmen Zeiten nicht vor die Tür. Und die Zeiten waren schon länger schlimm. Aber uns Lehrern waren die Hände gebunden.«

Sie musste nichts erklären. Ruth wusste nur zu gut, wie das war. Dass es Außenstehenden kaum gelang, eine Behandlungsbereitschaft bei Betroffenen herzustellen, wenn der eigene Leidensdruck es nicht vermochte.

»Eigentlich hatte Milli nur die Schule und ihre engste Clique, vor allem Emma und Ben.«

»Und die beiden haben keine Ahnung?«

Sonja schwieg einen Moment. Schien durchzugehen, was sie in den geführten Telefonaten herausgefunden hatte. Dann schüttelte sie den Kopf. »Nicht wirklich etwas, was uns weiterbringt. Emma hatte zwar das Gefühl, das Milli etwas vor ihr verbarg. Aber es gab nichts Konkretes. Bis auf die Tatsache, dass sie sich vor dem Wochenende wegen einer Blasenentzündung hat behandeln lassen.«

Anne sprang auf. »Wegen einer Blasenentzündung?«

Sonja zog irritiert die Brauen zusammen und schien ihren eigenen Worten nachzulauschen, als könnten sie falsch gewesen sein. Doch dann unterstrich sie beharrlich: »Ja, eine Blasenentzündung, ganz sicher.«

»Und bei welchem Arzt war sie?«

Auch Ruth wunderte sich über die Nachdrücklichkeit, mit der Anne am Gespräch teilnahm. Eine Blasenentzündung war definitiv nicht die Todesursache und deswegen nicht von zentraler Bedeutung.

»Keine Ahnung. Das hat Emma nicht gesagt.«

»Dann rufen wir sie an. Bitte. Vielleicht ist das wichtig. Blasenentzündungen haben oft etwas mit Geschlechtsverkehr zu tun. Sage ich als Ärztin. Kann, muss aber nicht. Trotzdem: Vielleicht hat sie beim Arzt irgendetwas zur Ursache gesagt. Ein Versuch ist es wert, oder?«

*

Sie gingen schweigend nebeneinander her. Hingen beide ihren Gedanken nach. Ließen sich das bisher Zusammengetragene, das Gehörte, das Gelesene durch den Kopf gehen. Wo gab es den Anknüpfungspunkt? Was brachte sie auf die richtige Spur?

Martin wusste, dass es Frau Lichterfeld neben ihm genauso ging aufgrund der wenigen Fragen, die sie stellte. Trotzdem nahm sie im Gehen interessiert ihre Umgebung zur Kenntnis, wie Martin auffiel. Hielt den Blick nicht gesenkt, sondern musterte Häuser, Landschaft und entgegenkommende Menschen, als könnte das alles zur Lösung des Falls beitragen.

Martin gab nur wenige Erklärungen. Frau Lichterfeld kannte die Insel nicht besonders gut. Dienstlich schon gar nicht. Privat war sie aus dem innersten Kern und der Strecke zwischen West- und Nordstrand nicht herausgekommen. Martin hätte ihr gern erzählt und gezeigt, wie vielschichtig und abwechslungsreich die Insel und wie reizvoll dieses Zusammenspiel für ihn war. Aber dafür war keine Zeit. Er musste die Dinge in seinem Kopf bewegen, sortieren, neu arrangieren.

Er freute sich, dass Frau Lichterfeld energisch ausschritt und er seine gewohnte Schrittlänge beibehalten konnte, ohne sie allzu deutlich abzuhängen.

»Dass Melanie Stöcker jeden Tag den Schulweg auf sich genommen hat, das entspricht nicht dem Üblichen, oder?«, sprach sie ihn an, als das Haus von Yvonne Stöcker in Sichtweite war.

»Kommt darauf an. Viele Insulaner schicken ihre Kinder aufs Festland ins Internat. Vor allem, wenn sie das Gymnasium besuchen sollen. Mit der Gesamtschule auf der Insel sichern wir den Schulbesuch bis zum Übergang in die Oberstufe.«

»Aber …« Frau Lichterfeld vollendete den Satz nicht.

»Milli war nicht auf dem Gymnasium, sondern auf der Berufsfachschule. Und in einem Alter, wo man das zumuten kann, das Pendeln. Wie sie es als Auszubildende womöglich auch gemusst hätte.«

»Sind es viele, die morgens pendeln? Schüler, meine ich.«

»Wie gesagt. Das ist unterschiedlich. Aber tatsächlich nicht so viele.«

»Also gibt es wahrscheinlich niemanden, der den Weg täglich mit ihr gemeinsam genommen hätte, wie beispielsweise ein Klassenkamerad.«

»Hörte sich nicht so an. Ihre Freunde wohnen alle auf dem Festland. So berichtete es Frau Mirschel.«

Sie waren vor dem Haus angekommen, das mit einem Polizeiflatterband sichtbar als Tatort gekennzeichnet war. Die Haustür stand allerdings auf und der Wagen der Spurensicherung vor der Tür, mit zwei Rädern auf dem Bordstein und halb unter dem Absperrband.

»Vielleicht können uns die Kollegen etwas berichten. Bei Tageslicht finden sich oft andere Aspekte.« Frau Lichterfeld hob das Band für ihn an, und er bückte sich, um darunter durchzuschlüpfen.

»Nur ein Satz«, merkte er dabei an. »Interessanterweise pendeln zwei Lehrer von der Schule. Wenn sich also Fragen ergeben, ob Milli mit jemandem regelmäßig auf der Fähre gesehen wurde, wären das unsere Ansprechpartner.«

»Okay. Abgespeichert«, antwortete Frau Lichterfeld mit einem Klopfen des Fingers an ihre Stirn. Dann ließ sie hinter ihm das Band fallen und ging mit einem lauten Rufen ins Haus hinein.

Die Spurensicherung packte gerade die letzten Utensilien zusammen. Ihr Leiter fasste die bisherigen Erkenntnisse stakkatoartig für sie zusammen: »Alles weist auf zwei dauerhafte Bewohner hin. Mutter und Tochter. Kleidung, Zimmer, Toilettenartikel, Auswahl der Lebensmittel. Benutztes Geschirr: ein Wasserglas auf dem Wohnzimmertisch. Angebrochene Wasserflasche im Zimmer der Tochter. Alles andere im Schrank oder sauber in der Spülmaschine, die fertig durchgelaufen war.

Medikamente im ganzen Haus verteilt. Analgetika, also die klassischen Schmerzmittel, aber auch Antidepressiva, verschiedene Mittel, größtenteils angebrochen, zum Teil abgelaufen, an unterschiedlichen Lagerorten.

Interessant: Rechnungen und sonstiger Posteingang in einer Schreibtischablage auf dem Schreibtisch der Tochter, neben dem Laptop.

Auf dem Bett der Mutter wahllos Kleidungsstücke verteilt. Bett sieht unbenutzt aus. Mit geblümter Überdecke. Kleider sind von den Bügeln gestreift, die zum Teil auf dem Boden liegen.

Die Couch wirkt durchgelegen, deutliche Kuhle in der Mitte. Davor aufgereiht auf dem Couchtisch: Fernbedienungen, das Wasserglas, eine geschlossene Wasserflasche, eine angefangene Schachtel Pralinen. Aus dem Discounter. Ein Stapel Ratgeberliteratur in Reichweite.

Keine großen Wertgegenstände. Hauptsächlich Modeschmuck. Ein wenig zeitloser Silberschmuck. Eine Summe Bargeld im Zimmer der Tochter in einem Umschlag unter dem Laptop. Auf dem Schreibtisch eine Art Haushaltsbuch. Wirkt unvollständig.

Das Fenster im Zimmer der Tochter hat einen ausgeleierten Schließmechanismus. Spuren an der Fensterbank lassen vermuten, dass es als Ein- und Ausstieg genutzt wurde. Trotz erstem Stock und der rückwärtigen Lage. Spuren sind verwischt, zum Teil aber deckungsgleiche Profile mit den Schuhen der Tochter. Ein etwas breiterer und größerer Profilabdruck könnte der des Täters sein, vielleicht aber nur einfach ein Paar Sportschuhe, die oft ein oder zwei Nummern größer getragen werden. Aber kein Abgleichpaar vorhanden. Schuhgröße der vorhandenen Schuhe: Größen 39, mutmaßlich der Mutter, Größe 40 der Tochter.

So wie es aussieht, wurde das Opfer, also die Mutter, die Treppe heruntergestoßen. Das gibt die Spurenlage ziemlich eindeutig her. Sie muss versucht haben, sich festzukrallen. Fasern des Treppenläufers sind unter ihren Fingernägeln. Abgebrochene Nagelreste, verrutschte Handabdrücke am Treppengeländer, der Verschluss eines Ohrrings. Seltsamerweise steckte der Rest des Ohrrings aber noch an Ort und Stelle. Im Ohr.«

Martin starrte auf die Miene des Mannes, der die Augen halb geschlossen hielt und das alles ohne Pause herunterratterte. Kein Stocken, nicht eine einzige Pause war nötig gewesen. Selbst den letzten Nachsatz lieferte er wie ein Abschlussstück. Es war, als hätte er in seinen geschlossenen Lidern einen Teleprompter implantiert. Wer weiß, dachte Martin. Bei dem Fortschritt technischer Entwicklungen. Vielleicht lebte er mittlerweile hinter dem Mond. Dabei war dieser Kollege der Spusi nicht einmal ein besonders junger Vertreter, sondern eher sogar älter als er selbst. Wenn er denn mit seiner Schätzung richtig lag.

Frau Lichterfeld schien beeindruckt. Martin sah es am leichten Zucken ihrer Oberlippe, auch wenn sie scheinbar lässig mit ihrem gewohnten Nasalton antwortete. Martin war sich mittlerweile sicher, dass sie sich diesen Ton extra für solche dienstlichen Begegnungen antrainiert hatte. Strategien, um im Hochstatus zu sein. Ja, klar. Es gab Zeiten, da hatte er diese ganzen Selbstoptimierungs- und Führungsprogramme selbst durchlaufen.

Martin hatte keine Lust auf solche Spielchen. Schon lange nicht mehr. Deswegen bedankte er sich zuvorkommender, als er es üblicherweise gemacht hätte. Einfach, um den Kontrast zu unterstreichen.

Dem Leiter der Spusi schien die eine wie die andere Reaktion egal zu sein. Wie eine programmierte Maschine wandte er sich seinem Team zu, nicht ohne ihnen auf Martins Nachfrage die Erlaubnis zu erteilen, sich in Millis Zimmer umzuschauen.

»Ja, wir sind erkennungstechnisch durch.«

Dass sie beide Überschuhe und Handschuhe überstreiften, war selbstverständlich. Und so machten sie sich auf ins obere Stockwerk in Millis Zimmer.

Martin spürte, wie es ihm die Luft nahm, als er das Jungmädchenzimmer betrat. Als würde der Tod erst hier begreifbar. Die Rosengirlande, die Postkarten, die Nähmaschine. Auf einmal wurde so plastisch begreifbar, dass hier ein junger Mensch gelebt hatte. Geträumt hatte von einem Leben, das in der Zukunft lag. Eine Zukunft, die nie kommen würde.

Martin blieb neben ihrem Bett stehen. Laken und Kissen waren zerwühlt, die Bettdecke nach hinten geworfen. An der Wand daneben hingen unzählige Fotos in unterschiedlichen Formaten, zum Teil auf einfachem Druckerpapier und dadurch wellig und unscharf mit verblassten Farben. Geschminkte Gesichter, aufwendige Kleider, wie er sie gestern bei den Cosplayern gesehen hatte. Daneben alte Kinderbilder, diesmal als entwickelte Fotos, wie es bis vor ein paar Jahren Standard gewesen war. Ein Foto eines schüchternen Mädchens mit Affenschaukel-Zöpfen und überdimensionaler Schultüte. Daneben Klassenfotos. Grundschuljahre offensichtlich. Mehrere Bilder einer schönen Frau, die mit viel Fantasie als eine junge Yvonne Stöcker durchgehen konnte.

Frau Lichterfeld trat neben ihn und schaute schweigend mit ihm auf die Wand. »Kein Foto des Vaters?«

Martin steckte die Hände in die Taschen und beugte sich vor. Dann schüttelte er den Kopf. »Sieht nicht so aus. Überhaupt eine relativ männerarme Wand. Erstaunlich für das Alter. Bis auf Gruppenfotos, auf denen auch Klassenkameraden oder Cosplay-Freunde zu sein scheinen.«

»Vielleicht mochte sie lieber Mädchen, also im weiteren Sinne?« Frau Lichterfeld deutete auf mehrere Fotos von einem Mädchen, mit dem sich Milli in trauter Zweisamkeit zeigte. Mal Kopf an Kopf. Mal die Finger zu Herzen geformt. Mal sich gegenüberstehend mit Kussmündern. »Dieses Mädchen ist bei Weitem am häufigsten auf den Fotos.«

»Wahrscheinlich Emma. Wir werden sie auf jeden Fall vernehmen müssen. So wie diesen Ben.«

Frau Lichterfeld antwortete nicht. Für sie stand das wahrscheinlich sowieso fest. Martin ärgerte sich, dass er ihr so Belanglosigkeiten unterbreitete.

Er wandte sich ab, als sein Blick auf einen roten Strich an der Wand fiel. Ein Strich an einer Stelle, wo es eine kleine Lücke zwischen den Bildern gab. Noch mal beugte er sich weiter vor, sorgsam darauf bedacht, das Bett des Mädchens nicht mit seinen Knien zu berühren.

Frau Lichterfeld stand am Schreibtisch. »Es ist unglaublich. Melanie scheint tatsächlich für den ganzen Außenkontakt zuständig gewesen zu sein. Hier sind Rechnungen, Briefe von Versicherungen. Das kann doch wohl nicht wahr sein. Dass das keiner mitbekommen hat.«

Martin antwortete ihr nicht. Obwohl er sie gerne erinnern würde, dass sie versprochen hatten, den Namen Melanie nicht zu benutzen, wenn sie von dem jungen Mädchen sprachen. Aber das war nicht wesentlich. Wesentlich war, was er an der Wand entdeckte. Ein roter Streifen, der der Bogen eines Herzen sein konnte. Als hätte jemand auf einem Foto ein Gesicht, eine Person mit einem Herz umrahmen wollen und wäre mit dem Stift abgeglitten. Nur, wenn das so war, wo war das Foto? Das Foto, auf dem eine Person war, die

Milli womöglich mit einem Herz markiert hatte? Der Vater? Ein Freund? Der Täter?

»Ich glaube, ich habe etwas Interessantes«, stieß er hervor und hörte selbst, wie heiser seine Stimme plötzlich klang.

*

»Ja, natürlich weiß ich, dass Sie an die Schweigepflicht gebunden sind, Frau Kollegin. Es geht mir nicht anders.«

Ruth saß zusammen mit Sonja auf dem Sofa. Gebannt starrten sie auf Anne, die seit einigen Minuten versuchte, Informationen über Milli Stöcker zu erfragen, die sie augenscheinlich nicht bekommen durfte. Aber Anne gab nicht auf.

»Nein, Melanie Stöcker war nicht meine Patientin.«

Ruth versuchte, die Sprechpausen von Anne mit den Sätzen ihres unsichtbaren Gegenübers zu füllen.

»Sie haben vollkommen recht, das macht die Dinge für mich einfacher als für Sie. Aber glauben Sie mir, Frau Dederichs, es handelt sich um einen solch dramatischen Fall, dass ich wirklich auf Ihre Kollegialität gehofft hatte.«

Anne verzog das Gesicht und sprach schnell weiter – offensichtlich die andere unterbrechend. »Aber nein, so war das nicht gemeint. Ich habe nicht zum Ausdruck bringen wollen, dass ich das als übliches Vorgehen unter Ärzten ansehe. Ich rede von einer einzigartigen, aber dringenden Notsituation.«

Wieder trat Stille ein. Annes Zungenspitze erschien im Mundwinkel. Sie schaute Ruth an, aber der Blick ging durch sie durch.

»Ja, ich bin allein. Nein, die Polizei weiß nicht, dass ich mit Ihnen telefoniere. Ja, das ist richtig, ich bin mit dem Inselpolizisten liiert. Die Hauptermittlung liegt aber in den Händen der Kriminalpolizei Aurich.« Sie runzelte die Stirn. »Frau Lichterfeld. Sie wird sicher auf Sie zukommen. Es war nur so, weil heute Sonntag ist, dachte ich, ich nutze den direkten Draht. Von Kollegin zu Kollegin. Weil wir bei notfallmäßigen Geburten miteinander zu tun haben.«

Plötzlich veränderte sich Annes Miene. Ruth rutschte ein Stück weiter auf dem Sofa nach vorn. Anne legte den Zeigefinger vor ihren Mund und deutete auf die Küche, auf die sie zuging. Anscheinend wollte sie vermeiden, dass die Ärztin mitbekam, dass weitere Personen anwesend waren. Ein Nieser würde reichen.

Im Gehen sprach sie weiter: »Absolut vertraulich. Sie können sich darauf verlassen. Nein, Sie müssen nichts sagen. Ich stelle Fragen, und Sie antworten oder antworten nicht. Vielleicht reicht das aus.«

Sie hob die Hand, um Ruth und Sonja ein Zeichen zu geben. Alles unter Kontrolle, sollte es wohl heißen.

Ruth atmete tief aus, als Anne leise die Türe hinter sich zumachte.

Erst dann sah sie, wie sehr Sonja zitterte. Instinktiv berührte sie kurz deren Knie. »Gut, dass du Emma angerufen hast«, flüsterte sie. »Vielleicht bringt uns das einen Schritt weiter.«

»Uns?«, gab Sonja zurück. Aber sie schien keine Antwort zu erwarten, sondern schaute unablässig Richtung Fenster, fast gänzlich ohne Wimpernschlag.

Ruth griff nach dem Glas, nur um etwas in ihrer Hand zu halten. In was geriet sie gerade? Das, was sie und Anne machten, überstieg eindeutig ihre Kompetenzen, aber sie hatten sich gegenseitig nicht ermahnt oder unterbrochen. Manchmal musste man unkonventionelle Wege gehen. Dennoch war ihr mulmig zumute. Es war ein schwerwiegendes Vergehen, zum Bruch der Schweigepflicht aufzurufen. Andererseits, wo passierte das nicht? Aus Nachlässigkeit, aus Versehen, aus Achtlosigkeit. Wie oft hatte sie in Arztpraxen in halbe Krankenakten Einsicht nehmen können, wenn die Daten des vorherigen Patienten auf dem Monitor zu lesen waren, eine Überweisung offen auf dem Tresen lag oder wenn am Telefon die Laborergebnisse mitgeteilt wurden und die Tür des Wartezimmers offen stand.

Was machte es also für einen Unterschied? Zumal es Milli nicht mehr schaden konnte. Ganz im Gegenteil. Es vielleicht half, ihren und den Tod der Mutter zu verstehen und aufzudecken.

Trotzdem. Selbst wenn das ethisch und moralisch stimmte, war es dennoch nicht ihre Aufgabe. Nicht die ihrige und nicht die von Anne. Sie brachten sich womöglich in Teufels Küche.

Das alles wischte sie sofort beiseite, als Anne mit einem breiten Grinsen die Küchentür öffnete. Ein Grinsen, das Sonja und sie aufspringen ließ. Anne kam näher und legte das Handy auf den Tisch.

»Es ist genau so, wie ich vermutet habe. Ich hatte den richtigen Riecher.«

»Was?« Sonja war kaum zu verstehen. Sie schluckte aufgeregt und begann zu husten.

»Milli war schwanger. Keine Blasenentzündung. Sie war in der achten Woche und es wurde Zeit, dass sie eine Entscheidung traf.« Ihr Gesicht verrutschte zu einer ernsten Miene.

»Nein!« Sonja schlug sich die Hand vor den Mund. »Nein, das glaube ich nicht. Das kann nicht sein.«

»Doch.« Anne setzte sich und trank gierig einen Schluck der Zitronenlimonade.

»Bist du dir sicher? Hat die Ärztin das explizit gesagt?« Ruth sah Anne prüfend an.

»Ihr habt es ja gehört. Wir haben so eine Art Frage- und Antwortspiel daraus gemacht. Alles, was sie an Fragen nicht ausdrücklich verneint hat, brauchte sie nicht bejahen. Ich musste nur die richtigen Fragen stellen. Und das fiel mir nicht schwer. Weil ich ja auf der richtigen Spur war.«

Ruth hatte das Gefühl, als wolle Anne ihre detektivischen Fähigkeiten vor ihr unterstreichen.

»Und konntest du etwas zu den … ähm … Umständen herausbekommen? Wer der Vater ist? Ob Milli das Kind behalten wollte?« Ruth versuchte, so schnell wie möglich an die relevanten Informationen zu kommen.

»Nein. Nichts. Gar nichts. Milli war wohl nicht gänzlich überrascht. Aber trotzdem verstört. Ratlos. Das war ihr wohl anzumerken. Sie wollte nichts sagen, weder zu ihrer persönlichen Situation noch zum Vater.«

»Musste der Arzt nicht die Mutter informieren?«, warf Sonja ein. Sie knibbelte mit den Fingern an einer Kruste auf ihrem Handrücken.

»Das ist nicht so ganz einfach bei Jugendlichen in diesem Alter. Da gilt die ärztliche Schweigepflicht. Und es gab keine Behandlung, in die ein Sorgeberechtigter hätte einwilligen müssen. Und ich nehme an, dass gar nicht viel Zeit war. Wie das mittlerweile leider so ist bei Arztbesuchen.« Anne schien ihren ganzen Berufsstand mit der letzten Bemerkung verteidigen zu wollen, so bedauernd schloss sie ihren Satz ab. Frau Dederichs hat ihr auf jeden Fall einen Beratungsschein mitgegeben. Der ist Voraussetzung. Wenn sie sich für einen Abbruch entschieden hätte.«

»Ben.«

»Wie bitte?« Ruth drehte sich zu Sonja um, die mittlerweile am Fenster stand und wie in Trance gesprochen hatte.

Sonjas Augen waren weit aufgerissen, sie schaute durch die filigranen Gardinen nach draußen.

»Wie bitte?«, wiederholte Ruth und drehte sich hilflos zu Anne um.

Diese trat auf Sonja zu und legte ihr eine Hand auf die Schulter. »Willst du uns etwas sagen?«

Sonja schüttelte leise den Kopf. »Nein, eigentlich nicht.

Ich weiß es doch auch nicht. Aber wer könnte es sonst sein, der Vater, wenn nicht Ben?«

*

Die Spurensicherung war fertig, und für sie beide gab es nichts mehr im Haus zu tun. Frau Lichterfeld hatte daraufhin beschlossen, die nächste Fähre zu nehmen, um auf dem Festland morgen an den Autopsien von Yvonne und Milli Stöcker teilzunehmen. Martin zollte der Kommissarin Respekt. Alles lief, wie sie es wollte. Die Rechtsmedizin hatte ganz offiziell beide Leichenöffnungen vorgezogen aufgrund der Tatsache, was der Fall mittlerweile an Aufsehen auf sich zog.

Gleichzeitig würde Frau Lichterfeld die Kollegen der Kripo Aurich losschicken, um die Schulleitung und die engsten Freunde und Klassenkameraden als Zeugen zu befragen. Und dann würde sie im Jugendamt persönlich vorsprechen, Yvonne Stöckers Adoptiveltern ausfindig machen, die Bankgeschäfte von Yvonne Stöcker sowie insbesondere den Hauserwerb überprüfen, und vor allen Dingen mit dem Internat Kontakt aufnehmen, das Yvonne Stöcker damals besucht hatte, als sie schwanger wurde. Sie war sich fast sicher, dass das die richtige Spur war. Für heute gab es nichts mehr zu tun.

Martin sah der Fähre erleichtert nach, die gerade ablegte. Er hatte Frau Lichterfeld mit dem Dienstwagen zur Fähre gebracht. Ziemlich kurz vor knapp, aber gerade deswegen hatte er es sich nicht nehmen lassen, dem Ablegen der Frisia zuzuschauen. Als müsse er sich mit eigenen Augen vergewissern, dass er vorläufig die alleinige Polizeigewalt auf der Insel vertrat. Auf der Insel, die hoffentlich bald wieder zur Ruhe kam.

Der Vorplatz vor dem Hafenterminal war wie leer gefegt. Voll würde es erst wieder, wenn die nächsten Fähren kämen.

Für ihn wurde es Zeit, Feierabend zu machen. Er würde den Einsatzwagen zurück zur Dienststelle fahren. Dort nach dem Rechten sehen. Mittlerweile hatte seine Mannschaft den gewohnten Dienstbetrieb aufgenommen. Zurück zum Alltag hieß es für sie alle. Der Rest lag in den Händen der kriminalpolizeilichen Ermittler, in der Auswertung der Spurensicherung und der Obduktionsergebnisse.

Er spürte, wie die Müdigkeit in ihm hochkroch. Die sich überschlagenden Ereignisse und der fehlende Schlaf forderten ihren Tribut. Anne würde froh sein, wenn er nach Hause kam. Martin zog sein Handy heraus. Er hatte seit Stunden keinen Blick mehr darauf geworfen. Ein rotes Herz schloss die WhatsApp-Nachricht ab, die Anne ihm am Nachmittag geschickt hatte. Plötzlich fiel ihm ein, dass er etwas nachfragen sollte. Das mit den nächtlichen Radfahrern. Und der Vermutung, Olaf habe Frau Dirkens umgefahren. Hm. Olaf. Da war doch etwas gewesen?

Martin musste einen Augenblick überlegen. Es musste die Müdigkeit sein, dass es dauerte, bis ihm einfiel, was Nicole auf der Dienststelle vorgebracht hatte. Seltsam. Aber nichts, was er jetzt erledigen musste. Er brauchte eine Pause. Feierabend. Eine Nacht mit Schlaf. Danach würden sie weitersehen.

Umso überraschter zeigte er sich, dass Anne und Ruth ihn überfielen, als er endlich den Schlüssel ins Türschloss stecken konnte.

Anfangs kostete es ihn regelrecht Mühe, einen Sinn in das zu bekommen, was von zwei Seiten auf ihn einströmte. Ruth schien ihm mitteilen zu wollen, dass sie nicht absichtlich in die Ermittlungsarbeit eingestiegen seien, während Anne etwas von einer Kollegin in Norden berichtete, die dort als Frauenärztin niedergelassen sei. Anfangs ging sein Blick zwischen beiden Frauen hin und her, und er versuchte, mal hier, mal dort den Zusammenhang zu verstehen, aber hielt sich dann verzweifelt die Ohren zu, weil er sich vollkommen überfordert sah.

»Moment, Moment«, versuchte er die Aufregung zu stoppen. »Ich verstehe kein Wort. Lasst mich mal ankommen, und dann bitte nacheinander.«

»Entschuldigung«, sagten beide gleichzeitig und verstummten auf der Stelle. Sie gingen ins Esszimmer, setzten sich an den Tisch und sahen Martin erwartungsvoll an.

Er ging zum Kühlschrank und öffnete eine Flasche Bier. Ohne zu fragen, ob noch jemand etwas wollte. Nur für sich, um das Gefühl zu haben, im Feierabend zu sein. Doch schon die ersten Sätze von Anne widerlegten das.

Fassungslos hörte er den beiden zu.

»Bist du verrückt geworden?«, fragte er, nachdem er Anne hatte zu Ende reden lassen. Als sie ihn schuldbewusst und triumphierend zugleich ansah, ließ er den Blick schnell zu Ruth gleiten. Diese bemühte sich redlich, das Vorgehen zu verteidigen. »Hineingeraten«, war wohl das zentrale Wort. Und: »Wir konnten die Chance doch nicht einfach so ziehen lassen.«

Martin runzelte die Stirn, was Ruth sofort zum Weiterreden bewog: »Ja, ja, okay, wir hätten euch zuerst informieren sollen.« Und dann trotzig: »Aber dann hätten wir kein Ergebnis.«

Martin stieß sich vom Kühlschrank ab, an dem er, mit dem Rücken angelehnt, stehen geblieben war. Mit langsamen Schritten ging er zum Wohnzimmer. Sein Kopf sehnte sich nach einem Kissen oder einer Lehne. Einfach alles sacken lassen. Er streifte die Chelsea-Boots ab, auch wenn er Sorge hatte, dass seine Füße nach dem heißen Tag wahrscheinlich nicht sonderlich gut rochen. Es war kein Tag für solche Rücksichtnahmen. Er war hier zu Hause, Ruth als Gast würde das hinnehmen müssen.

Die beiden Frauen waren in der Küche sitzen geblieben. Kein Laut drang zu ihm.

Martin legte den Kopf zurück und schloss die Augen. Melanie Stöcker war schwanger gewesen. An ihrer Wand über dem Bett fehlte offensichtlich ein Foto, wahrscheinlich ein herzumrandetes. Yvonne Stöcker war psychisch krank. Ihre Tochter hoch belastet. Die eigene Schwangerschaft der Mutter, die vorherige Abtreibung schienen traumatische Auswirkungen gehabt zu haben. Gab es da einen Zusammenhang? Eine frühe, nicht gewollte Schwangerschaft. Von einem Vater, der nicht benannt worden war. Konnte es sein, dass es da die Verbindung gab? Dieselbe Person? Jemand aus dem Leben der Mutter, der womöglich unwissentlich die eigene Tochter geschwängert hatte? Oder war es nur ein Muster, das sich wiederholte?

Er stand auf, holte seinen Laptop, einen Notizblock, ein großes Blatt Papier, verschiedene Buntstifte, legte alles unter Ruths und Annes fragenden Blicken auf den Tisch.

Schließlich schnitt er sich ein Stück Brot ab, belegte es mit einer Scheibe Käse und öffnete eine zweite Flasche Bier.

Dann drehte er sich zu den beiden um: »Na, dann mal los. Eine Ärztin und eine Psychologin im Haus. Lasst uns mal ein paar Verbindungslinien aufmalen zu dem, was wir wissen.«

*

Sonja saß auf ihrem Bett. Die weiße Tagesdecke hob sich von den zartgrün gestrichenen Wänden ab. Ein weißer Anker lag auf der Fensterbank, ein Windlicht aus Treibholz hatte sie für abends mit einer Lichterkette dekoriert, weil sie Kerzen im Schlafzimmer nicht gut vertrug. Aus ihrer Bluetooth-Box kam leise Musik, es war die Spotify-Playlist, die ihre Freunde zu ihrem letzten Geburtstag erstellt hatten. Mit ihrer Lieblingsmusik, jazzige Stücke, melancholischer Blues, die tiefen Stimmen von Amy Winehouse, Lana Del Rey und Adele wechselten sich mit 70er-Jahre-Stücken von Joan Baez, Bob Dylan und Janis Joplin ab.

Um sich herum hatte sie die Schnittmuster der Mangakostüme ausgebreitet und einige der Comic-Hefte, anhand derer sie sich in die verschiedenen Charaktere hineinversetzt hatte, mit denen sich Milli, Emma, Ben und die anderen identifiziert hatten. Sie erinnerte sich, wie überrascht sie war, dass es oft gar nicht gegenläufige Eigenschaften der Helden waren, die anziehend wirkten, sondern eher Charaktere, die dem eigenen Selbst ihrer Schüler entsprachen, aber sich durch ihre Überhöhung und Vollkommenheit auszeichneten. Keine Flucht in eine andere Identität, wie sie selbst das in ihrer Jugend oft gesucht hatte, sondern die Bestätigung der eigenen Persönlichkeit durch die heldenhaften und ausdrucksstarken Mangas.

An ihrem Bett lehnten die Moodboards ihrer Schüler, die sie zur Beurteilung mit nach Hause genommen hatte. DIN-A3-Kartonbögen, auf denen zu Beginn des Projektes collagenartig festgehalten worden war, wen und was die Gruppe entwickeln und darstellen wollte. Fotos, Textschnipsel, Stoffproben, Werbeprodukte, Statussymbole, magische Gegenstände – der Fantasie war keine Grenze gesetzt worden, um darzulegen, was im Projekt entstehen sollte. Anfangs hatten alle über diese Arbeit gestöhnt und sie als lästigen Umweg zur eigentlichen Sache empfunden, aber dann hatte sich gerade diese Beschäftigung als das Entscheidende herausgestellt, das das Projekt zum Leben erweckte. Ideen, die im Miteinander entstanden, sowie Wertschätzung und Lob waren hin und her gegangen und hatten der Gruppe einen richtigen Auftrieb gegeben. Es war ihr gelungen, aus einer zusammengewürfelten Menge an Schülern tatsächlich eine Gemeinschaft entstehen zu lassen. Etwas, was selten geworden war bei der heutigen Schülerschaft. Und deswegen hatte sie sich nicht davon abbringen lassen, das Projekt mit dem Fotoshooting enden zu lassen. Verbot der Schulleitung hin oder her. Die Eltern der Schüler hatten die Erlaubnis zur Teilnahme an der privaten Veranstaltung erteilt. Rechtlich wäre sie also wahrscheinlich nicht zu belangen. Zumal Milli lebte, als sie sie aus ihrer Obhut entlassen hatte. Eine 16-Jährige, der der Heimweg zuzutrauen war, gerade, weil sie auf der Insel lebte. Trotzdem blieben sie nicht aus, die Vorwürfe, die sie sich machte.

Sie nahm die Kartons von Emma, Ben und Milli auf und legte sie vor sich ab. Die drei waren schon immer eng miteinander gewesen, und das hatte sich durch die Projektarbeit verstärkt. Von ihnen war der ursprüngliche Impuls ausgegangen, alle drei waren länger mit der Cosplayer-Szene verbunden.

Sie warf einen kurzen Blick auf das Bild von Emma. Es hatte keine sonderliche Überraschung geboten. Emma war Emma. Ein weitgehend in sich ruhendes Mädchen mit einem weitgehend intakten Elternhaus. Soweit sie als Lehrerin das beurteilen konnte. Sie war immer froh gewesen, dass Emma sich um Milli gekümmert hatte. Weil so etwas nicht selbstverständlich war, die Starke und die Schwache. Eher fand sich in dem Alter gleich zu gleich. Aber Emma war wie die Heldin einer Kinderbuchserie gewesen, die es sich erlauben konnte, jemanden unter ihre Fittiche zu nehmen. Ob Emma wirklich nichts wusste? Als sie miteinander telefoniert hatten, war sie schockstarr gewesen. Die Eltern konnten ihr vorläufig genügend Halt geben, und die Schulleitung kümmerte sich um den seelsorgerischen Beistand, der noch heute tätig werden sollte und der sicherlich bei Emma und Ben als engste Freunde begann.

Als Nächstes nahm sie sich Millis Collage vor. Alles war mädchenhaft, aber voller Kraft und Selbstbestimmtheit. Sonja musste lächeln, weil Milli so gut erkennbar war in ihrer Alter-Ego-Mangafigur. So war sie zum Fotoevent erschienen. Als komplette Kopie. Dem Original zum Verwechseln ähnlich. Sensibel und empfindsam. Doch nach außen mit einem Anschein von Stärke und Eigenständigkeit. Auch wenn sich beim Fotoshooting ein Schatten über ihr Gesicht gelegt hatte. Aber so war sie immer gewesen: Diejenige, die ein Lächeln aufsetzte, wenn Weinen angebracht gewesen wäre.

Während des Projektes hatte Sonja manchmal geglaubt, näher an Milli heranzukommen. Es gab Augenblicke, da hatte sie es gesehen: Das Kind, das die Fassade hochhielt. Das Kind, das das Familiensystem vor dem Zusammenbruch rettete. Aber dann war der Moment vorbei und Milli hatte gelächelt, als hätte es ihn nie gegeben.

Wer hatte es geschafft? Wer war hinter Millis Schutzwall gedrungen? Wem hatte sie sich geöffnet? So geöffnet, dass es die Dinge schlimmer statt besser gemacht hatte. Wer konnte das sein? Wer war Millis Vertrauter? Konnte das Naheliegende es wirklich sein? Ben? Konnte es Ben gewesen sein? Sie wollte es nicht glauben. Alles in ihr weigerte sich, diesen absurden, verrückten, vollkommen abwegigen Gedanken zu Ende zu denken.

Ben. Bens Moodboard hatte sie überrascht. Weil es so viele Extreme gezeigt hatte. Den kriegerischen Mangahelden, der immer für das Gute kämpft. Den klassischen Helden. Männlich. Stark. Breit. Muskulös. So wie Ben gerne sein würde, es aber noch nicht war. Obwohl er regelmäßig das Fitnessstudio besuchte. Die Waffen, die er für seinen Helden gewählt hatte, waren ihr erst martialisch vorgekommen, aber er hatte ihr wortreich erläutern können, dass sein Held eine Mission des Friedens verfolgte. Und sie hatte es ihm geglaubt, denn da war all das andere erkennbar gewesen, die Pastellfarben, die Natur, das Beschwören einer fast unwirklichen

Idylle. Zwei Bilder in einem, zwei Ausrichtungen, diametral gegeneinander laufend, Schäfchen- und Schlachtenmalerei als Synthese im Cosplay vereint. Seine Montage war eine der detailreichsten und würde sicherlich eine der besten Bewertungen erzielen. Auch wenn die Notengebung für die Arbeitsgemeinschaften keine großen Auswirkungen hatten, auf dem Zeugnis würde es sich nicht schlecht machen. Aber dafür hatte Ben ganz sicher keinen Ehrgeiz an den Tag gelegt. Wofür dann? Konnte es sein, dass sie etwas übersehen hatte? Dass Ben und Milli viel mehr verband, als es den äußerlichen Anschein hatte? Waren sie doch ein Paar gewesen? Gab es die Liebesbeziehung, aus der eine Schwangerschaft entstanden war? Aber wenn es so war. Wenn sich die beiden ineinander verliebt hatten. Was für einen Grund hätte es gegeben, das vor aller Welt zu verbergen?

Sonja öffnete ihr iPad, das neben ihr lag. Scrollte sich durch die Hunderte von Bildern, die sie gemacht hatte. Während des Projekts und beim abschließenden Fotoshooting. Stoppte wahllos bei Fotos, auf denen Ben und Milli zu sehen waren. Nein, kein einziges dieser Fotos offenbarte irgendetwas, das über reine Freundschaft hinausging. Keine tiefen Blicke, keine auffälligen Berührungen. Noch nicht einmal ein Abseitsstehen, ein Zurückziehen, ein Ausscheren. Nichts. Nichts, das einen Hinweis geben würde.

Sonja klappte resigniert den Deckel zu. Das alles brachte überhaupt nichts. Sie rieb sich über die Augen. Ja, sie war müde, hundemüde, aber an Schlaf war überhaupt nicht zu denken. Sie schaute auf die Uhr. 20.40 Uhr. Draußen war es taghell an diesem Sommertag. Alleine würde sie verrückt werden. Sie musste raus. Raus aus der Wohnung. Musste reden können. Sich austauschen. Ihre Fragen loswerden.

Sie schlüpfte in ihre Mokassins, schnappte sich einen Hoodie und stülpte die Häkelmütze über ihre Haare. Ihren Rucksack ließ sie liegen. Geld und Handy würde sie nicht brauchen. Frische Luft hatte ihr immer am besten geholfen. Frische Luft und ein Gegenüber.

*

Daniela hatte ihn rausgeschmissen. Wahrhaftig vor die Tür gesetzt. Oskar musste grinsen, als er daran dachte, wie gespielt ernst seine Cousine aufgetreten war. Dabei wussten sie alle, dass mal wieder ihr schauspielerisches Talent mit ihr durchging.

»Hast du nicht einmal so viel Anstand, ein frisch vermähltes Paar am ersten Abend seines Ehelebens allein zu lassen?« Die Fäuste in die Hüften gestemmt, stand sie breitbeinig mitten in der Küche.

Frank hatte erschrocken aufgeblickt, aber Oskar hatte ihm schnell zu verstehen gegeben, dass es sich um eine rein familiäre Angelegenheit handelte. Glücklicherweise hatte Frank die Anspielung verstanden und das Spiel mit vorangetrieben, indem er Daniela von hinten umarmte und ihren Nacken mit Küssen bedeckte.

»Also gut, also gut«, hatte Oskar gesagt, »dann will ich eure traute Zweisamkeit nicht länger stören. Ich werde den Abend vereinsamt auf meinem Hotelzimmer verbringen und mich nach der Liebe einer mir noch Unbekannten verzehren.«

»Ha!«, hatte Daniela geschrien und einen Ausfallschritt in seine Richtung gemacht, den Arm gestreckt, den Zeigefinger wie einen Degen auf ihn gerichtet. »Spiel nicht die Unschuld vom Lande. Deine heimlichen Blicke auf dein Handy haben wir gesehen.«

»Öhm …«, machte Oskar, weil er sich tatsächlich ertappt fühlte.

»Erzähl mir nicht, dass du die Nachrichten checken wolltest.«

»Hatte ich nicht vor«, erwiderte er schnell, obgleich er genau diesen Satz auf den Lippen hatte. Das war quasi seine Journalisten-Standardausrede.

»Also, mein Lieber, in Wirklichkeit kannst du gerne bleiben. Nichts gegen einen Abend zu dritt. Aber wir wollen vielmehr deinem Glück nicht im Wege stehen. Also erkläre ich dir, wo Martin Ziegler und Anne Wagner wohnen. Da gehst du schnurstracks hin.«

»Wozu das?«, gab er sich versuchsweise ahnungslos, während ihm sehr, sehr warm wurde. Seine Cousine mal wieder. Tat immer so robust, dabei hatte sie Antennen für zwei.

»Na, frag nicht so. Du musst mich nicht für dumm verkaufen. Ich wette, Ruth freut sich, wenn du aufkreuzt.«

Er hatte sich bereitwillig aus der Tür schubsen lassen, nachdem sich Daniela überzeugt hatte, dass er die Wegbeschreibung richtig verstanden hatte.

»Wir sehen uns morgen«, hatte sie ihm hinterhergerufen, »und ich will Ergebnisse sehen.« Dann hatte sie spitz aufgeschrien, weil Frank sie ins Innere des Hauses zurückzog und winkend die Hand hob, bevor er die Haustür endgültig zuschob.

Die tiefe Stimme einer alten Dame riss ihn aus seinen Gedanken. »Junger Mann, wer hat Sie denn geküsst, dass sie so glückselig vor sich hinlächeln? Aber nicht ganz ungefährlich, so mitten auf der Straße.«

Oskar hatte gar nicht gemerkt, dass er mittlerweile auf der Kreuzung an der Grundschule stand. Geradeaus ging es Richtung Meer, links in die Stadt und zu seinem Hotel, rechts zu Martin und Anne – und damit zu Ruth.

Er zögerte. Er konnte unmöglich dort aufkreuzen. Sollte er stattdessen nicht lieber Ruth eine Nachricht … – ach, verdammt, an alles hatte er gedacht, aber noch nicht, mit ihr die Telefonnummern zu tauschen. Also, wenn er sie sehen wollte, würde er wohl über seinen Schatten springen müssen. Er konnte ja fragen, ob sie ihn auf ein Glas Wein oder Bier irgendwohin begleitete. Anne wäre sicherlich nicht böse darum, gemeinsame Zeit mit Martin zu verbringen. Wenn dieser denn zu Hause wäre.

Entschlossen drehte er sich nach rechts. Schaute sich das alte Schulgebäude in Ruhe an. Er mochte es, wenn solch historische Mauern weiter genutzt wurden. Die Schule erinnerte ihn an nasse Schwämme auf dem Lehrersitz, an quietschende Kreide auf der Tafel und an die Lateinabfragen seiner eigenen Gymnasialzeit, die in einem ebenso alten wie ehrwürdigen Bau aus der Kaiserzeit stattgefunden hatte, urige und auffällige Lehrerpersönlichkeiten inbegriffen.

»Hallo, Sie sind der Bekannte von Anne und Ruth, nicht?«

Er hatte schon wieder nicht bemerkt, wie sehr in Gedanken versunken er in der Gegend herumstand. Er brauchte einen Moment, um zu begreifen, dass es die junge Frau war, an deren Haus er sich heute von Ruth und Anne verabschiedet hatte.

»Ja, stimmt.« Er lächelte unsicher, weil er ihren Namen vergessen hatte. Erinnerte sich nur, dass es die Kunstlehrerin sein musste, die das Mangaevent mit den Schülern durchgeführt hatte. Und die für Ruths Kleid verantwortlich war, wenn er es recht verstanden hatte.

»Sonja Mirschel, aber das wissen Sie sicher«, stellte sie sich vor und hielt ihm ihre Hand hin. »Entschuldigen Sie, dass ich Sie anspreche. Aber als Lehrerin bin ich ganz verwundert darüber, dass jemand so andächtig ein Schulgebäude betrachten kann.«

Oskar musste lachen. »Ja, das habe ich tatsächlich. Je länger die Schule hinter einem liegt, umso verklärter erscheint einem die Zeit.«

Ein Schatten huschte über ihr Gesicht, weil sie sich leicht

abwendete. Dann sagte sie, ernster als zuvor: »Das ist nicht bei jedem so. Ich habe keine allzu guten Erinnerungen an meine Schulzeit.«

»Und dann sind Sie trotzdem Lehrerin geworden?«

»Ja, seltsam, nicht wahr? Wahrscheinlich fragen sich das andere auch. Nachdem, was gestern passiert ist. Ich will gar nicht wissen, was mich morgen erwartet, wenn die Schule anfängt.« Ihre Augen verdunkelten sich.

»Puh, ja, das kann ich mir denken.«

»Ich habe es zu Hause nicht mehr ausgehalten. Meine Gedanken fahren Karussell. Allein mit mir in einem Raum ging gerade gar nicht mehr.«

»Ich kann mir vorstellen, dass es hilft rauszugehen.«

»Kommt drauf an.« Sie zeigte hinter sich. »Ich hab's versucht. Dort am Meer. Wo wir uns gestern getrennt haben. Wo ich Milli das letzte Mal gesehen habe. Milli ist meine Schülerin gewesen.«

»Ja, ich habe es gehört. Wirklich tragisch.«

»Total. Und dabei wollte ich alles anders machen. Alles so viel besser. Eine Lehrerin sein, die sich kümmert. Auch um die, die nicht so pflegeleicht sind.« Sie machte eine Pause, aber er konnte an der Art, wie sie den Satz beendete, hören, dass sie noch etwas sagen wollte. »Sie haben eben gefragt, warum ich Lehrerin geworden bin – trotz der schlechten eigenen Erfahrungen. Ich kann nur sagen: gerade deswegen. Nur deswegen. Um zu zeigen, dass es anders geht.«

Er nickte zustimmend. Das konnte er nachvollziehen.

Dann stieß sie einen Ton aus, ein Schnauben, das wie ein verzweifeltes Lachen klang. »Allerdings habe ich mir immer einen Ausweg offengehalten, bis in den Beruf hinein. Teilzeit und Nebenberuf waren wohl die Fluchtwege, falls sich die Lehrererfahrungen als unheilvoll herausstellen sollten. Quod erat demonstrandum, so hieß es früher in der Schule. Was zu beweisen war. Das habe ich eindrucksvoll geschafft.«

Oskar schüttelte den Kopf. Ihm, dem selten die Worte ausgingen, fehlten sie tatsächlich. Jede mögliche Beschwichtigung erschien ihm zu banal.

»Haben Sie jemanden, der sich um Sie kümmert?«, fragte er stattdessen.

Sie schaute ihn gar nicht mehr an, sondern schien mit ihren Gedanken woanders zu sein. »Morgen früh warten die Notfallseelsorger in der Schule. Klar. So etwas ist mittlerweile Standard.«

»Aber heute Abend? Mir scheint, es ist keine gute Idee, wenn Sie alleine sind.« Er überlegte kurz. Sollte er ihr anbieten, sie mit zu Anne und Ruth zu nehmen? Oder sollte er ihr anbieten, sie ein Stück zu begleiten? Aber wie musste das wirken? Er war für sie ein Fremder. Einerseits. Andererseits – sie hatte ihn angesprochen.

Während er überlegte, antwortete sie in abgehackten Wörtern, als müsse sie zwischendurch überlegen, wie der Satz weiterging: »Nein, nein. Das geht … schon. Das Gehen, also das Gehen hilft.« Sie gestikulierte mit den Fingern, machte eine kreisende Bewegung neben der Stirn. »Um die Gedanken … zu sortieren.« Dann sah sie ihn plötzlich durchdringend an. Schien auf einmal energisch und planvoll. Sie blickte ihn freundlich lächelnd an und streckte ihm wieder die Hand hin. »Danke, dass Sie mir zugehört haben. Und schön, dass Sie sich so positiv an Ihre Schulzeit erinnern. Ich hätte mir gewünscht, so etwas wäre für Milli irgendwann möglich gewesen.« Sie zuckte die Achseln. »Aber ich muss los. Ich werde bei meinem Kollegen vorbeigehen. Zu zweit lässt sich das schreckliche Geschehen vielleicht besser aushalten. Also: Ich danke Ihnen.«

»Nicht dafür«, brachte er hervor. Aber da hatte sie sich schon auf den Weg gemacht.

Oskar sah zum Schulgebäude hoch. Ihn fröstelte, obwohl es mehr als junisommerwarm war. Er war sich ganz sicher: Auch er brauchte Gesellschaft. Mehr als eine Abfuhr konnte er sich nicht einhandeln.

*

Sonja hatte sich gedacht, dass ihr Klingeln nicht zum Erfolg führen würde. Es war so ein schöner Sommerabend, wie es sie an der See im Juni nur sehr selten gab. Sommertage ja. Aber dass die Abende bis in die Nacht hinein warm blieben? Daran konnte sie sich kaum erinnern. Sie hatte ihren Hoodie wieder ausgezogen und lose über die Schulter gelegt. Sie holte ihr Handy aus der Tasche und schaute auf die Uhr. 21.14 Uhr. Die Sonne würde noch mehr als eine halbe Stunde brauchen, bis sie unterging. Mindestens solange wären Steffen und Ulf mit Sicherheit entweder auf dem Tennisplatz oder in ihrer Laube anzutreffen. Den Tennisplatz verwarf sie gedanklich, weil sie an Steffens Zerrung dachte. Trotzdem würde sie einen Blick auf die Plätze werfen, wenn sie dort entlangging.

Sonja schlug den Weg Richtung Kurpark ein. Hier waren heute Abend mehr Menschen unterwegs als sonst um diese Zeit. Das Wetter lockte alle aus den Häusern. Trotzdem lag eine abendliche Ruhe über dem Schwanenteich, die nichts gemeinsam hatte mit dem geselligen Warten auf den Sonnenuntergang, das zeitgleich am Strand stattfand.

Am Ende des Parks wechselte sie die Straßenseite. Sie warf einen Blick auf die Gesamtschule, Millis alte Schule. Wie schade, dass es auf der Insel keine weitere schulische Möglichkeit für das Mädchen gegeben hatte. Aber dann schüttelte sie den Kopf. Geändert hätte das nichts. Wahrscheinlich war es sogar gut gewesen, dass Milli einmal am Tag zum Festland hatte übersetzen können. Sonja erinnerte sich, wie sie an den Tagen, an denen sie selbst ab 8 Uhr Unterricht gab, Milli oft im Fahrgastraum hatte sitzen sehen. Meist mit Kopfhörern in den Ohren. Zum Takt der nicht hörbaren Musik bewegte sie manchmal, aber nicht immer, den Kopf. Zwischendurch schien sie innezuhalten, weil sie gleichzeitig meist in ihre Mangacomics vertieft war. Sonja fiel ein, dass sie einmal Steffen darauf aufmerksam gemacht hatte, wie konzentriert Milli las. Eine Spitze der Zunge war manchmal sichtbar gewesen und hatte sich beim Lesen der Zeile von links nach rechts bewegt. Lustig hatte das ausgesehen, aber Steffen hatte an dem Morgen nur entnervt die Augen verdreht. Ein ziemlicher Muffel war er, ihr Kollege. Zumindest zu dieser Tageszeit. Dafür abends putzmunter, was in seinem Lehrerberuf nicht immer gut zueinander passte. Aber von den Sommerabenden auf dem Tennisplatz oder dem Tagesabschlussbier im Schrebergarten war er nicht abzubringen.

Sonja hatte Milli einmal gefragt, warum sie nach dem Erwerb der Fachoberschulreife nicht auf das Internat nach Esens gewechselt war. So wie es viele Inselkinder machten. Vor allem eine ganze Menge aus Millis alter Klasse, wenn sie das recht verstanden hatte.

»Mum würde alles zulassen, aber nicht, dass ich aufs Internat gehe«, hatte Milli damals geantwortet.

»Wegen des Geldes?«, hatte sie zurückgefragt. »Da gibt es doch Möglichkeiten. Soll mal jemand mit deiner Mutter sprechen?« Sonja war von Millis Leistungsvermögen überzeugt und hätte ihr gewünscht, am Gymnasium das Vollabitur zu erwerben. Vor allem aber hätte sie gewollt, dass Milli nicht so belastet neben ihrer Mutter erwachsen werden musste.

Aber sie war mit all ihren Vorstößen und dem Vorschlag, Babsi oder Steffen einzuschalten, grandios gescheitert. Milli war zum Schluss sogar richtig sauer geworden. Und dann war die Idee mit dem Mangaprojekt aufgekommen. Sie hatte das als Chance gesehen. Milli war für sie zu einer Schülerin geworden, an der sie so gern all das bessermachen wollte, was in ihrer eigenen Schulzeit nicht geglückt war. Sie hatte nach dem wütenden Ausbruch gemerkt, dass es ihr nicht gelingen würde, wenn sie gegen Millis Mutter arbeitete.

Natürlich verstand sie es. Dass Milli die Verantwortung, die sie von Kind auf übernommen hatte, nicht einfach abstreifen konnte, selbst wenn ihr jemand die Hand zur Hilfe ausstreckte. Also hatte sie versucht, ihr auf eine andere Art und Weise zur Seite zu stehen. Hatte sie vor allem in ihrem Selbstbewusstsein stärken wollen. Wollte ihr Erfolgserlebnisse vermitteln, ihre Neigungen fördern und dabei an ihrer Seite sein.

»Warum engagierst du dich so?«, hatte Babsi sie einmal gefragt. Und als sie ihr keine Antwort geben konnte, hatte Babsi in den Raum geworfen: »Du siehst in ihr dein inneres Kind, ist es so?« Sonja hatte sich gleichzeitig berührt und ertappt gefühlt. Aber Babsi hatte sie nur in den Arm genommen und sie ab da gegenüber den Bedenken der Schulleitung verteidigt.

Aus den Augenwinkeln sah Sonja, dass die Mühle geschlossen war. Klar, sie machte ja am frühen Abend zu. Sie ging die etwas verwinkelte Straße, die zwischen einigen Mehrfamilienhäusern und Personalwohnanlagen der Gastronomiebetriebe zu den Sportplätzen führte, entlang. Hier endete für sie der touristische Teil der Insel, ab hier übernahmen die Insulaner und Dauerbewohner der Insel das Regiment. Außer dem nun hörbaren Ploppen der Tennisbälle und einigen Rufen vom Fußballplatz war es hier ruhiger als eben im Kurpark.

Sie ging, der Beschilderung folgend, an den Sportgebäuden vorbei zu den vier Tennisplätzen. Auf der Terrasse vor der Anlage saßen einige Männer in Tenniskleidung. Drei der Plätze wurden bespielt, auf dem hinteren Feld von zwei Frauen, vorne rechts von einer Mixed-Mannschaft, direkt vor ihr spielten ein Mann und eine Frau. Weder Ulf noch Steffen waren sichtbar. Hatte sie es sich doch gedacht. Steffens Rücken würde das Spielen nicht zulassen, und Ulf war wahrscheinlich bei ihm.

Sie wandte sich ab, um außen herum den Weg über den schmalen Deich zu nehmen, von dem aus sie die Schrebergartenkolonie überblicken konnte – und prallte prompt mit Ulf zusammen, der zwischen seinen Fingern mehrere Bierflaschen eingeklemmt hatte und gerade: »Achtung, Nachschub!« ausrief. Die Flaschen klirrten aneinander und Ulf sah sie überrascht an.

»Sonja, was machst du denn hier? Auf dem Tennisplatz habe ich dich ja noch nie gesehen.« Sein Blick taxierte sie von oben bis unten. Typisch Sportler, dachte Sonja und fühlte sich augenblicklich unwohl, obwohl sie bisher keinen Sport gebraucht hatte, um ihre Figur zu halten. Sie spürte, wie Ärger in ihr aufstieg. Erstens war Ulf schwul und musste sich gar nicht für sie interessieren, und zum zweiten stand ihm gar kein Urteil zu. Wie viel Sport sie trieb, war allein ihre Sache. Aber sie hatte Ulfs arrogante Art noch nie gemocht und überhaupt nicht verstanden, wie Steffen, dieser lässige und nette Kollege, mit so einem Typen zusammen sein konnte.

»Ich wollte zu Steffen«, antwortete sie knapp.

»Zu Steffen?« Seine Frage klang, als hätte sie anzügliche Ambitionen geäußert.

»Ja, ich dachte …« Ach, verdammt, was brachte dieser Typ sie so aus dem Konzept? Musste sie ihm einen Grund nennen? »Wo ist er denn?«, fragte sie also stattdessen.

Ulf ließ sich Zeit mit der Antwort. Tastete mit seinem Blick ihr Gesicht ab.

Sie hielt stand, auch wenn es ihr schwerfiel.

»Im Garten bei uns?« Er ließ es wie eine Frage klingen.

»Gut, dann gehe ich zu ihm. Vielleicht sehen wir uns später.« Sie merkte, dass es ihm nicht recht war, aber das war ihr egal. Hauptsache, sie kam so schnell wie möglich von ihm weg, zumal die Männer auf der Terrasse neugierig zu ihnen schauten und ihr Bier einforderten.

»Was willst du von Steffen? Es geht ihm nicht so gut. Wegen seines Rückens.« Er rief ihr hinterher.

Also gut, wenn es sein musste. Sie blieb stehen und drehte sich um. »Einfach reden. Von Kollegin zu Kollege. Wegen dem, was passiert ist«, schob sie den letzten Satz leiser als die anderen hinterher. Dann drehte sie sich nach vorne und ging.

Oben auf dem Deich blieb sie stehen. Wie vermutet, stiegen aus mehreren Gärten Qualmwolken empor, ein Duft nach Grillgut mischte sich mit der salzig, modrigen Luft, die vom Surferbecken herüberwehte.

Sie beschloss, über den Klön-Pad zu Steffens Grundstück zu gehen. Sie liebte es, in die einzelnen Gärten hineinzuschauen. Einige der Besitzer kannte sie persönlich, einen großen Teil zumindest vom Sehen. Das Moin und ein zugewunkener Gruß waren das Mindeste, wie man sich hier grüßte. Tatsächlich hatte man ihr manchmal ein »He!«, den Norderneyer Einheimischengruß zugerufen, was sie als große Ehre empfunden hatte.

Als sie an Johans Grundstück die Polizeiabsperrung sah, schnürte sich ihre Kehle automatisch zu. Wieder überfielen sie die Ereignisse der letzten Tage. Als sie von dem Toten im Regenfass gehört hatte, fand sie das bizarr und skurril. Nie im Leben hätte sie gedacht, dass sie wenige Tage später selbst involviert war in ein viel schrecklicheres Verbrechen.

Ein Schauder überzog Sonja. Automatisch blickte sie zum

Himmel. So langsam zogen die Schatten der Nacht heran. Eine Wolke am Himmel, die zuvor nicht zu sehen gewesen war, hatte sich von Westen genähert und anscheinend dem Versinken der Sonne im Meer einen Streich gespielt.

Sonja nahm ihren Hoodie von der Schulter und streifte ihn über. Vielleicht hatte Steffen ein Feuer im Garten an oder würde eins entfachen. Dabei ließe sich sicher besser reden. So ein Feuer, das gab neben der Wärme auch etwas Trost. Und nur deswegen war sie hier. Weil sie nicht alleine sein konnte mit sich und ihren Gedanken an Milli. An das, was passiert war. Weil sie diesen gottverdammten Trost brauchte. Wer konnte ihn ihr geben, wenn nicht Steffen, der Milli schließlich gekannt hatte?

*

Die Türklingel schrillte laut und durchdringend. Ruth zuckte zusammen. Sie hatten gerade die Köpfe über das Gewirr aus Pfeilen gebeugt, die sie zwischen den einzelnen Personen gezogen hatten.

»Fakt ist, dass wir ohne nähere Kenntnisse zu Yvonne Stöckers Vergangenheit den Schlüssel nicht finden werden«, hatte Anne gesagt, und Ruth wollte zustimmen, als das laute Geräusch sie zusammenfahren ließ.

»Ich gehe.« Martin war die Müdigkeit der letzten Stunden anzusehen, dachte sie, als sie wahrnahm, wie gebeugt und schwerfällig er sich bewegte. Er hatte mit beiden Händen abgewehrt, sich hinzulegen, als sie es ihm vorhin vorgeschlagen hatten. Nur auf weiteren Alkohol hatte er seither verzichtet. Ruth vermutete, dass er sich Sorgen machte. Angst hatte, dass noch mehr auf der Insel passieren konnte. Und was es dann für ein Bild machte, wenn er getrunken hatte.

Anne und sie hatten zwar einen Rotwein geöffnet, aber

er schien zu schwer für den warmen Sommerabend. Vor ihnen standen halb gefüllte Gläser, an denen sie hin und wieder nippten. Die Wasserkaraffe dagegen neigte sich dem Ende zu.

Ruth wollte gar nicht wissen, was für ein Gesicht sie machte, als Martin mit dem späten Gast den Raum betrat. An seinem schiefen Grinsen in ihre Richtung konnte sie allerdings sehr wohl ablesen, was Martin dachte.

»Guten Abend. Entschuldigt bitte. Ich weiß, es ist eigentlich unverzeihlich. Um die Uhrzeit. Und nach dem Tag.«

»Papperlapapp«, sagte Martin. »Bier oder Wein?«

»Am liebsten ein Wasser, wenn es keine Mühe macht.«

»Mühe, Quatsch. Ich freue mich, dass wir uns kennenlernen. Auf der Hochzeit gestern war ich ja nur punktuell anwesend.«

»Kann man so sagen.« Oskar blickte fragend zu Anne, bevor er sich setzte. »Gerade deswegen wollte ich nicht stören. Ich bin gekommen, um zu fragen, ob Ruth vielleicht …«

Erst jetzt schaute er sie an. Hinter diesen Brillengläsern, die seine Augen nicht vergrößerten, weshalb sie nach wie vor glaubte, sie seien nur aus Glas. Allein um den Blick auf diese warmen, braunen Augen zu lenken. Sie musste aufpassen, dass sie nicht laut nach Luft schnappte, aber dann sah sie, dass sich Martins Grinsen auf Anne übertragen hatte, und ärgerte sich darüber, dass Oskar sie vorführte.

»Ob ich was vielleicht? Ich hatte immer angenommen, dass Journalisten nicht um Worte ringen müssen.« Betont desinteressiert schaute sie auf das Schaubild und zog mit dem Zeigefinger eine Linie nach.

»Sorry. Ich wollte dir nicht zu nahe treten.« Ihre Reaktion musste wohl eine ganze Spur zu abweisend und herablassend geklungen haben, dass er sich so schnell zurückzog. »Ich hatte nur gedacht, du hättest womöglich Lust, den Abend irgendwo ausklingen zu lassen. Aber es war wahrscheinlich eine Schnapsidee.«

»Ich finde es eher eine richtig gute Idee«, antwortete stattdessen Anne. Ihr Grinsen hatte sie gegen eine bewusst ernsthafte Miene eingetauscht. »Ich hatte schon ein schlechtes Gewissen, weil Martin so müde ist und wir dir gar nichts bieten können, Ruth.«

»Nichts bieten?« Ruth schüttelte verwundert den Kopf. Anne hatte den Satz so seltsam betont, dass Ruth sich sicher war, dass sie dabei Martin unter dem Tisch gegen das Bein getreten hatte.

»Wir sind doch dabei, uns Gedanken über die Beziehungen von Yvonne und Milli zu machen«, wandte sie ein.

»Ach lass, wir kommen sowieso keinen Millimeter weiter. Wir müssen den morgigen Tag abwarten. Bis die Dienststelle in Aurich die Ermittlungen vorangetrieben hat. Kontakte, Spurenauswertung, Obduktion. Alles andere ist Kaffeesatzleserei.«

Ruth musste Martin recht geben. Es war alles besser gewesen als Nichtstun, und sie hatte gehofft, Martin damit ein Stück weit aus seiner deprimierten Haltung herauszuhelfen. Und dann war es nicht das erste Mal, dass es geholfen hatte, einmal aus einem andern Blickwinkel auf einen Fall zu blicken. Datenschutz hin oder her. Sie waren diesem in ihren Berufen alle verpflichtet. Nach außen würden sie nichts dringen lassen.

Allerdings änderte sich das gerade. Oskar war Journalist und ganz anderen Werten verpflichtet als alle anderen im Raum. Instinktiv legte Ruth ihre Hände breit gefächert über das Beziehungsgeflecht, das sie aufgemalt hatten.

»Ja dann«, sagte Oskar und machte Anstalten, sich zu erheben.

In seiner Verlegenheit tat er Ruth leid. »Vielleicht habt ihr recht, Martin und Anne. Lasst uns für heute Feierabend machen.«

Im selben Augenblick schrillte die Türklingel. Diesmal erschrak nicht nur Ruth, auch Oskar zuckte zusammen.

»Diesmal gehe ich.« Anne signalisierte Martin, sich hinzusetzen. »Oskar, ein paar Minuten wirst du doch bleiben, oder? Ruth überlegt es sich, glaube ich, gerade.«

Wenn Blicke töten könnten, dachte Ruth und versuchte Anne, die in den Flur trat, ein paar unschöne Gedanken hinterherzuschicken.

»Oskar«, gab sich Martin kumpelhaft. »Kann ich dir gar nichts außer dem Wasser anbieten?« Allerdings schien er gar keine Antwort zu erwarten, sondern den Stimmen am Eingang zu lauschen. Ruth fiel auf, wie stark sich seine Haut über die Kieferknochen spannte. Sein Adamsapfel hüpfte beim Reden seltsam auf und ab. So kannte sie ihren alten Freund und Kollegen nicht.

Oskar hatte stillschweigend abgewunken. Seine Blicke gingen automatisch auf den Plan, den Ruth mit den Händen bedeckte, sodass nur einzelne Namen und Pfeile hervorlugten. Sie kam sich selbst albern vor in dieser Haltung. Unauffällig zog sie die Hände zurück. Oskars Augen eroberten prompt jeden von ihr freigegebenen Raum.

Ruth versuchte, sich zu entspannen. Alles, was sie aufgemalt hatten, war öffentlich bekannt oder recherchierbar. Sie hatten nun mal keine Erkenntnisse. Und so bedauerlich das war, verhinderte es aber, dass sie Geheimnisverrat betrieben. Sie verdrehte innerlich die Augen. Ein wenig banaler könnten ihre Gedankengänge sein. Geheimnisverrat! Ihrem Kopf schien es verdammt langweilig zu sein.

»Martin. Besuch für dich.« Anne kam mit ziemlich weit aufgerissenen Augen zurück. Irgendetwas schien das zu bedeuten. Ruth verstand es, als hinter Anne Olaf Maternus auftauchte. Hatten sie doch eben erst von ihm gesprochen. Was für ein Zufall.

»Moin, Chef! Tschuldigung die späte Störung. Auf der Wache haben wir uns nicht mehr gesehen.«

»Stimmt. Aber das ist etwas her. Wenn es etwas Dringendes gibt, bin ich immer für euch erreichbar. Telefonisch, meine ich.«

»Ja, schon, Chef. Weiß ich. Ist nur so, dass ich seit gestern etwas auf dem Herzen habe.«

Martin schaute zu Anne. Die nickte unmerklich.

»Oha. Du hast mir ja gesagt, dass du mit mir reden willst. Aber hat das nicht Zeit?«

Olaf wand sich und schaute auf den Boden, als suche er dort unten die Antwort. »Na ja, Chef. Also ehrlich mache ich bei der ganzen Sache keine so gute Figur. Und ich weiß nicht, ob ich es nicht doch besser heute als morgen …«

»Ja, dann raus mit der Sprache. Was ist los?«

»Also, Chef, um es mal zu erklären. Ich bin auf der Insel geboren. Und manchmal fragen die anderen, warum ich nicht die Wache übernommen habe, damals. Und manchmal weiß ich eine Antwort, aber manchmal weiß ich es selbst nicht so genau.«

Martin wurde rot im Gesicht. Ruth wusste nicht zu sagen, ob aus Wut oder weil es ihn betroffen machte, was Olaf sagte.

»Was soll das werden, Olaf? Ein Dienstgespräch? Das können wir machen, wenn unser Fall gelöst ist.« Er schaute demonstrativ auf die nicht vorhandene Uhr an seinem Handgelenk. »Aber dann bitte zu offiziellen Dienstzeiten.«

»Nein, nein.« Olaf winkte ab. »Kann ich mich setzen? Mir ist ein wenig schlecht vor lauter Aufregung.«

Anne schob ihm einen Stuhl hin und holte ein Wasserglas, das sie gefüllt vor ihn stellte.

»Also, ich bin hier geboren und der Hilmar und die Ingrid auch.«

Martin stieß einen Seufzer aus, was Ruth gut verstand. Das hatte wirklich keine Priorität.

»Also«, holte Olaf Luft und stieß dann hervor: »Vielleicht war es doch ein Mord. Nur wollte ich das nicht wahrhaben. Weil es eigentlich keine Mörder bei uns Insulanern gibt. Und ich hätte es gern gesehen, wenn du als Polizist mal falsch liegst.«

Sie alle am Tisch starrten Olaf an. Ruth verstand kein Wort und ahnte, dass es den anderen genauso ging.

Nur Oskar wirkte vollkommen abwesend und betrachtete unverhohlen neugierig die Beziehungskarte. Ruth war drauf und dran, ihre Hände erneut darüberzuschieben.

»Olaf, was soll das? Hilmar ist an einem Herzinfarkt gestorben. Es war kein Mord.«

»Ich rede nicht von Hilmar. Ich rede von Anneliese. Und dem doppelten Abschiedsbrief.«

»Was? Was redest du?« Martin schob unwirsch das Handy beiseite, das vor ihm lag und gerade anfing, sich lautstark mit »Hells Bells« von »ACDC« bemerkbar zu machen.

»Martin, bitte, geh ans Handy.« Anne schob das Handy zurück mit einem angewiderten Ausdruck im Gesicht. Hard Rock schien nicht ihr bevorzugter Musikstil zu sein.

»Ziegler«, blaffte Martin unwirsch, nachdem er über den Button gewischt hatte. »Frau Lichterfeld, hallo«, war das Nächste, was er sagte, schon um Nuancen freundlicher, aber weiterhin mit einem grimmigen Blick in Richtung Olaf Maternus.

Es war, als hätte sich nach den rockigen Glockenschlägen eine unheilvolle Stille ausgebreitet. Alle saßen wie bei einem Versteinerungsspiel in der starren Position, aus der sie nur ein Losungswort würde befreien können. Was konnte der Grund sein, dass Frau Lichterfeld sich so spät am Abend meldete? Und was, verdammt, dachte Ruth, hatte es bloß mit dieser Geschichte von Olaf auf sich? Gebannt schaute sie auf Martin, dessen eben genervte Augen belebt und neugierig schienen. Sein Körper straffte sich. Er zog das vor ihm liegende Papier zu sich heran und begann ausgehend von Yvonne Stöcker einen Pfeil, an dessen Ende ein Fragezeichen stand, zu verstärken. Dick und dicker malte er die Verbindungslinie.

Und setzte an, einen Namen aufzuschreiben.

»Und Sie sind ganz sicher, dass es der richtige Name ist?«

Er nickte. Dann sagte er entschlossen, mit einem triumphierenden Blick in die Runde: »Wunderbar, dann haben wir endlich einen Ansatzpunkt!«

*

Er stand am Gartentor, als würde er sie erwarten. Sah ihr entgegen, wobei er das Gesicht vor Schmerz verzogen hatte. Ob seine Rückenverletzung schlimmer geworden war? Vielleicht wartete er auf Ulf, weil er selbst nicht mehr von hier fortkonnte. Sie beschleunigte ihre Schritte, dann schüttelte sie über sich selbst den Kopf. Wenn er jemanden zur Unterstützung bräuchte, dann hätte er sich diese mit seinem Handy geholt. Dafür musste ein Steffen nicht Hilfe suchend am Gartenzaun stehen. Ob er also doch auf sie wartete? So sehr sie gerade ihre Schritte beschleunigt hatte, war da plötzlich ein Zögern, das sie sich selbst nicht erklären konnte.

Steffen hatte sie natürlich längst gesehen. Umzukehren wäre albern, sie hätte nicht mal einen guten Grund dafür. Ihre Abneigung gegen Ulf konnte wohl schlecht dafür herhalten, zumal er nicht zugegen war.

»Ulf hat mir eine Nachricht geschickt, dass du auf dem Weg zu mir bist«, empfing Steffen sie, als sie wenige Meter von ihm entfernt war.

»Aber dann musst du mir doch nicht entgegenkommen mit deiner Zerrung.«

»Geht schon«, antwortete er. »Ich wollte dir sagen, dass es gerade gar nicht passt.«

»Was?« Sonja war sich nicht sicher, ob ein Missverständnis vorlag. »Das was genau nicht passt?«

Steffen schaute den Klönpfad rauf und runter. »Ich habe keine Zeit. Ulf kommt gleich, und dann wollten wir nach Hause aufbrechen.«

Sonja sah, dass Steffen hinter sich im Garten den Grill befeuert hatte. Auf einem Tisch daneben wartete eine nicht angebrochene Packung Würstchen. Ein Brot auf einem Holzbrett war nicht angeschnitten, das Messer lag daneben. Nichts sah weniger danach aus, als dass Steffen gleich aufbrach.

Verwirrt strich sie sich eine Strähne aus dem Gesicht. Steffen drehte sich herum, um ihrem Blick zu folgen. Eine Sekunde schob sich die Oberlippe nach vorne, wie bei einem kleinen Kind, das sich ertappt fühlt. »Wenn Ulf und ich gleich gegessen haben. Er kommt jeden Augenblick.«

»Gerade hat er eine Runde Bier für alle geholt.« Sonja wusste selbst nicht, warum sie darauf beharrte, mit Steffen zu sprechen, da er doch offensichtlich keinerlei Interesse hatte. Sie verstand die Welt nicht mehr. Steffen war sonst einer der zugänglichsten Kollegen, die sie hatte. Und dadurch, dass sie beide auf der Insel lebten, verbrachten sie viel gemeinsame Zeit auf der Fähre. Irgendwie hatte sie gedacht, das würde sie verbinden.

»Aber …«, setzte sie an. »Ich hatte gehofft, es könnte uns beiden helfen, wenn wir reden. Über das, was passiert ist. Ich fühle mich so schrecklich. So schuldig.« Sonja spürte ein Brennen hinter den Augen. Bis jetzt hatte sie nicht weinen können. Wahrscheinlich, weil der Schock zu groß gewesen war. Aber etwas wollte raus, musste aus ihr raus.

Dass er schwieg, war schlimmer als alles andere. Gab er ihr etwa tatsächlich Schuld an dem Geschehen? Sie sah ihn an, versuchte, seinen Blick zu halten. Er konnte nicht standhalten, sondern drehte sich zur Seite. Dabei griff seine Hand nach hinten ins Kreuz.

»Wahrscheinlich hätten wir von dem Ganzen wirklich besser die Finger gelassen. Manchmal haben Schulleitungen wohl den richtigen Riecher. Du, sei mir nicht böse, ich muss mich setzen. Der Rücken.« Er ließ sie stehen und ging langsam und gebeugt zurück in den Garten.

»Steffen.« Sie erschrak selbst über die Schärfe in ihrer Stimme. Ohne nachzudenken, öffnete sie das Gartentörchen und war mit zwei, drei Schritten bei ihm. Sie hielt ihn an der Schulter fest. »Steffen. Das ist nicht dein Ernst.«

Er verzog keine Miene. »Doch, ist es. War eine Schnapsidee. Und dann mit dieser Melanie. Wir hätten ahnen können, dass mit ihr eines Tages etwas passiert.«

»Hätten wir?« Sie verstand ihn nicht.

»Bei der Mutter. Der Apfel fällt nicht weit vom Stamm. Beide verrückt und überdreht. Und nun hängen wir auf einmal in dem ganzen Theater mit drin.« Sein Blick wurde unstet und ging über sie hinweg.

»Steffen, was redest du da?«

»Komm, Sonja, lass uns das beenden. Wir reden morgen in der Schule. Die Polizei wird uns befragen, der Seelsorger mit uns sprechen und wer weiß, was das für Auswirkungen auf unser Schulleben hat.«

Sie hatte das Gefühl, einen vollkommen fremden, unbekannten Menschen vor sich zu haben. Fast schon war sie gewillt, wirklich zu gehen. Das alles konnte nicht sein. Irgendetwas musste dazu geführt haben, dass Steffen so abweisend und empathielos war. Ihr Kopf dröhnte mehr als zuvor. Wäre sie doch gar nicht erst losgegangen.

»Steffen. Du bist Vertrauenslehrer. Das alles kann dir nicht einfach egal sein.«

Wieder ging sein Blick unruhig hin und her. Als suchte er etwas. Als gäbe es etwas auf dem Weg zur Gartenlaube zu entdecken. Dann schaute er sie plötzlich resigniert an. »Na gut. Zehn Minuten. Aber nicht länger. Und drinnen in der Laube.«

Sie verzog das Gesicht nicht, obwohl sie sich wunderte. Mittlerweile ging es ihr gar nicht mehr darum, mit Steffen zu reden. Sie wollte nur verstehen, was mit ihm los war.

Er schloss die Tür und deutete auf ein Zweisitzersofa. Mehrere schwarze Cola-Kästen waren zu einem Viereck arrangiert und mit einer Tischplatte versehen worden. Sie blieb daran hängen und wäre fast der Länge nach aufs Sofa gefallen, hätte sie sich nicht im letzten Augenblick ins Gleichgewicht bringen können. Sie fühlte sich wie eingezwängt und fand keine gute Sitzposition. Automatisch ergriff sie eins der Kissen und schlang ihre Arme drum herum.

Steffen setzte sich in einen Sessel, der aus alten Studentenzeiten herrühren mochte oder ein Flohmarktfundstück war. Sonja überlegte einen Moment, mit welchen Stoffen und Farben man ihn aufwerten könnte, bevor sie sich selbst über ihre abschweifenden Gedankengänge wunderte.

»Nur, um es klarzustellen: Natürlich tut mir das alles leid. Mit Melanie. Und ihrer Mutter.«

»Du meinst Milli. Warum sagst du immer Melanie? Du weißt, wie sehr sie das hasste.« Sie zwang sich, die Vergangenheitsform zu wählen, so schwer ihr das fiel.

»Melanie. Milli. Was weiß denn ich? Sonja. Sie war eine Schülerin. Nicht mehr und nicht weniger.«

Es war die Art und Weise, wie er den Satz betonte. Sie wusste es nicht zu benennen. Eine Nuance, eine Hundertstelsekunde, die alles änderte. In der sich für Sonja Dinge zusammenschoben, die bisher nichts miteinander zu tun hatten. Millis betont flapsige und abweisende Art, wenn Steffen im Raum war. Steffen, der Milli mehr aus dem Weg ging als anderen Schülerinnen. Millis offensichtliches emotionales Chaos der letzten Zeit. Die Zeichen von Übermüdung, die sie sowohl bei Milli als auch bei Steffen in letzter Zeit bemerkt hatte. Und Millis Schwangerschaft, von der sie seit heute wussten.

Sonja fasste sich mit beiden Händen an die Stirn und verdeckte dabei ihre Augen. Als könne sie so den verrückten Gedanken Einhalt gebieten. Wie überreizt musste sie sein, um sich Dinge auszudenken, die nicht sein konnten. Steffen war ein erwachsener Mann. Steffen war Lehrer. Vertrauenslehrer. Jemand, der sich seiner Fürsorgepflicht immer bewusst war. Und vor allem: Steffen war schwul. Lebte in einer festen Beziehung.

Sie nahm die Hände wieder herunter. Obwohl es ihr unendlich schwerfiel, stellte sie die Frage, die sich wie von selbst in ihrem Kopf formierte: »Wusstest du, dass Milli schwanger war?«

Seine Augen flackerten. Die grünen Pupillen rutschten zur Seite, während er offensichtlich versuchte, Erstaunen vorzugaukeln. »Schwanger? Nein. Wieso?«

Er war ein verdammt schlechter Schauspieler. Als er sie anschaute, war klar, dass auch er das erkannte.

Sonjas Herzschlag setzte eine Sekunde aus, bevor er im wilden Stakkato erneut einsetzte und ihre Hände schweißnass wurden. Steffen war es. Steffen hatte Milli und ihre Mutter getötet. Wie hatte sie nur so blind und naiv sein können?

*

Ruth hielt die Spannung kaum aus. So triumphierend, wie Martin in die Runde sah, als er auf den Aus-Button des Handys drückte, musste es bedeutende Neuigkeiten geben.

»Lass es raus«, entfuhr es ihr. Nach wie vor konnte sie ihre Ungeduld nicht zügeln.

»Moment, bin direkt so weit.« Martin schien sich irgendetwas in seinem Kopf zurechtlegen zu wollen.

Anne nickte ihr beruhigend zu, aber dann begann Martin zu berichten. Genauso erstaunt wie die anderen, die mit geöffnetem Mund seinen Worten lauschten, war sie selbst. Anscheinend hatte der Anruf bei der Jugendhilfebereitschaft unerwartete Dinge ausgelöst. Bevor Frau Lichterfeld tätig werden konnte, hatte sich die frühere fallverantwortliche Fachkraft bei der Kripo gemeldet. Sie hatte ihre Eindrücke zu Yvonne Stöcker zusammengefasst wiedergegeben. Gerade, weil es für sie immer ein ganz besonderer Fall gewesen war, hatte die Nachricht vom Tode der beiden Frauen große Bestürzung bei ihr ausgelöst. Die entscheidenden Hinweise aber, die sie geben konnte, waren, dass es sehr dezidierte Vermutungen zur Vaterschaft von Milli gegeben hatte. Zwar hatte sich Yvonne Stöcker immer dagegen gewehrt und alles als Gerüchte abgetan, die als haltlos anzusehen wären, aber – und das war das Besondere, betonte Martin, als er wiedergab, was Frau Lichterfeld ihm mitgeteilt hatte – diese Äußerungen kamen nicht einfach irgendwoher, sondern ausgerechnet von Yvonne Stöckers Adoptiveltern.

Ruth setzte sich kerzengerade auf. »Was?«, entfuhr es ihr. »Aber hast du nicht eben erzählt«, sie tippte auf die Karte, »dass Yvonne den Kontakt zu ihren Adoptiveltern abgebrochen hatte.«

»Richtig.« Martin pochte mit dem Fingerknöchel auf die entsprechenden Namen. »Aber wir wussten den Grund dafür nicht.«

»Du meinst also, dass der Kontakt gerade deswegen abgebrochen wurde.«

»Eindeutig. Die Familienhelferin erinnerte sich daran, dass Yvonne Stöcker allen Institutionen untersagt hatte, mit den Eltern zu sprechen. Diese wiederum haben immer wieder die Ämter mit »ihrem Wissen« kontaktiert und wohl an Yvonne Stöckers alter Schule für Wirbel gesorgt.« Martin hatte die Gänsefüßchen in die Luft gemalt und seufzte laut. »Zu dem Zeitpunkt war Frau Stöcker längst volljährig, die Behörden konnten nichts machen.«

»Was war denn der genaue Vorwurf der Adoptiveltern?« Anne verknotete ihre Finger beim Reden, so angespannt schien auch sie zu sein.

Sie alle waren infiziert davon, dass sie womöglich den Wahrheiten Stück für Stück näher rückten. Ruth glaubte zu spüren, wie sich die Luft aufheizte. Nur Oskar wirkte desinteressiert, hatte sich zurückgelehnt und scrollte sich auf dem Display seiner Kamera durch die Fotos.

»Es ging vor allem darum, dass Yvonne bei der ersten Schwangerschaft erst 17 Jahre alt gewesen ist. Der Abbruch ist wohl mithilfe des Mannes durchgeführt worden, ohne Wissen der Eltern. Yvonne muss im Nachgang Schmerzen gehabt haben, durch die die Wahrheit auf den Tisch kam.«

»Gut. Nein, nicht gut. Kommt aber vor. So ungewöhnlich ist das nicht. Und nun, mit 17 schwanger werden ist so ungewöhnlich nicht.« Anne war in ihren Ärztinnenmodus geschwenkt und brachte eine Meinung vor, die Ruth teilte.

»Ja«, antwortete Martin lang gezogen, »mag sein. Wenn der Vater im gleichen Alter gewesen wäre oder wenn es eine realistische Zukunftsplanung gegeben hätte.«

»Also nicht? Wer war denn der geheimnisvolle Unbekannte?«

»Wenn die Adoptiveltern recht haben, der Leiter der Schule, dessen Internat Yvonne Stöcker besuchte.«

»Puh!«, machte Anne.

»Nicht wahr?« Ruth verdrehte die Augen. »Der Klassiker, was?«

»Könnte man meinen. Da kam eine Menge zusammen. Mehr als doppelt so alt wie Yvonne. Natürlich verheiratet. Ein unantastbarer Status, weil er als Pädagoge einen ausgezeichneten Ruf besaß. Ein sogenannter Ehrenmann, an dessen Ruf niemand zu kratzen gewagt hätte.«

»Und Yvonne war Schutzbefohlene und Minderjährige gleichzeitig«, fasste Anne zusammen.

»Ganz genau.«

Ruth klopfte mit den Fingern auf den Tisch. Niemals hätte sie gedacht, dass sie auf einmal mit ihrem eigenen Fachgebiet konfrontiert würde. Sie versuchte, alle Informationen zu verstehen. »Nur, damit sich kein Fehler in mein Denken schleicht: Reden wir von einem geplanten Missbrauch oder gab es eine wie immer geartete romantische Komponente dabei?« Sie hob sofort abwehrend die Hände, als sie alle fragend anschauten. »Nicht falsch verstehen. Dass dieser Mann wahrscheinlich alle Mittel hatte, um manipulativ vorzugehen, ist mir sonnenklar. Meine Frage geht in die Richtung, warum das Ganze nach der ersten Schwangerschaft und dem Abbruch und den ersten Vermutungen weiterging?«

»Das hat Frau Lichterfeld auch erfragt. Es ist schwierig, das zu beurteilen, weil Yvonne Stöcker alles abstritt. Ob der Schulleiter die Chuzpe hatte weiterzumachen, weil er sich so sicher war oder ob er nicht mehr aus der Beziehung aussteigen konnte, das wissen wir nicht.«

»Es könnte einen weiteren Grund geben«, warf Ruth ein. »Yvonne Stöcker könnte ihn erpresst haben, die Beziehung weiterzuführen. Wenn sie das Ganze als ernsthafte Geschichte wahrgenommen hat.«

»Das könnte so sein. Das würde nämlich eine ganze Menge erklären. Der psychische Zusammenbruch, als es zu Ende war. Die Geldanweisungen, die den Kauf des Hauses und den Lebensunterhalt, wenn er auch nicht üppig war, erklären würden.«

»Und zum Schluss den Mord?«, fragte Anne mit angehaltenem Atem. »Weil er Angst vor Entdeckung hatte? Weil Yvonne Stöcker mehr von ihm wollte? Weil sie ihn wahnhaft bedroht hat? Oder weil Milli hinter die Vaterschaft gekommen ist?«

»Nein.« Martins Antwort kam schnell und entschieden.

»Wie, nein?«, fragte Anne. »Woher wollt ihr das so schnell wissen und ausschließen? Hat einer mit dem Mann gesprochen? Ihn überprüft? Nach seinem Alibi gefragt?«

Martin musste grinsen, als Anne so vorpreschte. »Halt, du machst ja jedem Tatort-Kommissar Konkurrenz. Ein entschiedenes Nein deswegen: weil der Mann tot ist. Seit drei Jahren. Er kann es nicht gewesen sein.

Es war, als hätte einer die Luft aus dem Ballon gelassen, den sie alle zuvor aufgeblasen hatten. Ruth sackte in sich zusammen und starrte enttäuscht in die Gesichter der anderen, denen es sichtbar genauso ging.

»Aber wer kann es dann gewesen sein?«, fragte Oskar, als wäre er der Einzige, der Kraft und Energie hatte weiterzudenken. »Vielleicht hilft es uns trotzdem weiter. Lasst uns auf eure Karte schauen.«

*

Sonja rutschte auf dem Sofa hin und her. Steffen stand mit starrem Blick da. Er hatte sich ein Paddel mit dem Schriftzug Norderney geschnappt, das zur Dekoration an der Wand lehnte, und stützte sich mit den Händen schwerfällig darauf ab. Zwischen ihnen war kein weiteres Wort mehr gefallen. Alles war gesagt. Nur nicht, wie es weiterging.

Draußen hatte die Dämmerung schneller eingesetzt, als es ihr lieb sein konnte. Mit Einbruch der Dunkelheit leerten sich die Gärten. Sie würde keine Chance haben, wenn sie versuchte, durch Rufen auf sich aufmerksam zu machen.

Steffen! Ihr Kollege. Sie konnte es nicht fassen. Aber seine Reaktion ließ keinen Zweifel daran.

Sie versuchte, ihren wilden Herzschlag zu beruhigen, einen klaren Gedanken zu fassen. Wie weit war es bis zur Tür? Wenn es ihr gelänge, ihn zu überraschen und an ihm vorbei durch die Tür zu kommen, dann würde alles gut. Mit seiner Verletzung wäre er ihr bei aller Sportlichkeit unterlegen. Aber die Tür der Laube war schmal, und er stand so davor, dass er sie mit einer minimalen Bewegung aufhalten könnte. Allerdings war sein Stand keineswegs sicher. Sie müsste also seine Schwäche ausnutzen, ihm einen weiteren Schmerz zufügen, dann hätte sie vielleicht Glück. Sonja sackte in sich zusammen. Einmal hatte sie einen Selbstverteidigungskurs besucht und war daran gescheitert, dass sie es nicht konnte. Sich wehren. Selbst in dieser Situation sträubte sich alles dagegen, sie fühlte sich vollkommen ausgeliefert.

Wenn er nur nicht so starren würde. Wenn sie nur wüsste, was er plante. Waren die Taten an Milli und ihrer Mutter im Affekt geschehen, sodass sie mit Reden eine Möglichkeit fand, auf ihn einzuwirken? Fieberhaft suchte sie nach den richtigen Worten. Wenn, dann durfte nichts schieflaufen. Es gab diese Fälle, in denen Geiseln es geschafft hatten, die Täter emotional zu verwickeln. Sie kannte Steffen. Ihr würde etwas einfallen, es war ihre einzige Chance. Bevor sie sich etwas zurechtgelegt hatte, hörte sie ein hohes Quietschen. Das Gartentor. Erleichtert atmete sie aus. Da war jemand. Sie war nicht mehr mit Steffen allein.

Dann hörte sie die Stimme, die laut nach Steffen rief. Ulf kam zurück. Nie hätte sie gedacht, dass sie einmal dankbar sein würde, seine Stimme zu hören. Aber jetzt – jetzt konnte er ihr helfen. Sie würden gemeinsam Steffen zur Vernunft bringen. Ulf würde geschockt sein, keine Frage, aber wichtig war, dass dieser Spuk aufhörte. Irgendetwas musste mit Steffen geschehen sein, dass das alles passieren konnte. Irgendetwas, das sie nicht verstand.

»Ulf«, sagte sie erleichtert, als er die Hütte betrat und von ihr zu Steffen und von Steffen zu ihr schaute. Schlagartig wurde er weiß wie die Wand, bis sich die Röte mit einem jähen Zornesausbruch zurück in sein Gesicht kämpfte. Er hob die Hände zu Fäusten und ging auf Steffen zu: »Bist du von allen guten Geistern verlassen? Hast du nicht genug? Glaubst du wirklich, du könntest so weitermachen? Spuck aus! Was ist mit ihr? Gehört sie auch in die Reihe deiner Eroberungen?« Er spie Steffen ins Gesicht.

Sonja war starr vor Schreck. Die blanke Wut verzerrte Ulfs Gesicht zu einer furchterregenden Grimasse.

»Du widerst mich an«, schrie er weiter. »Mit wem hast du es eigentlich nicht gemacht? Dir scheint alles recht zu sein. Ob jung, ob alt, ob Mann, ob Frau – wählerisch kann man das nicht nennen. Was ist? Du kannst es zugeben. Mit diesem alten Bock da draußen. Hilmar. Hast du es mit ihm ebenfalls hier drinnen getrieben?«

Steffen stand wie versunken da. Als würde Ulfs Stimme gar nicht an ihn herankommen.

Sonja atmete tief ein. Wenn überhaupt, war das ihre Chance. Langsam, ganz langsam schob sie sich zentimeterweise hinter dem Tisch hervor. Ulf schien sie in seiner Wut nicht wahrzunehmen.

»Du verdammte Memme. Du Weichei. Ich habe wirklich gedacht, das ist etwas ganz Besonderes, das zwischen dir und mir. Alles hätte ich für dich getan.« Er lachte hysterisch auf. »Was heißt hätte? Was habe ich nicht alles getan?

Die Kohlen aus dem Feuer geholt, das du gelegt hast. Du Wahnsinniger. Alles aufs Spiel zu setzen. Mich zum Mörder zu machen. Weil ich dich liebe. Weil ich dich gottverdammt über alles liebe. Wie nichts auf der Welt.«

Sonja zuckte unter seinen Worten zusammen. Ulf war der Mörder? Hatte sie das richtig verstanden? Es war gar nicht Steffen gewesen? Aber dann hätte sie sich gar nicht in ihm getäuscht. Warum aber … Sie verstand nichts mehr. Wollte auch nicht verstehen. Sie musste hier raus. Weg von den beiden, von denen einer Milli umgebracht hatte. Milli und ihre Mutter. Sie würden auf sie nicht plötzlich Rücksicht nehmen.

Sonja setzte zum Sprint an. Nahm all ihren Mut, all ihre Kraft zusammen. Sie würde Ulf rammen müssen, um überhaupt eine Chance zu haben, durch die Tür zu kommen. Er war glücklicherweise klein und schmal gebaut. Allerdings hatte er einen verhältnismäßig muskulösen Körper. Wenn ihr der Überraschungseffekt gelang und sie ihn so traf, dass er gegen Steffen fiel, würde sie entkommen können. Draußen konnte sie rufen und schreien. Sie hatte eine kräftige Stimme. Es musste, es musste gelingen. Während sie sich abstieß, entriss Ulf Steffen das Paddel, auf dem dieser sich nach wie vor bewegungslos abstützte. Steffen fiel wie ein Sack zur Seite, ohne sich zu rühren, ohne Widerstand, ohne Abwehr, während Ulf sich mit dem Paddel in einer einzigen Bewegung drohend zu Sonja umdrehte.

»Und nun zu dir, du Miststück. Das vorhin auf dem Platz, war nicht unsere letzte Begegnung. Aber die hier, die wird es sein.«

Sonja hob die Hände. »Nein, bitte. Es ist alles ganz, ganz anders. Ich habe nichts mit Steffen. Wirklich, das musst du mir glauben. Wir waren immer nur Kollegen.«

»Ja, und deswegen musstest du ihn unbedingt sehen. Dich

bei ihm ausheulen. Das macht man doch so, wenn's einem schlecht geht. Und vorher hast du die Lage gecheckt, ob ich wirklich auf dem Platz bin.«

»Nein. Das war nicht so. Ich wollte mir den Weg sparen, wenn Steffen dort gewesen wäre. Bitte Ulf, glaub mir. Mir ist egal, was passiert ist. Bitte, ich will gehen. Ich stehe nicht zwischen euch.«

»So, so. Du willst also gehen.« Auf einmal verschwand die Wut aus seinem Gesicht. »Wohin willst du denn? Das würde mich interessieren.« Ein fieses Grinsen ließ seinen Mund unnatürlich groß wirken. Die Augen blieben kalt und taxierend.

»Nach Hause.« Sonja versuchte, müde und erschöpft zu klingen. »Einfach nach Hause.«

»Und dann? Wenn jemand kommt und dich fragt, was du so alles weißt? Dann sagst du sicher, du weißt gar nichts, weil Steffen dein Kollege ist und Ulf sein Freund und deswegen können die beiden gar nichts mit den Toten zu tun haben, nicht wahr?«

Sonja lief es kalt den Rücken runter. Seine Stimme triefte vor Ironie. Mit dem Paddel in der Hand sah er fast so aus wie der Teufel mit dem Dreizack.

»Ulf. Wirklich. Ich weiß überhaupt nicht, was passiert ist.« Normal reden, ganz normal, ermahnte sie sich. »Lass das die Polizei klären. Ich habe keine Ahnung. Und will es gar nicht wissen.« Wie eine Verräterin an Milli kam sie sich vor. Aber es ging um ihr Leben. Das bestimmt nicht an mehr als an einem seidenen Faden hing.

Einen Moment wagte sie zu hoffen. Auf was konnte sie nicht sagen. Aber es war zu spät. So schnell sie eben von seinem Gesicht verschwunden war, war sie zurück, die Wut. Sie sah, wie er das Paddel hob. Spürte den Schmerz erst, nachdem sie das Krachen ihres Nasenbeins gehört hatte.

»Lüg mich nicht an, du Miststück«, war das Letzte, was sie mitbekam.

*

Selbst Olaf, der die ganze Zeit ruhig und abgewandt bei ihnen gesessen und unentwegt seine Daumen gedreht hatte, beugte sich mit über den Tisch.

Oskars Stimme klang eindringlich und suggestiv. Ruth konnte sich nicht entscheiden, ob sie sich darauf einlassen wollte, was er vortrug. Er war doch bisher so gut wie gar nicht mit den Einzelheiten vertraut, war von ihnen allen derjenige, der sich am wenigsten auf der Insel auskannte und nun tat er so, als läge die Lösung des Falls offensichtlich vor ihnen. Nicht nur die Psychologin in ihr wehrte sich gegen solche manipulativen Einfachheiten.

Allerdings schien sie die Einzige mit einem solchen Misstrauen zu sein. Die anderen redeten und gestikulierten aufgeregt miteinander.

Sie seufzte laut. »Ich verstehe nicht, wie du auf den Gedanken kommst. Kannst du es erklären?«

Er lächelte sie warm an, obwohl er mit Sicherheit ihren Zweifel und ihr Genervtsein gespürt haben musste. »Klar. Gerne. Ich behaupte nicht, dass es so sein muss.«

Aha, dachte Ruth. Das hört sich schon anders an. Aber sie schwieg.

»Es ist so, dass wir eine begrenzte Anzahl von Personen haben, die in Frage kommen könnten. Weil wir von Beziehungstaten ausgehen. Richtig?«

Anne nickte. »Absolut. Das können keine Zufallstaten gewesen sein, nicht bei zwei verschiedenen Tatorten.«

»Auffundorten«, warf Martin dazwischen. »Erst einmal sind es Auffundorte.«

»Trotzdem. Wir gehen davon aus, dass es sich um ein- und denselben Täter handelt, der beide Opfer gekannt hat. Und deswegen arbeiten wir mit der Beziehungskarte.« Oskar machte eine Pause, die alle gespannt auf den nächsten Satz warten ließ. »Dann haben wir die Vorgeschichte von Yvonne Stöcker. Eine unglückliche Liaison, aus der ein Kind hervorgegangen zu sein scheint. Die auch für ihre psychische Erkrankung der Auslöser gewesen sein mag.« Er schaute einen nach dem anderen an, um zu überprüfen, ob ihm alle folgten. Zuletzt sah er Ruth fragend an.

Natürlich musste sie ihm recht geben. Bisher war das alles Konsens. Trotzdem musste sie den Hut davor ziehen, wie er alle in seinen Bann zog. So etwas musste man erst einmal können.

»So. Und nun suchen wir nach Parallelen in der Jetztzeit.« War seine Stimme bisher eher getragen gewesen, so gab er seinem Sprechen eine neue Dynamik. Schneller, impulsiver, fordernder, mitreißend. Ruth musste ein kleines Lächeln unterdrücken. Er hatte es wirklich drauf, auch wenn sie das nicht gern anerkannte. Vielleicht, weil er ihr in dieser Hinsicht zu ähnlich war? Aber es blieb keine Zeit, darüber nachzudenken.

Er hatte einen andersfarbigen Stift genommen und zog die Linie zwischen Milli und Steffen immer und immer wieder dick nach. »Hier haben wir eine vollkommene Parallele zu der Geschichte der Mutter. Schülerin liebt unerreichbaren Lehrer und wird schwanger.« Das letzte Wort unterstrich er mit einem Klopfen des Filzstiftes aufs Papier.

»Nur, dass dieser Lehrer schwul ist. Was wohl der größte Haken an der Sache ist.« Das erste Mal, das Olaf etwas sagte und gleich Zustimmung bekam.

Oskar ließ sich nicht beeindrucken. »Schwulsein muss kein starrer und exklusiver Zustand sein. Ich kenne durchaus Menschen, die im Leben ihre sexuelle Präferenz gewechselt haben – oder nebeneinander ausleben. Stichwort Bi.«

Ruth sah das Zögern in den Gesichtern. Alle schienen sich auf einem nicht allzu geläufigen Terrain zu bewegen.

»Aber das erklärt keinen Mord. Weder an Milli noch an ihrer Mutter.« Martin klang nachdenklich, aber um Sachlichkeit bemüht. Er zwickte mit Daumen und Zeigefinger die Haut an seiner Nasenwurzel zusammen, als könne ihm das beim Denken helfen.

»Was das genaue Motiv ist, werden wir erst wissen, wenn wir den Mörder kennen.« Oskar legte seine Spiegelreflexkamera auf den Tisch.

»Was heißt das?«, fragte Anne empört. »Hast du uns nicht gerade weismachen wollen, Steffen wäre der Mörder?«

»Nein, habe ich nicht«, antwortete Oskar freundlich und die Ruhe selbst. Nicht einmal sein feines Lächeln ließ er aus, obwohl Anne wirklich angriffslustig geklungen hatte.

»Ich habe nur auf die Parallele aufmerksam gemacht. Und darauf gekommen bin ich, weil mir etwas anderes aufgefallen ist, während ihr über Yvonne Stöckers Vergangenheit geredet habt.«

»Nämlich?« Ruth war ungeduldig.

»Ulf.«

»Ulf?«, fragten sie alle wie aus einem Munde.

»Ulf hat auf Danielas Hochzeit Fotos gemacht. Ganz offiziell beauftragt von Daniela. Und ich habe ebenfalls Fotos gemacht. Wobei meine viel weniger das Brautpaar im Fokus hatten, sondern ich habe versucht, die allgemeine Stimmung, die Gäste, das Ambiente, das Meer, den Sonnenuntergang, die Flaneure am Strand und darunter die Cosplayer einzufangen.« Er öffnete die Kamera. »Es sind ein paar Hundert Aufnahmen geworden. Wie das mit den Digitalkameras so geht.«

Auch Martin wurde ungeduldig. »Mach es nicht so spannend. Was ist dir aufgefallen? Wenn du eine Idee zum Mörder hast, sollten wir nicht so lange herumsitzen.«

»Du hast recht. Vollkommen. Also: Es ist fast ein Running Gag. Auf vielen meiner Fotos ist zu sehen, wie Ulf im Hintergrund Fotos macht. Anderes Setting, anderes Motiv. Und dann – ist Ulf auf einmal weg. Auf allen Fotos. Ich habe alles durchgescrollt. Bestimmt eine Dreiviertelstunde. Vielleicht etwas mehr, vielleicht etwas weniger. Danach ist er wieder zu sehen. Als wäre er für eine Zeit nicht auf der Hochzeit anwesend gewesen.«

»Was?« Sie hatten es alle gleichzeitig ausgerufen. Entsetzt schauten sie sich an.

Nur Martin fragte näher nach: »Und die Uhrzeit passt?«

Oskar nickte. »Und noch etwas. Ich habe Daniela und Frank eben angeschrieben, ob Ulf eine offizielle Pause gehabt oder sich aus einem anderen Grund bei ihnen abgemeldet habe, aber das verneinen beide.« Er hielt sein Smartphone wie zum Beweis hoch.

»In Ordnung.« Martin schaute Olaf an. »Wir überprüfen das. Ich hole zwei Kollegen dazu. Nicole und Ronnie. Dann werden wir Ulf und Steffen einen Überraschungsbesuch abstatten.«

Ein gurgelndes Geräusch aus Oskars Mund ließ sie herumfahren. Er hielt ein Glas Wasser in der Hand und hatte offensichtlich gerade getrunken, als ihm etwas eingefallen sein musste. Er hustete und prustete, während er mit der freien Hand wild wedelte. »Oh, Shit, das geht mir erst jetzt auf. Ich habe die Kunstlehrerin getroffen. Als ich auf dem Weg zu euch war. Sie hat sich bei mir bedankt. Weil ich sie auf die Idee gebracht hätte, bei ihrem Kollegen vorbeizugehen.« Er runzelte die Stirn und nahm seine Brille ab. »Bei ihrem Kollegen!«, wiederholte er. »Das ist doch Steffen.«

»Ich rufe Nicole und Ronnie«, wandte sich Martin an Olaf. »Informiere du den Nachtdienst. Wir sollten keine Zeit verlieren. Wir treffen uns vor dem Haus der beiden in der Seilerstraße. Wo die beiden wohnen, weiß jeder auf der Insel. Für alle gilt: keine Alleingänge.«

*

Der Geruch von Kohle kitzelte in ihrer Nase. Sonja öffnete die Augen. Hinter ihrer Stirn pochte ein Schmerz, der von der Nase ausging und über die Augen hochzog. Immerhin wusste sie, was vorgefallen war und wo sie war. In der Hütte war es dunkel. So dunkel wie es in einer Gartenanlage nachts sein konnte. Nur langsam schälten sich Konturen aus dem Schwarz heraus. Von draußen hörte sie ein Scheppern, Schleifen, Klimpern. Die Geräusche ergaben kein Bild, sie wusste sie nicht einzuordnen. Sie traute sich nicht zu rufen. Zu groß war die Wahrscheinlichkeit, dass es Ulf war, der sich dort an was auch immer für Sachen zu schaffen machte. Solange er nicht mitbekam, dass sie bei Bewusstsein war, konnte sie überlegen. Ob es einen Weg gab. Ob sie eine Chance hatte. Sie verfluchte ihre Nachlässigkeit, ihr Handy zu Hause gelassen zu haben. Aber zum Ärgern war keine Zeit. Sie versuchte zu verstehen, welchen Sinn die verschiedenen Aussagen ergaben. Wenn sie alles richtig verstand, war Ulf der Mörder und nicht Steffen, wie sie es angenommen hatte. Ulf, der möglicherweise aus Eifersucht getötet hatte. Aber wenn er es gewesen war, musste Steffen unschuldig sein. Steffen war der Gute. Ihr Verbündeter, auch gegen Ulf. Ganz vorsichtig bewegte sie sich, trotz der Schmerzen, robbenartig nach vorne. So weit, bis ihre Finger den leblos wirkenden Körper berührten. Steffen war vorhin zur Seite gekippt. Er musste doch ansprechbar sein, oder etwa nicht? Sie schüttelte ihn. Es kam keine Reaktion.

»Steffen«, flüsterte sie so leise sie konnte. Trotzdem hatte sie das Gefühl, viel zu laut zu sprechen. Sie lauschte. Aber Ulf schien draußen unvermindert weiterzumachen. Sie hörte ihn leise fluchen, konnte also sicher sein, dass er es war. So wie er mit sich selbst beschäftigt war, konnte es vielleicht ihr Glück sein.

»Steffen, bitte, wenn du mich hörst, antworte. Zu zweit haben wir vielleicht eine Chance. Bitte, was immer passiert ist, wir werden das lösen. Ich helfe dir. Ich bin deine Kollegin.« Anfangs hatte sie abgehackt, stotternd gesprochen. Nach fast jedem Wort lauschend eine Pause eingelegt. Dann hatte sie angefangen, die Sätze zu wiederholen. Schüttelte dabei den reglosen Körper, solange bis Steffen endlich mit einem Stöhnen reagierte. Sie wiederholte alles, schloss erneut mit den Worten: »Wir werden das lösen. Ich helfe dir. Ich bin doch deine Kollegin.«

Dann wurde es schwarz im Raum. Ulf stand im Türrahmen und nahm dem wenigen Licht, das eindrang, jeden Weg.

Sie konnte sein Gesicht nicht erkennen, aber seine verzerrte Stimme jagte ihr erneut Angst ein. Anscheinend suchte er etwas, denn er tastete sich an der Wand entlang, stieß dabei knurrende Laute aus. Dann kam er näher. Das Licht von draußen umgab seine Kontur. Sie sah das Paddel in seiner Hand.

»Kollegin. Dass ich nicht lache. Ihr zwei, ihr habt mich lange genug an der Nase herumgeführt.« Krachend fuhr das Paddel auf Steffen, während sich Sonja mit einer Drehbewegung von Ulf wegbewegte und sich wie ein Embryo einrollte, als würde ihr das Schutz bieten. So bin ich auf die Welt gekommen, so gehe ich wieder, dachte sie und wunderte sich, wie wenig es ihr ausmachte, als ein Blitz den ganzen Raum erhellte und der Schlag sie diesmal am Hinterkopf traf.

*

»Kann das sein? Kann das wirklich sein?« Anne durchschritt die Küche, wobei sie sich mit beiden Händen den Kopf hielt, als würde er ihr sonst abfallen. »Ulf ist unser Tennispartner, wir kennen ihn und Steffen, niemals hätte ich geglaubt, dass die beiden irgendetwas auseinanderbringt. Noch nie habe ich Steffen mit einer Frau flirten sehen.«

»Vielleicht ist alles nur ein Riesenmissverständnis«, behauptete Ruth in der Hoffnung, Anne etwas zu beruhigen.

Martin hatte mit Olaf vor zwei Minuten das Haus verlassen, nachdem sie die entsprechenden Telefonate geführt hatten. Auch Frau Lichterfeld war über den Einsatz informiert worden und hatte ihr Einverständnis erteilt.

»Aber wisst ihr, worüber ich nachdenke?«, fragte Anne. »Heute Nachmittag war Steffen in der Schrebergartenanlage und nicht zu Hause. Vielleicht ist er dort. Steffen schwärmt davon, in der Hängematte die Sterne zu beobachten. Oft genug hat er so die ganze Nacht verbracht. Hat er mir jedenfalls erzählt«, schob Anne nach, als Oskar sie fragend anschaute.

»Hm«, machte er. »Willst du Martin nicht anrufen und ihm das sagen?«

»Ich weiß nicht. Wahrscheinlich ist keiner heute in der Stimmung zum Sterneschauen«, antwortete sie und ging zum Fenster, um in den Himmel zu schauen. »Tatsächlich ist es draußen bewölkt.«

»Deswegen die Schwüle. Es sind für die Nacht Hitzegewitter gemeldet.« Oskar zeigte auf sein Smartphone, in dem er die Welt mit sich herumtrug. Es gab anscheinend keine App, die er nicht nutzte.

»Was haltet ihr davon, wenn wir mit den Rädern zum Schlickdreieck fahren und nachschauen? Ich meine, so aus der Ferne. Wenn die beiden da sind, können wir Martin informieren.« Sie war aufgestanden. »Ehrlich gesagt, halte ich es nicht wirklich aus herumzusitzen.«

»Drei Leute – zwei Fahrräder würde ich tippen«, erwiderte Oskar und zeigte die entsprechenden Zahlen.

»Nein, drei Fahrräder haben wir. Das ist nicht das Problem. Aber Martin wäre wohl kaum amüsiert, wenn wir auf eigene Faust losziehen.«

»Wir leisten Diensthilfe, sieh es einfach so.« Ruth war fast an der Tür und schaute in den Garderobenspiegel. Wie gewohnt standen ihre blonden Locken vom Kopf ab, und sie wuselte sie zurecht. Ihr Zeichen, dass sie bereit war. Sie sah, wie Anne resigniert die Augen verdrehte, ihr aber folgte.

Zum zweiten Mal für heute fuhren sie hintereinander mit den Rädern in Richtung Hafen und Wattseite. Wie verändert war die Stimmung, die nachmittags schon nicht durchgehend fröhlich gewesen war. Es schwang etwas mit. Eine unbestätigte Gewissheit, dachte Ruth. Etwas, das nicht wahr werden sollte, weil es nicht wahr werden durfte. Und trotzdem wollten sie gleichzeitig, dass der Albtraum vorbei war und sie den Täter zu fassen bekamen.

»Es fängt an zu regnen«, bemerkte Oskar. »Wollt ihr lieber umkehren?«

Sie gaben beide keine Antwort und legten sich gegen den aufkommenden Wind und die Tropfen, die warm und weich vom Himmel fielen, sich aber nach den Tagen der Hitze ungewohnt auf der Haut anfühlten.

Anne fuhr voraus. Durch den Kurpark, bei dem sie am späten Abend das Fahrradverbot missachteten. An der Mühle und den Sportanlagen vorbei, hoch auf den schmalen Deich, von dem aus sie die ganze Schrebergartenkolonie überblicken konnten. In dem Augenblick, als sie alle anhielten, öffnete der Himmel seine Schleusen und ein Platzregen ging über sie nieder, der sie innerhalb von zwei Minuten bis auf die Unterwäsche durchnässte.

Oskar setzte seine Brille ab, weil die Gläser voller Wasser waren.

Ruth wischte sich den Regen aus dem Gesicht. Schützend legte sie die Hände wie den Schirm einer Kappe über die Augen und versuchte anhand der schmalen Wege zwischen den Lauben auszumachen, wo sich der Garten von Ulf und Steffen befand. Die ganze Anlage schien wie ausgestorben. Ruth dachte an den Toten im Regenfass, ein Schauder lief ihr über den Rücken.

Da krallte sich plötzlich die Hand von Anne schmerzhaft in ihren Oberarm. Ruth schrie auf.

»Verdammt. Guckt mal. Da vorne. Da muss es sein. Die Hütte von den beiden. Feuer. Es sieht aus, als wenn die Hütte brennt. Oskar, komm, wir müssen sofort dahin. Ruth, bitte ruf die Feuerwehr. Und die Polizei. Sie sollen kommen. Sofort und mit jedem.

Wie eine Welle schlugen die Ereignisse über Ruth zusammen. Wie immer in Krisensituation arbeitete sie sich trotzdem durch alle Notwendigkeiten. Notrufe absetzen, in Kürze schildern, worum es ging. Ihr schien, als dauerte es nicht mal die Länge der Telefonate, als aus allen Richtungen Motorengeräusche zu hören waren. In der Ferne sah sie Blaulicht aufzucken, wahrscheinlich waren die Kollegen in der richtigen Richtung unterwegs.

Sie setzte sich auf den nassen Sattel, stieß sich mit einem Fuß ab und folgte den beiden anderen über die dunklen Pfade. Von hier unten war kein Feuerschein zu sehen, was sie beruhigte. Nur der beißende Geruch, der von vorne in ihre Nase drang, sagte ihr, dass Anne die Lage richtig eingeschätzt hatte.

Plötzlich sah sie eine dunkle Gestalt durch die Gärten, die links von ihr lagen, huschen. Dort stieg jemand über die Zäune und hatte es sehr eilig. Ruth erstarrte. Alles passte. Die kleine, schmale Figur, der athletische Lauf. Es musste Ulf sein.

Einen Moment überlegte sie, ihm zu folgen, verwarf es aber. Schutzlos, ohne Waffe hatte das keinen Sinn. Aber sie war sicher, die Kollegen würden ihn stellen. Nachdem sie wussten, mit wem sie es als Täter zu tun hatten.

Am Garten angekommen, nahm ihr der beißende Qualm Atem und Sicht. Direkt an der Gartenpforte hockte Anne und hielt sich ein Taschentuch vor das Gesicht. »Komm runter«, riss sie an Ruths Arm. »Hier unten ist am wenigsten Rauch.«

»Wo ist Oskar?«, wollte sie stattdessen wissen und trat einen Schritt vor.

»Runter«, habe ich gesagt. »Oskar hat sein T-Shirt mit Wasser durchnässt und versucht, Sonja zu bergen.«

Ruth überlegte, es Oskar gleichzutun.

»Komm nicht auf blöde Ideen!«, schrie Anne, als könne sie ihre Gedanken lesen. »Es ist Wahnsinn genug, dass Oskar sich in Lebensgefahr bringt.«

Ruth versuchte, die Lage zu überblicken. Das Feuer schien aus drei verschiedenen Ecken zu kommen. Als wäre es bewusst am Haus gelegt worden. Entweder hatten sie Ulf überrascht, bevor er an der vierten Ecke zündeln konnte, oder der Platzregen war ihnen zu Hilfe gekommen. Ruth hatte das Gefühl, dass das Feuer durch die einsetzende Nässe nicht richtig in Gang kommen wollte, dafür aber der Qualm umso stärker wurde.

»Mensch, Oskar«, dachte sie nur, als seine Gestalt sich plötzlich aus der grauen undurchdringlichen Rauchwolke löste. Er kniete auf dem Boden und zog im Rückwärtskriechen etwas in ihre Richtung. Es musste Sonja sein. Anne und sie sprangen gleichzeitig auf und unterstützten Oskar auf den letzten Metern. Auf dem Klön-Pad zogen sie sie gemeinsam in die windabgewandte Richtung. Oskar ließ sich erschöpft neben dem leblosen Körper auf den Boden fallen. Sein Brustkorb hob und senkte sich in erschreckendem Maße. Sonja dagegen schien nicht zu atmen.

Um sie herum war plötzlich alles voll flackerndem Blaulicht, aufgeregten Rufen, Schläuchen, die ausgerollt wurden, und einem Brummen der Generatoren.

Anne, die sich über Sonja gebeugt hatte, richtete sich auf. »Kannst du den Sanitätern entgegengehen und zeigen, wo wir sind? Wir brauchen dringend Sauerstoff. Immerhin. Sie lebt.«

*

MITTWOCH, 6. JUNI

»Ich soll euch alle ganz herzlich grüßen«, sagte Martin, als er nach Hause kam und sich als Erstes zu Anne hinunterbeugte, um ihr einen Kuss zu geben. »Und dir, Ruth, soll ich ausrichten, dass Sonja dir ein neues Kleid schneidern wird, sobald sie aus dem Krankenhaus entlassen wird. Das natürlich unser rasender Olaf zahlen wird.«

»Ach nein, wieso das denn? Ich weiß noch nicht einmal, ob ich ein Kleid besitzen möchte, das mich an dieses Wochenende erinnert. Zumal mir sowieso die Anlässe fehlen, um ein solches zu tragen.«

»Wer weiß schon, was die Zukunft bringt? Und vielleicht war nicht alles schlecht?«, fragte Oskar, der neben ihr saß und gerade seine Hornbrille mit dem Finger zurück auf die Nase schob. »Daniela würde sich freuen, wenn du im Rückblick an diese Woche auch an ihre Hochzeit denkst.«

»Klar, mache ich doch.« Ruth grinste. Ihr war vollkommen klar, was sie aus Oskars Sicht für gut befinden sollte. Und na ja, ganz unrecht hatte er sicher nicht.

»Magst du etwas erzählen?«, richtete sie sich an Martin. Er kam schließlich gerade von der großen Abschlussbesprechung aus Aurich und war direkt zu ihnen gestoßen, um den letzten Abend mit Oskar zu verbringen. Später würden sie sich mit Daniela, Frank und Frau Dirkens im Surfcafé treffen. Dann hätten andere Gespräche Vorrang, obwohl alle betroffen auf die schrecklichen Ereignisse reagiert hatten. Es war also anzunehmen, dass sie unweigerlich bei den Geschehnissen landen würden. Denn wie sollte man das ohne Reden verarbeiten können? Der Schock saß zu tief.

Martin sah auf die Uhr. »Okay, bis wir los müssen. Dann würde ich gerne versuchen, das Thema ruhen zu lassen. Soweit es geht«, machte er die gleiche Einschränkung, die Ruth durch den Kopf gegangen war.

Martin holte sich ein Bier aus dem Kühlschrank und setzte sich zu ihnen. »Also, die harten Fakten kennt ihr zur Genüge. Heute hat der endgültige Abgleich stattgefunden zwischen allen Aussagen, die wir haben, in erster Linie der von Ulf, und den Erkenntnissen der Spurensicherung und der Rechtsmedizin. Das war wirklich Akkordarbeit, vier Obduktionen zu einem Fall an einem Tag, das gibt's nicht so häufig.«

»Und?«, fragte Anne. »Passt alles zusammen?«

»Ja, weitgehend. Ulf ist nach der Festnahme komplett zusammengebrochen. Wenn es nach ihm gegangen wäre, hätte er nicht einmal einen Anwalt haben wollen. Natürlich haben wir in dieser heiklen Sache trotzdem einen bestellt. Der hat alle Hände voll zu tun, dass sich Ulf nicht weiter reinreitet.«

»Weil er gar nicht der alleinige Täter ist? Ist es dabei geblieben?« Ruth fragte nach, weil das am Montag durchgesickert war.

»Ja, aber der Reihe nach. Steffen starb an einer Rauchgasvergiftung. Er war wahrscheinlich, weil er zuvor gekifft hatte, und das ziemlich massiv, in seinen Reaktionen verlangsamt und hat sich deswegen gar nicht gegen das Einatmen der giftigen Gase gewehrt. Zumal er durch die Kopfverletzung benommen gewesen sein muss.«

»Was Sonja für ein Glück hatte.« Anne faltete ihre Hände und legte ihr Kinn darauf ab. Nachdenklich hörte sie Martin weiter zu.

»Absolut. Aber von den Rauchgasen war sie nicht so stark betroffen wie vermutet. Sie lag näher an der Tür, und Oskar hat sie früh genug herausgezogen. Sie hat ein leichtes Schädel-Hirn-Trauma, einen Nasenbeinbruch und ein ansehnliches Brillenhämatom, mit dem sie aussieht wie ein Pandabär. Sie wird psychologisch betreut, nach aktuellem Stand geht es ihr ganz gut.«

»Puh«, entfuhr es Ruth. »An den psychischen Folgen wird sie mit Sicherheit eine Weile zu tragen haben.«

»Ja, das glauben wir alle.« Martin atmete tief aus. »So wie sich die Dinge um Milli und Yvonne darstellen – und wie gesagt, gesichert durch die Erkennungsdienste –, hatte Milli seit mehreren Monaten eine Affäre mit Steffen. Der wahrscheinlich schon immer Beziehungen zu Frauen und Männern hatte, aber Ulf in dem Glauben ließ, er sei ausschließlich schwul und nur an exklusiven Liebesbeziehungen interessiert. Für Ulf war Steffen die große Liebe, und er nahm dafür vieles in Kauf, auch anzügliche Sprüche und Bemerkungen, gerade beim Sport und überhaupt auf der Insel. Ganz so offen und tolerant sind die meisten Menschen nämlich nicht. Was übrigens ausdrücklich nicht nur für Ostfriesen gilt.«

»Also eine Eifersuchtsgeschichte?«

»So einfach ist es nicht. Das Ganze hat eine Dynamik, die mit etwas anfängt, was wir gar nicht im Zusammenhang gesehen haben. Eine nächtliche Begegnung mit Hilmar Hansen.«

»Wie bitte?« Sie sahen sich alle verwundert an. »Wieso Hilmar Hansen?«

»Er muss Steffen mit Milli begegnet sein. Daraufhin hat er Steffen beschimpft. Wegen seines Schwulseins und dass er sich zusätzlich an jungen Mädchen vergreifen würde. Hansen muss sich reingesteigert haben und wollte sich an die Schulbehörde wenden. Plötzlich griff er sich zwar ans Herz, torkelte, schimpfte aber weiter herum. Steffen hat sich zurückgezogen, als Anneliese dazukam. Aber in Hörweite. Da ging es Hilmar anscheinend richtig schlecht, sodass Steffen mehr als erstaunt war, als Hilmar Anneliese nichts von der Begegnung mit ihm erzählte, aber noch mehr, als er sah, dass sie den Mann, der sichtbar einem Zusammenbruch nahe war, stehen ließ.«

»Das ist ja ein Ding«, entfuhr es Oskar. »Dann war es Steffen, der Hilmar in die Regentonne steckte?«

»Ja. Weil er sich nicht sicher war, ob Hilmar noch lebte und am nächsten Morgen nicht doch auspacken würde.«

»Und woher weißt du das alles?«, wollte Anne wissen. »Steffen kann schließlich nicht mehr aussagen.«

»Stimmt. Da müssen wir darauf vertrauen, was Ulf uns erzählt. Aber wie gesagt, bisher ist alles durch die Spurenlage abgedeckt.«

»Wahnsinn.« Anne schüttelte den Kopf. »Und Anneliese Hansen bringt sich um, weil sie glaubt, Schuld an Hilmars Tod zu haben.«

»Das ist eine andere Baustelle«, wiegelte Martin ab. »Dazu später.« Er sah auf die Uhr. »Steffen hat in der Nacht nichts von dem Vorfall erzählt. Aber er trifft sich erneut mit Milli. Sie haben sich meistens abends verabredet, wenn Ulf auf dem Festland unterwegs war. Manchmal in den Dünen oder an anderen abgelegenen Plätzen, wenn Ulf auf dem Tennisplatz war. Im Nachhinein kann Ulf nicht verstehen, dass ihm nichts aufgefallen ist. Aber er hatte keinerlei Misstrauen gegenüber Steffen. Nun ja. Milli eröffnete also Steffen, dass sie schwanger ist. Natürlich war er geschockt. Aber es war nichts, von dem er glaubte, dass es sich nicht beheben ließe.«

Anne reagierte mit aufgerissenen Augen: »Nicht beheben ließe?«

»Weder meine Wortwahl noch meine Haltung, das weißt du. Aber Steffen war eindeutig für eine Abtreibung.«

»Milli aber nicht?«, stellte Anne fest.

»Das weiß Ulf nicht. Die Dinge haben sich überschlagen. Millis Mutter ist dahintergekommen. Hinter die Schwangerschaft und hinter die Affäre mit Steffen.«

»Oh nein!« Ruth schlug sich die Hände vor den Mund. »Diese traumatisierte Frau erlebt also ein komplettes Flashback ihrer eigenen Geschichte.«

»Allerdings. Aber anscheinend hatte sie gar nicht viel Zeit, sich damit auseinanderzusetzen. Steffen hat Panik bekommen und sich Ulf anvertraut. Quasi eine Generalbeichte abgelegt.« Martin machte eine Pause. Er wirkte erschöpft.

Trotzdem musste Ruth fragen: »Und dann?«

»Und dann – dann hat Ulf beschlossen, der Mutter, die psychisch krank war, einen Schreck einzujagen und mögliche Beweise aus Millis Zimmer zu holen. Es gab Fotos und mehrere handgeschriebene Zettel, mit denen sich Steffen am Anfang der Affäre mit Milli verabredet hatte. Zettel erschienen ihm sicherer als Nachrichten auf dem Handy, die man eindeutiger ihm hätte zuordnen können. Die Überlegung war, den Schock, den die Mutter voraussichtlich durch das Eindringen ins Haus bekommen würde, zu nutzen, um ihre psychische Instabilität aufzuzeigen. Mit anderen Worten: Sie als verrückt erscheinen zu lassen. Und dabei, und das ist wirklich verrückt, wussten weder Ulf noch Steffen, dass genau das dadurch passierte, dass die Mutter gerade eine Wiederholung ihrer eigenen Geschichte erlebte.«

»Und das konnten sie nicht wissen, weil Milli selbst nichts über ihre Herkunft wusste. Sie kannte ihren Vater nicht. War also wirklich nur durch Zufall in eine ähnliche Geschichte gerutscht.« Oskar sah Ruth an, wohl um von ihr eine Bestätigung seiner Worte zu erhalten.

»Das Wort Zufall in diesem Zusammenhang sei dahingestellt. Was tiefenpsychologisch gewirkt oder welche versteckten, ihr selber nicht bewussten Botschaften die Mutter ausgesandt haben mag, werden wir nicht mehr lösen können.« Ruth konnte nicht anders, als doch zu fachsimpeln.

»Fakt ist, die Sache ist entgleist. Er ist durchs Fenster in Millis Zimmer eingestiegen. Den Tipp hatte er von Steffen. Die Mutter saß völlig apathisch auf der Treppe. Gruselig, hat Ulf gesagt, richtig gruselig. Als hätte sie auf ihn gewartet. Er hat die Sachen an sich genommen, von denen Steffen wusste, wo Milli sie aufbewahrte. Als er die Treppe betrat – der Plan war ja, sie zu schocken – hat sie sich aufgerichtet und ist ihm entgegengekommen. Mit einem Messer in der Hand. Wie in einem Horrorfilm. Nicht ansprechbar. Hielt nur das Messer in seine Richtung. Natürlich hätte er gehen können. Denn er hatte alles, was er wollte. Die Sachen und eine psychotische Mutter. Aber er hat eine solche Angst bekommen, hatte das Gefühl, das ihm alles, sein Leben, seine Liebe, alles, wofür er bisher gelebt hatte, entgleist. Und deswegen hat er – ich zitiere – kurzen Prozess gemacht.«

»Das heißt, er hat sie die Treppe runtergestoßen«, wollte es Oskar genau benannt haben. »Und danach hat er Milli umgebracht?«

»Das ist es ja, was das Ganze schlimmer, verrückter macht«, schüttelte Martin verneinend den Kopf. »Die beiden waren auf einmal wieder vereint. Ulf und Steffen. Im diabolischen Sinne. Ihnen beiden drohte der Verlust von allem, was sie ausmachte. Der Skandal war dabei mittlerweile das geringste Problem. Beide hatten gemordet. Dass Hilmar Hansen vorher seinem Herzinfarkt erlegen war, wusste Steffen nicht. Aber Milli wusste um die nächtliche Begegnung. Milli war schwanger. Und Milli würde zu Hause die tote Mutter finden. Und ihre Schlüsse ziehen.«

Wieder machte Martin eine Pause, die für Ruth zwar nachvollziehbar, aber kaum auszuhalten war.

»Steffen und Ulf haben den Mord an Milli gemeinsam geplant. Wie das alles ging, wo doch Ulf kurz danach zur Hochzeit musste, wie ihm das überhaupt gelingen konnte, so unbeteiligt ein Schauspiel abzuliefern, zeigt, wie unfassbar sich Menschen verhalten können.«

»Ich kann das nicht glauben.« Anne schüttelte den Kopf. »Was hatte es denn mit der Rückenzerrung auf sich? Hat Steffen sich die in der Nacht mit Hilmar geholt?«

»Nein. Sie war vorgeschoben. Er wollte auf gar keinen Fall den Tag mit Milli verbringen müssen. Auch als Alibi.«

»Ich hätte es wissen müssen.« Anne schlug sich vor die Stirn. »Als Ärztin hätte es mir auffallen müssen. Kein Mensch liegt mit Rückenschmerzen freiwillig in einer Hängematte. Ich muss blind gewesen sein. Aber das konnte doch kein Mensch ahnen.«

»Wir fanden Ulf immerhin unsympathisch, oder?«, sprach Oskar für Ruth mit. Sie nickte.

»Aber zwischen unsympathisch und dem, was sich offenbart, ist viel Platz. Aber so erlebe ich das als Polizist immer wieder. Wenn jemand in die Enge getrieben ist, kommen komplett andere Seiten zum Vorschein.«

Sie nickten alle. Alle am Tisch hatten sie Berufe, in denen sie diese Erfahrung nicht erst einmal gemacht hatten.

Martin fuhr fort: »Umgebracht wurde Milli von Steffen. Er hat sie zum Liebesspiel ins Wasser gelockt. Steffen hatte Ulf per Handy informiert, wann er zum Strand aufbricht. Dieser hat für diese Zeit die Hochzeit verlassen, um gegebenenfalls am Strand ein Ablenkungsmanöver zu vollziehen. Es war von der Uhrzeit her nicht der günstigste Augenblick. Aber es gab keine Zeugen. Außer Ulf. Der tatsächlich danach, als sei nichts geschehen, zur Hochzeit zurückkehrte.«

»Mir ist schlecht«, gestand Ruth. »Ich weiß gar nicht, wie das gehen soll gleich mit unserer Verabredung.«

Ein einheitliches Seufzen ging um den Tisch.

»Wahrscheinlich wie immer. Wie es so geht, wenn ich einen Todesfall in der Klinik hatte.«

»Oder wenn ich zu einem tödlichen Verkehrsunfall gerufen wurde«, ergänzte Oskar.

Ruth nickte. Ja, so war es. Sie alle vier hatten gelernt, mit solchen Ereignissen zu leben. Sie in den Hintergrund zu drängen und das eigene Leben davon nicht überrollen zu lassen. Aber heute? Wahrscheinlich würden sie eine Menge Alkohol brauchen, um die schrecklichen Bilder zu vergessen.

Da tastete sich eine Hand zu der ihren und nahm sie in seine. Sie blickte Oskar an. »Tut mir leid. Ich hätte gerne einen fröhlicheren Abschied von dir gefeiert. Kommst du trotzdem mit? Zu meinem letzten Abend auf der Insel? Zu unserem gemeinsamen letzten Abend?«

*

DONNERSTAG, 7. JUNI

Ruth saß in der Milchbar. Sie hatte einen der begehrten Fensterplätze ergattert. Mit einem Latte macchiato in der Hand sah sie auf die tanzenden Wellen. Das Wetter war seit Sonntagnacht wechselhaft. Ganz so hochsommerlich wie die Tage davor wollte sich die Insel nicht mehr zeigen. Aber das war Ruth nur recht. Genauso wie die Ruhe, die sie trotz des gut besuchten Lokals empfand, weil sie endlich alleine war. Es wurde Zeit, dass sie in ihre Single-Wohnung zurückkehrte.

Für heute Nachmittag war sie bei Marthe Dirkens eingeladen. Sie legte die Hände auf das schön eingepackte Backbuch der amerikanischen Köchin Martha Stewart. Frau Dirkens hatte ihr verraten, dass sie diese seit Jahren liebte, seit sie sie bei einem Auftritt im Fernsehen erlebt hatte. Auch, weil sie fast den gleichen Vornamen und Geburtsjahr hatten, hatte Marthe angefangen, ihre vollkommen unostfriesischen Cookies, deren Rezept damals in der Show verraten wurde, zum Tee zu reichen. Ruth hoffte, dass sie das Buch noch nicht hatte und sie sich durch die englischen Rezepte und Maßeinheiten nicht schrecken lassen würde. Notfalls würde Daniela ihr helfen, hatte diese versprochen, als Ruth sie um Rat gefragt hatte.

Sie freute sich darauf, gleich in den Genuss der besonderen Teezeremonie zu kommen. Obwohl ihr der Schädel von gestern Abend brummte. Ohne Alkohol wäre es wahrscheinlich nicht gegangen. Sie hatten kaum über das, was passiert war, gesprochen.

Einzig die Sache mit Olaf, dem doppelten Abschiedsbrief und der Vermutung, dass Ingrid Anneliese getötet haben könnte, war zur Sprache gekommen. Aber es war wohl ein Suizid gewesen, und Ingrid hatte dabei das getan, was Anneliese im Fall Hilmar Hansen vorzuwerfen gewesen wäre: unterlassene Hilfeleistung. Der zweite Brief, den Ingrid an sich genommen hatte und den Olaf bei ihr gefunden hatte, war zwar tatsächlich von dieser geschrieben worden, aber mehr ließ sich ihr nach der Obduktion von Anneliese nicht vorwerfen. Es sei denn, es wäre ihr der perfekte Mord geglückt. Aber darüber wollte Ruth nicht nachdenken.

Lieber schaute sie auf das Wasser und genoss den Blick aufs Meer. Morgen wäre sie zurück: in ihrer Wohnung, in ihrem Alltag. Wie immer schien das vollkommen unrealistisch, wenn sie hier saß. Weiter weg konnte man sich nicht vom Festland träumen. In ihrem Sichtfeld erschien linker Hand eine Fähre, die Richtung Festland fuhr. Oskar war am frühen Morgen aufgebrochen, weil er heute Abend einen dienstlichen Termin hatte. Sie hatte ihn nach einer schlaflosen Nacht heute Morgen überrascht. War zum Fähranleger geradelt und hatte zwei Coffee to go im Fahrradkorb. Nicht gut für die Ökobilanz, das war ihr klar, aber eine Ausnahme für ihr Liebesleben.

Sie würden sich wiedersehen, hatten sie sich versprochen. Bald, ganz bald.

Plötzlich dachte Ruth an den Brautstrauß, den sie gefangen hatte. Zu gerne hätte sie selbst ihr Gesicht gesehen. Bei der Vorstellung legte Ruth den Kopf in den Nacken und lachte laut auf. Plötzlich freute sie sich aufs Festland. Wer wusste schon, was dort auf sie wartete? Vielleicht würde sie beim nächsten Mal nicht allein zurück auf die Insel kommen.

ENDE

DANKSAGUNG

Puh, ich kann es selbst kaum glauben: Mein drittes Buch.

Das alles wäre ohne die vielen Menschen, die an mich glauben und mich unterstützen, nicht möglich gewesen. Deswegen an dieser Stelle auch diesmal ein herzliches Dankeschön

– an den Gmeiner-Verlag und meine wunderbare Lektorin Claudia Senghaas, die mir die Freiheit lassen, die ich zum Schreiben brauche, und mit gutem Augenmerk der Geschichte den letzten Schliff geben. Dabei geht der Dank auch an all diejenigen hinter den Kulissen des Verlags, die mich bei Fragen, Anliegen, Leserunden und Lesungen optimal unterstützen.

– an meine Leserinnen und Leser, ohne deren Feedback das Schreiben nur halb so viel Freude machen würde. Und ja: Man darf mich ansprechen und anschreiben, liken und kommentieren, analog und digital, wo immer ich mich öffentlich herumtreibe …

– an meine drei liebsten Menschen, Dirk, Lukas und Sophie, die mit viel Verständnis und Nachsicht auf das schauen, was das Autorenleben so alles an Veränderungen mit sich bringt. Ohne euch würde es nicht gehen. Deswegen immer noch: Das Beste, was ich habe, seid ihr.

– an meine Testleser, die mir hilfreiche Tipps geben und mich durch ihre vielseitigen Rückmeldungen mit anderen Augen auf den Text blicken lassen. Danke, liebe Irene Kiesler-Lohmer (Freundin, Grammatikwächterin und Norderney-Fan), Danke, liebe Nicole Peters (»mörderische Schwester«

und Autorenkollegin), Danke, liebe Nicole Berger (Inselpolizistin auf Norderney mit ihren vielen Kontakten – an der Stelle auch einen Gruß an all die Unterstützer, die ich kennenlernen durfte), Danke, liebe Martina Tendler (Klassenkameradin mit medizinischem Insiderwissen und – ganz wichtig – Büchereimitarbeiterin der KÖB Erpel), Danke, lieber Hajo Müller (Kollege im Job mit germanistischer Grundausbildung und bewährter 50-Seiten-Leser) sowie ein besonderes Dankeschön an meinen Mann Dirk, der diesmal auch von Anfang an als Testleser einbezogen war.

– an all die Unterstützer, die an mich glauben und vieles möglich machen: Familie und Freunde, Nachbarn und Bekannte, Arbeitgeber und Kollegen, meine Autorenfreunde und Lesungsorganisatoren, meine Kaffeedealer und viele inspirierende Herzensmenschen.

– an alle Menschen auf Norderney, ob Insulaner, Zugezogene oder Gäste, die mich bei meinen Schreibprojekten unterstützen. Ein besonderer Dank gilt allen, die mir erlaubten, reale Orte und Namen für dieses Buch zu verwenden (dem Kleingärtnerverein Norderney e.V., der katholischen Kirchengemeinde von Norderney mit St. Ludgerus, der Tennisabteilung des TUS Norderney e.V. und Oliver Buschmann, dem Norderneyer Brauhaus, und der Weststrandbar, dem Kings Club von Tante Jens, dem Goode Wind Norderney, der Milchbar und Brune & Company, dem Surfcafé Norderney und dem Café Hygge im Hafenterminal). Übrigens sind alle im Buch genannten Orte mehrfach von mir besucht und für außerordentlich gut befunden worden. Die beschriebene Fahrradroute über die Insel gehört zu einer meinen liebsten, wenn es mal etwas ruhiger sein soll. Die katholische St. Ludgeruskirche offenbart ein gänzlich anderes Innenleben, als sich von außen vermuten ließe, und ist in meinen Augen unbedingt einen Besuch wert.

Und damit ist das Wichtigste schon erfasst: Norderney hat gerade wegen seiner Gegensätze für jeden etwas zu bieten, auch wenn sich manchmal die Geister daran scheiden, was denn nun gut und richtig ist. Deswegen lohnt es sich, genau hinzuschauen, wo sie denn für jeden Einzelnen zu finden ist: »Meine Insel Norderney«.

Und genau dort sehen wir uns dann vielleicht.

Herzlichst

Anja Eichbaum